D1869794

Richard Bausch

# Gute Nacht, Amerika

# Richard Bausch
# Gute Nacht, Amerika

Roman

Aus dem Amerikanischen
von Sabine Roth

Luchterhand

Die Originalausgabe erschien 1996 unter dem Titel
*Good Evening Mr. & Mrs. America*
*and All the Ships at Sea*
bei HarperCollins, New York.

1 2 3 4 5   99 98

© 1996 Richard Bausch
© 1998 für die deutsche Ausgabe
Luchterhand Literaturverlag GmbH, München
Satz: Greiner & Reichel, Köln
Druck und Bindung: Pustet, Regensburg
Alle Rechte vorbehalten. Printed in Germany
ISBN 3-630-86976-9

# SUZIE

*Es ist die Pflicht alter Männer, den jungen etwas vorzulügen.*

THORNTON WILDER,
Der achte Schöpfungstag

*Die Stätten, die wir gekannt haben, sind nicht nur der Welt des Raums zugehörig, in der wir sie uns denken, weil es bequemer für uns ist … die Erinnerung an ein bestimmtes Bild ist wehmutsvolles Gedenken an einen bestimmten Augenblick; und Häuser, Straßen, Avenuen sind flüchtig, ach! wie die Jahre.*

MARCEL PROUST,
In Swanns Welt

*Anmerkung des Autors*

Alles in diesem Buch ist frei erfunden, mit Ausnahme der Tatsachen und der politischen Ereignisse, die bekanntlich immer zweitrangig sind.

# I

Die anderen Kursteilnehmer, die im Herbst 1964 noch auf die D'Allessandro-Rundfunkschule gingen, trugen Verantwortung und mußten für ihre Ausbildung Opfer bringen. Walter Marshall meinte unter ihnen seit kurzem eine wachsende Entmutigung zu spüren, die sie um des Abschlusses willen stoisch hinnahmen, während Mr. D'Allessandro selbst unverändert guter Dinge war und seine Geschäfte mit der üblichen sinnlosen Eile versah. Er hatte einen gewaltigen Schlüsselbund am Gürtel hängen, und jeden Abend sperrte er sein Büro unter großem Geklirre und Gerassel auf und ließ sich dabei atemlos über die Gedrängtheit seines Terminplans aus. Alles, was er tat, sämtliche schulischen Abläufe hatten etwas Hektisches, Überstürztes.

Das Schulgebäude war alt – es stammte noch aus der Amtszeit von Präsident Jackson –, und gelegentlich flackerten die Lichter oder verlöschten ganz, als hätte es im Herzen des Bauwerks einen kurzen Aussetzer gegeben. In den Gängen rieselte der Putz von der Decke, und in den Räumen klafften Löcher in der Wandtäfelung; bei kaltem Wetter hämmerte es schauerlich in den Heizungsrohren, sofern sich überhaupt etwas tat. Und war schon der Bau heruntergekommen, so war es um die Einrichtung nicht viel besser bestellt – ein paar von den Tischen fielen fast auseinander, an der Konsole in der Abhörkabine waren mehrere Schalter defekt, im Sprecherraum hing das Isoliermaterial in Fetzen von der Decke, nur eines der Telephone funktionierte. Mr. D'Allessandro hatte den Stromverbrauch so weit wie möglich gesenkt und sparte auch sonst eisern: Als das Klosett in der Herrentoilette kaputtgegangen war, hatte er nicht etwa den Klempner bestellt, sondern ein kleines Pappschild mit der Aufschrift BESETZT gemalt (beim B war die untere Schlaufe so dünn und blaß geraten, daß es aussah wie PESETZT), und da die

Heizung in seinem Büro launisch war und sich an ihren eigenen undurchschaubaren Zeitplan hielt, saß er an manchen Winterabenden im Mantel hinterm Schreibtisch.

Inmitten von soviel klagloser Genügsamkeit kam sich Walter Marshall gründlich schlecht vor: Seine Kursgebühren waren durch ein Legat aus dem Nachlaß seines Vaters abgedeckt, und zu einem Zeitpunkt, da die anderen Schüler sich langsam eingestanden, daß er die besten Aussichten hatte, nach dem Abschluß eine Stelle zu bekommen – schon jetzt verbrachte er manchen Samstagvormittag damit, 60-Sekunden-Werbespots in englischer Sprache aufzunehmen, die dann am Sonntagnachmittag in einem südamerikanischen Nachrichtenmagazin zu hören waren –, ließ er durchblicken, daß ihn die Rundfunklaufbahn gar nicht mehr interessierte.

Während also die anderen sich abplagten, um die Schule zu finanzieren und ihren erdrückenden Verpflichtungen nachzukommen – und während Mr. D'Allessandro selbst verhärmter und ärmlicher wirkte denn je –, erschien der junge Walter Marshall eigentlich nur noch deshalb, weil das Geld nun einmal gezahlt war.

Mit Ausnahme von Albert Waple, der ihm seit dem ersten Tag freundschaftlich begegnete, waren alle ein wenig auf Distanz gegangen. Nicht daß es zu Spannungen gekommen wäre – aber sie hatten jetzt gemeinsame Erfahrungen, über die sie reden konnten, denn alle zusammen waren zu dem schmerzhaften Schluß gelangt, daß die Summen, die diese Ausbildung sie kostete, an anderer Stelle vielleicht sinnvoller eingesetzt gewesen wären.

Da war Ricky Dalmas, der mit seinen zweiundzwanzig nur drei Jahre älter war als Marshall, aber schon eine Frau und zwei Kinder hatte. Tagsüber arbeitete er als Ersatzteilverkäufer in einer Autowerkstatt, wo er gerade genug für die Miete verdiente. Die Raten für ein Auto konnte er sich da natürlich nicht leisten. An den Kurstagen ließ er sich von seiner Frau belegte Brote fürs Abendessen einpacken und stapfte zu Fuß durch jedes Wetter. In der Pause zog er dann oft einen Sandwichrest hervor, und wenn er nichts mehr hatte, sah er den anderen zu, wie sie ihre Schokoriegel und Käsekräcker aßen. Niemand bot ihm etwas an, weil er immer ablehnte, immer leicht gekränkt schien durch das Angebot. Die meiste Zeit hatte er eine kalte Pfeife im Mund, die er vor dem Sprechen herausnahm und hochhielt, wie um ihr Aroma zu genießen. Das war eine nervöse Angewohnheit, so unbewußt wie Blinzeln, und sie wirkte um so peinlicher, da er so offensichtlich bemüht war, als jemand dazustehen, der eine Pfeife auf eine bestimmte Art und Weise hält – ein Mann, der über düsteren Dingen brütet, über der Komplexität des Daseins. Er kam jeden Abend in demselben dunkelgrünen Sportjackett mit Flicken an den Ellbogen, und das Haar hing ihm immer in die Stirn, schwarz, glatt und mit einem Glanz wie gewichstes Schuhleder. Die dunkle Stirnlocke sah manchmal genauso aus wie die von Hitler auf den Photos, aber das erwähnte niemand. An dem Pfeifenstiel war ein Stückchen abgebrochen und an einem von Dalmas' Vorderzähnen auch, so daß man die beiden unwillkürlich miteinander in Verbindung brachte, als müßte es irgendwann einmal zur Kollision zwischen ihnen gekommen sein. Er hatte die Schule nicht abgeschlossen und tat sich nun schwer, mit den anderen Schritt zu halten. Mr. D'Allessandro sah seine einzige Chance für die Zukunft darin, Werbezeit zu verkaufen. Eine andere Verwendung würden Radio und Fernsehen für ihn nicht haben, das hatte er Dalmas auf den Kopf zugesagt. Er würde am Mikrophon nie etwas taugen, weil seine Stimme zu hoch war und er kein Ohr für die Betonung hatte. »Gegen Unmusikalität kämpfen selbst die Götter vergebens«, verkündete ihm Mr. D'Allessandro.

Dennoch las Dalmas an jedem Kursabend einen Werbetext vor, denn so stand es im Lehrplan für das zweite Jahr, und wie meist schon die ersten Worte verrieten, ließ er es sich nicht nehmen, diesen Text selbst zu schreiben.

*Tja, der Tod erwischt einen ja irgendwie immer auf dem falschen Fuß, aber wenn Sie's noch angenehmer haben wollen, probieren*

*Sie's doch mal beim Bestattungsinstitut Gausson in der West Pike Street in Landover Heights. Bestattungsinstitut Gausson, der ideale Ort für Familie und Freunde in Zeiten der Trauer …*

Da war Joe Baker, einunddreißig Jahre alt, jetzt im Verwaltungsdienst, nachdem er bis vor einem Jahr Grundschullehrer in Alabama gewesen war, wo er während der Wirren vor drei Sommern der Nationalgarde angehört hatte. »Ich mußte diese Kirche in Montgomery bewachen«, hatte er Marshall gleich in den ersten Minuten ihrer Bekanntschaft erzählt. »Die Bürgerrechtler waren grade angekommen, und die Meute hat sich auf sie gestürzt. Szenen haben sich da abgespielt … Ein paar konnten sich vor dem Mob retten und haben sich in dieser alten Kirche versammelt. War ein Haufen Berühmte dabei. Die ganzen Großen eben – sogar King selber war drin – und alle haben Reden gehalten und gesungen. Das war schon was. Hätte nicht gedacht, daß irgendwer da lebend wieder rauskommt, ich schon gar nicht. Ich bin ja für die Integration. Ganz entschieden. Und soll ich dir sagen, warum? Weil es gut für die Wirtschaft ist. Viele Südstaatler sind da meiner Meinung. Sogar die, die zetermordio schreien. Wie zum Beispiel die Busgesellschaften. Ein einziger Witz ist das. Jeder weiß, daß sie die Neger fürs Geschäft brauchen – eingehen würden sie ohne die. Aber nein, sie bestehen auf diesem Schwachsinn mit dem Hintensitzen. Und alles nur wegen der Form. Pure Reflexreaktion, verstehst du? Sie haben einfach Schiß, es anders zu sehen. Und dann haben sie natürlich Schiß vor dem Mob.« Auch er war verheiratet; er hatte drei Töchter, von denen eine ab und zu mit in den Kurs kam. Sie sah ihrem Vater überhaupt nicht ähnlich; da habe der liebe Gott ein Einsehen gehabt, witzelte er. Baker hatte eine mächtige Kinnlade und eine stumpfe Nase und trug das Haar oben am Kopf so kurzgeschoren, daß die Kopfhaut durchschimmerte. In seinem Mund drängelten sich die Zähne, besonders in der unteren Reihe, deshalb stand sein Unterkiefer so weit vor. Er kam immer in einem gestärkten weißen Hemd mit hochgekrempelten Ärmeln, die kraftvolle, nahezu haarlose Unterarme sehen ließen. Seine Stimme machte sich im Radio gar nicht schlecht, aber er bekam den Tonfall nicht richtig hin – auch ihm fehlte das Gespür für die Betonung. Wenn er ins Mikrophon sprach, hörte man Autorität und Selbstvertrauen, aber keinerlei Melodie; es klang leblos, fast roboterhaft – was man im Gespräch weiß Gott nicht von ihm behaupten konnte. Sein Ehrgeiz war es, sich zum Sportreporter hochzuarbeiten.

*Das einzige Mal, wo ich 'nen Unfall gebaut hab, das war im Sommer, ich zuckle im Stoßverkehr dahin, und plötzlich seh ich dieses tolle Mädchen – die absolute Traumfrau – aus einer Bank auf der H Street kommen. Mir bleibt der Mund offen stehen, und zack! knall ich meinem Vordermann drauf. Ich war – wie alt – achtzehn war ich, ich hab mir fast in die Hosen gemacht vor Angst, und aus dem Auto steigt dieser uralte Mann, der geht ganz gebückt und am Stock. Er kommt an mein Fenster geschlurft, beugt sich rein und sagt, ohne mich richtig anzugucken: »Denk dir nichts, Junge. Ich hab sie auch gesehen.« Damit dreht er sich um und geht zu seinem Auto zurück und steigt ein, und genauso möchte ich auch sein, wenn ich mal fünfundachtzig bin …*

Da war Martin Alvarez, dessen Onkel bei der Federal Communications Commission arbeitete und der dort angeblich Beziehungen hatte. Weiterzuhelfen schienen ihm diese Beziehungen allerdings nicht. Er war achtundzwanzig oder neunundzwanzig, unverheiratet, und mehr wußte man nicht über ihn, da er nach dem Kurs nie mit den anderen wegging und selten von sich erzählte. Er hatte breite Schultern, dunkle Haut, ein rundes Gesicht und einen Akzent, angesichts dessen die anderen sich fragten, warum nicht er Werbetexte für den südamerikanischen Sender aufnahm. In einem Auge hatte er einen weißen Fleck, und wenn er einen ansah, mit seinem zähneblitzenden Lächeln und seiner Begeisterung, ließ einen dieser Fleck an hilflose Kinder in Not denken.

*Berrt Pahks, das ist derr beste Mann in ganzen Showbusiness. So kommisch ist derr, zum Brrüllen. Kein Scheiß. Letztes Jarr, da warr derr in ein Club, ich bin fast gestorrben, so kommisch …*

Die einzige Frau im Kurs, Mrs. Gordon, besaß eine sehr klangvolle – sogar eine schöne – Stimme und betonte auch recht annehmbar, aber sie stand mit bestimmten Wörtern auf Kriegsfuß. Gleich zu Anfang hatte sie die anderen wissen lassen, daß es Wörter gab, die sie grundsätzlich nicht in den Mund nahm, unter gar keinen Umständen – sie gebrauchte sie im täglichen Leben nach Möglichkeit nicht, und ganz gewiß würde sie sie nicht auf öffentlichen Frequenzen gebrauchen, so teuer sie das auch zu stehen kommen mochte. Da müsse sie eisern bleiben, sagte sie, aus persönlichen Gründen. Sie sprach die Wörter nicht aus: G-e-s-c-h-l-e-c-h-t-s-v-e-r-k-e-h-r buchstabierte sie ganz langsam, wie um die Lettern ihrer Bedeutung im Zusammenhang zu berauben; S-e-x, B-u-s-e-n, L-i-e-b-h-a-b-e-r, ebenso wie jegliche Wörter, die einen Körperteil oder eine Körperfunktion implizierten, einschließlich N-i-e-r-e-n-versagen. Sie war nicht alt – vielleicht zwölf Jahre älter als Marshall –, gab sich aber so, als wäre sie es. Sie erschien in strengen Kostümen oder langärmligen Kleidern mit hohem weißen Stehkragen zum Unterricht, selbst an den heißen stickigen Tagen Ende Juni, und ihr Haar war am Hinterkopf stets zu einem Knoten geschlungen und steckte in einem straffen weißen Haarnetz. Marshall hatte angenommen, ihre Sprachzensur sei religiös bedingt.

Sie war es nicht.

Eines Abends bekannte sie sich – ganz unverhofft, aber dafür um so nachdrücklicher – zu ihrer Überzeugung, daß es keinen Gott gab. Marshall hatte eine Bemerkung über Kennedys Beisetzung gemacht, darüber, wie Kardinal Cushing den Toten der Obhut der Engel anbefohlen hatte und wie seltsam unbeteiligt die Stimme des alten Mannes dabei geklungen hatte. »Das ist doch alles Blödsinn«, fuhr Mrs. Gordon dazwischen. »Ein riesiger Schwindel, nur damit die Leute schön ruhig und brav sind, bis man sie in die Kiste legt.« Ihre Stimme klang beinahe schrill. Die anderen starrten sie an. »Ich wollte Sie nicht unterbrechen«, sagte sie zu Marshall, während sie nervös an ihrem Kragen zupfte und zu Boden blickte. Es bereitete ihr sichtlich Mühe, die Fassung zurückzugewinnen.

Ihr Mann brachte sie abends immer zum Kurs, keinen Augenblick zu früh oder zu spät, und wenn der Unterricht vorbei war, wartete er schon im Auto. Marshall hatte beobachtet, wie sie zu ihm in den Wagen stieg und sich hinüberbeugte, um ihn auf die Wange zu küssen, während der Mann sich auf die nächste Verkehrslücke konzentrierte, und dann rollten sie davon, beide mit starr nach vorn gerichtetem Blick.

Wenn sie ihre Texte vorlas, nahm Mrs. Gordons Stimme eine Weichheit an, die mütterlich und liebkosend schien, auf seltsame Weise sogar verführerisch; wenn man sie nicht ansah, mußte man sie für eine sehr viel reifere, sehr viel gelöstere und selbstbewußtere Frau halten.

*Heute abend, meine Damen und Herren, wollen wir der unvergleichlichen Musik von Wolfgang Amadeus Mozart lauschen …*

Und zum Schluß war da noch Albert Waple. Albert, groß, dünn, häßlich und linkisch, hatte einen traurigen Blick, rauhe, starke, langfingrige Hände, magere Arme und spindeldürre Beine, genau wie Abraham Lincoln auf all den alten Karikaturen, und gleich zu Beginn ihrer Bekanntschaft hatte er Walter auch eröffnet, daß seine engeren Freunde ihn Abe nannten. »Wegen meiner guten Eigenschaften, glaube ich, nicht wegen meinem Äußeren«, hatte er mit einem wissenden Lächeln hinzugefügt. »Du kannst mich auch so nennen, wenn du möchtest. Weil wir nämlich ganz sicher Freunde werden.« Er war zweiundzwanzig, stark kurzsichtig und mit der jungen Frau verlobt, die ihm die Blindenschrift beigebracht hatte. Eine Brille konnte er nicht tragen, da die Linsen, die ihm helfen würden, noch nicht erfunden waren, und die Ärzte hatten vorausgesagt, daß er im Lauf der nächsten Jahre vollständig erblinden würde. Dafür wollte er gerüstet sein, und deshalb lernte er Braille. Er hatte dichtes aschblondes Haar, das ihm gewöhnlich senkrecht vom Kopf abstand, als käme er frisch aus dem Bett, und obwohl er weder zum Autofahren noch zu den meisten anderen Dinge in der Lage war, die seine Mitmenschen als Selbstverständlichkeit betrachteten, wirkte er doch immer ganz zufrieden dort, wo er gerade war, und mit dem, was er gerade tat. Lesen konnte er nur bei direktem starkem Licht, die Nase fast im Buch; trotzdem las er eine Menge. Er bekam davon schreckliche Kopfschmerzen und Verspannungen in Nacken und Schultern, aber er ließ sich nicht entmutigen; er las mit der ruhigen, gefaßten, frohgemuten Halsstarrigkeit eines Menschen, der sich einer Sache voll und ganz verschrieben hat, ohne den geringsten Zweifel an ihrem Wert zu hegen. Wenn er las, sah es aus, als überprüfte er kleinste Einzelheiten, als rechnete er damit, daß sich auf der Seite etwas bewegte; aber in Wirklichkeit achtete er natürlich auf die Worte, auf die Klänge, die in der Sprache wohnten, murmelte die Zeilen mit, und es war dieses Murmeln, das ihn auf die Idee gebracht hatte, daß er beim Rundfunk Karriere machen könnte. Er freute sich an der Musik wohlgesetzter, laut vorgetragener Worte und las seine Texte gut, mit einer angenehmen Leichtigkeit, einer gutmütigen, vertraulichen Schlichtheit.

Seine Augen lagen so tief in ihren Höhlen, daß sein Gesicht beidseits der Nase einzufallen schien, und wenn er nicht las, starrte er meist mit einem Ausdruck langmütiger Gelassenheit ins Leere – der gesamte Rest der Welt bestand für ihn aus hoffnungslos verschwimmenden Farben und Formen, und es machte ihm anscheinend nicht das geringste aus. In letzter Zeit schrieb er seine Texte oft in Blindenschrift. Mit einer weichen, liebenswürdigen kleinen Stimme sprach er dann über die Unruhen in Alabama, Laos oder Vietnam und klang dabei wie ein freundlicher, etwas umständlicher Anrufer. Und ganz gleich, wie oft Mr. D'Allessandro ihn verbesserte, ihm Objektivität und Distanz predigte, die sachliche Professionalität des Radionachrichtensprechers, Albert hörte es sich ernsthaft und geduldig an und las dann weiter wie zuvor, außerstande, anders zu sein, als er war.

*So, und was haben wir als Nächstes – ach ja, Jimmy Hoffa, Präsident der Teamsters-Gewerkschaft, dem die Beeinflussung von Geschworenen vorgeworfen wird, ist für schuldig befunden worden – das müßte der Prozeß von '62 sein. Er wurde zu acht Jahren Gefängnis und einem Bußgeld in Höhe von 10 000 Dollar verurteilt. Man rechnet mit seiner Verurteilung in einem weiteren Fall, wo er sich wegen Betrugs verantworten muß, genau, und wegen Verabredung zu Straftaten …*

Marshall stellte sich gern vor, daß dieser nonchalante Stil Schule machen und Albert eines Tages zu Berühmtheit verhelfen würde. Dann würde ein neuer, jüngerer, gerade erst vom Quizmaster aufgestiegener Moderator der *Tonight Show* ihn als Gast ins Studio einladen, und er würde liebevoll von den guten alten Zeiten an der Rundfunkschule erzählen, als Mr. D'Allessandro ihn unbedingt dazu bringen wollte, so zu reden wie alle anderen …

Was Marshalls eigene Zukunft betraf, so spielte das Radio darin keine Rolle mehr. Er hatte andere, hochfliegendere Pläne, seitdem er ausgerechnet hatte, daß er im Jahre 1988 dreiundvierzig sein würde – haargenau das Alter, in dem John F. Kennedy das Amt des Präsidenten angetreten hatte. (Es war schwer, dahinter keinen tieferen Sinn zu vermuten, da 1988 ein Präsidentschaftswahljahr sein würde.) Seit Kennedys Ermordung träumte er von der Politik – »die ehrenvolle Profession« hatte Kennedy sie genannt – und hoffte insgeheim, in die Fußstapfen des toten Präsidenten zu treten. Er sah eine Art Berufung darin, er wollte dem Volk dienen, so wie Kennedy es vorgehabt hatte, auch wenn er noch nicht weiter darüber nachgedacht hatte, welche Dienste das Volk denn nun im einzelnen benötigte: Freiheit, Chancengleichheit und Frieden natürlich … und Arbeitsplätze … weniger Kriminalität … und ein verbessertes Gesundheitswesen … und integrierte Schulen, Busse und Kantinen. Überhaupt Rassenintegration. Auf der ganzen Linie. Ein Ende der nuklearen Bedrohung. Und Sicherheit vor dem ewigen Hegemoniestreben der Kommunisten. Er nahm an, daß seine Vorstellungen konkreter werden würden, wenn er seinem Ziel erst näher kam. Er sah sich als Patrioten; unlängst hatte er sich in einer vom Präsidenten entlehnten Wendung als Idealisten ohne Illusionen bezeichnet, wobei er sich allerdings nicht ganz sicher war, was diese Wendung auf ihn persönlich bezogen bedeuten mochte. Fest stand, daß er bereit war, für sein Land alles zu wagen. Er brauchte nur eine Gelegenheit, es zu beweisen.

Und wenn dann 1988 heranrückte, und er war Politiker, wer weiß, vielleicht kam er dann für eine Kandidatur in Frage ...

Natürlich erzählte er niemandem von seinem Plan – nicht richtig. Gut, er hatte ihn Alice Kane angedeutet, der jungen Frau, die mit ihm in der Poststelle des Statistikamts in der 12th Street arbeitete. Als er den Job angenommen hatte, in dem Sommer vor Präsident Kennedys Ermordung, hatte Alice bereits dort gearbeitet, in einer anderen Abteilung damals. Er hatte sie in der Kantine kennengelernt. Sie sahen sich jetzt schon ein paar Monate lang, rein freundschaftlich, wie Alice allen versicherte, einschließlich ihrem Vater, dem Leiter des Washingtoner Nachrichtenstudios von CBS. Tatsache war, daß es im Statistikamt eine ganze Reihe junger Mädchen gab, die gern mit Marshall zusammen waren und an Sommernachmittagen in der toten Stunde nach der Mittagspause seine Gesellschaft suchten. »Süß« nannten sie ihn unter sich – er hörte ihnen so wunderbar aufmerksam zu; sie kamen sich so kostbar vor in seiner Gegenwart. Außerdem besaß er ein komödiantisches Talent, ahmte die Gestik und die Stimmen anderer mit verblüffender Treffsicherheit nach – sein Glanzstück war Dick Nixon mit seiner Rede über den Rückzug aus der Politik, nachdem sich Kalifornien vor zwei Jahren erdreistet hatte, nicht ihn zu wählen, sondern Pat Brown –, und seine Geschichten, meistens über diverse peinliche Situationen, in die er während seiner Schulzeit geraten war, unterhielten sie und brachten sie zum Lachen. Auf intuitive, unausgesprochene Weise begriff er, daß diese jungen Frauen, so liebenswert sie ihn auch fanden, ihn nicht als ernstzunehmenden Kandidaten für ihr »Liebesleben« ansahen, wie sie das in seiner Gegenwart schon mehrfach genannt hatten, und eigentlich war ihm die Rolle des harmlosen jungen Faxenmachers, die sie ihm zugeteilt hatten, ganz recht. Es war die Rolle, die er bei sämtlichen Frauen seiner Bekanntschaft spielte, nicht zuletzt bei dem deutschen Mädchen, das er zweimal die Woche in der D'Allessandro-Schule sah. Aber in die Beziehung zu Alice hatten sich im Lauf der Zeit andere Töne eingeschlichen; sie gingen jetzt seit einer Weile gemeinsam zum Mittagessen, und an den Abenden, an denen er keinen Kurs hatte, fuhren sie im selben Bus heim nach Arlington. Sie redeten über ernsthaftere Dinge, über die Zukunft zum Beispiel, seine Zukunft. Es zeigte sich immer deutlicher, daß sie ihn mit weniger leichtfertigem Blick betrachtete als die anderen. Das machte sie zur logischen Adresse für tiefergehende Enthüllungen (sie war es, der gegenüber er sich einen Idealisten ohne Illusionen genannt hatte). Vier Jahre älter als er und besser bewandert in manchen Aspekten des Weltgeschehens, schien sie voller Bewunderung für seine Intelligenz, seine edlen Regungen – das weiche Herz, seine hohen Prinzipien, den Willen, an sich zu arbeiten. Zum Beispiel hatte er *Krieg und Frieden* gelesen (die gekürzte Fassung, aber immerhin hatte er sich die vollständige Taschenbuchausgabe in der Übersetzung von Rosemary Edmonds gekauft und schon mehrere Kapitel des ersten Bandes hinter sich gebracht). Obwohl Alice ihn oft wegen seiner Jugend neckte, gab sie ihm das Gefühl, daß jedes seiner Worte eine Offenbarung für sie war. Einmal, in einer sonderbar melancholischen Stimmung, hatte sie überlegt, was wohl die anderen von ihr denken mochten, wenn sie so mit einem Neunzehnjährigen herumzog. Diese gemurmelte Eröffnung schien nach einem Geständnis seinerseits zu verlangen. Und darum hatte er, beiläufig, aber ohne den Blick von ihrem Gesicht zu wenden, erwähnt, daß er gern Präsident werden würde.

»Präsident«, sagte sie. »Präsident von was?«

»Der – der Vereinigten Staaten.«

»Im Ernst? Du?«

»Klar.« Er schluckte ein bißchen. »Wieso nicht?«

»Du bist zu zart besaitet. Und nicht diplomatisch genug. Und Geld hast du auch keins. Ich meine, sich für Politik interessieren ist eine Sache, aber – Junge, Junge.«

Er hatte irgendwo gelesen, daß die Leute Robert Kennedy Mangel an Diplomatie vorwarfen. »Geld ist nicht unbedingt nötig«, sagte er.

»Aber es hilft.«

»Was meinst du damit, daß ich nicht diplomatisch bin?«

»Daß du's eben nicht bist. Du bist zu direkt.«

Das klang nicht gut. Es war ein komisches Gefühl, sich durch diese Gedanken arbeiten zu müssen, während sie zusah. Er kam sich reichlich blöd vor.

»Ich könnte dich mir viel leichter als Maler vorstellen«, sagte sie.

Mit einemmal war er hochzufrieden. »Ich bin farbenblind«, wandte er ein.

»Aber du kannst so gut zeichnen.«

Zugegeben – obwohl ihm jedes Gespür dafür abging, vom nötigen Ehrgeiz ganz zu schweigen. »Ich interessiere mich nicht für Kunst«, widersprach er. »Nicht so jedenfalls. Nicht als Beruf.«

»Sicher, Politik könnte schon Spaß machen. Ich engagiere mich ja auch politisch, so gesehen. Ich arbeite für die Bürgerrechtsbewegung. Wir leben schließlich in einem Staat, in dem immer noch Rassentrennung herrscht. Obwohl es jetzt gegen das Gesetz ist. Glaubst du an die Bürgerrechte?«

»Natürlich«, sagte er. »Und wie.«

Ihr Blick wanderte in die Ferne. »Für die Präsidentschaft kandidieren.« Sie wandte sich ihm wieder zu. »Na ja, vielleicht gar nicht so abwegig. Obwohl, wenn ich jetzt so drüber nachdenke, könnte ich mir eher vorstellen, daß du Schauspieler wirst, oder Komiker, wie – was weiß ich, wie dieser Fahrlehrer, Newhart.«

»Politiker«, sagte er.

Während sie sich immer lebhafter ausmalte, wozu er eines Tages fähig sein könnte, beschlich ihn ungewollt ein vages Überlegenheitsgefühl. Möglich, daß alles nur eine Frage der Willenskraft war, jedenfalls machte ihn der Gedanke an seine eigene ruhmreiche Zukunft zuversichtlich, geradezu selbstsicher. Für sie schien es beschlossene Sache, sie erging sich über seine starken Prinzipien und seinen scharfen Verstand, seinen Sinn für Humor, die Qualitäten, die er in den Beruf würde einbringen können. Sie war von ihm beeindruckt, keine Frage. Er genoß es, mit ihr zu reden, die Tiefe ihrer Bewunderung auszuloten, und sie scheute sich auch nicht, ihm Ratschläge zu erteilen. Ihrer Meinung nach vertat er an der Rundfunkschule nur Zeit; er sollte gleich mit dem Studium beginnen. Ihr Vater war nie auf so eine Schule gegangen. Und bevor er sich als Nachrichtenredakteur einen Namen gemacht hatte, war er bei verschiedenen Sendern Sprecher gewesen. Er hatte eine gute Universitätsausbildung, und das war heutzutage das A und O, auch wenn ein paar von den Männern, mit denen er zusammenarbeitete, nicht einmal die High School fertiggemacht hatten. Es gab ein Abendkolleg im Gebäude der D'Allessandro-Radioschule, sagte sie; da war sie selbst vor zwei Jahren eingeschrieben gewesen. Sie hatte kapituliert, weil sie in Französisch und Mathe durchgefallen war. (Kurse, die einzig und allein aufs Aussieben angelegt waren. Sie wollten niemanden mitschleifen müssen.) Aber er würde am Abendkolleg glänzend abschneiden, so gescheit und belesen, wie er war, und dann konnte er sich die Scheine anrechnen lassen und an eine richtige Uni überwechseln und seinen Abschluß machen. Genau wie ihr Vater. Alles, was ein junger Mann brauchte, war ein kleiner Schubs.

»Stimmt's, Walter?«

»Ich brauche keinen Schubs mehr«, sagte er. »Ich denke schon viel weiter als du.« Vielleicht konnte er sich den Unterhalt während des Studiums ja mit seiner Arbeit fürs Radio verdienen.

»Wenn deine Noten gut genug sind«, belehrte ihn Alice Kane,

»kannst du ein Stipendium bekommen. Mein Vater hatte in seinem zweiten Jahr auch ein Stipendium.«

»Ich habe ein bißchen Geld«, sagte er. »Eine kleine Erbschaft.«

»Wirklich? Von deinem Vater?«

»Ja«, sagte er. »Besser als gar nichts.«

»Das hast du mir nie erzählt.«

»Es ist auch nicht viel«, sagte er.

An diesem Nachmittag, einem regnerischen Montag Anfang Oktober, kam sie in der Arbeit zu ihm und lud sich für den Abend zu seinem Radiokurs ein. Beim Mittagessen hatten sie Mr. D'Allessandro getroffen, der ganz eifrig geworden war, als Marshall Alice vorstellte und nebenbei ihren Vater erwähnte, und Alice aufgefordert hatte, doch unbedingt einmal in der Radioschule vorbeizuschauen, vielleicht gleich heute abend, obwohl es an jedem anderen Tag genausogut passen würde, jeder Tag war geeignet für eine Frau mit ihrem Hintergrund.

»Schließlich verstehe ich ja wirklich ein bißchen was davon, so gesehen«, sagte sie jetzt. »Ich war schon bei richtigen Sendern und habe zugeschaut, wie da gearbeitet wird. Und Mr. D'Allessandro hat doch gesagt, heute abend würde es gut passen, oder? Ich hab dich immer schon mal fragen wollen. Was meinst du?«

Marshall suchte vergebens nach einer Antwort.

»Ich wollte schon auf dem Abendkolleg immer wissen, wie es da zugeht. Ist es dir recht? Sonst kann ich natürlich auch allein hinkommen – und dich dort treffen, oder wie auch immer.«

»Nein, wir können schon zusammen hingehen«, sagte er.

Dabei liebte er die Stunden zwischen Arbeitsschluß und Unterrichtsbeginn gerade deshalb, weil es eine Zeit war, in der er für sich sein konnte, frei von den Anforderungen, die seine Mutter an ihn stellte oder Alice oder sonst irgendwer. Oft malte er sich die ganzen zwei Stunden lang aus, ein anderer Mensch zu sein, Jahre älter, arriviert, ein Mann, der die Macht hatte, Gutes zu tun. Dann betrachtete er die Straßen von Washington, D.C., und spekulierte darüber, wie sie sich verändern mochten in der

Zeit, die er brauchen würde, bis er am Ziel war. Oder er traf das deutsche Mädchen beim Lernen an, und vielleicht war sie sogar zum Reden aufgelegt. Sie hieß Natalie, und wenn er sie sah, blieb ihm die Luft weg.

»Das wird doch sicher nett«, sagte Alice ein wenig verunsichert; offenbar merkte sie, daß er mit seinen Gedanken meilenweit weg war.

»Es ist ziemlich ekelhaft draußen«, brachte er heraus.

»Trübes Wetter macht mich immer irgendwie aufgekratzt«, sagte sie. »Ich weiß gar nicht, warum, so gesehen.«

*So gesehen.* Das war ihre Floskel; sie verzierte ihren Redefluß wie ein eingebauter kleiner Tusch, eine eigene Art von Satzzeichen. »So gesehen sollte ich es ja vielleicht selber noch mal mit dem Abendkolleg probieren.«

Er mochte sie und hatte sich sogar schon dabei ertappt, daß er an sie dachte, wenn er allein war. Es war etwas Warmes, Herzliches in ihren dunklen Augen, und sie hatte einen ausgeprägten Sinn für Komik; sie brachte ihn zum Lachen. Sie war sehr klein und zart – die Sorte Mädchen, die, wie seine Mutter es ausgedrückt hatte, mit einem niedlichen Gesicht gesegnet war und hübsch sein könnte, wenn sie nur ein paar Pfund zunahm. (Seine Mutter urteilte mit einer fast schon unheimlichen Distanziertheit über das Aussehen oder Auftreten anderer Menschen – über den jungen Mann selbst hatte sie gesagt: »Extrem gutaussehend würde ich dich nicht nennen, du bist kein Filmstar, aber du bist schön groß, und du wirst markante Züge bekommen, wenn du alt genug bist. Außerdem hast du breite Schultern und einen gut geformten Kopf, deshalb solltest du die Haare nicht lang tragen. Dafür müßten wir dein Gesicht erst ein bißchen aufpolstern. Dein Gesicht ist zu schmal.« Sie musterte sein Haar, während sie sprach. Er versuchte es seit einigen Monaten so wie Kennedy zu kämmen, aber er konnte es nicht bändigen; es war zu kraus, zu drahtig. »Im Gesicht mußt du breiter werden«, erklärte ihm seine Mutter. »Und das wirst du auch. Keine Sorge, das wirst du.«)

Alice Kane sagte gerade: »Vielleicht liegt es auch daran, daß ich es so gesehen albern finde, seine Gefühle vom Wetter beeinflussen zu lassen. Da könnte man genausogut behaupten, wenn eine Frau mit dreiundzwanzig noch nicht verheiratet ist, heißt das, sie ist nicht normal.«

»Ich bekomme meistens gar nicht mit, wie das Wetter ist«, sagte Marshall.

»Hast du gehört, was ich gerade gesagt habe, Walter?«

»Ja, ich bin ziemlich unabhängig vom Wetter.«

»Stimmt. In der Regel vergräbst du dich in einem Buch. Ich glaube, du machst das Studium mit links.«

Da war sie wieder, ihre unverhohlene Bewunderung. Die Bewunderung einer erwachsenen Frau.

»Und es stört dich wirklich nicht, wenn ich heute abend mitkomme?«

»Es ist natürlich ein ziemlich weiter Weg.«

»Ich war dort, auf dem Abendkolleg, schon vergessen? So gesehen hab ich ja drei Kurse in den Sand gesetzt. *Beowulf* konnte ich nicht zu Ende lesen, und in Französisch bin ich nicht über die Hilfsverben hinausgekommen. Und dann Mathe. Mein Gott. Ich hätte eben in der Schule schon Französisch machen sollen wie die anderen. Ich kam in den Seminarraum, und sie konnten es alle schon. Am liebsten hätte ich gesagt: Hört mal, Leute, ihr sprecht doch schon *parlez-vous*, was wollt ihr im Anfängerkurs?«

»Das hast du gesagt?«

»Ich *hätte* gern. In Wirklichkeit hab ich natürlich gar nichts gesagt. Mein Vater ist ein großer Franzosenhasser, so ein paar Bemerkungen wären mir schon eingefallen. Aber ich saß da wie ein Idiot, während sie munter parlierten, und überlegte, ob ich mir nicht lieber einen Paß beschaffen soll – oder mich an die amerikanische Botschaft wenden.«

»Und du willst wirklich einen Abend in der Radioschule aussitzen?«

»Ich dachte, es wäre vielleicht nett. Einfach um einen Eindruck zu kriegen. Außerdem habe ich in letzter Zeit schon einiges ausgesessen, verstehst du?«

Er verstand nicht.

Sie knuffte ihn in den Arm. »Ich habe an Sit-ins teilgenommen, du Dummerchen.«

»Tatsächlich?« Er war fasziniert.

Sie lächelte. »Tja, wir leben in der alten Konföderation.« Sie seufzte, grübelte kurz. »Dieses eine Lokal zum Beispiel, ausgerechnet in Maryland. Da bin ich mal als kleines Mädchen mit meiner Familie zum Garnelenessen hingefahren. Es ist in Pope's Creek. Ein dickes fettes Schild vor der Tür. ›Nur für Weiße.‹ Das Schild ist nicht mehr da, aber geändert hat sich deshalb nichts.«

»Da war ich als Kind auch mal«, sagte er. »Ich erinnere mich, daß es – ja, nur für Weiße. Genau.«

»Siehst du?«

»Aber jetzt gibt es doch ein Gesetz. Sie können doch nicht ...«

»Und ob sie können.«

»Aber – was ist mit dem Gesetz?«

»Gott, bist du blauäugig.«

»Bin ich nicht«, sagte er. Aber es stimmte natürlich.

»Wie auch immer, heute machen wir uns einen schönen Abend«, sagte sie.

»Und du bist sicher, daß du dich nicht langweilst?«

»Ich habe immer eingetrichtert bekommen, daß man sich Langeweile selber zuzuschreiben hat. Hör mal, wenn du mich nicht dabeihaben willst, dann sag es. Ich bin kein kleines Kind mehr.« Ihre Stimme klang schroff, seltsam abgehackt. »Ich meine, wir verbringen ziemlich viel Zeit miteinander, und ich weiß nicht, was du in deiner Radioschule machst, und Mr. D'Allessandro schien so erpicht darauf, daß ich komme, und ich dachte, ich nehme ihn beim Wort, das ist alles. Es ist eine Gelegenheit, uns auch mal am Abend zu sehen. Willst du mich nicht dabeihaben?»

»Natürlich will ich«, sagte er. »Aber es soll dir auch Spaß machen.«

Lächelnd tätschelte sie seinen Arm. »Ich werd's überleben.«

Die Woche zuvor hatte Joe Baker seine Frau mitgebracht – eine dicke, kummervoll dreinschauende Frau mit weichen Zügen und traurigen wäßrigblauen Augen, die aussah, als wollte sie sich wieder in die Elemente auflösen, aus denen sie hervorgegangen war. Ihre Bewegungen hatten etwas seltsam Entschuldigendes, Zurückgenommenes, und sie wich allen Blicken aus. Baker war aufgeräumt und redselig und hielt die meiste Zeit den Arm um sie gelegt, aber die Haut unter seinen Augen nahm eine aschgraue Färbung an von dem unentwegten Lächeln, mit dem er die Mienen der anderen studierte. Sein Gesicht glänzte, als hätte er es zur Feier des Tages mit Politur eingerieben und blankgeputzt.

»Ich hab Fanny in Alabama kennengelernt«, sagte er. »Stimmt's, Schatz?«

Sie nickte.

»Ich war bei der Garde.«

»Ja«, sagte sie.

»Fanny hat damals mit ihrer Mutter in Montgomery gelebt, aber eigentlich ist sie aus Boston.«

»Ja«, sagte Fanny.

»Ich mag Boston«, sagte Marshall.

»Warst du mal dort?« fragte Baker.

»Nein. Ich stelle es mir nur schön vor. Ich bin Red-Sox-Anhänger.«

»Es würde Ihnen gefallen«, sagte Fanny.

»Ich bin in Montgomery zur Schule gegangen«, sagte Baker, »ich hab da den größten Teil meiner Jugend verbracht. Hübsche Stadt. Früher jedenfalls. Aber ich hab sie nicht ausstehen können.«

Bakers Frau hielt den Blick gesenkt, und Marshall bemerkte, daß sie ununterbrochen die teigig wirkenden Hände in ihrem schweren Schoß rang. Und Baker redete weiter und weiter, ein Mann mit einer tiefwurzelnden Angst vor Stille, vor Pausen. Irgendwie wirkten sie beide verstört, als hätte man sie bei einem verbotenen Treffen ertappt.

»Fanny hat sich in Montgomery wohlgefühlt«, fuhr Baker fort. »Sie würde jederzeit wieder hinziehen. Die Stadt geht vor die Hunde, der Mob tobt durch die Straßen, aber sie will da hin.«

»Niemand fragt danach, was ich will«, sagte Fanny mit kleiner Stimme, ohne den Blick von den Händen zu heben.

»So ist es, mein Schatz«, sagte Baker mit breitem Lächeln, als wäre die ganze Unterhaltung ein Scherz gewesen.

Den Großteil des Abends hatte lähmende Verlegenheit geherrscht.

Für einen kurzen Augenblick sah Marshall plötzlich sich selbst an Bakers Stelle: Wie Baker stand er da und redete über jedes Stocken im Gespräch hinweg, während andere auf Alice Kane schauten und sich ihren Teil dachten. Merkwürdigerweise waren sie miteinander verheiratet, es war Jahre später, zwischen ihnen stand es so wie zwischen Baker und seiner Frau, und sosehr er sich auch abstrampelte, alle anderen wußten, daß er sich sein Leben so nicht vorgestellt hatte.

Er schämte sich für seine herzlosen Gedanken.

Um viertel nach fünf verließen sie zusammen das Statistikamt und gingen in einem warmen Sprühnebel die Pennsylvania Avenue entlang, in Richtung Finanzministerium, Weißes Haus und Lafayette Park.

»Im Krieg«, sagte er, »waren auf den Dächern all dieser Gebäude Soldaten postiert.«

»Im Ernst«, sagte sie ohne großes Interesse. »Was haben die da gemacht?«

»Nach deutschen Fliegern Ausschau gehalten. Mein Vater war einer von den Soldaten. Sein Posten war auf dem Finanzministerium.«

»Ulkiges Bild – ein einziger Mann bewacht das ganze Geld.«

»Er hat doch nicht das Geld bewacht.«

»Aber sie haben garantiert Witze drüber gemacht.«

»Kann schon sein«, sagte Marshall.

»Ich hätte ihn gern davon erzählen hören.«

»Wir haben nur einmal darüber gesprochen. Er ist zurückgekommen, als er – als er wußte, daß ihm nicht mehr viel Zeit blieb. Du weißt schon. Sein Herz hat nicht mehr mitgemacht.«

Sie sagte nichts.

»Diese ganzen Jahre, während ich älter wurde, habe ich gedacht, ich sollte wütend auf ihn sein, weil er uns verlassen hat«, sagte Walter Marshall. »Ich war zu jung, ich konnte mich kaum an ihn erinnern. Und deshalb war ich nicht… es war mir einfach nicht möglich … wütend auf ihn zu sein. Photos gab es schon, aber Photos geben nichts her. Ein Photo ist gar nichts wert, wenn man sich an das Gesicht nicht erinnert. Natürlich gab es Zeiten, da habe ich mir gewünscht, er wäre da, aber es war nie so, daß ich deswegen wütend gewesen wäre. Es war eben passiert, das war alles. Und ich glaube, damit hatte vor allem meine Mutter zu tun. Die Art, wie sie damit umgegangen ist. Dann, als er wiederkam, war es, als ob er ein alter Freund von ihr wäre. Ich fand ihn nett und … aber er hat mir auch leid getan, und irgendwie konnte ich nicht so ganz glauben, daß er allen Ernstes mein Vater sein sollte. Wir sind hierhergegangen, weißt du. Er hat da drüben bei der Statue gestanden und mir erzählt, wie es im Krieg war. Er sagte, als er noch hier gewohnt hat, war ihm das immer die liebste Gegend.«

»Das ist so traurig«, sagte sie. »Wenn jemand in letzter Sekunde noch versucht, Abbitte zu leisten.«

»Er schien – im reinen damit«, sagte Marshall. Es war ein seltsames Gefühl gewesen, hier zu stehen mit diesem alten Mann, den er nie gekannt hatte, diesem so gepflegten herzkranken Herrn mit dem unsicheren, tatterigen Gang und dem gebrochenen Lächeln. Das einzige Bild von ihm, das der Junge aus der Kindheit herausgerettet hatte, war verschwommen: eine Gestalt in einer dunkelgrünen Drillichjacke – aus Armeebeständen, circa 1940 –, die im Schneetreiben einen Pfad rund um einen riesigen kugeligen, bärenartigen Schneemann pflügte; der Flockenwirbel ließ alles ganz wattig aussehen, und sein Vater – die Hände in den Taschen der grünen Jacke, im Mund eine Pfeife, die einen Rauchfaden hinter sich herzog – führte ein paar Nachbarskinder und Marshall an bei irgendeinem namenlosen, lang vergessenen Spiel, geboren aus der Freude über jenes unverhoffte Geschenk, einen Schneetag, einen von der Natur verordneten freien Tag ohne Arbeit und Schule; stapfte ihnen schrittezählend voran durch den zertrampelten Schnee, immer im Kreis um den stummen Koloß mit der roten Wollmütze auf dem gesichtslosen runden Schädel. Sosehr er sich auch anstrengte, Marshall konnte die Züge des Mannes in der dunkelgrünen Jacke nicht sehen, nur die Jacke und die dünnen Beine, die Stiefel, die Gesichter der anderen Kinder, deren Namen er längst nicht mehr wußte. Es war, als würde seines Vaters Gesicht vom Schnee verdeckt, der immer noch fiel, unermüdlich herabtaumelte im Wind.

»Das ist so traurig«, sagte Alice.

»Was?«

»Das mit deinem Vater. Wach auf.«

»Er hat nicht – er schien nicht viel mehr zu wollen, als er gehabt hatte«, sagte Marshall.

»Warum hast du mir das nie erzählt?« wollte sie wissen. »Daß ihr beide hier wart. Wir sind diese Straße schon ein paarmal entlanggegangen. Denkst du nicht jedesmal daran, wenn du hier vorbeikommst?«

»Doch, natürlich.«

»Und du hast es nie erwähnt? Du bist so phlegmatisch in manchen Dingen.«

Er kannte das Wort nicht, und er wollte sie nicht merken lassen, daß er es nicht kannte. Er hob eine Braue, wie um zu sagen, mit dieser Charakterisierung könne er leben, und schwieg.

Der Weg war weit, und für gewöhnlich bot er Marshall reichlich Gelegenheit, sich umzuschauen, Leute zu beobachten oder durch die Drugstores zu streifen und in den Zeitschriften und Taschenbüchern in den Metallständern dort zu blättern. Es war erstaunlich, wie konsequent die Menschen auf den Straßen einer Großstadt durch einen hindurchschauten. Man konnte sich unter sie mischen wie ein unsichtbarer Gast aus einer anderen Welt, der alle und alles sah. Er wollte schon eine Bemerkung darüber machen, aber da fing sie an, über die Wahl zu sprechen; es bestehe keine Gefahr, sagte sie, daß Goldwater tatsächlich Präsident werde. Marshall beschleunigte seinen Schritt, um die 15th Street zu überqueren, und sie eilte redend neben ihm her. »Mein Vater regt sich immer so auf, weil ich Witze über den Namen mache – gut, niemand kann etwas für seinen Namen.« Sie sang: »Jedesmal beim Pieseln/seh ich Goldwasser rieseln«, und lachte dann. »Obwohl, das, was er in seiner Nominierungsrede vor dem Parteitag gesagt hat, fand ich ganz gut, so gesehen – das über Mäßigung und Extremismus und so – das war ein interessanter Ansatz.«

»Mäßigung im Streben nach Gerechtigkeit ist keine Tugend, Extremismus bei der Verteidigung der Freiheit kein Laster«, sagte Marshall.

»Du hast das beste Gedächtnis von allen Menschen, die ich kenne.«

Er hatte das Gefühl, daß er schon ziemlich außergewöhnlich sein mußte. Auch wenn er phlegmatisch war. Er konnte es nicht erwarten, heimzukommen zu seinem Wörterbuch.

»Ich werde nie verstehen, wie andere Leute es schaffen, sich Sachen zu merken«, sagte sie. »Ich kann mir überhaupt nichts merken.«

Der Gehsteig war voller Menschen, die Luft erfüllt vom Sausen und Zischen der Autoreifen. Er war im Einklang mit allem. Am Anfang seiner selbst. So empfand er es manchmal, und es war ein angenehmes Gefühl. Er war ein Bündel von Möglichkeiten. Er ging die Straße entlang und beobachtete die bewegte, fließende Welt ringsum. Lichter spiegelten sich in schimmernden Klecksen auf dem Asphalt und leuchteten in den Fenstern vorbeifahrender Wagen. Eine schwarze Limousine mit großen Heckflossen glitt vorüber, und Alice überlegte laut, ob das wohl Johnson sein konnte. Nein, Johnson war auf Wahlkampf in Neuengland.

Dekorationen umkränzten die Straßenlaternen entlang der F Street, kleine Kegel aus weißem Licht, die an Weihnachtsbäume erinnerten. Dank der Bemühungen der neuen First Lady war genug Geld für die Renovierung der Straße zusammengekommen, und die Dekorationen stammten noch von dem Festakt, mit dem dieser Anlaß begangen worden war. Die Stadt würde sie nun wohl die Feiertage hindurch hängen lassen. Jenseits der neugepflasterten Straße, irgendwo in der Ferne des verblassenden Nachmittags, jaulte eine Polizeisirene. Sie gingen die 15th Street entlang und weiter zum Lafayette Park, vorbei an den gestapelten Holzbrettern, mit denen Anfang Januar die Tribünen für die Amtseinführungsparade des neuen Präsidenten gebaut werden würden. Im Park waren die Bäume nebelschwer, alles Grün schien aus ihnen herausgewaschen, und die mit Blättern übersäten Grasflecken sahen trüb und verlassen aus. Die Statuen wuchsen aus dieser Düsterkeit empor, schimmernd vor Feuchtigkeit. Alice hatte sich bei ihm untergehakt und redete über den nadelfeinen Regen, über die Lichter entlang der F Street, über ihren Vater, der alljährlich ein solches Brimborium veranstaltete; ob es nicht nett wäre, fragte sie, wenn sie irgendwann ein Treffen zu viert organisierten: Walter und Alice, mit Walters Mutter und Alices Vater. »Meinst du nicht?«

»Meine Mutter trifft sich nicht mit Männern, die sie nicht kennt«, sagte Marshall. »Und dein Vater mag mich nicht.«

»Wie kannst du das sagen? Du hast ihn doch nur einmal gesehen.«

Am Ausgang des Parks sprach ein Mann sie an, der ein Schild umhängen hatte. »Hey, Junge«, sagte er. »Warte – wo willst du hin?« Er faßte Marshall am Ärmel. »Denkst du, wir haben 'ne Demokratie hier, Junge? Glaubst du das? Das ist keine Demokratie hier.« Auf dem Schild stand: USA RAUS AUS DER UNO. Darunter stand noch mehr, aber die Worte waren unleserlich, vom Regen verwischt. »Wie heißt du, Kleiner? Ich hab dich hier doch schon mal vorbeigehen sehen. Wie heißt du?«

»Wie heißen Sie denn?« fragte Marshall zurück. »Ich hab Sie

auch schon gesehen. Ich gehe jeden Montag und Mittwoch hier durch.«

»Ich heiße Walter Winchell. Nee, ich seh dich zum erstenmal.«

»Sie sind nicht Walter Winchell!«

»Wetten?« Der Mann streckte ihm die Hand hin.

Marshall sah ihn nur an. »So heiße ich auch.«

»Walter Winchell?«

»Nein, Walter.«

»Erzähl keinen Scheiß, Junge.« Der Mann drehte sich zu Alice. »Nichts für ungut, Miss.«

»Ich heiße wirklich so«, sagte Marshall. »Soll ich Ihnen meinen Führerschein zeigen?«

Der Mann musterte ihn, wie um abzuschätzen, wie ernst es ihm war. Dann nickte er. »Na gut. Warum nicht.«

»Er heißt wirklich Walter«, sagte Alice. »Ich kann für ihn bürgen.«

»Erst herzeigen«, sagte der Mann.

»Geben Sie erst zu, daß Sie nicht Walter Winchell sind«, sagte Alice.

Der Mann runzelte die Stirn. »Was kann ich dafür, wie andere Leute heißen, Schätzchen. Ich bin nicht der aus dem Radio.« Er wendete sich Marshall zu. »Dann laß mal sehen.«

Marshall holte seinen Führerschein heraus und hielt ihn hoch, damit der andere ihn inspizieren konnte. Der Mann nahm sein Handgelenk und zog den Führerschein näher an sein Gesicht, während er sich gleichzeitig drehte, so daß das Licht der nächsten Straßenlaterne darauf fiel. Marshall drehte sich mit ihm. Es sah aus, als würden sie eine Tanzfigur einüben.

»Ich kann's nicht ...«, sagte der Mann. »Ich seh da gar nichts.«

»Da steht ›Walter‹«, sagte Marshall. »Da.«

»Wo?« fragte der Mann. »Komm mit ins Licht.« Er zog Marshall zur Ecke vor, direkt unter die Laterne. Ohne das Handgelenk des jungen Mannes loszulassen, stierte er auf den Führerschein. »Ich find's nicht – das Plastik spiegelt so. Mach doch mal das Plastik ab.«

Marshall versuchte die Karte aus ihrer Hülle zu holen. Seine Hände wurden naß.

»Komm«, sagte der Mann. »Laß mich mal.«

Marshall gab ihm den Führerschein. Der Mann probierte kurz, die kleine Karte herauszuziehen, dann hielt er das Ganze erneut ins Licht. »Hast du noch irgendwas andres mit deinem Namen drauf?«

»Da steht es doch«, sagte Marshall. »Was ist denn mit Ihren Augen?«

Abrupt streckte der Mann ihm den Führerschein wieder hin. »Ach, wird schon stimmen. Bei dem Licht kann ich nicht lesen.«

»Da steht Walter«, sagte der junge Mann, indem er das Dokument in die Brieftasche zurücksteckte.

»Ist ja gut«, sagte der Mann. »Willst du da 'nen Orden für oder was? Gut, du erkennst mich. Und vielleicht erkenn ich dich auch. Na und? Dein Geldbeutel ist trotzdem leer.«

»Brauchen Sie Geld?« fragte Marshall ihn. »Kann ich irgend etwas für Sie tun? Wenn ich irgendwie helfen kann ...«

»Ach du liebe Scheiße.« Der Mann wandte sich ab. »Der spinnt.«

»Soll ich Ihnen ein bißchen Geld geben?« fragte Marshall wieder und nestelte schon unter seinem Regenmantel herum.

Der Mann hielt ihm die Arme fest. »Jetzt hör mal zu, Kleiner. Ich will dein Geld nicht. Laß es, wo es ist. Kapiert?« Er klopfte Marshall auf die Schulter und trat zurück, tänzelnd fast, mit einer Verbeugung, einem Kopfschütteln. »Himmelarsch.«

Marshall ließ sich von Alice weiterziehen. Er sah zu dem Mann zurück, der ihm nachschaute, sich dann wegdrehte und mit langen Schritten verschwand.

»Mein Gott, was denkst du dir denn dabei, wenn du so was machst?« fragte Alice.

»Ich möchte einfach den Armen helfen«, antwortete er.

»Der heilige Franziskus in spitzen italienischen Markenschuhen.«

»Das ist nur das, was wir alle tun sollten.«

»In der Bibel steht nichts über Almosen für Leute mit Schildern um den Hals, tut mir leid. Das weiß sogar ich.«

Sie überquerten die H Street und steuerten auf die 18th Street zu. Autos und Busse stauten sich vor einer Ampel, und die beiden flitzten zwischen ihnen hindurch. Im Licht der Scheinwerfer sah man, wie dicht der Nieselregen war.

»Wollen wir bei Wheaton's essen?« fragte sie. »Damals habe ich immer bei Wheaton's gegessen.«

»In der achtzehnten? Ich auch. Ich meine, jetzt esse ich da.«

»Der Wheaton's gleich gegenüber von Saint Matt's.«

»Saint Matthew's.«

»Ich habe es nicht respektlos gemeint«, sagte sie.

»Ja«, sagte er. »Ist schon in Ordnung.«

»Du bist plötzlich so still. Was ist denn?«

»Gar nichts.«

»Na gut«, sagte sie einfach. Eine Zeitlang wanderten sie schweigend nebeneinander her. Dann fing sie an, über die Folk-Manie zu reden – über das Kingston Trio, das sie im Konzert gehört hatte, und das Modern Folk Quartet und über Bob Dylan, den sie Dai-len aussprach. Dai-len und Joan Baez gingen miteinander, und sie hatte eine Musikzeitschrift, *Folkworld*, da saßen die beiden nebeneinander in einem Kreis von Leuten, bei irgendeiner Veranstaltung in Carmel. Junge Leute im ganzen Land taten dramatische Dinge, und dieses Bewußtsein, sagte sie, erfülle sie mit dem Wunsch, dem Verlangen danach, selbst etwas zu bewegen. »Irgendwann diese Woche machen wir ein Sit-in in Pope's Creek«, erzählte sie. »Es steht noch nicht fest, wann.«

»Ich mag die Beatles nicht«, sagte darauf Marshall. »Das einzige Besondere an ihnen ist diese Mopfrisur. Musikmachen können sie jedenfalls nicht. Ich verstehe nicht, was die ganze Aufregung soll.«

»Und Dai-len, magst du den?«

»Über den weiß ich fast nichts. Nur, daß er diesen Peter, Paul & Mary-Song geschrieben hat. Ich dachte, er wird ausgesprochen wie dieser Marshall aus *Rauchende Colts*.«

»Nein, es heißt ganz bestimmt Dai-len. Weil er ständig übers Sterben schreibt. Du solltest ihn mal singen hören. Er klingt, als wäre er mindestens neunzig, dabei ist er so alt wie ich.«

»Peter, Paul & Mary mag ich. Und das Kingston Trio. Und Judy Collins.«

Sie waren jetzt auf der 18th Street. In den Schaufenstern hingen Bilder von Kennedy, manche noch mit schwarzem Stoff oder rot-weiß-blauem Krepp umwunden oder in die Falten der amerikanischen Flagge gehüllt. Die meisten waren Schnappschüsse – Kennedy, ganz Konzentration, schreibend, zuhörend oder in die Ferne blickend, ein junger Mann, auf dessen Schultern die Bürde seines Amtes lastete. Überall im Land wurden Plätze und Straßen nach ihm benannt, und es gab Plattenaufnahmen von seinen Reden zu kaufen, Bücher über sein Leben, über sein Heldentum, seinen Witz, seinen Schmerz, seine Tapferkeit.

»Die Zeit ist schon was Komisches«, sagte Alice. »Es kommt einem vor, als hätte er vor einer Ewigkeit gelebt, findest du nicht?«

»Ich habe ihn einmal gesehen«, sagte Marshall. »Während der Mittagspause. Vorletzten Sommer. Sein Haar sah richtig rötlich aus in der Sonne. Ich war ganz überrascht. Ich weiß noch genau, wie überrascht ich war, daß es so rot war. Ich lese gerade seine Reden.«

»Was du alles liest. Und du willst schlechte Noten gehabt haben.«

»Ich lese auch sehr schnell«, sagte er.

»Kennedy konnte mehr als tausend Wörter pro Minute lesen.«

»Das ist bei mir auch so«, versicherte er eilig.

»Ich habe ja nie gefunden, daß du der Typ bist, der zum Radio sollte.«

»Was für ein Typ ist das denn?«

»Ach, einer, der viel redet eben. Mit einer dröhnenden Stimme. Wie mein Vater. Ein paar von den Leuten, die er mit nach Hause bringt.«

»Mir hat einer von meinen Lehrern empfohlen, zum Radio zu

gehen«, erklärte er. »Als ich in der elften Klasse war. Meine Mutter arbeitet jetzt bei ihm. Mr. Atwater.«

»Trotzdem«, beharrte sie. »Radio ist nichts für dich.«

»Das finde ich ja auch«, sagte er.

»Stimmt. Du wirst Präsident.«

»Es ist vielleicht noch ein bißchen früh, darüber zu reden.« Er war äußerst zufrieden.

»Ich hab dir doch erzählt, daß mein Vater ein paarmal mit Kennedy zusammengekommen ist. Und ein paar Freunde von ihm kannten Kennedy sogar ziemlich gut. Einer hat ihn fürs Fernsehen interviewt, mit Cronkite und den ganzen anderen.«

»Mein Vater ist mit Mitchell Brightman in die Schule gegangen«, flocht er ein.

»Den mein ich!« rief Alice entzückt. »Genau der ist das.«

Am Eingang von Wheaton's zögerten sie. Es war laut, an der Theke drängten sich die Leute, und ein Mann in der Nähe der Tür rauchte eine dicke schwarze Zigarre, die Alice über Atemnot klagen ließ. In der grellen Drugstore-Beleuchtung bemerkte Marshall um ihre Mundwinkel kleine Härchen. Er sah weg. Es würde ein paar Minuten dauern, bis sie einen Platz bekamen.

»Ich glaube, ich nehme einen Eisbecher«, sagte er.

»Du mit deinen Eisbechern. Hattest du nicht gestern zum Mittagessen auch schon einen?«

»Weiß ich nicht mehr.«

Sie sprach weiter, bevor er den Satz zu Ende gebracht hatte. »Irgendwann muß ich mich mal mit deiner Mutter über deine Ernährung unterhalten.«

»Ich glaube nicht, daß du damit sehr weit kommen würdest«, sagte er.

»Ich bin ja immer noch der Meinung, daß sie und mein Vater sich gut verstehen würden.«

»Vielleicht nehme ich doch ein Chili«, sagte er, um das Thema zu wechseln.

Alice atmete ein und wandte sich dann an den Zigarrenraucher, einen kaffeebraunen älteren Mann, der seitlich im Gesicht einen dunkleren Fleck hatte und eine rote Stelle in seinem sehr kurz geschorenen, drahtartigen Haar. »Könnten Sie die Zigarre vielleicht ausmachen, bitte? Ich kriege überhaupt keine Luft.«

»Nein«, sagte der Mann gewinnend.

»Sie ist so stark.«

Er lächelte und schüttelte den Kopf. »Ich hab Sie nicht hergebeten. Und ich zwinge Sie auch nicht, dazubleiben, Fräuleinchen.«

Marshall hatte das Gefühl, er sollte sie verteidigen, aber der Moment verstrich. Alice ging in den Laden hinein, und er folgte ihr, mit einem Blick zurück zu dem Mann mit der Zigarre, der immer noch lächelte und dabei Rauch ausblies.

»Leute gibt's«, sagte sie. »Irgendwie fühl ich mich jetzt gar nicht mehr gut.«

An der Theke waren keine Sitze frei. Dieser Teil des Drugstores roch nach Parfüm, nassen Kleidern und dem brutzelnden Fleisch in der Pfanne. Ganz schwach drang noch der Zigarrenrauch zu ihnen. Zwei Frauen standen von der Theke auf, bückten sich nach ihren prallen Einkaufstüten und räumten den Platz.

»Also?« fragte Walter. »Bleiben wir oder gehen wir?«

Alice trat an die Theke und setzte sich hin; ihren dünnen Regenmantel zog sie aus und legte ihn sich übers Knie. Er behielt seinen an, setzte sich auf den anderen Stuhl und versuchte, sich dem Kellner bemerkbar zu machen, der einem Kunden am anderen Ende der Theke Kaffee einschenkte. Zwei Männer diskutierten über eine Schreibmaschinenseite, die der eine in der Hand hielt.

»Das ist doch reine Profilierungssucht«, sagte der andere. Er hatte graue Schläfen und trug eine randlose Brille und einen blauen Dreiteiler mit einer Krawatte von dunklerem Blau. »Reine Profilierungssucht«, wiederholte er.

Marshall nahm sich vor, das Wort daheim nachzuschlagen, zusammen mit »phlegmatisch«, um sie zu gegebener Zeit beide im Kontext anbringen zu können. Der Mann in dem blauen Anzug war bestimmt ein Kopfmensch. In der Arbeit gab es einen

Mann, der in Harvard studiert hatte, der hieß bei den Angestellten im Postzimmer »der Kopfmensch«. Bei ihm waren die Schläfen auch grau, so als wirkte das viele Wissen sich körperlich aus. Die Kollegen in der Poststelle gebrauchten das Wort fast mit einer Art Verachtung, und doch hatte Marshall an zwei verschiedenen Stellen gelesen, daß Franklin Roosevelt und Adlai Stevenson Kopfmenschen gewesen seien; auch in Verbindung mit Kennedy war ihm die Bezeichnung schon untergekommen, und er war sich sicher, daß sie in diesen Fällen Intellektualität und geistige Überlegenheit ausdrücken sollte. Roosevelt hatte allerdings auf keinem seiner Photos graue Schläfen, und außerdem war der ganze Gedankengang natürlich schwachsinnig. Es wunderte Marshall selber, wie weit er abschweifen konnte, mit was für hirnlosen Überlegungen er sich verausgabte.

Alice setzte sich zurecht. »Ich bin am Verhungern.«

»Gerade hast du gesagt, du hast keinen Hunger.«

»Wirklich?« Sie zog die Brauen zusammen. »Ich wollte vorhin nicht deine Gefühle verletzen.«

»Wann?«

»Als mir das mit Saint Matt's herausgerutscht ist. Ich muß wirklich besser aufpassen.«

»Du hast meine Gefühle nicht verletzt.«

»Ich bin ja leider gar nichts«, sagte sie. »Mein Vater ist so eine Art Agnostiker. Ich meine, er glaubt schon, daß es einen Gott gibt, so gesehen, aber er denkt nicht weiter darüber nach. Er nimmt es einfach als gegeben. Deshalb sind wir nie in irgendeine Kirche gegangen, und ich habe ein absolutes Defizit. Wie ist das denn, wenn man religiös ist?«

Darauf wußte er nichts zu sagen. Er zuckte die Achseln, drehte sich um und winkte erneut dem Kellner, ohne Erfolg. Aus dem Spiegel vor ihnen blickten ihm seine eigenen unausgeprägten Züge entgegen, ein mageres Knabengesicht. Ein Gesicht, das nach wie vor nicht genügend Bartstoppeln hervorbrachte, um eine Rasur zu rechtfertigen; trotzdem rasierte er sich, dreimal die Woche. Er sah, daß Alice ihn beobachtete.

»Du gehst jeden Sonntag in die Kirche«, sagte sie. »Das würde mir auch gefallen.«

»Früher bin ich jeden Tag gegangen«, erwiderte er.

»Jeden *Tag*?«

»Fast. Unter der Woche habe ich mich manchmal gedrückt. Aber nicht oft. Ich habe immer gebetet, daß ich pünktlich aufwache, und dann bin ich auch aufgewacht, jeden Morgen, genau zur rechten Zeit. Bloß aufgestanden bin ich nicht immer. Wenn das Wetter richtig scheußlich war, bin ich wieder eingeschlafen. Ich hatte ja vor, ins Priesterseminar einzutreten. Das habe ich dir doch bestimmt erzählt.«

»Schon oft. Ich weiß, daß du sehr fromm bist.«

Aus irgendeinem Grund machte ihn das verlegen; er spürte ganz deutlich, wie er errötete. Sie saß da und ließ den Blick nicht von ihm.

»Ein Priester«, sagte sie.

»Na ja«, sagte er. »Jetzt ist damit ja Schluß.«

»Ich mag die Kirche«, sagte sie. »Ich glaube, ich wäre auch gern katholisch. Das fände ich irgendwie gut. Ich stelle mir das mit der Beichte so schön vor.«

»Man fühlt sich geläutert danach«, sagte er.

»Ich hör dich so gern davon erzählen. Du gehst sicher ständig.«

»So oft nun auch nicht«, sagte er. »Relativ oft.« Das Licht schien zu grell.

»Und jetzt hast du dich vom Priestertum auf die Politik verlegt.«

»Vielleicht auf die Politik«, sagte er. »Unter Umständen.« Wie albern das alles klang, wenn es ausgesprochen wurde.

Sie richtete den Blick auf ihr eigenes Spiegelbild. »Irgendwo habe ich gelesen, daß jeder katholische Junge wenigstens eine Zeitlang mit dem Gedanken spielt, Priester zu werden. Glaubst du, Kennedy wollte auch mal Priester werden?«

»Ich habe nichts dergleichen ...«

»Aber ich weiß jemanden, bei dem es auf alle Fälle so war – ein Politiker des zwanzigsten Jahrhunderts, der ein ganzes Land regiert hat und der als junger Mann ernsthaft vorhatte, Priester zu werden.«

Marshall nickte. »Hmh.«

»Kannst du ihn erraten?«

Er schüttelte den Kopf.

»Hitler.«

»Na ja. Da gab's bestimmt auch noch andere.«

»Ja«, sagte sie. »Mussolini.«

Der Kellner kam, um ihre Bestellung aufzunehmen. Er baute sich vor ihnen auf, wartend, den Block gezückt – ein gedrungener Mann mit beginnender Glatze, der auf einem Arm einen Falken tätowiert hatte.

»Hmm«, sagte sie, »was will ich denn jetzt? Bringen Sie mir einen Teller Chili mit Zwiebeln und Kräckern, dann Schweinskotelett mit einer gebackenen Kartoffel und Salat dazu. Und die Hähnchenflügel. Haben Sie das?«

Der Kellner betrachtete sie mit schläfrigem Blick. »Salat …«, wiederholte er.

»Und Milch. Und Kaffee. Ach ja, und zu der Kartoffel bitte Sauerrahm und Butter.«

»Und Sie?« fragte er Marshall.

»Für mich nur ein Schokoladeneis.«

»Du machst Ernst damit.« Alice klang befriedigt. »Dann nehme ich dasselbe. Streichen Sie das andere alles und bringen Sie mir auch ein Eis.«

Der Kellner starrte sie böse an.

»Schokoladeneis«, sagte sie. »Tut mir leid.«

Er ging weg.

»So, dann kannte Mitch Brightman also deinen Vater, und meinen kennt er auch. Die Welt ist klein.«

»Sie waren ein paar Klassen auseinander.«

»Die Welt ist klein«, wiederholte sie.

»Wie ist er denn so?« fragte Marshall.

»Brightman?« Sie stockte, überlegte. »Brightman ist – er ist – ich weiß nicht. Er ist ziemlich oft bei uns, so gesehen. Du müßtest ihn eigentlich sehr gut nachmachen können, Walter. Hast du's schon mal probiert?«

»Seine Art ist nicht extrem genug«, sagte Walter. »Aber Walter Cronkite kann ich ganz gut.«

»Laß mal hören.«

»Was war das nur ho-oite für ein Ta-ag«, begann er. »Ein Tag wie alle anderen Tage ...«

Sie lachte. »Gar nicht schlecht. Gefällt mir gut.«

»Brightmans Stimme ist zu tief«, sagte er.

Sie überlegte ein Weilchen. »Ich kenne ihn sogar recht gut, so gesehen. Er hat schon ein paarmal bei uns übernachtet, wenn er einen sitzen hatte. Er säuft nämlich wie ein Loch. Mein Vater springt manchmal für ihn ein. Einmal, das ist noch gar nicht so lange her, hatte er an einem Sonntag vor dem Mittagessen schon eine ganze Flasche I. W. Harper getrunken. Das weiß ich, weil er am selben Tag zum Abendessen zu uns kam. Die Frau, mit der er da war, hat meinem Vater gesagt, was er schon alles intus hat, und meinte, wir sollten ein bißchen aufpassen mit den Drinks. Mein Vater hat ihm den ganzen Abend Bourbon mit Wasser gegeben, und ich glaube nicht, daß er was gemerkt hat, aber als sie gingen, hat er eine Flasche Whiskey unterm Mantel rausgeschmuggelt. Mein Vater hat sie am nächsten Nachmittag vermißt und dachte schon, er würde an Gedächtnisschwund leiden oder so was, und dann rief Brightmans Bekannte an, um sich für den Abend zu bedanken, und hat sich für den Diebstahl entschuldigt.«

»Im Fernsehen wirkt er aber gar nicht wie ein Trinker«, sagte Marshall.

»Es darf auch niemand wissen. Er trinkt ewig lang keinen Tropfen, und dann hat er plötzlich diese – ich weiß nicht mehr, wie mein Vater es nennt. Aber sie halten alle ständig nach den Anzeichen Ausschau. Im Prinzip ist er nur erträglich, wenn er nüchtern ist. Er wird so eitel und selbstgefällig, wenn er trinkt. So was hast du noch nicht gesehen. Er unterhält sich mit dir und ist sternhagelvoll, und du merkst ihm nichts an. Außer daß dann plötzlich diese Eitelkeit rauskommt. Viel schlimmer, als wenn er er selbst ist – obwohl mein Vater sagt, er ist nur er selbst – sein wahres Selbst – wenn er betrunken ist, so gesehen. Es geht so weit, daß er niemanden aus dem Zimmer läßt, während er redet, nicht mal auf die Toilette. Du solltest mal meinen Vater zum Thema Mitchell Brightman hören. Dabei sind sie in Wirklichkeit Freunde. Sie kennen sich schon seit einer Ewigkeit. Sie haben zusammen mit diesem Menschen von *Person to Person* gearbeitet.«

»Edward R. Murrow?« sagte Marshall.

»Das sind die drei – Patrick Kane, Mitchell Brightman und Murrow.«

Sie sahen zu, wie der Kellner ihre Eisbecher herrichtete.

»Wie ist das eigentlich?« fragte sie. »Ist Konvertieren schwer? Mal angenommen, jemand will konvertieren.«

»Du wirst unterwiesen«, sagte er.

Das ließ sie sich durch den Kopf gehen. »Wie wenn man die Staatsbürgerschaft erhalten will?«

»Genau«, sagte er.

»Und bräuchte ich einen Bürgen?«

»Vielleicht, ich weiß es nicht.«

»Aber derjenige, der mich bekehrt hätte, wäre das nicht mein Bürge?«

Er nickte.

»Und du bist immer noch sehr religiös.«

Wieder packte ihn der Unmut. Am anderen Ende der Theke lehnte sich eine bemerkenswert schöne Frau zu einem älteren Herrn hinüber; sie redete sehr schnell und klopfte dabei ihre Asche in dem Aschenbecher neben ihrem Ellbogen ab.

»Wobei ich natürlich zugeben muß«, fuhr Alice fort, »daß ich mir so gesehen nie viele Gedanken über den Katholizismus gemacht habe. Ich stelle es mir nur so wunderbar vor. Die Frau, die mich aufgezogen hat, Minnie, ist Baptistin, aber ich habe sie nie in der Kirche gesehen. Aber sie ist auf jeden Fall fromm. Man merkt es an der Art, wie sie spricht.«

»Und sie geht nicht in die Kirche?«

»Sie geht schon. Ich war bloß nie dabei.«

Er hatte den Eindruck, daß noch mehr kommen würde, also wartete er.

»Minnie«, sagte sie. »Diese mollige Farbige, die gerade am Gehen war, als du neulich abends mit zu uns gekommen bist.«

»Sie hat dich aufgezogen?«

»So gut wie. Sie ist die einzige Mutter, an die ich mich erinnern kann. Sie hat immer so gut gerochen – süß irgendwie, wie frischgebackenes Brot oder wie frisch gepflückte Blumen. Ich fand es immer herrlich, auf ihrem großen Schoß zu sitzen und einzuschlafen, während sie mir vorlas.«

Sie schwiegen eine Zeitlang. Alice schien im Geist noch beim Vorlesen zu sein.

»Wie auch immer«, sagte sie schließlich. »Eigentlich wollte ich ja immer jüdisch sein, wegen den vielen Feiertagen – in der High School war das. Vor hundertfünfzig Jahren.«

Marshalls Blick streifte den Spiegel, aus dem ihm Alices dünnes Gesichtchen mit den hohen Backenknochen entgegenstarrte, und plötzlich fühlte er sich bloßgestellt, so als würden alle anderen an der Theke sie beide beobachten. Ihm wurde klar, daß die letzten Wochen hindurch meistens er geredet hatte, und in der Regel über sich selbst. Er schämte sich einen Moment lang dafür und überlegte, wie er es wiedergutmachen konnte.

»Deine Mutter ist ja so früh gestorben, daß du dich gar nicht mehr an sie erinnern kannst«, begann er.

»So ist es.«

»Und dein Vater hat nie wieder geheiratet?«

»Nein. Ein paarmal stand er kurz davor. Aber ehrlich gesagt, glaube ich, Frauen interessieren ihn nicht besonders. Mit Männern scheint er sich viel wohler zu fühlen. Ich meine, er ist nicht andersrum oder so was. Einfach nur – ich weiß auch nicht. Sehr maskulin eben. Er geht gern jagen und fischen – dieses ganze Männerzeugs.«

»Das hab ich gesehen.« Marshall meinte die zahllosen Trophäen bei Alice zu Hause.

Sie räusperte sich und blickte ihn an. »Wenn man einen Katholiken heiraten will, dann muß man doch konvertieren, oder?«

»Nicht unbedingt«, sagte er. »Der Vater meiner Mutter war evangelisch.«

»Im Ernst?«

»Ein richtiger, echter praktizierender Lutheraner.« Er lächelte sie an. »Ehrenwort.«

Sie lehnte sich ein Stückchen zurück, die Hände auf dem Tresen. Dann stützte sie einen Ellbogen auf, sah sich um, zupfte dabei mit den Zähnen an der Nagelhaut ihres Daumens herum. »Was glaubst du, warum du Priester werden wolltest? Einfach deshalb, weil du ein katholischer Junge warst, so wie Hitler und Mussolini? Na ja, natürlich nicht genau wie sie. Nur daß du eben auch nicht dafür geschaffen warst, aber dachtest, du wärst es.«

Er zuckte die Achseln. Die Frage schien ihn zu sehr festzunageln. Es irritierte ihn.

»Hitler war es natürlich erst recht nicht, stimmt's?«

Marshall schüttelte den Kopf. Sie redete ihm zu laut.

»Was hat denn deine Mutter dazu gesagt? Für eine katholische Mutter ist es doch sicher eine wunderbare Vorstellung, einen Priester in der Familie zu haben.«

»Viel hat sie nicht gesagt – hör mal, können wir vielleicht von was anderem sprechen?«

Der Kellner stellte ihre Eisbecher vor sie hin.

»Es tut mir leid«, sagte Alice. »Ich wollte nicht neugierig sein.«

»Jetzt entschuldige dich doch nicht«, sagte er und merkte dann, daß es schroffer geklungen hatte als beabsichtigt. »Es gibt überhaupt keinen Grund, sich zu entschuldigen.«

»Doch, den gibt's.« Sie aß einen Löffel von ihrem Eis.

»Nein«, sagte er.

Sie wischte sich den Mund ab. »Diese gräßliche Zigarre.«

Der Mann mit der Zigarre stand jetzt gleich rechts von ihr am Bücherständer. Er drehte daran, und der Ständer quietschte. Er stieß erneut eine Rauchwolke aus.

»Sollen wir uns woanders hinsetzen?« fragte Marshall.

Sie schien ihn nicht gehört zu haben. Sie schob sich noch einen Löffel Eis in den Mund, suchte dann seinen Blick im Spiegel und lächelte gequält. Gleich darauf sagte sie: »Mein Vater gibt dieses alberne Fest für mich – es ist echt albern. Ich werde nämlich vierundzwanzig, weißt du, und das ist in seinem kleinen Hirn anscheinend die magische Grenze. Na ja, jedenfalls lädt er dich dazu ein. Ein paar von seinen CBS-Leuten kommen auch. Und wie ich ihn kenne, hofft er bestimmt, daß ich mich in einen von ihnen verliebe.« Sie lachte. »Du hast wahrscheinlich keine Lust, oder? Ich bin mir ziemlich sicher, daß Mitchell Brightman da sein wird.«

Sie sagte diesen letzten Satz, als müsse das ein Anreiz für ihn sein. Es war einer, und das wurmte ihn. »Wann?« fragte er und stopfte sich Eiskrem in den Mund.

»Nächsten Freitag.«

Das Glühen ihrer Wangen und ihr schiefes kleines Lächeln vor Augen, vertiefte er sich angelegentlich in sein Eis.

»Ich meine, sicher, du kennst diese ganzen Leute nicht. Und es kommt natürlich ein bißchen plötzlich. Aber so ist mein Vater eben. Ich weiß schon, er schüchtert dich ein. Aber mit ein paar von den Leuten könntest du sicher wunderbar über Kennedy reden.«

Er war Mr. Kane nur einmal begegnet, vor etwa einem Monat; Alice und er waren in *Die Kanonen von Navarone* gewesen, und hinterher hatte sie ihn zum Kaffee zu sich nach Hause eingeladen. Alices Vater war groß und imposant, mit einem blanken Schädel und dunklem, graumeliertem Haar über den Ohren und am Hinterkopf. Sein Gesicht wirkte, als wäre es ihm von der Nase her übergestülpt worden, die so lang war, daß sie seine Oberlippe verdeckte. Abgesehen von den leicht schrägstehenden Augen sah Alice ihm überhaupt nicht ähnlich. Den jungen Mann hatte er zwar nicht unfreundlich behandelt, aber doch sehr distanziert, und er hatte ihn heimgefahren, ohne ein einziges Wort von sich zu geben – zwanzig Minuten dezenten Radiogemurmels, nur vereinzelt unterbrochen von Marshalls höflichen Richtungsangaben.

»Ich glaube, dein Vater mag mich nicht besonders.«

»Ach, so ein Unsinn«, sagte sie. »Er war nur nicht darauf gefaßt, daß ich an diesem Abend jemanden mit nach Hause bringen würde. Das ist alles.«

»Schon, aber – danach kam er mir auch nicht besonders entzückt vor.«

»Er ist eben schüchtern.«

»Er verkehrt mit Leuten wie Edward R. Murrow und Mitchell Brightman, und da soll er schüchtern sein?«

»Doch, wirklich. Er ist schüchtern. Und er hat ganz bestimmt nichts gegen dich. Er ist nicht bei uns im Wohnzimmer geblieben, weißt du noch? Wenn er dich nicht leiden könnte, wäre er eiskalt dageblieben, statt nach oben zu gehen. Er hätte es nie riskiert, dich mit mir allein zu lassen.« Sie seufzte, tippte dann mit ihrem Löffel einmal gegen den Becherrand. »Im Grunde graust es mir ja vor diesem Fest. Vielleicht schwänze ich einfach – sage nein danke und gehe statt dessen ins Kino. Warst du schon in *My Fair Lady*?«

»Nein, noch nicht.«

»Ich auch nicht.«

In dem verlegenen Schweigen, das nun folgte, entschloß er sich zu einem letzten Versuch, ihr – behutsam – diese Idee mit dem Kurs heute abend auszureden. »Hör mal«, sagte er, »heute ist bei uns echt nichts los. Ich bin nicht mal selber dran.«

»Dran? Was heißt das, du bist nicht dran?«

»Wir üben Rundfunkansagen. Wir machen alles so, wie es bei einem richtigen Sender wäre. Nur wird es eben nicht gesendet. Es ist bloß eine Art Spiel. Und ich bin heute nicht mit Sprechen dran. Ich sitze nur im Regieraum und schaue zu.«

Ihr Gesicht hellte sich auf. »Prima. Dann können wir ja gehen.«

»Wohin?«

»Ins Kino.«

Er begriff nicht gleich, wovon sie sprach.

»In *My Fair Lady*.«

»Ach, das – nein. In den Kurs muß ich schon.«

Sie sah ihn verständnislos an.

»Ich habe nur gemeint – schau, es gibt absolut nichts für dich zu sehen.«

»Nichts ...«

»Es ist einfach nichts los, verstehst du? Ich sitze bloß am Regietisch und starre auf irgendwelche Skalen.«

Sie nickte, wieder mit diesem gequälten Lächeln, und zog sich dann den Mantel fester um die Knie, als fröstelte es sie plötzlich. »Irgendwie ist in diesen Eisbechern wahnsinnig viel drin.«

»Wenn heute mehr los wäre«, fuhr Marshall fort, »dann wäre das etwas anderes ...«

Sie hatte einen großen Bissen von ihrem Eis genommen, und ein Klecks Sahne tropfte ihr aufs Kinn. »Uups«, machte sie mit vollem Mund.

Zu seinem Entsetzen sah er Tränen in ihren Augen. »Da«, sagte er und griff nach einer Serviette.

»Nein – wirklich.« Sie fing das Eis in der Handfläche auf, linste von einem Ende der Theke zum anderen und nahm dann die Serviette, die er ihr hinhielt. »Ich Ferkel.« Ihre Stimme zitterte.

»Bei so guten Sachen darf man schon ein bißchen ferkeln«, kam er ihr zur Hilfe.

»Ich sollte so was eh nicht essen«, sagte sie dünn. »Zu viel Zucker.«

»Also«, setzte er wieder an, »ich hoffe, es macht dir nichts aus, daß es heute langweilig wird.«

»Ach, weißt du, so gesehen – ich sollte eigentlich sowieso lieber heimgehen. Es wäre dumm, wenn ich ...«

»Ißt du dein Eis nicht auf?« fragte er.

Sie berührte leicht sein Handgelenk. »Iß du es.«

»So viel schaffe ich nicht.«

Sie war aufgestanden, sie zog sich den Mantel an, auf einmal in Eile.

»Ich bring dich zur Bushaltestelle.« Marshall stand ebenfalls auf, voll Reue, daß er nicht den Mund gehalten hatte. »Komm, ich bring dich hin.«

»Sei nicht albern«, sagte Alice. »Es ist gleich um die Ecke – an der K Street.«

»Doch, wirklich – ich möchte es.«

»Aber ich möchte es nicht.« Sie starrte in ihre Handtasche. »Bitte.« Sie zog ein Taschentuch hervor und wischte sich die Augen. »Die Luft ist so verqualmt – dieser gräßliche Kerl mit seiner Zigarre.«

»Alice«, sagte er. »Schau – weißt du – ich weiß nicht mal, was ›phlegmatisch‹ heißt.«

Wieder sah sie ihn verständnislos an. »Was?«

»Laß mich –« Er griff nach ihrem Arm. Aber sie machte sich los. »Alice.«

»Ich muß weg«, sagte sie. »So schwer ist das doch nicht zu kapieren, oder?«

»Alice«, hörte er sich sagen. »Bitte warte.«

Sie blieb stehen, sah ihn an.

»Ich – ich muß dir etwas sagen …« Tatsächlich war er in den letzten Tagen zu dem Schluß gelangt, daß er klare Verhältnisse zwischen ihnen schaffen wollte. Es hatte ihn gefreut, zu merken, daß er ihr nicht gleichgültig war, aber das jetzt – wie hätte er ahnen sollen, daß es ihr derart naheging?

»Ja?« sagte sie.

»Ich hänge zur Zeit ziemlich in der Luft«, begann er.

Sie sagte: »Ich weiß.«

Die Qual in ihrem Blick, diesem auf das Schlimmste gefaßten Blick, verschlug ihm den Atem. Er schaute zu Boden, trat von einem Fuß auf den anderen, während er seine Gedanken zu ordnen versuchte. Auf dem Boden lagen plattgetretene Zigarettenstummel. Natürlich hatte er gewußt, was sie für ihn empfand; er hatte es genossen.

»Ich weiß schon, was du sagen willst«, fuhr sie fort. »Du willst mir sagen, daß wir uns nicht mehr sehen sollen.«

»Nein«, beteuerte er hastig. »Das ist es nicht. Gott, wie kannst du so etwas denken?«

»Das ist es nicht?«

»Nein.« Es kam ihm wie eine Lüge vor.

»Ach, Walter.«

Er sah sie an – die nassen, abgrundtief dunklen Augen.

»Walter, hast du – o bitte. Sag es.«

»Ich kann nicht.« Er hatte nicht genug Atem.

»Ist es deshalb, weil du Angst hast, ich könnte nein sagen?«

Er war so perplex, daß er nickte.

»Ich werde nicht nein sagen, Walter.« In ihren Augen standen Tränen.

»Willst du meine Frau werden?« hörte er sich fragen. Ihm war, als hätte er die Worte schon einmal gesagt, in einem Spiel irgendwann vor langer Zeit. Was sonst hätte er unter diesen Umständen sagen sollen? Er kam sich wie ein ganz, ganz kleiner Junge vor, wie er so dastand unter ihrem jetzt plötzlich glücklichen Blick.

»Walter«, sagte sie. »Ja, ich will.«

»Es ist mein Ernst«, bekräftigte er, und so unglaubwürdig es für ihn klang, hatte er jetzt doch das Gefühl, auf dem richtigen Kurs zu sein. Irgendwo in seinem Innern keimte eine Ahnung davon auf, was für ein Abenteuer das sein mußte: erwachsen genug zu sein, um sich zu verheiraten.

»Mein Liebster.« Sie kam in seine Arme marschiert.

Er umfing sie, den Blick auf den Mann mit der Zigarre gerichtet, der sich umgedreht hatte und sie interessiert betrachtete, unverdrossen Rauch ausblasend. Marshall fühlte sich auf einmal auch ganz schwindlig von dem Qualm. »Ich hab es nicht so gemeint«, flüsterte er ihr ins Ohr. »Ich wollte dich nicht verletzen. Ich – ich wollte nur nicht, daß du dich langweilst.«

Sie trat auf Armeslänge zurück und sah ihn an. »Wie kannst du denken, ich würde mich langweilen? Wir wären doch zusammen. Es wäre der Himmel auf Erden. Hast du *Die große Liebe meines Lebens* gesehen?«

Am liebsten hätte er sie gebeten, still zu sein. »Nein«, sagte er. Er bekam seinen Atem nicht in den Griff.

»Genauso fühle ich mich jetzt.«

Er hatte ihr tatsächlich einen Heiratsantrag gemacht. Irgendwie hatte er diese Frau dazu gebracht, sich in ihn zu verlieben, und während seine Nerven noch flatterten, während ein Teil von ihm es immer noch nicht so recht wahrhaben wollte, wußte er, daß er die Sache durchziehen mußte.

»Ich hoffe, du kannst mir verzeihen«, stammelte er aufs Geratewohl. Er konnte ihr nicht ganz folgen; sie redete über den Film – Cary Grant und Deborah Kerr. Dann unterbrach sie sich schließlich und wandte ihm mit einer befangenen Kopfbewegung den Blick zu.

»Liebling, macht es dir was aus, wenn ich heute abend doch nicht mitkomme? Ich will heimgehen und es meinem Vater sagen.«

*Liebling.*

Das Wort schlug in ihn ein wie ein schwerer Stein in stilles Wasser. »Sicher«, sagte er. »Das – das ist schon in Ordnung.« Nie hatte er sich so verzweifelt danach gesehnt, allein zu sein. Er mußte einen Weg finden, es seiner Mutter beizubringen, allen anderen, die er kannte. Wenn er es durchzog, würden alle es erfahren müssen.

»O Walter«, sagte sie und hielt immer noch seine Hände. »Und du hast mich wirklich und wahrhaftig gebeten, deine Frau zu werden?«

Er nickte. Wenn sie doch aufhören würde, soviel Wind darum zu machen!

Sie reckte sich empor, um ihn zu küssen.

»Nicht hier«, sagte Marshall.

»Du zitterst ja. Schau deine Hände an.«

Er streckte die Hände aus.

»Wie goldig du bist. Es wird alles gut, mein Liebster.« Sie warf die Arme um ihn.

»Die ganzen Leute hier«, sagte er.

»Die sind mir egal«, sagte Alice. »Völlig egal. Ich bin so glücklich. Ich fühle mich wie im Himmel.«

»Ich – ich auch.« Beim letzten Wort überschlug sich seine Stimme, und es kam als Kiekser heraus.

Sie lachte zärtlich. »Du siehst aus, als hättest du gerade den schlimmsten Schock deines Lebens erlitten.«

»Das ist dieser Qualm«, sagte er, weil ihm eine andere Ausrede nicht einfiel.

Sie berührte sein Gesicht. »Ich liebe dich.«

»Ja«, sagte er. »Ich – ich auch. Mir geht's genauso.«

»Ich kriege keinen Bissen mehr runter.«

»Nein.«

»Du auch nicht?«

»Genau«, sagte er.

»Und? Wann tun wir's?« fragte sie.

»Tun wir was?« Sein Herz setzte einen Schlag aus.

»Wann heiraten wir?«

»Äh – sobald ich eine ordentliche Stelle finde, schätze ich.«

»Nein«, sagte sie. »Du mußt aufs College gehen, wie wir ausgemacht haben.«

»Du willst warten, bis ich mit dem Studium fertig bin?« Der wachsende Druck in seinem Rückgrat ließ einen Moment lang nach.

»O nein«, sagte sie. »So lange kann ich nicht warten.«

»Auch wieder wahr«, preßte er hervor.

»Und du?«

»Was?« fragte er. »Ach, das – nein.«

»Ich möchte dir helfen, wenn du aufs College gehst.«

»Ja.«

»Gut«, sagte sie. »Wie wär's im Juni, wenn du mit der Radioschule fertig bist?«

»Auch wieder wahr. Sicher.«

»Eine Juni-Hochzeit.«

»Genau.«

»Klingt das nicht schön?«

»Wunderbar«, sagte er.

Sie blickte ihn an. »Deshalb warst du den ganzen Abend so nervös – weil du mich fragen wolltest und dich nicht getraut hast.«

Er nickte, ganz und gar resigniert. Er war jetzt soweit, daß er zu allem ja und amen gesagt hätte.

»Du bist so süß.«

»Ich weiß nicht«, sagte er.

»Und damit du's gleich weißt: Ich konvertiere. Ich werde so schnell katholisch sein, daß dir der Kopf schwirrt.«

Das erschien ihm als eine beklemmend treffende Beschreibung seines gegenwärtigen Zustands. Und dazu hatte er diese Verkrampfung im Rücken, zwischen den Schulterblättern.

Sie küßte ihn auf die Wange. »Ich weiß, daß du in deinen Kurs mußt. Ich gehe jetzt heim – mein Vater wird aus allen Wolken fallen. Und es macht dir auch ganz sicher nichts aus?«

»Ganz sicher«, sagte er.

Eine Pause, dann meinte sie: »Du willst wahrscheinlich ganz gern ein bißchen für dich sein. Das ist ja auch verständlich.« Und sie murmelte, mehr zu sich selbst als zu ihm: »Alice Kane Marshall. Klingt gut.«

»Mehr kriege ich nicht runter«, sagte er.

»Ach, wer denkt schon ans Essen?«

»Ich zum Beispiel – wenn ihr beide endlich mal Platz machen würdet«, sagte der Mann mit der Zigarre.

Es sei alles wie im Film, sagte Alice. Marshall griff in die Hosentasche, um sein Geld herauszuholen, und fand nichts. Er suchte in den anderen Hosentaschen, dann in den Manteltaschen. »Mein Geld. Ich hatte zwei Zwanzig-Dollar-Scheine.«

Sie nahm seinen Mantel und schaute selbst nach. Es war etwas Mütterliches an der Art, wie sie ihn ansah und dabei den Mantel in den Händen wendete. »Nichts.«

Er drehte sich um und suchte unter dem Hocker, am Fuß der Theke.

»Walter Winchell«, sagte Alice. »Er muß es dir geklaut haben.«

Erneut grub er die Hände in die Hosentaschen und kramte in seiner Brieftasche. Da war sein Führerschein, mit schwärzlichen Fingertapsern darauf.

»Walter Winchell, der Spinner mit dem Schild«, sagte sie.

»Ich hatte das Geld in meiner Hose, unterm Mantel.«

»Da.« Kopfschüttelnd langte Alice in ihre Handtasche.

Für einen Augenblick war es, als wären sie bereits verheiratet – als lägen schon viele Ehejahre hinter ihnen und sie wäre auf nicht ganz greifbare Weise unglücklich mit ihm, unglücklich und ungeduldig. Sie gab ihm einen Zehner und sechs Ein-Dollar-Scheine und legte einen Fünfer auf den Tresen. »Du wolltest den Armen helfen. Das ist dir ja wohl gelungen.«

»Es ist weg«, sagte er.

Sie lächelte. »Du bist mir einer.« Ihr neues Selbstvertrauen veränderte sie; er wußte nicht recht, wie er damit umgehen sollte. Er zog seinen Mantel an, und gleich fing sie an, die Knöpfe zu schließen.

»Laß …«, sagte er.

»Halt still«, befahl sie. Und als sie mit ihrer selbstauferlegten Aufgabe fertig war, gab sie ihm einen Klaps auf die Brust. »So.«

Draußen auf der Straße sagte sie: »Du hast mich überhaupt noch nicht geküßt.«

»Nein«, sagte er. »Auch wieder wahr.«

Etwas schien sie anschwellen zu lassen. Es war, als würde ihr Gesicht von einer Sekunde zur anderen größer. »Walter, willst du bis an dein Lebensende hier stehen und ›auch wieder wahr‹ sagen?«

Jetzt hatte der Krampf seinen Unterleib erreicht. Sie streckte sich und küßte ihn auf den Mund, eine ungelenke Umarmung. Sie stand auf den Zehenspitzen und drehte den Kopf von einer Seite auf die andere, die dünnen Arme fest um seinen Nacken geschlungen. Nach einer halben Ewigkeit ließ sie sich wieder auf die Fersen fallen und wurde im selben Moment um etliche Zentimeter kleiner. »Ich liebe dich«, sagte sie. In dem unwirklichen Licht sah ihr Gesicht fleckig aus. »Bis morgen.«

»Morgen«, wiederholte er. »Ja.«

Er blickte ihr nach, wie sie sich eilig ihren Weg durch das Gedränge auf dem Bürgersteig bahnte; er wußte instinktiv, daß das von ihm erwartet wurde. Ein paarmal drehte sie sich noch um und winkte. Er winkte zurück.

Er hatte nicht selbstsüchtig sein wollen; auch nicht lächerlich.

Aus dem Nieselregen wurde Regen. Er warf einen letzten Blick die K Street entlang, aber Alice war verschwunden, die Tat getan. Er, Walter Marshall, neunzehn Jahre und sechs Monate alt, verängstigt und allein und sorgenbeladen, das Opfer eines Taschendiebes, stand auf der nassen Straße, in der Hand das Geld dieser jungen Frau, und begriff beim besten Willen nicht, wie es hatte zugehen können, daß er nun auch noch verlobt war.

## 2

Der junge Mann hatte sich seine Zukunft das letzte Jahr über in allen Einzelheiten ausgemalt – bis hin zu der Frau, die er heiraten würde. Seine Frau, die First Lady in spe, würde in etwa so aussehen wie Natalie Bowman, das Mädchen in der Schule. Nein, das war nicht die Wahrheit (wie leicht man sich doch selbst belog!) – die Wahrheit war, daß die zukünftige First Lady seiner Tagträume Natalie Bowman *war*. Er hatte mit ihr zusammengesessen, wenn er zu früh zum Kurs gekommen war, und sie hatten miteinander geredet, meist über das Wetter draußen vor dem Fenster der Bibliothek – die Spätsommerhitze, die kühleren Nachmittage im September, wenn die Tage unmerklich kürzer wurden. Gelegentlich hatte er für sie auch Possen gerissen und sie zum Lachen gebracht. Sie sprach mit einem Hauch von Akzent, ein W geriet ihr hier und da zum V, und manchmal vergaß sie ein Wort, winzige Ausrutscher, die er bezaubernd fand und die sein Augenmerk auf den wundervollen Schwung ihres Mundes lenkten, auf die Art, wie das Tiefgrün ihrer Augen sich aufhellte, wenn sie lächelte oder lachte. Für sie war er ein amüsanter Grünschnabel, eine lohnende Eroberung für eine Jüngere. Stunden hatte er bei der Arbeit in der Poststelle damit zugebracht, sich spaßige Geschichten für sie zurechtzulegen, genau durchzuspielen, wie er sie unterhalten würde, damit sie möglichst lang bei ihm in der kleinen Bibliothek blieb. Es schien immer etwas zu geben, das sie von ihm wegzog, sie weiterlockte, Gedanken und Gefühle, zu denen er keinen Zugang hatte. Etwas Rätselhaftes umgab sie, als würde sie auf etwas warten, als hoffte sie, daß die Fänge ihrer gegenwärtigen Existenz ihren Griff lockerten. Ein Teil ihrer Aufmerksamkeit war immer anderswo, und es gab Augenblicke, da verfiel sie in eine düstere Nachdenklichkeit. Wenn es ihm dann gelang, sie zum Lachen zu bringen, den Bann zu brechen, fühlte er sich stark und tüchtig – geehrt sogar, obwohl sie über diese Stimmungsschwankungen nie sprach und sein Geplauder zuweilen als eine Selbstverständlichkeit anzusehen schien, als die natürliche, vorhersagbare Folge seiner Anwesenheit. Ihm machte das nichts aus. Er hätte sich auch mit viel weniger zufriedengegeben, solange er nur in ihrer Nähe bleiben durfte. Mit ihrem biegsamen, hochgewachsenen Körper und den dunklen, aristokratischen Gesichtszügen erinnerte sie ihn an Jackie Kennedy, und katholisch war sie auch. Was lag da näher, als die Rolle seiner First Lady mit genau diesem Mädchen zu besetzen, diesem verträumten, undurchschaubaren Mädchen?

Auf seinem abendlichen Weg zum Kurs, vorbei an den Läden mit ihren Schaufensterpuppen in den diversen Posen selbstbewußter Anmut, hatte er die großartigen Möglichkeiten in Gedanken manchmal so weit ausgereizt, daß er schon an den Formulierungen seiner zukünftigen Amtsantrittsrede feilte. Es war natürlich nur ein Zeitvertreib, aber doch auch ernstgemeint, und immer wieder ertappte er sich bei der Hoffnung, die Welt möge sich nicht allzusehr verändern, ehe er sein Ziel erreichte und seine Rede halten konnte.

*Meine Mitmenschen in aller Welt, fragt nicht, was Amerika für die Länder im einzelnen tun kann, sondern was wir zusammen als ein Land für die ganze Welt tun können.*

Mrs. Alice Kane Marshall.

Das klang überhaupt nicht gut. Während er durch den Regen zur Schule ging, versuchte er, sie sich als Ehefrau vorzustellen, aber statt dessen sah er immer nur Jackie graziös durch die Räume des Weißen Hauses schweben, so wie damals in der Fernsehdokumentation über die Geschichte des Gebäudes und über all die von ihr veranlaßten Neuerungen. Alice Marshall, First Lady. Es war absurd. Er war noch nicht einmal alt genug, um zu wählen, und außerdem hatte diese Tagträumerei etwas Sündhaftes – oder etwa nicht? Ihm war nicht wohl bei der ganzen Geschichte.

Im zunehmenden Regen wanderte er die Straße entlang und suchte nach Argumenten: Alice war älter, sie hatte Verständnis; er würde ihr niemals willentlich weh tun, und das mußte sie eigentlich wissen. Sollte er eines Tages tatsächlich Präsident werden, dann würde er sie reich belohnen. Er würde der ganzen Welt verkünden, was für eine gute Freundin sie gewesen war, von der ersten Stunde an …

Nur daß er sich mit ihr verlobt hatte. Er würde sie heiraten.

Er ging weiter, die 18th Street entlang. Die Straßenlaternen strahlten in den schweren Himmel hinauf, beleuchteten Wassertropfen und wehende Wolkenfetzen. Ein Photo im Schaufenster eines Kleidergeschäfts zeigte Kennedy von der Seite; er saß an einem polierten Schreibtisch, hinter sich ein Fenster, und schrieb, sein Gesicht sorgenvoll und konzentriert. Marshall betrachtete den grauen Stoff seines Anzugs, die gestreiften Manschetten, die an den Ärmeln hervorguckten. »Dieses begnadete Talent« hatte Stevenson ihn genannt. Kennedy. Das erste Mal, daß Marshall ihn gesehen hatte, war 1956 gewesen, bei der Fernsehübertragung des demokratischen Parteitags; er hatte hinter einem Dickicht von Mikrophonen auf dem Podium gestanden, und Tausende hatten ihm zugejubelt. Marshall war damals elf gewesen. Er hatte seine Mutter gefragt, wer denn der Mann mit den komischen Haaren war. »Das ist John F. Kennedy«, hatte sie gesagt. »Der wird mal Präsident.« So ein schöner Mann. Insgeheim wünschte sich Marshall, die Zeit möge schneller vergehen. Es wäre gut, die Gegenwart hinter sich zu haben. Er fühlte sich gefangen in ihr. Flüchtig sah er seinen eigenen fahnengeschmückten Sarg auf einer von Pferden gezogenen Lafette die Pennsylvania Avenue entlangrollen, gefolgt von allen Staatsoberhäuptern der Welt. Vielleicht würde die Flagge die der Vereinten Nationen sein.

*Meine Mitbürger auf der ganzen Welt …*

»Jetzt hör aber auf«, sagte er laut.

Die Scheinwerfer eines Autos streiften hinter ihm vorbei, und in ihrem Licht wurde der Geist seines eigenen Spiegelbildes im Glas sichtbar, gleich über Kennedys Schulter. Es war ihm unerklärlich, was für einen Reiz Alice – oder überhaupt jemand – an diesem mageren Gesicht entdecken konnte. Die Vertrautheit des Anblicks trieb ihn vom Schaufenster weg. Im Geiste sah er sich irgendwo unter freiem Himmel stehen, neben sich seinen erwachsenen Sohn. Er sah sich eine Tür öffnen, und hinter der Tür wartete Alice, mit Kindern.

*O Walter. Ich gehe jetzt heim – mein Vater wird aus allen Wolken fallen.*

Er ging weiter, versuchte die Bilder aus seinem Kopf zu verbannen.

Der Kurs begann erst um halb sieben, und gelegentlich machte er vorher einen Abstecher zu Saint Matthew's. Die Kirche lag einen halben Block von seinem Weg ab, aber Marshall beschloß trotz des Regens, noch kurz dort vorbeizuschauen. Einer der Priester war ein Schulfreund seiner Mutter, und unter der Woche war er abends manchmal in der Kirche. Pater Soberg wußte über Marshalls einstige geistliche Ambitionen Bescheid und hatte mit ihm über das Leben im Seminar gesprochen, über die religiösen Bücher, die der Junge auch jetzt noch las – die *Exercitia spiritualia* des Ignatius von Loyola, die Meditationen von St. Franziskus de Sales, die *Summa theologica* des Thomas von Aquin, die gesammelten Werke von Fulton J. Sheen, ausgewählte Schriften von Thomas Merton und sogar ein wenig De Chardin. Der Priester nahm Anteil am Werdegang des jungen Mannes, hatte ihm ein paar der Bücher geliehen.

Durch den Regen eilte er auf Saint Matthew's zu. Ob Pater Soberg wohl da sein würde, ob sich eine Gelegenheit finden würde, dem Priester zu erzählen, was geschehen war? Inzwischen goß es in Strömen, Windböen peitschten die Tropfen schräg.

Die Kirche war von einer geradezu mittelalterlichen Wuchtigkeit, wie sie so über ihrem kleinen Abschnitt der Rhode Island Avenue aufragte, ein drohender steinerner Schatten in der schimmernden Weite des regnerischen Stadthimmels. Während Marshall die Marmorstufen hinaufhastete, dachte er wie jedesmal an die Prozession von Berühmtheiten, die im frostigen Sonnenlicht jenes schrecklichen Montags vor nun fast einem Jahr eben diese Treppe hinabgeschritten war. Kennedys Beerdigung. Alle bedeutenden Persönlichkeiten der Welt, so hatte es geschienen. Schauspieler und Staatsoberhäupter, ehemalige Präsidenten und Monarchen, Kirchenfürsten – alle hatten sie hier auf diesen Stufen gestanden, und dazu hatte das Musikkorps der Navy das Lied von den Schiffbrüchigen auf hoher See gespielt.

Er stieß die schwere Holztür auf und trat ein.

Drinnen war es warm, und das gedämpfte Tosen der Stadt umfing ihn von allen Seiten, als käme es direkt aus dem hohen Deckengewölbe. Die Kirche war leer. Marshall ging ganz nach vorn, zur Kommunionbank und den Votivkerzen. Alice würde all dies nie verstehen. Hier, so nah beim Altar, roch man den Talgduft der brennenden Kerzen, und wenn die Luft sich bewegte, trug sie die steinerne Feuchtigkeit der Mauern und der rippenförmigen Stützbogen heran wie einen Seufzer. Die Schatten in dem hohen Gewölbe über dem Altar schienen sich zu ihm hinunterzuneigen. Als er niederkniete, knarzte die hölzerne Knieleiste unter seinem Gewicht. Alles hier drinnen nahm ihn an, in diesem Raum mit seinem bedeutungsschweren Schweigen, der leise seufzenden Luft und den Heiligenbildern, die in heiterer heiliger Vollendung aus dem Dämmer blickten.

Hier konnte er zur Ruhe kommen und entscheiden, was nun zu tun war.

Eins war klar: Die Gefühle und das Wohlergehen eines anderen Menschen standen auf dem Spiel. Eines Menschen, den er gern mochte, um dessen Zuneigung er sich bemüht hatte. Nein, es half alles nichts. Wenn Alice heiraten wollte, dann würden sie eben heiraten. Außerdem schimmerte irgendwo tief unter dem bestürzten Bewußtsein, daß er sich auf etwas Katastrophales eingelassen hatte, immer noch eine Ahnung von etwas Verlockendem – das Neue daran. Dieser seltsame, atemlose Taumel, der ihn erfaßt hatte, als sie ihn Liebling nannte. Denn so hatte es sich doch angefühlt: wie ein Taumel. Als würde er in aberwitzigem Tempo einen steilen Berg hinuntersausen.

Er faltete die Hände, neigte den Kopf und versuchte sich ins Gebet zu versenken. Aber er konnte die Augen nicht geschlossen halten. Vor ihm an der Wand warf das Kruzifix seinen langen Schatten über den Altar. Es war fast lebensgroß, aber eine wirklichkeitsgetreue Darstellung der Kreuzigung Christi war es nicht. Die Wahrheit, die wahrheitsgetreue historische Wiedergabe, wäre weitaus grauenvoller gewesen, das wußte Marshall.

Er hatte vor kurzem ein Buch von einem französischen Arzt namens Barbet gelesen, der anhand von Experimenten mit frischen Leichnamen die physischen Auswirkungen der Kreuzigung studiert hatte. Barbet wies nach, daß die Nägel nicht, wie dies bei fast allen Statuen der Fall war, in die Mitte der Handfläche getrieben worden sein konnten, denn dann hätte das Gewicht des Körpers das Fleisch an der Hand zerreißen lassen, so daß die Nägel zwischen den Fingern herausgerutscht wären und die Kreuzigung ihren Zweck verfehlt hätte. Eine Fülle von Photos und Diagrammen illustrierte die Versuche, die der Arzt durchgeführt hatte, um zu einer akkuraten Beurteilung des körperlichen Leidens Christi in Golgatha zu gelangen. Und so wußte Walter Marshall nun, daß die Nägel – die schartigen, stumpfen, primitiven Stifte der Römer – in die Handgelenke geschlagen worden waren, durch die Handwurzel genau in den mittleren Armnerv, der sich, wenn er auf diese Weise durchstoßen wurde, spaltete und unsägliche Schmerzen durch den ganzen Körper jagte. Grauenvolle Schmerzen, und dazu natürlich die Dornenkrone, die sich in die Kopfhaut bohrte, die Peitschenstriemen den Rücken hinab, der Hunger, das langsame Verbluten, die Hiebe der Soldaten, die Nagelwunden selbst, die furchtbare Verkrampfung des Zwerchfells, die ein Ausatmen unmöglich machte und das

Opfer zwang, sich auf den festgenagelten Füßen hochzustemmen, um den Körper durchzustrecken und dadurch den Krampf zu lösen und die Luft auszustoßen und wieder einzuatmen, einzuatmen, was vom Leben noch übrig war – den Anblick der Welt, das Licht, selbst in Demütigung, Erschöpfung und Pein.

Er konnte ruhig heiraten. Heiraten war harmlos.

Er sah zu dem gramerfüllten Antlitz am Kreuz hinauf und versuchte, alles andere aus seinem Denken zu verbannen, den Geist des Kruzifixes zu erfassen.

*Hingegossen bin ich wie Wasser, auseinandergerissen ist all mein Gebein.*

Manchmal, wenn er hier kniete und über Christi Leiden nachsann, wenn er die schreckliche Wirklichkeit dieses Leidens spürte und sich insgeheim danach sehnte, das Kreuz zu tragen, erwachten plötzlich alle seine Sinne. Etwas schien durch seinen Leib zu strömen, Wogen von Samt kleideten sein Inneres aus. Er gab sich stets alle Mühe, dieses Gefühl niederzukämpfen; er hatte Angst, daß es ihm als eine Empfindung lieb werden könnte, die *mit* dem Körper und *im* Körper genossen werden wollte, statt als das, was es eigentlich sein sollte: ein austauschbares, bescheidenes Attribut seiner unausgesetzten Hingabe an den Willen und die Majestät Gottes.

Es war alles so kompliziert.

Heute abend wollte sich keine spirituelle Ekstase einstellen. Heute abend fühlte er sich der gepeinigten Gestalt am Kreuz nicht so nah wie sonst. Er sprach ein Bußgebet und mußte es mehrfach wiederholen, weil sein Geist hartnäckig abschweifte.

*Herr, wenn ich gesündigt habe, bitte hilf, daß ich mich aus der Verstrickung löse.*

Er senkte den Kopf, versuchte erneut seine Gedanken zu sammeln. Alles in ihm raste, vielleicht hatte er Fieber, vielleicht brütete er etwas aus. Vor seinem inneren Auge sah er wieder Alice, diesen Ausdruck schmerzlicher Vorwegnahme in ihrem Blick, und dann trat plötzlich Natalie an ihre Stelle, Natalie, die sich auf der Fensterbank in der Bibliothek von Mr. D'Allessandros Radioschule rekelte.

*Hör auf damit. Herr, bitte.*

Ein paar Sekunden lang war er sich der Bewegung auf der anderen Seite der Kirche bewußt, ohne sie wirklich wahrzunehmen. Pater Soberg war hereingekommen. Er machte einen gehetzten und irgendwie verstimmten Eindruck; kaum, daß er die Knie beugte, als er den Mittelgang überquerte und zum Tabernakel vorging. Er zündete eine Kerze an und stand eine Weile betend davor, eilte dann wieder über den Gang zur anderen Seite, auch diesmal nur mit angedeutetem Kniefall. Als er in den Seitengang einbiegen wollte, entdeckte er Marshall und blieb stehen, stirnrunzelnd, offenbar unsicher, wie er reagieren sollte. Marshall senkte den Kopf, aber jetzt hatte der andere sich entschlossen und trat zu ihm in die Bankreihe.

»Kommst du nicht zu spät, Walter?«

»Ein bißchen«, sagte der junge Mann. »Eigentlich nicht. Der Kurs fängt erst um halb sieben an.«

»Wolltest du mich sprechen?« Pater Soberg war Mitte Vierzig, mit dunklem, kurzgeschorenem Haar und knochigen, von Bartstoppeln beschatteten Wangen. Die großen Hände mit den flachen Fingerkuppen und das fast quadratische Gesicht ließen ihn strenger erscheinen, als er war. Seine Züge hatten immer etwas Zorniges, die dunklen Augenbrauen drängten sich zusammen in einem Ausdruck steter Mißbilligung. Auch er war in den Regen gekommen.

»Wenn Sie gerade zu tun haben …«, sagte Marshall.

»Was ich zu tun hatte, habe ich erledigt.« Pater Soberg setzte sich hin, aber in der Haltung eines Menschen, der schon wieder auf dem Sprung ist. »Keine Sorge. Du siehst aus, als hättest du

Kummer – und als wolltest du eigentlich lieber in Ruhe gelassen werden. Deshalb war ich ein bißchen im Zweifel.«

»Mir geht's gut.«

»Du bist leichenblaß«, sagte Pater Soberg. »Bist du krank?«

»Ich glaube nicht, Pater.«

»Wie geht es deiner Mutter?«

»Gut – die Arbeit an der High School macht ihr nicht mehr soviel Spaß – jetzt, wo ich nicht mehr dort bin.«

»Du richtest ihr aus, daß ich mich nach ihr erkundigt habe, ja?«

»Ja, Pater.«

»Braver Junge. Und dir fehlt ganz sicher nichts?«

»Ich habe mich verlobt«, sagte Marshall unvermittelt. Es kam so abrupt wie ein Huster.

Pater Soberg lächelte und legte den Kopf schief. »Seit wann das?«

»Gerade eben«, antwortete Marshall. Es wurde ein merkwürdiges Krächzen daraus. Er wiederholte es. »Gerade eben.«

»Du wirkst ziemlich außer Fassung«, sagte Pater Soberg. »So etwas kommt alle Tage vor, mein Sohn. Obwohl ich zugeben muß, daß du ein bißchen jung bist.«

»Ich weiß«, sagte Marshall, nachdrücklicher als beabsichtigt.

»Kenne ich das Mädchen?«

Er schüttelte den Kopf.

»Nun, das ist eine wichtige Entscheidung. So etwas kann einen Mann schon nervös machen.«

»Ja, Pater.«

»Ist sie katholisch?«

»Sie sagt, sie will konvertieren.« Der junge Mann merkte selbst, wie mutlos seine Stimme klang.

»Möchtest du das denn nicht?«

»Ich weiß nicht.«

»Ich wollte mich nicht einmischen. Entschuldige.«

»Nein, es ist schon in Ordnung«, sagte Marshall. »Wirklich.«

»Ich bin sicher, daß sie ein ganz reizendes Mädchen ist.«

»Ja, Pater.«

»Na siehst du.« Der Priester klopfte ihm auf die Schulter. Er starrte in das Zwielicht an der Rückwand der Kirche. »Daß ich versetzt werde, weißt du ja.«

»Sie werden versetzt?«

»Hat dir deine Mutter das nicht –« Pater Soberg klang ganz verdutzt. »Ja, in dieses – Vietnam. Die Südhälfte natürlich. In eine Stadt namens Saigon in Südvietnam. Für ein Jahr, bei der dortigen Mission. Hauptsächlich, um sie zu schließen. Wo ich danach hinkomme, weiß ich noch nicht.«

»Südvietnam«, sagte Marshall.

»Ja, ich weiß. Und den Norden haben wir gerade bombardiert.« Pater Soberg blickte zu Boden und seufzte. »Tja. Sag deiner Mutter einen schönen Gruß. Und herzlichen Glückwunsch.«

»Danke, Pater.«

Der Priester trat wieder in den Seitengang und hastete zu der schweren Tür, die auf die Straße hinausführte. Marshall sah ihm nach. Die Tür fiel langsam zu, und in der Kirche kehrte erneut Stille ein. Nur, daß jetzt alle Dinge auf ihre Grundsubstanz reduziert schienen, Stein und Farbe, Holz und Stahl, Gips und Glas. Selbst das Kruzifix. Das Gesicht des Gekreuzigten sah nur noch nach schlechter Laune und schlechter Verdauung aus, ein von ungeübter Hand nachgebildetes menschliches Gesicht auf einer mit Stahlbändern an den Deckenbalken befestigten Statue. Walter Marshall schloß die Augen und versuchte zu beten.

In irgendeinem der Bücher, in denen er gelesen hatte, hieß es, der Weg der Seele hin zur Vollendung sei der Weg fort von der Ablenkung.

# 3

In dem Wartehäuschen an der Bushaltestelle Ecke 18th und L Street stand Albert Waple, ein Buch dicht vor dem Gesicht, und las. Als Marshall näher kam, spähte er zu ihm heraus.

»Was machst du hier, Albert? Kommst du nicht zum Kurs?«

»Doch«, sagte Albert, immer noch blinzelnd. »Du schaust anders aus. Ich hab dich erkannt, aber du schaust anders aus.«

»Ich wüßte nicht, wie«, sagte Marshall.

»Die Kleider sind's nicht.« Albert musterte ihn.

Marshall unterdrückte einen Anflug von Ärger. »Bin ich blaß?«

»Ah. Es ist dein Haar.«

Er fühlte sich ertappt. »Nein«, sagte er.

»Doch, doch«, sagte Albert. »Irgendwas hast du damit gemacht. Warst du beim Friseur?«

»Nein.«

»Dann kämmst du es anders.«

»Ich kämme es schon seit einer Ewigkeit so. Schon bevor ich dich kannte.«

Albert trat näher heran. »Vielleicht liegt es am Licht.«

»Hör mal, können wir vielleicht über was anderes reden als über meine Haare?«

»Ist das ein wunder Punkt von dir?«

»Wieso soll es ein wunder Punkt sein? Es sind doch bloß Haare.«

Albert schien aufrichtig verwirrt. »Was weiß ich.«

»Also komm, Albert.«

»Nein, ich dachte nur, du siehst heute irgendwie anders aus.«

»Bin ich blaß?«

Albert betrachtete ihn eingehend. »Nicht blasser als sonst.«

»Vielleicht sollte ich wirklich zum Friseur gehen.« Marshall versuchte so unbekümmert und so gleichgültig wie möglich zu klingen.

»Es erinnert mich irgendwie an jemand ... du siehst irgendwem ähnlich ... nur das Blond stimmt nicht.«

»Was machst du eigentlich an der Bushaltestelle?«

»Auf den Bus warten.«

»Dann kommst du also nicht zum Kurs?«

»Ich habe eine Überraschung.«

»Aha.« Marshall wartete. Nach ein paar Sekunden wurde klar, daß der andere seine Lektüre wieder aufgenommen hatte. »Also, was ist es?«

Albert kniff fragend die Augen zusammen. »Wie bitte?«

»Was für eine Überraschung?«

»Wenn ich dir das sagen würde, wäre es keine Überraschung mehr.«

»Es ist eine Überraschung für mich?«

»Mhm.«

»Ich hab auch eine Überraschung für dich.«

»Also gut«, sagte Albert. »Du zuerst.«

»Ich heirate. Alice und ich.« Die Worte klangen hohl.

Albert starrte ihn an.

»Na?«

»Das ist ja toll«, sagte Albert. »Du und Alice.«

Marshall sah die Straße entlang, auf die Scheinwerfer der wartenden Autos an der roten Ampel an der Kreuzung Connecticut Avenue und 18th Street. Von der Haltestelle aus überblickte man fast die ganze Länge der 18th Street mit ihren Hotelfassaden, Läden, Kinos und Bars. In dem Regen wirkten die Lichter, als stünden sie kurz vor dem Zerfließen. Albert stand lächelnd da, mit dieser Seelenruhe des Kurzsichtigen, die immer etwas leicht Peinliches an sich hatte.

»Du heiratest doch schließlich auch. Warum also ich nicht?«

»Nein, ich – ich sag doch, daß ich es toll finde. Du darfst dir nichts dabei denken. Ich brauch immer ein bißchen, bis ich schalte.«

»Ich weiß wirklich nicht, warum du so komisch reagierst.«

»Es ist ganz wunderbar«, sagte Albert. »Wer reagiert hier denn komisch?«

»Niemand«, sagte Marshall. »Muß an mir liegen.«

»Wann hast du sie gefragt?«

Marshall sah wieder die Straße hinab. »Vorhin – vor einer halben Stunde.«

»Wie schön«, sagte sein Freund. »Das müssen wir feiern.«

»Ich weiß nicht«, sagte Marshall. »Vielleicht ein andermal.«

»Lieber heute als morgen – oder hast du schon vergessen, daß ich auch eine Überraschung für dich habe?« Albert verlagerte sein Gewicht ein wenig, schüttelte den Kopf. »Ich kann's nicht mehr für mich behalten. Rate, wer mit dem Bus kommt?«

»Wer?«

»Emma.« Er nickte stolz.

»Emma.«

Alberts tiefliegende Augen schienen sich plötzlich zu verengen, als wäre ihm aus der Nacht außerhalb des Unterstands etwas ins Gesicht geflogen.

»Ach, Emma«, sagte Marshall.

»Ich hab dir ja gesagt, irgendwann macht sie es. Ihre Tante Patty hat sie vor einer Stunde in Alexandria in den Bus gesetzt. Der Fahrer weiß Bescheid und sagt ihr, wann sie aussteigen muß.«

»Das ist toll.« Marshall richtete den Blick wieder auf den Verkehr. »Wunderbar.«

»Nicht viele blinde Mädchen würden so weit fahren, nur um den Freund ihres Verlobten kennenzulernen.«

»Auch wieder wahr«, sagte Marshall.

Sie schwiegen. Albert sah auf die Straße hinaus, blinzelte gegen das Licht.

»Nur um mich kennenzulernen«, wiederholte Marshall. »Das ist stark.«

»Deshalb mußt du auch so tun, als ob es eine ganz große Sache wäre«, sagte Albert. »Ja?«

»Es ist ja auch eine ganz große Sache.«

»Ich meine, nicht, daß sie das nicht mit links machen würde. Emma ist nicht aus Zucker.«

»Ich kann es gar nicht erwarten, sie kennenzulernen, Albert.«

»Ich bin so glücklich heute abend«, sagte Albert. »Was für ein froher Tag.«

»Du wirkst immer glücklich«, bemerkte Marshall.

Albert war mit seinen Gedanken anderswo. »Ich mußte mich ganz schön ins Zeug legen, bis ihre Tante es erlaubt hat. Emma ist nämlich erst achtzehn – und Tante Patty – na ja, Loslassen ist immer so eine Sache. Ich hab Blut und Wasser geschwitzt, als ich mir zurechtgelegt habe, wie ich ihr am besten beibringe, daß Emma und ich heiraten wollen.«

Marshall wartete darauf, daß er weitererzählte. Aber Albert vertiefte sich wieder in sein Buch, sein Gesicht verschwand fast dahinter.

»Und wie hast du's dann gemacht?« fragte Marshall.

»Was gemacht?«

Das passierte ständig. »Tante Patty beigebracht, daß du und Emma heiraten wollt.«

»Ach so«, sagte Albert mit einem Lachen. »Gar nicht.«

»Du meinst, du hast es ihr noch nicht gesagt?«

»Emma hat es ihr gesagt. Wir kamen ins Zimmer, und Emma sagte: ›Tante Patty, Albert hat etwas mit dir zu besprechen.‹ Und ich sah, wie Tante Pattys Gesicht sich zu mir drehte – die Augen konnte ich natürlich nicht sehen. Nur die Umrisse. Ich steh also da, und ich mach meine große dämliche Klappe auf, und heraus kommt – nichts. Ein dickes fettes vollständiges hoffnungsloses Nichts. Ich hab nicht mal mehr Luft gekriegt. Dann hat es ihr Emma gesagt.«

»Und was ist passiert?«

»Tante Patty bekam Ausschlag am ganzen Körper.«

Marshall grinste ihn an.

»Sie ist eine seltsame alte Dame. Immer, wenn sie sich sehr freut oder sehr traurig ist, kriegt sie einen Ausschlag.«

»Sie hat sich gefreut«, sagte Marshall.

Albert schüttelte den Kopf. »Nein.« Es klang fast wie eine Frage. »Nein, man kann nicht sagen, daß sie sich gefreut hat.«

»Aber inzwischen freut sie sich.«

»Nein.«

Sie schwiegen.

»Emma ist sehr jung, weißt du. Und Tante Patty kann sehen.«

Marshall war verwirrt, und Albert schien es zu spüren.

»Ich kann auch noch sehen«, sagte er. »Ich weiß, wie dem Spiegel zumute sein muß, wenn ich hineingucke. Ich bin nicht gerade der schönste Anblick der Welt.«

»Schönheit ist nicht alles«, sagte Marshall und spürte dabei unbehaglich, daß der Satz automatisch kam und nicht von Herzen.

»Du bist ein guter Freund«, versicherte Albert ihm.

Sie kannten sich seit der ersten Woche an der Radioschule, September vor einem Jahr, denn bevor Albert die kleine Wohnung in der Stadt gemietet hatte, waren sie eine Zeitlang mit demselben Bus heim nach Virginia gefahren. Albert erzählte gern jedem von seinem Privatleben, und sein Vertrauen in die wohlmeinende Aufnahme seiner Bekenntnisse war so felsenfest, daß man sich sofort als sein Beschützer fühlte und es nicht übers Herz brachte, ihn zu enttäuschen oder auch nur durch eine unbedachte Äußerung durchblicken zu lassen, daß er mit diesem naiven Glauben falsch liegen könnte. Marshall hatte ihn nie zu sich nach Hause eingeladen und besuchte ihn selten in seiner eigenen Bude – sie hatten sich nur drei-, viermal außerhalb der Schule getroffen, meistens zum Mittagessen mit Alice –, und trotzdem wartete Albert immer schon, wenn Marshall abends zum Kurs kam, und benahm sich ohne jeden Vorbehalt so, als seien sie die besten Freunde. Marshall mochte ihn gern, aber zugleich fühlte er sich ihm auf halbbewußte Art merkwürdig überlegen – im Besitz einer Weltläufigkeit, die dem anderen abging. Albert war zu vertrauensselig, und Marshall hatte die Blicke gesehen, die

Fremde sich zuwarfen auf jenen abendlichen Busfahrten nach Arlington.

Gleich in den ersten Minuten ihrer Bekanntschaft hatte er Marshall erzählt, daß Emma seit ihrer Geburt blind war, daß ihr Vater im Krieg gefallen war, bei Anzio, und daß sie ihre Mutter verloren hatte, bevor sie zwei war. Und daß sie Alberts Lehrerin gewesen war, als er mit der Blindenschrift begonnen hatte. Sie hätten sich binnen Sekunden ineinander verliebt, sagte er. Worauf er lächelte und Marshall fragte, ob er ein paar Übertreibungen hier und da sehr schlimm fände. »Wie auch immer«, fuhr er fort. »Wir haben uns ineinander verliebt, und nach der zweiten Stunde habe ich sie gebeten, mich zu heiraten. Findest du das zu früh?«

»Es ist schon früh«, gab Marshall zu.

»Tja«, erwiderte Albert und kratzte an seinem langen, aknevernarbten Gesicht herum. »Aber endgültig.«

Albert machte gern Witze auf seine eigenen Kosten, aber auf seine Entschlußkraft war er stolz. Es war eine Eigenschaft, die er bei sich zu kultivieren suchte.

»Ich würde ja gern mit dir warten«, sagte Marshall jetzt. »Aber ich muß noch in die Bibliothek. Ich hab doch die Werbung seit 1945 übernommen, für Rundfunkgeschichte.«

»Ach.« Albert sah furchtbar enttäuscht aus. Seine Züge spiegelten alle seine Gefühle in übertriebener Deutlichkeit. »Ich hatte gedacht, wir könnten die zweite Stunde schwänzen und zusammen ein Sandwich essen gehen oder so was.«

»Tut mir leid«, sagte Marshall. »Aber ich kann wirklich nicht.«

»Dann will ich dem Fortschritt mal nicht im Wege stehen«, sagte Albert, schnell wieder getröstet.

In Wahrheit hatte Marshall zwar zu arbeiten – der Sprecher des spanischen Senders hatte ihn gebeten, eine Werbung für eine Büroausstatterfirma zu schreiben, und für das Seminar über die Geschichte des Rundfunks mußte er auch recherchieren –, aber eilig war das alles nicht. Er wollte die verbleibende halbe Stunde nutzen, um Natalie zu sehen, die gewöhnlich in der Bibliothek saß, bis ihr Unterricht begann. Für die Sekunden, die er brauchte, um sich die Ausrede für Albert einfallen zu lassen, hatte er Alice völlig vergessen.

Bei der Erinnerung an sie drang ein kleiner Wimmerlaut aus seiner Kehle.

»Was?« fragte Albert.

»Ich hab nichts gesagt.«

»Na gut«, sagte Albert. »Ich muß auch noch was lesen.« Er winkte, dann wandte er sich ab und drückte das Buch wieder an die Nasenspitze.

»Tschüs«, sagte Marshall.

Albert hob den Kopf. Sein Anblick ließ an eine Krähe denken – diese lange Nase, die tief in ihren Höhlen liegenden Augen. »Wir holen dich dann ab.«

Marshall hob die Hand und ging. Nach ein paar Schritten drehte er sich noch einmal um. Da stand sein Freund im Licht der Bushaltestelle, eine hohe, krumme, schattenhafte Gestalt, und rings um ihn rieselte feiner Regen aus der zunehmenden Dunkelheit herab.

Tagsüber verkniff er sich den Gedanken an Natalie so weit wie möglich, aber neuerdings hob er, wenn er sich der Schule näherte, in letzter Sekunde den Blick, um sie in ihrem Fenster in der Bibliothek sitzen zu sehen. Wenn sie ihn entdeckte, konnte es geschehen, daß sie winkte. In der Regel war sie in ein Buch vertieft. Manchmal war sie auch überhaupt nicht da. Dann wieder schien ihre Gegenwart das ganze Gebäude zu erfüllen.

Heute jedoch saß sie an dem Fenster zur Straße hinaus. Bei ihrem Anblick hüpfte sein Herz und wurde dann bleischwer.

Im Juni würde er ein verheirateter Mann sein.

In dem Bewußtsein, daß sie ihn von ihrem Platz aus sehen konnte, setzte er schneidig die Treppe zur Eingangstür hinauf und verlor auf einer der letzten Stufen den Halt, so daß er mit dem Knie auf dem Beton aufschlug. Das war natürlich nichts anderes als die gerechte Strafe Gottes. Mühsam rappelte er sich auf und schaffte es, die restlichen Schritte zur Steinveranda einigermaßen souverän zurückzulegen. Der Schmerz trieb ihm die Tränen in die Augen. Als er zum Fenster hochlinste, hob sie eine schmale Hand zum Gruß.

In der Eingangshalle war es immer dämmrig – ein langer dünner Streifen ausgebleichten Linoleums durchzog sie und mündete in einen dünnen Korridor mit nackten grauen Wänden, beidseitig gesäumt von den hohen Türen zu den Seminarräumen. Der Gang endete vor einer verschlossenen weißgestrichenen Tür, bei der, soweit Marshall wußte, niemand je hineinging oder herauskam. Auf der rechten Seite der Halle führte eine schmale Holztreppe, glänzend-grün lackiert und knarzend vor Alter, zu dem Eingang der D'Allessandro-Rundfunkschule hinauf; der Name war in roten Lettern auf die Glastüren gemalt. Besitzer und Leiter der Rundfunkschule wie auch des Abendkollegs im Erdgeschoß waren Mr. D'Allessandro und seine Frau; für das Abendkolleg war hauptsächlich sie zuständig, auch wenn Mr. D'Allessandro dort einen Kurs in Etymologie gab (diesen Kurs erwähnte er gelegentlich, um sich dann über den Wohlklang der Sprache zu verbreiten, wenn die richtige Stimme sich ihrer bediente, eine Stimme, die die Melodie in den Wörtern erfaßte und die richtigen Töne traf). Links von der Halle lag das Büro des Abendkollegs – ein kleines Kabuff mit Schreibtisch und Telephon für die Sekretärin, an dessen Wänden, schön gerahmt, die Diplome von Mr. D'Allessandro und seiner Frau sowie Photographien der beiden in Begleitung diverser bedeutender Persönlichkeiten hingen (Mr. D'Allessandro hatte während Eisenhowers erster Amtszeit für die »Stimme Amerikas« gearbeitet, und Bilder, auf denen ihm John Foster Dulles und Averell Harriman die Hand schüttelten, zeugten davon). Wiederum links von diesem Raum ging die Rundbogentür zu der kleinen Bibliothek ab, deren hohes, in Blei gefaßtes Fenster auf die Straße hinausblickte.

Walter Marshall blieb noch ein bißchen vor den Photos stehen, um Zeit zu schinden, dann schlenderte er in die Bibliothek, inständig hoffend, daß sein Gesicht nicht allzu verzerrt war von dem Schmerz in seinem Knie. Die Bücher der Rundfunkschule befanden sich alle an derselben Wand, gegenüber von Literatur, Geschichte und Sozialwissenschaften, die den Rest der Sammlung ausmachten – soweit man es eine Sammlung nennen konnte. Der Raum selbst war kaum größer als ein Wohnzimmer und auch nicht viel anders eingerichtet; in den Ecken standen Sofas und Armsessel, in der Mitte ein Eichentisch mit Stühlen darum.

Marshall setzte sich an den Tisch und schlug eines der Bücher auf, einen Überblick über die Geschichte des Rundfunks. Er sah zu Natalie hin und lächelte. Aus irgendeinem Grund hatte er immer das Gefühl, warten zu müssen, bis sie das Gespräch eröffnete. Sie stand auf und kam zu ihm herüber. Mit ihrer bronzeschimmernden Haut und dem gesunden Proteinglanz ihrer schwarzen Haare hatte sie fast etwas Polynesisches. »Wie geht es dir heute abend, Walter?«

»Gut«, sagte er.

»Du siehst mir erschöpft aus.« Sie berührte seine Stirn. »Das Wetter ist so schlecht. Du siehst mir aus, als ob du kleines Fieber hast.« Sie ließ die Hand wieder fallen. »Ich muß ein Gedicht auswendig lernen. Aber ich möchte mich lieber mit dir unterhalten.«

»Ich liebe Gedichte«, sagte er.

»Ich weiß. Du hast mir erzählt.«

»Ehrlich?« fragte er. »Ja, das hab ich wohl.«

Sie lächelte. »Weißt du, manchmal denke ich, vielleicht ich mache dich nervös.« Ihre sanften Augen hatten die Farbe eines klaren Vorfrühlingstages.

»Nein – überhaupt nicht.« Beim letzten Wort überschlug sich seine Stimme wieder so schrecklich. Er täuschte einen Husten vor, räusperte sich. »Dieses Wetter – meine Nebenhöhlen.«

»Jetzt nimmst du mich wieder auf den Arm.« Sie setzte sich neben ihn. »Wir dürfen nicht so laut sein in der Bibliothek. Wie gut, daß niemand hier ist und uns ausschimpft. Sie sind alle in den Regen gegangen, bevor du gekommen bist.«

Er ließ den Blick zum Ausgang wandern und dann zurück zu ihr. »Niemand da«, sagte er.

»Erzähl mir etwas Lustiges, Walter. Du bist niedergedrückt.«
»Nein«, sagte er.
»Du bist gar nicht vergnügt. Sagst du mir einen Witz, ja?«
»Ich weiß keinen neuen«, sagte er.
»Irgendwas. Sei lustig. Ich habe soviel Sehnsucht nach Lachen.«
»Mir fällt nichts ein. Tut mir leid. Es ist schwer, so auf Bestellung.«
»Sei nicht so düster«, befahl sie. »Macht dich das Regenwetter düster?«
»Bei Regenwetter fühl ich mich immer völlig – regnerisch und wäßrig«, sagte er.
Sie lächelte. »Siehst du, das war doch nicht schwer.«
»Aber auch nicht komisch.«
»Schade«, sagte sie. Dann seufzte sie. »Im Winter wird es zu früh dunkel. Aber das haben wir sicher auch schon gesprochen. Die Themen vergehen uns, glaube ich.«
»Es gibt eine Menge zu sagen«, widersprach er. »Die Tage kippen – hast du gemerkt, wie hell es morgens ist?«
»Es kommt so schnell. Die frühe Dunkelheit.«
»Das habe ich immer gehaßt«, sagte er.
»Ich mag es auch nicht.« Sie stand auf. »Jetzt sind wir beide traurig.«
Er blickte zu ihr auf und spürte, daß es mit Lächeln allein nicht getan war. »Mir geht es immer gut, wenn ich mit dir zusammen bin«, sagte er.
Sie lachte. »Ach je. Da siehst du. Jetzt schäme ich mich, daß die Dunkelheit mir so schlechte Laune macht. Ich nehme es alles zurück.« Sie schwieg einen Moment, sah an ihm vorbei zur offenen Tür hin. »Gut dann. Viel Erfolg beim Arbeiten.« Damit drehte sie sich um und ging zu ihrem Fensterplatz zurück, wo sie ihr Buch aufschlug und sogleich sehr vertieft wirkte. Er blätterte in seinem eigenen Buch herum. Auf einer der Seiten fand er ein Bild von Alices Vater, Patrick Kane; eine Zigarette im Mundwinkel, stand er vor einem grauen Hintergrund, neben sich

Edward R. Murrow. Marshall sah darin sofort den Finger Gottes. In seinem Knie pochte es mahnend. Natalie ruhte entspannt am Fenster, den wohlgeformten Knöchel des einen Beins unter den Oberschenkel des anderen gezogen; sie hielt einen dicken Shakespeare-Band auf dem Schoß und schien durch und durch zufrieden – auf diese typische Art schöner Frauen, die sich ihrer Eleganz durchaus bewußt sind und sie auch nicht missen möchten. Bestimmt wußte sie, welche Wirkung sie auf ihn hatte. Mühsam wandte er die Aufmerksamkeit wieder seinem Buch zu, aber es gelang ihm nicht, sich zu sammeln, und nach ein paar Minuten hörte er Albert mit seiner Verlobten hereinkommen, hörte Alberts hohe Stimme, beruhigend, sanft ermutigend: »Und jetzt hier lang.«

Sie traten hinter Marshall ins Zimmer und setzten sich auf eins der Sofas. Er drehte sich nicht um. Aus irgendeinem Grund brauchte dieser Moment eine gewisse Theatralik; schließlich würde er gleich jemandem gegenübertreten, den er noch nie gesehen hatte. Er starrte auf das Bild von Alices Vater mit seinen kleinen Augen und der ausgeprägten Kinnpartie.

»Walter arbeitet immer sehr konzentriert, weißt du«, erklärte Albert seiner Verlobten.

»Das muß ein hübsches Zimmer sein, oder? Ich kann die vielen schönen Bücher riechen.«

Marshall kam sich schlecht vor, aber er konnte sich einfach nicht dazu aufraffen, schon jetzt den Kopf zu heben.

Am Fenster drüben blätterte Natalie eine Seite um, seufzte, klappte dann ihr Buch zu und verließ raschen Schrittes den Raum. »Wiedersehen«, sagte sie. Marshall gestattete sich einen kurzen Blick in ihre Richtung, und das gab Albert den Einsatz.

»Walter?« sagte er. »Da ist sie. Gerade eben mit dem Bus aus Alexandria gekommen.«

Marshall drehte sich um und heuchelte mechanisch Überraschung. »Oh! Hallo!«

Emma war eine gedrungene junge Frau mit blasser, leicht fleckiger Haut; man sah ihr an, daß sie die Sorge für ihr Äußeres anderen überließ. Ihr feines sandfarbenes Haar war zu einem Zopf geflochten und fest um ihren Kopf gesteckt, und ihre Augen waren trüb, so völlig nach innen gekehrt, daß man sich zwingen mußte, nicht wegzuschauen. Sie hielt eine dunkle Brille in ihrer dünnen weißen Hand, und er begriff, daß sie sie abgenommen hatte, weil sie ihm vorgestellt wurde. »Albert spricht in den höchsten Tönen von dir«, sagte sie lächelnd.

»Wie nett, dich kennenzulernen.« Marshall versuchte, nicht an Natalie zu denken.

Mit all der Niedertracht eines Schuljungen wurde er sich bewußt, daß Albert und seine Verlobte kein besonders hübsches Paar abgaben, und angesichts von Natalies in sich ruhender Schönheit fühlte er sich fast ein wenig kompromittiert dadurch, so als würde die Bekanntschaft mit ihnen seine Chancen verringern. Er stand auf, und dann fiel ihm wieder Alice ein. Einen Augenblick lang versagte ihm die Stimme. »Gehen wir rauf, oder?«

»Laß dich von uns nicht stören«, sagte Albert. »Wir setzen uns einfach hin und warten auf dich.«

»Ich bin schon fertig.«

»Darf ich deine Hand schütteln?« fragte Emma.

Marshall nahm ihre ausgestreckte Hand. Ihre Handfläche war kühl. Ihre Finger glitten über seine Finger und hinauf bis zu seinem Handgelenk. Dann wanderten sie wieder nach unten, und Emma drückte seine Hand.

»Nett«, sagte sie. »Ich kann spüren, daß du ein netter Mensch bist.«

*Nein.*

»Und jetzt ist er auch ins Netz gegangen«, sagte Albert.

»Albert, sprich nicht so.«

»Oh, aber wir gehen leidenschaftlich gern ins Netz«, sagte Albert. »Versucht doch mal, uns wieder zurückzuwerfen.«

Marshall führte sie hinaus und durch den Korridor bis zur Treppe. Ab da ging Albert voraus, Hand in Hand mit Emma.

Oben hinter der aluminiumeingefaßten Glastür mit der Aufschrift D'ALLESSANDRO-RUNDFUNKSCHULE, im Licht des Studios mit seinen schallgedämpften Wänden und der kleinen, mit technischem Gerät vollgestopften Abhörkabine, saßen auf Hockern die anderen Mitglieder von Mr. D'Allessandros Radioschule, Abschlußjahrgang 1965. Sie saßen still beieinander, als würden sie auf etwas oder jemanden warten. Für die heutige Sitzung war Martin Alvarez für den Ton vorgesehen, und Baker sollte Nachrichten und Werbung lesen. Bisher hatte niemand mit irgendwelchen Vorbereitungen begonnen.

»Wie schön, daß ihr – alle – da seid«, sagte Albert blinzelnd. »Ich möchte, daß ihr Emma kennenlernt.«

»Guten Abend«, sagte Emma und zog den Mantel aus. Albert nahm ihn ihr ab.

Alvarez stand auf und legte behutsam seine Hand in ihre. »Ist mir ein Verrgnuggen. Wir haben Prroblemme.«

»Probleme?«

»Wo brennt's denn?« fragte Albert. »Ist der Regietisch zusammengebrochen?« Er lächelte in die Runde.

Marshall, der den Ausdruck in Alvarez' Gesicht bemerkte, sah die anderen an. »Was ist passiert?« fragte er.

Baker antwortete. »Mr. D'Allessandro ist im Krankenhaus. Verdacht auf Herzinfarkt.«

»O Gott«, sagte Emma und umklammerte Alberts Arm. »O mein Gott.«

»Reg dich nicht auf«, sagte Albert. Dann, zu Baker: »Weiß man, wie schlimm es ist?«

»Nur, daß er gegen fünf Uhr nachmittags eingeliefert wurde«, sagte Baker. »Mehr wissen wir nicht. Wir warten jetzt, daß Mrs. D'Allessandro anruft. Sie schien ziemlich gefaßt. Aber bei solchen Sachen kann man nie wissen.«

Marshall blickte ihn fragend an.

»Sie hat gesagt, wir sollen warten. Sie wollte, daß wir hier warten.«

Ricky Dalmas rutschte von seinem Hocker und nahm die

Pfeife mit der Kerbe im Stiel aus dem Mund. »Ich hab das Gespräch entgegengenommen«, meldete er. »Herzbeschwerden. Aber Mrs. D'Allessandro kam mir nicht besonders aus dem Häuschen vor.«

»Ich hab mit ihr geredet«, sagte Baker. »Sie schien ziemlich gefaßt.«

Darauf schwiegen alle. Draußen drückte jemand lautstark auf die Hupe; es klang wie eine Zudringlichkeit von seiten der Stadt, und nun ertönte in der Ferne auch noch ein Martinshorn. Marshall ging zur Abhörkabine und sah hinein. Da stand Mr. D'Allessandros Kaffeetasse auf dem Tischchen wie immer.

»Ich glaube, er war daheim, als es passiert ist«, sagte Baker.

»Was ist, wenn er nicht zurückkommt?« wollte Ricky Dalmas wissen. »Ich muß unbedingt eine Stelle beim Radio kriegen. Ich brauch den Abschluß.«

»Unser Geld bekommen wir nicht zurück«, sagte Mrs. Gordon. »Soviel ist sicher.«

»Es wird schon alles gut werden«, sagte Albert. Er sah niemanden an dabei, zupfte nur an seiner Wange herum. Emma hatte seinen Arm nicht losgelassen. Ihr Gesicht war so weiß wie die Wand.

»Mein Vater hatte vor zehn Jahren auch 'nen Herzinfarkt«, sagte Ricky Dalmas. »Aber leben tut er immer noch. Und saufen.« Es war ihm vom Gesicht abzulesen, daß dieser Nachsatz nicht geplant gewesen war.

Doch es schien ihn ohnehin niemand gehört zu haben. Marshall wandte den Blick ab; die anderen waren alle in ihre eigenen Gedanken versunken. Nach ein paar Sekunden sagte Baker: »Vielleicht sollten wir langsam mit dem Programm für heute abend anfangen.«

»Das halte ich für keine gute Idee«, sagte Mrs. Gordon.

»Wollen Sie einfach nur hier rumsitzen?«

»Mrs. D'Allessandro hat uns gebeten zu warten, also warten wir.«

»Und worauf genau?«

»Das werden wir voraussichtlich erfahren, wenn sie anruft.«
»Das war's dann wohl für den Kurs, oder?«
»Nix, warr's dann woll«, sagte Alvarez. »Geld ist bezallt.«
»Sie müssen einen Ersatz organisieren«, sagte Mrs. Gordon.
»Wen denn?« fragte Marshall.
Dalmas sah ihn an, seine Pfeife im Mund. Und Baker sagte: »Warten wir einfach ab, was passiert.«
Sie warteten. Emma hüstelte, räusperte sich. »Ich – ich muß mich setzen.«
»Liebling«, sagte Albert. »Du darfst nicht gleich vom Schlimmsten ausgehen. Es kann doch ganz harmlos sein.«
Sie klammerte sich noch fester an seinen Arm.
»Sei ganz ruhig«, redete er ihr zu. Dann wandte er sich zu den anderen. »Ich habe Emma noch gar nicht allen vorgestellt.«
»Ach, Albert«, sagte Emma. »Das interessiert doch jetzt niemanden. Bitte.«
»Das ist Emma«, sagte er, indem er sie zu Mrs. Gordon lenkte, die aufstand und Emmas Hände ergriff. Ein Weilchen hätte man meinen können, sie hätten sich zu einem geselligen Anlaß versammelt. Emma wurde allen vorgestellt, und Albert machte einen Witz darüber, was für einen ungeschlachten Tropf von einem Ehemann er für die gestrenge kleine Miss Em abgeben würde. Dann kehrte allmählich wieder Schweigen ein, während alle warteten, daß jemand anrief oder kam.
Emma hatte sich auf einen Stuhl bei der Tür gesetzt, und Marshall bemerkte, daß sie unablässig die Hände rang. Albert stand neben ihr und tätschelte sanft ihre Schulter.
»Gerade heute«, verkündete Ricky Dalmas, »hab ich zu meiner Frau gesagt, daß so was passieren wird. ›Paß auf‹, hab ich zu ihr gesagt, ›genau jetzt, wo's bei mir langsam bergauf geht, kriegt Mr. D'Allessandro garantiert einen Herzinfarkt, und die Schule macht dicht.‹«
Niemand antwortete ihm.
»Für so was hab ich einen sechsten Sinn.«
»Es ist Zufall«, sagte Mrs. Gordon, »purer Zufall.«

»Ach ja? Als Kennedy erschossen wurde – haargenau dasselbe. Ich war im Laden, und das Telephon klingelt, okay? Und dieses Mädchen, das da mit mir gearbeitet hat, sagt: ›Was jetzt wohl passiert ist?‹, und ich sage: ›Wahrscheinlich hat jemand den Präsidenten erschossen.‹ Ich hab's gewußt. Das muß was Übersinnliches sein, wie bei dieser Fernsehsendung.«

»Ich saß gerade beim Friseur«, sagte Baker. »In der 12th Street drüben.«

»Ich war in der Arbeit«, sagte Marshall.

»Ich war im Braille-Kurs«, sagte Emma, die immer noch Alberts Arm festhielt. »Es wurde über die Sprechanlage durchgegeben.«

»Wir waren unterwegs nach Missouri«, sagte Mrs. Gordon. »Zu Thanksgiving. Wir haben es im Autoradio gehört. Mein Mann war so aufgewühlt, daß wir anhalten mußten. Wir waren beide aufgewühlt.«

»Wo waren Sie?« fragte Baker Alvarez.

»Im Bett, mit derr Grrippe.«

Baker sah Marshall an. »Und du?«

»In der Arbeit«, sagte Marshall. »Gerade den Sommer davor hatte ich ihn bei einer Parade gesehen – einer Parade zu Ehren irgendeines ausländischen Würdenträgers.«

Albert sagte: »Irgendwie haben wir dadurch alle unseren festen Platz in der Geschichte. Ich weiß, wo jeder von uns zu einer bestimmten Uhrzeit an einem bestimmten Tag in diesem Jahrhundert gewesen ist. Mein Vater sagt, bei Roosevelt war es dasselbe. Als Roosevelt starb.«

»Wo warst du denn?« fragte Marshall ihn.

»Als Roosevelt starb?«

»Nein, als –«

»Ich weiß schon, Walter. Ich war in der Arbeit. Im Lagerraum der AFL-CIO, direkt gegenüber vom Weißen Haus. Da, wo ich jetzt auch arbeite, nur daß ich inzwischen in den sechsten Stock aufgestiegen bin, in die Hausmeisterei. Als ich an dem Abend heimgegangen bin, haben die Glocken – die Kirchenglocken ...«

»Ich weiß«, fiel Marshall ein. »Es hat geregnet, und in der ganzen Stadt läuteten die Glocken. Mit diesen langsamen Schlägen. Und niemand sprach – nicht auf der Straße, nicht im Bus. Alles still wie bei einem Begräbnis.«

»Nirgends ein Laut«, sagte Albert, »außer dem Regen und den Autoreifen auf dem nassen Pflaster, und alle zehn Sekunden oder so diese Glockenschläge.«

»Ja.«

Sie schwiegen alle, als würden sie auf die Glocken horchen.

»Möchte irgendwer was zu trinken?« fragte Baker unvermittelt.

»Ich gehe«, erbot sich Marshall, der gegen seinen Willen und sämtliche guten Absichten an Natalie dachte.

»Ich komme mit«, sagte Albert. Er beugte sich zu Emma hinunter und murmelte ihr etwas ins Ohr. Marshall verstand nur noch: »Ganz bestimmt?«

Emma nickte.

»Wer möchte was?« fragte Albert.

Baker notierte die Bestellungen auf einem Institutsbriefbogen, den Albert einsteckte, zusammen mit dem Geld, das ihm die anderen mitgaben. »Also dann«, sagte er zu Marshall.

Marshall ging voraus. Als sie an der Tür zur Bibliothek vorbeikamen, sah er, daß Natalie an ihren Platz am Fenster zurückgekehrt war, aber statt zu lesen, starrte sie – sehnsüchtig, schien es ihm – auf die Straße hinaus.

»Hallo«, sagte Marshall zu ihr. »Magst du was zu trinken?«

»Nein«, antwortete sie, ohne ihn dabei richtig anzuschauen. »Danke.«

»Was suchst du? Da draußen gibt's nur jede Menge triefende, wäßrige Leute.«

»Nichts«, sagte sie mit einem kurzen, fast ungeduldigen Lächeln. »Trotzdem vielen Dank.«

»Was ist?« erkundigte sich Albert.

Marshall trat rasch von der Tür weg. »Gar nichts.«

Sie stiegen in den Keller hinunter, wo Albert sich unter der

Deckenlampe postierte und versuchte, Bakers Zettel zu entziffern.

Marshall nahm ihm die Liste ab. »Hier, laß mich das machen.«

»Arme Emma«, sagte Albert. »Ausgerechnet heute.«

»Sie ist so blaß geworden.«

Albert nickte traurig, eine Hand am Gesicht. »Solche Sachen setzen ihr ziemlich zu. Ich versuche schon alles, damit sie sich nicht wegen allem und jedem so aufregt.«

»Es ist sicher bloß halb so schlimm.« Marshall wollte das Thema wechseln. Er begann die Münzen in den Automaten zu werfen, und Albert holte jede Flasche einzeln heraus; er bückte sich jedesmal tief und stöhnte dazu wie ein alter Mann. Auf dem Rückweg sahen sie, daß im Abendkolleg alles seinen Gang ging, als wäre nichts geschehen. Vielleicht wußten sie noch gar nichts von Mr. D'Allessandro.

An der Glastür erwartete sie Baker. »Mrs. D'Allessandro möchte dich sprechen, Walter.«

»Mich?«

Im Studio waren inzwischen alle aufgestanden, und Albert verteilte die Getränke. Emma tastete sich zu ihm hin und ergriff seinen Arm. »Ist ja gut«, sagte er gedämpft.

Marshall ging in die Abhörkabine. Er war auf ein Telephongespräch eingestellt, aber an der Konsole saß, den Hörer ans Ohr gepreßt, Mrs. D'Allessandro persönlich. Sie war groß und platinblond, mit dem roten, leicht gedunsenen Gesicht eines Menschen, der viel Freude an gutem Essen und Wein hat, ohne daß diese Vorlieben bereits ihren vollen Tribut fordern würden; verzweifelt sah sie eigentlich nicht aus. Sie machte Marshall ein Zeichen, die Tür zu schließen, dann wandte sie sich etwas von ihm ab.

»So ist es«, sagte sie ins Telephon.

Ihr Akzent erinnerte an eine dieser neuen englischen Gruppen. Liverpool. Sie hatte ihren Mann in London kennengelernt, während des Krieges, und war nach Kriegsende mit ihm nach Amerika gegangen. Jetzt war sie amerikanische Staatsbürgerin, unterrichtete am Abendkolleg Geschichte und englische Literatur und kümmerte sich in ihrem Büro neben der Eingangshalle um das Organisatorische. »In Ordnung«, sagte sie mit einem Nicken ins Telephon. Sie hatte Marshall noch nicht direkt angesehen, aber sie hielt eine Hand hoch, als wolle sie um Geduld bitten. »Ich weiß. Ich lasse Ihnen das Material zukommen.« Sie legte den Hörer auf die Gabel zurück und drehte sich zu Marshall um. »Ein Interessent für die Radioschule, was sagt man dazu. Ich hätte gar nicht erst drangehen sollen. Aber das Büro ist nicht besetzt.« Sie faltete die Hände im Schoß und musterte ihn einen Moment lang scharf. Jenseits der Scheibe sah er Dalmas mit Albert sprechen, während Baker und Mrs. Gordon zuschauten. Emma hing nach wie vor an Alberts Arm; sie stand ganz dicht neben ihm, die Wange an seiner Brust, als lauschte sie seinem Herzschlag.

Mrs. D'Allessandro seufzte. »Netter Haufen, nicht wahr?«

»Ja«, sagte Marshall.

»Sie können uns doch nicht hören, oder?«

»Nein, Ma'am. Es sei denn, Sie drücken auf diesen Knopf hier.« Er deutete auf den kleinen roten Schalter am Regietisch.

»Na, dann wollen wir das mal hübsch bleibenlassen.« Sie lächelte, holte tief Atem und setzte sich gerade hin. »Ich – das heißt, wir – möchten Sie um einen Gefallen bitten.«

Marshall wartete.

»Starren Sie mich nicht so an. Das macht mich nervös.«

»Ja, Ma'am.« Es war ihm nicht bewußt gewesen, daß er sie anstarrte.

»Ist Ihnen klar, daß die Iris bei Ihnen nicht bis zum unteren Lidrand reicht?«

»Nein, Ma'am.« Er blickte auf sein Spiegelbild in der Scheibe, das schemenhaft über den Gesichtern von Albert und Emma hing. Albert lächelte.

»Es ist sehr irritierend, von solchen Augen angestarrt zu werden«, fuhr Mrs. D'Allessandro fort.

»Es war keine Absicht«, sagte Marshall.

»Mein Mann hat mir erzählt, daß Sie – daß er heute mittag Ihnen und Ihrer Bekannten begegnet ist.«

»Ja, Ma'am.«

»Er – äh – er möchte mit Ihnen darüber reden.« Sie räusperte sich, zog sich den Rocksaum übers Knie. »Das heißt, er würde sehr gern etwas mit Ihnen besprechen. Heute noch, wenn das ginge.«

»Ist er – wird er wieder gesund?«

Sie machte eine wegwerfende Gebärde. »Aber sicher – ein kleines Problem. Wir waren etwas besorgt wegen seines Herzens. Er hat manchmal Beschwerden. Es ist nichts – kein Grund zur Besorgnis. Gut, er ist jetzt im Krankenhaus. Aber rein vorsorglich. Und er – dachte, ich könnte Sie vielleicht zu ihm bringen. Ich fahre Sie dann anschließend nach Hause. Ich meine, das wäre kein Problem, wenn Sie es gern möchten.«

»Was ist mit den anderen?« fragte Marshall.

»Was soll schon mit ihnen sein? Sie werden heute abend ohne ihren Kurs auskommen müssen.«

»Er – er will bloß mich sehen?«

»Sie sind doch Walter Marshall, oder?«

»Ja, Ma'am.«

»Dann stimmt es schon. So lauten meine Anweisungen.« Sie stand auf. »So, wenn Sie mich kurz entschuldigen. Ich sage den Leuten da draußen nur eben Bescheid, daß sie heute abend auf den Unterricht verzichten müssen. Ich hätte es ihnen gleich vorhin am Telephon sagen sollen, aber da habe ich nicht schnell genug geschaltet. Ach, ja – und ich glaube, Mr. D'Allessandro wäre es lieber, wenn die anderen nichts von dieser – dieser Besprechung erfahren.«

»Ja, Ma'am.«

Mit gerunzelter Stirn sah sie ihn an; irgend etwas an seiner Erscheinung schien kurzfristig ihre Aufmerksamkeit zu fesseln. »Ich wüßte nicht, wann mir je ein so höflicher junger Mann untergekommen wäre.« Jetzt lächelte sie. »Da fühle ich mich ja richtig alt. Empfinden Sie mich als alt?«

Er schüttelte den Kopf.

»Ich bin erst dreiundvierzig.«

»Ja, Ma'am.«

»Finden Sie das merkwürdig, daß ich mich so unverblümt zu meinem Alter bekenne?«

»Nein.«

Sie stieß ein kleines Lachen aus. »Wen kann heutzutage schon irgendwas überraschen?« Damit öffnete sie die Tür zum Studio und gab bekannt, daß der Unterricht heute abend ausfiel. Albert kam zu Marshall herüber, und Emma mit ihm. »Na, wenigstens können wir jetzt feiern gehen.«

»Ich kann nicht«, sagte Marshall.

Albert sagte einen Moment lang gar nichts.

»Ich würde furchtbar gern, Albert. Aber heute abend geht es einfach nicht.«

Albert nickte leicht zu Emma hin. »Vielleicht ist es eh besser so. Diese Geschichte hat sie ziemlich mitgenommen.«

»Es war gar kein Herzinfarkt«, sagte Marshall zu ihr.

Sie drängte sich noch dichter an Albert, der den Kopf schüttelte und anscheinend noch etwas sagen wollte. Aber es dauerte einen Moment, bis er sprach. »Es ist nicht die Sache an sich«, sagte er. »Es ist – du verstehst schon.«

»Ja«, sagte Marshall, der nichts verstand.

»Dann sehen wir uns also am Mittwoch?«

»Mittwoch, genau.«

»Wir müssen bald mal was zu viert unternehmen«, sagte Emma mit zittriger Stimme.

»Das wäre nett.«

Die anderen verließen das Studio schon. Albert machte einen Schritt in Richtung Tür und sah dann über die Schulter zu Marshall zurück. »Kommst du? Wir bringen dich noch zum Bus.«

»Nein – äh – ich hab noch was zu arbeiten. In der Bibliothek«, sagte Marshall.

Albert nickte, gutmütig und gutgläubig. »Ach so, klar. Na ja, dann noch mal herzlichen Glückwunsch.«

»Danke.«

»Ja, herzlichen Glückwunsch«, sagte Emma.

Sie stiegen die Treppe hinunter, und Emma rief von der Haustür her noch einmal auf Wiedersehen. Albert drehte sich um, blinzelte grinsend ins Licht, dann ging er hinaus. Mrs. D'Allessandro stand neben Marshall auf dem Treppenabsatz, und als die Tür endgültig hinter ihnen zufiel, sagte sie: »Da habe ich Sie ja in eine dumme Situation gebracht.«

Er gab keine Antwort.

Sie zog ihren Mantel über, schlang sich einen Schal um den Hals. Er knöpfte seinen eigenen Mantel zu. »Fertig?« fragte sie.

»Ja, Ma'am.«

»Ich will nicht neugierig sein, aber wozu haben die beiden Ihnen denn gratuliert?«

»Oh.« Marshall fuhr leicht zusammen. »Ich – ich habe mich verlobt.«

»Mit dieser – Alice, ja?«

»Ja, Ma'am.«

»Wie schön für alle Beteiligten«, sagte sie. »Was für eine außerordentlich erfreuliche Nachricht.«

»Ja, M-« Seine Stimme schwankte wieder gefährlich. Er räusperte sich und setzte noch einmal an. »Ja, Ma'am.«

»Ganz entschieden der höflichste Junge«, sagte sie, schon auf der Treppe. »Wir sollten Sie patentieren lassen.«

Sie fuhr sehr eigenwillig, beide Hände so fest um das Steuer gekrallt, als könnte sie nur mit Mühe geradesitzen und müßte sich am Lenkrad hochziehen. Er sah auf die nasse Straße hinaus, und jedes zweite Auto schien einen Schlenker in ihre Richtung zu machen, bevor es vorbeiglitt, nicht selten unter wildem Gehupe. Mehrmals kam es fast zum Zusammenprall. Als Mrs. D'Allessandro an einer Ampel stoppte, trat sie das Bremspedal bis zum Anschlag durch, und alle beide ruckten sie in ihrem Sitz nach vorn. Der Wagen schlingerte ein paar Meter; sie hatte Mühe, ihn wieder in den Griff zu bekommen. Marshall mußte sich mit beiden Händen am Armaturenbrett abstützen. Sie standen mitten auf der Kreuzung.

»Dieser verflixte Regen«, sagte sie.

Ein weiteres Auto kurvte um sie herum und verfehlte die Beifahrertür nur um Haaresbreite. Marshall schrie leise auf vor Schreck.

»Tut mir leid«, sagte sie und ließ die Kupplung knirschen. »Wir können gleich.«

Er nickte, schob dann pflichtschuldig ein »Ja, Ma'am« nach.

»Sie müssen mich nicht mit Ma'am anreden. Mir wär's sogar lieber, wenn Sie's nicht täten.«

»Ja, M-«, setzte er an.

Sie wandte sich ihm zu, als wollte sie noch mehr sagen. Aber dann seufzte sie nur und sah hinaus auf die feuchtglänzende Straße. »Wirklich unglaublich, das mit Ihren Augen.«

Die Ampel schaltete auf Grün, und sie machten einen Satz nach vorn. Gleich darauf vollführte sie eine zweite Vollbremsung und haute dazu mit dem Handballen auf die Hupe. »Die Amerikaner fahren alle wie die gesengten Säue.«

Diesmal hatte Marshall den anderen Wagen gar nicht gesehen. Er hielt die Augen geschlossen, den Kopf von ihr weggedreht, als würde er zum Fenster hinausschauen.

»Ich werd's nie begreifen«, sagte sie. »Dieses brutale Land. Das steckt an. Die Leute kommen stinknormal an, und nach fünf Minuten laufen sie schon Amok. Ich hätte nie aus England weggehen sollen.«

Unter anderen Umständen hätte er sich wahrscheinlich zu einer patriotischen Äußerung bemüßigt gefühlt. Aber er konzentrierte sich mit aller Macht auf die Straße. Der Wagen rollte mittlerweile wieder und legte an Tempo zu.

»Ich versuche immer, noch über die nächste Ampel zu kommen«, sagte sie, indem sie aufs Gas stieg. Von beiden Seiten bogen Autos in die Straße ein, die sie entweder nicht wahrnahm oder einfach ignorierte. Unwillkürlich hob er die gekreuzten Arme vors Gesicht.

»Grau-en-haft«, sagte sie.

Hupen ertönten, wurden leiser. Er setzte sich auf und starrte durch die Heckscheibe auf das Lichtergewirr hinter ihnen. Als er wieder zu Mrs. D'Allessandro hinsah, hatte sie ihre runden Schultern hochgezogen und fuhr, als kämpfte sie gegen einen starken Wind an, die Augen zusammengekniffen, die Hände ums Lenkrad gekrampft, den Mund halb geöffnet.

Durch Hupengeplärr von beiden Seiten rasten sie über die nächste Kreuzung. Und eine Kreuzung weiter kamen sie schlingernd zum Stehen, als die Ampel gerade grün wurde.

»Die wissen auch nicht, was sie wollen«, brummte Mrs. D'Allessandro.

Sie schossen zwischen zwei bremsenden Lastern durch. Marshall las die Wörter CHEMISCHE REINIGUNG auf der Längsseite des einen, viel zu nah. Er setzte sich gerader hin und hielt den Atem an, eine Hand am Armaturenbrett.

»Haben Sie schlechte Nerven?« fragte sie.

»Nein, Ma'am.« Diesmal kam es endgültig als Krächzen heraus. Er unternahm keinen zweiten Versuch, sondern sah sie nur an und lächelte.

»Schlechte Nerven«, bekräftigte sie.

Sie fuhren weiter durch den Regen, von einer Spur auf die andere, vorbei an Ampeln, geschäftigen Kreuzungen, den drohend nahenden Hecks anderer Wagen. Marshall, in seinen Sitz gedrückt, klammerte sich mit aller Kraft fest.

Endlich kam das Krankenhaus in Sicht – sie donnerten an den Schildern vorbei, bogen in den Parkplatz ein, wobei die Räder auf der rechten Seite über den Bordstein rumpelten, daß der ganze Wagen einen Hopser machte. Marshall schlug mit dem Kopf gegen die Decke.

Ohne das Tempo zu drosseln, stieß Mrs. D'Allessandro in eine Parklücke und hielt dort so abrupt, als hätte jemand die Notbremse gezogen. Wieder schlingerten sie, dann fing der Randstein sie auf.

»So«, sagte sie und stellte den Motor aus.

Marshall rieb sich den Schädel. Er konnte die Anfänge einer Beule spüren.

»Hast du dir weh getan?« Sie nahm sein Gesicht zwischen die Hände und sah ihn scharf an. »Ist dir schwindlig?«

»Nein. Mein Kopf.«

»Nichts passiert.« Sie ließ ihn los. »Hast du eine Bürste da? Du siehst ein bißchen zerrupft aus. Da.« Sie fuhr mit den Fingern durch sein Haar, dann hob sie sein Kinn an und musterte ihn. »So, das muß reichen.«

Sie stiegen aus. Marshall bemerkte Kratzer im Lack und mehrere Dellen an den Kotflügeln. Alt war das Auto nicht. »Fährt sonst meistens Mr. D'Allessandro?« fragte er.

Die Frage schien sie zu verwundern. »Der hat nicht mal einen Führerschein. Er hat ihn vor fünf Jahren verfallen lassen.«

Marshall mußte an Mr. D'Allessandros Herzbeschwerden denken. Er ging um den Wagen herum auf den Bürgersteig. Sie stand wartend da, hielt die Handtasche mit beiden Händen umklammert.

»Nein«, sagte sie. »Das Fahren besorge ich. Soweit es etwas zu Fahren gibt. Der Wagen hat noch keine dreitausend Meilen drauf.«

Er sah noch einmal hin. Ein Ford Falcon. Der Name wirkte fehl am Platz zwischen den verbeulten Kotflügeln.

Sie überquerten den nassen Parkplatz vor dem wuchtigen Krankenhauskomplex. An der gläsernen Eingangstür faßte Mrs. D'Allessandro ihn am Arm und hielt ihn zurück. »Der Mann dort – verfolgt der uns?«

Marshall drehte sich um. Eine Gestalt ging über den Parkplatz, ein paar Meter von der Straße entfernt, ein Mann mit Aktenmappe und Zeitung unterm Arm. Der Mann wanderte die Reihe der parkenden Autos entlang, blieb neben einem stehen und begann in seinen Manteltaschen zu suchen.

»Ich dachte, ich hätte gesehen, daß er uns beobachtet«, sagte sie.

»Ich glaub eher nicht«, meinte Marshall.

Sie ließ seinen Arm nicht los. »Sie sind ein braver junger

Mann«, sagte sie. »Wir vertrauen Ihnen. Wir legen unser Schicksal in Ihre Hände.«

Automatisch nickte er, als hätte er verstanden. Aber er verstand überhaupt nichts, und als sie ihn in das Gebäude führte, blieb er stehen und sagte es ihr.

»Das«, entgegnete sie, »wird sich bald ändern.«

# 4

Mr. D'Allessandro war in einem Zimmer im siebten Stock. Im Nachbarbett lag ein Mann in tiefem Schlaf, den Mund offen, den Kopf zurückgeworfen, die Beine weit gespreizt, als hätte ihn ein Kinnhaken zu Boden gestreckt. Sein Schnarchen war bis zum Schwesternzimmer zu hören. »Nicht zu fassen, oder?« sagte Mr. D'Allessandro über den Lärm hinweg. »Ich habe sogar schon versucht, ihn auf die Seite zu drehen. Ich habe die Schwester gebeten, doch wenigstens den Vorhang vorzuziehen, aber hier hört einen ja keiner.«

Mrs. D'Allessandro zog den Vorhang um das andere Bett, und dann lauschten sie alle eine Weile. Das Schnarchen dröhnte weiter, schwoll sogar noch an – es war kaum vorstellbar, daß es ein Mensch sein sollte, der diese Laute hervorbrachte.

»Ist das nicht unglaublich?« fragte Mr. D'Allessandro seine Frau. »Das geht jetzt schon den ganzen Nachmittag und Abend so. Unglaublich.«

»Mein armer Junge.«

»Ich versteh kein Wort.«

Sie nickte in Marshalls Richtung.

Im nächsten Moment verstummte das Schnarchen so schlagartig, daß sie alle aufschreckten – nur um dann in einer anderen Tonart wieder einzusetzen, eine Winzigkeit leiser.

Mrs. D'Allessandro nickte noch einmal zu Marshall hin.

»Ja«, sagte ihr Mann mit einem Schulterzucken, als würde er ein Gewicht abwerfen. »Wie ich sehe, hast du unseren jungen Freund mitgebracht.«

»Dir entgeht aber auch nichts, mein Lieber.«

Er streckte Marshall seine knochige Hand entgegen. Mr. D'Allessandro war zwölf Jahre älter als seine Frau, aber sein Gesicht hatte eine Straffheit, eine beinahe statuenhafte Glätte, als wäre die Haut stramm gezogen und poliert worden. Seine Mundwinkel zeigten nach unten, und wenn er lächelte, konnte man meinen, ein jäher Schmerz hätte ihn überfallen – es dauerte gewöhnlich ein Weilchen, bis man begriff, daß er sich freute. Der Blick seiner wäßrigen Augen schien immer ein bißchen wegzugleiten, selbst wenn er einen fixierte. »Also dann, junger Mann. Hat Mrs. D'Allessandro schon mit Ihnen gesprochen ...«

»Er weiß noch nichts«, sagte seine Frau.

Er warf ihr einen Blick zu und zog seine Schmerzensgrimasse. Er hatte sich auf den Ellbogen aufgestützt. Unvermittelt schnaufte er, hielt dann inne und faßte Marshall ins Auge. »Sie wissen ja, daß ich für Sie die größten Hoffnungen hege.« Wenn er besonders eindringlich sprechen wollte, bekam seine Stimme etwas so verschwörerisch Theatralisches, daß Marshall immer an sich halten mußte, um nicht wegzuschauen. »Meiner Meinung nach sind Sie einer der begabtesten Studenten, die wir je an unserer Schule hatten, und ich muß sagen, ich wäre äußerst überrascht, wenn Sie nicht sehr bald nach dem Abschluß eine gute Stelle finden.«

Das hatte er bereits mehr als einmal gesagt. Der junge Mann nickte und sah zu Mrs. D'Allessandro hin, die einen Seufzer ausgestoßen hatte und nun ungeduldig am Fußende des Bettes Platz nahm.

»Setzt dir der Lärm zu?« fragte ihr Mann, ohne sie anzuschauen.

Das Schnarchen im Nachbarbett hielt an, ein immergleiches tonloses Brummen, als wollte der Patient noch in der Bewußtlosigkeit seinem Zimmergenossen die Zuhörerschaft abspenstig machen.

»Der Lärm stört mich nicht im mindesten, Lawrence.«

»Du wirkst ein bißchen echauffiert, Liebes.«

»Könntest du vielleicht zur Sache kommen?«

»Ich war gerade dabei.« Er streckte seine dünne, kühle Hand aus und legte sie einen Moment lang auf Marshalls Handgelenk. »Meine Magenverstimmung ist nicht ganz das, was Sie wahrscheinlich erwarten, mein Junge.«

Mrs. D'Allessandro räusperte sich. »Ich habe ihnen gesagt, es wäre das Herz.«

Wieder antwortete Mr. D'Allessandro, ohne sie dabei anzusehen. Seine Augen, die auf Marshall ruhten, verengten sich nur eine Spur. »Ich dachte, wir hätten uns auf ein Magengeschwür geeinigt, Liebes.«

»Herz schien mir plötzlich plausibler.«

»Trotzdem geht es gegen die Abmachung.«

»Das dürfte im Moment kaum eine Rolle spielen.«

»Was aber nichts daran ändert, daß es eine Abweichung vom vereinbarten Vorgehen ist.« Er sprach durch die Zähne.

»Bitte komm zur Sache, Lawrence.«

»Wissen Sie«, sagte Mr. D'Allessandro, diesmal mit einer echten Grimasse, ohne dabei den Blick von dem jungen Mann zu wenden, »ich habe Magenbeschwerden, die sich nicht so ohne weiteres der Kategorie der Geschwüre zuordnen lassen wie unser schnarchender Freund hier.«

Marshall konnte nicht recht entscheiden, was er mit seiner eigenen Mimik machen sollte – ob Besorgnis angebracht war, das höfliche Lächeln humorvollen Einvernehmens oder teilnahmsvolles Stirnrunzeln. In Mr. D'Allessandros Augen blitzte es, als hätte er gerade einen Witz erzählt, aber gleich darauf kehrte die Lächelgrimasse zurück, und seine Frau am Fußende verlagerte ungeduldig ihr Gewicht. Jetzt schien das Schnarchen wieder lauter zu werden – ein solches Gepfeife und Geschnaube, daß sie einen Moment lang erneut verstummten und lauschten.

Als es abflaute, schüttelte Mr. D'Allessandro den Kopf, setzte sich auf und klopfte an den Kissen hinter seinem Rücken herum. »Kurbeln Sie das Bett ein bißchen höher«, befahl er Marshall.

»Ich mach das schon.« Mrs. D'Allessandro stand auf. Sie drehte schnell und effektiv an der Kurbel, fast ein bißchen aggressiv. »So ist es besser«, sagte ihr Mann schließlich und strich die Decke über den Knien glatt. Er saß jetzt fast aufrecht. Sie zog sich wieder ans Fußende zurück.

Er lächelte – oder grimassierte – Marshall an. »Mein Magen tut nämlich von einem Schlag weh, Sie verstehen?«

Marshall verstand nicht, und sein Gesicht ließ anscheinend keinen Zweifel daran.

»Jemand hat mich in den Bauch geschlagen. Fest.«

»Herrgott, Lawrence«, sagte Mrs. D'Allessandro. »Jetzt komm doch um Himmels willen endlich auf den Punkt.«

»Bei solchen Dingen fällt man nicht einfach mit der Tür ins Haus, Esther.«

Sie erwiderte nichts. Er setzte sich anders hin, zupfte an sich herum, glättete die Decke über seinen Beinen, die Stirn gerunzelt vor Schmerz. Dann räusperte er sich und hustete. Marshall kam sich wie in einem Sterbezimmer vor. Er sah Mrs. D'Allessandro zu, wie sie aus ihrer Handtasche ein kleines Geduldsspiel holte und anfing, verbissen daran herumzufuhrwerken. Die Widersinnigkeit dieser Handlung, gekoppelt mit der wachsenden Katastrophenstimmung im Raum, ließ ihn ernsthaft an Flucht denken. Aber neugierig war er doch auch. Und nun wandte sich Mr. D'Allessandro an ihn und begann von der zeitlosen Magie der Geschwindigkeit zu schwärmen, der Schnelle, des Wettbewerbs – Rennläufer, Rennläuferinnen, Rennwagen, Rennpferde, Rennhunde – und von der Faszination, die darin lag, den Ausgang solcher Wettbewerbe vorherzusagen und Kapital daraus zu schlagen. Sein geliebter Vater und seine beiden geliebten Onkel (Gott hab sie selig) hatten mit Pferden gearbeitet; fast ihr ganzes Leben hatten sie auf der Rennbahn verbracht. Er selber war dort aufgewachsen, und was für ein herrliches Leben war das gewesen für einen Jungen – immerzu umgeben von Reitern, von Pferden, die er herumgeführt hatte, gefüttert, gestriegelt, und dann die Farben, das Getöse, das ganze Spektakel der Rennen selbst, die Aufregung des fünfjährigen Jungen, der zwischen laut brüllenden Männern an der Strecke stand, während vor ihm das blitzende Gewirr donnernder Hufe vorbeischoß, daß der geharkte rote Sand aufwirbelte und die ganze Welt zu beben schien; und was für ein himmlisches Gefühl es gewesen war, in dem trockenen Streckenstaub zu stehen, diesem feinen, schwebenden Staub, der sich im Sommerwind zu Wolken sammelte und mit dem Pferdegeruch vermischte. Mr. D'Allessandro betonte, daß es liebe Erinnerungen waren, von denen er hier sprach, die innigsten und ungetrübtesten, die er hatte, Erinnerungen, die das müde Herz höher schlagen ließen.

Seine Frau arbeitete derweil konzentriert an ihrem Geduldsspiel, schob die einzelnen Plättchen mit einer seltsamen geistesabwesenden Effizienz an ihren Platz.

»Nun, junger Mann«, sagte Mr. D'Allessandro, »haben Sie – sehen Sie, was ich meine?«

Marshall nickte, obwohl er völlig im dunkeln tappte.

»Die Kunst dabei«, fuhr Mr. D'Allessandro fort, grimassierend oder lächelnd, »ist natürlich, derlei Freuden nach Möglichkeit zu genießen, ohne darüber seine, sagen wir mal, Ressourcen zu erschöpfen. Kurz und gut, mein Junge, ich fürchte, die Liebe zu diesen Dingen hat mich ein klein wenig der Selbstdisziplin beraubt. Und die Folge ist, daß ich mich dadurch in einen gewissen finanziellen Rückstand hineinmanövriert habe.«

»Welch optimistische Ausdrucksweise«, sagte Mrs. D'Allessandro, ohne von ihrem Geduldsspiel aufzublicken. »Mr. Micawber läßt grüßen.«

»David Copperfield«, sagte ihr Mann. »Meine Frau ist Engländerin.« Dann schwieg er, seufzte, schien sich zu besinnen. »Es gibt einige Herren, denen ich Geld schulde – und leider nicht zu knapp. Und sie sind nicht – äh, nicht besonders interessiert an der Frage nach dem Wie oder dem Warum. Nein. Sie wollen ihr Geld, ohne sich um das Wie und Warum zu kümmern. Und da ich nicht zaubern kann – nun ja, Sie sind jetzt wohl im Bilde. Ich habe ihnen eine große Summe gegeben, müssen Sie wissen. Einen großen Teil meiner Schulden, und das bringt mich in eine gewisse Zwangslage vis-à-vis der Schule.«

»Vis-«, setzte Marshall an. Irgendwo hatte er die Wendung unlängst gedruckt gesehen.

»Der Schule«, sagte Mr. D'Allessandro. »Ja. Ich fürchte, wenn nicht sehr bald etwas geschieht, werden wir nicht in der Lage sein, das – das Jahr zu Ende zu bringen, verstehen Sie? Das nächste Semester. Und wegen dieser, äh, dieser uneinsichtigen Herren ist es ein bißchen – ist es genaugenommen unerläßlich, daß ich die Studiengebühren für ein weiteres Semester einnehme – und daß ich die Studentenzahl sogar vergrößere. Und hier, mein junger Freund, kommen Sie ins Spiel.«

Mrs. D'Allessandro klappte ihre Handtasche auf und sah hinein, dann klappte sie sie wieder zu. Sie räusperte sich, faltete die Hände um das kleine Geduldsspiel und stützte die Ellbogen auf die Handtasche auf ihrem Schoß, den Blick starr auf Marshall gerichtet.

Mr. D'Allessandro sprach zu dem jungen Mann. »Wir haben uns gefragt, ob Sie uns nicht vielleicht helfen möchten.«

»Sicher«, sagte Marshall, stets um Gefälligkeit bemüht.

»Unsere Idee«, sagte Mr. D'Allessandro, indem er mit großer Sorgfalt die Hände vor der Brust übereinanderlegte, »war es, eine bekannte Persönlichkeit einzuladen, für einen Gastvortrag – gegebenenfalls sogar für den gesamten Abend. Verstehen Sie? Jemand – äh, Berühmten, der unentgeltlich aufträte, für einen Appel und ein Ei, wenn ich das so salopp ausdrücken darf.«

Jetzt sahen sie ihn beide an. »Ich verstehe«, sagte er.

»Also?«

Er nickte. Etwas anderes fiel ihm nicht ein.

»Ihre reizende kleine Freundin«, erklärte Mrs. D'Allessandro.

»Alice Kane«, sagte Marshall, und das flaue Gefühl kehrte zurück.

»Kane. Ganz genau«, bestätigte Mr. D'Allessandro. »Sie – Sie haben mich mit ihr bekannt gemacht.«

»Ja, Sir.«

»Oh«, sagte er schnell. »Nennen Sie mich nicht ›Sir‹. Ich bin der Auffassung, daß wir hier alle im selben Boot sitzen.«

»Wie wahr«, sagte seine Frau mit einem überraschend aufgeräumten Lachen. »Alle sitzen wir im selben Boot. Mit Ausnahme von dir, Lawrence, der zufälligerweise mit Verdacht auf

Milzriß flach auf dem Rücken liegt.« Sie wurde wieder ernst, fingerte an ihrem Geduldsspiel herum. »Prellungen und Quetschungen in Brustbereich und Unterleib.« Sie schwieg einen Moment. »Mein Engel.«

Marshall sah von einem zum anderen.

»Wie du unschwer erkennen kannst, liege ich nicht, wie du es ausdrückst, flach auf dem Rücken«, erklärte D'Allessandro. »Chérie.«

Sie gab ein kehliges Hüsteln von sich, sagte aber nichts.

»Was wir gehofft hatten« – D'Allessandro schien endlich zur Sache kommen zu wollen –, »ist, daß Sie über die junge Dame vielleicht an ihren überaus einflußreichen Vater herantreten könnten. Vorfühlen, ob er unter Umständen bereit wäre, uns irgendeine Person seines – äh – Gutdünkens zu vermitteln, so daß wir eine Veranstaltung organisieren könnten, die uns fürs Frühjahr womöglich ein paar zusätzliche Studenten einbringt. Es müßte natürlich ein Name mit Zugkraft sein. Sagen wir, von der – vom Kaliber eines Edward R. Murrow. Jemand dieser Größenordnung.«

Marshall saß da, die Hände auf den Schenkeln, und nickte.

»Meinen ... meinen Sie, Sie könnten uns helfen?« fragte D'Allessandro. »Ich fürchte, meine Darstellung läßt vielleicht« – er warf einen kurzen Blick in Richtung seiner Frau – »an Deutlichkeit zu wünschen übrig. Die Wahrheit ist, daß die Lage sozusagen fast ein bißchen verzweifelt ist – obwohl, dieses eine Mal hatten wir schließlich Averell Harriman da, für die Rede bei der Abschlußfeier. Nun ja, er hatte zugesagt, und dann ist die ganze Sache geplatzt.«

»Möchtest du ihm auch erzählen, warum?« sagte sie.

»Das wird nicht nötig sein. Herzblatt.«

»Dabei ist es so eine schöne Geschichte. Und unser junger Mister Marshall freut sich sicher schon auf die nächste Anekdote aus dem Leben eines Zockers.«

»Ich würde es nicht als Zocken bezeichnen, Esther.«

Sie beugte sich zu dem jungen Mann vor. »Die Schule wird

Ende des laufenden Semesters schließen müssen.« Ihre Stimme war scharf.

»Das ist bedauerlicherweise nicht ausgeschlossen«, bestätigte ihr Mann resigniert.

Sie öffnete ihre Handtasche und ließ das kleine Plastikgeduldsspiel hineinfallen. Dann klappte sie die Tasche zu, stellte sie neben ihre Füße, setzte sich gerade hin und fuhr sich leicht übers Haar, bevor sie die Hände über einem Knie faltete und Marshall mit ruhigem, abwägendem Blick ins Auge faßte.

»Wenn wir fürs Frühjahr nur fünf oder sechs neue Studenten gewinnen könnten …«, sagte ihr Mann. »Wobei ich ja gerade fürs laufende Semester jemanden in den Kurs aufgenommen habe. Einen jungen Burschen, der uns auf einem anderen Sektor helfen wird. Mit – bei der Art, wie wir auf, wie soll ich sagen, auf das Auge der Öffentlichkeit wirken. Aber das steht auf einem anderen Blatt. Wenn man die gegenwärtige Teilnehmerzahl ein klein wenig anheben könnte, dann … Ich habe da so eine Sendung im Sinn. Unter Umständen könnten wir nämlich eine lokale Sendegenehmigung bekommen – für einen einzelnen Abend. Mit einem berühmten Namen – den der Vater der jungen Dame uns verschaffen würde – ließe sich das sicher einrichten. Ein Abend, der Themen der Zeit gewidmet wäre. Und bei dem wir uns von unserer besten Seite zeigen könnten. Wir könnten über die Profession des Nachrichtenkommentators diskutieren. Wie klingt das? Ein – ein Symposium.«

»Oder vielleicht etwas zum ehrenden Gedenken unseres dahingemeuchelten Präsidenten«, warf Mrs. D'Allessandro ein.

»Ja! Das ist eine ganz wunderbare Idee, Esther.«

»Oh, danke«, sagte Esther. Und nach einer weiteren kurzen Pause: »Schatz.«

Marshall hatte den irritierenden Eindruck, daß dieses Gespräch nicht zum erstenmal geführt wurde, daß die Spontaneität nur Schau war, eine Vorstellung eigens für ihn. Aber Mr. D'Allessandro sah ihn mit so unbestreitbar argloser Hoffnung in seinen feuchten grünen Augen an, wieder dieses problematische

Lächeln im Gesicht. Sie warteten beide auf eine Reaktion von ihm. Und als wollte er seinerseits etwas zu der wachsenden Erwartung im Raum beitragen, hörte der Mann im Nachbarbett jäh zu schnarchen auf.

»Möchten Sie, daß ich Alice herbringe?« fragte Marshall; er meinte fast flüstern zu müssen in dem bedeutungsschweren Schweigen.

»Hierher?« sagte Mrs. D'Allessandro, auch sie im Flüsterton. »Ins Krankenhaus?«

Die Aussicht schien Mr. D'Allessandro zu beunruhigen. »O nein, so sehr möchte ich die junge Dame nicht inkommodieren. Nein, ganz und gar nicht. Ich hatte eigentlich eher gedacht, daß Sie die Attacke reiten könnten.«

Nach einer Pause, die der junge Mann mit Nicken füllte, obwohl er nicht weniger verwirrt war als zuvor, erklärte Mrs. D'Allessandro: »Wir möchten, daß Sie sie für uns fragen.«

»Ja, Ma'am.«

»Dann tun Sie es also?« fragte ihr Mann.

Marshall nickte immer noch.

»Großartig. Esther, jetzt brechen andere Zeiten für uns an.«

»Warten wir's ab«, erwiderte Esther, indem sie aufstand und ihre Handtasche aufhob. »Jetzt gönn erst mal deiner Milz ein bißchen Ruhe.«

»Ha, ha«, sagte ihr Mann unfroh. »Ich fühle mich schon viel besser.« Er drehte sich zu Marshall und streckte ihm wieder seine dünne Hand hin. »Mein junger Freund«, sagte er. »Gott segne Sie.«

»Ja, Sir.«

Das Schnarchen donnerte von neuem los, so laut, daß sie fast schreien mußten.

»Geben Sie uns morgen Bescheid?« fragte Mr. D'Allessandro.

»Morgen?«

Ein Schatten glitt über sein Gesicht. »Wir brauchen die Antwort sehr bald.«

»Ich werd's versuchen.«

»Was?«

»Ich werd's versuchen.«

»Das ist die richtige Einstellung.« Mr. D'Allessandro lehnte sich in die Kissen zurück und faltete die Hände hinterm Kopf. »Ein junger Mann von unverkennbaren Fähigkeiten«, sagte er zu seiner Frau. »Ich wußte, wir können auf ihn zählen.«

»Ruh dich aus«, befahl Mrs. D'Allessandro. Damit drehte sie sich um, lotste Marshall aus dem Zimmer und schloß die Tür hinter ihm. Einen Moment lang stand er allein auf dem Gang. Über dem Trinkbrunnen im Korridor war ein Fenster, und er betrachtete sein Spiegelbild in der Scheibe, schob die Hände in die Manteltaschen und versuchte sich als Präsident zu sehen; er strich sich das Haar in die Stirn, drückte es glatt. Dann kam Mrs. D'Allessandro aus dem Zimmer und nahm ihn beim Arm. »Das Schlimme an meinem Mann ist seine unbegrenzte Bereitschaft zur Hoffnung.«

»Ja, Ma'am.«

»Ich verspreche mir von dieser Sache nicht viel. Das Fatale ist, ohne seine verdammte Hoffnungsfreudigkeit wären wir gar nicht erst in die Bredouille geraten. Nur das steckt nämlich hinter dem Wetten, junger Mann, auch wenn niemand es zugibt. Nackte Hoffnung, wie bei einem kleinen Kind. Und ich Idiotin habe mich immer wieder darauf eingelassen.«

Sie fuhren mit dem Lift nach unten, beide gedoppelt im glänzenden Metall der Türen, und als sie in die Eingangshalle traten, versperrte ihnen ein Mann im grauen Mantel den Weg. Er war klein auf die Art eines Zwergterriers – durch und durch richtig proportioniert. Ein Ganzkörperphoto ohne direkte Vergleichsmöglichkeit hätte keinerlei Hinweis auf seine tatsächliche Körpergröße geliefert; man hätte ihn ohne Schwierigkeit auf einsachtzig schätzen können. Der grelle Lichtschein der Halle verlieh ihm etwas Unwirkliches, wie er sich so vor Mrs. D'Allessandro aufbaute und sie am Ärmel faßte: ein Spielzeugmännchen mit Spielzeughänden und Spielzeugfüßen, in einem Spielzeugmantel und mit Spielzeughut auf dem Spielzeugkopf.

Sein Gesicht war kühn geschnitten, scharfe Furchen an den Wangen und um den Mund zogen sich bis hinunter zum Hals.

»Was soll das?« fragte Mrs. D'Allessandro mit einem Anflug von Panik in der Stimme, während sie sich von ihm loszumachen versuchte.

Automatisch tat Marshall einen Schritt nach vorn, und der kleine Mann steckte die Hände in die Taschen seines Mantels. Sein Lächeln entblößte eine makellose Reihe kleiner, weißer Zähne.

»Wir treffen uns draußen, ja?« sagte Mrs. D'Allessandro; es war nicht gleich klar, zu wem.

»Ihr Sohn?« erkundigte sich der kleine Mann, immer noch lächelnd.

»Nein, ein … Freund.«

»Und? Hart im Nehmen?«

Niemand sagte etwas.

Der kleine Mann ließ Marshall nicht aus den Augen. Er lächelte nach wie vor, und als er wieder sprach, klang seine Stimme beinahe freundlich. »Wieviel verträgst du, Bubi?«

»Es ist nicht, was Sie denken«, sagte Mrs. D'Allessandro. »Dieser Junge kann uns in unserer Angelegenheit helfen. Verstehen Sie? Ihr Boß bekommt, was er will.« Sie drehte sich zu Marshall. »Bitte. Ich habe Sie gebeten, draußen auf mich zu warten.«

Der kleine Mann trat vor und streckte Marshall die Hand hin. Die Hand war sehr warm, ihr Druck unerwartet fest. Es tat weh, und Marshall zog seine eigene Hand hastig zurück. »Marcus mein Name«, sagte der Mann. »Freut mich, dich kennenzulernen, Bubi. Dann erzähl mal, hast du 'ne reiche Tante oder was?«

»Bitte«, sagte Mrs. D'Allessandro. »Wir tun, was wir können. Er hat doch gesagt, wir hätten ein paar Wochen.«

»Hat er«, bestätigte der kleine Mann lächelnd. »Haben Sie auch.«

»Dann verstehe ich wirklich nicht.«

Er wandte sich wieder ihr zu. »Mr. Brace wollte nur sein anhaltendes Interesse an seinen Außenständen bekunden. Ich diene als sanfte Mahnung an diese Außenstände. Mit täglich steigendem Zinssatz selbstverständlich.«

»Das ist uns vollständig bewußt«, sagte sie durch die Zähne. »Wie kann er es wagen.«

»Es ist Ihnen *bewußt.*« Der kleine Mann lächelte unverändert. »Das wird Mr. Braces Vertrauen ja un-heim-li-chen Auftrieb geben.« Er machte einen Schritt zurück und zog den Hut. »Un-heim-li-chen Auftrieb, jawohl. Einen schönen Abend Ihnen beiden.« Damit dienerte er übertrieben tief, mit einer ausladenden Geste der Hand, die den Hut hielt, und sah einen Augenblick lang wie ein kleiner Junge bei einem Kostümfest aus. »Wobei ich morgen bestimmt wieder das Vergnügen haben werde. Mr. Brace erinnert seine Kunden gern an ihre Verbindlichkeiten.«

»Wir brauchen nicht erinnert zu werden. Aber vielleicht erinnern Sie Mr. Brace – wenn er sich unbedingt so nennen will – daran, daß Lawrence keiner seiner gewöhnlichen Kunden ist. Er wird nicht untertauchen oder was weiß ich.«

Der kleine Mann, schon im Gehen, rief nur über die Schulter zurück: »Trotzdem.«

Sie sahen ihm nach, während er durch die Drehtür auf die Straße hinaustrat.

Mrs. D'Allessandro umklammerte ihre Handtasche mit beiden Händen und stand einen Moment lang stocksteif da. Marshall wollte sie schon am Arm fassen, sie stützen – er dachte, sie würde vielleicht umkippen. Endlich schien sie zur Besinnung zu kommen; sie starrte ihn an, als hätte sie mit ihm am allerwenigsten gerechnet. »Ich muß los«, sagte sie. »Ich muß noch etwas erledigen. Ich weiß gar nicht – gut, Sie könnten vielleicht mit zur Schule zurückfahren …«

»Ich kann genausogut den Bus nach Hause nehmen«, wehrte Marshall ab.

»Ja«, sagte sie zerstreut. »Den Bus.«

»Wenn Sie mich einfach an der K Street rauslassen.«

»Natürlich.« Sie setzte sich in Bewegung, hielt dann inne, kehrte um und lief auf die Fahrstühle zu. »Ich muß ihm sagen …«

Wieder hielt sie an. Marshall wartete ein kleines Stück hinter ihr. Unvermittelt drehte sie sich zu ihm um, die kleinen Hände um die zugeklappte Handtasche gekrampft. »Sie helfen uns doch, oder?«

»Ganz bestimmt«, versprach Marshall, obwohl er nicht die leiseste Ahnung hatte, wie er das anstellen sollte. Am liebsten hätte er ihr gesagt, daß Alices Vater sehr streng war und ihm angst machte und daß er nicht wußte, wie er jemals den Mut finden sollte, ihm Mr. D'Allessandros Bitte vorzutragen.

»Sie sind ein Goldstück«, sagte Mrs. D'Allessandro. »Kommen Sie. Wir müssen uns beeilen. Ich habe eine Verabredung um acht. Lawrence ist nicht der einzige, der Geld aufzutreiben versucht.«

Sie eilten zum Auto hinaus. Er stieg ein, und während er ihr zuschaute, wie sie erst mit ihrem Mantel kämpfte und dann mit der Kupplung, fühlte er sich ihr seltsam nahe, so als hätten sie viele Jahre zusammen durchlebt.

»Was starrst du so?« fragte sie, als der Wagen einen Satz nach hinten machte und dann stehenblieb.

»Entschuldigung«, sagte er. »Ich hab nicht –«

Sie zerrte an der Gangschaltung herum, und ein lautes Knirschen ertönte. »Du findest mich alt«, sagte sie, indem sie nach hinten sah und dann erneut den Schalthebel attackierte. »Das ist ganz natürlich. Aber du kannst mir glauben, ich hab mein Leben noch vor mir, genau wie du.«

»Ja, Ma'am«, sagte Marshall.

»Und nenn mich nicht immer Ma'am.« Sie hatte den Wagen glücklich auf die Straße gebracht und stieg aufs Gas. Die Flächen vor ihnen waren nichts als gespiegeltes Licht, Regen und Nebel ließen alle Farben ineinanderschmelzen. »Du mußt mir sagen, wie ich zur K Street komme.«

Er war sich nicht sicher, und sie schien sein Zögern entsprechend zu deuten.

»Na ja, die Richtung stimmt jedenfalls«, sagte sie und reihte sich in den Verkehrsfluß ein.

Sie verfuhren sich ein paarmal, und die ganze Zeit über wechselte sie von einer Spur auf die andere und schrammte mehrfach haarscharf an einem Zusammenstoß vorbei. Einmal bog sie vom falschen Ende in eine Einbahnstraße ein und riß, um den Fehler auszubügeln, das Steuer nach links, holperte mit dem Auto auf den Gehsteig, wo verschreckte Fußgänger auseinanderspritzten, rumpelte rückwärts wieder auf die Fahrbahn und rauschte in der angezeigten Richtung davon.

Schließlich erreichten sie die K Street, und sie hielt an. »Kannst du morgen um fünf zu mir ins Büro kommen?«

»Ja«, krächzte er. Aber dann setzte er lieber noch schnell hinzu: »Ich weiß aber nicht, ob ich so bald schon eine Antwort habe.«

»Bitte versuch es.« Sie machte ihm ein Zeichen, auszusteigen.

Er gehorchte.

»Nicht vergessen«, sagte sie und schlingerte weg, während er noch die Tür zuwarf.

Er schaute ihr nach, wie sie unter bedrohlichem Geruckel bis zur I Street fuhr, wo sie mit einer Souveränität links abbog, die alles Vorangegangene Lügen zu strafen schien. Als er ein, zwei Sekunden später Bremsen kreischen hörte, glaubte er den Grund dafür zu kennen.

Es war schon nach neun, auf der Straße war es ruhig. Er ließ den ersten Bus vorbeifahren und wanderte dann, einer plötzlichen Eingebung folgend, die 18th Street hinauf zur Schule. Das Obergeschoß lag im Dunkeln. Er setzte sich allein in die kleine Bibliothek, ohne sich so recht einzugestehen, was es war, worauf er wartete und hoffte. Draußen vor der Tür kamen und gingen die Studenten des Abendkollegs. Zwei Frauen standen auf der Steintreppe vor dem Eingang und redeten über ihre Weihnachtseinkäufe. Natalie war nirgends zu sehen, und auch sonst kam niemand in die Bibliothek. Er blätterte in einer Zeitschrift und blieb sitzen, obwohl er sich schämte. Er hatte überhaupt nicht darüber nachgedacht, was er gesagt oder getan hätte, wenn sie dagewesen wäre.

*Natalie, ich muß mit dir sprechen, weil du die Frau bist, die ich in Wahrheit heiraten will. Du würdest eine so wunderschöne First Lady abgeben.*

»Mein Gott«, sagte er laut, »jetzt reicht's aber.« Er fuhr zusammen, blickte sich um, ob ihn auch wirklich niemand gehört hatte. Das Gebäude schien leer.

Als er zur Haustür hinaus wollte, kam ihm Natalie entgegen. Sie rannte die Treppe herauf, um dem Regen zu entfliehen. Ihr weißer Schal ließ ihre Haut noch dunkler wirken. Sie sah ihn an und lächelte. Es regnete jetzt wieder stärker, ein richtiger Wolkenbruch, Vorhänge aus Wasser peitschten über die Straße. Sie stand wartend da, fast als hätte sie seine Gegenwart vergessen, und er blieb, wo er war.

»Grauenhaftes Wetter«, sagte er.

Sie nickte. Sie hatte die Arme verschränkt und starrte zweifelnd hinaus.

»Wartest du, daß jemand dich mitnimmt?« fragte er.

Sie hatte ihn nicht gehört. Sie seufzte, ließ die Arme sinken und schob die Hände in die Manteltaschen. Sie war kaum kleiner als Marshall.

Er wiederholte die Frage.

»Nein, Walter«, sagte sie. »Ich war gerade auf meinem Weg nach Hause.«

»Wohnst du hier in der Nähe?«

Sie nickte. »Ich will nur aus dem Regen.«

»Ich dachte, du hättest vielleicht was vergessen.«

»Nein. Ich habe gerade eine Stelle bekommen.«

»Dann kommst du also von woanders her?«

Das schien sie zu verwirren. Ihr Blick streifte ihn nur flüchtig, als sie antwortete. »Ich war um die Ecke. Ich habe eine neue Stelle.«

»Hast du deinen Shakespeare jetzt gelernt?«

»Shakespeare, ja. Ein Sonett.«

»Ich liebe Shakespeare«, eröffnete er ihr.

»Ja, ich weiß.« Sie spähte in den Regen hinaus.

»Hattest du irgendwelchen Ärger?« fragte er.

Wieder war es, als hätte sie ihn nicht gehört.

»Natalie?«

»Ja, ich höre dich, Walter.«

»Ich habe auch einiges von Shakespeare gelesen«, sagte er.

Sie sah ihn an, als überlegte sie, dann zuckte sie die Achseln. »Ich würde ihn gerne besser verstehen können. Ich habe Schwierigkeit mit seinen Wortwählungen. Es ist ein Sprechproblem.«

Er nickte. Langsam fiel ihm nichts mehr ein. Diese Begegnung hatte etwas seltsam Zerfahrenes – wohl deshalb, weil sie außerhalb des üblichen Rahmens stattfand: Normalerweise saßen sie entweder in der Bibliothek, oder sie standen im Keller an den Getränkeautomaten.

Der Regen hatte nachgelassen, und sie streckte prüfend die Hand ins Freie.

»Wollen wir einen Kaffee trinken?« sagte er.

»Tut mir leid, Walter – nein. Ich muß heim jetzt.« Sie war schon im Gehen. »Wiedersehn.«

»Warte«, rief er. »Ich begleite dich.«

Sie schlug die seiner Bushaltestelle entgegengesetzte Richtung ein. Er ging neben ihr her und versuchte an gar nichts zu denken. Nach etwa zwei Häuserblocks blieb sie stehen und streckte ihm ihre schmale Hand hin. »Du bist so lieb.«

»Du kennst mich doch«, sagte er. »Der heilige Walter.«

Sie schüttelte den Kopf, lächelnd. »Du sollst nicht Witze machen. Du bist netter als viele Männer. Es braucht gar keine Helden.«

»Damit wäre ich also dein Held.« Er versuchte einen leichteren Ton anzuschlagen. »Dank Ihn', Ma'am«, fügte er hinzu, mit der Stimme von Jackie Gleason als Joe der Barmann.

»Du verstehst mich nicht, Walter.«

»Und ich dachte, ich versteh Sie wie kein andrer, Lady.«

»Ich meine es ernst.«

»Ja«, sagte er. »Ich wollte nur witzig sein. Vorhin wolltest du, daß ich dir einen Witz erzähle.«

»Es tut mir leid. Verzeih mir.«

Der Regen wurde wieder heftiger. Er ergriff ihre ausgestreckte Hand und glaubte zu spüren, daß etwas Bedeutsames geschehen war. »Fehlt dir irgendwas?« fragte er. Es kam ihm vor, als wären alle ihre bisherigen Gespräche, alles, was er jemals zu ihr gesagt hatte, nichtig gewesen, ein leichtfertiges Geplänkel, und als hätten sie nun eine neue Ebene erreicht.

»So ein netter, sanfter Junge«, sagte sie. »Ein lieber Mann wirst du sein. Bleib so, wie du bist, versprichst du das?«

»Ja, ich versprech's.« Die Antwort war voreilig, er merkte erst hinterher, daß sie ihn zum Kind abqualifizierte. »Ich bin kein Junge mehr«, sagte er.

Sie ließ seine Hand los. »Ja. Ich weiß. Also dann, gute Nacht.« Und sie wandte sich ab und ging zur Haustür. Er betrachtete das Gebäude – ein hohes Reihenhaus mit flachem Dach, der D'Allessandro-Schule nicht unähnlich. Die meisten Fenster waren dunkel. Regen strömte an dem schmutzigen Mauerwerk herab. Sie ging hinein, und sie schaute nicht zurück. Die hohe Haustür quietschte, als sie sie öffnete, und quietschte, als sie sie schloß. Gleich darauf war sie aus dem kleinen Lichtkreis der Vorhalle verschwunden. Ein paar Sekunden blieb er noch stehen und sah zu den vielen Fenstern mit ihren dunkelgrünen Simsen und Scheiben hinauf, manche mit Gardinen verhängt, andere mit Porzellanfigürchen oder Blumentöpfen auf dem Fensterbrett. Im obersten Stock war ein einzelnes Fenster beleuchtet, ein Signalfeuer für die Wanderer auf den unwirtlichen Straßen der Stadt. Als hinter einem Fenster im zweiten Stock das Licht anging, trat er einen Schritt zurück; sie sollte nicht merken, daß er immer noch dastand.

Aber trotzdem konnte er sich nicht überwinden zu gehen – vielleicht entschloß sie sich ja, wieder herauszukommen und mit ihm zu sprechen. Aus irgendeinem unerfindlichen Grund hätte es ihm nichts ausgemacht, von ihr entdeckt zu werden, wenn sie noch einmal aus dem Haus trat. Aber sie zeigte sich nirgends, und das Licht in ihrem Fenster erlosch. Selbst dann dauerte es ein Weilchen, bis er sich auf den Weg zurück zur K Street und zum letzten Bus machte.

Die Busse, die 1964 über den Potomac nach Virginia hineinfuhren, stammten alle noch aus der Zeit vor dem Zweiten Weltkrieg, mit kleinen Fenstern, ohne Klimaanlage. Von vorn sahen sie böse aus, mit geduckten Windschutzscheiben und zähnefletschendem Kühlergrill. Wenn zwei von ihnen nebeneinander an einer Ampel warteten, erinnerten sie an zerstrittene Vettern, denen es gar nicht recht ist, wenn man sie zusammen sieht. Bei kaltem Wetter war es in ihrem Innern selten warm genug, und die Luft stank nach Abgasen. Sie ratterten und polterten über die holprigen Straßen wie Güterwagen voll loser Metallteile. Walter Marshall mochte den Klang, und er mochte ihre Klapprigkeit; sie bestärkte ihn in dem Gefühl, daß die Welt ein Ort war, der sein eigenes, angestammtes Leben führte, ein Leben, in das auch er nun eintreten würde – noch besser hätten ihm höchstens altersschwache Postkutschen gefallen, die über ungepflasterte Straßen rumpelten.

Sein Bus fuhr den über eine sanfte Flußbiegung hinausgebauten Whitehurst Freeway entlang, vorbei an hohen Ziegelfassaden und Tausenden von Fabrikfenstern, vorbei an dem Schild mit der Aufschrift ETWAIGE UNANGENEHME AUSDÜNSTUNGEN IM UMKREIS SIND NICHT AUF DIESE NIEDERLASSUNG ZURÜCKZUFÜHREN – und weiter auf die Key Bridge mit ihrem Ausblick auf den im Regen schimmernden Fluß, an dessen Uferböschungen sich die gespiegelten Lichter der Stadt drängten.

Der Regen war wieder stärker geworden, die Wolken schleppten ihre fransigen Ränder über die Baumwipfel am Rand der Route 50. Es sah aus, als würde der tiefhängende Himmel zu Federn zerstieben. An einer Straßenecke, gleich nach dem Marriott-Hotel in Rosslyn, lag eine freie, von Gras und Blumen überwucherte Fläche, die ihm, so hatte er einmal zu seiner Mutter gesagt, am ehesten in den Sinn kommen, ihm von allen Dingen am klarsten vor Augen stehen würde, sollte er, so wie sein Vater und Großvater und Urgroßvater vor ihm, eines Tages für sein Vaterland ins Feld ziehen. Er versäumte es nie, aus dem Fenster zu schauen, wenn sie an der Wiese vorbeifuhren, auch im Dunkeln nicht. Und wenn, wie jetzt, Nacht sie verhüllte, fand er es doch tröstlich zu wissen, daß sie da war, hinter seinem blassen, verschwommenen Spiegelbild in der Scheibe. Er brauchte nur an sie zu denken, und schon durchdrang ihn das befriedigende Gefühl patriotischer Pflichterfüllung, so als wäre er bereits im Krieg gewesen und hätte alle möglichen Heldentaten vollbracht, um diesem Fleckchen Erde seine unberührte Schönheit zu erhalten.

An der Bushaltestelle in Arlington gab es einen kleinen Unterstand für die Fahrgäste, und dort wartete seine Mutter auf ihn. Der Anblick ließ ihn Schlimmes befürchten, denn sie holte ihn nur dann ab, wenn sie deprimiert war und angefangen hatte, sich Sorgen zu machen – Sorgen, wie nur sie sich machen konnte. Manchmal beschlich ihn eine Ahnung davon, was für ein Leben das sein mußte, mit dieser stetigen Flut von Schreckensbildern im Kopf. Wenn er im Auto unterwegs war und sie hörte irgendwo in weiter Ferne einen Rettungswagen, dann konnte dieser Rettungswagen nur zu der Stelle unterwegs sein, wo ihr Sohn tödlich verunglückt war. Wenn er sich bei einem Spaziergang verspätete und vergaß, sie anzurufen, malte sie sich sogleich die Umstände aus, unter denen er entführt, niedergeschlagen, erschossen oder erstochen worden war. In ihren schrecklichen und hilflosen Phantasievorstellungen hatte Mrs. Marshall ihren Sohn schon viele Male verloren: durch Krankheiten aller Art, durch Wahnsinn, durch Unfall oder Unachtsamkeit, ihre wie seine; er war die Treppe hinuntergefallen, unter einen Lastwagen geraten, vom Zug überfahren worden, abstürzende Flugzeuge hatten ihn zermalmt, und hysterische Menschenmengen hatten ihn auf der Straße zertrampelt. Er war gestolpert und in eine Grube gestürzt, war auf das bloßliegende Ende einer Stromleitung getreten; er war verbrannt, in die Luft geflogen, verstümmelt oder zerquetscht worden. Wirbelstürme hatten ihn davongetragen, Blitze hatten ihn getroffen, oder er war zielsicher mitten in einen Tornado hineingewandert. Diese Bilder ergriffen überfallartig von ihr Besitz, und wenn sie einmal da waren, konnte sie sie nicht mehr verbannen oder sich so verhalten, als wären sie nicht bereits Realität. Es hatte nächtliche Anrufe in Krankenhäusern gegeben, bei der Polizei, bei Zeitungsredaktionen, bei Freunden und Verwandten. Mehrmals hatte der junge Mann sie beim Nachhausekommen wartend vorgefunden, neben sich eine verschlafene Kusine oder irgendeinen Fremden von der Inneren Mission, dem sie fieberhaft ihre Vision von dem neuesten Unglück darlegte, das ihrem Sohn widerfahren war.

Ihre Neigung zu solch krankhafter Sorge um ihn nahm zu, wenn sie ihren Tee mit Likör »verdünnte«, wie sie es nannte, und seit dem wehmütigen Abschiedsbesuch seines Vaters vor zwei Jahren hatte sie öfter Anlässe gefunden, ihren Tee zu verdünnen, als er sich eingestehen mochte; er hoffte immer noch, daß es sich mit der Zeit geben würde. Die Liköre wurden in exotisch aussehenden Flaschen verkauft und hatten seltsame, fremdartige Namen – Galliano, Kahlua, Grand Marnier, Crème de Menthe, Crème de Cacao, Amaretto, Drambuie. Es waren wohlanständige, süße Getränke, die man aus winzigen Gläschen nippte. Nur daß Loretta Marshall sie mit Vorliebe in ihren Tee kippte, und an manchen Abenden trank sie Tee bis zum Schlafengehen.

Heute abend hatte sie aus dem Fenster geschaut und den Regen gesehen und war zu dem Schluß gekommen, daß die Straßen glatt sein mußten. Zu einer neuen Todesart für ihn hatte es nicht gereicht, aber sie war ihm entgegengegangen. Er stieg aus dem Bus, und sie begrüßte ihn mit einem mütterlichen Kuß auf die Backe. »Knöpf deinen Mantel zu«, sagte sie und machte sich auch schon an den Knöpfen zu schaffen, zupfte an ihm herum wie ein paar Stunden zuvor Alice. »Es ist so kalt.«

»Laß mich …«, sagte er.

Lächelnd klapste sie ihm auf die Finger. »Ich hab's doch gleich.«

Also ließ er sich von ihr den Mantel zuknöpfen, vor den Augen aller Fahrgäste in dem langsam wieder anrollenden Bus.

»So«, sagte sie. »Wie war's im Kurs?«

»Wie war's in der Arbeit?« fragte er im gleichen Augenblick.

Und sie antwortete: »So ein dummer Junge, ein Neuer, hat sich im Biologielabor mit der Nadel von einer Bakterienkultur geritzt. Sie ist durch die Haut gegangen, und Mr. Judd hat den Krankenwagen kommen lassen und so weiter und so fort. Der arme Junge ist fast gestorben vor Angst. Es war dummerweise eine Kultur mit Traubenkokken. Da konnten sie es natürlich nicht drauf ankommen lassen. Sie haben ihm ein paar Spritzen verpaßt und ordentlich Jod auf die Wunde gestrichen. Mr. Atwater war den ganzen Nachmittag unterwegs. Das war mein Leben heute.«

»Dann hat er heute abend nicht mehr vorbeigeschaut?« fragte Marshall.

»Er hatte Elternbeiratssitzung.«

Clark Atwater leitete die High School und übernahm gelegentlich den einen oder anderen Sozialkundekurs. Marshalls Mutter war seine Sekretärin, und seit Marshall mit der Schule fertig war, aß sie manchmal mit ihm in der Cafeteria zu Mittag. Hin und wieder ging sie auch mit ihm aus. Letztens waren sie in *Hello, Dolly!* gewesen, denn Mr. Atwater hatte einen Freund, der an der Tageskasse des National Theater arbeitete, und bekam seine Theaterkarten so gut wie geschenkt. Sie hatten den Titelsong geträllert, als sie heimgekommen waren, leicht berauscht von all der Herrlichkeit, wenn nicht von dem Wein, den sie beim Abendessen getrunken hatten.

»Hel-lo, L'retta«, hatte Mr. Atwater gesungen und dabei den vorbeifahrenden Autos zugewinkt. »Well, hel-lo, L'retta.«

Der junge Mann nahm ihren Arm, während sie die Straße entlanggingen. Ihr Schritt wirkte eine Spur unsicher. Das Haus, in dem sie wohnten, war ein alter kastenförmiger Bau, drei Stockwerke hoch und einen ganzen Block lang, mit einem durchhängenden Baldachin über dem Haupteingang und einer wackelig aussehenden Feuerleiter, die sich von einer verschlungenen Eisen- und Neonkonstruktion in Höhe des Daches nach unten wand. Die Mauern waren aus bunten Ziegeln, aber auf der Straßenseite war der Stein über weite Flächen zu einem einheitlichen Grauton verwittert. In einigen Fenstern klemmten Ventilatoren, andere standen offen. Wäre ein anderes Gebäude nahe genug gewesen, dann hätten sich über die Zwischenräume bestimmt Wäscheleinen gespannt, von Fenster zu Fenster und Feuerleiter zu Feuerleiter. Ihre Wohnung lag im zweiten Stock, an dem Treppenaufgang gleich links vom Haupteingang. Auf der rechten Seite wartete ein Bataillon Briefkästen. Marshalls Mutter konnte an ihrem nicht vorübergehen, ohne einen Blick hineinzuwerfen, ganz gleich, zu welcher Tages- oder Nachtzeit. Derselbe Drang, der ihr jeden Tag Schreckensphantasien über ihren Sohn bescherte, trieb sie jedesmal, wenn sie durch den Windfang ging, zu ihrem Briefkasten. Das hatte Marshall vor kurzem begriffen, und er war klug genug, zu erkennen, daß er selbst auch nicht ganz frei davon war. Nahm eine bestimmte Vorstellung erst einmal Gestalt an, so folgte der Glaube daran stets auf dem Fuß, so einfach war das bei ihr. Noch die entfernteste Möglichkeit führte zur Reaktion – schließlich konnte es ja sein, daß in der Viertelstunde, die sie an der Bushaltestelle auf ihn gewartet hatte, um fast zehn Uhr abends, jemand die Straße entlanggekommen war und ihr eine Nachricht in den Briefkasten gesteckt hatte; der Gedanke, egal wie flüchtig, egal wie unwahrscheinlich, mündete prompt in Überzeugung, und sie konnte nicht an dem Kasten vorbeigehen, ohne hineinzuschauen. »Nichts«, sagte sie.

Sie stiegen die Treppe hinauf. Marshall, dem von der Unterredung mit den D'Allessandros der Kopf schwirrte – und der in Gedanken noch bei dem Spaziergang mit Natalie war –, fühlte sein Herz schwer werden, als ihm plötzlich wieder einfiel, welch gewichtige Neuigkeiten er hatte. Er wußte nicht recht, wie er es formulieren sollte, und bald schon überlegte er, ob es nicht vielleicht sowieso besser wäre, das klare Licht des Morgens abzuwarten. Wenn der Likör seine Wirkung verloren hatte. Seine Mutter ging gleich in die erleuchtete Küche, wo sie am liebsten saß. Auf dem kleinen Tisch stand eine Flasche Crème de Menthe neben einer Schachtel Teebeutel und einem Aschenbecher voller Zigarettenstummel. Sie zündete sich eine neue an. »Willst du einen Pfefferminztee?«

»Nein danke«, sagte Marshall. »Ich glaub, ich geh gleich ins Bett.«

Sie legte die Zigarette in den Aschenbecher, zog ihre Jacke aus und hängte sie über die Stuhllehne. Sie trug Jeans und einen dunkelblauen Pullover, und sie sah jungenhaft aus – die Jeans betonte ihre Zartknochigkeit. Ihr kurzgeschnittenes Haar war mit weißen Strähnen durchzogen. Sie setzte sich hin, nahm die Zigarette und inhalierte, stieß dann den Rauch im Sprechen wieder aus, den Ellbogen auf die Rückenlehne gestützt, so daß die Zigarette auf einer Höhe mit ihrem Ohr war. Der Rauch formte einen hellgrauen treibenden Kranz um ihren Kopf. »Also dann«, sagte sie, »willst du mir nicht von dem Fest erzählen, zu dem ich gehen soll?«

Er setzte sich ihr gegenüber, einen Moment lang unfähig, irgend etwas herauszubringen.

»Ist das diese dünne Kleine, mit der du dich bei der Arbeit immer triffst?« fragte sie. »Alice?«

»Ja, Ma'am.«

»Nettes Mädchen. Sie hat gegen sieben hier angerufen, ganz aufgeregt.«

Er brachte nur ein kleines gehauchtes »Ja« zustande. Alice hatte ihr alles erzählt, davon war er überzeugt, während er gleichzeitig wie vom Donner gerührt war vor Ungläubigkeit.

»Sie gibt dieses Geburtstagsfest, hat sie gesagt«, fuhr seine Mutter fort. »Oder ihr Vater gibt es für sie, so war es, glaub ich.«

Marshall konnte nicht sprechen.

»Oder?«

Er nickte, den Blick auf den Zigarettenrauch gerichtet. »Was hat sie sonst noch gesagt?« fragte er vorsichtig.

»Sie hat gesagt, daß du ihr versprochen hättest, mich zum Mitkommen zu überreden, und daß sie selbst ganz entschieden dafür plädieren würde. Sie hat allen Ernstes von *plädieren* gesprochen, Walter.«

Daß sie ausgerechnet daran Anstoß nahm, brachte ihn noch mehr aus der Fassung. »Was ist daran so schlimm?« fragte er.

Sie zuckte die Achseln. »Klang eben komisch. Soll das eine Gerichtsverhandlung sein oder wie?«

Wieder sah er sich außerstande zu einer Erwiderung.

»Was ist los mit dir, Kind?« Seine Mutter streckte die Hand aus und berührte seine Wange. »Geht's dir nicht gut?«

»Doch«, sagte er. »Doch.« Dann: »Hat Alice – hat sie sonst noch was gesagt?«

»Ich hatte das Gefühl, sie wollte was sagen – wieso?«

»Ach, nur so.«

»Was ist passiert, Walter? Sag's mir doch.«

Die einzige Antwort, zu der er sich aufraffen konnte, war: »Ich bin heute bestohlen worden. Der Kerl hat mir vierzig Dollar abgenommen. Ein Taschendieb.«

»Mein Gott!« Sie sprang auf und nahm sein Gesicht zwischen ihre Hände. »Ist alles in Ordnung? Bist du verletzt?«

»Es war ein Taschendieb«, sagte er. »Ich habe es nicht einmal gespürt. Außerdem hätte ich's ihm ja sogar gegeben. Er hätte mich nur darum bitten müssen, oder vielleicht nicht mal das. Ich hätte ihm soviel gegeben, wie er braucht. Aber er hat es gestohlen. Verrückt, oder?«

»In der Stadt mußt du dich fernhalten von den Leuten«, sagte sie. Sie setzte sich wieder hin. »Du darfst mit niemandem sprechen und auch niemanden anschauen. Blickkontakt kann böse Folgen haben in einer Großstadt. Der Mann hätte dich ernsthaft verletzen können.«

»Ich sag doch, ich hab nicht mal was gespürt«, wiederholte er. »Wir haben uns unterhalten, und –«

»Du hast dich mit ihm *unterhalten*?«

»Was glaubst du denn, wie er so nah an mich rangekommen ist?«

»Worüber habt ihr geredet?«

»Nichts«, sagte er. »Es war völlig lächerlich. Wir hatten eine Diskussion über ... Namen ...«

»Ich predige dir, daß du mit niemandem reden darfst, und du gehst hin und fängst eine Diskussion mit einem Kriminellen an. Gott.« Es klang, als spräche sie mit ihrer eigenen Angst. »Wie kommst du dazu, dich mit einem Kriminellen zu unterhalten?«

Er erklärte es, so gut es ging, dann senkte er den Blick und starrte auf seine Hände. Er hatte ihr noch soviel mehr zu sagen.

»Und dir fehlt ganz sicher nichts?«

»Mir geht's gut.« Er beschloß, daß alles andere warten konnte. »Ich bin nur müde.« Er täuschte ein Gähnen vor. »Ich glaub, ich geh ins Bett.«

»Ist das nicht ein bißchen früh für dich?«

»Ich lese noch«, sagte er.

»Ich bin dir wohl nicht anregend genug.« Sie tat so, als würde sie schmollen.

Er beugte sich vor und küßte ihre kühle Stirn. »Wenn du es möchtest, bleibe ich noch auf.«

»Clark sagt, unsere Beziehung ist zu eng. Er sagt, das ist schlecht für dich.«

»Mr. Atwater weiß nicht genug über uns, um so etwas zu behaupten.«

»Na ja, manchmal denke ich – ich weiß ja, daß ich dich zu sehr behütet habe.«

Er küßte sie noch einmal auf die Stirn. Am Morgen würde sie sich erinnern, daß er ihr nichts von Alice gesagt hatte.

»Ich geh auch ins Bett.« Sie gähnte, streckte dabei die Arme zur Decke.

In diese behagliche Schläfrigkeit hinein sagte er: »Ich hab mich übrigens verlobt ...«

Einen Moment lang erstarrte sie mitten im Gähnen und sah

ihn nur mit weit geöffnetem Mund an, die Arme immer noch in die Höhe gereckt. Sie senkte sie und stand halb auf, setzte sich dann aber wieder. Ihre Hände umklammerten die Tischkante, als müsse sie sich abstützen.

»Alice«, sagte er. »Ich – ich habe sie vorhin gefragt.«

»Da hattest du ja einen erfüllten Abend. Ein Überfall und ein Heiratsantrag.«

»Es war kein Überfall.«

Sie schien alles noch einmal für sich durchzugehen. Ihre Lippen bewegten sich, aber sie sagte nichts.

»Alice hat mir das Geld für den Bus gegeben«, sagte er.

»Wie bald soll es denn sein? Das Heiraten?«

»Nicht so furchtbar bald.«

Jetzt malten ihre Finger Muster auf der Tischplatte. »Und was verstehst du unter nicht so furchtbar bald?«

»Ach.« Er brachte es nicht fertig, nicht zu nuscheln. »Nächsten – Juni vielleicht.«

»Juni?«

Er nickte.

»Und das ist nicht furchtbar bald?«

Er konnte nichts sagen.

»Juni.«

»Ich glaube.«

Seine Mutter starrte ihn an. »Tja«, sagte sie. »Schlaf dich erstmal aus. War bestimmt ein harter Tag. Jedenfalls ein *ereignisreicher* Tag.«

»Um Juni herum«, sagte er. »Wir haben noch kein Datum – äh, festgesetzt.« Wieder kam er sich idiotisch vor, wie ein kleiner Junge, der Erwachsener spielt. Er stand einfach da.

»Fehlt dir was, Kind?«

»Nein, gar nicht. Ich war bei Pater Soberg.«

»Wie geht es ihm?«

»Er läßt dich grüßen.«

»Du hast ihm doch hoffentlich auch Grüße von mir ausgerichtet.«

»Warum hast du mir nicht erzählt, daß er nach Übersee geht?«

»Ach, das«, sagte sie. »Ich muß es vergessen haben. Ich denke nicht gern an diesen Krieg – oder was das sonst sein soll. Korea haben sie auch nie offiziell den Krieg erklärt. Und dann sind so viele gefallen.«

»Er schien ganz guter Dinge.«

»Das freut mich für ihn.«

Es klang alles so gekünstelt, daß er unwillkürlich einen Schritt in Richtung Tür machte.

»Gute Nacht«, sagte sie.

Er trat zu ihr und küßte sie auf die Wange, dann ging er in sein Zimmer. Ein paar Sekunden wartete er noch, gegen die geschlossene Tür gelehnt, und lauschte. Viel drang nicht herüber aus der kleinen Küche. Sie hustete. Gedämpft klapperte Geschirr. Schließlich ging sie an seiner Tür vorbei in ihr Schlafzimmer, und kurz darauf hörte er sie im Bad die Zähne putzen. Er drehte sich auf dem schmalen Stück Teppich zwischen Bett und Tür um und stieß einen langen Seufzer aus – keinen Seufzer der Erleichterung. Die Muskeln in Brust und Unterkiefer entkrampften sich nicht. Daß seine Mutter seine Verlobung einfach hingenommen hatte, schien die Sache irgendwie zu besiegeln. Es würde wirklich dazu kommen. Seine sämtlichen Nerven vibrierten.

Er blickte sich in seinem Zimmer um, dem Zimmer eines Jungen. An der Wand hingen neben dem Kruzifix und dem Herz-Jesu-Bild Photos von Ted Williams und Mickey Mantle, Willie Mays und Hank Aaron und ein High-School-Wimpel in Gold und Knallrot. Die Kommode war mit Krimskrams vollgestellt: ein dicker Packen Baseballkarten, mehrere Modellflugzeuge, ein Malen-nach-Zahlen-Set, ein Stapel Comichefte. Schmutzwäsche lag auf dem Fußende des ungemachten Bettes verstreut. Nur der Nachttisch vermittelte einen gewissen Eindruck von Reife: Bücher von Fulton Sheen und Thomas Merton standen Seite an Seite mit den *Exercitia spiritualia* des Ignatius von Loyola – die er bis jetzt noch nicht aufgeschlagen hatte –, mit Edwin O'Connors *Ein Hauch Traurigkeit*, der gekürzten und der ungekürzten Ausgabe von *Krieg und Frieden*, zwei Lyrikanthologien, den gesammelten Reden von JFK – und natürlich Doktor Barbets Buch über Golgatha. Über dem Nachttisch hing eine Karte von Washington, auf der in leuchtendem Rot konzentrische Kreise eingezeichnet waren, die Entfernungen vom Bodennullpunkt bei einem Atomangriff. Er und seine Mutter waren im zweiten der Kreise. Er hatte die Karte im Drugstore gekauft, kurz nach der Kuba-Krise.

Er nahm *Die Passion Jesu Christi in der Sicht des Chirurgen* in die Hand, strich über den Einband, betrachtete die Titelseite und legte das Buch wieder hin.

Zwischen Buchdeckeln war alles so wohlgeordnet.

Er machte sich fürs Bett fertig. So wie es in seinem Magen flatterte, würde er niemals einschlafen können. Er legte sich hin, faltete die Hände über der Brust und sprach seine Gebete. Sekundenlange Träume von der Hochzeit, von Ärger mit zwielichtigen Figuren, Männern in zu großen Anzügen, die wie kleine Jungen aussahen, von Alice in den merkwürdigsten Gestalten – einmal steckte sie in einer Polizeiuniform und regelte den Verkehr – störten ihn immer wieder auf und machten es ihm unmöglich, sich aufs Beten zu konzentrieren. Dann hämmerte plötzlich seine Mutter gegen die Wand.

»Was ist?« Er setzte sich auf, versuchte etwas zu erkennen.

»Willst du, daß ich zu diesem Fest komme? Ich meine, plädierst du auch dafür?«

»Oh«, sagte er. »Richtig. Ja. Ich plädiere dafür.«

»Was für eine absurde Art, sich auszudrücken. Das mußt du doch zugeben.«

»Sie ist nervös«, sagte er.

»Das sollte keine Kritik sein.«

»Ich weiß schon«, sagte er.

»Also gut. Ich tu's. Ich komme zu dem Fest.«

Er lehnte sich in die Kissen zurück.

»Glaubst du, es gibt dort Likör?«

»Weiß ich nicht.« Erneut richtete er sich auf, lauschte.

»Gute Nacht.«

»Gute Nacht.« Er legte sich wieder hin, und das Warten auf den Schlaf begann.

# 5

An diesem grauenvollen Novemberfreitag vor fast einem Jahr, als offiziell feststand: der Präsident ist tot – an diesem Tag war er mit Alice und einem anderen Mädchen, einer Freundin von ihr, die aus Chicago zu Besuch gekommen war, zu Saint Matthew's gegangen. Die Kirche schien der einzig richtige Ort an einem solchen Tag, und so stapften sie durch den verhaltenen, stillen Regen und die von überall her schallenden Glockenschläge zur Kathedrale und knieten sich dort in eine der hinteren Bänke, zu dritt in diesem riesigen leeren Gewölbe mit seinen Schatten und den nackten Bankreihen und den flackernden Votivkerzen. Nur ganz vorne kniete noch ein Mann, ein einsamer, brauner Mann – braun die Haare, braun der Anzug, hellbraun der über die Kommunionbank gehängte Regenmantel. Er schniefte, und das Geräusch stieg auf in das hohe, hohle Dunkel des Mittelschiffs. Nach einer Weile stand er auf, ein großer, schmalbrüstiger Mann mit einer kahlen Stelle oben am Kopf, nahm seinen Mantel vom Geländer, schniefend. »Warum?« rief er plötzlich, und seine zittrige Stimme hallte zwischen den Mauerbogen wider. »Warum?« rief er noch einmal. Und ein drittes Mal: »Warum?« Immer weiter rief er in sein eigenes Echo hinauf, während er mit schwerfälligen, fast taumelnden Schritten zum Ausgang tappte. »Warum?« rief er. »Warum?«, bis er endlich die Tür aufstieß und in die glockenschlagende Dunkelheit verschwand, immer noch schluchzend.

Und Marshall auf seinem Platz in der vorletzten Reihe, zwischen den beiden Mädchen, vergrub das Gesicht in den Händen und brach in Tränen aus. Er war erkältet, er hatte Halsweh, Schnupfen, Husten. Die Nase lief ihm in Strömen, das Weinen verstopfte seine Atemwege endgültig, und als Alices Freundin sich zu ihm umwandte und ihm ein Taschentuch hinhielt, nahm er es und schneuzte sich, denn das war in dem Augenblick sein dringendstes Bedürfnis; er dachte, sie hätte es ihm deshalb zugesteckt. Dann faltete er das Tuch gedankenlos wieder zusammen und wollte es ihr zurückgeben – wie verfehlt diese Geste war, dämmerte ihm erst, als sie »Behalt es« sagte und abwehrend die Hände hob, damit das Ding ihr ja nicht zu nahe kam.

»Danke«, murmelte er.

Und mehr hatten sie nicht miteinander gesprochen. Alice und sie waren gleich anschließend zum Flughafen gefahren, wo die Freundin ein Flugzeug nach Hause bestiegen hatte.

Stunde um Stunde verbrachten Marshall und seine Mutter an diesem Wochenende vor dem Fernseher. Sie sahen die Ankunft des Sarges aus Dallas – sahen, wie die Männer ihn von der Ladefläche eines Transporters hoben, sahen, wie Jackie und Bobby Kennedy hinter dem Sarg aus dem Wagen stiegen und durch ein Meer von dunklen Anzügen auf den wartenden Leichenwagen zugingen, Jackie mit Blutflecken über die ganze Länge des Beins, ihr Gesicht verhärmt und bleich und fassungslos –, und sie sahen Berichte aus Dallas, sahen Lee Oswald, wie er gefaßt und vorgeführt wurde, in Handschellen, mit einem geschwollenen linken Auge, umringt von schreienden Polizisten und Fernsehreportern.

*Haben Sie den Präsidenten erschossen?*
*Nein, das ist mir nicht unterstellt worden. Davon war überhaupt noch nicht die Rede. Ich hatte ja keine Ahnung, was eigentlich los ist, bis die Zeitungsreporter im Gang mit der Frage über mich hergefallen sind …*

Diese Szenen wurden diskutiert und analysiert und immer wieder neu gezeigt, und dazwischen liefen Filme über das Leben des Präsidenten. Die Kommentatoren sprachen über seine Entschlußkraft und über die Schmerzen, unter denen er einen Großteil seines Erwachsenenlebens gelitten hatte; sie brachten Ausschnitte aus seinen Pressekonferenzen und zeigten seine

Amtsantrittsrede noch einmal. Und dann stand Vizepräsident Johnson mit seiner Frau im Gleißen der Blitzlichter auf dem Rollfeld und sprach in seinem schwerfälligen Südstaatenakzent in ein Dickicht von Mikrophonen:

*Das sind traurige Zeiten … für uns alle. Wir haben einen Verlust erlitten … einen unermeßlich schweren Verlust … für mich ist es eine große persönliche Tragödie … ich weiß, daß die ganze Welt … zusammen mit Mrs. Kennedy und ihrer Familie trauert. Ich werde … mein Bestes geben. Das ist alles … was ich tun kann. Ich bitte um Ihre Hilfe … und um die Hilfe Gottes.*

Die Kameras begleiteten den Sarg an diesem Samstagvormittag den ganzen Weg bis zum Weißen Haus, wo die ehemaligen Präsidenten, die Kongreßabgeordneten und Würdenträger aus aller Welt warteten, um ihm die letzte Ehre zu erweisen. Es regnete den ganzen Tag, und eine Zeitlang wurde aus England per Satellit ein Gedenkgottesdienst in der Westminster Abbey übertragen. Und dann, als Marshall und seine Mutter am Sonntag morgen aus der Kirche heimkamen, war Oswald erschossen worden. Das Fernsehen brachte die Szene mehrfach, einmal auch in Zeitlupe, und immer wieder hieß es, daß das Unvorstellbare Wirklichkeit geworden war, daß der Alptraum schlimmer und schlimmer zu werden schien. Zwischendurch wurden Bilder weinender Menschen am Straßenrand eingeblendet, während die Prozession langsam die Pennsylvania Avenue entlang zum Kapitol zog. Der junge Mann und seine Mutter nahmen alles wie betäubt in sich auf und sprachen fast kein Wort miteinander. Als Jackie mit Caroline an den Sarg trat und ihn ein letztes Mal küßte, weinten sie beide. Und an dem kalten, sonnigen Montag, als die eigentliche Totenmesse abgehalten wurde, sahen sie im Fernsehen zu und beteten mit all den anderen. Jackie kniete nieder, um die Hostie zu empfangen, und der Anblick hatte etwas seltsam Tröstliches.

»Das arme Mädchen«, sagte Marshalls Mutter.

Während sich der Trauerzug durch die Straßen zum Arlington-Friedhof bewegte, kochte sie Tee und gab einen Schuß Drambuie in ihre Tasse. Sie fragte Marshall, ob er etwas abhaben wollte. »Ich weiß, du bist erst achtzehn. Aber das hier ist schließlich eine Ausnahmesituation.«

»Ja«, sagte er, »ich nehme auch einen Schluck.«

Sie maß den Drambuie mit einem Teelöffel ab. Dann tranken sie schweigend und sahen dazu die Begräbniszeremonie auf dem Friedhof, und als die Flugzeuge über das Grab flogen, ging Marshall nach draußen, um zuzuschauen, wie sie durch das weite, weißgestreifte Blau angedonnert kamen und dann in langgezogenem Bogen nordwärts drehten. Der Anblick erfüllte ihn mit der schlagartigen Gewißheit, daß von nun an nichts mehr so sein würde wie zuvor – daß eine Chance für immer verspielt war. Er kehrte ins Wohnzimmer zurück und trank noch etwas von dem Drambuie-Tee, während im Fernsehen die Zeremonie ihren Fortgang nahm, untermalt von den Stimmen der Berichterstatter. Als alles vorbei war, aßen seine Mutter und er ein paar belegte Brote und tranken wieder Tee dazu. Sie saßen einander am Küchentisch gegenüber. Inzwischen maß sie den Likör nicht mehr ab, sondern goß davon genauso reichlich in seine Tasse wie in ihre. Er bemerkte es, sagte aber nichts. Er begann den Alkohol zu spüren, und es war ein angenehmes Gefühl. Seine Mutter machte eine neue Kanne Tee, und sie schlürften ihn mit dem Drambuie. Die Sonne war untergegangen, und eine Weile saßen sie in der Dämmerung und redeten.

Oder vielmehr seine Mutter redete. Sie erzählte von ihrer Kindheit während der Depression, auf einer Farm in Virginia, davon, wie sie seinen Vater kennengelernt hatte, der damals gerade in Norfolk an Land gegangen war, schmuck und gesellig und so stolz auf seine Marineuniform und seine Verdienste im Krieg. Er sei ein tapferer Soldat gewesen, sagte sie, aber später, als es Spitz auf Knopf stand, habe das überhaupt nicht gezählt. Das sagte sie, und dann beschloß sie offenbar, lieber nicht weiterzusprechen. Der junge Mann drängte sie, begierig danach, etwas über seinen Vater zu erfahren. »Wozu denn«, sagte sie. »Die Sache ist erledigt. Wir haben's ja geschafft, du und ich. Wir haben uns durchgebissen.« Sie hatte ihrem Mann nie einen Vorwurf daraus gemacht, daß er gegangen war; mit ihm wären die Probleme größer gewesen als ohne ihn.

Als es so dunkel war, daß sie fast nichts mehr sehen konnten, stand seine Mutter auf und knipste die Deckenlampe an, und zusammen spülten sie das bißchen Geschirr.

»Du kümmerst dich gut um mich«, sagte sie zu ihm. »Daß du das ganze Wochenende mit mir daheimgeblieben bist.«

Er drückte ihr einen Kuß aufs Gesicht.

»Trinken wir noch eine Tasse Tee.«

»Gut.«

Sie setzten sich wieder an den Tisch, schlürften schweigend den heißen Tee. Marshall merkte, daß ihm vom vielen Fernsehen die Augen brannten.

»Ich kann's immer noch nicht fassen«, sagte seine Mutter.

Nach einer Pause erzählte er ihr von dem verregneten Spaziergang zu Saint Matthew's, von dem Glockenläuten und der Stille auf den Straßen. Er schilderte ihr die Szene in der Kirche, das gewaltige Schweigen mit den kleinen Echos ihrer Bewegungen, den schluchzenden Mann, den Widerhall seiner qualerfüllten Frage im Gewölbe über ihnen – und wie es danach mit ihrer eigenen Beherrschung vorbeigewesen war. Dann erzählte er ihr, wie er das Taschentuch von Alices Freundin zum Schneuzen benutzt hatte. »Das erzählt sie bestimmt in zehn Jahren noch«, sagte er. »Wie dieser Idiot sich in das Taschentuch geschneuzt hat, das sie ihm zum Tränenabwischen gegeben hatte, und es ihr dann auch noch zurückgeben wollte. Daran wird sie sich erinnern. An mich und meinen Rotz.« Seine Mutter starrte ihn eine Sekunde lang an, und dann brach sie in Gelächter aus. Er war schockiert, aber als sie nicht aufhörte, mußte er mitlachen. Eine lange Zeit, so kam es ihnen vor, kicherten sie beide hilflos, fast hysterisch.

»Ich weiß nicht«, sagte sie. »Entschuldige, ich konnte nicht anders. Die Vorstellung, daß du es ihr zurückgeben wolltest. Ich sollte nicht lachen.«

»Doch«, sagte Marshall. »Es ist komisch. Daß mir das wirklich passiert ist!«

Inzwischen hatten sie sich wieder unter Kontrolle, atmeten tief durch, wischten sich die Augen. Seine Mutter zündete eine Zigarette an und seufzte den Rauch aus.

»Ich kann es immer noch nicht glauben. Trotz der Zeremonie und allem.«

»Was sagst du denn zu Kardinal Cushing?« fragte Marshall sie.

»Gar nichts sage ich zu ihm.« Sie lachte. »Ich meine – entschuldige.« Und sie lachte wieder.

»Nein«, sagte Marshall. »Findest du seine Art zu sprechen nicht seltsam?«

Sie lachte weiter, und so begann er den sonderbaren Tonfall des Kardinals zu imitieren. »Meegen die – em – Engel, lieber Jeck – em – dich ins – em – Paradies fü-an. Meegen die – em – Heiligen dich – em – in ihre Reihn – em – aufneemen.«

Seine Mutter ließ den Kopf kichernd auf die verschränkten Arme sinken.

»So klingt er doch, oder?« sagte Marshall. »Ich meine, bei allem Respekt.«

Sie versuchte etwas zu sagen, fing aber statt dessen wieder zu lachen an, und weil er es gar so gut konnte, gab er noch eine Zugabe. »Meegen die – em – Engel, lieber Jeck- em ...«

»Hör auf«, sagte sie. »Bitte. Du klingst haargenau wie er.« Sie stand auf, ging ins Bad und schloß die Tür. Er hörte sie husten und nach Luft ringen.

»Ist alles in Ordnung?« fragte er.

Sie kam wieder heraus, einen Waschlappen an den Mund gedrückt. Ihre Augen tränten, und nach einer Weile nahm sie seinen Arm und sagte: »Paß auf, daß du mich nicht zu oft so zum Lachen bringst. Das macht mein Herz nicht mit.«

»Es tut mir leid«, sagte er.

»Wo du das wohl herhast.« Sie hustete. »Ah. O mein Gott. Ich habe ein richtig schlechtes Gewissen, daß ich zu einer solchen Zeit so lachen kann, aber du hast dermaßen echt geklungen. Wo hast du dieses Talent bloß her? Von mir bestimmt nicht, und dein Vater hat ganz gewiß ...«

»Es war falsch von mir«, sagte er.

»Nein«, sagte seine Mutter. »Wir hatten es nötig. Fang bloß nicht an, dich zu entschuldigen.«

Als er an diesem Abend im Bett lag, spürte er den Drambuie im Blut, und vor seinen Augen zogen die erschütternden Schwarzweißbilder des Wochenendes vorbei. Müde genug war er, aber er hatte ein bißchen Angst, der Müdigkeit nachzugeben, weil er sich so schwindlig fühlte. In den Sekunden unmittelbar vor dem Einschlafen hörte er im Geist noch einmal die Antrittsrede des toten Präsidenten –

*Freunden und Feinden sei jetzt und von dieser Stelle aus gesagt, daß nun die Fackel an eine neue Generation von Amerikanern weitergereicht worden ist ...*

Und das war der Moment, in dem ihm die Idee kam – oder mehr ein verschwommenes Traumbild im Halbdämmer, das sich dennoch, inmitten all der Schreckensbilder dieser vier qualvollen Tage, tief in seinem Bewußtsein verankerte – daß vielleicht er, Walter Marshall, die Fackel weitertragen könnte.

»Du hast ihr von uns erzählt?« fragte Alice. »Und sie hat nicht reagiert?«

»Doch, reagiert hat sie schon.«

»Erzähl mir genau, was sie gesagt hat.«

»Sehr viel hat sie nicht gesagt.«

»Dann hat sie auch nicht reagiert.«

»Ich weiß nicht, was du mit ›reagieren‹ meinst. Ich habe es ihr gesagt, und sie hat es gehört. Sie hat es auf jeden Fall mitbekommen.«

»Aber du weißt nicht mehr, was sie gesagt hat.«

»Was hätte sie denn sagen sollen? Ich hab's ihr erzählt, und das war's.«

»Hat sie sich für dich gefreut?«

»Ich glaub schon.«

»Hat sie gesagt, daß sie sich für dich freut?«

»Alice, sie hat nicht viel gesagt, wie oft denn noch?«

»Sie ist dagegen«, sagte Alice. »Hab ich recht? Sie wehrt sich mit Händen und Füßen. Sie hat dir eine Szene gemacht, und du weißt nicht, wie du es mir beibringen sollst.«

»Sie hat keine Szene gemacht. Außerdem ist sie überhaupt nicht der Typ für so etwas.«

»Dann hat sie geschmollt. Sie ist ganz still geworden und hat nicht mehr mit dir geredet.«

»Nein«, sagte er.

»Aber es ist ihr nicht recht, stimmt's?«

Sie standen im Postzimmer neben der Sortiermaschine, einem langen, mit Papierschalen besetzten Stahlband, das unter lautem Rattern und Zischen und Blätterrascheln dahinzuckelte. Von dem großen, in viele kleine Scheiben unterteilten Fenster fiel ein schräges Schattenmuster auf sie herab, das sie beide aussehen ließ wie hinter Gittern. Marshalls Vorgesetzter, Mr. Wolfschmidt, saß gleich neben ihnen an seinem Schreibtisch, deshalb sprachen sie mit gedämpfter Stimme. Marshall fütterte die Maschine mit Papier.

»Also?« fragte Alice. »Sag's mir.«

Er sah sie an, sah die bekümmerten kleinen Fältchen in ihrem Gesicht und mußte daran denken, daß sie älter war als er. »Wie war's bei dir?« fragte er. »Was hat dein Vater gesagt?«

Darauf schwieg sie.

»Ich wette, *er* hat eine Szene gemacht.«

»Dann hat deine Mutter also doch eine Szene gemacht?«

»Hat sie nicht.« Seine Stimme war zu laut geworden.

Mr. Wolfschmidt blickte von seinem Schreibtisch auf, dann beugte er sich ein Stückchen zu ihnen vor und schob die Brille nach unten, um Alice über ihren Rand hinweg anzuschauen. »Brauchen Sie noch etwas, junge Dame?« fragte er.

»Nein, Sir«, sagte Alice.

»Dann ab mit Ihnen«, sagte er mit einem Handwedeln. »Kschsch!«

Sie sah Marshall an. »Bis Mittag?«

Er nickte.

»Reden wir lieber dann«, sagte sie.

Ihm fiel wieder ein, worum er sie bitten mußte, und sein Lächeln kam ihm unecht vor. Er versuchte, mehr Herz hineinzulegen. Sie lächelte zurück, streckte den Arm aus und tätschelte seine Hand. Und dann drückte sie, wie beim Hereinkommen schon, die Fingerspitzen an die Lippen und warf ihm eine Kußhand zu.

In seinem Magen flatterte es bedrohlich. Er schaltete die Sortiermaschine wieder an, und stampfend und fauchend setzte sie sich in Bewegung. Ein paar Sekunden lang verlor er sich in dem Geräusch. Er begann die geordneten Seiten aus der letzten Schale zu nehmen, und als durch die Gitterschatten des Fensters Mr. Wolfschmidt auf ihn zukam, erschrak er so, daß er einen leisen Schrei ausstieß. Mr. Wolfschmidt stellte die Maschine mit einem Knopfdruck ab und baute sich vor ihm auf, die schweren, dunkel behaarten Arme verschränkt. »Freundin?«

Da Wolfschmidt bis auf die einfachen, knappen Kommandos, die für einen reibungslosen Arbeitsablauf im Postzimmer nötig waren, fast nie ein Wort an ihn gerichtet hatte, war Marshall zu überrascht, um gleich zu antworten.

»Dieses Mädchen – mit der sind Sie befreundet.«

Er nickte.

Mr. Wolfschmidt lächelte. »Junge trifft Mädchen«, sagte er, indem er die Arme auseinandernahm und eine kleine Pantomime andeutete, als hielte er eine Schüssel in der einen Hand und rührte darin mit dem Zeigefinger der anderen eine Flüssigkeit um.

»Ja, Sir.« Marshall lächelte zurück.

»Junge trifft Mädchen, Mondschein und Blumen, ja?«

Wieder nickte er.

»Jawoll«, sagte Wolfschmidt, und plötzlich: »Hab ich mir gedacht. Wenn Sie Ihre Liebschaften bitte außerhalb dieses Büros abwickeln könnten.« Er blieb vor dem jungen Mann stehen und betrachtete ihn, belustigt, vielleicht sogar gerührt. Aber sein Tonfall war mürrisch und unfreundlich. »Haben Sie verstanden?«

»Ja, Sir«, sagte Marshall.

»Sehr gut. Mit solchen Dingen wollen wir schön bis nach Feierabend warten, ja?«

Marshall antwortete mit dem zustimmenden Nicken, das er für unabdingbar hielt.

»Ein hübsches Mädel, wie?«

Marshall nickte. Das war die längste Unterhaltung, die er mit dem Mann geführt hatte, mit Ausnahme des Einstellungsgesprächs.

»Sie mögen alle die Mädels hier, ja?«

»Ja, Sir.«

»Und die Mädels mögen Sie auch. Ich seh Sie immer in der Mittagspause.«

Allerdings, da brachte Marshall sie alle zum Lachen, indem er Mr. Wolfschmidts Stimme und Akzent beim Verkauf eines Panzers an einen Engländer nachmachte.

»Die Mädels mögen Sie, ja?«

»Sir?« sagte er.

»Und Sie mögen die Mädels. Ich seh immer, wie Sie schauen, wenn sie den Gang da draußen entlangkommen.« Wolfschmidt deutete zur Tür. »Sie schauen sie gern an, ja?«

Dagegen glaubte Marshall sich verwahren zu müssen. »Nein«, sagte er.

»Sie schauen sie *nicht* gern an? Dann bestrafen Sie sich selbst.«

Er konnte nicht antworten. Er fühlte sich von dem Älteren durchschaut; seine Mutter hatte ihm vor kurzem gesagt, daß er lernen müsse, sich nicht immer selbst zu bestrafen. »Ich schaue sie nicht so an, wie *Sie* meinen«, brachte er hervor. »Nicht auf diese Art.«

»Ach? Und was für eine Art ist das? Jetzt ist es also plötzlich eine Sünde, Gottes Schöpfung zu bewundern? Wer hat hier die schmutzigen Gedanken? Sie? Ich? Oder wer?«

Marshall schwieg.

»Schauen darf jeder, ja?«

»Ja, Sir.«

»Aber Sie müssen sich auch auf Ihre Arbeit konzentrieren. Hab ich recht?«

»Ich ... konzentriere mich ja«, sagte Marshall.

Wolfschmidt drückte erneut auf den Knopf, und mit einem fiependen Keuchen sprang die Maschine wieder an. »Tun Sie das«, sagte er mit einem amüsierten Ausdruck in seinem Nußknackergesicht.

Wolfschmidt war in Deutschland geboren und aufgewachsen – wie jeder seiner Untergebenen bald genug erfuhr. Seine Familie war Mitte der dreißiger Jahre nach Amerika emigriert, nachdem sein Vater, ein Architekt von nationalem Ansehen, zu dem Schluß gekommen war, daß das Wirken der Nazis weniger segensreich war als erhofft. Wolfschmidt senior war mit Frau und Sohn nach Washington gezogen, wo er heute noch lebte, nur ein paar Ecken vom Statistikamt entfernt. Manchmal stattete er der Poststelle einen Besuch ab – ein winziges weißhaariges Männchen mit Adlernase und grimmigen eisblauen Augen unter buschigen weißen Brauen. Wolfschmidt junior machte viel Aufhebens um diesen höchst zerbrechlich wirkenden alten Herrn, der ihm nicht ganz bis zur Schulter reichte, und schien durchaus erfreut, ihn zu sehen, obwohl schmerzhaft klar war, daß sein Leben als Inspektor des Postzimmers nicht auf Zustimmung stieß: Der alte Herr behandelte ihn schroff und verdrießlich, nach Art aller Eltern, die der Meinung sind, daß ihre Kinder kostbare Zeit vertun. Nach diesen Besuchen war Mr. Wolfschmidt immer tagelang schlecht gelaunt.

»Das Leben ist rundum erfreulicher, wenn die Arbeit zur Zufriedenheit verrichtet wird«, sagte er jetzt, indem er sich von Marshall abwandte. Es war ein Spruch, den er gern zum besten gab – vermutlich aus der Hauspostille des zornigen kleinen Vaters.

Ohne recht zu wissen, warum, fühlte der junge Mann sich danach für den Rest des Vormittags einsam und deprimiert. Wie in einem Nebel stand er da, schielte aus den Augenwinkeln zu Wolfschmidt hinüber, versuchte sich auf seine Arbeit zu konzentrieren und dachte dabei an Alice und ihre Hochzeitspläne.

In der Mittagspause ging er mit ihr in den kleinen Sandwichladen um die Ecke, wo sie Mr. D'Allessandro getroffen hatten. Es war ein L-förmiger Raum mit einem Fenster am einen Ende, von dem man auf die Straße hinaussah. Sie saßen am Fenster und beobachteten die Passanten. Der Tag war sonnig und klar, mit einem starken, warmen Südwind, der Staub und Schmutz vom Rinnstein hochblies. Die Männer draußen hielten ihre Hüte mit beiden Händen fest, während sie durch einen Sturm von Blättern, Papierfetzen und Sandkörnern hasteten.

»Ich habe heute früh den Bus verpaßt und mußte das Auto nehmen, Gott sei Dank«, sagte Alice mit einem Blick auf den emporwirbelnden Staub. »Es ist so eine elende Hitze da draußen.«

»Das kommt nur vom Wind. Wenn der Wind sich legt, ist es gar nicht so schlimm.«

»Hey«, sagte Alice. »Du hast mir noch nicht mal einen Begrüßungskuß gegeben.« Sie schloß die Augen und beugte sich vor, den Mund gespitzt.

Verlegen kam er ihr auf halber Strecke entgegen.

Als ihre Lippen sich berührten, schlug sie die Augen auf und sah ihn an. »Du guckst ja.«

»Nein, tu ich nicht.«

»Ein richtiger Kuß war das jedenfalls nicht.«

»Das ist ein öffentlicher Ort hier«, sagte er. »Und wir sitzen direkt am Fenster.«

»Heutzutage küssen sich alle in der Öffentlichkeit. Ich finde das gut.«

»Alice«, sagte er. Aber dann wußte er nicht weiter.

»Es ist wegen deiner Religion«, sagte sie. »Das ist es doch, oder?«

Die Frage ärgerte ihn. »Nein.«

»Liebst du mich?« Der Ausdruck in ihrem Gesicht stimmte ihn weicher, reuig.

»Natürlich«, sagte er.

»Ganz wirklich?«

»Das hab ich doch –« Er brach ab, sah durch den Raum. »Ich hab's dir doch grade gesagt. Herrje, Alice. Soll das irgendein Spiel sein?«

»Es ist mein blutiger Ernst«, sagte sie mit einem schiefen Lächeln.

»Ja, ich liebe dich, okay?« Die Worte klangen wie etwas Auswendiggelerntes.

»Ich kann nichts dafür«, rechtfertigte sie sich. »Ich bin irgendwie so unsicher.«

»Denk dir nichts, wirklich. Ich kenn das.«

»Aber deine Mutter ist nicht glücklich über die Sache.«

»Ich sag doch, du brauchst dir gar nichts zu denken. Ehrlich. Was ist mit deinem Vater?«

»Da – brauchst du dir auch nichts zu denken.«

»Du hast es ihm gesagt.«

»Gleich als erstes.«

»Und er hat nicht reagiert?«

Sie lächelte. »Jetzt klingst du schon wie ich.«

»Meine Mutter kommt zu deinem Fest.«

»Dann wird alles gut.«

»Ich muß dich was fragen.«

Der Kellner kam – ein großer, magerer Junge mit langen Koteletten und Überbiß. Sie bestellten Sandwiches mit Hühnchen und dazu Cola, und er kritzelte alles gewissenhaft auf seinen kleinen Spiralblock. Als er weg war, drehte Alice sich zum

Fenster und stützte das Kinn in die Handflächen. »Von hier drinnen ist es so ein schöner Tag.«

Ihrem Verlobten kam es vor, als würde sie für ihn posieren. »Bis auf den Wind«, erinnerte er sie.

»Von hier drinnen, habe ich gesagt.«

»Ich bin doch nicht taub.«

»So gesehen liebe ich Wind ja.« Und dabei warf sie theatralisch das Haar zurück.

Er mußte wegschauen. Er vertiefte sich in den Anblick seiner Handrücken auf dem Tisch.

»Du nicht?«

»Da müßte ich erst drüber nachdenken«, sagte er. »Kommt drauf an. Wind. Bei uns daheim ist das gar kein so großes Thema. Den letzten Tornado haben wir kaum mitgekriegt, weil uns die bengalischen Tiger im Treppenhaus so in Atem gehalten haben.«

»Sei nicht so sarkastisch, Walter.«

»Das sollte witzig sein.«

Draußen auf dem Bürgersteig blieb ein Mann stehen und hob die Hand zum Gesicht. Anscheinend war ihm etwas ins Auge geflogen. Ein anderer Mann hielt an, um ihm zu helfen, und sie entfernten sich mit langsamen Schritten. Marshall faltete sorgfältig seine Serviette zusammen; das kleine Tableau erschien ihm wie eine Antwort der Außenwelt auf Alices Bemerkung über den Wind.

»Gestern abend bei der *Tonight Show* hat Johnny Carson mit Pearl Bailey getanzt.«

»Ich hab sie nicht gesehen«, sagte Marshall.

»Es war ein regelrechtes Duett, so gesehen. Ein Liebeslied. So richtig lieb und freundlich und lustig. Und ich hab mir gedacht, wie es wäre, wenn die Leute nur mal ihren Verstand gebrauchen würden. Ich meine, sie ist eine Farbige, und sie flirtet im überregionalen Fernsehen mit einem Weißen und frotzelt mit ihm herum. Verstehst du, was ich meine? Man konnte sich beim besten Willen nicht vorstellen, daß es irgendein Geschäft oder ein Lokal geben könnte, wo sie aufgrund ihrer Hautfarbe nicht erwünscht wäre. Ich meine, wo wäre Pearl Bailey schon unerwünscht? Sie sahen aus, als wären sie richtig gute Freunde. Warum fällt da nicht beim Rest der Bevölkerung irgendwann der Groschen?«

»Tut er ja vielleicht.«

»Wir müssen ein paar Entscheidungen treffen«, sagte sie nach einer Pause.

Er wartete. Sie saß da und sah auf die Straße hinaus; sie schien ihm Zeit zum Nachdenken geben zu wollen. Aber dann kam ihm plötzlich die Idee, daß sie vielleicht auf eine Reaktion von ihm wartete. Er räusperte sich und murmelte: »Ja.«

»Was?«

»Ich hab nur ›ja‹ gesagt.«

»Ach so.« Sie starrte wieder aus dem Fenster. Die Straße war leer, nur ein Schattenstreifen wanderte auf ihr dahin, eine Wolke, die der Wind über den heißen Himmel trieb.

»Wir müssen uns entscheiden«, sagte sie.

Er sagte: »Ich muß dich was fragen.«

Sie hatten fast gleichzeitig gesprochen, und sie lachten nervös.

»Du zuerst«, sagte sie.

Er zögerte. Ehe er zu einer Erklärung ansetzen konnte, brachte der Kellner ihre Sandwiches.

»Es ist wegen deiner Mutter, stimmt's«, sagte Alice. »Sie will, daß ich konvertiere.«

»Nein«, sagte er. »Nicht das.«

»Aber du hast ihr doch gesagt, daß ich konvertiere, oder?«

Er konnte sich nicht erinnern. Er sagte: »Es ist nicht deswegen.«

»Mein Vater hat ein Problem damit.«

»Ach ja?«

Sie nickte, biß in ihr Sandwich. »Er hat anscheinend nicht viel übrig für deine Kirche.«

»Meine Kirche ...« Marshall sah sie an.

»Ich hatte keine Ahnung, daß er ein solcher Anti-Papist ist.«

»Papist?« Er hatte das Wort noch nicht gehört, obwohl es ihm jetzt, wo sie es sagte, vage bekannt vorkam.

Sie nickte.

»Er hat etwas gegen die Kirche …«

»Nicht gegen die Kirche generell«, unterbrach sie ihn. »Gegen *deine* Kirche.« Sie nahm noch einen Bissen und überlegte kurz. »Es sind nicht die Katholiken selber, die er nicht mag, so gesehen. Es ist nur die Institution. Du brauchst dir keine Sorgen zu machen.« Sie aß weiter, das Sandwich in beiden Händen. Ihre Fingernägel waren mattrosa lackiert, fiel ihm auf, und am Rand ihres Colaglases klebte Lippenstift. Er sah ihr zu, wie sie ein Stück Huhn in den Mund schob, und plötzlich konnte er es nicht fassen; er fühlte sich, als wäre er gerade aus einer Traumwelt zurückgekehrt, um sich hier mit dieser fremden jungen Frau wiederzufinden, dieser Frau, die er nicht kannte. »Er muß sich lediglich an die Vorstellung gewöhnen, daß ich in Zukunft zu dieser Institution gehören werde«, fuhr sie mit vollem Mund fort. »Er freut sich sehr für uns. Du wirst schon sehen.«

Er biß in sein Sandwich, obwohl er keinen Hunger mehr hatte.

»Wo bist du?« fragte sie mit verträumtem Blick.

»Wie bitte?« sagte er.

Sie lächelte und legte ihr Sandwich hin. Sie hatte so eine zimperliche Art bei derlei kleinen Bewegungen, als wäre das Sandwich ein hochempfindlicher Mechanismus mit Sprengstoff darin. »An was denkst du grade?« fragte sie. Ein Fäserchen Hühnerfleisch klemmte zwischen ihren Schneidezähnen. Er fuhr sich mit der Zunge über seine eigenen Zähne und versuchte sich auf sein Sandwich zu konzentrieren. »Na?« sagte sie.

»Ich muß dich was fragen«, brachte er hervor.

Sie betrachtete ihn, die Finger unterm Kinn verschränkt, und als er nicht gleich sprechen konnte, streckte sie die Hand aus und strich ihm über die Wange. »Kann es sein, daß ich dich nervös mache?«

»Nein«, sagte er und zuckte unwillkürlich zurück.

Wenn sie es gespürt hatte, ließ sie es sich nicht anmerken. »Schieß los«, sagte sie, indem sie die Hand in den Schoß legte. »Frag mich alles, was du willst.«

Klarzustellen, was die D'Allessandros wollten, nahm fast den ganzen Rest der Mittagspause in Anspruch, nicht weil das Anliegen selbst so kompliziert war, sondern weil es dem jungen Mann so schwerfiel, es geradeheraus vorzubringen. Weil er herumdruckste, zog sie voreilige Schlüsse, die in eine völlig falsche Richtung gingen und noch mehr Klarstellungen und noch mehr Herumgedruckse nötig machten. Erst dachte sie, Mr. D'Allessandro wolle die Hochzeit bei sich in der Schule abhalten, und sie ließ sich des langen und breiten darüber aus, was für eine geniale Sache das wäre, vor allem, wenn sie die Hochzeit und Marshalls Abschlußfeier gleich zusammenlegten. Dann dachte sie, Mr. D'Allessandro hätte zu Marshalls Heiratsplänen Stellung bezogen, hätte ihm davon abgeraten, weil er es zu bald nach der High School fand. Sie sagte, sie wisse schon, daß sie sich auf Einwände von allen Seiten gefaßt machen müßten; sie war älter als er, und da hörte für viele Leute die Liberalität auf.

Es dauerte seine Zeit, bis sie begriffen hatte, daß das Ansinnen nichts mit ihnen beiden als Frischverlobten zu tun hatte.

Als sie endlich verstand, was er von ihr wollte, war sie ganz verwirrt, daß es etwas so Harmloses war. »Und was soll daran so schlimm sein?«

»Ich soll deinen Vater dazu bringen, irgendwen Berühmten als Gast für die Schule zu gewinnen.«

»Und?«

»Jemanden wie Edward R. Murrow.«

»Ja?«

Marshall wußte nicht weiter.

»Also wirklich, Walter. Meinst du im Ernst, er würde es dir abschlagen? Jetzt?«

Gegen seinen Willen klang seine Stimme gereizt. »Woher soll ich das wissen?«

»Du wirst schließlich bald sein Schwiegersohn.«

Das hatte einen jähen Krampf in seinem Unterleib zur Folge. »Entschuldige«, sagte er eine Spur zu laut. »Ich bin gleich wieder da.«

»Was ist denn?«

Er hatte nicht die Zeit, ihr zu antworten, sondern hastete schweigend zur Herrentoilette. Dort, in der nach Ammoniak riechenden Enge, ebbte das Gefühl ab. Er wusch sich das Gesicht, stand einfach nur da und versuchte, ruhig zu werden. Die Haare hingen ihm in die Stirn, und eine Zeitlang war er damit beschäftigt, sie so zurückzustreichen, daß sie aussahen wie Kennedys. Im nächsten Moment kam er sich ziemlich lächerlich vor. Er fuhr sich mit beiden Händen durchs Haar, damit es wieder so fiel wie vorher. Nichts schien richtig, und ihm wurde klar, daß er nun schon eine ganze Weile hier drin war. In einer der Kabinen stieß ein Mann einen kehligen Huster aus, um sich dann in allen Tonarten zu räuspern. Marshall sah seine Schuhe in dem Spalt unter der Tür, braune, abgestoßene Schuhe, und etwas an dem Bild versetzte ihm einen Stoß, als hätte er gerade einen Blick in seine eigene mögliche Zukunft geworfen – ein schleimhustender Mann mit abgestoßenen, stumpfbraunen Schuhen in einer Kabine der Herrentoilette eines Sandwichladens in der Innenstadt. Der Mann schneuzte sich, hustete noch einmal und spuckte aus.

Alice hatte ihr Sandwich aufgegessen. Sie saß da, die Arme unter der Brust verschränkt, und schaute auf die Straße hinaus. »Ich weiß genau den richtigen Mann für dich«, verkündete sie.

Marshall wartete, bis sie von selbst weitersprach.

»Mitch Brightman.«

»Ich dachte, der ist ein Trinker.«

»Aber er macht so was ganz gern. Und daß er säuft, heißt nicht, daß er keine gute Show abziehen kann.«

»Meinst du, dein Vater würde ihn fragen?«

»Du kannst ihn selber fragen«, erklärte sie munter. »Gleich nächstes Wochenende.«

Auf dem Weg zurück in die Arbeit hielt sie seine Hand und

schwang sie zwischen ihnen. Der Wind blies in warmen Böen, und dennoch fröstelte er. Er duldete es, daß sie ihn den Gehsteig entlangführte. »Wen lädst du zur Hochzeit ein?« wollte sie wissen.

»Weiß nicht.«

Sie blieb stehen. »Fehlt dir was? Du kommst mir so deprimiert vor? Bist du auch sicher, daß mit deiner Mutter alles gut gelaufen ist?«

»Ich bin nicht deprimiert«, sagte er.

»Du wirkst so bedrückt. Du brauchst dir keine Sorgen wegen meinem Vater zu machen, Walter, wirklich. Du wirst schon sehen.«

Er zwang sich zu einem Lächeln. Und er rief sich in Erinnerung, daß er dieses Mädchen gebeten hatte, seine Frau zu werden. Er versuchte sich auszumalen, wie es sein würde, abends zu ihr nach Hause zu kommen. Aus irgendeinem Grund konnte er sich nicht einmal vorstellen, sie zu küssen, dafür fiel ihm um so schneller ein, daß solche Gedanken der Sünde Vorschub leisteten. Er gab sich alle Mühe, sie zu verscheuchen, sein Inneres freizumachen von unkeuschen Gedanken.

»Gut« – sie setzte sich wieder in Bewegung, seine Hand immer noch in der ihren –, »was ist mit deinen Freunden im Kurs?«

»Nur Albert«, sagte er. »Ich glaube nicht, daß irgendwer von den anderen kommen würde.«

»Wieso nicht?«

»Ich kenne sie nicht gut genug.«

»Und Freunde von der High School?«

»Die sind alle irgendwo an der Uni. Und keiner von ihnen hat sich die Mühe gemacht, in Verbindung zu bleiben.«

»Das klingt bitter.«

»Nein«, sagte er.

»Dann also nur Albert?«

»Albert ist der einzige von meinen Freunden, den du dabeihaben wollen würdest.« Aber dann fiel ihm Emma ein. »Na ja, und vielleicht seine Verlobte.«

»Was, Albert heiratet auch?« Sie war ganz entzückt. Sie ließ seine Hand los und lief ein paar Schritte voraus vor lauter Überschwang. Als sie sich zu ihm umdrehte, faltete sie die Hände wieder unterm Kinn und breitete sie dann weit aus. »Das ist einfach wunderbar. Wann lerne ich sie kennen?«

Er wußte es nicht, aber irgendwie erschien es ihm unpassend, das zu sagen. Also stand er nur da und ließ ihre Begeisterung über sich ergehen. Sie war zu ihm zurückgekommen und legte ihm die Handgelenke auf die Schultern.

»Damit ist alles einfach perfekt, Walter. Ich hab mir Gedanken über den armen Albert gemacht, er hat mir so leid getan – er ist so sanft und so nett, und er hat diese ganzen Probleme – und jetzt stellt sich heraus, sogar Albert hat jemanden gefunden. Oh, ich bin so froh. Wir werden so glücklich sein, glaubst du nicht auch?«

Es waren noch andere Leute auf der Straße, und Autos hielten an der Ecke, wo sie standen – wo Alice sich jetzt langsam mit ihm im Kreis drehte und ihm versicherte, wie sehr sie sich für Albert freute. »Er war mir gleich von Anfang an so sympathisch. Laden wir sie doch auch zu meinem Fest ein. Siehst du Albert heute noch?«

»Morgen abend seh ich ihn, im Kurs.«

»Du mußt ihn anrufen und ihn einladen, bevor irgendwas dazwischenkommt. Ruf ihn gleich an, wenn wir wieder zurück sind.«

Die Ampel schaltete auf Grün. Er konnte sich nicht erinnern, wie er an die Kreuzung gekommen war. Sie überquerten die Straße, der heiße Wind zerrte an ihnen, und sie faßte erneut nach seiner Hand. Als sie den überdachten Eingang des Gebäudes erreichten, wandte sie sich zu ihm, warf die Arme um seinen Hals und küßte ihn auf den Mund. Er dachte an die Hölle, an die drastischen Dias, die die Nonnen samstags vormittags in der Religionsstunde vorgeführt hatten. »Vernehmt die Schreie der Verdammten bei ihrem Sturz in den Höllenschlund«, hatte die Stimme gesagt, und man hatte ein Kreischen gehört, und dann war mit einem kleinen Pling das nächste Dia erschienen.

Sie lockerte ihren Griff und sah ihn an. »Küßt du auch manchmal mit Zunge?«

»Ich hab es einmal gemacht«, sagte er.

»Und hat es dir gefallen?«

Ihm wurde heiß. »Ich möchte nicht drüber reden«, sagte er.

Sie nickte. »Aus religiösen Gründen, ja?«

Er drängte sich an ihr vorbei durch die Tür, und sie lief ihm nach.

»Ich versteh's doch, Liebling.«

»Hmm«, machte er.

»Du bist mir nicht böse?«

»Nein.«

Er ging zu den Aufzügen und drückte auf den Knopf, und dann fiel ihm ein, daß er im Aufzug mit ihr allein sein würde. »Vielleicht nehme ich die Treppe«, sagte er. »Ich muß ja bloß in den dritten Stock.«

»Walter, da ist doch nichts dabei. Wir sind verlobt.«

»Ich weiß«, antwortete er. »Aber können wir das nicht ein andermal besprechen? Ich muß jetzt arbeiten.«

»Ich verstehe es«, beteuerte sie. »Ehrlich.«

Die Lifttür ging auf.

»Ich nehm die Treppe«, sagte er. »Es sind nur drei Etagen.«

»Sei nicht so albern.« Sie trat in den Aufzug und drehte sich um, wartend.

Er folgte ihr.

Kaum glitt die Tür zu, schlang sie ihm wieder die Arme um den Hals, und ehe er es verhindern konnte, küßte sie ihn schon, schmiegte ihre Hüften an seine und preßte ihn so fest an sich, daß die Knöchel an ihrem Handgelenk ihm die Adern im Nakken abzudrücken drohten. Seine Hände lagen flach auf ihrem Rücken, und als das Klingeln ertönte, tätschelte er ihre Schultern und versuchte sich von ihr loszumachen. Sie lachte. »Du bist so süß, wenn du nervös bist«, sagte sie. »Bis um halb fünf.«

»Ich muß in der Schule vorbeischauen und Mrs. D'Allessandro das von Mitch Brightman sagen. Das hab ich ihr versprochen.«

Sie strich ihm über die Wange. »Man könnte fast auf die Idee kommen, du gehst mir aus dem Weg. Dann eben bis morgen. Vielleicht nehme ich wieder den Wagen, dann sind wir nicht vom Bus abhängig. Aber ruf mich heute abend noch mal an. Und vergiß nicht, Albert anzurufen.« Die Türen schlossen sich vor ihr.

Er atmete aus, starrte in das matte Metall der Türen und rückte seinen Kragen zurecht, dann tappte er den schmalen Korridor entlang, an dessen Ende Mr. Wolfschmidt wartete, die Arme verschränkt, ein spöttisches kleines Lächeln im Gesicht.

## 6

Überall lauerten sexuelle Verlockungen. An allen Ecken und Enden schienen sie ihm entgegenzuspringen: von Bucheinbänden und den Titelseiten von Zeitschriften, von Plakatwänden, aus Radio und Fernsehen (am schlimmsten war die Werbung für Sardo-Badezusatz mit der von Seifenschaum umspielten nackten Schönheit, die sich mit schlanken seifigen Händen über die makellosen Arme strich und dabei nur notdürftig ihre Brüste verdeckte). Er war von allen Seiten umzingelt. Manchmal hatte er das Gefühl, daß er nur im Beichtstuhl sicher war, in dem Dunkel der kleinen Zelle, während durch das zugeschobene Fenster das gedämpfte Murmeln des anderen Beichtenden drang und aus dem Dämmer der schwache Umriß des Kreuzes schimmerte.

In seinem letzten Schuljahr, als er noch vorgehabt hatte, ins Priesterseminar einzutreten, war er zweimal die Woche zur Beichte gegangen und zur Messe und zur Kommunion fast täglich. Es war mehr gewesen als bloße Frömmigkeit, er hatte damit einen Zweck verfolgt, der ihm durchaus praktisch vorkam: Durch die Sakramente, das hatten der Katechismus und all die anderen Bücher ihn gelehrt, empfing man Gnade, und Gnade war Glaubensnahrung; sie verlieh einem die Kraft, der Lockung, dem Glanz, dem schieren Magnetismus der Sünde zu widerstehen. Und für Walter Marshall gab es im Grunde nur eine wahre Sünde, nur einen Verstoß gegen die himmlischen Gebote, gegen den er sich ständig wappnen mußte: die Sünde der Lust. Die unermeßliche Flut von unreinen Gedanken und Wünschen, die ihn Tag und Nacht zu verschlingen drohte. Das abgrundtiefe Aufwallen des Verlangens, vor dem sein Blut niemals Ruhe fand. Seit Jahren war sein Leben ein einziger Kampf gegen den Gedanken an Sex, der ihn in jeder wachen Minute plagte und, schlimmer noch, ihn in den Schlaf verfolgte. Die Versuchung schlich sich in seine manchmal erschreckend lustvollen Träume ein und ließ sich auch über den alltäglichsten Verrichtungen nicht vergessen – seine Neugier war ebenso unerschöpflich wie seine Phantasie, die ihn fieberhaft mit Bildern der Wollust und krankhaften Lockungen versorgte.

Bevor er die Werke Thomas Mertons und anderer gelesen hatte, waren ihm die übrigen Gebote unproblematisch erschienen; in seiner Unschuld hatte er kaum einen Gedanken an sie verschwendet. Es bereitete ihm keinerlei Schwierigkeiten, den Namen des Herrn nicht zu mißbrauchen, nicht falsch Zeugnis zu reden wider seinen Nächsten, niemanden zu töten, keine anderen Götter zu haben und nicht zu stehlen, was ihm nicht gehörte. Diese Klippen umschiffte er ohne Mühe; es lag einfach nicht in seiner Natur, an irgend jemandem oder irgend etwas Unrecht zu tun. Aber die Sexualität machte ihn schon durch ihre bloße Existenz schwach. Inzwischen war er so tief gesunken, daß er bei der Messe nicht in der ersten Reihe sitzen konnte, ohne daß der Anblick der Nonnen unkeusche Gedanken in ihm wachrief – die Rundung ihrer Hüften unter dem schwarzen Stoff ihres Habits, diese fraulichen Körper, ihre Höhlungen und Geheimnisse, die schlichte Tatsache, daß sie anders waren als er. Diese Gedanken schossen ihm ungebeten durch den Kopf, er konnte sie nicht rückgängig machen, und obwohl er alles daran setzte, ihnen nicht nachzugeben (denn darin bestand, wie er nur zu gut wußte, die eigentliche Sünde), ließ jeder von ihnen eine Spur in seinem Herzen zurück, als wäre jeder einzelne Impuls nur ein weiteres Glied in einer schweren Kette, die ihn, wenn sie erst fertiggeschmiedet war, in die Tiefe ziehen würde.

Die Stadt vibrierte vor sinnlicher Hitze. Frauen in bunten Farben gingen an ihm vorbei, und er versuchte, nicht hinzusehen. Alice vorhin hatte seine Sinne gehörig aufgewühlt. Er war außer Atem von dem Tumult seines eigenen Blutes. Er ertappte sich bei der Überlegung, daß die Heirat mit Alice zumindest einen Vorteil haben würde: Nach den Flitterwochen würde er endlich von diesem beständigen Druck befreit sein.

Mrs. D'Allessandro wartete in der Bibliothek. Sie stand an dem Fenster zur Straße hinaus und sah auf ihn herunter, während er die Stufen hinaufstieg. Im Inneren des Gebäudes veränderte sich das Licht merklich. Alles war eine Nuance dunkler, und er stellte fest, daß das Büro leer war, die Schreibtischlampe ausgeschaltet. Als er in die Bibliothek kam, saß Mrs. D'Allessandro an dem Tisch in der Mitte des kleinen Raums, die Hände auf der gewachsten Tischplatte gefaltet. Sie schaute ihm entgegen, bewegte sich aber nicht. Vor ihr lag ein angebissenes Doppeldecker-Sandwich in weißem Einwickelpapier.

»Und?« sagte sie.

»Ich habe mit ihr geredet. Wir treffen uns diese Woche mit Mitch Brightman.«

»Nicht Edward R. Murrow?«

»Ich glaube nicht. Sie meinte, Mitchell Brightman wäre ideal. Er macht oft solche Sachen.«

Eine Stimme ertönte aus dem Sessel in der Ecke hinter Marshall. »Und was für Sachen wären das, bitte schön?«

Es war das Spielzeugmännchen. Bei seinem Anblick entfuhr Marshall ein leises Wimmern.

Der Spielzeugmann schien es nicht zu bemerken. »Reden wir von *dem* Mitchell Brightman?«

»Ja, Sir.«

»Also? Was für Sachen macht Mr. Brightman, wenn er nicht im Fernsehen ist?«

»Wir haben eine Zahlung geleistet«, sagte Mrs. D'Allessandro zuckersüß. »Eine große Zahlung. Wir sind dabei, alles zu regeln. Was will Terrence denn noch?«

»Ich soll einen Bericht abgeben«, sagte der kleine Mann. »Das ist alles, was ich weiß.«

Marshall hörte zu, als sie über die Podiumsdiskussion zu reden begann, mit der sie neue Studenten anwerben wollten; darüber, daß sie Eintritt verlangen und sich eine Genehmigung verschaffen würden, um die Veranstaltung auf einem der Lokalsender zu übertragen. Sie rührte sich dabei nicht von ihrem Platz, aber der

Spielzeugmann stand auf, stellte sich ans Fenster und betrachtete die Straße. Sein dunkelblauer Anzug saß an den Ärmeln etwas locker. Mrs. D'Allessandros Hände lagen fest ineinander verschlungen auf der Tischkante; es sah aus, als spräche sie ein Tischgebet über dem großen Sandwich. Sie redete weiter über die Pläne für Mitchell Brightmans Auftritt an der D'Allessandro-Schule. Die Details seien zwar noch nicht ausgearbeitet, aber das Schwerpunktthema des Abends solle auf jeden Fall Präsident Kennedy sein, was bei der Öffentlichkeit unter Garantie großen Anklang finden würde. Brightman habe den Präsidenten persönlich gekannt und ihn während einiger entscheidender Phasen begleitet, schon das mache ihn zu einer ausgezeichneten Wahl. Die Veranstaltung könne ihren Zweck gar nicht verfehlen.

Der kleine Mann drehte sich um und lehnte sich gegen den Fensterstock, die Hände in den Taschen, völlig entspannt, ein Mann, der seine Arbeit mochte. Er sah sie durchdringend an. »Und wo sollen die alle hin – wo wollen Sie sie unterbringen? Diese ganzen zahlenden Gäste? Hier drinnen? In dem kleinen Büro da drüben?«

»Wir nehmen das Untergeschoß dafür her, Marcus. Terrence weiß, wie wir solche Sachen gestalten. Die jährliche Abschlußfeier findet auch dort unten statt, und wenn Terrence sich irgendwann einmal herbequemt hätte, dann hätte er sich selbst überzeugen können. Wir räumen die Automaten und die Tische raus und stellen Stühle auf. Wir können bis zu fünfundsiebzig Leute unterbringen.«

»*Bis zu* fünfundsiebzig Leute.«

»Die bekommen wir zusammen«, sagte Mrs. D'Allessandro. »Mit Mitchell Brightman als Gastredner und Kennedy als Thema kommen wir bestimmt auf fünfundsiebzig.«

»Sie werden mehr als fünfundsiebzig brauchen. Ich würde schätzen, Sie brauchen mehrere hundert zahlende Kunden, wenn der Abend sich lohnen soll.«

»So viele passen hier nicht rein. Die Feuerpolizei würde den Laden dichtmachen.«

»Dann haben Sie ein Problem.«

Sie überlegte einen Augenblick. »Vielleicht Saint Matthew's, das ist gleich an der Ecke. Vielleicht dürfen wir den Keller dort benutzen.«

»Das sollten Sie ganz schnell rausfinden.«

»Es klappt bestimmt. In dem Jahr, als wir den Rohrbruch hatten, waren wir auch dort.«

Der Spielzeugmann sagte einen Moment lang nichts. Dann nahm er eine Hand aus der Tasche und rieb sich damit den Nakken. »Mitchell Brightman wird ja wohl auch was kosten.«

Sie deutete auf Marshall. »Der junge Mann hier wird ihn uns zum Nulltarif verschaffen.«

»Wenn's geht«, schränkte Marshall hastig ein. Und weil der Mann ihn finster ansah, fügte er hinzu: »Aber es geht ziemlich sicher.«

»Da hören Sie's«, sagte Mrs. D'Allessandro.

Eine kurze Pause, dann stieß Marcus sich vom Fensterstock ab. »Ich werd's weitergeben.« Er ging hinter ihr vorbei in Richtung Tür. »Mr. Brace könnte natürlich selber ein paar Ideen beisteuern wollen.«

Sie stand auf. »Sagen Sie Terrence, wenn er sein Geld will, dann soll er uns bei dieser Sache nicht ins Handwerk pfuschen.« Sie sah zu dem jungen Mann hinüber, als hätte sie versehentlich mehr enthüllt, als sie eigentlich wollte. Er wandte den Blick ab. »Haben Sie verstanden, Marcus? Er soll sich raushalten.«

»Wird ausgerichtet«, sagte Marcus. Er brach ein Stück von dem Sandwich ab und schob es sich in den Mund. »Sauerteig«, sagte er. »Köstlich.«

Als er weg war, setzte sie sich wieder und schien in sich zusammenzusinken. Walter, noch immer an der Türschwelle stehend, sah erst auf den leeren Korridor hinaus, wo Marcus verschwunden war, und dann zu Mrs. D'Allessandro, die das Gesicht in den Händen vergraben hatte. Die Straße draußen lag mittlerweile im Schatten, kein Licht kam mehr zum Fenster herein. Er dachte an Natalie Bowman auf ihrem Fenstersitz, und dann versuchte er sich Alice als seine Frau vorzustellen, versuchte liebevolle Gedanken in ihre Richtung zu senden. Arme Alice, die niemandem etwas zuleide getan hatte und es nicht verdiente, daß alle ihre frohen Erwartungen zunichte gemacht wurden.

Vielleicht hatte er einen Seufzer ausgestoßen. Mrs. D'Allessandro bewegte sich; langsam, fast schläfrig hob sie den Kopf von den Händen. Als ihr Blick auf ihn fiel, schien sie überrascht, daß er immer noch da war. »Sie haben nicht mit Mr. Brightman gesprochen«, sagte sie.

»Nein, Ma'am. Aber wenn Alices Vater ihn darum bittet, dann tut er es. Sie ist sich ganz sicher.«

»Aber das erfahren Sie erst am Wochenende?«

Er nickte.

»Setzen Sie sich doch hin.« Sie fuhr sich mit den Fingern durchs Haar. »Es macht mich nervös, wenn Sie so drohend über mir stehen.«

Er stand einige Meter von ihr entfernt, aber er wollte ihr nicht widersprechen. Er setzte sich auf einen Stuhl am anderen Ende des Tisches.

»Möchten Sie den Rest?« fragte sie und zeigte auf das Sandwich.

»Nein, danke.«

»Meine Augen waren mal wieder größer als der Magen.«

Marshall erwiderte nichts.

Sie lächelte. »Keine Ahnung, warum ich wollte, daß Sie sich hinsetzen. Ich habe Ihnen absolut nichts zu sagen.«

Nach einer Pause sagte er: »Mr. D'Allessandro … ist er …«

Sie sah ihn an. »Noch im Krankenhaus. Er wird morgen entlassen.«

Er wartete.

»Der Unterricht morgen abend findet statt, falls es das ist, was Sie fragen wollten.«

»Ja, Ma'am.«

»Für Sie bin ich wahrscheinlich eine ältere Dame, stimmt's?«

»Nein, Ma'am.«

Sie rieb sich jetzt die Wangen, langsam, mit geschlossenen Augen. »Ich weiß, das habe ich schon mal zu Ihnen gesagt. Wenn nicht, dann verliere ich verflixt noch mal den Verstand.«

Er schwieg.

»Wie alt sind Sie?«

»Neunzehn.«

»Neunzehn«, murmelte sie. »Daß man allen Ernstes so jung sein kann. Mein Gott.«

*Erbarme dich unser*, ergänzte er im stillen, denn er hatte sich seit einiger Zeit angewöhnt, den unbedacht ausgesprochenen Namen des Herrn nach Möglichkeit in ein Gebet umzuwandeln.

»Ich bin vierundzwanzig Jahre älter als Sie«, sagte sie.

»Ja, Ma'am.«

»Das kommt Ihnen wahrscheinlich unglaublich viel vor.«

»Nein, Ma'am.«

»Und hören Sie mit dem Ma'am auf«, sagte sie. »Das fehlt mir grade noch.«

Er blieb stumm.

Sie machte ein Geräusch, als würde sie leise in sich hineinlachen, dann schob sie das Sandwich ans andere Tischende und vergrub das Gesicht wieder in den Händen. »Ich weiß. Sie sind in diesem merkwürdigen Alter. Für Sie sind alle Leute Figuren in Ihrem verflixten Privatkino.«

»Nein«, sagte er.

»Erzählen Sie mir doch nichts. Das ist ganz normal bei einem Jungen in Ihrem Alter.«

»Ich muß jetzt gehen«, kündigte er an.

»Ziehende soll man nicht aufhalten.«

Er stand auf, zögerte dann, suchte nach einer passenden Bemerkung.

Sie hatte den Kopf nicht gehoben, aber als sie sprach, klang ihre Stimme eine Spur weniger düster. »Dann sage ich Lawrence also, daß alles in Ordnung geht.«

»Ja, M-« Er unterbrach sich gerade noch rechtzeitig.

Jetzt lachte sie wirklich. Sie strich sich das Haar von den

Schläfen zurück, stützte das Kinn in die Handfläche und sah ihn an. »Sie sind zum Auswachsen höflich. Ihre Eltern müssen platzen vor Stolz.«

»Ich habe nur noch meine Mutter.«

»Oh, das tut mir leid.«

»Nein, nein«, sagte er. »Ich bitte Sie.«

Sie lächelte. »Lawrence sagt, Sie sind begabt, aber Sie hätten sich jetzt doch dagegen entschieden, Mitchell Brightman auszubooten. Ist das wahr?«

Die Anspielung auf Brightman brachte ihn etwas aus dem Konzept.

»Sie sind nicht an einer Rundfunkkarriere interessiert.«

»Ach so«, sagte er. »Ja. Ich meine, nein.«

»Sie sind schon ulkig«, sagte sie. »Und so ein hübscher Junge. Diese großen feuchten dunkelblauen Augen, und dann dieses schöne naturblonde Haar. Ich kenne ein paar Mädchen, die alles geben würden für solches Haar.«

»Danke«, sagte er,

»Mache ich Sie nervös?«

»Nein, Ma'am.«

»Haben Sie Geschwister?«

Er schüttelte den Kopf.

»Nur Sie also. Und Ihre Mutter.«

»Ja.«

Sie ließ den Blick durchs Zimmer wandern und schüttelte dann selbst den Kopf. »Ich habe einen Bruder.«

»Nur einen?« fragte er.

Sie nickte. »Lawrence dagegen, der kommt aus einer riesigen Familie. Er hat haufenweise Geschwister. Tonnenweise. Sein Vater war viermal verheiratet und hat mit jeder Frau Kinder bekommen, und drei von den Frauen haben auch noch Kinder mit in die Ehe gebracht. Man könnte ein ganzes Stadion füllen mit seinen Brüdern und Schwestern und Halbbrüdern und Halbschwestern und Vettern und Kusinen und Tanten und Onkeln und angeheirateten Verwandten überall auf der Welt. Und alle zusammen machen sie nicht soviel Ärger wie der eine Bruder auf meiner Seite der Familie ...« Sie brach ab, legte die Hände auf den Tisch und stand auf. »Soll ich Sie zur Bushaltestelle mitnehmen?«

»Nein, danke«, sagte er, vielleicht zu eilig.

»Wie Sie meinen«, sagte sie. »Ich will es mal nicht als Beleidigung auslegen.« Sie stand da, die Fingerspitzen auf der Tischplatte.

Die Eingangstür öffnete sich, man hörte Schritte, und kurz darauf kam Natalie zu ihnen herein. Sie trug eine hellblaue Bluse und Jeans, und dem frischverlobten Walter Marshall schwankte bei ihrem Anblick der Boden unter den Füßen.

»Hallo«, sagte Mrs. D'Allessandro. »Tut mir leid, ich bin noch nicht ganz soweit. Ich habe oben noch etwas zu erledigen. Warum wartest du nicht hier, und dann bringen wir den jungen Herrn hier zu seiner Bushaltestelle. Das heißt, wenn der junge Herr keine Einwände hat.«

»Nein, Ma'am«, sagte Marshall.

Mrs. D'Allessandro hatte sich an ihm vorbeigeschoben und steuerte auf die Treppe zu. »Fühlen Sie sich nicht gut? Sie sehen plötzlich so käsig aus.«

»Ich?« sagte er. »Nein, mir geht's gut.«

Sie sah ihn an, dann Natalie, dann wieder ihn. »Ich bin gleich zurück.«

Natalie setzte sich auf den Stuhl, auf dem Mrs. D'Allessandro gesessen hatte. »Huch«, sagte sie. »Der Sitz ist warm.«

Er setzte sich ihr gegenüber. Von dem Doppeldecker-Sandwich stieg ihm ein Geruch nach Fleisch und Olivenöl und Paprika und Mayonnaise in die Nase. Er versuchte, lässig zu wirken, lässig und vielleicht ein klein wenig depressiv. Warum ihm ausgerechnet diese Pose als die angebrachte erschien, wußte er nicht, aber er konnte nicht anders.

»Armer Walter«, sagte sie. »Du fühlst dich nicht gut.«

»Ich fühl mich prima«, sagte er.

»Mrs. D'Allessandro hilft mir mit meinem Englisch. Ich habe ein Sprechproblem.«

»Du sprichst doch wunderbar.«

»Danke.«

»Ich höre dich gern reden.«

»Ich klinge wie ein Ausländer.«

»Mein Chef ist auch Deutscher. Du sprichst viel besser als er.«

»Dein Chef ist Mr. Wolfschmidt.«

Er sah sie an.

»Du hast mir von ihm erzählt.«

»Im Ernst?«

»Oh.« Sie kicherte in sich hinein. »Das kenne ich. Ich vergesse von einem Tag auf den nächsten. Ich bin ein richtiger Schüssel.« Mit einem Seufzer erinnerte sie sich. »Ich war kleines Mädchen von Berlin, als ich hierherkam. 1951 war das. Habe ich dir erzählt?«

»Ich wußte, daß du noch ein Kind warst.«

»Ja. Nicht wie jetzt. Eine alte Dame.« Wie Alice war sie älter als er.

»Du bist – was? – fünfundzwanzig?«

»In ein paar Tagen bin ich sechsundzwanzig.« Sie lächelte. »Als ich hierherkam, war ich erst dreizehn und so voll Angst, weißt du. Von den schrecklichen Bombenangriffen in Berlin. Und dann die Flüchtlingslager. Ich habe ein Jahr im Lager gelebt, als ich noch sehr klein war. Ich war ein kleines Mädchen, vier und fünf und sechs Jahre alt, als alles passiert ist, und dann komme ich nach Amerika und werde erwachsen, und in Amerika habe ich unglaubliche Dinge gesehen, ich war an Orten, die ich nicht im Traum – die Millionen Menschen in ihren Träumen nicht – wenn ich dir erzählen würde, du –« Sie stockte, schien sich auf die Zunge zu beißen. Irgendeine Erinnerung mußte in ihr wachgeworden sein. »Ich kann mein eigenes Leben nicht fassen, Walter. Manchmal glaube ich es kaum.«

Einen Moment lang lauschten sie beide dem Knarzen der Deckenbalken. Jemand ging über ihren Köpfen herum.

Sie schaute auf das gefaltete Papier mit dem Doppeldecker-Sandwich. »Ihr Amerikaner. Wie ihr mit Essen umgeht. Das ist eine Sünde. Eine große Sünde. Als ich klein war, habe ich gesehen, wie Leute aus dem Müll essen, in den Trümmern von ausgebombten Häusern. Kleine Babys wie ich.«

»Das hast du alles durchgemacht!«

»Einmal habe ich ein Stück Brot gegessen, das habe ich von einer Ratte weggenommen. Voll Schimmel und Maden. Ein Stück Dreck auf der Straße.«

»Es tut mir so leid für dich«, sagte er. »Was für eine furchtbare Vorstellung, daß du solche Sachen durchmachen mußtest.«

»Und oben darüber die Flugzeuge, aus denen Bomben fielen.«

Er schüttelte den Kopf.

»Und schau dich an, wie du Essen verschwendest.«

»Oh«, sagte Marshall. »Das ist nicht von mir.« Er schob es weg.

Sie schien zu zögern. »Ich habe noch nicht gegessen.«

»Warum nimmst du es dann nicht?« fragte er. »Du kannst es gern haben.«

Sie griff danach und begann zu essen, in großen Bissen, die ihre schönen Wangen blähten.

»Ich versuche möglichst nichts zu verschwenden«, steuerte er bei.

Aber ihre Gedanken waren weitergewandert. »Ich bin noch nicht amerikanischer Staatsbürger«, sagte sie kauend. »Vielleicht werde ich es nie. Aber ich fühle mich so. Ich denke auf englisch, meistens. Und die Leute reden immer noch laut mit mir – weißt du – als ob ich sie sonst nicht verstehen kann. Ich war da, wo die meisten Amerikaner nie hinkommen ...« Sie hielt inne, sah zur offenen Tür hinüber, und dann schien sie den Faden verloren zu haben.

»Du warst da, wo die meisten Amerikaner nie hinkommen«, versuchte er ihr auf die Sprünge zu helfen.

»Wenn du nur wüßtest«, murmelte sie.

O ja, wollte er sagen, und ich liebe dich. Einen Herzschlag lang war es, als hätte er die Worte laut ausgesprochen. Sie rutschte auf ihrem Stuhl hin und her und wirkte plötzlich verlegen.

»Ich bin eine schlimme Plaudertasche heute, nicht?« Sie biß erneut in das Sandwich.

»Gar nicht«, sagte er. »Du weißt doch, wie gern ich mich mit dir unterhalte.«

Sie schleckte einen Finger ab, schluckte. »Du bist ein netter Freund.«

Er holte Atem, um sie zu fragen, ob sie vielleicht etwas trinken gehen wollten, und dann fiel ihm wieder Alice ein. Anklagend stand sie vor seinem inneren Auge.

»Wohin geht es mit dir, Walter? Was willst du mit deinem Leben machen?«

»Ich wollte vielleicht in die Politik gehen.«

»In die Politik.« Natalie hob die Hand vor den Mund und unterdrückte ein Kichern. »O nein.«

»Es ist mein Ernst«, versicherte er ihr.

Die Beteuerung hatte einen beinah hysterischen Lachanfall zur Folge. »In die Politik. Er geht in die Politik.«

»Ich –«

»Vielleicht kandidierst du für ein Amt, ja?« Sie lachte immer noch. »Vielleicht wird ein mächtiger Mann aus dir. Politik. Ich werde verrückt ...«

»Ja, Politik«, sagte er. »Was ist daran so schlimm? John Kennedy hat es die ›ehrenvolle Profession‹ genannt.«

Sie bekam kaum noch Luft vor Lachen. »O Walter. O Gott. Entschuldige. Verzeih – verzeih mir. Ich bin ein Magnet. Ich muß etwas getan haben in einem anderen Leben ...«

»Was?«

»Nichts.« Sie hörte nicht auf zu lachen. »Es ist nicht komisch, ich weiß schon.« Sie preßte beide Hände an den Mund und schien dem Ersticken nahe. »Bitte. Oh. Es ist nicht im geringsten – ich bin so – o Gott.« Sie atmete tief durch, räusperte sich. »Du mußt mir verzeihen.«

»Mir ist nicht ganz klar, was daran so erheiternd sein soll«, sagte er.

»Sei mir nicht böse, Walter.«

»Ich bin nicht böse.«

»Es hat nichts mit dir zu tun.«

»Kannst du mir sagen, womit dann?«

»Nein.« Sie holte Atem, und das Kichern begann erneut. »Ich kann nichts dafür.«

»Freut mich, daß du so vergnügt bist.«

»Oh-oh«, sagte sie. »Jetzt sind seine Gefühle verletzt.«

»Nein«, beharrte er. »Ich möchte nur wissen, was hier so komisch ist.«

Sie ließ den Kopf auf die Arme sinken und wurde von einer Art Krampf geschüttelt; der ganze Tisch wackelte, so lachte sie. Er schaute zu. Als sie sich endlich wieder aufrichtete, hing ihr das glänzende schwarze Haar wild ins Gesicht. Sie warf den Kopf zurück und glättete es mit den Händen, seufzend. »Ah. Meine Güte. Es tut mir so leid, Walter, aber das Leben ist sehr ironisch.« Wieder kicherte sie in ihre Finger hinein.

Schließlich war es doch vorbei, und sie streckte zaghaft die Hand aus und tätschelte ihm die Schulter. »Ich habe an jemand anders gedacht«, sagte sie. »Wirklich. Es interessiert dich nicht.«

»Jeder Bürger sollte bei der Lösung der Probleme mitwirken wollen, die vor uns liegen«, sagte er mit den Worten des verstorbenen Präsidenten.

»Bitte.« Sie bemühte sich, ernst zu bleiben. »Reden wir etwas anderes. Einverstanden?«

»Kommt es daher, daß du Deutsche bist?« fragte er. »Ich meine, die Deutschen stehen mit der Politik doch bekanntlich auf Kriegsfuß. Mit der demokratischen Politik jedenfalls.«

»Stimmt.«

»Hat es damit zu tun?«

Sie legte den Kopf schief. »Nein, das würde ich nicht sagen.« Und sie lachte von neuem los.

»Ich komm nicht mit«, sagte er. Wieder saß er hilflos da und sah zu, wie sie um Fassung rang.

Sie seufzte, tupfte sich vorsichtig die Augenwinkel. »Bitte«, sagte sie. »Denke dir nichts.«

»Wie du meinst«, erwiderte er halblaut.

»Nein, Walter. Es tut mir leid. Bitte. Du darfst mir nicht böse sein.«

»Warum sollte ich böse sein?«

»Ich wollte dich nicht kränken.«

»Ich bin nicht gekränkt«, behauptete er.

Sie versuchte sich zusammenzureißen. Sie zog ein Taschentuch hervor und putzte sich die Nase. »Ich habe ein Gefühl, als ob ich gerannt bin.«

Dazu sagte er nichts. Er würde ja sowieso Alice heiraten, dachte er. Er hatte ihr einen Antrag gemacht, sie hatte angenommen, und damit basta.

»Du bist nicht zum Arbeiten da?« erkundigte sich Natalie.

»Ich mußte etwas mit Mrs. D'Allessandro besprechen.«

Sie hob eine Augenbraue, erwiderte aber nichts. Er hatte den Verdacht, daß sie nur mit ihm spielte. Schließlich gehörte sie einer anderen Welt an, der Welt der Erwachsenen. Der Welt der Kriegserinnerungen, vor seiner Geburt. Es war lächerlich, an sie zu denken, wie er es getan hatte, und sündhaft obendrein.

»Ich habe nicht deine Illusionen geraubt, hoffe ich«, sagte sie.

»Wie bitte?«

Aber sie schien tief in ihre eigenen Gedanken versunken. Sie starrte auf die Tischplatte hinunter. »Die Amerikaner sind so langsam im Lernen. So langsam. Und sie sind so schnell mit großen Phantasien. Sie sind wie kleine Kinder.«

»Du bist doch selber Amerikanerin«, sagte er. »Jetzt bist du's.«

Sie sah ihn an. »Noch nicht richtig.«

Mrs. D'Allessandro kam die Treppe herunter, beladen mit einem Karton voller Papiere und Hefte. Natalie sprang auf, um ihr zu helfen, und die beiden verabschiedeten sich von Marshall; die ältere Frau schien völlig vergessen zu haben, daß sie angeboten hatte, ihn mitzunehmen. Er blieb am Treppenabsatz stehen und schaute zu, wie sie in Mrs. D'Allessandros ramponiertem Wagen davonfuhren.

# 7

Alice rief an diesem Abend zweimal an, um mit ihm Pläne zu schmieden. Ihre Verlobung schien etwas in ihr freigesetzt zu haben; plötzlich besaß sie das nötige Selbstvertrauen, um Dinge in Angriff zu nehmen, von denen sie zuvor allenfalls geträumt hatte. Das erzählte sie ihm, und sie erzählte ihm, wie sie ihrem Vater die Stirn geboten hatte, ihm klargemacht hatte, daß sie ihr Leben so leben mußte, wie sie es für richtig hielt. Sie war eine erwachsene Frau mit eigenen Ansichten und Wertvorstellungen, und dementsprechend würde sie sich auch verhalten. »Ich hätte nie gedacht, daß ich mich das trauen würde«, gestand sie Marshall mit einem weichen kleinen Lachen. Wenn sie lachte, kam ein anderer Ton in ihre Stimme, ein sanftes Trillern, dessen sie sich gar nicht bewußt war. Im Gegenteil, sie kämpfte gegen das Lachen an, versuchte es zurückzudrängen. Sie entschuldigte sich sogar dafür.

»Ich bin so aufgedreht«, sagte sie.

Sie hatte Albert Waple angerufen und ihn und Emma zu ihrer Geburtstagsfeier eingeladen, aber jetzt war ihr eingefallen, daß es vielleicht nett wäre, morgen mit den beiden zu Abend zu essen, vor Alberts und Walters Kurs. Es war eine wunderbare Idee, aber sie wollte sichergehen, daß Walter nichts dagegen hatte. Er hatte doch nichts anderes vor?

»Nein«, sagte er.

»Ich bin so aufgeregt, Walter. Es hat alles eine solche – Symmetrie, findest du nicht? Es ist perfekt. Alles paßt perfekt. Vielleicht können wir sogar eine Doppelhochzeit feiern.«

»Also …«, begann er.

»Sind sie katholisch?« wollte sie wissen.

»Ich glaube nicht«, sagte er.

»Sehen wir uns morgen mittag?«

»Morgen muß ich in der Poststelle mittagessen. Mr. Wolfschmidt hat eine Ladung Formulare, die sortiert und abgeschickt werden müssen.«

»Und wenn ich ins Postzimmer komme und da mit dir esse?«

»Das ist keine so gute Idee, glaub ich«, sagte er. »Du kennst doch Mr. Wolfschmidt.«

Seine Mutter saß derweil am Küchentisch und beobachtete ihn. Sie schien ihn aufmerksam zu studieren. Und als er aufgelegt hatte, sagte sie: »Alice?«

»Ja.«

»Ich sehe kein Leuchten auf deinem Gesicht, Junge.«

»Wie bitte?«

»Wenn du mit ihr redest. Ich sehe kein Leuchten auf deinem Gesicht.«

»Ich bin ja auch keine Lampe, Mutter.« Seine Gereiztheit überraschte ihn selbst.

Sie legte ihm ihre kühle Hand auf die Stirn. »Fieber hast du keins.«

»Mir geht's gut, wirklich.«

Er half ihr beim Abwasch und saß dann mit ihr im Wohnzimmer, während sie fernsah und Likör mit Tee trank. Die Nachrichten brachten Aufnahmen, auf denen Farbige vor Wasserwerfern davonrannten; es war ein Bericht über die Unruhen in Alabama vor zwei Jahren und über den Widerstand gegen die neuen Bürgerrechtsgesetze. Bedächtig schlürfte sie ihren Tee und machte dabei nicht den Eindruck, daß die Bilder sie sonderlich berührten oder interessierten. Der Fernseher, sagte sie oft, leiste ihr einfach Gesellschaft. Die Gegenwart ihres Sohnes schien sie gar nicht wahrzunehmen. Er las in dem Buch mit Präsident Kennedys Reden.

*Meine Damen und Herren, Mitglieder dieser Versammlung – bei Ihnen liegt die Entscheidung. Niemals hatten die Völker der Welt so viel zu verlieren und so viel zu gewinnen. Miteinander werden wir unsere Erde retten oder miteinander in den Flammen ihres*

*Brandes umkommen. Aber retten können wir sie und retten müssen wir sie, und damit werden wir uns den ewigen Dank der Menschheit verdienen und als Friedensstifter den ewigen Segen Gottes.*

Das las er, und plötzlich überfiel ihn die Angst, die Welt könnte einen Weg zur Lösung ihrer Probleme finden, bevor er selber Gelegenheit fand, solche Sätze zu sprechen. Und sofort erkannte er mit Entsetzen, wie falsch und unangebracht dieser Gedanke war. Er hätte es nicht in Worte fassen können, aber er wußte, daß es selbstsüchtig und sündhaft war, und versuchte seinen Überlegungen eine andere Richtung zu geben, nachdem er noch schnell – gegen die geheimen Hoffnungen seines Herzens – ein Gebet gemurmelt hatte, daß der nukleare Alptraum enden möge.

Wie er diese Spiralen haßte, in die sein Denken sich immer häufiger verbohrte!

Ihm war klar, daß er es übertrieben genau mit sich selbst nahm, aber oft konnte er einfach nicht anders. In allen Lebenslagen schoben sich für ihn seine Schwächen in den Vordergrund. Wenn er auf dem Weg zu Saint Matthew's eine gute Tat vollbrachte – stehenblieb, um ein paar Worte mit jemandem zu wechseln, der bedürftig aussah, oder einem der vielen Männer an der Straße hinter dem Lafayette Park Geld gab –, ertappte er sich hinterher dabei, daß er sich großzügig und gütig vorkam und so etwas wie Stolz empfand; also murmelte er das Kommunionsgebet:

*Herr, ich bin nicht würdig, daß du eingehst unter mein Dach, aber sprich nur ein Wort, und meine Seele wird wieder gesund,*

und während er die Worte vor sich hinsagte, fühlte er sich, als hätte er einen gesunden, strammen Marsch durch verdünnte Luft angetreten, als hielte er geradewegs auf die Heiligkeit zu. In diesem Gefühl sonnte er sich dann, bis ihm aufging, daß eine solche Freude als eine Form von Hedonismus gewertet werden konnte, als eine Art spiritueller Schwelgerei in der eigenen Frömmigkeit. Dem folgte düsterste Hoffnungslosigkeit, weil es ihm nicht gelingen wollte, seinen Geist zu läutern, und dann die noch niederschmetterndere Erkenntnis, daß er sich *jetzt*, zusätzlich zu allem anderen, der Sünde der Verzweiflung schuldig zu machen drohte, der schlimmsten Sünde von allen und der einzigen natürlich, für die es keine Vergebung gab.

Einmal, als Mr. D'Allessandro sich verspätet hatte und Albert Waple, Joe Baker und Marshall im Keller bei den Getränkeautomaten saßen und über radioaktiven Niederschlag und das Ende der Welt redeten, hatte Joe Baker, um das Thema zu wechseln, einen Witz über ein junges Mädchen erzählt, das Nonne werden will:

*Wie sie aus der Kirche kommt, stößt sie sich mit dem Fuß an einem Stein, okay? »Scheiße«, sagt sie. Dann sagt sie: »O Gott, ich hab ›Scheiße‹ gesagt.« Dann sagt sie: »O Scheiße, ich hab ›Gott‹ gesagt.« Dann sagt sie: »Himmel, Arsch und Zwirn, ich wär ja eh viel lieber Stewardeß.«*

Während er mit den anderen gelacht hatte, etwas beklommen, hatte der junge Mann einen schulderfüllten Augenblick lang gespürt, daß der Witz schmerzhaft genau die inneren Wirren widerspiegelte, mit denen er selbst sich unablässig herumschlug. Es war entmutigend, und es lenkte ihn auch jetzt von Kennedys Rede vor den Vereinten Nationen ab.

»Zappel doch nicht so herum«, sagte seine Mutter und schenkte sich Crème de Menthe nach.

Er ging früh ins Bett und lag dann, während von drüben das Stimmengemurmel des Fernsehers tönte, bis tief in die Nacht wach. Der Fernseher lief immer noch, als er über seinen Gebeten schließlich eindämmerte, den Kopf voll von den Bildern des Tages und der vagen, ungebetenen Hoffnung, daß die Probleme der Welt auf ihn warten würden. Er wünschte sich glühend, fünfundvierzig Jahre alt zu sein. Etabliert. Im Besitz allen erforderlichen Wissens. Keine offenen Fragen mehr, kein Hin und Her.

Im Halbschlaf hatte er einen kurzen erotischen Traum von Natalie, der ihn aufweckte, und dann lag er wieder da und versuchte zu beten, während er gedemütigt darauf wartete, daß die Wirkung des Traums nachließ.

Als er endlich doch einschlief, wanderte er durch die anderen Räume des Hauses, und Natalie, die gleichzeitig seine Mutter war und auch Alice, war bei ihm, in verschiedenen Stadien der Nacktheit. Immer wieder wich er vor ihr zurück, und dann lief er wieder hinter ihr her, hinter allen dreien, und etwas in seiner Seele – etwas, das er im Schlaf als den bebenden, unersättlichen Kern der Seele erkannte – fügte sich in alles und wollte mehr. Am frühen Morgen kam er wieder zur Besinnung, saß aufrecht im Bett, keuchend wie nach einer großen Anstrengung; er mußte sich verausgabt haben in seinen unruhigen Träumen, denn die Laken waren feucht. Er fand seine Mutter schlafend in ihrem Sessel, in mehr oder weniger der gleichen Haltung wie am Abend zuvor, aber der Fernsehapparat war ausgeschaltet, und im Zimmer war Ordnung geschaffen worden; Tee und Crème de Menthe waren weggeräumt, sie hatte die Möbel poliert – der Geruch nach Politur hing noch in der Luft –, Staub gewischt und sein Buch in das kleine Regal über dem Fernseher gestellt, wo ihre eigenen Bücher standen.

Er beschloß sie nicht zu wecken, da sie offenbar wieder einmal eine ihrer schlaflosen Nächte hinter sich hatte. Seit seinen Kindertagen wurde sie von Zeit zu Zeit von diesen Anfällen rastloser Energie heimgesucht, und in vielen Nächten wachte er auf und fand sie vertieft in irgendwelche schweißtreibenden Tätigkeiten, die sie mit der Erklärung rechtfertigte, daß sie nicht gern Zeit verschwendete und auch jetzt nicht vorhatte, damit anzufangen. Die Vorstellung, daß ein gesunder Mensch wach im Bett lag, war ihr ein Greuel. Die Stunden ihres Tages waren daher flexibel und unvorhersagbar, und er hatte sich seit langem angewöhnt, seinen eigenen Tagesablauf darauf abzustimmen.

Er holte eine Decke aus ihrem Zimmer, wie er das an so vielen Morgen tat, und breitete sie über sie. Dann machte er sich leise für die Arbeit fertig und röstete ein paar Scheiben Toastbrot, die er auf einem Teller in die Mitte des Tisches stellte, zusammen mit einem Zettel:

*Heute abend Kurs. Warte nicht auf mich, wenn du müde bist. Gruß & Kuß, W.*

Der Bus in die Stadt knatterte und keuchte. Der Tag versprach wieder dämpfig und warm zu werden. Die Leute saßen still da und lasen oder schauten hinaus auf die noch grünen Bäume entlang der Old Chain Bridge Road. Sie fuhren durch McLean, vorbei an Hickory Hill, wo noch der ehemalige Justizminister mitsamt seiner großen Familie wohnte, obwohl Kennedy jetzt in New York als Senator kandidierte. Marshall sah auf die riesige Villa hinter ihrem schmiedeeisernen Tor; mehrere schwarze Autos parkten davor, und ein großer ochsenblutfarbener Hund lag in dem spärlichen dürren Gras vor dem Haus. An dieser Haltestelle stieg immer ein nervöser drahtiger Mann zu, der von einem der kleineren Häuser auf der anderen Straßenseite herbeigehetzt kam. Alles an diesem Mann drückte Eile und Sorge aus: Sein schütteres Haar stand in alle Richtungen, an seinem Mantel waren die Ärmel ausgefranst, oder es fehlte ein Knopf, und seine Krawatte war nie richtig gebunden. Unterm Arm trug er eine zusammengerollte Zeitung und eine Thermoskanne, aus der er sich jeden Morgen Kaffee eingoß, der ihm dann über die Finger oder auf die dünnen Schenkel schwappte, wenn der Bus über die Schlaglöcher rumpelte. Ob Marshall wollte oder nicht, er registrierte jedes einzelne dieser kleinen Signale der Bedrängnis, sei es der verschüttete Kaffee, sei es der Kampf mit der Zeitung. An manchen Tagen war der Mann so spät dran, daß der Busfahrer auf ihn warten mußte, und dann konnte man beobachten, wie er sich kurz zu dem Häuschen umdrehte, aus dem er gekommen war, und der drallen Frau zuwinkte, die dort unter der Tür stand, umringt von zahllosen Kindern nicht zu ermittelnden Alters – unter ihrem Bademantel guckten sie hervor, hinter ihren

Schultern, zwischen ihren Armen durch –, und alle winkten sie und riefen ihm etwas nach.

Im Bus saß er dann mit kaffeebekleckertem Mantel da und las seine Zeitung, und Marshall betrachtete ihn und dachte an all die Unglücksraben aus Kino und Fernsehen, an Buster Keaton und Jackie Gleasons Poor Soul. Er meinte einen Leidenszug in dem Gesicht zu entdecken, einen verschüchterten Ausdruck, als würde er ständig mit unwägbaren Schrecknissen rechnen. Marshall gelobte sich im stillen, nie so zu werden wie dieses arme kleine Kaninchen von Mann. Wobei der Mann selbst ganz zufrieden wirkte in seinem gehetzten, halbverzweifelten Zustand, so daß Marshalls Gefühle Ähnlichkeit mit der Angst vor namenlosen Krankheiten hatten, vor einem nicht auszudenkenden Schicksal, das einen Menschen unversehens ereilte und ihn so duckte, daß ihm ein solches Dasein als glücklich erschien, als ein erstrebenswertes Ziel.

An diesem Morgen sah er nicht den kleinen Mann, sondern sich selbst die schwarzgeteerte Einfahrt vor dem kleinen Häuschen hinuntereilen, und es war Alice, die in dieser Kindertraube winkend unter der Tür stand und ihm nachrief, daß er bald wieder heimkommen solle. Er glaubte sich genau vorstellen zu können, wie es sein mußte, wenn man wußte, daß jeder Tag, jeder einzelne Tag auf Jahre hinaus, mit der Rückkehr zu diesem kleinen Haus enden würde. Schaudernd starrte er aus seinem Fenster, als könne sich ihm dort draußen ein Fluchtweg auftun, ein Weg aus seiner eigenen Zukunft.

Mr. Wolfschmidt war mißmutig und nicht recht bei der Sache. Tausende von Briefen mußten an die Außenstellen verschickt werden, und zwar noch vor Feierabend. Einige von den Jungen aus dem Lagerraum waren zum Helfen abkommandiert worden, und über der eintönigen Plackerei verlor Marshall jegliches Zeitgefühl. Noch keine Stunde schien vergangen zu sein, als Alice ihm vom Korridor her Zeichen gab, und er fragte sich, warum sie gerade jetzt herunterkam und ihn behelligte, wo Mr. Wolfschmidt doch sowieso schon so schlechte Laune hatte und mit Sicherheit eine seiner Bemerkungen machen würde. Erst Mr. Wolfschmidt selbst konnte ihn zu der Einsicht bringen, daß der Tag um war.

»Wir zahlen keine Überstunden«, sagte er, indem er mit dem Zeigefinger auf seine Armbanduhr tippte und Marshall mit tadelnd gerunzelter Stirn ansah. »Nehmen Sie Ihre nette Kleine untern Arm und gehen Sie heim.«

»Ja, Sir«, sagte Marshall. »Mir war nicht klar, daß es schon so spät ist.«

»Wenn die Arbeit Spaß macht, vergeht die Zeit wie im Flug, ja?«

Alice nahm seinen Arm, als er auf den Gang trat. »Ich habe erst unten auf dich gewartet. Ich dachte schon, du wärst ohne mich los.«

»Red nicht so dummes Zeug«, sagte er.

»Ich bin nicht mit dem Auto da, also müssen wir laufen.«

Als sie ein paar Häuserblocks weit gegangen waren, nahm sie seine Hände und zog ihn in einen schmalen Durchgang zwischen zwei Gebäuden, gleich gegenüber vom Lafayette-Hotel.

»Was ist los?« sagte er. »Alice.«

Sobald man sie von der Straße aus nicht mehr sehen konnte, ließ sie ihn los und lehnte sich an die rußfarbene Ziegelmauer. »So, jetzt kannst du mich küssen«, sagte sie.

»Jetzt?«

»Du willst mich doch auch!« Sie streckte die Arme nach ihm aus. »Tu doch nicht so.«

»Warte«, sagte er.

»Mach den Mund auf«, murmelte sie.

Er trat einen Schritt zurück. »Das dürfen wir nicht.«

»Warum nicht? Wir sind verlobt, Walter. Mach schon.«

»Ich finde, es ist nicht die richtige Zeit …«, setzte er an.

»Bitte.« Sie atmete tief aus, strich sich mit den Händen über die Schenkel. »Küß mich so, daß ich merke, daß du es ernst meinst. Ich liebe dich.«

Wieder drückte er seinen Mund auf ihren, und ihre Lippen

schienen plötzlich seine ganze untere Gesichtshälfte zu bedekken. »Walter.« Sie hob den Kopf. »Du sollst mich richtig küssen.«

Er gehorchte. Er schmeckte den Kaugummi, den sie gekaut hatte, seine Pfefferminzsüße. Ihr Atem war eine Spur säuerlich, und er überlegte kurz, wie seiner wohl roch, den er so gut wie möglich anhielt. Er zog sie enger an sich und spürte schuldbewußt den Aufruhr in jedem einzelnen Nerv seines Körpers, während er doch wußte, er hatte sich entschlossen, die Sache durchzuziehen, und das hier gehörte nun einmal dazu. Natalies Bild blitzte vor ihm auf, und dann dachte er an Sex im allgemeinen. Die Vorstellung brach mit aller Macht über ihn herein. Endlich war es soweit – dieses Eine, dem sein Körper in vielen Nächten entgegengefiebert hatte, wurde Wirklichkeit, das Leben hielt es auch für ihn bereit. Er versuchte an Alice zu denken, die stöhnte und sich an ihn preßte. Er sagte sich, daß er sie liebte.

»Puh«, sagte sie, als sie sich voneinander gelöst hatten. »Wir können unmöglich bis Juni warten. Meine Lippen stehen in Flammen.«

»Na ja, nicht direkt in *Flammen*«, sagte er.

»Ach, Walter.«

Er riß sich zusammen. Atmete langsam aus.

»Walter?«

»Na, dann gehen wir wohl besser mal«, sagte er in beherztem Ton. Der anbiedernde Klang seiner Stimme erfüllte ihn mit Abscheu.

Ihr Gesicht wurde einen Augenblick lang ausdruckslos und leer. Dann legte sie den Kopf an die Ziegelmauer zurück und warf ihn hin und her, als plagte sie ein Traum. »Walter, hör auf damit.«

»Mit was?«

»Das machst du nur, um mich zu quälen.«

»Nein«, sagte er. »Jetzt komm. Sei nicht albern. Laß das jetzt.«

»Küß mich«, murmelte sie.

Er küßte sie. Sie schwankten einen Moment so, daß er über ihre Schulter langen mußte, um sich an der Wand abzustützen.

»Alles in mir glüht«, sagte sie. »Ich bin verrückt nach dir. Du nicht?«

»Ich glaube, wir sollten gehen«, sagte er mühsam.

»Was hast du denn?«

»Nichts, wirklich –« Er fröstelte. »Es wird langsam kühl.«

»Es hat mindestens fünfundzwanzig Grad.«

Er sagte: »Ich friere ein bißchen.«

»Ich will dich.«

»Schon, aber Albert wartet sicher schon …«

»Willst du mich nicht?«

»Was?«

»*Walter.*«

»Was?« sagte er. »Was, was was?«

»Willst du mich nicht?«

»Doch, natürlich«, sagte er. »Ich kann darüber nicht reden.« Sein Blut dröhnte in den Adern am Nacken bis hinauf in den Hinterkopf.

Sie sah ihn an. »Hast du's schon mal gemacht, Walter?«

»Wir müssen schauen, daß es nicht zu spät wird«, krächzte er, und dann erst begriff er, was sie ihn gefragt hatte. »Wie bitte?«

»Du weißt schon«, sagte sie. »Hast du?«

»Ich …«, begann er. Die Nerven, die die Sprechmuskeln steuerten, schienen einen Kurzschluß ausgelöst zu haben; er brachte nichts als ein leises, nuschelndes Wimmern heraus. Er richtete den Blick auf den Ausschnitt offener Straße zwischen den Häuserwänden. »Nein«, sagte er. »Wie denn. Mein Gott, Alice. Ich bin erst neunzehn. Und ich – ich glaub nicht, daß wir es – wir sollten – ich – wir …«

»Es ist die Religion«, sagte sie. »Es geht gegen deine Religion. Hab ich recht?«

»Na ja«, sagte er. »Ehrlich, ich …«

»Liebe geht gegen deine Religion.«

»Liebe?« echote er. Einen Moment lang war ihm, als hörte er das Wort zum erstenmal. »Nein. Liebe ist in Ordnung. Wunderbar. Innerhalb – der – in der Ehe – aber Sex …« Er trat einen

Schritt zurück und merkte, daß er die ganze Zeit heftig nickte, so daß sie, um seinen Blick festzuhalten, mitnicken mußte. »Außerhalb der Ehe ... Sexualität außerhalb ...«

»Ich weiß, ich weiß«, unterbrach sie ungeduldig. »Was ist bloß los mit dir? Jetzt gebrauch doch mal dein Hirn! Wenn du jemanden liebst, dann willst du ihn eben auf diese Weise.«

»Ja, schon«, sagte er, und seine Stimme kam ihm wie ein Winseln vor.

Sie schlang ihm die Arme um den Hals und zog ihn zu sich an die Mauer. Es war ein Kuß, der seine Fähigkeiten im Luftanhalten bis an die Grenze ausreizte. Die Muskeln in Brust und Unterleib fingen zu zucken an, dann auch die Rückenmuskeln. Schließlich rückte sie ein Stück von ihm ab und sah ihn an.

»Sag mal, atmest du gar nicht?«

»Kein Problem«, keuchte er. »Ehrlich.« Er stand ein wenig vornübergebeugt.

Sie sah an ihm hinab. »Du willst mich, Walter. Ich bin doch nicht blind.«

Er verschränkte die Arme gegen die Mauer, legte den Kopf darauf.

»Liebst du mich, Walter?«

Er nickte in seine Arme hinein, ohne sie anzusehen.

Sie stieß einen ungeduldigen Seufzer aus. »Bitte sag es.«

»Ich ...« Seine Stimme kippte. »Ich l-liebe dich.«

»Besser geht's nicht? Schau mich an dabei.«

Er gehorchte. »Ich liebe dich.«

»Das klingt nicht so, als ob du es ernst meinst.«

»Tu ich wohl«, sagte er. »Um Himmels willen, Alice. Hör auf damit. Bitte. Ich würde so gern – das ist alles strengstens verboten. Ich meine, ich begehe schon eine Todsünde, daß ich hier mit dir stehe.«

»Sag, daß du mich liebst, als würdest du es auch meinen.«

»Im Ernst«, sagte er. »Ich liebe dich.«

»Hast du's schon mal mit irgendwem gemacht?«

»Ich will nicht darüber reden.«

»Sag schon.«

»Alice, ich bin neunzehn Jahre alt. Ich wohne bei meiner Mutter. Mit wem soll ich's gemacht haben?«

Sie streichelte seinen Nacken. »Das glaubst du mir jetzt wahrscheinlich gar nicht, so wie ich zur Sache gehe. Aber ich … ich hab's auch noch nie gemacht.« Es klang wie ein Schuldbekenntnis.

»Oh«, sagte er. »Ich auch. Ich meine, ich versteh das.«

»Was gibt's da zu verstehen. Was soll das heißen – du *verstehst* es? Ich sage dir, daß ich es noch nie mit jemand gemacht habe, und du sagst, du verstehst es?«

»Nein, ich meine – ich *weiß*. Ich bin ein bißchen durcheinander.«

»Das heißt nicht, daß keiner es *versucht* hat.«

»Nein, natürlich nicht«, sagte er.

»Und es heißt nicht, daß ich es nicht manchmal gewollt habe.«

»Ich auch.« Jetzt krampften sich auch die Muskeln unten in seinem Rücken zusammen; der Schmerz stichelte sich um seine Mitte wie eine Naht.

»Denkst du viel dran?«

»Ma-manchmal«, stammelte er. Er konnte sich nicht vorstellen, daß sie die Wahrheit jemals verstehen würde. »Es ist – weißt du – kann ich – die …« sagte er mit dünner Stimme. »Solche Gedanken – zu hegen – ist Sünde.«

»Es ist eine Sünde, daran zu denken?«

»Eine Todsünde«, sagte er zu laut.

Sie schwieg einen Moment. Dann: »Ich führe dich in Versuchung, stimmt's?«

»Na ja«, sagte er, außerstande, ihren Blick zu erwidern.

»Wir werden bald verheiratet sein, Walter.«

»Das …«, fing er an, dann mußte er plötzlich schlucken.

»Früher oder später werden wir miteinander schlafen«, sagte sie.

Er nickte und spürte dabei, wie sein Zwerchfell sich zusammenzog. Er konnte nicht ausatmen.

»Möchtest du nicht auch jetzt schon?«

»Du meinst, jetzt sofort?« fragte er.

»Nicht *hier*.« Ihre Stimme klang entnervt und neckend zugleich. »Menschenskind.«

»Oh, äh – warte ...«

»Ich weiß einfach nicht, ob ich bis Juni warten kann«, sagte Alice. »Ich will dich, Walter. Ich will dich in mir spüren.«

Ihm wurden die Knie weich. Und er fühlte wieder diesen Krampf im Unterleib. Der Boden schien ihm unter den Füßen wegzurutschen.

»Schon gut«, sagte sie. »Ich weiß schon – die Religion.«

»Ja.« Es kam als kleines Zirpen heraus. Er räusperte sich, schaffte es, die Luft aus der Lunge zu stoßen, aber der Druck vom Zwerchfell her ließ nicht nach. Als er das Wort wiederholen wollte, schnürte sich seine Kehle zu, so daß die eine Silbe ihm im Hals steckte, bis er hustete.

»Ach, warum muß das alles zwischen uns stehen«, sagte Alice, indem sie die Arme unter der Brust verschränkte und zur Straße hinschaute, als wartete dort »das alles«, was immer es war. »Ach, wird das schön, wenn wir verheiratet sind und auf nichts mehr Rücksicht nehmen müssen.«

Er versuchte einzuatmen, aber etwas hinderte ihn daran. Seine sämtlichen Atemwege schienen blockiert zu sein. Er wandte sich wieder von ihr ab und schnappte nach Luft; heraus kam ein hohes Fiepen.

»Geht's dir nicht gut?« fragte sie. »Du liebe Güte.«

Seine einzige Antwort war ein kaum mehr menschliches Hecheln. Er hatte ein Gefühl, als hätten seine Lungen sich mit Flüssigkeit gefüllt. Während sie ihm zwischen die Schulterblätter klopfte und in plötzlicher Panik seinen Namen rief, stützte er sich mit beiden Händen an der Wand ab wie ein Mann, der von der Polizei durchsucht wird, und röchelte dabei hilflos weiter.

»Warte hier«, sagte Alice. »Ich hole Hilfe.«

Er machte ihr Zeichen, mit Kopfschütteln und Händewedeln; er wollte nur, daß sie endlich Ruhe gab, während er verzweifelt keuchend dalehnte und – dessen war er sich ganz sicher – mit dem Tode rang. Schließlich, nach langem Gehuste und Geräuspere, war er wieder soweit bei Stimme, daß er sagte konnte: »Mir fehlt nichts.«

»Grundgütiger Himmel«, sagte sie. »Was war denn das? Ein bißchen Geknutsche, und schon erstickst du fast?«

»Ich hab nur was in den falschen Hals gekriegt.«

»Wir haben nicht *gegessen*, Walter.«

»Nein«, sagte er mit dem Krächzen des Fast-Erstickten. »Auch wieder wahr.«

Sie gingen los in Richtung Straße, und Alice hängte sich wieder bei ihm ein. »Aber ich mach dich nervös, soviel steht fest.« Sie klang beinah zufrieden.

Das wurmte ihn. »Nein«, beharrte er.

Sie hörte kaum hin, war schon mitten im Satz. »O Walter, glaub mir, wir finden schon einen Weg, um alle Hindernisse zu überwinden und zusammenzusein. Ich spüre es im kleinen Finger.«

Albert stand an der Bushaltestelle bei der Schule und wartete auf Emmas Bus. Er umarmte Alice, die einen Blick zu Marshall hinüberwarf: So unbefangen und unschuldig zeigen andere Leute ihre Zuneigung, hieß dieser Blick. »Du bist so ein lieber alter Bär«, sagte sie zu Albert, der etwas verdutzt schien über diese Beschreibung. Er hatte gelesen, im Licht der Straßenlaterne stehend, das Buch so dicht vor dem Gesicht, daß es aussah, als wollte er seine Augen verstecken. Jetzt schob er das Buch in die Gesäßtasche seiner Jeans und spähte, auf den Absätzen auf und ab schaukelnd, kurzsichtig auf die Straße hinaus. »Der Bus ist spät dran«, sagte er. Er wirkte ein wenig beunruhigt.

»Wird das schön, wenn wir erst alle verheiratet sind«, erklärte Alice. »Dann können wir uns immer gegenseitig zum Essen einladen und zusammen Filme anschauen.«

»Ich kann Filme nicht besonders gut sehen«, sagte Albert mit einem Lächeln. »Und Emma kann sie überhaupt nicht sehen.«

»Nein, natürlich«, beteuerte Alice mit einem entsetzten Blick in Marshalls Richtung. »Ich meine ja eigentlich auch gar nicht Filme – so gesehen …«

Albert tätschelte ihr die Schulter. »Ist schon in Ordnung.«

»Ich habe so ein furchtbares Talent dafür, ins Fettnäpfchen zu treten.«

»So ein Unsinn. Wie kommst du denn darauf. Wir werden uns gegenseitig besuchen und zusammen essen.«

»Ich kann's kaum erwarten.« Alice faßte nach Marshalls Arm und drückte ihn.

Albert sagte: »Da kommt er.« Der Bus war noch einen Block entfernt und wurde gerade langsamer, um einen Passagier aussteigen zu lassen. »Ich habe die Bremsen gehört«, sagte Albert und straffte den Rücken.

Alice schien den Tränen nahe. Marshall legte den Arm um sie und wandte sich an Albert. »Bist du denn sicher, daß das ihr Bus ist?«

»Nein«, sagte Albert einfach.

Sie warteten. Der Bus kam auf sie zugekrochen, hielt an, und wirklich stieg Emma aus, unterstützt durch den Fahrer. Sie trug eine weiche, rote Bluse zu einem rosa Rock und sah beinahe mondän aus mit ihrer dunklen Brille. Mit der einen, zu weißen Hand hielt sie sich an dem Knoten in ihrem Halstuch fest, während der Busfahrer ihre andere Hand nahm und sie in Alberts wartende Arme lenkte, als wäre sie ein Kind. »Danke«, sagte sie, ohne sich umzudrehen. Der Fahrer lächelte, erwiderte aber nichts, sondern kletterte nur zurück in seinen Bus. Als er anfuhr, winkte sie in die ungefähre Richtung des anschwellenden Motorbrummens. »Netter Mann«, sagte sie.

»Emma, das ist Alice.«

Emma streckte die Hand aus. Alice trat eilig herbei, um sie zu schütteln. »Ich freu mich so, dich kennenzulernen«, sagte sie genau in dem Moment, als Emma mehr oder weniger das Gleiche sagte. Sie lachten. Und Alice umarmte sie. »Ich weiß jetzt schon, daß wir dicke Freundinnen werden.«

Sie gingen alle zusammen die 18th Street entlang zu einem kleinen italienischen Restaurant, Da Vittorio. Es war nicht viel los, und ein Schild auf einem Sockel forderte die Gäste dazu auf, einfach Platz zu nehmen.

»Hübsche Bedienung«, sagte Alice halblaut, als sie den Raum durchquerten.

Marshall sah, daß es Natalie war. Sie trug eine Schürze über einem schwarzen Kleid und dazu ein weißes Häubchen; ihr Haar war geflochten und zu zwei Schnecken aufgesteckt. Sie bediente gerade ein Paar, das an einem Tisch an der Wand saß, und Marshall beobachtete sie so gebannt, daß er kaum etwas von dem hörte, was zu ihm gesagt wurde. Die Unterhaltung um ihn herum schien sich auf einer völlig anderen Daseinsebene abzuspielen, bis Alice ihn in den Arm zwickte.

»Au!« rief er. Er drehte sich ärgerlich um und rieb die Stelle. »Was soll denn das?«

»Albert redet mit dir. Was stehst du so da? Komm endlich.«

»Ist alles in Ordnung?« wollte Emma wissen.

»Mein zukünftiger Ehemann ist manchmal so geistesabwesend.«

»Zwick mich nicht noch mal«, warnte Marshall sie. »Ich finde Zwicken nicht komisch.«

»Es sollte auch nicht komisch sein.«

»Mach's jedenfalls nicht noch mal. Das ist mein Ernst.«

»Mein armes Häschen«, sagte sie. Aber ihre Augen hatten sich schlagartig verdüstert. Es war etwas Flehendes in ihrem Blick. »Albert hat dir gerade was erzählt.«

»Wie oft denn noch«, sagte er und merkte fast im selben Augenblick, wie barsch seine Stimme klang. Er sah an Alice vorbei zu Albert, dessen heroisch häßliche Züge verzerrt waren vor Schreck, der Mund offen, klaffend, die Augen finster in der Höhlung der knochigen Wangen. »Entschuldige«, sagte er, viel sanfter jetzt. »Aber das hat wirklich weh getan.«

»Es war nicht wichtig«, sagte Albert, »ehrlich.«

Er ging voran zum anderen Ende des Lokals, und sie warteten, während er Emma beim Hinsetzen half. Natalie kam mit den Speisekarten herbeigeeilt und wischte mit einem feuchten Lappen über die glänzende Tischplatte. Sie warf ihnen einen kurzen Blick zu, und dann richtete sie sich auf und lächelte Marshall an.

»Na?« sagte er.

»Hallo«, antwortete sie ohne rechte Betonung.

»Wieder Shakespeare heute?« fragte er.

»Ja. Besser als gestern. Gestern war englische Geschichte.«

Er setzte sich hin. Alice starrte ihn an. Albert hustete und räusperte sich, ohne den Blick von Emma zu wenden, die die Hände auf dem Tisch faltete und sagte: »Irgend jemand hier hat ein gutes Parfüm.«

Natalie verschwand in die Küche, und für einen Moment wußte niemand etwas zu sagen. Albert hüstelte noch einmal und legte eine Hand auf Emmas Handgelenk. »Die Kellnerin, Liebes«, sagte er.

»Woher kennst du sie?« fragte Alice Marshall.

»Ihr Parfüm riecht sehr gut«, wiederholte Emma. »Ist sie hübsch?«

Sie schienen alle auf Marshalls Antwort zu warten.

»Sie ist eine Schönheit«, sagte Alice. »Woher kennst du sie?«

»Von der D'Allessandro-Schule. Sie ist eine Bekannte aus der D'Allessandro-Schule.«

»Sie geht auf die Radioschule?«

»Nein, aufs Abendkolleg.«

Wieder trat Schweigen ein.

»Albert wollte wissen, ob Mr. D'Allessandro die Kursgebühren anhebt«, sagte Alice. »Er hat dich deswegen gefragt, aber dann hast du deine schöne Freundin entdeckt und hattest für nichts anderes mehr Augen.«

Marshall ignorierte ihren Ton und gab seine Gespräche mit den D'Allessandros so genau wie möglich wieder, und dann beschrieb er, was sich zwischen Mrs. D'Allessandro und dem kleinen Mann abgespielt hatte. Albert saß kopfschüttelnd da, die Hand auf Emmas Handgelenk.

»Höhere Kursgelder kann ich mir nicht leisten«, sagte er schließlich. »Wenn er die Gebühren anhebt, war's das für mich.«

»Ich kann dir doch helfen«, bot Emma an.

»Das könnte ich nicht annehmen«, sagte Albert.

Natalie kam mit einem kleinen Tablett mit Wassergläsern aus der Küche. Marshall lauerte auf eine Gelegenheit, ihr zuzulächeln, aber sie sah niemanden an, vielleicht mit Absicht. Sie verteilte die Wassergläser, stellte das Tablett auf einem Nachbartisch ab, zog aus der großen Tasche an ihrer Schürze Block und Bleistift und wartete auf ihre Bestellung.

»Sie gehen auf die D'Allessandro-Schule, nicht wahr?« sagte Emma zu ihr. »Jedenfalls waren Sie vor ein paar Tagen dort.«

»Ja, gehe ich«, sagte Natalie. »Aber Sie habe ich nicht gesehen.«

Emma lehnte sich näher an Albert, als wollte sie ihm etwas ins Ohr flüstern, doch ihr Ton blieb normal und klar. »Ich habe sie an ihrem Gang und ihrem Parfüm erkannt.« Dann drehte sie sich wieder zu Natalie. »Diese Herren gehen auf die Radioschule. Ich habe sie neulich dort besucht, und Sie sind an uns vorbeigegangen. In der Bibliothek.«

Natalies Blick schweifte über Albert hinweg und ruhte eine Sekunde auf Marshall, dessen Lächeln um eine Winzigkeit zu spät kam; sie hatte ihr schönes Gesicht schon wieder Emma zugewandt.

»Ihr Parfüm riecht gut«, sagte Emma.

»Das ist Natalie«, sagte Marshall.

»Es freut mich, euch kennenzulernen«, sagte Natalie.

Alice streckte die Hand aus und stellte sich vor. »Und das sind Albert und Emma.«

»Ihre Freundin ist ein rechtes Wunder«, sagte Natalie zu Albert. »Mit ihrer Begabung, Leute an ihren Geräuschen und Gerüchen zu erkennen.«

»Sie ist meine Lehrerin«, sagte Albert.

»Sie haben ein großes Glück.« In ihrem Ton schwang plötzlich etwas leicht Unaufrichtiges mit.

Emma hielt die Hand hoch und winkte mit den Fingern. »Hallo«, sagte sie und lächelte dann.

»Hallo«, sagte Natalie. »So, was möchtet ihr netten Leute essen?«

»Ich hätte gern einen Cäsar-Salat«, sagte Alice. »Dann die überbackenen Champignons und eine Hummersuppe. Pizzabrot. Spaghetti. Eine Portion Gnocchi. Spargel. Und dazu eine Cola. Und Ricotta. Geht es Ihnen zu schnell?«

»Nein.«

»Und einen Milchshake. Schokolade.«

»Ja«, sagte Natalie eifrig kritzelnd. Sie schlug das oberste Blatt um und schrieb weiter.

»Und ein Stück Sahnetorte.«

»Bestellst du für den ganzen Tisch?« fragte Albert.

Sie lachten.

Natalie hatte alles notiert. »Wir müssen bei Kräften bleiben«, sagte sie.

In diesem Moment kamen fünf junge Farbige zur Tür herein und hielten in einer langsamen, aber zielsicheren Prozession auf zwei freie Tische an der Wand zu, wo sie zusammen Platz nahmen, nervös und entschlossen. Sie setzten sich zurecht, verschränkten die Hände auf dem Tisch und warteten. Mehrere Gäste brachen hastig auf und ließen volle Teller zurück. Niemand sprach. Eine Frau mit einem Haufen Päckchen nahm ihren Mantel und brachte sich mitsamt ihrer Habe in Sicherheit, womit diese Hälfte des Raums leer war.

»Es ist plötzlich alles so still«, wunderte sich Emma.

»Pscht«, sagte Albert. »Hier gibt's gleich eine Krise.«

»Krise?«

Natalie war in die Küche gegangen und kehrte nun zurück, gefolgt von einem vierschrötigen dunkelhaarigen Mann in Hemdsärmeln. Er hatte ein großes kantiges Kinn, und quer über sein Gesicht zog sich eine Narbe. Der Mann baute sich am Tisch gegenüber den Farbigen auf, stützte die Hände auf die Platte und betrachtete die fünf mit einer Art nachsichtiger Ungläubigkeit.

»Probleme?« sagte er. »Probleme? Was soll hier für ein Problem sein?«

Die Farbigen erwiderten nichts, schienen ihm aber höflich zuzuhören. Einer starrte den Mann einfach an und wartete.

»Also?« sagte der Mann.

»Könnten wir bitte die Karte haben«, sagte der eine zu ihm.

»Sonst wollt ihr nichts?«

»Wir möchten gern etwas essen, Sir.«

Die Speisekarten steckten in einem kleinen Ständer an der Wand. Natalie holte ein paar heraus und reichte sie herum.

Der Mann richtete sich auf und stemmte die Hände in die Hüften. »Ich will keinen Ärger. Verstanden?«

»Wir auch nicht, Sir«, sagte einer. Er schien der Anführer zu sein. Er hatte große, glänzendschwarze Augen und eine breite, flache Nase. Seine Haut war so dunkel wie die schwärzeste Nacht.

»Verdammt«, sagte der Mann. »Klar wollt ihr Ärger. Sonst wärt ihr doch nicht hier.«

»Nein, Sir«, sagte der Anführer ruhig. »Wir wollen essen.«

Der Mann drehte sich um und gab Natalie ein Zeichen. »Nimm ihre Bestellungen auf. Es könnte allerdings ein bißchen dauern mit dem Essen. Hier geht heute alles drunter und drüber.« Er sah in die Runde, und sein Blick blieb an Marshalls Tisch hängen. »Stimmt's, Leute?«

Albert sagte: »Nein.«

Der Mann schien ihn nicht zu hören. »Drunter und drüber«, wiederholte er. »Aber wir halten uns an das Gesetz. Wir tun, was wir können. Mit uns kriegt ihr keinen Ärger.«

»Das freut uns zu hören«, erklärte der Anführer. »Freunde haben uns erzählt, daß es hier manchmal ein bißchen lang dauert mit der Bedienung. Wir haben ihnen natürlich widersprochen. Wir haben gesagt, wir sind sicher, daß es hier kein Problem gibt.«

»Überhaupt keins«, sagte der Mann bitter.

»Wunderbar, Sir.«

»Wie schon gesagt, es könnte ein Weilchen dauern.«

»Und an was denken Sie so bei einem Weilchen, Sir?«

»Schwer zu sagen. Wir haben *extrem* viel zu tun heute abend.«

»Wir sind *extrem* geduldig, wie Sie feststellen werden.«

Natalie hielt den Kopf gesenkt. Der Wirt verschwand wieder in die Küche, und sie kam zu dem Tisch zurück, an dem Marshall und die anderen warteten. Ihr Gesicht ließ keinerlei Emotion erkennen.

»Was ist denn los?« fragte Emma.

»Soll ich für dich bestellen?« sagte Albert.

»Ich dachte, Alice bestellt für alle.«

Er lächelte. »Ich mach das schon.« Damit wandte er sich an Natalie und bestellte Pizza und Coca-Cola. Marshall bestellte eine Cola.

Natalie notierte alles, ohne von ihrem Block aufzuschauen. Dann nahm sie die Bestellungen der jungen Schwarzen entgegen. Marshall bemerkte, daß ihr Ausdruck dabei unverändert teilnahmslos blieb. Sie vermied jeglichen Blickkontakt. Kurz darauf betraten zwei Frauen das Lokal und steuerten auf einen Tisch zu; beim Anblick der jungen Männer blieben sie stocksteif stehen und machten auf dem Absatz kehrt.

Alice sagte: »Ich verstehe einfach nicht, wie man um die Hautfarbe ein solches Drama veranstalten kann.«

»Albert, warum ist alles ...«, setzte Emma an. Dann begriff sie. »Oh«, sagte sie.

»Wirklich«, sagte Alice. »So was Bescheuertes.«

Die fünf jungen Männer unterhielten sich leise und warteten auf das Essen, das spät kommen würde – wenn überhaupt.

Alice redete den ganzen Weg zur Schule über nichts anderes – sie erzählte von einem Kriegskameraden ihres Vaters, einem Apatschen, dem man letztes Jahr in einem Krankenhaus in Arizona die Behandlung verweigert hatte und der fast an einer Blutvergiftung in seinem noch verbleibenden Oberschenkel gestorben war – das andere Bein, sagte sie, hatte er in der Normandie verloren, wo er die Freiheit ebenjener Leute verteidigt hatte, die ihm nun die Hilfe verweigerten. Dieser tapfere Mann hatte gegen das übelste Vorurteil in der Geschichte gekämpft, dadurch seine Chance auf ein normales Leben verwirkt, und jetzt kam er heim und erhielt keine ärztliche Hilfe, nur weil er Indianer war. »Es macht mich ganz krank«, sagte sie. »Und dann denke ich an diese drei armen jungen Männer in Mississippi, und ich kriege eine solche Wut.«

»Ich habe auch ein bißchen Indianerblut«, sagte Albert. »Ganz entfernt.«

»Es war ein schreckliches Gefühl, vor ihnen zu essen.«

»Was hätten wir denn sonst tun sollen?« fragte Emma.

Alice sagte: »Wir hätten uns irgendwie solidarisch zeigen müssen.«

»Wir hätten ihnen unser Essen geben können«, sagte Marshall.

»Sie hätten es nicht angenommen, Walter. Außerdem ist das nicht der Punkt.«

»Aber wir sind hier doch in Washington, D. C.«

»Ich mache bei einer Initiative mit«, fuhr Alice fort. »WSO – We Shall Overcome. Gut, bis jetzt besteht sie hauptsächlich aus engagierten Weißen, so gesehen, aber am Samstag fahren wir nach Charles County runter.«

»Ehrlich?« Marshall sah sie an.

Sie nickte. »In meinem Auto. Wir machen ein Sit-in.«

Marshall war baff.

Sie wandte sich an Albert. Die Geste war offenbar als Abfuhr an Marshall gedacht. »Hast du Lust, zu einem Sit-in mitzukommen?«

»Ich sag dir was«, antwortete er lächelnd. »Bei meinen High-School-Kumpels heiß ich immer noch Abe.«

»Ich finde, jeder sollte da bleiben, wo er hingehört«, verkündete Emma unvermittelt.

Sie schwiegen alle bestürzt.

»Das meinst du doch nicht ernst, Liebling«, sagte Albert.

»Aber sicher. Ich komme schließlich aus einer alten Südstaatenfamilie. Das ist reine Traditionssache. Es hat nichts damit zu tun, daß wir anderen ihre Freiheit nicht gönnen. Sie sollen nur unter sich bleiben. Wir finden einfach, daß niemand da hingehen sollte, wo er nicht erwünscht ist.«

Eine Weile sagte niemand etwas. Sie waren vor der Schule angekommen.

»Ich habe überhaupt nichts gegen Neger«, fuhr Emma fort. »Aber ich halte mich an meinesgleichen, und das erwarte ich von ihnen auch.«

»Ja, schon gut«, sagte Albert. »Aber – das ist nicht ganz das Problem …«

»Das ist mir gleich«, sagte Emma. »So sehe ich es eben.«

»Aber du kannst doch …«, begann Albert. Dann schien er sich eines Besseren zu besinnen. »Ob Mr. D'Allessandro wohl schon wieder da ist?«

»Jetzt geh nicht einfach darüber hinweg«, unterbrach sie ihn zornig. »Damit schaffst du's nämlich nicht aus der Welt. Was soll das denn eigentlich heißen – We Shall Overcome? Ständig singen sie das. Wir werden Sieger sein. Ich habe nicht vor, mich von irgendwem besiegen zu lassen, tut mir leid.«

»Ich glaube nicht, daß es ganz so gemeint ist«, sagte Albert behutsam.

»Ich wüßte nicht, was sie sonst damit meinen könnten«, erwiderte Emma. »Wissen sie denn überhaupt selber, was sie meinen? Manchmal habe ich schwer den Eindruck, die Neger haben keine Ahnung, was sie eigentlich wollen. Sie stammen doch auch aus keiner Zivilisation, oder? Wenn wir nicht gewesen wären, dann wären sie immer noch unzivilisiert, oder?«

»Liebes – was meinst du damit – unzivilisiert?«

»Sie wären noch Wilde. Sie würden Menschenfleisch essen und Menschenopfer bringen und alles das.«

»Wie zivilisiert waren denn die Nazis, Emma? Die haben Mozart gehört, und währenddessen verbrannten die Leichen von Tausenden von Menschen, die sie ermordet hatten.«

»Davon rede ich nicht«, sagte sie. »Das weißt du auch ganz genau. Die Neger sind einfach nicht wie wir.«

Alice hielt sich die Hand vor den Mund und unterdrückte etwas – ein Husten, ein Stöhnen. Sie kehrte den anderen den Rücken und lief die Stufen hinauf.

»Tut mir leid, wenn ich euch damit wütend mache«, sagte Emma.

»Nein«, sagte Albert, »nicht wütend.« Er faßte ihren Arm. »Aber wechseln wir vielleicht lieber das Thema.«

»Du brauchst nicht zu denken, daß du mich umstimmen kannst«, sagte Emma.

Einer nach dem anderen traten sie in das Gebäude und stiegen die Treppe zur Glastür hinauf, in einem Schweigen, das mit jeder Sekunde drückender zu werden schien. Die anderen waren schon alle da, einschließlich Mr. D'Allessandro, der eine Spur weniger blühend aussah, aber ansonsten wie immer wirkte. Er begrüßte Alice mit dem größten Entzücken, schüttelte ihr die Hand und lächelte sein breites, straffhäutiges grimassierendes Lächeln. Dann ließ er die Schlüssel an seinem Gürtel rasseln, sperrte den Schrank auf, in dem die Tonbänder aufbewahrt wurden, und begann mit dem Unterricht, als hätte es nie eine Unterbrechung gegeben. Marshall brauchte eine Weile, bis er begriff, daß Mr. D'Allessandro Alice die Schule von ihrer besten Seite vorführen wollte, daß alles, was er sagte, im Grunde an sie gerichtet war. Er sprach viel von Integrität, von Wahrhaftigkeit, von dem Vertrauen der Zuhörerschaft, das nicht enttäuscht werden durfte. Das traf sich schlecht, denn auf dem Programm stand heute die Top-Forty-Hitparade. Mrs. Gordon las die Nachrichten aus dem Ticker, und Ricky Dalmas trug eine selbstverfaßte Werbung zum Thema Weihnachten vor:

*Wer kennt es nicht, dieses beschissene Gefühl, wenn man an Weihnachten sein Geschenk auspackt, und es ist nicht das, was man haben wollte. Da kann man sich auf den Kopf stellen, man zieht doch einen Flunsch, und die anderen werden einem nie im Leben ab-*

*nehmen, daß man sich schon dran gewöhnt. Das dreht einem den Magen um, so was. Soll es Ihren Kinder am Weihnachtsmorgen auch so gehen? Sollen sie einen Flunsch ziehen und sich elend fühlen und den Glauben an Santa Claus verlieren?*

Den ganzen Abend über beobachtete Marshall Emma und Albert, die nebeneinander in der Abhörkabine am Regietisch saßen, wo Albert den Diskjockey spielte und so zungenfertig und flink zu sein versuchte, wie er das einer Schlagerparade offenbar angemessen fand. Mr. D'Allessandro wich nicht von Alices Seite und zog das Programm im Eiltempo durch, während an seinem Gürtel die Schlüssel rasselten. Gegen Ende der Sitzung schlenderte ein Farbiger herein, lehnte sich mit gekreuzten Armen an die Wand und sah Mr. D'Allessandro beim Unterricht zu. Er trug einen beigen Trenchcoat und dazu Anzug und Krawatte. Seine schwarzen Schuhe waren auf Hochglanz poliert. Das ganze Spektakel schien ihn leicht zu belustigen. Als die Stunde um war, versammelte Mr. D'Allessandro alle und verkündete, daß es ihm gelungen sei, eine Genehmigung für die Übertragung des Mitchell-Brightman-Abends zu bekommen, und zwar am 20. Dezember bei einem kleinen Sender in Falls Church. Erreicht hatte er dies durch das Versprechen, daß Brightman eine Diskussion über das Nachrichtenwesen und Präsident Kennedy leiten würde. Er blickte zu Walter Marshall hinüber, als er das sagte, und dann machte er eine Verbeugung vor Alice. »Das verdanken wir in erster Linie der Fürsprache dieser jungen Dame hier.«

Alice nickte und wirkte verwirrt, rote Flecken brannten auf ihren Wangen.

»So, des weiteren habe ich ab sofort einen neuen Studenten aufgenommen. Ich möchte, daß Sie ihn alle kennenlernen. Er hat schon Rundfunkerfahrung und wird sich ausgezeichnet in unsere Gruppe einfügen. Das hier ist Wilbur Soames. Wilbur?«

Der Farbige stieß sich von der Wand ab. »Hallo.« Sein Lächeln war verblüffend, es veränderte sein ganzes Gesicht. Er hob leicht die Hand, dann lehnte er sich wieder an die Wand.

»Wir sind doch mitten im Wintersemester des Abschlußjahres«, sagte Mrs. Gordon.

Mr. D'Allessandro nickte. »Wie ich schon sagte, Wilbur hat bereits Erfahrung.«

»Als was?«

»Rundfunkerfahrung, Mrs. Gordon.«

»Als was?« beharrte sie.

»Querbeet«, sagte Wilbur Soames. »Ich würde gern wieder reinkommen.«

»Mr. Soames hat für einen Sender in Vermont gearbeitet, in den fünfziger Jahren. Er wird ein großer Gewinn für unseren Kurs sein«, sagte Mr. D'Allessandro lächelnd – oder grimassierend.

Marshall ging die paar Schritte zu Soames hin, streckte die Hand aus und stellte sich vor. Soames' Hand war ledrig und weich. Er lächelte, wobei er den Kopf leicht in den Nacken legte. Der Reihe nach stellten sich alle vor. Joe Baker packte seine Hand und versicherte mit zu lauter Stimme, wie sehr er sich freute. »Wir in Alabama leben nämlich nicht alle hinterm Mond«, sagte er.

»Freut mich zu hören«, sagte Mr. Soames, immer noch lächelnd.

»Ich war bei der Garde«, fuhr Baker fort. »Ich hab die Meute in Schach gehalten, damals bei dem großen Chaos in Montgomery.«

»Freut mich, Sie kennenzulernen«, sagte Mr. Soames. »Freut mich aufrichtig.«

Als Mrs. Gordon ihm die Hand gab, faßte er sie mit Daumen und Zeigefinger. »Es ist mir eine Ehre«, sagte er.

Sie nickte mit übertrieben ernstem Blick.

Ricky Dalmas trat beim Händeschütteln ein Stückchen weg, wie um den Neuzugang in Augenschein zu nehmen; er behielt die Pfeife im Mund und sagte nichts.

»Sehr erfreut«, sagte Soames zu ihm.

»Gleichfalls«, antwortete Dalmas höchst gemessen. »Gleichfalls.« Und er sah konzentriert zu, wie nach ihm Martin Alvarez seinen Namen nannte und dabei lächelte und dem neuen Kommilitonen geradewegs ins Gesicht schaute, mit dem offenen vertrauensvollen Ausdruck eines Menschen, der damit rechnet, gemocht zu werden. Als letztes trat Albert vor. »Freut mich, daß Sie hier sind«, sagte er einfach.

Mr. Soames' Lächeln veränderte sich ein klein wenig. Und dann wandte er den Blick ab.

»Das ist meine Verlobte«, sagte Albert und führte Emma in den Kreis.

»Sehr erfreut«, sagte Soames und streckte die Hand aus.

Albert nahm Emmas Hand und legte sie in seine.

Soames beobachtete beide mit großer Aufmerksamkeit, als hätte er Angst, gegen irgendeinen unausgesprochenen Höflichkeitskodex zu verstoßen.

»Sie haben gute, sanfte Hände«, sagte Emma.

Alice grinste Marshall hämisch zu, aber nach einem Blick auf Albert wurde sie wieder ernst.

»So«, sagte Mr. D'Allessandro, sichtlich erleichtert, diesen Teil hinter sich gebracht zu haben. »Dann also bis nächste Woche.«

Und damit trennte man sich.

Auf dem Weg die Treppe hinunter sagte Albert, er wolle sich noch schnell im Keller etwas zu trinken holen, und Marshall ging mit ihm nach unten. Die beiden Mädchen warteten in der Eingangshalle; sie wirkten nervös und nicht allzu beglückt über dieses Tête-à-tête.

»Und jetzt?« fragte Albert, während er sich eine Cola aus dem Automaten zog.

»Wie, und jetzt?«

»Emma hat heute ja für ein paar Überraschungen gesorgt.«

»Du hast nicht gewußt, daß sie so denkt?«

Albert schüttelte den Kopf. Er sah so bedrückt aus, daß Marshall den Blick abwenden mußte. Er schien dem Weinen nahe. »Das vorhin, das hätte ich wahrscheinlich nicht mit ihr machen dürfen. Und Mr. Soames gegenüber war es auch nicht fair. Aber ich wußte – es war so offensichtlich, daß sie es seiner Stimme nicht angehört hat, daß er – na ja.«

»Bist du da ganz sicher?«

Albert zuckte die Achseln. »Was weiß ich.«

»Schau«, sagte Marshall. »So wichtig ist es doch auch wieder nicht. Viele Leute empfinden so wie sie. So was braucht einfach Zeit. Sie wird es schon noch einsehen.«

»Es ändert alles«, sagte Albert. »Das ist dir wohl auch klar, daß es alles ändert.«

»Nicht unbedingt«, sagte Marshall. »Komm jetzt.«

»Das hätte ich nie für möglich gehalten. Die sanfte, liebe Emma.«

»Du darfst das nicht so tragisch nehmen, Albert. Ehrlich gesagt hatte ich am Anfang auch meine Probleme mit dieser Overcome-Geschichte. An dem Wochenende, als der Marsch nach Washington war, wollte meine Mutter sogar, daß ich mit ihr nach Philadelphia fahre, solche Angst hatte sie, daß es zu Ausschreitungen kommen könnte.«

»Bist du mitmarschiert?« fragte Albert.

»Ja«, log er. Er hatte das Ganze im Fernsehen gesehen – mit sehr schlechtem Gewissen, nachdem feststand, daß alles ruhig verlaufen würde. Er hatte sich gesagt, daß er seiner Mutter gehorchen mußte, daß ihr Seelenfrieden vorging, aber zugleich hatte er gewußt, daß es zu einem kleinen Teil auch die eigene Feigheit war, die ihn daheim hielt. Er konnte Albert nicht anschauen, der dastand und wartete, daß er weitersprach.

»Ich war auch dort«, sagte Albert schließlich. »Und ich könnte schwören, daß ich davon erzählt habe, als Emma und ich uns kennengelernt haben, und ihr war nichts anzumerken. Sie hat in keiner Weise durchblicken lassen, daß sie dagegen ist.«

»Daß sie dagegen ist, hat sie doch auch nicht gesagt«, lenkte Marshall ein. »Sie hat nur gesagt, die Leute sollten unter sich bleiben. Wer sagt denn, daß sie es immer so sehen muß.«

»Warum konnte sie nicht einfach den Mund halten.«

»Jetzt hör aber auf«, sagte Marshall. »Komm, gehen wir.«

»Es ist so entmutigend«, sagte Albert. Er rührte sich nicht.

»Sie machen sich wahrscheinlich schon Sorgen um uns.« Marshall packte ihn am Arm. »Komm jetzt. Du kannst sie ganz sicher umstimmen.«

Wieder schüttelte Albert den Kopf, dann hob er die Hand zum Gesicht, um sich zu kratzen. »Es kommt einfach so überraschend.« Er machte einen Schritt, blieb dann stehen und sah Marshall an. »Ich bin hier aufgewachsen, Walter. Ich war an tausend Orten, wo Farbige keinen Zutritt hatten, und es war vollkommen selbstverständlich für mich. Verstehst du? Ich habe es einfach akzeptiert, diese ganzen Jahre lang. Ich habe es nie in Frage gestellt.«

»Ich doch auch«, sagte Marshall.

»Und jetzt – jetzt versuche ich, das wiedergutzumachen – einfach für mich selbst. Im stillen. Nur für mich. Diese Morde in Mississippi – solche Sachen passieren, weil irgendwas an der Art, wie um uns herum gesprochen wird – irgendwas in der Luft, die wir von unserer frühesten Kindheit an atmen – irgendwas muß diesen Leuten das Gefühl geben, daß das in Ordnung ist. Daß es in Ordnung ist, Menschen umzubringen, nur weil sie eine dunkle Haut haben oder weil sie Menschen mit dunkler Haut zu helfen versuchen. Irgendwas bringt sie auf die Idee, daß sie das Recht dazu haben. Daß sie etwas verteidigen, das eine so entsetzliche Tat rechtfertigen könnte. Und dann sagt Emma – Emma – es ist so deprimierend.«

»Wenn du es richtig versuchst, kannst du ihre Einstellung bestimmt ändern«, sagte Marshall.

»Ich habe ein schwaches Herz«, sagte Albert sachlich. Er öffnete die Cola und trank fast die ganze Flasche in einem Zug leer. »Ich werde wahrscheinlich nicht viel älter als fünfunddreißig. Ich kann noch von Glück reden, wenn ich überhaupt so lang durchhalte.«

»Sag doch nicht so was.«

Er sah Marshall an, fast etwas ungeduldig. »Das sag nicht ich, das sagt der Arzt.«

Marshall stand einfach nur da.

»Emma ist so stur.«

»Sie wird es schon einsehen«, sagte Marshall.

Albert zog eine Augenbraue schräg. »Ich war jetzt bei was anderem.«

Oben warteten die beiden Frauen, schweigend, und sahen auf die Straße hinaus. Sie schienen sich nicht allzu unwohl miteinander zu fühlen, und Alice brachte Marshall sofort in Verlegenheit, indem sie die Arme um ihn warf. »Danke für diesen wunderschönen Abend«, sagte sie.

Sie traten durch die Eingangstür nach draußen. Albert half Emma die Stufen hinunter. »Also dann«, sagte er und blieb stehen, schaute die Straße auf und ab, als wüßte er nicht recht, wohin. Sein Gesicht war traurig, fand Marshall; es schnitt ihm ins Herz. Emma streckte die Hand aus, um sich zu verabschieden. Alice nahm sie, dann umarmte sie Emma.

»Wir werden es so schön miteinander haben«, sagte sie.

Albert sah hilflos aus. Er lenkte Emma in Richtung der Bushaltestelle an der Ecke. Alice hängte sich bei Marshall ein, und sie folgten den beiden. Es war kühl geworden, aber der Wind hatte sich gelegt. Sterne leuchteten über den schwarzen Dächern der Stadt, und eine dünne Mondsichel gab mehr Licht, als man für möglich gehalten hätte. An Emmas Haltestelle sagten sie alle erneut gute Nacht. Für diese paar Sekunden schien alles beim alten. Aber dann, als sie sich schon zum Gehen gewandt hatten, lief Alice zurück und umarmte Emma und Albert noch einmal, und schlagartig hätte es peinlicher nicht sein können.

»Tschüs«, sagte Emma freundlich. »Es war ein schöner Abend.«

»So gute Freunde«, hörte man Alice dazwischen.

»Herzlichen Glückwunsch«, sagte Albert.

Endlich brachen Marshall und Alice zur K Street und dem Bus nach Arlington auf. Einmal blickte er zurück. Die beiden anderen standen ein Stück auseinander; Emma wandte das Gesicht der Straße zu, Albert schaute weg. Sie sahen nicht einmal aus wie ein Paar.

An der Haltestelle an der K Street sagte Alice: »Ich hoffe, es ist alles in Ordnung mit ihnen.«

Irgendwo in dem Gewirr und Gewühl der Stadt kreischten Bremsen, und er dachte an Mrs. D'Allessandro.

Ihr Bus kam, und sie stiegen ein. Sie hielten Händchen, bis Alice aussteigen mußte. Sie drückte auf den Knopf, drehte sich dann um und küßte ihn. »Ich würde mich schrecklich gern morgen mit dir treffen, aber ich muß meinem Vater bei den Vorbereitungen für dieses, äh, Fest helfen.« Sie lächelte. In der fahlen Innenbeleuchtung wirkte ihre Haut farblos und fleckig. Sie schulterte ihre Tasche und tappte leicht taumelnd zur hinteren Tür. Dort hielt sie sich fest, sah über die Köpfe der anderen Fahrgäste zu ihm zurück und deutete mit den Lippen einen Kuß an.

# 8

Am Donnerstag kam Mr. Atwater zum Abendessen. Er war ein schmächtiges, birnenförmiges Männchen mit einem kleinen Veilchenmund, einem femininen Kinn mit Grübchen darin, einem Spitzbauch und krummen Beinen. Sein Gang ließ an einen Pinguin denken; ein richtiges Watscheln war es nicht, aber es hatte etwas Betuliches, fast schon Geziertes. Er trug braune Gabardinehosen mit weißen Socken, und sein Hemd mit den festgeknöpften Kragenspitzen war von einem sonderbaren Gelbton. Marshall konnte nicht begreifen, was seine Mutter an Mr. Atwater fand: Seine Hosenbeine hatten die Angewohnheit, sich das Schienbein hochzuarbeiten und heruntergerutschte Socken und weiße Fesseln mit gegabelten blauen Adern zu entblößen, und sein seltsam puppenhaftes Mündchen war zu einem süffisanten Dauergrinsen verzogen. Loretta schien diese doch unübersehbaren Details überhaupt nicht zu bemerken, ja, gelegentlich schien sie sogar richtig gern mit ihm zusammenzusein. Dazwischen allerdings wirkte es eher so, als duldete sie ihn einfach um der Gesellschaft willen.

Im Lauf der letzten Monate hatte Marshall ihn als eine unvermeidliche Randerscheinung im Leben mit seiner Mutter akzeptiert. Trotzdem überraschte es ihn ein wenig, die beiden beim Nachhausekommen nebeneinander auf dem Wohnzimmersofa sitzen zu sehen.

»Hallo«, sagte seine Mutter fast demütig.

»Der Held kehrt heim von der Schlacht«, sagte Mr. Atwater, der nicht mit jener Art von Witz gesegnet war, die zum Schlagabtausch einlud. Er trug eine Brille, eine Zweistärkenbrille, die seine Augen vergrößerte und seinem Gesicht einen Ausdruck ständiger Verwunderung verlieh. Die Augen hatten die Farbe von Flußwasser, tiefgrün, einfach tiefgrün, ohne Brechungen, ohne irgendeine andere Schattierung. Marshall fand immer – ganz sachlich, ohne Bosheit –, daß er ein bißchen wie ein Frettchen aussah.

»Setz dich doch«, sagte Loretta.

Sie sahen sich die Nachrichten an – Mitchell Brightman berichtete über die fortdauernden Ermittlungen des FBI über den Mord an den drei Bürgerrechtlern in Mississippi.

»Es gibt Rinderbraten«, sagte Loretta. »Er ist gleich fertig.«

»Ruhe«, sagte Mr. Atwater.

Loretta hatte drei Tabletts vor dem Fernseher bereitgestellt. Marshall sah es, aber er entschuldigte sich, ging in sein Zimmer und machte die Tür zu. Einen Augenblick später klopfte es, und seine Mutter kam herein. »Herzchen«, sagte sie, »warum bist du denn so ungesellig?«

»Bin ich doch gar nicht.«

»Kommst du nicht raus und setzt dich zu uns?«

»Ich dachte, ihr wollt vielleicht lieber allein sein«, sagte er, in die Enge getrieben.

»Nein.« Sie stand da und wartete.

In dem kleinen Wohnzimmer hatte Mr. Atwater die Füße auf den Couchtisch gelegt und rauchte eine Zigarette. Er wandte den Blick nicht vom Bildschirm. »Das gibt nie einen Schuldspruch«, lautete sein Kommentar zu der Mississippi-Geschichte. »Nicht mal, wenn sie die Sache durchziehen und ein paar Leute verhaften. Nie und nimmer. Nicht so, daß sie es sich hinter die Ohren schreiben. Nicht bei der Stimmung da unten.«

»Ich finde das alles so furchtbar«, sagte Loretta. »Wenn nicht mal das Gesetz selbst einen davor schützt, umgebracht zu werden.«

»So einfach ist das nicht, L'retta. Diese Aufstände – die Krawalle an Orten wie Harlem und Philadelphia letzten Sommer. Da kannst du es den Leuten nicht verdenken, wenn sie mißtrauisch werden.«

»Diese drei Jungen haben keinen Aufstand angezettelt, Clark.«

»Schon, aber jetzt – für die Leute in Mississippi ist das ein Haufen Agitatoren von auswärts. Manche würden sagen, wie man sich bettet, so liegt man.«

»Das meinst du nicht wirklich so, das weiß ich.«

Atwater inhalierte lange und genüßlich, bevor er antwortete. »Oh, *ich* sag das nicht. Ich spreche natürlich nicht von mir selbst. Ich sage nur, daß viele Leute so denken. Das ist alles. Das ganze Land steht kopf, da beißt die Maus keinen Faden ab.«

»Ich finde es furchtbar«, sagte Loretta. »Wo diese armen Neger nicht mal zurückschlagen.«

»Manche Leute finden ja, daß das dumm von ihnen ist.« Mr. Atwater zog erneut an seiner Zigarette, dann seufzte er lautstark und verlagerte das Gewicht, schlug die Beine an den Knöcheln andersherum übereinander. »Aber es ist nun mal ein Krieg. Strategie. Diese Taktik reicht zurück bis zu Tolstoi und Thoreau.«

»Ich brauch jetzt einen Tee«, sagte Loretta. »Sonst noch jemand?«

»Nicht für mich.« Mr. Atwater schien ganz stolz darauf zu sein. Er sah Marshall an. »Wie steht's mit dir, Cowboy?«

»Nein«, sagte Marshall.

»Was macht die Rundfunkkarriere?«

»Oh«, sagte Loretta auf dem Weg in die Küche. »Hab ich dir das nicht erzählt? Walter ist nicht mehr richtig an einer Rundfunkkarriere interessiert.« Sie öffnete den Kühlschrank.

»Nein?« Atwater sah zu, wie der junge Mann auf die andere Seite des Zimmers ging und sich hinsetzte. Loretta hatte ihm eine Tasse für den Tee und ein Glas auf das Tablett gestellt. Jetzt kam sie zurück und goß Milch in das Glas, dann verschwand sie wieder in die Küche.

»Er denkt an eine politische Laufbahn.«

»Schau einer an.« Atwater setzte sich auf und stellte die Füße auf den Boden. Er hielt die Zigarette zwischen Zeigefinger und Daumen, mit der Spitze zum Brustkasten, wie um den Rauch möglichst nah am Körper zu halten. Über den Rand seiner Brille hinweg sah er Marshall an, senkte dann den Kopf und zog wieder an der Zigarette. »So, so, Politiker willst du werden.« Er sagte es, als hätte ein verstohlener Austausch zwischen ihnen stattgefunden. »Da hast du ein leichtes Handicap, mein Sohn.«

Loretta war in der Küche mit ihrem Tee beschäftigt. »Was?« rief sie.

»Ich hab mit dem Jungen geredet.«

Mr. Atwater saß rauchend da und beäugte Marshall, der eine Zeitschrift aus dem Ständer neben seinem Sessel nahm und sie auf den Knien aufschlug. Sie öffnete sich bei einem Photo von Präsident Johnson auf Wahlkampftournee, der in stürmischem Wetter einer riesigen Menschenmenge zuwinkte. Ackerland erstreckte sich hinter ihm, und darüber hingen scharfgezackte dunkle Wolken. »Weißt du, was dein Handicap ist?«

Marshall sagte: »Nein, Sir.« Er trank einen Schluck Milch.

»Um für ein Amt zu kandidieren, mußt du Millionär sein.«

Marshall schüttelte den Kopf.

»Glaub's mir.« Atwater fixierte ihn. »Meinst du, wir leben in einem freien Land?«

»Nein, Sir. Nicht völlig. Nicht für jeden.«

»Du redest von den Farbigen.«

»Ja.«

»Gut, und du bist ein sehr idealistischer junger Mann, ganz offensichtlich bist du das. Das sind sehr noble Empfindungen, die du da hast. Wahre Empfindungen. Nur zu wahr. Manche Leute haben nichts zu lachen.«

»Es sind nicht nur Empfindungen, Sir. Es sind Tatsachen.«

»Und ich wette, du willst gegen diese Tatsachen angehen. Ich wäre glatt imstande, mein Geld auf deine Generation zu setzen.«

»Ich würde es gern versuchen. Ich finde, wir alle sollten es versuchen, Sie nicht auch?«

»Sehr löblich.« Mr. Atwater drückte seine Zigarette aus. »Du bestärkst mich in meinem Glauben an die Jugend Amerikas«, sagte er.

Marshall schwieg.

»L'retta, was tust du in deinen Tee?«

»Galliano«, rief sie. »Möchtest du auch welchen?«

»Nein danke. Wieviel nimmst du?«

»Nur ein bißchen.«

Marshall blätterte die Seiten der Zeitschrift um.

»Das erste, was du lernen mußt«, sagte Mr. Atwater, »ist, daß wir nicht in einem freien Land leben, beim besten Willen nicht.« Er sagte es keck und zündete sich dabei lächelnd die nächste Zigarette an. »Weiß nicht, wann das je so gewesen sein soll. Und ich spreche nicht nur von Ni – von Farbigen.«

Marshall fühlte sich plötzlich, als hätte er den Älteren bei einer intimen Verrichtung ertappt. Es war haargenau dieses Gefühl. Vor seinem geistigen Auge sah er Atwater mit dem Zeigestock vor einer Klasse stehen und Sozial- und Staatskunde unterrichten.

»Nein«, fuhr Atwater fort. »Es sind nicht die – die Farbigen, von denen ich spreche. Wobei die weiß Gott nichts zu lachen haben im Süden. Grausig, alles grausig, wenn du genau hinschaust. Die Frage ist nur, wieviel besser sind wir denn eigentlich dran in puncto Leben, Freiheit und Streben nach du weißt schon? Denk bloß an die Einkommenssteuer, die Vermögenssteuer, die Mehrwertsteuer, die ganzen Sozialabgaben – die sind alle obligatorisch, und alle gehen sie ins Ausland, um irgendwelchen Wildfremden zu helfen, und alle zielen sie auf Kontrolle ab, Kontrolle von Besitz und von Menschen.«

Loretta kam mit ihrem Tee ins Zimmer zurück. Sie stellte die Tasse auf ihr Tablett und setzte sich wieder neben Mr. Atwater.

»Und dann natürlich der Militärdienst. Und die Wohlfahrt und die tausend Hebel, die du in Bewegung setzen mußt, um Eigentum zu erwerben – verstehst du, worauf ich hinauswill?«

»Keine Diskussionen über Politik, bitte«, sagte Loretta. »Das führt doch zu nichts.«

Mr. Atwater redete weiter, als hätte er sie nicht gehört. Er sprach immer noch mit Marshall. »An was für eine Politik hast du denn so gedacht, Sohn?«

»Weiß nicht. Politik eben.«

»Du mußt doch irgendeine Vorstellung haben – Kommunalpolitiker? Stadtrat? Bürgermeister? Oder eher Parlamentarier? Sachverständigenrat? Kongreß?«

»Er möchte Präsident werden«, sagte Loretta und nippte an ihrem Tee. Marshall, der seine geheimen Hoffnungen ihr gegenüber nie erwähnt hatte, war fürs erste zu verdattert, um irgend etwas zu sagen.

»Präsident«, wiederholte Mr. Atwater. »Präsident wovon?«

»Das hab ich nie gesagt«, brachte der Junge heraus.

»Präsident dieser Vereinigten Staaten?«

»Ich hab so was nie gesagt.«

»Na ja«, sagte seine Mutter. »Aber worauf soll es denn sonst hinauslaufen? Du willst ja wohl keiner von diesen Kongreßabgeordneten oder Senatoren werden. Wenn schon Politik, dann doch wenigstens richtig. Außerdem hat Alice gesagt, du hättest es ihr selber erzählt.«

»Du hast mit Alice geredet?«

»Sie hat heute angerufen, um mich noch mal zu ihrem Fest einzuladen. Sie war sehr nett.«

Mr. Atwater lachte. »Das ist großartig. Das ist absolut großartig. Präsident dieser Vereinigten Staaten.« Er lachte wieder.

Marshall hatte das Gefühl, daß das Lachen auf seine Kosten ging. Er legte die Zeitschrift an ihren Platz zurück und stand auf.

»Wo willst du hin?« fragte Mr. Atwater. »Junge, du kannst uns doch jetzt nicht verlassen. Nicht nach einer solchen Offenbarung. Setz dich, setz dich, komm schon. Trink deine Milch aus. Gleich kommt der Braten aus dem Rohr.«

Seine Mutter warf Marshall einen flehenden Blick zu, und er setzte sich wieder hin.

»Na also«, sagte Mr. Atwater händereibend. »Präsident, wie? Du willst Präsident werden. Ich gehe doch recht in der Annahme, daß wir vom Präsidenten dieser Vereinigten Staaten sprechen?«

»Natürlich«, sagte Loretta.

Mr. Atwater überlegte einen Moment. »Schauen wir mal – wann bist du denn wählbar? Den Tag würde ich gern noch erleben, und ich glaube, das müßte gerade noch zu schaffen sein.« Er hielt seine Heiterkeit nur mühsam im Zaum. »Welcher Partei trittst du überhaupt bei?«

»Wir sind hier Demokraten«, sagte Loretta.

»Bitte«, sagte Marshall. »Ich habe nur gesagt, daß ich in die Politik gehen möchte – und auch das nur vielleicht.«

»Ah, aber deine Mutter hat vollkommen recht. Wenn schon Politik, dann gleich richtig.«

»Ich habe nie an so was gedacht«, log der Junge.

Mr. Atwater war nicht zu bremsen. »Ein paar Klippen mußt du natürlich umschiffen – es sieht nach Krieg aus. Tut mir leid, daß ich das so hart sagen muß, Loretta, aber so, wie die Welt eingerichtet ist, müssen wir Männer immer auf den einen oder anderen kleinen Ausflug gefaßt sein. Wobei das für einen Präsidentschaftskandidaten vermutlich sogar ganz nützlich ist – ein paar Medaillen schaden nie. Kennedy hatte PT 109, das weißt du ja wohl. Und da ständig an allen Ecken und Enden Kriege ausbrechen, könnte deine Chance schneller kommen, als du denkst. Tja, und wer weiß, wann die Situation daheim eskaliert. Du hast ja hoffentlich keine Ambitionen in puncto Süden, oder? Du willst dich doch nicht als Bürgerrechtler profilieren? Wie diese Burschen – dieser Chaney und die anderen? Solche Sachen sind für Schlagzeilen gut, aber sie bringen dir nicht die Stimmen, die du brauchst. Und niemand kann dich wählen, wenn du in einem Erdwall in Mississippi verscharrt bist, stimmt's oder hab ich recht? Aber du mußt natürlich sofort anfangen, Punkte zu sammeln. Und dann mußt du auf jeden Fall schauen, daß du einen Riesenhaufen Geld scheffelst – Millionen, mein Junge. Millionen.«

»Das stimmt nicht«, widersprach Loretta. »Alle möglichen Leute …« Sie brach ab, schien den Faden verloren zu haben.

»Ich habe nie gesagt, daß ich mich um das Amt des Präsidenten bewerben will«, sagte Marshall mit Nachdruck.

Mr. Atwater blies Rauch zur Decke hinauf. »Ich hab immer gewußt, daß der Junge eine große Zukunft vor sich hat, L'retta. Ich hab's gleich geahnt. Schon wie ich ihn in Staatskunde hatte, war mir das klar. Der Junge ist eine Führernatur, hab ich zu mir gesagt.«

Loretta war aufgestanden und ging in die Küche, um nach dem Essen zu schauen. Er sah ihr nach, bevor er sich mit einem Lächeln wieder zu Marshall wandte. »Dann hätten wir natürlich auch noch dieses kleine Problem in Südostasien.«

Marshall nickte.

»Wie würdest du dich da verhalten – wenn du Präsident wärst?«

»Ich würde …« Er stockte. Fast hätte er etwas von einer maßvollen Reaktion geantwortet. Aber das war Präsident Johnsons Formulierung.

»Laß dir nur Zeit«, sagte Atwater und lächelte ihn an.

»Ich würde es mehr oder weniger so machen, wie der Präsident es gemacht hat, glaube ich.«

»Keine schlechte Antwort«, sagte Atwater. »War ein gutes Gefühl, einer Nation anzugehören, die so eine Entscheidung treffen kann. Sie haben versucht, uns auf See komisch zu kommen, also haben wir ihnen heimgeleuchtet, und jetzt überlegen sie sich's zweimal, bevor sie sich mit uns einlassen. Hat mich stolz gemacht, daß wir diese kleinen Mistkerle bombardiert haben. Dich auch?«

»Ja«, gab Marshall zu. Er hatte genau das empfunden, was Atwater eben beschrieben hatte, und die Erkenntnis war ihm nicht gerade angenehm.

»Natürlich«, sagte Mr. Atwater. »Was sonst. Du bist schließlich Amerikaner.«

Marshall spürte den starren Blick des anderen. Atwater schien auf etwas zu warten.

»Was sonst.«

»Ich muß noch die Kartoffeln pürieren«, rief Loretta aus der Küche. »Wer bringt mir eine Zigarette?«

Marshall brachte sie ihr. Sie ergriff sein Handgelenk und murmelte: »Sei nett, ja?«, dann lächelte sie, beugte sich vor und küßte ihn auf die Wange.

Im Wohnzimmer wartete Atwater. Er fixierte ihn ein paar unbehagliche Sekunden lang, strich sich dann mit den Handflächen über den Schädel und seufzte. »Tja, dieser ganze Stolz ist schön und gut, aber wie ich meine Geschichte kenne, könnte diese kleine Krise bald üble Ausmaße annehmen. Ganz üble Ausmaße. Jawohl, Sir, ich schließe einen Landkrieg in Asien nicht aus. Dabei sind wir sogar gewarnt worden vor den Kerlen, weißt du das? Der alte Ike war das, wenn ich mich recht erinnere. Von diesem Kuddelmuddel im Kongo ganz zu schweigen. Wenn du mich fragst, dann gehst du auf die Uni und schaust, daß du da bleibst. Handelsschule, das ist nichts, wenn du verstehst, was ich meine.«

»Ich will an die Uni«, sagte Marshall sinnloserweise. Atwater drückte seine Zigarette aus und redete weiter, als hätte er gar nicht geantwortet.

»Und wenn's nicht Asien oder Afrika ist, dann wird es der Nahe Osten sein, oder sogar wieder Europa. Höchstwahrscheinlich aber Afrika. Der Kongo. Oder Algerien, oder vielleicht auch der Nahe Osten. Da gibt's Tausende von Möglichkeiten. So wie's aussieht, ist es alle zwanzig Jahre wieder soweit, und zwanzig Jahre sind um.«

»Ich habe keine Angst davor, für mein Land zu kämpfen«, sagte Marshall.

Atwater nickte, und das vergrößerte Grün seiner Augen ruckte ein klein wenig hin und her. »Sehr löblich«, sagte er. »So seh ich das auch. ›O daß ich meinem Land nur dieses eine Leben opfern kann!‹«

»Also wirklich«, schaltete sich Loretta aus der Küche ein. »Könnt ihr Jungs denn nie über was anderes reden?«

Das war etwas peinlich, da sie bis heute über nichts dergleichen gesprochen hatten. Mr. Atwater schüttelte leicht den Kopf und warf Marshall einen Blick zu, der ein geheimes Einverständnis zwischen ihnen beiden vorauszusetzen schien, als hätten sie gerade einen Witz auf Lorettas Kosten gemacht.

»Als Walter den Erfassungsbogen für den Militärdienst ausgefüllt hat, hat er geschrieben, daß er stolz wäre, seinem Land dienen zu dürfen.«

»Fragt nicht, was euer Land für euch tun kann«, zitierte Mr. Atwater mit einem Lächeln aus dem Mundwinkel. »Stimmt's?«

»Ich weiß nicht, was Sie damit meinen«, sagte Marshall.

»Daß das eine lobenswerte Einstellung ist, das meine ich.«

»Also«, erklärte Loretta, »ich weiß ja, daß es Frauen gegeben hat, die dafür geradegestanden haben und tapfer waren und alles, aber ich würde mein Kind nicht für den Staat opfern wollen, ganz gleich, aus welchem Grund.«

»Du wirst vielleicht gar nicht gefragt«, sagte Mr. Atwater. »Wenn die Zeit kommt.«

»Ich bin kein Kind«, sagte Marshall.

»Nein, natürlich nicht.«

Loretta brachte die Teller herein und stellte sie auf die Tabletts. Sie hatte den Braten aufgeschnitten und Karotten, Kartoffelbrei und Hefewecken dazugegeben. Sie füllte Marshalls Milchglas nach und goß Eiswasser für Mr. Atwater ein, der sich vorbeugte und die Düfte einatmete, die von seinem Teller aufstiegen, und groß tönte, was für einen Bärenhunger er habe und wie köstlich alles aussehe. Dann aßen sie schweigend vor dem Fernsehapparat mit seinem kleinen bläßlichen, graupeligen Bildschirm. Die Nachrichten liefen immer noch; inzwischen waren sie beim örtlichen Wetterbericht angelangt. Marshall bemerkte, daß seine Mutter unruhig wurde. Immer wieder sah sie zu Atwater hin, wie um sicherzugehen, daß das Essen – oder auch die Gesellschaft – zu seiner Zufriedenheit waren. Als sie den Blick ihres Sohnes auffing, runzelte sie die Stirn und schien ihm ein Zeichen machen zu wollen.

»Ist irgendwas?« fragte Atwater.

»Himmel, nein«, sagte sie mit nervösem Auflachen. »Ich glaube, ich hole mir noch ein bißchen Tee.«

Als sie wieder in der Küche war, sagte Atwater: »Ihren Tee, den mag sie.«

Gegen seinen Willen nickte Marshall.

»Und erst recht das, was sie sich reinkippt, wie?«

Loretta kam zurück und nahm wieder Platz; es dauerte eine ganze Weile, bis sie sich zurechtgesetzt hatte. Sie trank ein Schlückchen von ihrem Tee und tupfte sich sorgsam mit der Serviette die Lippen. »So.«

»Ich hab gesagt, ich will auch welchen, hast du das nicht gehört?« fragte Atwater.

»Ach je. Entschuldige.« Sie stand auf, schien ein wenig zu zögern, dann verschwand sie erneut in die Küche.

Atwater erwiderte Marshalls Blick mit größter Seelenruhe. »Hast du was gesagt?«

»Nein, Sir.«

»Was hast du auf dem Herzen, mein Sohn?«

»Nichts.«

Loretta kehrte mit der Gallianoflasche und dem Tee zurück.

»Ich möchte meinen mit Eis«, sagte Atwater.

Loretta drehte sich zu ihrem Sohn, dann zu Atwater. »Na gut«, sagte sie unsicher und ging wieder.

Atwater lächelte. »Mach du auch mal den Mund auf«, forderte er Marshall auf.

»Warum holen Sie sich Ihr Eis nicht selber?« fragte der.

»Hör auf«, protestierte Loretta aus der Küche. »Ich mach das schon.«

»Eben«, sagte Mr. Atwater. »Jetzt erzähl mir was, Junge.«

»Was soll ich Ihnen denn erzählen?«

»Von deinen Heiratsplänen zum Beispiel.« Die Augen starrten unverwandt, so groß wie Untertassen. Der kleine, feminine Mund verzog sich zu einem neuerlichen Lächeln.

Loretta kam mit den Eiswürfeln hereingeeilt. »Ich habe Clark davon erzählt«, sagte sie hastig. »Ich – ich hab mich so für dich gefreut, Walter.«

»Gesorgt hast du dich. Komm, L'retta, du kannst dem Jungen

ruhig die Wahrheit sagen. Die Wahrheit wird ihm nicht schaden. Die Wahrheit hat noch keinem geschadet. Die Wahrheit macht euch frei, so heißt es doch so schön. Außerdem macht der Junge sowieso, was er will, stimmt's?« Atwater beugte sich über sein Tablett zu Walter vor. »Sie hat sich gesorgt. Wie ja wohl jeder verstehen kann.«

»Nur ein bißchen.« Loretta setzte sich wieder hin. Ihr Gesichtsausdruck war hilflos und entschuldigend. Sie fummelte an ihrer Serviette herum, schenkte sich dann Tee nach und beobachtete ihren Sohn mit unverkennbar bösen Ahnungen.

»Deine Mutter und ich reden auch übers Heiraten, mußt du wissen«, sagte Mr. Atwater.

Marshall hörte auf zu essen.

»Stimmt's, L'retta?« sagte Atwater.

»Ich weiß nicht, ob das jetzt der richtige Zeitpunkt ist«, sagte Loretta, von einem zum anderen blickend.

»Wieso nicht? Wo wir schon mal zu dritt so nett beieinandersitzen ...«

Sie sagte etwas mit unterdrückter Stimme. »... gar nicht endgültig entschieden«, hörte Marshall.

Atwater musterte ihn. »Was würdest du dazu sagen, Sohn?«

»Das geht nur Sie beide etwas an.«

Wieder warf Loretta ihm einen bekümmerten, entschuldigenden Blick zu.

»Das versuche ich deiner Mutter auch begreiflich zu machen.«

»Bitte, Clark.«

»Nur die Fakten, Ma'am«, sagte Atwater. Er zitierte immer gern aus seinen Lieblingsserien, und *Polizeibericht* war sein besonderer Liebling. »Nur die Fakten. Es deutet einiges darauf hin, daß unser junger Walter hier ein gewisser Stolperstein ist, und deshalb dachte ich, ich schaue, ob ich da nicht ein paar Dinge klären kann. Ma'am.«

»Ich bin für gar niemanden ein Stolperstein«, sagte Marshall.

Mr. Atwater hörte nicht hin. Er konzentrierte sich jetzt ganz auf Loretta, wieder mit diesem schiefen Lächeln. »Ich finde es einfach merkwürdig, daß du zu einem Fest mit lauter hohen Tieren gehst, und ich soll nicht mit. Das finde ich merkwürdig, das ist alles, Ma'am.«

»Ich hab's dir doch erklärt«, sagte Loretta.

»Ich weiß, daß du es mir erklärt hast. Ich kapiere die Erklärung bloß nicht. Das ist das Problem.«

»Du schuldest überhaupt niemandem eine Erklärung«, sagte Marshall zu seiner Mutter.

»Hört auf damit.« Loretta wedelte fahrig mit den Händen. »Alle beide. Herrgott, jetzt macht doch keine Staatsaffäre draus.«

Atwater lehnte sich in seinem Sessel zurück und verschränkte die Arme. Seine Augen, unbeteiligt in ihrer glasigen Vergrößerung, starrten Loretta an.

Sie schien dem Weinen nahe. »Ich will dir nichts vormachen«, sagte sie zu ihrem Sohn. »Ich habe mich ein bißchen gesorgt. Alice ist älter als du.«

»Ich hab deiner Mutter gesagt, sie muß bedenken, mit wem das Mädel verwandt ist«, schob Atwater ein. »Wozu ein gutes Angebot ausschlagen? Ich habe mich nur gefragt, warum man gar nicht versucht, mich einzubeziehen.«

»Das hab ich dir doch alles erklärt«, sagte Loretta. »Können wir nicht damit aufhören und erst mal essen.«

»Du hast unseren Walter scheint's nicht ganz auf dem laufenden gehalten«, bemerkte Mr. Atwater. »Frauen.«

Einige Augenblicke herrschte Schweigen. Im Fernsehen lief ein Sonderbericht über die wankende Zivilregierung in Südvietnam. Mr. Atwater sah kauend hin. Als nächstes kam eine Werbung für Alka-Seltzer, ein Strichmännchen, das herumtanzte und von weggeblasenen Schmerzen sang. »Ich kaufe mir demnächst einen Farbfernseher«, verkündete Mr. Atwater. »Ich schenke ihn mir zu Weihnachten, glaube ich.«

Niemand antwortete.

»Das muß man sich vorstellen: der Spielfilm am Sonntagabend in Farbe. Da fühlst du dich wie im Theater.«

Loretta goß sich Tee und Galliano nach.

Mr. Atwater beobachtete sie. »Oder auch Baseball«, sagte er.
»Möchtest du auch?« fragte sie.
»Warum nicht?« Sein Ton war nachsichtig und gönnerhaft.
»Hier.« Sie schenkte ihm ein, nippte dann an ihrer eigenen Tasse, sichtlich unschlüssig, wo sie hinschauen sollte.
»Gut?« sagte er. »Schmeckt's dir?«
Sie sagte: »Ja.«
»Mir auch. Sehr gut, sehr gut.«
Sie tranken
»Ich hab's gern, wenn du glücklich bist.« Er streckte die Hand aus und strich ihr über den Arm.
»Wir gehen dann wohl ins Kino«, sagte sie zu ihrem Sohn.
»Er kann auch mit, wenn er Lust hat«, bot Atwater an.
»Hättest du Lust?« fragte sie fast hoffnungsvoll.
»Nein, danke.«
»Du kannst aber, wenn du willst«, sagte sie.
»L'retta, er hat nein gesagt. Bist du denn taub?« Mr. Atwater klang fidel, fast als würde er einen Witz erzählen. »Das war ein fabelhaftes Essen, L'retta. Du hast dich selbst übertroffen.«
»Danke«, sagte sie und starrte ihren Sohn an, als wollte sie sich rechtfertigen.

Ihr Leben zu zweit war von einer Zärtlichkeit geprägt gewesen, die ihren Ursprung in der Tatsache hatte, daß sie verlassen worden waren. Sie sprachen es nie aus, benannten nie den Sachverhalt; sie lebten einfach damit, auf eine ganz eigene, behutsame, fast scheue Art. Außenstehende mochten den Eindruck haben, daß sie ihre eigene Unsicherheit hätschelten; sie schienen manchmal etwas zu ängstlich übereinander zu wachen, eine Spur besorgter zu sein als nötig. Bei der Kuba-Krise waren sie zusammen die anderthalb Meilen zur Saint-John's-Kirche gegangen, um zu beichten. Vor ihnen standen vielleicht hundert Leute an, die Schlange wand sich einmal rund um die Kirche. Marshall und seine Mutter warteten eine Stunde, dann gaben sie auf und gingen heim.

»Ich habe keine Angst«, sagte sie. »Wenn das das Ende der Welt ist – ich bin bereit.«

»Ich auch.«

»Trotzdem, ich hoffe, es ist noch nicht soweit.«

Es war eine sternklare Nacht; ein heller Mond schimmerte über den Häusern. Die Sterne schienen verbunden durch Stränge purer weißer Energie, über all die unvorstellbaren Weiten dort oben hinweg.

»Was für ein Gesprächsthema«, sagte sie. »Das Ende der Welt.«

Im Vorgarten eines der Häuser reichte ein Junge Kisten in eine erleuchtete Öffnung, die wie der Eingang zu einem Sturmkeller aussah.

»Schau«, sagte Marshalls Mutter.

Sie blieben eine Weile stehen und beobachteten den Jungen, der mit immer neuen Kisten aus dem Haus kam und sie in die Öffnung reichte. Schließlich trat ein Mann an den Eingang. »Macht, daß ihr weiterkommt, Leute. Wir haben keinen Platz.«

»Ist das ein Atombunker?« fragte Loretta ihn. »Ich habe noch nie einen gesehen.«

»Macht einfach, daß ihr weiterkommt.«

Sie gingen bis zur nächsten Kreuzung und über die Straße, bevor Loretta wieder sprach. »Meinst du, wir sollten uns auch so was suchen?«

»Ich weiß nicht«, sagte Marshall.

Der Bunker hatte Loretta erschüttert; es war, als hätte der Anblick ihr das Ausmaß des bevorstehenden Untergangs erst vollends bewußtgemacht. In ihrer Wohnung knieten sie im Licht von Lorettas Leselampe nieder und beteten einen Rosenkranz, und dann warteten sie einfach zusammen auf den Sonnenaufgang. Er dachte an all die Übungen in der Schule, bei denen sie im Gänsemarsch in den Korridor hinausgezogen waren und sich dort neben die Garderobenschränke gekauert hatten, die Hände im Nacken gefaltet, kichernd und redend, weil es ja nie Wirklichkeit werden würde, was die Erwachsenen beschrieben, erst der weiße Blitz und dann die Druckwelle. Die Erwachsenen sprachen von den Überlebenschancen, und die Kinder ließen einen kleinen gelben Handzettel herumgehen:

*Verhaltensregeln im Fall eines Atomangriffs: 1. Entfernen Sie sämtliche scharfen Gegenstände aus Ihren Taschen. 2. Legen Sie sämtliche Schmuckgegenstände und Brillen ab. 3. Setzen Sie sich auf einen Stuhl möglichst weit weg vom Fenster. 4. Beugen Sie sich vor und nehmen Sie den Kopf zwischen die Knie. 5. Lecken Sie sich zum letzten Mal am Arsch.*

»In der Schule haben wir gelernt, daß man als erstes einen grellweißen Blitz sieht«, sagte er. »Ich weiß«, sagte sie. »Reden wir nicht darüber.« Aber sie wollte nicht, daß sie ins Bett gingen. Sie wollte um keinen Preis im Schlaf überrascht werden, sagte sie. »Ich dachte immer, es wäre mir lieber, überrascht zu werden, Walter. Das war ein Irrtum. Ein ganz gewaltiger Irrtum.«

Viel sprachen sie danach beide nicht mehr. Manchmal dösten sie ein bißchen. Aber dann sagte sie: »Wach?«, und er schreckte hoch und sagte: »Ja.« Dann entschuldigte sie sich. Und er sagte: »Macht nichts.« Dann Schweigen, und das Warten und Wegdämmern ging von vorn los. Als der Himmel im Osten sich rot färbte, schaltete sie den Fernseher ein. Die Nachrichten ließen zum erstenmal seit Tagen hoffen; die Lage habe sich entspannt, sagte der Sprecher, die Verhandlungen würden fortgesetzt. Mit einer schnellen Handbewegung stellte sie den Apparat ab, als wollte sie dem Kommentator keine Zeit zum Widerruf geben, und dann begann sie, die Wohnung zu putzen – saugte, staubte die Möbel ab, rieb die Tischplatten mit Politur ein, beseitigte die Unordnung der ganzen vorangegangenen Woche.

»Dann sind wir ja wohl übern Berg«, sagte sie, nachdem sie eine Zeitlang gearbeitet hatte wie eine Wilde. »Es sei denn, der Krieg hat stattgefunden, und wir haben es nicht gehört.«

»Das glaub ich nicht«, sagte Marshall und legte sich aufs Sofa.

Sie stand an der anderen Seite des Wohnzimmers, einen Stapel alter Zeitungen in Händen. Plötzlich ließ sie die Zeitungen einfach fallen, kam zu ihm herüber, kniete sich hin und schlang die Arme um ihn. »Ich hab dich lieb«, sagte sie weinend. »Ich hab dich lieb, mein lieber, lieber Junge.«

»Ich auch«, sagte Marshall. »Ich hab dich auch lieb, Mama.«

Dann richtete sie sich auf, wischte sich mit den Handrücken über die Augen. »Ich hab mich wohl mehr geängstigt, als mir klar war«, sagte sie. »Mein Gott, ich muß ja grauenhaft aussehen.«

»Du siehst wunderbar aus«, widersprach er.

Sie ging hinüber und hob die heruntergefallenen Zeitungen auf. »Weißt du ... ich hab die ganze Nacht gedacht ... ich hab mir gewünscht, ich könnte irgendwie ein besserer Mensch werden. Ich fühle mich so, als – als würde ich wieder ganz am Anfang stehen. Du nicht?«

Er nicht. Er wußte aber auch nicht, was er sonst fühlte. Er fühlte sich nur taub. Es war ihm unvorstellbar, was der Rest des Lebens noch bringen konnte.

Mehrere Male während seines Heranwachsens war Loretta nahe daran gewesen, wieder zu heiraten. Am besten erinnerte er sich an Mr. Raymond Sykes, den Fernseh- und HiFi-Verkäufer, der ein schwarzes Toupet trug und, so fand Loretta, auch genauso aussah, wie man sich einen Mann mit schwarzem Toupet vorstellte. Er war groß und massig, mit südländisch dunkler Haut und großen, leicht vorquellenden braunen Augen, und seine Sprache, meist ohnehin ein Kauderwelsch voll seltsamer Selbstbezüge, hatte etwas so Gesuchtes und Effekthascherisches, als würde er seine Sätze um Wörter herum konstruieren, die er sich gerade aus dem Lexikon angelesen hatte. Aber er schien ein netter Mann zu sein. Er strahlte Freundlichkeit aus. Er hatte sie beide mit Geschenken überschüttet, und obwohl die Geschenke immer zu praktisch waren und in manchen Fällen zu persönlich, zeugten sie doch von seiner unschuldigen Zuneigung; er gab alles mit einer beinahe kindlichen Schüchternheit und Hoffnung. Er kaufte Loretta ein Paar Stützstrumpfhosen für Frauen mit Krampfadern; weil sie das Teuerste waren, hielt er sie auch für das Beste, und nur das Beste, so sagte er, war ihm gut genug für Loretta. Er kaufte Marshall einen kurzen Mantel mit großen zylindrischen Hornknöpfen und eine Mütze mit Ohrenklappen, wie sie sonst nur Männer seiner eigenen Altersgruppe trugen. Er ließ an ihrem Wagen die Reifen wechseln und den Motor einstellen. Er kaufte Loretta einen Fön, einen Staubsauger und ein Bügeleisen. Er wollte ihr allen nur erdenklichen Komfort verschaffen. Als Loretta sanft seinen Heiratsantrag ablehnte und sich damit herausredete, daß er nicht katholisch sei, begann er sofort mit der religiösen Unterweisung, und sie mußte ihm schließlich sagen, daß auch das sie nicht umstimmen würde. »Soll das heißen«, fragte er, »daß alles, was ich auf mich genommen habe, vergeblich war?«

»Ich fürchte, ja«, sagte Loretta.

Er wirkte niedergeschmettert. Und ließ sich trotzdem im Glauben unterweisen. Sonntags sahen sie ihn nun plötzlich in der Messe. Und er rief weiterhin an und drängte ihnen kleine Hilfsdienste auf. »Im Namen unserer selbstlosen Freundschaft«, erklärte er Loretta. »Und wegen den geringsten Brüdern.«

»Wie bitte?« sagte Loretta.

»Was ihr einem von meinen geringsten Brüdern tut«, sagte er lächelnd. »Ich halte mich daran.«

An einem Samstagmorgen trafen sie ihn einmal dabei an, wie er das Auto polierte, und ein andermal stellte er ihnen eine Tüte voller Lebensmittel vor die Wohnungstür. Schließlich bat Loretta ihn, damit aufzuhören. Es sei alles zwecklos, sagte sie ihm. Ihre Gefühle für ihn seien einfach nicht dieser Art. Marshall erfuhr die ganze Geschichte an dem Tag, an dem Mr. Sykes die Reifen ihres Wagens abmontierte, alle vier.

»Sie sind unerbittlich«, hatte er gesagt.

»Es tut mir leid«, sagte Loretta.

»Verstehe«, sagte er. »Na ja, wie gesagt, es war wegen den geringsten Brüdern.«

»Es tut mir leid«, wiederholte sie. »Das ist wirklich sehr schmeichelhaft, aber ich …« Sie stockte. Sie wußte nicht weiter.

»Nein«, sagte er. »Ganz im Ernst. Was ihr einem unter diesen meinen geringsten Brüdern getan habt, das habt ihr mir getan – Sie wissen schon. Ich bestelle einfach nur mein Haus. Erwerbe mir meine Schätze.« Er zeigte zum Himmel empor.

Sie fanden das Auto auf seinen vier Naben. Und als sie mit dem Bus durch ganz Arlington zu dem Fernseh- und HiFi-Laden fuhren, wo er gearbeitet hatte, stellte sich heraus, daß er schon vor Wochen gefeuert worden war, weil er Geld aus der Kasse gestohlen hatte. Sie sahen Raymond Sykes nie wieder.

Und vor ihm hatte es andere gegeben, an die sich der Junge weniger deutlich erinnerte.

Tim Dreen zum Beispiel, Trainer der Basketballmannschaft am College in Bethesda und Vater zweier Töchter aus erster Ehe. Er zauste Marshall immer das Haar – wofür der Junge ihn haßte – und redete viel davon, daß Marshall der Sohn werden könnte, den er sich stets gewünscht hatte, der ihm jedoch nicht vergönnt gewesen war. Er wollte aus dem Jungen einen Sportler machen und versuchte ihm die nötige Disziplin beizubringen. Wenn Loretta nicht dabei war, sprang er deshalb recht rauh mit ihm um, und als er Marshall einmal bei den Oberarmen packte und ihn schüttelte, weil dieser sich in den Feinheiten der Boxkunst so begriffsstutzig zeigte, kam Loretta unerwartet dazu und beendete den Unterricht mit Hilfe eines scharfen, kurzen Hiebs mit einer gußeisernen Pfanne auf Tim Dreens Hinterkopf. Als Dreen aufwachte und wimmernd wissen wollte, womit er eine solche Behandlung verdient habe, schickte sie ihn unter Androhung weiterer Prügel seiner Wege.

Der netteste Freund, den sie in all den Jahren gehabt hatte, war nach Ansicht ihres Sohnes Pater Soberg. Der Pater war der einzige Mann, mit dem sie sich wirklich wohl zu fühlen schien, auch wohler als mit ihrem derzeitigen Gefährten Mr. Atwater, der auf eine Art zwischen aufreizender Vertraulichkeit und jovialer, aber dabei leicht feindseliger Vereinnahmung hin- und herschwankte, die Marshall verwirrte, ja ihn richtiggehend beunruhigte, zumal seine Mutter offenbar entschlossen war, damit zu leben – und von Marshall dasselbe verlangte. Er spürte in ihr eine Bereitschaft, sich Atwaters Willen zu unterwerfen, die nicht der Zuneigung entsprang.

Als sie aus dem Kino zurückkam, teilte sie Marshall mit, es sei unumgänglich, daß Atwater sie am Freitag abend begleitete.

»Alice wollte dich ihrem Vater vorstellen«, sagte Marshall.

»Dafür kann ich nichts.« Seine Mutter ging an ihm vorbei in die Küche, wo sie ein Saftglas mit Galliano füllte und es leertrank.

»Mama«, sagte der Junge.

»Ich habe ihm gesagt, er kann mitkommen, und dabei bleibt es. Wenn er nicht hingeht, gehe ich auch nicht.«

Marshall schaute zu, wie sie das Glas erneut mit dem gelben Likör vollschenkte.

»Ich kann's nicht ändern«, sagte sie, ohne ihn anzusehen. Sie trank, langsam diesmal. Dann schien sie sich zu besinnen. »Ist noch Tee da?«

»Nein.«

Sie zuckte die Achseln. »Du mußt das verstehen, Walter. Ich arbeite für ihn. Er – er ist mein Chef. Verstehst du das nicht? Ich kann ihn nicht so einfach zum Teufel schicken, selbst wenn ich es wollte, was nicht der Fall ist.«

»Wieso eigentlich nicht?« fragte Marshall zu seiner eigenen Verblüffung. Abneigung gegen Atwater kochte in ihm hoch, und er straffte die Schultern, versuchte stark zu sein, das Gefühl zu unterdrücken.

»Du weißt doch gar nichts über ihn«, sagte sie. »Das ist allein meine Sache.«

»Ich weiß, daß es mir nicht gefällt, wie er mit dir redet.«

Sie wandte sich von ihm ab und trank. »Geh ins Bett, Walter. Ich sag dir, du hast keine Ahnung. Richte Alice einfach aus, daß Clark auch kommt.«

# 9

Der Freitagabend war kalt, klar und windstill; Mr. Atwater kam zu spät zu den Marshalls und bestand dann darauf, selbst zu fahren. Marshall und seine Mutter setzten sich in den großen Wagen – sie nach vorn, der Junge auf die breite, weiche Rückbank, ein Päckchen für Alice auf den knochigen Knien. In dem Päckchen war ein Paar puscheliger Hausschuhe, das er mit Lorettas Hilfe ausgesucht hatte, und seine Zweifel, ob das auch das richtige Geschenk für eine Verlobte war, wurden immer stärker. Nicht, daß sich jetzt noch etwas daran ändern ließ.

Atwater klemmte sich hinters Steuer und startete in die falsche Richtung; er kenne Arlington wie seine Westentasche, sagte er, und habe oft Freunde besucht, die ganz in der Nähe von Alice wohnten. Er hielt das Lenkrad krampfhaft mit beiden Händen umfaßt, saß vorgereckt da, den Kopf eingezogen. Er fuhr in Richtung McLean.

Marshall sagte: »Es ist die andere Richtung, Sir.«

»Nein. Block sechzehnhundert, das muß im Süden liegen.«

»Es liegt hinter uns«, wiederholte Marshall.

Atwater fuhr eine Weile weiter geradeaus, ging dann vom Gas und bog in eine Seitenstraße ein. »Da kommen wir am Lee Highway raus.«

»Das ist eine Sackgasse«, sagte der Junge.

»Er ist hier überall mit dem Lark rumgekurvt«, sagte Loretta.

»Freut mich, freut mich«, erwiderte Mr. Atwater. »Aber ich fahre auf diesen Straßen schon, seit ich aus der Armee entlassen worden bin. 1946, Loretta.«

Als die Straße endete, brachte er den Wagen zum Stehen. »Früher ging's hier durch«, sagte er. »Das könnte ich schwören.«

Eine Zeitlang sprach niemand. Der große Wagen tuckerte leise im Leerlauf. Den Blick über den jungen Mann hinweggerichtet, stieß Atwater zurück. »Also gut«, sagte er. »Vielleicht ist unser mutmaßlicher Präsidentschaftskandidat so freundlich, mich zu dirigieren.«

Marshall sagte nichts.

»Nun?«

»Einfach – genau die entgegengesetzte Richtung.«

»Na großartig.«

Ein paar Sekunden später meinte Loretta: »Fährst du nicht ein bißchen schnell?«

Atwater gab keine Antwort, aber er drosselte das Tempo. Seine Hände umfaßten das Lenkrad so fest, daß die Knöchel weiß hervortraten. Seine Schultern waren hochgezogen. Loretta schaltete das Radio ein, hörte kurz den Wetterbericht, schaltete wieder ab.

»Es geht doch nichts über einen Abend bei den Reichen und Berühmten«, sagte Mr. Atwater, als sie in Alices Straße einbogen.

»Ich habe mich mit Albert und Emma bei der Bushaltestelle verabredet.«

Atwater erwiderte nichts, hielt aber an der Haltestelle an. Albert und Emma waren aus verschiedenen Richtungen gekommen und hatten sich hier getroffen. Sie standen da und warteten, Hand in Hand. Marshall nannte Atwater Alices Hausnummer und stieg aus. »Wir kommen zu Fuß nach«, sagte er zu seiner Mutter.

»Hier drin ist genug Platz für alle«, sagte Mr. Atwater.

Marshall warf die Tür zu und trat mit seinem Päckchen auf den Gehsteig. Emma griff nach ihm, und er legte seine freie Hand in ihre. »Hallo, Walter.«

»Danke, gut«, sagte Marshall und begriff im selben Moment, daß er gar nicht gefragt worden war. »Hallo, ihr zwei.«

Mit einem kurzen Reifenquietschen fuhr der Wagen an.

Albert sah ihm nach. »Ich dachte schon, du hättest uns vergessen«, sagte er. Sein Geschenk für Alice beulte die Tasche seiner Jacke aus.

»Da hat jemand schlechte Laune«, bemerkte Emma in Richtung des wegbrausenden Autos.

»Was schenkst du ihr?« fragte Marshall.

»Ein Buch hat er ihr gekauft«, sagte Emma. »Aristoteles.«

»Es ist eine sehr schöne gebundene Ausgabe, mit Einlegebändchen.«

»Ich finde Aristoteles kein gutes Geburtstagsgeschenk.«

»Emma wollte ihr diese dämlichen puscheligen Hausschuhe schenken.«

»Sie waren wunderhübsch. Sie hatten einen Pelzbesatz.«

»Was schenkst denn du ihr?« erkundigte sich Albert.

»Dämliche puschelige Hausschuhe«, sagte Marshall, und nach einem kurzen Zögern lachten sie.

»Echt?« fragte Albert. »Du willst mich nicht auf den Arm nehmen?«

»Mit Pelzbesatz«, sagte Marshall. Er ging ihnen voraus bis zu Alices Haus. Mr. Atwater hatte auf dem Grasstreifen geparkt und stand im Licht der offenen Tür, den Arm um Lorettas Mitte gelegt. Loretta sah über die Schulter zu ihrem Sohn zurück, dann führte Atwater sie ins Haus. Ein paar andere Leute kamen gerade heraus, zwei Männer und eine Frau. Einer der beiden Männer, der größere, rauchte eine dicke Zigarre, und als er sprach, erkannte Marshall die heisere Stimme eines Radio-Wetteransagers namens Hinckham, der für einen der Lokalsender arbeitete und dessen Erkennungsspruch lautete: »Hauptsache, im Herzen ist's warm.« Clark Atwater war im Eingang stehengeblieben und sprach ihn an: »Mr. Hinckham, was macht das Wetter?« Hinckham deutete hinter sich ins Hausinnere. »Ganz schön warm da drin.«

Atwater lachte, zu laut.

»Stinkheiß da drin«, sagte Hinckham. Er streifte Marshall mit einem Blick, ohne ihn wahrzunehmen, und fragte die Frau im Weitergehen: »Wer war das denn?«

Marshall wußte, daß er Loretta und den Sozialkundelehrer meinte.

»So viele Leute«, sagte Emma und klammerte sich an Alberts Arm.

Sie traten in die Vorhalle, wo ein sehr kleiner, sehr würdevoller älterer Farbiger im dunklen Anzug die Mäntel in Empfang nahm. Albert war so viel größer als alle anderen, daß die Leute sich nach ihm umdrehten. Er gab seine Jacke dem Farbigen, nachdem er sorgsam das Geschenk aus der Tasche geholt hatte, und half Emma aus dem Mantel. Dann drehte er sich in einem kleinen Halbkreis, die Hand zu seinem vogelartigen Gesicht erhoben, und steuerte auf den Türbogen zu seiner Rechten zu. Er sah verblüfft aus, fast benebelt. Der Farbige beobachtete ihn mit weit aufgerissenen Augen. So etwas wie Albert war ihm offenbar in seinem ganzen langen Leben nicht untergekommen. Die Menge strudelte ihn jetzt fort, Emma mit ihm. Marshall schob sich hinter ihm her, durch Zigarettenrauch und Alkoholdunst. Eine Frau mit Weinatem rief einer anderen Frau zu: »Warte auf mich«, während sie sich einen Weg zur Haustür bahnte. Hinter ihr kam ein Mann, dessen Gesicht Marshall sofort als das von Mitchell Brightman erkannte. »Sag dieser Idiotin, ich denk gar nicht dran, zu warten«, rief Brightman den beiden entschwindenden Frauen nach. »Das ist mein Ernst.« Er sah Marshall an. »Ah, und Sie gehören wohl zu dem Geburtstagskind.«

»Es ist mir eine Ehre, Ihre Bekanntschaft zu machen«, sagte der junge Mann.

»Oh«, sagte Brightman. »Schon gut. Schön, schön. Freut mich.« Er drängte sich an ihm vorbei.

Marshall kämpfte sich ins Wohnzimmer durch, wo ihm Alice entgegeneilte. In einer Ecke, nahe beim offenen Kamin, stapelten sich schon die Geschenke, und sie nahm ihm seins ab und ging hinüber, um es zu den anderen zu legen. Sie trug ein langes blaues Kleid, das ihre Schultern sehr vorteilhaft zur Geltung brachte, und hatte das Haar zu einem kunstvollen Zopf geflochten, so daß sie richtig hübsch aussah. Sie strahlte, ein furchtbar munteres, fast verzweifeltes Strahlen. »Wo sind Albert und Emma?«

»Irgendwo hier«, sagte Marshall. »Ich dachte, sie wären vor mir. Da liegt ihr Geschenk – das Buch da.«

»Ein Buch ist das?«

»'tschuldige«, sagte Marshall.

»Na ja, ich weiß ja nicht, was für ein Buch es ist, oder?«

»Du mußt mich dran erinnern, daß ich dir erzähle, was passiert ist, als ich Albert danach gefragt habe.«

»Was möchtest du trinken?«

Es dämmerte ihm, daß sie ebenfalls nach Wein roch. »Cola?«

»Komm mit.« Sie zog ihn durch das Menschengewühl ins Nebenzimmer, an dessen Ende er Albert stehen sah, immer noch denselben Ausdruck milder Verblüffung im Gesicht. »Hast du schon ein paar Leute kennengelernt?« wollte Alice wissen.

»Nicht so richtig.«

»Mitch Brightman hat sich bereit erklärt, in deiner Schule zu sprechen.«

»So schnell?«

Sie war entzückt. »Ich hab dir doch gesagt, daß es ein Kinderspiel ist. Mein Vater hat nicht mal eine Minute dafür gebraucht.« Sie trat an den Tisch und bat einen anderen Farbigen – der viel jünger und viel weniger an seiner Umgebung interessiert wirkte als der erste – um zwei Colas. »Mein Vater ist da drüben, er redet mit den anderen Leuten vom Sender über irgendeine Entführung in Venezuela. Hast du das mitverfolgt?«

»Nein.« Marshall schaute zu, wie der Mann die Cola in zwei Plastikbecher goß. Alice nahm sie und gab den einen Marshall, dann lehnte sie sich an ihn und murmelte: »Ist das nicht verrückt, diese vielen, vielen Leute?«

»Doch.«

»Ein Geburtstagsfest für mich armes altes Ding.« Sie trank ihre Cola. Sie suchte die Menge ab. »Komm mit.« Und sie führte ihn durch einen Türbogen an einer Seite des Raums auf eine geschlossene Veranda. Dort drängte sich ein Grüppchen junger Leute um einen weiteren jungen Farbigen, dessen schwärzliche Haut ums Kinn herum mit Kratern übersät war. »Das ist

Stephen James.« Neben Stephen James stand Wilbur Soames, der neue Student, den Mr. D'Allessandro in den Kurs aufgenommen hatte.

»Na?« sagte Soames.

»Hallo«, sagte Marshall.

»Stephen ist bei WSO. Wir sind alle bei WSO. Außer Wilbur.«

»Guten Abend«, sagte Marshall zu Stephen James.

»Wir reden gerade über morgen«, sagte eine Frau mit zwei Zöpfen und einem Gesicht, das nur aus Kreisen zu bestehen schien. Sogar ihre Schminke, so hatte man den Eindruck, war von einer Hand mit einer Vorliebe für Rundungen aufgetragen worden; die Augenbrauen wölbten sich wie zwei Bogen, das Rouge verzierte ihre Backen mit zwei gleichförmigen runden Klecksen, und der Lippenstift beschrieb, wenn der Mund geschlossen war, einen kleinen leuchtendroten Kreis. »Ich hoffe, wir kriegen nicht plötzlich kaltes Wetter.«

»Das ist die jüngste Schwester meines Vaters, also meine Tante. Sie ist genau zwei Monate älter als ich«, sagte Alice.

Die Frau neigte leicht den runden Kopf und sagte: »Diane.«

»Ach, hab ich dich gar nicht mit Namen vorgestellt, Diane? Anscheinend nicht.«

»Wir haben gerade über morgen geredet«, wiederholte Diane. »Ich dachte, wir fahren alle hinten auf Stephens altem Laster runter. Wenn es nicht zu kalt ist.«

»Es soll so um die zwanzig Grad werden«, sagte Stephen. »Aber ein paar Freunde von mir kommen auch, deshalb ist das mit dem Laster vielleicht keine so gute Idee.« Sein vernarbtes Kinn ruckte, wenn er lächelte, so als hätte das Lächeln als etwas anderes begonnen. Seine tiefliegenden schwarzen Augen traten leicht hervor. Auf einer Seite hatte er eine Zahnlücke. Er trank langsam und ließ dabei den Blick durchs Zimmer wandern.

»Je mehr, desto besser«, sagte Alice. »Nur Wilbur kann ich nicht überreden.«

»Wie's halt so geht«, sagte Wilbur. »Andere Verpflichtungen.«

»Ich würde auch gern mitkommen«, sagte Marshall zu ihr. »Und Albert sicher auch.«

»Wäre das in Ordnung?« fragte Alice.

»Je mehr, desto besser«, sagte Diane.

Alice wandte sich an Wilbur Soames. »Also?« sagte sie.

»Diesmal nicht«, sagte er lächelnd. »Wie gesagt, ich hab morgen schon was vor.«

»Passen wir alle in den Laster?« fragte Diane. »Sonst können wir auch mein Auto nehmen.«

»Es ist ein großer alter Pickup-Truck. Von der Farm von meinem Vater in Virginia«, sagte Stephen. »Ich halte es bloß nicht für das geeignete Fahrzeug.«

»Dein Vater ist Farmer?« fragte Marshall.

Die dunklen Augen richteten sich auf ihn. »Landarbeiter.«

»Oh.«

»Er ist letztes Jahr gestorben.«

»Das tut mir leid.«

»Er war fast neunzig«, sagte Stephen. »Als ich auf die Welt kam, war er sechsundsechzig.«

»Stephen ist eins von neunzehn Kindern. Der Zweitjüngste.«

»Mein Vater lebt auch nicht mehr«, sagte Marshall.

»War er auch Landarbeiter?«

»Oh«, sagte Marshall. »Nein.«

»Da ist Mitch«, sagte Alice. »Komm.«

»Meinst du nicht, ich sollte warten, bis dein Vater mich ihm vorstellt?«

Einen Moment lang schien sie verwirrt. »Ich kann dich ihm vorstellen.«

»Wir haben schon miteinander gesprochen, ganz kurz.«

»Komm schon«, sagte Alice und faßte ihn wieder beim Handgelenk.

Auf halbem Weg durchs Zimmer stießen sie auf Emma, die allein dastand, beide Hände um ihr Glas gewölbt, und vor sich hin murmelte. »Ich zähle«, sagte sie. »Albert wollte in sechzig Sekunden zurück sein.«

Gleich darauf war Albert wieder da, hoch über ihren Häuptern. Die niedrige Decke ließ ihn noch länger erscheinen. »Ich hab euch grade gesucht«, sagte er.

Zu viert schlängelten sie sich zum nächsten Raum durch, einem Arbeitszimmer mit Bücherregalen an allen Wänden, in dessen Mitte Mitchell Brightman stand und redete, eine brennende Zigarette in der einen Hand, einen Whiskey in der anderen. Er machte einen sehr braungebrannten und gesunden Eindruck, auch wenn seine Wangen eine Spur aufgedunsen wirkten – Schilddrüsenprobleme, hatte Loretta einmal vermutet, als er im Fernsehen die Nachrichten gelesen hatte. Von nahem sah er aus, als wäre er immer noch geschminkt. Seine Haut war bemerkenswert straff für sein Alter, das dunkelbraune Haar dicht und glatt nach hinten gekämmt, ohne Scheitel. Man hätte ihn auf Anfang Dreißig schätzen können. Mehrere Gäste, unter ihnen Mr. Atwater und Marshalls Mutter, hatten einen Kreis um ihn gebildet und hörten ihm zu. Er sprach über die Bürgerrechtsbewegung. »Den richtigen Ärger kriegen wir in den nächsten paar Jahren im Norden. Diese Sache in Philadelphia und in Harlem letzten Sommer, das war kein Zufall. Die Großstädte – Chicago, Detroit, New York. Washington, D. C.« Er nickte, als durch sein Publikum ein kleines Schaudern ging. »Denken Sie an meine Worte. Pulverfässer, alle miteinander. Es gibt Vorurteile, die nicht offen zum Ausdruck kommen, sondern die implizit sind, stumm. Und die sind in vieler Hinsicht schlimmer als die Vorurteile, die unverblümt zutage treten. Die Südstaaten-Bigotterie ist doch immerhin klar und deutlich und mit Händen zu greifen, da weiß man wenigstens, woran man ist. Ich sag Ihnen, es herrscht eine Menge Unzufriedenheit und Wut und Hoffnungslosigkeit in den Metropolen oben im Norden. Das hab ich auf meinen Reisen immer wieder gesehen. Die idealen Zutaten für einen großen Krach.« Er wedelte mit seiner Zigarette und sah den Rauchkringeln nach, dann tat er einen tiefen Zug und blies den Rauch zur Decke hinauf.

»Mr. Brightman«, sagte Atwater. »Wie war Jack Kennedy wirklich?«

Brightman antwortete nicht gleich. Die Frage schien ihn irgendwie verstimmt zu haben. Dann donnerte er plötzlich: »Sagenhafter Charme!« Und trank einen Schluck.

Die anderen warteten.

Er sah in die Runde, und sein Blick blieb einen Moment an Marshall hängen, bevor er weiterglitt über die anderen Gesichter. »So was von mitreißend – dieses gewisse Etwas.« Er trank noch einen Schluck. »Ah. Und – und ein großartiger Präsident. Meiner Meinung nach. Alles an ihm – ein begnadetes Talent. Hatte das beste Gedächtnis von allen Menschen, die ich je gekannt habe. Ohne Ausnahme. Und ich hab ein paar ziemlich bedeutende Leute gekannt.« Er hob sein Glas, wie um einen Toast auszubringen. Aber dann schüttelte er den Kopf, und Tränen traten ihm in die Augen. »Irgend so ein mißratenes Schwein von einem Ex-Marine ...«

Alle schwiegen.

»Ich red nicht gern drüber. Sprechen wir lieber über ... Kooperation ...«

Alices Vater drängte sich durch die Zuhörer und flüsterte Brightman etwas ins Ohr. Brightmans Ausdruck veränderte sich, verriet Interesse. Es sah aus, als würde Alices Vater ihm etwas Komisches erzählen.

»Richtig, richtig«, nickte er und zog wieder an seiner Zigarette. »Stehe dir wie immer liebend gern zu Diensten, Patrick.« Er hielt sein Glas hoch. »Kampf zwischen Gut und Böse.«

»Ich glaube, Daddy will unsere Verlobung bekanntgeben«, sagte Alice.

Brightman ließ den Blick erneut in die Runde schweifen. »Wo war ich?«

»Kennedy«, sagte Atwater. »Kooperation.« Er lehnte sich gierig vor, einen Arm um Loretta gelegt, den anderen um irgendeine andere Frau. Sein Sportjackett wurde so stark nach hinten gezogen, daß man Angst haben mußte, der Knopf könnte abreißen.

»Ah ja. Stillschweigende Übereinkünfte, die ...« Er stockte, schaute um sich. Dann verlagerte er sein Gewicht und schien etwas abzuschütteln. »Vergessen Sie die stillschweigenden Übereinkünfte. Ich will nicht darüber reden.«

»Sie hatten über Präsident Kennedy gesprochen«, erinnerte einer der Umstehenden ihn.

»Kennedy«, sagte Brightman. »Ja, richtig. Kennedy kam einmal aus Palm Beach zurück, vielleicht haben Sie das ja gesehen, und verkündete, er hätte sich unters Volk gemischt und mit dem Volk geredet, er baut die Spannung so richtig auf, wissen Sie, und dann sagt er: ›Und jetzt bin ich wieder hier in Washington, und ich bin gegen mein gesamtes Programm.‹ Wir haben uns fast in die Hosen gemacht, der ganze Raum hat sich gebogen vor Lachen. Großartiger Sinn für Komik. Und großartiges Timing. Das beste war immer, wenn er bei den Pressekonferenzen auf May Craig zu sprechen kam. Das hat er nur gemacht, weil er haargenau wußte, daß dabei ein Lacher für ihn rausspringen würde. Wunderbarer Sinn für Komik. Und ein Bombengedächtnis. Hab ich das schon erwähnt? Gesichter, Namen. Geschichte ... May Craig ...« Brightman brach ab, mit einemmal nachdenklich. »Geschichte«, wiederholte er, jetzt in bitterem Ton. Man hatte das Gefühl, Mr. Brightman redete über einen engen Freund, und die Zuhörer waren entsprechend beeindruckt. »Ich sag Ihnen was.« Er hob seine Stimme ein wenig. »Uns stehen fürchterliche Zeiten bevor. Kleine Kriege, Einsätze in allen Teilen der Welt. Südamerika, Afrika, Osteuropa, Indien, China, Südostasien. Das ist die Taktik – uns mit diesen ganzen kleinen Militäraktionen fertigzumachen. Korea zum Beispiel. Sie hetzen uns von einem Krisenherd zum anderen, bis die Kasse leer ist, und dann schlagen sie zu. Spazieren einfach rein. Verdammt, sie werden nicht mal Bomben brauchen.«

»Was sollen wir also tun?« fragte eine Frau mit Federhut.

Brightman sah sie an und lächelte. »Pardon?« sagte er. Dann nahm er das Ende ihrer Hutfeder zwischen die Finger. »Ist die zum Schreiben gedacht?« Er ließ los und machte eine kleine Verbeugung. »Madame, das ist ein durch und durch lächerlicher Hut.«

»Ich habe gefragt, was wir tun sollen.«

»Was möchten Sie denn gern tun? Ich bin für alle Vorschläge offen.«

»Der Mann ist ja völlig blau«, sagte die Frau und drehte sich weg.

»Komm«, sagte Alice zu Marshall. »Ich stell dich vor.«

»Die Strategie«, verkündete Brightman dem ganzen Raum, »heißt, Frauen mit großen Federhüten den Besoffenen vorzuspielen ...« Er schwieg einen Moment. »Wer weiß, vielleicht rettet uns das.«

»Mitch«, sagte Alice. »Das ist mein Verlobter, Walter Marshall.«

Brightman lächelte sie an, machte wieder einen galanten kleinen Diener und wandte seine Aufmerksamkeit dem jungen Mann zu. Er starrte ihn an, streckte langsam die Hand mit der Zigarette aus, hielt inne, erinnerte sich an die Zigarette, steckte sie sich in den Mund und streckte die Hand erneut aus. Sie war feucht und zunächst vollkommen schlaff. Aber als Marshall zudrückte, wie seine Mutter es ihm beigebracht hatte, drückte Brightman zurück. »Walter Marshall«, sagte er. »Ich habe mal einen Walter Marshall gekannt.«

»Mein Vater.« Marshall versuchte, sich seine Aufregung nicht anmerken zu lassen.

»Schön, schön.« Brightman ließ seine Hand los. »Wo lebt er denn jetzt?«

»Er ist vor zwei Jahren gestorben, in Arizona, Sir.«

»Sie sind aus Arizona?«

»Nein, Sir.«

Brightman schwankte ein wenig. Er nahm die Zigarette aus dem Mund, blies Rauch aus, nickend und blinzelnd. »Gestorben? Haben Sie ›gestorben‹ gesagt?«

»Er hat Ihre Reportagen immer sehr gut gefunden.«

Die Hand mit der Zigarette wedelte wegwerfend. »Show-Business.«

»Er sagte, Sie besitzen Integrität.«

»So gut hat er mich doch gar nicht gekannt.«

»Nein«, sagte Marshall. »Ich weiß. Er hat mir erzählt, daß –«

»Tut mir leid«, sagte Brightman. »Er fehlt Ihnen bestimmt sehr.«

»Ja, aber ich habe ihn kaum gekannt. Er hat uns verlassen, als ich noch klein war.«

»Er hat das alles über mich gesagt, als Sie noch klein waren?« Die Vorstellung gefiel Brightman ganz offensichtlich.

»Nein, Sir. Er ist für ein paar Tage hierher zurückgekommen, in dem Sommer, bevor er starb.«

Brightman fixierte ihn. »Um alte Versäumnisse wiedergutzumachen.«

»Ich weiß es nicht genau, Sir. Er wollte uns noch einmal sehen.«

»Walter geht auf die Schule, in der du sprechen wirst«, flocht Alice ein.

Brightman grinste. »Wir werden das Kind schon schaukeln.«

»J-ja – ja, Sir.«

Mitchell Brightman setzte sich in Bewegung, und die Umstehenden wichen zurück, um ihn durchzulassen. Mr. Atwater trat vor, Loretta im Schlepptau. »Das ist die Mutter des Jungen«, sagte Atwater, indem er auf Loretta zeigte. »Wir sind zusammen da. Ich unterrichte Sozialkunde, ich bin der Schuldirektor hier in Fairlington Heights. Clark Atwater, Sir. Ich habe mich Ihnen vorhin schon vorgestellt.«

Brightman ließ ihnen einen zerstreuten Blick zukommen. »Atwatersir?«

»Nein.« Atwaters Kopf duckte sich und legte sich dann schräg. Er drückte die Schultern durch, als wolle er größer wirken. »Atwater.« Er buchstabierte den Namen.

»Schön«, sagte Brightman. »Schön, schön.« Er zog an der Zigarette, schwieg, wie um die Mitteilung einsickern zu lassen, und ging dann weiter, während Atwater ihm laut redend folgte. »Sozialkunde, Staatskunde und Geschichte, das sind meine Fächer. Genau das über die kleinen Kriege habe ich zu meinen

Schülern neulich auch gesagt. Ich weiß genau, was Sie meinen. Der asiatische Kontinent …« Sie gingen ins Nachbarzimmer, den Korridor entlang bis zu der Treppe an der Haustür. Atwater hatte Brightman fest am Wickel, und Marshalls Mutter stand dabei, hörte den beiden Männern zu und machte ein interessiertes Gesicht.

»Ich würde deine Mutter so gern meinem Vater vorstellen«, sagte Alice. »Wenn ich sie nur von diesem gräßlichen Männchen loseisen könnte.«

»Das tut mir echt leid«, sagte Marshall. »Aber sie konnte sich da einfach nicht rauswinden. Sie reden übers Heiraten. Ich glaube, es ist ihr ernst damit.«

»Du findest ihn sicher furchtbar.«

»Ich will ihn jedenfalls nicht als Stiefvater.«

»Gefällt dir mein Fest?« fragte Alice plötzlich.

»Es ist toll«, sagte er.

»Du bereust es nicht, daß du gekommen bist?«

Er sah sie an.

»Du wärst nicht lieber mit dieser hübschen Deutschen zusammen?«

»Was?«

»Warte hier«, sagte sie und verschwand.

Einen Augenblick später kam ein Mann auf den Händen an ihm vorbeigewandert, gefolgt von einem anderen Mann, der seitlich auf allen vieren krabbelte wie ein Krebs. Aus dem Nebenzimmer ertönten ein lauter Plumps und dröhnendes Gelächter, und dann kam der Handstandmann wieder zurück, diesmal gefolgt von einer Frau, die in jeder Hand einen Drink hielt und verärgert aussah. Marshall ging ihnen nach auf die kleine Seitenveranda, wo eine Frau mit einer monströsen, schillerndroten Hochfrisur saß und den Leuten aus der Hand las. Sie warf einen Blick auf Marshall, faßte ihn dann ohne Vorwarnung am Handgelenk und drehte seine Handfläche in Richtung Decke. »Kurze Lebenslinie«, sagte sie. »Nicht unbedingt tragisch.« Der Mann neben ihr schaute auf Marshalls Hand hinunter.

»Ich seh nichts.«

»In welchem Monat sind Sie geboren«, sagte die Frau zu Marshall. Es klang wie ein Befehl.

»April«, sagte er.

Sie blickte wieder auf seinen Handteller. »Sie sind ehrgeizig«, stellte sie fest.

Das hörte er gern. »Ja.«

Sie studierte die Hand. Dann lächelte sie zu ihm herauf. »Wünschen Sie sich Kinder?«

»Irgendwann schon«, sagte er.

Wieder musterte sie die Handfläche, fuhr mit einem roten Fingernagel etwas nach; er spürte ein leichtes Kitzeln am Fingeransatz entlang. »Sie wollen in der Welt aufsteigen und große Dinge vollbringen.«

Marshall schielte zu dem Mann hinüber und nickte dann.

»Haben Sie sie gebeten, daß sie Ihnen aus der Hand liest?« mischte der Mann sich ein. Offenbar regte er sich über irgend etwas auf; sein Gesicht war voller Pickel und Haarbüschel, und hinter der Kinnlade schien sich allerlei Ungutes anzustauen.

Die Frau ließ Marshalls Hand los, während sie mit dem Mann sprach. »Du brauchst nicht gleich in die Luft zu gehen, Fred. Es ist eine Party, verdammt noch mal.«

»Du machst dich zum Gespött aller, Margaret.«

Marshall verdrückte sich und kehrte in das Zimmer zurück, wo er auf Alice warten sollte. Leute drängten sich an ihm vorbei, manche mit Weingläsern und kleinen Papptellern mit Häppchen darauf.

Am anderen Ende stand Albert mit einem Glas Bier in der Hand. Emma hielt sich mit beiden Händen an seinem Ellbogen fest und schien gebannt auf all die Geräusche ringsum zu lauschen. Marshall ging zu ihnen hinüber, und Albert schüttelte ihm die Hand, als wären sie nicht gemeinsam angekommen. Emma sagte: »Tau ihn ein bißchen auf, Walter. Er ist heute abend so still.«

»Alice sieht sehr hübsch aus«, sagte Albert.

»Hast du gesehen, was hier gerade passiert ist?« fragte Marshall.

»Nein.«

»Ein Mann ist auf den Händen durch diese Tür da gegangen. Ich bin ihm nach, und dann hat mir eine Dame aus der Hand gelesen.«

»Nein, hab ich nicht gesehen«, sagte Albert. »Was hat sie gesagt?«

»Daß ich nicht lang leben werde.« Marshall blickte auf seine Handfläche und schob den Gedanken dann als eine Versuchung beiseite. »Natürlich glaube ich nicht an solchen Unsinn.«

»Natürlich nicht«, sagte Albert.

Sie schwiegen eine Zeitlang und betrachteten die Flut vorbeitreibender Gesichter.

»Normalerweise redet er wie ein Wasserfall. Vor allem wenn so viele Menschen zusammenkommen wie hier. Er erzählt mir immer, was er sieht. Was die Leute anhaben und was für Bilder an den Wänden hängen. Aber heute abend nicht.«

»Ich bin offen gestanden ein bißchen müde«, sagte Albert.

»Da sind sie«, verkündete Alice, die ihren Vater auf die Gruppe zulotste. Seine aufgekrempelten Hemdsärmel entblößten dikke, muskulöse, dunkel behaarte Unterarme. Er war ein massiger Mann mit schweren Schultern; wenn er stand, sah es immer aus, als würde ein unsichtbares Gewicht auf ihm lasten. »Daddy, das sind zwei sehr liebe Freunde von mir, Albert und Emma.«

Seine Begrüßung fiel etwas behelfsmäßig aus und geriet einen Moment ins Stocken, als er Emma die Hand hinstreckte. Dann begriff er offenbar; er beugte sich herunter und nahm Emmas Hand kurz in die seine. »Freut mich sehr«, sagte er.

»Walter kennst du ja schon.«

»Allerdings. Da muß man wohl gratulieren«, sagte Patrick Kane. Sein Händedruck war beinahe schmerzhaft. Alice legte den Arm um seine Schulter und küßte ihn auf die Wange. Er wischte den Kuß ab, anscheinend ohne sich dessen bewußt zu sein, und sie küßte ihn noch einmal. »So«, sagte er und rieb sich dabei wieder im Gesicht herum. »Ich höre, Ihre Mutter ist auch da.«

»Ja, Sir.«

»Schön.« Die Auskunft schien ihm zu genügen. »Na, dann amüsiert euch gut.«

»Du mußt Walters Mutter kennenlernen. Sie muß hier irgendwo sein.«

»Dann hol sie eben her«, sagte Mr. Kane lapidar.

»Aber nicht weggehen.« Sie verschwand in der Menge, und sofort wurde Mr. Kane von zwei Männern mit Beschlag belegt. In dem einen von ihnen erkannte Marshall den Mann, der dem Handstandkünstler auf allen vieren gefolgt war. Er und Mr. Kane und der dritte Mann waren offensichtlich Golfpartner. Sie drängten sich zur gegenüberliegenden Wand durch, damit Mr. Kane sein Glas nachfüllen lassen konnte.

Als er weg war, überlegte Albert laut, ob man sich wohl irgendwo hinsetzen könne, und Marshall führte ihn und Emma einen Gang entlang, vorbei an anderen überfüllten Zimmern, bis sie schließlich in einem hell erleuchteten Raum landeten, der sich als die Küche herausstellte, wo die Wein- und Schnapsflaschen bereitstanden und gerade das kalte Büffet hergerichtet wurde.

Hier drinnen waren alle farbig, und alle hatten sie zu tun. Marshall schaute ihnen zu, ohne Platz zu nehmen. Emma hatte sich auf einen Stuhl am Tisch gesetzt und die Hände im Schoß gefaltet. Albert sah sie an, und dann sah er Marshall an.

»Menschenmengen sind manchmal ein bißchen viel für sie«, murmelte er.

Die Aufsicht in der Küche führte eine dicke Frau mit Oberarmen wie Fässer und schmalen, zartknochigen Handgelenken. Ihre Haut war von einem tiefen, cremigen Braun, dichtes, krauses Haar umrahmte ihr Gesicht. Sie hielt Albert einen Keks hin. »Für die junge Dame.«

»Danke, Ma'am«, sagte Albert.

Sie wedelte abwehrend mit der Hand. »Die spürt das, wie's hier zugeht, wie?«

»Ja, Ma'am.«

»Schlimm is das, wie's hier zugeht. Werd ich auch ganz dusslig davon.«

Albert nickte.

»Und weiß is sie wie'n Gespenst. Schätzchen, wolln Sie'n Glas Wasser? Was Warmes?«

»Nein«, sagte Emma lächelnd. »Ich brauche nichts, danke.«

»Wie'n kleines weißes Gespenstchen schaut sie aus. Aber hübsch wie'n Junitag dabei.«

»Sie wirkt leicht ein bißchen blaß«, sagte Albert.

»Das glaub ich Ihn gern, Herzchen.«

Die anderen lachten.

»Aber so'n hübsches Dingelchen«, sagte sie zu Emma, die lächelte.

»Ja, Ma'am«, sagte Albert.

»Und dazu so 'n schöner großer Mann wie Sie, Sir.«

»Ich glaube, Sie brauchen eine Brille«, sagte Albert zu ihr. »Ich meine, groß bin ich ja.«

»Und 'n guter Mann, so was seh ich.«

»Tja«, sagte Albert. »Gut und häßlich.«

Sie lachte. »Minnie plappert bloß so daher. Da brauchen Sie sich nix denken dabei.«

»Ja, Ma'am«, sagte Albert lächelnd.

»Sie sin so lang, wie ich breit bin, Herzchen.« Ihr Kichern war hoch und laut, und es steckte die anderen an, obwohl Alberts Witz über ihre schlechten Augen Marshall zu schaffen machte.

»Ihr bleibt hübsch da sitzen und macht's euch bequem«, befahl sie. Damit wandte sie sich ab und begann einer der Küchenhilfen Anweisungen zu erteilen. Tabletts mit Gläsern warteten darauf, in den Nachbarraum getragen zu werden. »Mach schon, los-los-los. Oder willst du den ganzen Abend dahocken wie'n Klotz?«

»Alice hat wirklich unheimlich viele Freunde«, sagte Emma, nachdem Albert ihr den Keks gegeben hatte. Friedlich kauend saß sie da, den Keks so vorsichtig zwischen Zeigefinger und

Daumen, als könnte er sonst zerplatzen wie eine Seifenblase. Ein paar Krümel waren abgebröckelt und ihr in den Schoß gefallen.

Alice kam herein, als sie gerade den letzten Bissen in den Mund steckte. Sie bückte sich beiläufig und klopfte ihr die Brösel ab. »Danke«, sagte Emma.

»Mein Vater gibt jetzt die Verlobung bekannt«, sagte Alice zu Marshall. »Schnell.«

Emma stand auf, und Albert nahm ihren Arm.

»Du hast wirklich unheimlich viele Freunde«, sagte sie.

Aber Alice war schon ein Zimmer weiter und winkte ihnen von dort, trieb sie heftig gestikulierend zur Eile an. Aus einem anderen Raum, dem zweiten von der Küche aus, war eine einzelne Stimme zu hören. Alice schob die Rücken an der Tür auseinander, zwängte sich unter leisen Entschuldigungen zwischen ihnen hindurch. Marshall blieb nichts übrig, als ihr zu folgen; er fühlte sich bloßgestellt, gehetzt, der Brennpunkt all dieser starrenden Augen. Jetzt wurde es endgültig ernst mit der Verlobung, und es kam ihm vor, als müsse er sich wieder ganz von neuem mit dieser Vorstellung abfinden, wieder von neuem die Empfindung niederkämpfen, daß alles nur Schauspielerei war, ein Betrug. Er drehte sich um und merkte, daß sie Albert und Emma abgehängt hatten. »Alice«, sagte er. »Moment.« Alice blieb stehen, hastete zurück zu der Stelle, wo Albert und Emma warteten. Albert wirkte verwirrt, seine tiefliegenden Augen ganz stumpf vor Unschlüssigkeit. Seine Hand war zu dem vorspringenden Backenknochen unter dem einen Auge emporgewandert und schien dort an irgend etwas herumzuzupfen.

»Wahrscheinlich kann man jetzt nicht …«, begann er.

»Mensch, Albert«, sagte Alice und faßte sein Handgelenk. »Komm endlich.«

Als Viererkette drängten sie sich durch das Gewühl, angeführt von Alice; Marshall hielt nun Emma bei der Hand. In der Mitte des großen Raumes, unter der grellen Deckenlampe, stand Mitchell Brightman und redete. Er hatte eine Hand in die Tasche gesteckt und schwankte ein wenig; die Füße trugen ihn noch, aber die Zunge war schwer. Er erzählte etwas von einer Dreijährigen, die am 6. Juni 1944, während der Berichterstattung über die Landung in der Normandie, in einem Nachrichtenstudio herumgewackelt war.

Durch den schmalen Spalt zwischen Brightmans angewinkeltem Ellbogen und seiner zerknautschten Sportjacke sah Marshall plötzlich ein Gesicht, das ihn unverwandt anstarrte, und voller Schrecken erkannte er den Spielzeugmann. Marcus. Er blinzelte und schaute wieder hin, und das Gesicht war verschwunden.

»Dieser Mann ist hier«, sagte er zu Albert.

»Wie?« Albert beugte sich herunter. »Was hast du gesagt?«

»Dieser Kerl. Der Kerl, der Mrs. D'Allessandro bedroht hat. Er ist *hier*.«

Albert sah zu Mitchell Brightman hin. »Wo?«

»Psst«, machte Alice.

Marshall wollte sich auf die andere Seite des Raums durchdrängen, aber sie bekam ihn am Handgelenk zu fassen. »Komm«, sagte sie. »Er hat uns aufgerufen.«

Alle klatschten. Die Leute bildeten eine Gasse, um sie in die Mitte des Kreises zu lassen, und Hochrufe ertönten. Alice hielt seine Hand hoch, eine Siegergeste, als seien sie gerade bei einem Parteitag vorgestellt worden, und der Beifall schwoll an. Ihr Vater trat zu ihnen und schenkte Alice ein Glas Champagner ein, dann gab er die Flasche an Marshall weiter, der unter den vielen Gesichtern nach dem Gesicht des Spielzeugmännchens suchte, aber statt dessen nur Clark Atwater entdeckte, der den Arm um Lorettas Schulter gelegt hatte und sie auf die Wange küßte. Jemand forderte eine Rede; es war Brightman, der ein Glas voll Whiskey hochhielt, als wolle er im Licht seine Farbe prüfen. Alice zögerte keine Sekunde. »Also«, begann sie und schwang dabei Marshalls Hand, »es macht mich sehr glücklich, die Tochter meines Vaters zu sein, unter allen diesen Freunden.«

Wieder applaudierten alle.

»Sehr gut«, sagte Mr. Kane laut klatschend. »Man soll aufhören, wenn's am schönsten ist.«

»Ich weiß schon, mein Vater dachte, ich würde es nie schaffen«, fuhr sie fort. Und dann sagte sie es noch einmal, wiederholte es mit erhobener Stimme, als er ein zweites Mal versuchte, sie zu unterbrechen. »Ich weiß, er hatte es langsam satt, eine alte Jungfer zur Tochter zu haben.«

»Überhaupt nicht wahr«, sagte Mr. Kane.

»Und ich weiß, daß er sich für mich freut, weil ich ihm jetzt nicht mehr auf den Wecker gehen werde …«

Erneutes Klatschen.

»Aber vor allem macht er sich Sorgen – weil er nämlich weiß, daß ich mir einen jungen Mann ausgesucht habe, der ihn daran erinnert, wie er selber vor dreißig Jahren war.«

Rufe und Pfiffe, und alle sahen Marshall an, der unter den vielen Gesichtern immer noch nach dem einen suchte.

»Ich habe immer gesagt, es kann nichts Schlimmeres geben, als wenn ein junger Mann mich daran erinnert, wie ich selber in diesem Alter war«, sagte Mr. Kane, und während alle lachten, trank er einen großen Schluck Champagner.

»Wo ist Mrs. Marshall?« rief Alice. »Mrs. Marshall …«

Der junge Mann sah, wie Atwater die widerstrebende Loretta nach vorne schob. Alice nahm ihre Handgelenke und zog sie ganz in den Kreis, so daß sie jetzt zu viert dastanden, während die anderen applaudierten und bravo riefen. Loretta gab Mr. Kane die Hand, der seine Blicke wandern ließ, noch einen Schluck trank und so wirkte, als wünschte er sich weit weg. Alice organisierte ein Glas und ließ es von Marshall vollschenken. Sie reichte es Loretta, und dann brachte sie noch einen Toast aus. »Auf die neue Familie«, sagte sie. Ein paar Momente standen sie alle aufgereiht – Marshall, Alice, Marshalls Mutter und Alices Vater. Die Leute im Raum klatschten Beifall.

Alice beugte sich zu ihrem Vater hinüber und sagte etwas, lächelnd und mit einer Handbewegung in Richtung Loretta, die ebenfalls lächelte. Mr. Kane neigte kaum merklich den Kopf, klopfte Loretta kurz auf die Schulter und mischte sich unter die Gäste.

»Ich danke euch allen«, sagte Alice.

Neuerlicher Beifall, aber der große Augenblick war vorbei, der Kreis löste sich in einzelne Grüppchen auf. Vor dem kalten Büffet bildete sich eine Schlange. Mehrere Leute saßen schon mit Papptellern auf den Knien auf Stühlen und aßen. Marshall erkannte den Mann, der auf den Händen gegangen war, und machte Alice auf ihn aufmerksam. »Wer ist das?«

»Das ist einer von Everett Dirksens Redenschreibern. Jedenfalls war er es mal.«

»Everett Dirksen, der Senator aus Illinois? *Der* Everett Dirksen?«

»Mhm. Er hat gekündigt, weil Dirksen versucht hat, die Bürgerrechtsgesetzgebung zu blockieren. Jetzt wird er vielleicht für CBS arbeiten. Ich kann mich nicht an seinen Namen erinnern.«

»Er ist auf –«

»Ich weiß«, unterbrach Alice ihn. »Er hat zuviel getrunken.«

Mitchell Brightman hatte sich an einem der Fenster zum Garten hinaus auf ein Sofa fallen lassen; neben ihm saß Clark Atwater. Loretta stand vor den beiden, in jeder Hand ein Glas. Als sie Marshall sah, lächelte sie und bedeutete ihm mit einem Schräglegen des Kopfes, daß er sie auf die Wange küssen sollte. Er tat es.

»Und? Was sagst du?« fragte er.

»Wozu?«

»Alices Vater.«

»Er ist nett.«

Marshall wartete. »Und?«

Sie zuckte die Achseln. »Wir haben uns begrüßt. Ich hatte das Gefühl, es wäre ihm vielleicht lieber gewesen, wenn wir uns in einem etwas formelleren Rahmen kennengelernt hätten, vor dieser – Veranstaltung. Viel mehr kann ich eigentlich nicht sagen …« Sie brach ab.

»Indien und China, das sind die beiden Nationen, über die wir uns Sorgen machen müssen«, erklärte Atwater gerade. »Wegen der Bevölkerungszahlen. Nicht über Rußland. Sie haben ja bestimmt Toynbee gelesen?«

Mitchell Brightman hielt sein Glas vor sich auf dem Bauch. Er hob den Kopf, um einen Schluck zu trinken, dann ließ er ihn wieder nach hinten sacken. »Ich hab Hunger«, sagte er.

»Toynbee sieht ja die unsrige als die letzte lebende Kultur.«

»Mmh. Hochinteressant.« Sehr viel Autorität sprach aus der Stimme des Nachrichtenkommentators nicht. Er hob wieder den Kopf und nippte an seinem Whiskey, dann sah er Marshall an, mit Augen, die ihn nicht zu erkennen oder auch nur richtig wahrzunehmen schienen. Was sich in ihnen ausdrückte, war Verzweiflung über diesen absonderlichen Atwater, der ihn offenbar seit Beginn des Abends hartnäckig verfolgte. Einen Moment später wurde Marshall beiseite gedrängt, und in den Kreis trat Mr. D'Allessandro. »Verzeihung«, sagte er. Er räumte Kissen aus dem Weg und zwängte sich auf Brightmans andere Seite. »Wenn Sie mir gestatten würden, mich vorzustellen …«

Brightman hatte sich zu Atwater umgedreht. »Wie kommt es eigentlich«, fragte er mit einem spröden Lächeln, »daß ganz gleich, wohin ich mich bei diesem festlichen Anlaß wende, unter all diesen Leuten aus all diesen verschiedenen Lebensbereichen – wie kommt es, daß ganz gleich, wohin ich mich wende, *Sie* vor mir auftauchen? Sind Sie in sechsfacher Ausführung da? Einer für jeden Raum?«

Atwater lachte überlaut und streckte die Hand aus, um Loretta eines der Gläser abzunehmen. Sie bückte sich zu ihm und sagte: »Gehen wir, Clark.«

Mitchell Brightman vollführte sonderbare Bewegungen mit den Hüften, als wollte er irgendwie das Sofa verrücken, aber nach einer Weile wurde klar, daß er ganz einfach aufzustehen versuchte. Als er schließlich auf den Beinen war, stützte er sich mit der Hand kurz an Marshalls Schulter ab und schlingerte davon. Atwater war ebenfalls aufgestanden und schob sich an den jungen Mann heran. »Folg ihm, Junge. Er hat deinen Vater gekannt.«

»Clark«, sagte Marshalls Mutter. »Wollen wir nicht gehen?«

Atwater sah sie an. »Wir sind doch gerade erst gekommen, L'retta. Wir haben noch nicht mal gegessen. Hier wimmelt es von einflußreichen Leuten, Berühmtheiten, und du interessierst dich nicht für sie.«

Sie hob das Glas an die Lippen und drehte sich ein wenig zur Seite, wie um einer Wolke schlechter Luft auszuweichen. Dann trat sie an die Wand und warf ihrem Sohn einen Blick zu. Mr. D'Allessandro saß starr in seiner Sofaecke; er wirkte völlig niedergeschmettert. »Habe ich etwas Falsches gesagt?« fragte er.

»Mr. D'Allessandro«, sagte Marshall. »Marcus ist hier, nicht wahr?«

Mr. D'Allessandro blickte sich um. »Wo?«

»Ich habe ihn gesehen.«

»Ist meine Frau da?« fragte Mr. D'Allessandro.

»Ihre Frau habe ich nicht gesehen.«

»Ich weiß nicht«, sagte Mr. D'Allessandro. »Ich hätte nicht kommen sollen.« Er stand auf und nahm Kurs auf Alices Vater, der am anderen Ende des Zimmers einer Frau zuhörte. Die Frau untermalte ihre Worte mit ausladenden Handbewegungen und schaffte es dabei auf rätselhafte Weise, nichts von ihrem Wein zu verschütten. Marshall beobachtete sie einen Moment lang, dann wanderte er durch alle Räume und suchte nach dem kleinen Mann mit Namen Marcus und nach Mrs. D'Allessandro. In einer Ecke fand er Albert und Emma, die dastanden und vor sich hinstarrten. Emma hielt Alberts Hand; mit der anderen fingerte er wie üblich an seinem Gesicht herum. Seine Züge hatten wieder diesen entgeisterten Ausdruck. »Wollt ihr nichts essen?« fragte Marshall ihn.

»Ich warte auf den Kuchen«, sagte Albert.

»Weißt du, daß die D'Allessandros hier sind?«

Er nickte. »Hab ich gesehen.«

»Du hast Mrs. D'Allessandro gesehen?«

»Sie nicht, nur ihn.«

In einem anderen Zimmer saßen Alice und Mitch Brightman auf einem Bänkchen unter einem Fenster. Alice schenkte ihm

Wein ein. Auf der Seitenveranda lief Marshall einer älteren Frau mit einer funkelnden metallgerahmten Halbbrille in die Arme, die sich ihm als Alices Großtante Arlene vorstellte. Sie fing an, von Alice als kleinem Mädchen zu erzählen. Altklug bis dorthinaus, sagte sie und starrte über ihre Brillengläser auf Marshalls Brust. Höher schien sie den Kopf nicht heben zu können. »Wir dachten immer, eines Tages würde sie mit einem Scheich durchbrennen oder so was.«

»Das ist ja interessant«, sagte Marshall und machte einen Schritt weg von ihr.

»Hiergeblieben. Erzählen Sie mir etwas von sich. Alices Vater ist ja der Meinung, Sie leiden an Wahnvorstellungen.«

»Wie bitte?«

»Das meine ich nicht ganz unernst«, sagte Arlene. »Verraten Sie mir – haben Sie es tatsächlich auf die *Präsidentschaft* abgesehen?«

Er fühlte sich, als hätte sie ihm einen Schlag in die Magengrube versetzt.

»Also«, sagte sie mit einem Lächeln, das die kleinen Augen fast völlig zwischen Hautfalten verschwinden ließ. »Ich höre.«

»Ich weiß nicht, wovon Sie sprechen«, log er.

»Ich meine es nicht ganz unernst, wissen Sie.«

Er wartete, daß sie weiterredete.

Alice kam zu ihnen herüber und hängte sich bei ihm ein. »Arlene, worüber fragst du meinen Verlobten aus?«

»Ich meine es nicht ganz unernst«, wiederholte Arlene, als sei damit alles gesagt. Dann marschierte sie davon, nicht ohne sie über die Schulter mit einem letzten nicht ganz unernsten Lächeln zu bedenken.

»Kümmer dich nicht um sie«, sagte Alice. »Von der hat seit Jahren niemand ein freundliches Wort gehört.«

»Ich glaube, dein Vater kann mich nicht leiden«, sagte Marshall.

Sie schüttelte den Kopf und machte einen Schmollmund. »Willst du mir gar nicht zum Geburtstag gratulieren?«

»Doch, sicher«, sagte er. »Ich wußte gar nicht, daß du die D'Allessandros auch eingeladen hast.«

Sie hatten gleichzeitig gesprochen.

»Wie bitte?« sagte er.

»Ob ich einen Geburtstagskuß kriege!«

»Hier?«

Sie trat einen Schritt näher. »Wir können auch nach oben gehen.«

Er schnappte nach Luft und konnte nicht antworten.

»Du bist so goldig.« Sie lachte und streichelte seine Backe. »Ich bin so glücklich. Ich bin so richtig glücklich heute abend, Walter. Kommst du morgen wirklich mit? Wir gehen erst noch zu einer Trauerfeier. Eine Freundin von Minnie und Stephen. Sie hat eine sehr große Rolle gespielt hier. Bei den Leuten in der Küche – Minnie und den anderen. Hundertsechs Jahre ist sie alt geworden.«

Er nickte, mehr aus Reflex. »Ich hab vorhin diesen kleinen Mann gesehen. Er muß mit den D'Allessandros gekommen sein.«

»Stell dir vor, du wirst hundertsechs Jahre alt. Sie hat alles miterlebt, was in diesem Jahrhundert passiert ist. Einfach alles – von den ersten Anfängen des modernen Zeitalters an, Walter. Und Minnie sagt, sie konnte sich sogar noch an den Bürgerkrieg erinnern. Das mußt du dir mal vorstellen. Sie ist als Sklavin geboren worden, hier in Virginia.«

Er sagte: »Alice, hast du die D'Allessandros eingeladen?«

»Ich hab sie nirgends gesehen.«

»Warte« sagte er. »Hast du gesagt, wir gehen morgen zu einer Beerdigung?«

»Das kommt als erstes. Am Vormittag.«

Ihr Vater erschien in der Tür und nahm sie am Arm, um sie wegzuziehen. »So, Kind. Zeit zum Essen. Und dann schneidest du die Torte an und packst deine Geschenke aus.«

Marshall reihte sich mit ihnen in die Schlange ein, und als sie alle ihre Teller gefüllt hatten, folgte er ihnen auf die Veranda. Er hatte sich Brot und Butter auf den Teller geladen. Alice verschlang eine riesige Portion Nudelsalat und redete dabei ohne Pause. Sie hatte die alte Frau, deren Begräbnis sie morgen besuchen würden, kaum gekannt; es sollte einfach eine Geste der Zusammengehörigkeit darstellen. Sie würden ihr die letzte Ehre erweisen, und dann würden sie alle zusammen zu einem Restaurant in Maryland fahren, von dem Alice wußte, daß Farbige dort nach wie vor nicht bedient wurden; der Wirt schob alle möglichen fadenscheinigen Gründe vor, aber bisher hatte er damit deprimierend viel Erfolg gehabt. Der ganze Tag war durchgeplant, und glücklich erzählte sie Marshall davon, streckenweise mit gedämpfter Stimme, damit ihr Vater es nicht mitbekam. Anscheinend lag ihm wenig daran, seine Tochter in irgendwelche Protestaktionen verwickelt zu sehen.

Ihr Vater aß schweigend, ganz aufs Essen konzentriert, und ab und zu fragte sie ihn, ob er auch zuhörte.

»Ja, ja«, sagte er.

»Gut.« Sie wartete einen Moment. Dann: »Walter und ich hatten schon Geschlechtsverkehr.«

Er aß weiter, den Blick auf die Leute am anderen Zimmerende gerichtet.

»Und jetzt bin ich schwanger.«

»Ja?« fragte ihr Vater kauend.

»Zwillinge.«

»So, so.«

»Wir haben Partnertausch mit einem anderen Paar gemacht, deshalb wissen wir nicht genau, ob die Zwillinge wirklich von Walter sind oder von unserem jamaikanischen Freund.«

Er sah sie an. »Was redest du da?«

»Ich habe mir immer einen Zwillingsbruder gewünscht, hab ich gesagt.«

»Ah ja.« Er wandte sich wieder seinem Teller zu.

Sie zwinkerte Marshall zu und sprach dann weiter, jetzt mit ihm, über ihr Glück und übers Verliebtsein. Marshall behielt, so gut es ging, die wechselnden Menschengruppen im Raum im

Auge und brachte kaum etwas herunter. Von den D'Allessandros und ihrem seltsamen Freund war nichts zu sehen.

»Also dann«, sagte Mr. Kane und stand auf. »Jetzt wird der Kuchen angeschnitten, und dann kommen die Geschenke dran.«

»Ich bin doch noch gar nicht mit Essen fertig«, protestierte Alice. »Ich will noch mehr Nudelsalat.«

»Paß auf, daß du nicht irgendwann platzt. Ich hab noch nie einen Menschen gesehen, der solche Mengen ißt wie du und trotzdem nicht zunimmt. Komm jetzt.« Er hatte sie am Ellbogen gefaßt und zog sie ins nächste Zimmer. Von irgendwoher kam die dicke Frau aus der Küche, Minnie, herangeglitten und nahm ihnen die Teller ab.

Die Geburtstagsgeschenke stapelten sich alle neben einem Sessel links vom offenen Kamin, und davor stand ein Halbkreis von Stühlen aus dem Eßzimmer. Die Torte wartete auf einem Klapptisch in der Mitte des Raums. Mitchell Brightman trommelte die Gäste zusammen und führte sie, »Happy Birthday« singend, herein. Alice hielt Marshalls Arm, während sie sangen, und legte den Kopf an seine Schulter. Wieder jubelten und klatschten alle, und wieder zog Alice Marshalls Hand mit in die Höhe und winkte ihnen zu. Dann schnitt sie ein paar Stücke von der Torte ab, und ihr Vater reichte sie herum. Nach einer Weile rief er Minnie aus der Küche, damit sie weitermachte. Nach viel lärmendem Hin und Her legte jemand eine Beatles-Platte auf – »I Saw Her Standing There«. Alice packte auch noch Marshalls andere Hand und begann zu tanzen. Erneuter Applaus, und dann folgten ein paar andere ihrem Beispiel. Marshall sah, daß Atwater und seine Mutter einen Jitterbug tanzten, und jetzt kam zu seiner Erleichterung Mitchell Brightman daher, klatschte Alice ab und fing an, tollkühn mit ihr herumzuhopsen. In einer Ecke des Zimmers stand Everett Dirksens ehemaliger Redenschreiber wieder auf den Händen, aber niemand achtete auf ihn. Als die Musik in eine sanfte Ballade überging, ließ er sich auf die Füße fallen und legte sich auf die Dielenbretter, die Hände unters Gesicht geschoben, allem Anschein nach schlafend. Auf der anderen Seite des Zimmers schwankten mit langsamen, steifen Tanzschritten Albert und Emma herum wie zwei Statuen auf wackelnden Sockeln.

Dann endlich packte Alice ihre Geschenke aus. Sie setzte sich in den Sessel, hob eines der Päckchen auf und schüttelte es. »Es ist so leicht«, sagte sie. Ihr Vater stand in der Nähe, unterhielt sich mit gedämpfter Stimme mit einer anderen Frau und rührte dabei mit einem Finger in seinem Drink. Die Frau hatte ihr Haar zu einer hohen Pyramide aufgetürmt, und ihre Brillengläser liefen nach den Seiten spitz zu, was ihrem sehr weißen Gesicht einen Ausdruck von Grausamkeit verlieh. Sie nickte, rückte nah an ihn heran, während er redete. »Soll ich die Karte vorlesen, Daddy?« fragte Alice.

Er hörte sie nicht.

»Daddy?«

Diesmal drang ihre Stimme offenbar zu ihm durch. »Was? Pack deine Geschenke aus.«

»Ich les erst noch die Karte vor.«

»Halt dich lieber ran, Mädchen. Du hast ja ziemlich abgesahnt.«

»Auf der Karte steht: ›Alles Gute, dein Vater.‹« Sie hielt sie hoch – soweit die Vaterliebe, schien ihre Handbewegung zu besagen –, dann warf sie sie hinter sich und begann das Einwickelpapier abzureißen. Marshall stahl sich aus dem Kreis davon, zurück in Richtung Küche. In jedem Raum sah er Grüppchen von Leuten, die leise miteinander redeten, manche aßen auch noch. Auf einer Couch saßen Atwater und Loretta; sie nippten an ihren Gläsern und beobachteten das Treiben ringsum. Loretta hob die Hand und winkte ihm zu. In der Küche saß Emma am Tisch, während Albert neben ihr stand und ein Glas Wasser trank. Seine Hand lag auf ihrer Schulter.

»Ich glaube, wir packen's dann bald«, sagte er, ohne Marshall ins Gesicht zu schauen. »Ich brauche eine Ewigkeit zurück in die Stadt. Und Emma ist müde.«

Einen Moment später kam Atwater herein. »Das dachte ich mir doch, daß ich dich hier reingehen sehen hab«, sagte er zu Marshall. Dann wandte er sich an Minnie, die einen Silberbecher mit einem weichen Lappen rieb. »Wir brauchen ein Geschirrtuch«, sagte Atwater. »Wir haben was verschüttet.«

»Ja, Sir.«

»Jetzt kommen Sie mir nicht mit ›Sir‹«, sagte Atwater. »Von so was halte ich absolut nichts. Ich bin für Toleranz. Toleranz und Integration, da bin ich eisern.«

Minnie starrte ihn einfach nur an. »Ja, Sir«, sagte sie. Dann holte sie ein Gläsertuch und trat einen Schritt auf ihn zu. »Wo is das Zeug, wo Sie weggewischt ham wolln?«

»Ach was, das kann ich doch machen«, sagte Atwater.

Sie hielt das Tuch außerhalb seiner Reichweite. »Nee, nee, Sir. Ich mach das. Wo isses?«

Atwater ging ihr voran aus der Küche.

Emma stand auf. »Bring mich zu Alice rüber, daß ich mich von ihr verabschieden kann.«

»Sie macht gerade ihre Geschenke auf«, sagte Marshall.

Sie griff nach Alberts Hand und patschte ihm sanft gegen den Handteller. Albert schloß seine Finger um ihre und führte sie zur Tür. »Wir sagen nur schnell auf Wiedersehen«, sagte er. »Bis morgen dann, oder?«

Marshall schaute ihnen nach. Dann war er allein. Er sah zum Fenster hin, entdeckte das Licht eines Außengebäudes am Ende des Gartens. Das Licht überstrahlte beinah Marshalls schwaches Spiegelbild im Glas. Ein Halbmond segelte über den Baumwipfeln. Dann erschien da draußen im kalten Garten plötzlich Mr. D'Allessandro. Er hielt die Hände über die Augen, wie um sie gegen gleißende Helle abzuschirmen. Das Hemd hing ihm aus der Hose, und der Wind zerrte an seinen Haaren. Er sah aus, als wäre er verletzt, er schien zu straucheln, die Hände fielen ihm herab. Marshall öffnete die Tür, drückte das Fliegengitter auf und tappte die Stufen hinunter. Er drehte sich nach den erleuchteten Fenstern um, und die Helligkeit blendete ihn. Als seine

Augen sich endlich an die Dunkelheit gewöhnt hatten, war Mr. D'Allessandro weg.

»Mr. D'Allessandro?« sagte er. »Sir?«

Schweigen. Eine kleine, kalte Brise raschelte in den Zweigen. Am Ende der Einfahrt, hinter der Hecke, die das Grundstück auf dieser Seite begrenzte, stiegen ein paar Leute in ein Auto. Er glaubte Männerlachen zu hören.

»Hallo?«

Autotüren wurden zugeschlagen. Der Motor sprang an, der Wagen verschwand in die Nacht.

Marshall mischte sich wieder unter die Gäste. Ein paar Leute auf der Seitenveranda lachten und sangen. Andere waren auf den Vorplatz getreten, um den Himmel anzuschauen. Dann, unter dem bogenförmigen Durchgang zur Veranda, fand er sich plötzlich Alices Vater gegenüber, der ihn oberhalb des Ellbogens am Arm packte und sich zu ihm beugte. »Hören Sie gut zu. Sie wollen meine Tochter heiraten?«

»Ja – ja, Sir.«

»Keine krummen Touren.«

»Nein.« Die Stimme des Jüngeren kippte und rutschte ins Falsett. Er täuschte einen Huster vor und probierte es noch einmal. »Nein.«

»Sie machen das nicht nur, damit Sie Mitch für diese Schule kriegen?«

»Oh«, sagte Marshall. »O nein. *Nein.* Nein, Sir. Wir hatten – ich habe Alice gefragt, bevor das passiert ist – bevor ich davon gehört habe –« Mr. Kanes Hand schloß sich noch fester um seinen Arm. »Ich schwöre es Ihnen, Sir. Es – ich heirate sie. Ehrenwort.«

»Sie lieben sie.«

Marshall nickte. Selbst wenn er es gewollt hätte, er hätte kein Wort herausgebracht.

»Gut, dann will ich Ihnen mal was sagen. Und Sie hören gut zu.«

Wieder nickte der junge Mann.

»Ich hab bessere Männer als Sie umgebracht«, sagte Mr. Kane, ebenfalls nickend. »Drücke ich mich deutlich genug aus, Junge? Ich habe Menschen totgeschossen. Erfahrene, hartgesottene Soldaten, die berüchtigt waren für ihre Brutalität. Deutsche. Alte Krieger. Die hab ich erschossen, mit dem Bajonett durchbohrt, alles. Wie nichts. Haben Sie mich verstanden? Ich will nicht, daß mein kleines Mädchen unglücklich wird.« Er grinste, als hätte er eine witzige Bemerkung gemacht. Dann murmelte er: »Entschuldigen Sie« und schob sich weiter in den angrenzenden Raum.

Marshall flüchtete zittrig in die Küche zurück, wo er Minnie und den jungen Farbigen antraf, Stephen, dem er vorhin vorgestellt worden war. Sie saßen am Tisch und tranken Kaffee.

»Au wei«, sagte Minnie und stand auf. »Sie komm mir aber'n bißchen grün um die Kiemen vor. Ich hol Ihn was zum Trinken.«

»Nein, Ma'am«, sagte Marshall. »Mir fehlt nichts.«

»Sin Sie sicher?«

Er nickte.

Sie setzte sich wieder hin. Ihre Bewegungen hatten eine Leichtigkeit, die in seltsamem Widerspruch zu dem schweren Körper stand. Sie nickte Stephen zu, der sich über den Tisch zu ihr vorbeugte, und sagte leise etwas, dann lehnte sie sich wieder zurück. Sie lächelten den jungen Mann an. Sie schienen beide darauf zu warten, daß er ging. Er kam nicht ganz mit; er kämpfte darum, nicht völlig den Anschluß zu verpassen. »Schönes Fest«, bemerkte er, denn er hätte gern ein Gespräch angeknüpft.

»Sehr schön«, stimmte Minnie ohne Begeisterung zu.

»Eine Freundin von Minnie ist vor ein paar Tagen gestorben«, sagte Stephen. »Sie wird morgen beerdigt.«

»Ach«, sagte Marshall. »Das habe ich gehört. Es tut mir so leid.«

»Sie hatte ein langes, erfülltes Leben«, sagte der andere in einem Ton, als wolle er einen Schock abschwächen. »Eva ist noch als Sklavin geboren worden, nicht wahr, Miss Minnie?«

»Das is sie. War so ziemlich das erste, wo sie sich dran erinnern konnte, die Yankees auf der Veranda. Wie sie noch in Winchester gewohnt hat, war das, 1864. Grad mal sechs war sie da. Da hat sie noch geredet drüber. Wie sie abgehaun is vor lauter Angst. Das hat sie noch an dem Tag erzählt, wo sie gestorben is. Hundertsechs Jahre is sie gewesen. Gab nich viele Sachen, wo sie noch so gut gewußt hat.«

»Sie muß ein wunderbarer Mensch gewesen sein«, sagte Marshall.

Stephen stellte seine Tasse ab und erhob sich. »Danke für den Kaffee, Miss Minnie.«

»Gern geschehn, Sir.«

Er sah Marshall an. »Bis bald.«

Als er weg war, stand die dicke Frau vom Tisch auf und hielt sich einen Moment an der Stuhllehne fest. Dann ging sie mit raschen Schritten zur Spüle hinüber und drehte den Hahn auf. Marshall folgte ihr. »Kann ich irgendwas helfen?«

Sie starrte ihn ungläubig an.

»Sie spülen, und ich trockne ab.«

»Sin Sie nich der Bräutigam, Herzchen?«

»Doch«, sagte er. Einen Augenblick lang hatte er das ganz vergessen.

»Dann aber nix wie raus mit Ihn!«

»Alice macht gerade ihre Geschenke auf«, sagte er.

»Sie ham hier nix zu suchen, Herzchen. Raus mit Ihn. Stehn Sie Minnie nich im Weg rum.«

Er zögerte kurz.

»Raus jetzt.« Sie drängte ihn mit ihrem starken Ellbogen beiseite. Und als sie ihn ansah, war ihr Blick böse, die Brauen zusammengezogen, die Stirn gerunzelt. Ihre breiten Nasenflügel blähten sich. »Raus. Ich hab auch so genug am Hals. Ihr Leutchen habt heut abend lang genug hier rumgehockt. Hopp jetzt, ab mit Ihn.«

Er schlich hinaus, gedemütigt, noch verwirrter als zuvor. Er dachte, er würde sich vielleicht übergeben müssen. Er hatte nett sein wollen, etwas war schiefgelaufen, und er wußte nicht, was.

Schließlich war seine Geste ja nicht so gemeint gewesen wie die von Atwater; er war es gewohnt, seiner Mutter in der Küche zu helfen. Er hatte einfach ein paar alltägliche Handgriffe tun wollen, um sich zu beruhigen. Und um ihr vielleicht ein klein wenig hinwegzuhelfen über die Trauer um ihre verstorbene Freundin Eva.

Im Wohnzimmer riß Alice immer noch das Einwickelpapier von ihren Geschenken. Er wartete im Türrahmen, bis sie das letzte ausgepackt hatte, seins. Er sah sich nach seiner Mutter um, nach Atwater. Albert und Emma waren offenbar gegangen.

Etwas später halfen Alices Vater und ein anderer Mann Mitchell Brightman die Treppe hinauf ins Bett. Er würde über Nacht hierbleiben, erklärte Alice mit gedämpfter Stimme, da er sowieso schon fast hinüber sei. Das Fest löste sich auf. Sie befahl Marshall, auf sie zu warten, obwohl Atwater und Loretta bereits im Mantel an der Haustür standen. Dann lief sie nach oben, hinter ihrem Vater und den beiden Männern her, und blieb mehrere Minuten verschwunden. Als sie zurückkam, schlang sie Marshall die Arme um den Hals und küßte ihn auf den Mund. Damit hatte er nicht gerechnet, und die Wucht, mit der ihr schmaler Körper sich plötzlich gegen seinen preßte, brachte ihn fast zu Fall. Er taumelte rückwärts gegen den Türstock und legte beide Arme um sie. Er war sich bewußt, daß alle anderen, einschließlich seiner Mutter, ihnen zusahen. Dann dachte er an ihren Vater und festigte seinen Griff.

»Ich hol dich gegen zehn Uhr ab«, murmelte Alice ihm ins Ohr. »Zieh was Nettes an. Kirchenmäßig, ja? Jacke und Krawatte. Dunkel. Schwarz, wenn's geht. Albert kommt auch mit.«

»Walter«, sagte seine Mutter. »Bitte.«

Alice ging zu ihr und umarmte sie. »Wir zwei werden bestimmt großartig miteinander auskommen«, sagte sie.

Loretta lächelte, aber ihr Blick war sorgenvoll. Marshall kannte den Ausdruck.

»Gute Nacht«, sagte Alice. »Mutter.«

»Sag einfach Loretta zu mir.«

»Gute Nacht, Loretta.«

»Gute Nacht –« Marshalls Mutter stockte. »Liebes. Und sag auch deinem Vater gute Nacht von uns.«

Draußen im Dunkeln, auf dem Weg zum Auto, sagte Mr. Atwater: »Dieser Brightman ist nichts als ein Schaumschläger, wenn ihr mich fragt. Nie im Leben hat der Toynbee gelesen.«

Die beiden anderen schwiegen.

Als sie vor dem Mietshaus vorfuhren, verkündete er: »Jetzt könnte ich einen Kaffee vertragen.«

»Nicht heute abend«, wehrte Loretta ab. Sie stieg aus und stützte sich kurz am Türrahmen ab. Die blinkenden Neonlichter auf dem Hausdach tauchten sie in einen eigenartigen roten und gelben Schein. Marshall ging um den Wagen herum und faßte sie beim Ellbogen.

»Bißchen schwindlig«, sagte sie.

»Das laß mal schön mich machen.« Atwater rempelte Marshall aus dem Weg.

»Clark, es wäre mir lieber, wenn du gleich heimfährst«, sagte sie. »Bitte.«

»Ich brauch 'nen Kaffee, L'retta. Ich kann doch so nicht fahren.«

Sie seufzte. »Na gut.«

»He«, sagte Marshall. »Moment mal.«

Seine Mutter legte ihm eine Hand auf die Brust. Zu dritt bewegten sie sich ein paar Schritte den Bürgersteig vor dem Haus entlang. Atwater lehnte sich schwer gegen den Jungen, drängte ihn weg. »Ein Witz ist das, verdammt noch mal«, sagte er. »Pardon die Damen.«

»Es ist alles in Ordnung, Walter«, sagte Loretta. »Geh schon mal rein. Wir – ich komme gleich nach.«

»Wir gehen alle rein«, sagte Atwater.

»Geh rein, Walter.«

Er durchquerte die Eingangshalle, rannte die Treppen hinauf, und als er in der Wohnung war, lief er ans Fenster und schaute hinaus. Den Wagen und die leere Straße konnte er sehen, aber sonst nicht viel. Sie standen zu nah an der Hausmauer. Atwaters Stimme klang zu ihm herauf. Worte ließen sich keine unterscheiden, aber er hörte Wut darin, Wut und dazu Selbstgefälligkeit, so als könnte kein Mensch an seinem Ton auch nur das geringste auszusetzen finden. Er öffnete das Fenster und rief hinunter: »Mama?«

Loretta trat einen Schritt vor und sah zu ihm hoch. »Ich bin gleich da, Schätzchen.«

»Wenn ich noch mehr Herumgeschreie höre«, sagte Marshall zu ihr, »komme ich runter.«

Jetzt trat auch Atwater vor. »Mach einfach das verdammte Fenster zu.«

»Danke, ich lasse es lieber offen«, erwiderte Marshall. Atwater warf einen Blick auf Loretta, dann ging er zu seinem Auto und zog die Tür auf.

»Komm rauf und trink noch einen Kaffee, wenn du willst«, sagte sie.

»Gute Nacht«, sagte Atwater.

»Ich habe gesagt, komm rauf und trink noch einen Kaffee. Bitte.«

»Bitte?«

Loretta wiederholte das Wort.

Marshall schloß das Fenster.

## 10

In seinen Träumen drehte sich alles um die vielen Gesichter und das eine Gesicht. Das kleine, starr blickende Gesicht, das auftauchte und wieder verschwand. Und dann kämpfte er sich durch seltsam verdickte Luftmassen und versuchte zu seiner Mutter zu gelangen. Am Morgen fand er sie schlafend in ihrem Sessel, in Bademantel und Pantoffeln, aber darunter trug sie noch die Seidenstrümpfe. Sie hatte den Großteil der Nacht mit Putzen verbracht; der Staubwedel lehnte neben dem Sessel an der Wand. Von Atwater war nichts zu sehen. Als er an ihr vorbei in die Küche ging, um sich seine Cornflakes zu machen, wachte sie auf, mit einem Gähnen, als hätte sie bestens geschlafen. Sie kam in die Küche gestakst und setzte Kaffeewasser auf. Er beobachtete sie, ohne etwas zu sagen.

Nach einer Weile war klar, daß sie nicht zum Reden aufgelegt war. Sie ging nach drüben, während der Kaffee durchlief, und räumte den Staubwedel weg. Er hörte sie im Schlafzimmer herumwerkeln. Er aß seine Cornflakes, spülte Schale und Löffel und räumte sie in den Schrank, dann kehrte er in sein eigenes Zimmer zurück und zog seinen dunkelblauen Blazer an, eine schwarze Hose, ein weißes Hemd und eine dunkelblaue Krawatte. Als er fertig war, stellte er sich vor den Spiegel und spielte Kennedy bei einer Pressekonferenz – zeigte mit dem Finger, erteilte dem nächsten Fragesteller das Wort. Sein Haar lag heute mehr oder weniger richtig. Er beugte sich vor und probierte das Lächeln. Seine Zähne waren nicht gerade genug. Groß genug auch nicht. Er trat einen Schritt zurück und deutete noch einmal, mit ernstem, präsidentschaftlichem Blick. Das würde eins von den Bildern geben, die nach seiner Ermordung von Nachrichtenagentur zu Nachrichtenagentur wandern würden. Der Gedanke holte ihn in die Gegenwart zurück. Er war verlegen, wie beim Erwachen nach einem erotischen Traum. Er ging in die Küche und setzte sich an den Tisch, aufgewühlt, voller Sorge über diese Neigung zur Tagträumerei, die ihn so weit wegdriften lassen konnte. Seine Mutter kam wieder herein, jetzt in ihrem dunkelgrünen Kleid, bei dem hinten der Reißverschluß offenstand. Sie stellte sich an die Anrichte und goß den Kaffee in die Tasse.

»Clark und ich gehen heute aus«, sagte sie, ohne sich umzudrehen. »Du scheinst ja auch was vorzuhaben.«

Er beschloß, ihr lieber nicht zu erzählen, was Alice und ihre Freunde für den Tag geplant hatten. »Nichts Besonderes«, sagte er.

»Du hast dich so fein gemacht. Willst wohl schön sein für deine Herzallerliebste.«

Er antwortete nicht.

»Ist dir das peinlich, Kind?«

»Nein.«

»Du machst irgendwie den Eindruck, als wäre dir das Ganze – ja, peinlich eben. Gestern abend bei dem Fest ist es mir auch schon so vorgekommen. Warum sollte einem jungen Mann seine Verlobung peinlich sein. Ich meine, ihr seid schließlich keine Kinder, die auf dem Schulhof spielen. Alice ist eine erwachsene Frau.«

Falls sich auf diese Beobachtungen irgend etwas erwidern ließ, wußte er jedenfalls nicht, was es war.

Einen Augenblick später sagte sie: »Machst du mir den Reißverschluß zu?«

Er stand auf, zog den Reißverschluß zu und setzte sich wieder an den Tisch.

Sie drehte sich um und lehnte sich gegen die Anrichte, die Kaffeetasse in der Hand. »Ich hab gestern abend zuviel Tee getrunken.« Sie hob die Tasse an die Lippen.

Er sagte nichts.

Und sie hielt in der Bewegung inne. »Bist du wütend auf mich?«

»Nein«, sagte er.

»Du haßt Clark.«

»Haß ist eine Todsünde.«

Die Antwort schien sie zu ärgern. »Dann magst du ihn eben nicht.«

Marshall sagte nichts.

»Gut, er macht nicht viel her«, sagte sie. »Aber ich muß für ihn arbeiten.«

»Und das heißt, daß du dir sein Gesums anhören mußt?« fragte Marshall.

Sie antwortete, bevor er ganz ausgesprochen hatte. »Ja!« Sie knallte die Tasse auf die Untertasse. »Genau das heißt es.«

Dann schwiegen sie beide. Etwa eine Minute verstrich. Sie schlürfte ihren Kaffee, und er starrte auf seine Hände auf der Tischplatte.

»Magst du auch einen Kaffee?« fragte sie.

»Nein, danke.«

»Er ist manchmal gar nicht so übel, Walter. Er kann auch sehr nett sein.«

»Es gefällt mir nicht, wie er mit dir redet.«

»Das ist einfach seine Art. Er meint es nicht so.«

»Es klingt furchtbar.«

Eine kurze Pause, dann sagte sie: »Seine Absichten sind ehrenhaft.«

»Ich will nicht darüber reden«, sagte Marshall.

»Nein.« Sie blickte auf ihre Hände hinunter. »Ich merk's schon.«

Etwas später ertönte draußen Atwaters Hupe, und sie eilte aus der Tür, nicht ohne Marshall vorher noch zu ermahnen, gut auf sich aufzupassen, sein Geschirr wegzuräumen, wenn er mittags daheim aß, und nicht zu spät nach Hause zu kommen. Er trat ans Fenster und schaute zu, wie der Wagen davonrollte. Dann ging er in sein Zimmer, kniete neben dem Bett nieder und versuchte zu beten. Es war zu still; er spürte ein dunkles Schuldgefühl, als hätte er in der Nacht etwas begangen, dessen er sich eigentlich schämen müßte, aber er konnte nicht ergründen, was es war. Er hatte sich nach Kräften bemüht, ehrlich und aufrichtig zu sein. Er würde zu seinem Wort stehen und Alice heiraten. Unvermittelt mußte er an Sex denken und daran, daß er allein hier war. Die Wände schienen unmerklich näher zu rücken, das ganze Zimmer zog sich um ihn zusammen. Wenn Alice jetzt hier wäre, dann würde sie es tun wollen.

Es.

Sein Blut machte die Vorstellung nur zu real, und vage ahnte er, wie schnell es um seine Vorsätze geschehen sein konnte – die Gelegenheit wäre zu günstig, seine eigene Neugier und Sehnsucht zu groß. Hastig stand er auf, wich vor dem unschuldigen, sauber gemachten Bett zurück, als schlügen Flammen daraus empor, und sah zu, daß er aus dem Zimmer kam. Er stand draußen in der fast sommerlichen Hitze, als Alice in ihrem hellblauen 51er Ford vorfuhr, mit Stephen und Minnie auf der Rückbank und Albert auf dem Beifahrersitz.

»Beeil dich«, sagte sie. »Wir sind spät dran.«

Albert rutschte in die Mitte durch, und Marshall setzte sich neben ihn. Albert hatte die Hände auf den angewinkelten Knien und grinste. »Ich bin heute früh mit dem Bus zu Alice gefahren. Wir haben zusammen gefrühstückt.«

»Mein Vater denkt, ich betrüge dich jetzt schon«, ergänzte Alice.

Marshall drehte sich nach hinten, um die anderen zu begrüßen. Minnie, die dicken Arme in ihrem mächtigen Schoß gekreuzt, nahm fast den ganzen Rücksitz ein.

Alice sagte: »Es ist Minnies Freundin Eva.«

»Ich weiß«, sagte Marshall.

Minnie trug ein schwarzes Kostüm und ein kleines rundes Hütchen mit schwarzem Schleier. Sie sah starr zum Fenster hinaus. Stephen nahm eine ihrer behandschuhten Hände zwischen seine eigenen dunklen Finger.

»Du kennst ja alle«, sagte Alice im Anfahren.

Die Beerdigung fand in Washington statt, in einer kleinen weißen Kirche inmitten hoher, ausladender Eichen, deren Blätter sich schon gelb zu färben begannen. Sonnenlicht flutete durch die Bäume herab. Auf dem Parkplatz reihte sich ein Auto ans andere, die Leute standen bis vor die Kirche. Alice parkte den Wagen, und unter den schweigenden Blicken der Wartenden stiegen sie alle aus. Mehrere Leute erkannten Minnie und grüßten aus der Entfernung. Andere gingen ihnen ein paar Schritte entgegen und gaben ihnen die Hand. »Willkommen«, sagte einer von ihnen zu Marshall. »Danke fürs Kommen.«

Im Inneren der Kirche füllten die Trauergäste schon die Seitengänge und den Raum entlang der Rückwand. Sitzplätze waren keine mehr frei. Die Tote lag vorn in einem offenen Sarg, ein dünnes, dunkles Gesicht mit weißem Haarkranz vor einem Hintergrund aus hellblauem Satin. Der Sarg schien auf einem gigantischen Blumenarrangement zu ruhen. Die Orgel spielte leise, und in einer langsamen Prozession zogen die Gemeindemitglieder vorbei, beteten und nahmen Abschied. Ein sehr wuchtiger Mann vorn auf dem Podium führte die Aufsicht über alles. Sein tiefschwarzes Gesicht und die engstehenden Augen wirkten verkniffen von der Anstrengung, die es ihn offenbar kostete zu schweigen. Schließlich sprach er: »Herr Jesus, nimm heute unsere Schwester Eva bei dir auf. Sie hat ein volles Leben gelebt, ein gutes Leben, ein Leben in deinem Namen, o Herr.«

»Amen«, bekräftigte eine Stimme aus den Bänken.

»Weiter, Reverend«, rief eine andere Stimme.

»Mhm«, sagte eine dritte Stimme.

Marshall war verblüfft über die Störung, obwohl er sich nichts anmerken ließ.

»Miss Eva hat ein Leben in Gnade gelebt«, sagte der Reverend.

Und wieder wurden aus der Gemeinde einzelne Stimmen laut. »Amen, Bruder.«

»Gepriesen sei sein Name.«

»Und sie ist heimgekehrt zu ihrer gesegneten Ruhestätte, von

Engeln getragen. Zu ihrer Ruhestatt ist sie heimgekehrt, hört ihr mich, meine Freunde, von Engeln getragen.«

Und wieder die Stimmen: »Weiter, Reverend.«

»Halleluja.«

Den Reverend schienen diese Zurufe zu beflügeln. Er hob die Stimme, leicht zitternd nun, so daß das Fleisch an seinem Kinn wabbelte. »Ge-*bo*-ren in der dunklen Nacht und der Er-*nie*-drigung der Sklave-*rei*, Brüder und Schwestern, ge-*bo*-ren in den Flammen des Feuers und den Ketten der Unter-*drückung*, hört ihr mich, Brüder und Schwestern …«

Diesmal sprachen mehrere bestätigende Stimmen zugleich. Und fast unmittelbar darauf war es wieder still. Marshall hatte das Gefühl, in das Schweigen hineingesaugt zu werden.

»Hat sie sich durchgekämpft zur Freiheit«, vollendete der dikke Mann, leiser jetzt.

»Weiter, Reverend«, verlangte eine Frau.

»Mmm-hmm«, machte eine andere.

»Hat sich durchgekämpft zur Freiheit, Brüder und Schwestern, und gefordert –«

»Amen.«

»Und gefordert –«

»Herr Jesus.«

»Und gefordert –«

»Gepriesen sei Gott.«

»Und gefordert – daß sie frei wird.« Der dicke Mann holte tief Atem und hob den Blick gen Himmel. »Und war frei.«

»Amen, Bruder.«

»Hat gelebt in Freiheit.«

»Halleluja.«

»Hat ihre Kinder großgezogen in Freiheit.«

»Halleluja.«

»Ihre Enkel großgezogen in Freiheit.«

»Der Herr sei gepriesen.«

»Ihre Urenkel und Ururenkel großgezogen in Freiheit.«

»O ja. Herr Jesus.«

»Hat ein Leben in Gnade gelebt mit ihren Lieben, mit allen ihren Lieben, bis an den Tag, da die Engel herniederstiegen. Halleluja. Hat ihr Leben in Gnade gelebt bis zu ihrem hundertsechsten Jahr, gelobt sei der Name Jesu.«

»Weiter, Reverend.«

»Amen.«

»Amen, Bruder«, sagte Minnie.

»… der Name des Herrn.«

»Jesus Christus.«

»Hat schlimme Zeiten durchlebt«, fuhr der Reverend fort, »in Gnade. Hat ihre Söhne Jeffrey und Joshua großgezogen in Gnade. Hat geholfen, ihre Enkel und Urenkel und Ururenkel großzuziehen, in Gnade. Hat ihr Leben gelebt in Gnade.« Immer wieder sagte er das Wort, und die Gemeinde begann in die Hände zu klatschen und zu rufen, die ganze Kirche war erfüllt von dem Klang – alle, auch Alice und Minnie und Stephen und Albert, riefen mit den anderen »Amen«, und Walter wurde bewußt, daß er jetzt der einzige war, der schwieg. Die Litanei ging weiter, in immer leidenschaftlicherem Ton, und jedesmal nach dem Wort »Gnade« holte die schwere Stimme saugend Luft, ein kleines Keuchen, das den Singsang in eine Form brachte, als schlüge das Geräusch dem Dröhnen der anderen Stimmen den Takt.

»Hat ihre Kinder zu lieben gelehrt, in Gnade. Hh. Hat ihre Freunde gelehrt, was Liebe heißt, in Gnade. Hh. Hat ihre Nachbarn gelehrt, was Barmherzigkeit heißt, in Gnade. Hh. Hat ihr Leid getragen in Gnade. Hh. Hat ihre Freuden bejubelt in Gnade. Hh. Ihre Morgen verbracht in Gnade. Hh. Ihre Nachmittage verbracht in Gnade. Hh. Ihre Abende verbracht in Gnade. Hh. Im Namen des Herrn. Hh. Und gelebt in der Würde ihres Glaubens, durch all die Umwälzungen und all die Plünderungen und all die Kümmernisse. Hh. Und durch das Feuer und alle Prüfungen. Hh. In Gottes Gnade gelebt inmitten von Sorgen und Unbill. Hh. Preiset den Herrn. Hh. Und hat auf allen ihren Wegen dem Herrn Wohlgefallen bereitet. Hh. Preist Jesus Christus. Hh.

Preist Jesus Christus. Hh. Preist seinen heiligen Namen. Hh. Amen. Hh. Amen. Hh. Amen. Hh.«

Und nun schienen sich die Stimmen zu einem Chor anfeuernder Rufe zu ordnen, die in eine Art kollektiven Seufzer übergingen, und aus den vielen Stimmen wurde eine einzige Stimme, ein ekstatisches Getöse, das sich, als die Orgel einsetzte, zum Singen verlangsamte, zu einem Lied.

*O süßer Freund, Herr Jesu, der unsre Sünden trägt.*

Sie sangen noch vier, fünf andere Lieder, als letztes »Amazing Grace«. Und dann stand die Familie auf, um Eva zu ihrer letzten Ruhestätte zu tragen. Der Sarg wurde geschlossen, und einer nach dem anderen traten sie hinaus auf den schattigen braunen Rasen, in die Stille des Vormittags. Der Sarg wurde in den schwarzen Leichenwagen geschoben, die Tür zugedrückt. Die Leute standen beisammen, umarmten sich, schüttelten Hände, redeten leise, und dann zogen sie an den Familienmitgliedern vorbei, die in einer Reihe am Ende des Gehsteigs warteten. Zwei alte Männer, vier Frauen, von denen die älteste sehr alt war und die jüngste sehr jung, und drei kleine Kinder.

»Danke, daß Sie gekommen sind«, sagte eine der Frauen zu Alice.

»Es tut mir so leid«, sagte Alice.

»Das braucht Ihn nich leid tun, kleine Miss.«

»Ein Tri-umph«, sagte jemand anderes.

»Danke«, antwortete einer der beiden Männer.

»So eine schöne Feier«, sagte Albert.

Als sie wieder im Auto saßen, sagte Stephen: »Minnie muß noch etwas mit Evas Tochter besprechen.«

Marshall erspähte sie am anderen Ende des Rasens, wo sie eine viel ältere Frau beim Gehen stützte. Minnies Beine waren muskulös und schwer wie die Beine eines dicken Mannes. Sie ging auf Zehenspitzen, ganz seltsam, wie eine Tänzerin.

»Wie alt ist Minnie eigentlich?« fragte er.

»Vierundsiebzig«, sagten Stephen und Alice wie aus einem Mund.

Marshall sah sie ungläubig an.

»Ich weiß«, sagte Alice. »Sie wirkt nicht annähernd so alt.«

»Es war eine sehr schöne Feier«, bemerkte Albert.

»Schon ein Jammer, daß wir nie in die Kirche gegangen sind, als ich klein war«, sagte Alice. »Ich glaube, da habe ich was versäumt.« Sie drückte Marshalls Hand. »Aber das wird sich ja bald ändern.«

Er unterdrückte den Drang, sie darüber aufzuklären, daß seine Kirche nicht so war wie der Gottesdienst eben, nicht im entferntesten. Trotzdem, es kam ihm vor, als habe er etwas Ehrfurchtgebietendes und Wunderbares miterlebt. Er fühlte sich seltsam aufgehoben, gehalten. Gleichzeitig aber empfand er das Schauspiel, dem er beigewohnt hatte, als primitiv und absonderlich, und er fragte sich, was er diesen Menschen wohl erzählen würde über den geheimnisvollen Glauben, den er mit solcher Hingabe praktizierte. Ihre Offenheit rührte ihn und beunruhigte ihn.

»Mein Vater war Methodist«, sagte Stephen. »Wir saßen jeden Sonntag in der Kirche und durften uns Predigten über Höllenfeuer und ewige Verdammnis anhören. Und nie ein Wort über das Elend, in dem wir alle bis zum Hals steckten. Ich bin nicht mehr hingegangen, sobald ich alt genug war, um selber zu entscheiden. Aber zu Doktor King würde ich gehen, wenn ich könnte.«

»Das würde ich auch wahnsinnig gern«, sagte Alice. »Wäre das nicht wundervoll?«

Die Frage war an Marshall gerichtet, der sie nicht ganz verstanden hatte.

»Obwohl – nein. Das wäre – du könntest gar nicht in Doktor Kings Kirche gehen, oder? Mein Vater meinte – äh ...«

»Was meint dein Vater?«

»Na ja ...« Sie stockte. »Ich meine – was ist mit heute? War das nicht eine Sünde? In einen baptistischen Gottesdienst zu gehen?«

»Das war doch eine Beerdigung«, sagte Walter Marshall. »Ich

glaube nicht …« Aber er war sich nicht sicher. Er spürte, wie ihm das Blut in die Wangen schoß.

»Sag bloß, du hast eine Sünde begangen?«

»Nein«, erklärte er mit zuviel Nachdruck. »Es müßte schon etwas sein, das ich willentlich getan habe. Und ich habe überhaupt nicht darüber nachgedacht. Es war ja eine Beerdigung.«

»Genau, und eigentlich haben wir dich ja auch richtiggehend dazu verdonnert.«

»Na ja, das auch wieder nicht«, sagte Marshall.

»Wie du meinst.«

Sie warteten auf Minnie.

Die Fahrt nach Maryland verlief nüchtern und ruhig. Ein paar strategische Punkte mußten noch besprochen werden, und als sie sich Pope's Creek näherten, begann Stephen sie durchzugehen. »Wir lassen uns nicht herausfordern, und wir reagieren nicht auf Beschimpfungen. Wir bleiben unverändert höflich, und wir lassen uns keinerlei Ärger anmerken, auch nicht, wenn wir geschlagen und gestoßen werden. Wenn sie euch herumzerren, macht ihr euch schlaff. Vollkommen schlaff. Ihr dürft sie in keiner Weise ermutigen oder aufreizen. Höfliche, ruhige Entschlossenheit, das ist das A und O. Wir gehen rein und setzen uns hin und lassen uns die Speisekarte bringen, und dann warten wir – den ganzen Nachmittag durch, wenn es sein muß. Bis in die Nacht. Wenn sie handgreiflich werden, könnt ihr euch ducken, aber ihr dürft nicht zurückschlagen. Und wenn sie euch packen, entspannt ihr einfach alle Muskeln und macht euch schwer. Wir rühren uns nicht vom Fleck, bis sie uns aus dem Lokal schleifen, falls es dazu kommt. Und dann lassen wir alles weitere über uns ergehen.«

»Die solln ruhig komm und mich rumschleifen«, sagte Minnie. »Wird ihn nich gut bekomm, das.«

»Wir müssen sie mit uns machen lassen, was sie wollen.«

»Was denn zum Beispiel?« fragte Marshall. Er hoffte, daß seine wachsende Besorgnis nicht zu sehr durchklang. Langsam aber sicher wünschte er sich, er hätte sich irgendwie herausgeredet.

»Hauptsächlich beschimpfen sie einen«, sagte Alice. »Hier jedenfalls. Schließlich ist das Gesetz in Kraft getreten, oder etwa nicht?«

»Die Polizei könnte kommen und uns unter irgendeinem Vorwand wegschaffen. Erregung öffentlichen Ärgernisses. So haben sie's mit den Jungs gemacht, die es letzte Woche hier probiert haben.«

»Sie würden uns festnehmen? Im Ernst? Hier?«

»Sin Sie nie festgenomm worden, Kindchen?«

»Sie haben sie nicht festgenommen«, sagte Stephen. »Sie haben sie in die Turnhalle von irgendeiner High School gesteckt und sie da ein paar Stunden sitzen lassen, und dann durften sie heim.«

»Kommen – äh – nur wir?« wollte Albert wissen.

»Wir treffen uns mit Diane und noch ein paar Freunden.«

»Die Leute – die Leute von dem Lokal. Wissen die, daß wir kommen?« fragte Marshall.

»Da fragst du mich zuviel«, sagte Stephen. Dann runzelte er die Stirn. »Wenn du kalte Füße kriegst ...«

»Nein, nein«, versicherte Marshall hastig. »Überhaupt nicht.« Im stillen sprach er ein Gebet und flehte um Tapferkeit. Er würde erdulden, was immer ihnen auferlegt würde, als Buße für seine Sünden. Einen Augenblick lang empfand er die Aussicht fast als erhebend, aber als er auf die vorbeigleitende Landschaft hinaussah, kam die Angst zurück.

»Is nich zu spaßen mit dem Blödsinn«, sagte Minnie, allem Anschein nach zu sich selbst. Sie starrte zum Fenster hinaus.

»Du kannst ruhig im Auto bleiben, Minnie. Niemand erwartet von dir, daß du dich irgendeinem Risiko aussetzt.«

»Kümmer du dich um dein eignen Kram. Ich hab heut die Eva begraben. Ich komm mit, und damit basta.«

Der Himmel über der Straße verdüsterte sich am Horizont; sie waren jetzt in Maryland und fuhren auf der Route 5 in Richtung Waldorf. Als sie nach Pope's Creek abbogen, sagte Stephen: »Also dann.«

Das Restaurant lag am Fluß; ein Teil war über das Wasser

hinausgebaut. Der Parkplatz war voller Autos, und auf einem hölzernen Bootsanleger neben dem Haus standen mehrere Männer und unterhielten sich. Sie trugen T-Shirts und Jeans. Fünf oder sechs Boote waren am Anleger festgemacht, und an hohen Masten spannten sich elektrische Kabel von einem Ende zum anderen. Am anderen Ufer warf ein Wall dunkler Bäume einen gezackten Schatten auf die glatte, Sonne und Wolken spiegelnde Wasserfläche.

»So«, sagte Stephen gedämpft. »Da wären wir.«

Niemand bewegte sich. Offenbar warteten alle auf Verstärkung. Aber dann stieg Stephen aus, und die anderen folgten ihm.

Marshall war als Kind ein paarmal in diesem Restaurant gewesen, und er wußte noch, wie ihm beim Eintreten immer das Schild NUR FÜR WEISSE ins Auge gesprungen war. Es war dem Neun- und Zehnjährigen irgendwie unfreundlich vorgekommen, dieses Schild gleich an der Tür, aber von den Erwachsenen fand anscheinend keiner etwas dabei. Das war nun einmal die Welt, in der sie lebten. Auf den Booten hatten manchmal Farbige gearbeitet, und in seiner kindlichen Wahrnehmung hatten sie den gleichen Stellenwert gehabt wie die Boote selbst, ein vertrauter Bestandteil der Landschaft.

Jetzt war das Schild von der Tür verschwunden. Aber da, wo es gehangen hatte, war das Holz deutlich heller.

»Lang können wir nicht mehr warten«, sagte Stephen. »Wenn sie nicht bald kommen … Die Männer da haben Minnie und mich gesehen.«

»Was für Männer?« erkundigte sich Albert. Er blinzelte in Richtung des Anlegers. »Sind das Männer? So weit kann ich nicht sehen.«

»Vier Stück«, sagte Alice.

»Und herschaun tun sie auch«, sagte Minnie.

»Wartet noch, bitte«, sagte Stephen. »Das muß alles seine Ordnung haben.«

Die vier im T-Shirt schienen zu beratschlagen, was sie von der Truppe neben dem Ford halten sollten – eine schwarze Frau, ein schwarzer Mann, eine weiße Frau und zwei weiße Männer, von denen einer, der turmhoch über den anderen aufragte und die Hände vor der eingefallenen Brust gefaltet hatte, ihnen allem Anschein nach Grimassen schnitt.

»Stimmt«, sagte Albert. »Sie kommen auf uns zu, glaube ich.«

Sie machten ein paar Schritte auf den Restauranteingang zu. Die Wolken waren aufgerissen. Das Wasser des Flusses glänzte jetzt metallisch, und Wind kräuselte die Oberfläche.

»Die anderen kommen scheint's nicht mehr«, entschied Stephen. »Gehen wir.«

»Wie machen wir es?« fragte Alice.

»Genau so, wie ich gesagt habe. Wir gehen rein und bitten um die Speisekarte. Wir sind gesetzestreue Bürger, wir bleiben im Rahmen des Gesetzes. Vergeßt das nicht. Sie sind diejenigen, die das Gesetz übertreten.«

Ein weiteres Auto rollte langsam auf den Parkplatz. Es war voller Schwarzer. Ein paar Meter von Alices Auto entfernt blieb es stehen, und alle vier Türen öffneten sich. Alices Tante Diane stieg aus, und mit ihr fünf junge Farbige. Sie waren alle im Sonntagsstaat, Anzug und Krawatte und dazu weiße Hemden. Diane umarmte Alice und gab Albert die Hand, dann drehte sie sich zu Marshall und umarmte auch ihn. »Ist das nicht ein schöner Tag für einen Ausflug?«

Die vier T-Shirt-Träger kamen herangeschlendert. Sie waren jung, unrasiert, die Augen leicht glasig vom Alkohol. Der eine hatte im linken Ärmel eine Zigarettenschachtel klemmen.

»Tag«, sagte der größte von ihnen. Er hatte feuerrote Haare, und seine zurückgeschobene rote Mütze ließ eine Menge Stirn sehen. »Wir wollten bloß fragen, ob ihr Leutchen euch vielleicht verfahren habt.«

»Nein, Sir«, sagte Stephen. »Wir haben uns nicht verfahren.«

»Na ja, dann würden wir gern wissen, was ihr hier sucht.«

Minnie machte einen Schritt auf die Männer zu. »Und zu was wollt ihr das wissen, hm?« sagte sie. »Kümmert ihr euch um euren eignen Kram. Ab mit euch, los.« Sie machte noch einen Schritt und scheuchte sie mit den Händen.

»Willst du hier Ärger machen, Mammy?«

»Ich bin nich deine Mammy, und da kannst du heilfroh drüber sein.«

»He, he«, sagte ein anderer Mann.

»Ihr sollt euch um euren eignen Kram kümmern, habt ihr nich gehört?«

»Minnie«, sagte Stephen und faßte sie leicht beim Handgelenk.

Die Männer standen jetzt in einer Reihe, mit Schulterschluß, die Hände in den Hosentaschen. Die beiden Gruppen starrten einander an.

»Gehören Sie zum Restaurant?« fragte Stephen.

Der Große grinste. »Wie man's nimmt.«

»Ah ja.«

Minnie stapfte los. Stephen sagte leise ihren Namen, sah dann aber tatenlos zu, wie sie zwischen den Männern hindurch auf den Eingang zusteuerte. Die Männer hatten widerwillig Platz gemacht – von Minnie unter Körpereinsatz aus dem Weg geschoben, zur Seite gedrängt –, und jetzt rückten sie wieder zusammen, vorübergehend aus der Fassung gebracht.

»Hört mal, Leute, ihr seid hier nicht erwünscht«, begann der Große. Aber ihm wurde schnell klar, daß Einwände keinen Zweck mehr hatten, denn Minnie pflügte unbeirrt voran, erreichte die kleine Veranda, marschierte die Stufen hinauf und ins Lokal. Die Tür knallte hinter ihr zu.

»Verdammte Scheiße«, sagte der Mann. »Holt sie da raus.«

Seine drei Kumpane stapften los, aber nun setzte auch Stephen sich in Bewegung, gefolgt von den anderen.

»Mist«, sagte der große Rothaarige. »Das gibt Ärger.« Er baute sich vor Stephen auf.

»Entschuldigen Sie«, sagte Stephen und ging um ihn herum.

Marshall folgte ihm, Alice und Albert im Schlepptau. Die anderen drängten ihnen geschlossen nach. Minnie hatte sich bereits hingesetzt, an einen Tisch am Fenster mit Bänken zu beiden Seiten. Alice sah sie sitzen und sagte: »Sie sieht doch wie eine Königin aus, oder? Kommt.«

»Moment mal«, protestierte die Kellnerin und vertrat ihnen den Weg.

Alice sagte halblaut: »Einfach höflich an ihr vorbeigehen.«

Sie waren zu viele, als daß eine einzelne Kellnerin sie hätte aufhalten können, und bald hatten sie sich alle auf die drei Tische bei den Fenstern zum Fluß hinaus verteilt. Albert, Alice, Diane und einer der jungen Männer nahmen den vordersten Tisch, Marshall, Minnie, Stephen und ein anderer den zweiten, und die restlichen drei gruppierten sich um den dritten. Alice wandte sich an den jungen Mann neben ihr und stellte sich vor. Er lächelte, gab ihr die Hand und sagte, daß er Reg hieß. Dann stellte er seine Freunde vor – Ollie, Mike und Cole am Dreiertisch und Ty an Marshalls Tisch. Eine Zeitlang waren sie alle damit beschäftigt, einander zu begrüßen, bis Minnie ihnen schließlich befahl, ruhig zu sein und sich gerade hinzusetzen. Marshall bemerkte, daß mehrere Weiße sich zum Gehen anschickten; einige sahen ziemlich wütend aus.

Die Kellnerin kam auf sie zu, den Block in der Hand, und einen Moment lang wirkte es so, als wollte sie tatsächlich ihre Bestellungen entgegennehmen. Aber dann wanderte sie nur vor ihnen auf und ab; offensichtlich versuchte sie sich zu entscheiden, wen von ihnen sie ansprechen sollte. Sie wählte Stephen. »Tut mir leid, aber hier geht es heute drunter und drüber«, sagte sie. Ihr Akzent klang entschieden nach Nordstaaten. »Wir haben nicht genug Personal in der Küche.«

»Würden Sie uns bitte die Speisekarte bringen«, sagte Marshall.

Stephen sah ihn an und lächelte, Minnie ebenfalls. Er fühlte sich großartig.

»Wie ihr wollt«, sagte die Kellnerin. »Manche kapieren's nie.« Damit stürmte sie an den gaffenden Gästen vorbei und verschwand durch die Schwingtüren in die Küche. Es war jetzt sehr still im Raum. Jeder starrte nur. Es war, als warteten alle auf eine Explosion. Alice und Albert begannen sich mit Reg über gedünstete Krabben zu unterhalten. Gedünstete Krabben an einem Samstagnachmittag, erzählte Reg, galt in seiner Familie als die größte aller Köstlichkeiten. Er kam aus Süd-Virginia, nahe der Küste; Ollie und Mike auch. Sie studierten alle an der University of Maryland. Sie redeten weiter, angeregt und munter, aber es schwang etwas Hektisches darin mit, als versuchten sie, mit dem Reden ihre Angst zu überspielen. Das Schweigen schien sich mit unguten Möglichkeiten aufgeladen zu haben. Immer mehr Leute standen auf und gingen, böse Blicke schleudernd, murrend.

»Ich wußte gar nicht, daß man sich derart exponiert fühlen kann«, sagte Stephen leise zu Marshall, der so beglückt war über diese Vertraulichkeit, daß sich ihm die Kehle zuschnürte.

»Mußt schon selber stark sein«, sagte Minnie ruhig. »Auf der Seite der Gerechtigkeit bist du allein.«

Sie warteten. Eine lange Zeit verging.

Ein paar von den Leuten, die ihre Sachen zusammengerafft und das Restaurant verlassen hatten, waren draußen stehengeblieben. Bald sammelte sich ein Haufen an, der immer streitlustiger aussah. Sie starrten durch die Fenster an ihrem Ende des Gebäudes herein, zehn, vielleicht zwölf Meter entfernt. Ein junger Mann ging zu der Jukebox im Eck und warf eine Münze ein; beide Hände auf den Deckel gestützt, las er die Liste der Songs durch. In dem Blick, den er in Richtung der Tische mit den Farbigen warf, lag etwas seltsam Schalkhaftes, als wäre die ganze Angelegenheit ein einziger großer Witz. Das erste Lied ertönte – Peter, Paul & Mary mit »If I Had A Hammer«. Die Musik spielte, und der junge Mann stand da und studierte die Liste mit den Songs.

Aber dann kam ein drahtiger Mann mit schütterem Haar aus der Küche und zog den Jukebox-Stecker aus der Wand. Mit einem tiefen Baßgegurgel verstummten die Stimmen. Er drehte sich um und sagte mit leiser Stimme etwas zu dem Jungen, der die Achseln zuckte und die Hand ausstreckte; anscheinend verlangte er sein Geld zurück. Der ältere Mann brachte unter seiner fleckigen Kochschürze ein Geldstück zum Vorschein, das er in die Hand des anderen fallen ließ. Dann ging er zu den drei Tischen hinüber und stellte sich mit verschränkten Armen davor auf, fast wie eine Art Wachposten.

»Tag«, sagte Minnie. »Wenn Sie uns 'ne Speisekarte bringen täten, Sir.«

»Bei uns werden Lärm und Ruhestörung nicht geduldet«, sagte er. »Einer von euch Burschen hat meine Kellnerin dumm angeredet. Das hier ist ein Privatunternehmen, und wir wissen Bescheid über unsere Rechte.« Sein Kinn zitterte. Seine Stimme bebte vor Wut. Aber Marshall hörte auch Furcht heraus. »Wir behalten uns das Recht vor, die Bedienung im gegebenen Fall zu verweigern.«

»Is der Laden hier Ihrer?« fragte Minnie.

»Ich bin der Geschäftsführer.«

»Ja, Sir. Aha.«

»Wir haben zu wenig Personal in der Küche.« So wie er es sagte, klang es wie ein auswendig gelernter Text. »Wir können keine so großen Gruppen bedienen. Einer von euch war unhöflich zu meiner –«

Minnie begann zu summen, leise, und die anderen stimmten ein. Der Geschäftsführer wurde weiß im Gesicht; er stampfte durch den Raum davon und sagte etwas zu den wenigen Gästen, die noch an ihren Plätzen saßen. Marshall hörte das Wort »Nigger«. Und dann rief von den vorderen Fenstern her jemand: »Niggerfreunde!«

Andere nahmen es auf.

»Niggerfreunde!«

»Nigger!«

»Haut ab in den Urwald!«

All diese Rufe gellten über einen Raum voll verlassener Tische hinweg, auf denen zum Teil noch das Essen stand. »Wenigstens haben wir gute Plätze«, bemerkte Ollie. »Schöne Aussicht nach dieser Seite.« Er sah auf den Fluß hinaus.

»Haut ab in den Urwald!«
»Nigger!«
Minnie sang jetzt, und Marshall und die anderen fielen ein.

*Ain't gonna let nobody turn me round, turn me round, turn me round. Ain't gonna let nobody turn me round, I'm gonna keep on a-walkin', keep on a-talkin', marchin' down to freedom land …*

Stephen begann auf dem Tisch mit den flachen Händen den Takt zu schlagen, und Marshall machte mit; er fühlte sich beschwingt, mit sich selbst im reinen, so als hätten sich sämtliche Verwicklungen in seinem Innern plötzlich in Luft aufgelöst. Der Gesang um ihn wurde lauter, das Geschrei der Menge auch.

*Ain't gonna let segregation turn me round, turn me round, turn me round …*

Draußen fuhren zwei Streifenwagen vor, und Polizisten mit breitkrempigen Hüten auf dem Kopf und Gummiknüppeln in den Händen stiegen aus. Es war ein großer Trupp – sechs oder sieben Mann. Der Drahtige mit den schütteren Haaren und der Kochschürze eilte ihnen entgegen. Stephens Augen weiteten sich eine Spur. Er lächelte, ein kleines gequältes Lächeln, das die Zahnlücke entblößte. Dann nickte er. Es wirkte, als hätte er in etwas eingewilligt mit seinem Nicken. Er nahm Minnies Hand und sang weiter, während die Polizisten durch die Tür traten und auf die drei Tische zusteuerten. Die wenigen noch übriggebliebenen Gäste verließen hastig das Lokal, wie Schulkinder bei einem Probealarm, und aus der Küche kamen die Kellnerin und noch zwei Frauen und folgten den anderen ins Freie.

*Ain't gonna let no police turn me round …*

Der älteste Polizist, ein hochgewachsener Mann mit beginnender Glatze und schwarzen Haarbüscheln über den eisblauen

Augen, näherte sich dem mittleren Tisch; er schien instinktiv zu wissen, daß Stephen und Minnie die Anführer waren. Marshall streifte er nur mit einem Blick. »Okay, Leute«, sagte er und wartete, und als sie weitersangen, sagte er es noch einmal, diesmal mit erhobener Hand. »Okay, Leute.«

Minnie hörte auf zu singen und hob ihrerseits die Hand. Alle verstummten.

Der Polizist sah von einem zum anderen, die Hände jetzt in die Hüften gestemmt. Seine Kollegen bildeten das Publikum; sie hatten sich in Posen ruhiger Wachsamkeit über den Raum verteilt. Zwei von ihnen waren nach draußen gegangen, um die Menge unter Kontrolle zu bringen. Besonders gut gelang es ihnen nicht. Die Schmährufe hielten unvermindert an.

»Schafft die Nigger da raus!«

»Niggerverliebte jüdische Kommunistensäue!«

Der Polizist drehte sich um. »Jetzt reicht's aber langsam. Wir haben schließlich Kinder hier. Paßt ein bißchen auf, was ihr sagt.«

»Das bezieht sich auf die ›Säue‹«, murmelte Stephen bedrückt.

»So – was war das, Junge?«

»Nichts, Sir. Wir sind nicht auf Schwierigkeiten oder Ärger aus. Wir machen nur von unseren gesetzlich garantierten Rechten Gebrauch. Wir wollen etwas zu essen, weiter nichts.«

»Also ich weiß nicht, im Restaurant sitzen und singen? Ihr stört die anderen Gäste, meint ihr nicht? Ich könnte euch alle wegen Erregung öffentlichen Ärgernisses einkassieren.«

»Niggerfreunde!« schrie es vom Fenster her.

Der Polizist wandte sich an Minnie. »Mammy«, sagte er. »Wyatt Barnes mein Name. Angenehm.« Er streckte ihr die Hand hin.

Minnie sah sie an, berührte dann die Fingerspitzen.

»Ich hab Ihren Namen nicht verstanden.«

»Minnie.«

»Ich hab das Gefühl, mit Ihnen läßt sich reden, Minnie.«

Sie erwiderte seinen Blick. »Ich hab heut 'ne Freundin beerdigt, Sir. Mehr wie hundert Jahre war die alt. Und wissen Sie was? Eh sie gestorben is, hat sie mich gefragt, warum ich nicht mitmarschier, und ich hab nich gewußt, was ich ihr antworten soll. Verstehn Sie das?«

»Aber mit Ihnen läßt sich reden.«

»Kommt drauf an, wo Sie drüber reden wolln.«

»Minnie, warum wollen Sie mir unbedingt den Samstag verderben?«

»Ich hab was Bessres zu tun«, sagte Minnie, den Blick auf ihre schönen Handrücken gesenkt, »als wie mit Ihn Worte klauben.«

»Ich möchte ja bloß rausbekommen, was Sie vorhaben.«

Sie lächelte fast. »Endlich was in den Bauch kriegen, sonst gar nichts.«

»Vielleicht können Sie nicht lesen.«

Sie funkelte ihn an. »Aber Sie vielleicht.«

»Und ob ich kann«, sagte er. »Und ob. Es gibt ein Gesetz gegen die Störung des öffentlichen Friedens.«

»Ich habe Singen immer für etwas ziemlich Friedliches gehalten«, sagte Albert, und Alice lachte.

Wyatt Barnes baute sich vor ihrem Tisch auf. »Miss, warum verschwinden Sie mit Ihrem Clown nicht auf den Jahrmarkt?«

»Er meint mich«, sagte Albert lächelnd, den Blick starr geradeaus gerichtet.

Wyatt Barnes kehrte zu Minnie zurück. »Mir reißt jetzt bald die Geduld. Wenn Sie nicht wollen, daß es hier Mord und Totschlag gibt, dann gehen Sie lieber freiwillig. Andernfalls kann ich für nichts garantieren.«

»Klar könn Sie, Mister Wyatt«, sagte Minnie. »Brauchen gar nich groß rumlügen deshalb. Ich bin vielleicht alt, aber blöd bin ich nich. Wenn ich das wär, dann wär ich nich so alt geworden.«

»Ich sag's Ihnen noch mal, ich kann für nichts garantieren.«

Minnie schwieg.

»Ich könnte euch alle miteinander verhaften, aber das ist natürlich genau das, was ihr wollt.«

Niemand antwortete.

»Oder?«

»Das einzige, was wir wollen«, hörte Walter Marshall sich sagen, »ist etwas zu essen.«

Der Mann sah ihn an. »Und das einzige, was ihr kriegt, sind eingeschlagene Köpfe.«

»Wir lassen uns auf keinerlei Tätlichkeiten ein«, sagte Stephen. »Wir berufen uns nur auf unsere im Gesetz verankerten Rechte.«

»Nix da. Schaut mal dort rüber. Das Schild über der Kasse.« Barnes las es laut vor: »›Wir behalten uns das Recht vor, die Bedienung zu verweigern.‹ Tja. Mr. McConnell paßt es nicht, wenn Leute hier reingerumpelt kommen und seine Kellnerin anpöbeln, dazu noch vor den friedliebenden, gesetzestreuen, gottesfürchtigen Bürgern dieser Stadt, und daß ihr dieses Lied singt und allen die Stimmung verderbt, paßt ihm auch nicht. Also besteht er auf seinem Recht, euch alle miteinander zum Gehen aufzufordern.«

»Dieses Lied haben wir gesungen«, sagte Stephen, »um die Obszönitäten zu übertönen, mit denen Ihre friedliebenden, gesetzestreuen, gottesfürchtigen Bürger uns überhäufen, Sir. Wie Sie selber hören können.«

»Herrgott noch mal«, sagte Barnes, »ich will doch nur verhindern, daß hier jemand zu Schaden kommt.«

»Wir wollen nichts weiter als einen Happen zu essen. Dann sind Sie uns sofort los.«

Barnes ging zum Eingang hinüber, wo der Mann mit der Kochschürze stand, und murmelte ihm etwas zu. Der Mann in der Schürze antwortete ebenfalls murmelnd. Die Menge draußen war größer geworden, und der Unmut schien mit der Zahl der Leute zu wachsen. Barnes kam wieder an den Tisch, beugte sich herunter und sah Minnie an.

»Ich sag Ihnen was, Mammy.«

»Minnie.«

»Schon gut, schon gut – Minnie. Ich sag Ihnen, was wir

machen. In fünf Minuten packen wir hier zusammen, verstehn Sie? Wir schwingen uns wieder in unsre Kisten und stellen uns an den Highway und schreiben Raser auf, und was mit euch passiert, ist euer Problem.«

»Damit in so'm feinen Laden alles kurz und klein geschlagen wird? Das wern Sie bestimmt nich machen.«

Der Lärm draußen schwoll an, und Marshall bekam es mit der Angst zu tun. Auch Stephen hatte Angst, das sah er, und Minnie auch. Ein kleines Prickeln lief ihm durch die Adern. Das war die Furcht, aber durchsetzt mit etwas anderem – einem Gefühl der Verbundenheit, das stärker war als die Furcht. Sie würden tatsächlich aus ihrer Zusammengehörigkeit Kraft schöpfen können. Kaum hatte er den Gedanken zu Ende gedacht, als sein Blick auf das schreiende Gesicht eines blonden Jungen von vielleicht dreizehn Jahren fiel, auf den häßlich verzerrten kleinen Mund, der das Wort »Niggerfreund« formte, und schlagartig fühlte er sich allein und bedroht und völlig verzagt. Er wünschte sich weit weg von all diesen wütenden Leuten, irgendwohin, wo er in Sicherheit war. Es waren so viele. Ihre Wut hatte etwas Persönliches bekommen. Und ein Sprechchor hatte sich auch gebildet. »Nigger raus, Nigger raus ...« Erwachsene Menschen standen da mit ihren Kindern und brüllten, und die Kinder brüllten mit. Großmütter, Frauen mit Babys. Kleine Mädchen mit Rattenschwänzen und Söckchen und Zahnlücken.

Barnes sagte: »Gleich haben wir hier einen Krawall, und dann geht es nicht ohne Verletzte ab.«

»Das hätten Sie gern, wie«, sagte Minnie.

»Herrgott, wollen Sie unbedingt umgebracht werden? Sind Sie hierhergekommen, um sich umbringen zu lassen?«

»Wir ham hier niemand was getan«, sagte Minnie laut, ohne ihn anzusehen.

Draußen auf dem Parkplatz brannte etwas. Sie hatten einen Ölkanister vom Bootsanleger geholt und darin ein Feuer angezündet. Ein paar Männer machten sich Fackeln, mit Stöcken und Plankenstücken vom Anleger.

Barnes drehte sich zu einem seiner Männer um. »Geh da raus und sorg für Ordnung, verdammt noch mal. Ich will hier keinen Krawall. Wollen Sie einen Krawall?« Er wandte sich wieder Minnie zu. »Wollen Sie einen Krawall? Wir haben doch langsam alle kapiert, worauf ihr hinauswollt. Was habt ihr davon, wenn ihr 'ne Kugel abkriegt oder noch was Schlimmeres?«

Marshall starrte über die leeren Tische auf den Tumult vor den Fenstern, die wütenden Gesichter. Er sah Männer mit Stökken auf und ab gehen, mit den Armen fuchteln, schreien. Noch mehr Autos kamen angefahren, und noch mehr Männer stiegen aus, Männer mit Schrotflinten.

»Die haben Gewehre«, sagte Alice.

»Verdammte Scheiße«, sagte Barnes. »Nicht während meiner Schicht.«

»Ich tät mich ja schämen«, sagte Minnie. »Nix wie schämen tät ich mich, wenn meine Leute sich so aufführen täten.«

»Jetzt hör zu«, sagte Barnes zu Stephen. »Das hier hat nichts mehr mit Protest zu tun. Ich kann jetzt nur noch schauen, daß ich euch einigermaßen heil hier rausschaffe.«

Auf dem Parkplatz war ein Fernsehteam vorgefahren. Marshall sah den Wagen und die Aufschrift an der Seitentür, und er tippte Stephen über den Tisch hinweg aufs Handgelenk. »Schau mal.«

Stephen lehnte sich an Barnes vorbei und spähte blinzelnd nach draußen. »Was ist das?«

»Fernsehen«, sagte Marshall und registrierte dabei sinnloserweise, daß Stephen kurzsichtig war.

Barnes hatte es auch gesehen. »Na wunderbar.« Während er noch sprach, begannen ein paar Männer aus der Menge, an dem Wagen zu rütteln. Jemand – eine Frau im Ledermantel – schleuderte ein brennendes Holzscheit gegen die Windschutzscheibe.

Barnes stapfte zu dem Mann mit der Kochschürze hinüber und verhandelte über den Lärm hinweg mit ihm. Nach einer Weile kam er zu ihnen zurück, stützte sich mit den Händen auf dem Tisch auf und wartete auf eine Gelegenheit zum Sprechen.

»So sieht's aus«, sagte er zu Minnie. »Die Fernsehleute sitzen in ihrem eigenen Fahrzeug fest, und als nächstes seid ihr dran. Ich nehme euch jetzt alle zu eurer eigenen Sicherheit fest. Kapiert?«

Minnie sagte: »Mich brauchen Sie nich beschützen, junger Mann.«

»Wir haben ein paar zusätzliche Streifenwagen angefordert. Habt ihr das kapiert? Wir müssen warten.«

»Braucht's alles nicht«, sagte Minnie.

»Ihr müßt uns eure Autoschlüssel geben, damit unsere Jungs sie wegbringen können, bevor die Meute es spitzkriegt.«

Einen Moment lang antwortete niemand.

»Als nächstes fackeln sie eure Autos ab. Ihr seht doch, daß wir nichts machen können. Ich versteh, worum's euch geht, aber das führt jetzt zu nichts, und wenn wir euch nicht bald hier rausschaffen, dann ist hier die Hölle los. Da sind Leute dabei, mit denen würde ich mich an eurer Stelle nicht anlegen. Und das sind nicht die Obrigkeiten und nicht die Vertreter von Recht und Gesetz. Kapiert ihr das? Ihr nützt gar niemand, wenn ihr tot seid. Oder irgendwo auf der Intensivstation liegt.«

Minnie sagte etwas zu Stephen, und er drehte sich um und sprach mit Alice am anderen Tisch. Alice holte die Schlüssel aus ihrer Handtasche.

»Nutte«, schrie es vom Fenster her. Irgendwo splitterte Glas.

»Verdammter Scheißdreck«, sagte Barnes. »Wo kommen die überhaupt alle her? So viele Leute wohnen doch in der ganzen Stadt nicht.«

Alice sah Marshall an und lächelte – ein völlig unbeschwertes Lächeln, so als wohnten sie einem fröhlichen Schauspiel bei. Draußen drängten sich mittlerweile an die hundert Leute. Sie schwangen Stecken und Knüppel und Schrotflinten. Jemand schleuderte eine Flasche gegen die Fensterscheiben, und wieder ging Glas zu Bruch. Der Übertragungswagen brannte. Die Besatzung hatte sich irgendwie in Sicherheit gebracht, und die Meute hatte sich um das Fahrzeug versammelt und versuchte es umzukippen. Andere warfen mit brennenden Holzstücken oder

Papierfetzen. Jemand ließ ein paar Knallkörper hochgehen, und erneut splitterten Scheiben.

Barnes winkte die anderen Polizisten heran. »Sie stehen alle unter Arrest.« Er wandte sich an Minnie. »Kommen Sie freiwillig mit, oder müssen wir Sie rausschleifen? Wenn ich Sie schleifen muß, dann fallen die da draußen über uns her, das versprech ich Ihnen, und aus diesem Krawall wird ein Massaker.«

Minnie sah Stephen an, der nickte.

»Wir komm mit«, sagte Minnie. Dann zeigte sie auf den Mann mit der Kochschürze. »Aber was der da macht, das is gegen's Gesetz, und dafür muß er bezahlen, da sorgen wir für.«

»Man hofft, solang man lebt«, sagte Barnes.

Sie warteten, während die Menge draußen tobte und schrie. An der Tür kam es zum Gerangel, als zwei der Polizisten einen Mann aus dem Weg zu schieben versuchten, der daraufhin nach ihnen zu treten und zu schlagen begann.

»Himmelherrgott«, sagte Barnes und wischte sich den Nacken.

»Herr, erbarme dich«, murmelte Marshall, und dann erst ging ihm die wahre Bedeutung der Worte auf. Mit unterdrückter Stimme sagte er es noch einmal: »Erbarme dich unser.«

»Wo zum Teufel kommt ihr überhaupt her?« fragte Barnes Stephen.

»Von hier«, sagte Stephen.

»Hab euch in meinem ganzen verdammten Leben nicht gesehen.«

»Washington«, sagte Stephen.

»Nicht grade der nächste Weg, würd ich sagen.«

»Kommt drauf an.«

»Wir sind hier zu Hause«, sagte Alice.

»Und deshalb denkt ihr, ihr könnt hier nach Lust und Laune Ärger machen, oder wie?«

»Nein, Sir«, sagte sie. »Wir wollten nur kurz was essen.«

Barnes wandte sich an Minnie. »Sind Sie nicht bißchen alt, um bei solchem Unfug mitzumachen?«

»Alt«, sagte Minnie. »Und am Ende.«

»Sehen Sie.«

»Mit meiner *Geduld*«, sagte sie. »Mit der bin ich am Ende.« Ihr Blick wanderte über die wütenden Gesichter vor den Fenstern.

»Ihr müßt den Leuten etwas Zeit geben«, sagte Barnes.

»Zeit. Und was lern die Kinder da draußen? Hörn Sie das? Zeit. Den Luxus könn wir uns nich leisten.«

Die Streifenwagen kamen an, zwei Stück, mit heulenden Sirenen.

»Also dann«, sagte Barnes. »Machen wir's mit System.« Er ließ seine Männer ein Spalier bilden, und unter dem Geschrei des Mobs bewegten sie sich langsam auf den Parkplatz hinaus. An allen Ecken und Enden wurde gerempelt und gestoßen und gepufft. Angreifer und Polizisten schlugen sich in nächster Nähe, lauter separate Kämpfe, wie kleine Feuer, die um ein großes brennen. Ein Stück entfernt, auf einer kleinen Anhöhe gegenüber dem Bootssteg, baute das leicht angeschlagene Fernsehteam seine Kameras auf. Ihr Wagen brannte nach wie vor, Rauch stieg in dicken Schwaden von ihm auf, eine hohe schwarze Säule. Jemand spuckte Minnie an, und dann kam eine Flasche geflogen, die Albert an der Schläfe traf. Albert strauchelte, sackte zwischen den Polizisten zusammen. Sie versuchten ihn aufzurichten, und der Mob drängte gegen das Spalier. Albert drehte sich um, blutend; es sah aus, als wolle er die Person, die ihn verletzt hatte, zur Rede stellen. Die Männer, die ihn stützten, mußten ihn halb ziehen, halb tragen, und die Menge drängte noch näher heran, Schimpfwörter rufend, spuckend. Albert blutete stark; er wirkte sehr wacklig, als er in den Streifenwagen kletterte. Alice stieg mit ihm ein und fing gleich an, ihn zu verarzten, und Ty und Ollie folgten ihnen. Marshall wurde in den ersten der beiden Wagen geschoben, zusammen mit Minnie, Stephen, Diane und drei anderen.

»Na dann«, sagte Diane, die Marshall gegenübersaß. »Hast du schon mal ein Gefängnis von innen gesehen?«

Er schüttelte den Kopf.

»Freu dich drauf.«

Die Türen des Wagens wurden geschlossen. Die plötzliche Dunkelheit hatte etwas Erschreckendes. Und dann begann es gegen die Blechwände zu hämmern, gegen die Türen. Der Lärm war unglaublich. Minnie, die neben Diane saß, hatte die Hände im Schoß gefaltet und den Blick ins Leere gerichtet; sie schien den Krach gar nicht zu hören. Ihr gegenüber, neben Marshall, saß Stephen. Er beugte sich vor und nahm ihre Hände. Sie sah ihn an, schien ihn aber nicht wahrzunehmen, und er ließ los. Die anderen drei waren Reg, Cole und Mike; Diane rief jeden einzelnen mit Namen auf und fragte, ob der Rest es in den zweiten Wagen geschafft hatte.

»Nigger, Nigger, Nigger ...«

Das Gebrüll ließ nicht nach. Die Menge versuchte den Wagen umzukippen, er schwankte heftig, und durch die kleine Öffnung zu den Vordersitzen hin sahen sie Fackeln, züngelnde Flammen.

Stephen fing wieder zu singen an, die Hände schwenkend wie ein Dirigent.

*Ain't gonna let nobody turn me round, turn me round, turn me round ...*

Sie fielen ein, während das schreckliche Dröhnen und Schaukeln andauerte, aber dann tat sich vorne etwas, Gerangel, Türenschlagen, Flüche, Rufe. Zwei von den Polizisten waren eingestiegen, sie hatten es ins Wageninnere geschafft und die Türen zubekommen, und jetzt rollte der Wagen langsam an, immer noch wild schwankend, immer noch heftig attackiert von Fäusten und Stöcken.

Sie sangen weiter, mit einer Macht, als wäre ein ganz neuer Geist über sie gekommen, ein Geist, der ihnen von irgendwoher verliehen worden war, damit sie dem Sturm des Hasses dort draußen standhalten konnten. Marshall blickte in das runde, erschöpfte Gesicht der alten Frau, die beim Singen in ihre kleinen Hände klatschte, daß die kaffeebraunen, makellos glatten

Fleischmassen an ihren Armen wabbelten, und diesmal sang er ganz von selber mit, er hatte die Stimme dafür, die Worte, den Atem, seine Stimme stieg auf mit den anderen Stimmen und übertönte das schreckliche Geheul der Meute. Er spürte, wie die Kraft der anderen in ihn hineinströmte, und ihm schien, daß nichts und niemand sie aufzuhalten vermochte, jetzt nicht mehr. Die Wut draußen konnte auf die Dauer nicht ankommen gegen dieses Gefühl der Verbundenheit, gegen diese Gnade, gegen die Gerechtigkeit ihrer Sache. Er sah die Reihe der Gesichter ihm gegenüber, sah die Freude, die Unverzagtheit darin, singend und immer weiter singend, und plötzlich erfüllte ihn eine wortlose Ahnung davon, was für ein schönes Land sie gemeinsam aufbauen würden, wenn erst den Unwissenden und den Furchtsamen die Augen geöffnet worden wären. Der Wagen gewann allmählich an Tempo. Steine, Stöcke und Flaschen prasselten gegen die Türen, in einem Rhythmus, der kein Rhythmus war, aber trotzdem griffen sie ihn auf, klatschten und sangen, und dann lag alles hinter ihnen, und es gab nur noch den Klang ihrer Stimmen, das Dröhnen der Geschwindigkeit, während der Wagen die Straße entlangbrauste und sie mit sich wegtrug, immer weiter – fort von aller Gefahr.

## 11

Sie sangen die ganze Stunde, die sie unterwegs waren. Als der Wagen hielt, verstummten sie. Einen Moment lang sprach niemand. Ein kleiner Schauer der Furcht durchlief sie. Der tuckernde Motor wurde abgestellt, und dann knirschten auf dem Kies draußen Schritte. Die Türen flogen auf. Draußen stand Barnes, und hinter ihm sah man das matte Grün von Bäumen und Strauchwerk, einen Acker, auf den zwischen den Wolkenwänden eines tiefhängenden Himmels einzelne Sonnenstrahlen herabsickerten. »Da wären wir«, sagte er. »Raus mit euch.«

Stephen stieg als erster aus und half dann Minnie. Als sie alle in dem eisengrauen Licht auf dem Kies versammelt waren, wurden die Türen zugeschlagen, und die Wagen fuhren davon.

»Wo sind wir?« fragte Diane.

»Howard County«, antwortete Barnes. Dann trat er einen Schritt zurück und sprach zur ganzen Gruppe. »Eure Fahrzeuge stehen gleich da drüben. Ihr könnt euch reinsetzen und heimfahren. Kapiert? Oder ihr fahrt die fünfzig Meilen zum Restaurant zurück, und wir spielen das Ganze noch mal durch. Oder wir lassen euch einfach von der Meute in Stücke reißen. Tja, Leute, das hätten sie nämlich mit euch gemacht. Okay, ihr habt's uns allen gezeigt. Schaltet eure verdammten Anwälte ein und tut, was ihr für richtig haltet. Aber ich wäre euch dankbar, wenn ihr euch einen anderen Ort für eure kleinen Protestaktionen suchen könntet – und wenn ihr nicht in Teufels Küche kommen wollt, dann richtet ihr euch danach. Ich bin ein guter Polizist, ob ihr's glaubt oder nicht. Ich werde dafür bezahlt, daß ich für Ruhe und Ordnung sorge und die Bevölkerung schütze, und genau das habe ich heute gemacht. Ich hab euch mit einem Minimum an Blutvergießen da rausgeschafft. So, wenn ihr nicht noch irgendwas von mir wollt, dann würde ich vorschlagen, ihr fahrt dahin zurück, wo ihr hingehört.«

»Ich kann Leute vom Fernsehen mitbringen«, sagte Alice halblaut. »Wir können gleich morgen wieder hinfahren.«

»Es kommt euch vielleicht nicht so vor, aber ich bin auf eurer Seite«, sagte Barnes. »Ich würd's euch Negern von Herzen gönnen, daß ihr anständig behandelt werdet. Aber ich werde dafür bezahlt, daß ich für Ruhe und Ordnung sorge …«

»Sie werden dafür bezahlt, dafür zu sorgen, daß die Gesetze eingehalten werden«, sagte Stephen ruhig.

Barnes stand einen Moment stumm da. Dann murmelte er: »Manchen Leuten geht's echt zu gut.«

»Ham Sie's jetzt?« fragte Minnie barsch. »Dann haun Sie ab. Nich daß Sie uns doch noch festnehm.«

Er schüttelte den Kopf, stiefelte zu seinem Wagen hinüber, stieg ein und fuhr weg. Minnie ließ sich von Stephen mit langsamen Schritten zu Alices Auto führen. Alle versammelten sie sich um Minnie – Diane, Albert mit seinem blutenden Gesicht, Ty und Reg und die anderen.

»Jetzt schaut, daß ihr heimkommt«, sagte Minnie kurzatmig. Diane umarmte sie, und einer nach dem anderen folgten sie ihrem Beispiel. Minnie nahm den Tribut mit einem Anflug von Ungeduld entgegen. »Schaut, daß ihr heimkommt«, wiederholte sie, als Marshall die Arme um sie legte. »Sagt ein Gebet.«

Marshall, Albert und Stephen stiegen in Alices Auto.

»Alles halb so wild«, sagte Minnie, während sie sich in den Sitz hievte. Sie winkte Diane und den anderen zu, die schon auf die Straße hinausbogen. Dann blieb der Wagen plötzlich stehen, und Diane schrie durch das Beifahrerfenster: »In welche Richtung müssen wir überhaupt?«

»In die«, sagte Stephen und deutete mit dem Finger.

»Bis bald«, rief Diane.

Alice beugte sich über Marshall, um ihr zuzuwinken.

Sie sprachen nicht viel auf der Heimfahrt nach Washington. Als sie die Brücke nach Virginia überquerten, schimmerte zu ihrer Rechten das Washington-Denkmal vor dem grauen Himmel, und Alice meinte, es sähe aus, als würde es von innen heraus leuchten.

Als sie auf der anderen Seite des Flusses etwa eine Meile zurückgelegt hatten, spürte Minnie auf einmal Stiche in der Brust. Sie preßte ihre beiden zarten Hände an den gewaltigen Busen und versuchte zu schnaufen. Das Geräusch ließ sie alle verstummen. Minnie rang nach Luft und gab eine Art Huster von sich, dann sackte sie gegen Stephens Schulter. Er legte den Arm um sie, während Alice an roten Ampeln vorbeifegte und den Weg zum Arlington Hospital einschlug – in die Notaufnahme, wo der Mann an der Anmeldung nur langsam in die Gänge kam, eingeschüchtert durch die riesige Gefolgschaft der Patientin, die zusammengesunken dasaß, ein Bild schierer Mutlosigkeit, und deren Augen alles zu fixieren schienen, was sich vor ihnen bewegte, als suchten sie verzweifelt nach etwas, das ihnen das Licht wiederbringen konnte. Schließlich wurde Minnie einen Krankenhauskorridor entlanggerollt, und das Warten begann. Albert rief Emma an und sagte ihr, daß er heute abend nicht mehr vorbeischauen würde; Marshall rief seine Mutter an, um zu sagen, daß es spät werden könnte, aber seine Mutter ging nicht an den Apparat. Alice sprach mit ihrem Vater, der nicht verstand, was sie so spät am Samstag abend mit diesen Leuten machte, wo sie doch einen Ausflug mit ihrem Verlobten unternommen hatte. Sie gab sich keine große Mühe, es ihm am Telephon zu erklären. Genauer gesagt legte sie einfach auf, mit einem Achselzucken zu Marshall hin. Er dachte bei sich, daß sie doch keine so schlechte Ehefrau abgeben würde und daß er die Sache jetzt wirklich durchziehen wollte. Aus dem richtigen Winkel betrachtet, war sie beinahe schön. Das dachte er, und dann schob er den Gedanken hastig beiseite. Diese seltsam kalten, unbeteiligten Momente beunruhigten und verstörten ihn. Er betete ein Ave-Maria für Minnie und versuchte sich dann auf das zu konzentrieren, was Alice zu ihm sagte.

»… ich bin schließlich eine erwachsene Frau. Und außerdem hätte er eigentlich selber dabeisein müssen. Es ist sein Beruf, verdammt noch mal.«

Alle blieben und warteten auf Nachricht von Minnie. Der

Mann an der Anmeldung wollte wissen, in welcher Beziehung sie zu ihr standen, und Alice sagte: »Wir sind Freunde von ihr. Alle.«

Und zu Marshall gewandt, setzte sie hinzu: »Ich möcht echt wissen, was in manchen Leuten vorgeht.« Sie war dem Weinen nahe.

Er legte ihr den Arm um die Schulter, aber irgendwie schien es die falsche Geste. Es hatte etwas zu Kameradschaftliches, fast, als wären sie beide Männer, doch so wie er saß, ließ es sich nicht anders machen. Mit seiner freien Hand griff er nach ihrer Hand und hielt sie fest. Sie schmiegte den Kopf an seine Schulter. Ihnen gegenüber redete Albert leise mit Stephen. Er drückte sich ein Taschentuch ans Gesicht. Die Blutung hatte aufgehört, und um das Auge bildete sich ein Veilchen. Andere Leute kamen mit anderen Verletzungen und Problemen, und es wurde Abend und dann Nacht. Marshall rief noch einmal zu Hause an, und Clark Atwater hob ab.

»Wo bist du?« fragte er. »Deine Mutter ist schon außer sich vor Sorge.«

»Mir geht's gut. Ich bin mit Alice zusammen.«

»Wie gesagt, deine Mutter ist außer sich vor Sorge.«

»Können Sie sie bitte holen?«

»Sie sitzt gerade auf der Toilette.«

»Richten Sie ihr aus, daß es mir gutgeht und daß ich bald heimkomme.«

»Und was heißt das genau – bald?«

»Mr. Atwater, ich komme, sobald ich kann.«

»Ich sag's ihr. Weiß nicht, ob sie das besonders beruhigt.«

Alice und Stephen saßen nebeneinander im hintersten Eck des Wartezimmers. Albert saß ihnen gegenüber, eine Zeitschrift so dicht vor dem Gesicht, daß seine Nasenspitze die glänzenden Seiten berührte. Es gab nichts Neues. Marshall setzte sich auf den Stuhl rechts von Alice, und sie nahm seine Hand.

»Wir wollen heiraten«, erklärte sie Stephen.

»Herzlichen Glückwunsch.«

Eine Krankenschwester hatte Albert einen Eisbeutel gegeben, den er sich brav gegen Schläfe und Wange drückte, das Gesicht in der Zeitschrift vergraben.

»Was für ein Tag«, sagte Alice.

Dann schwiegen sie eine lange Zeit. Andere Patienten kamen und gingen – in der Nähe hatte es einen Autounfall gegeben, und mehrere Verletzte wurden auf Bahren an ihnen vorbeigetragen. Einmal ging Stephen zur Anmeldung und erkundigte sich nach Minnie, aber sie hatten noch nichts gehört. Alice begann von Minnie zu erzählen, von ihren Kindertagen unter Minnies strengem, schwarzem, liebevollem Blick. Stephen hatte Minnie über die alte Eva kennengelernt, deren Beerdigung sie am Morgen besucht hatten. Eva war sehr religiös gewesen, erzählte er, eine Säule ihrer Gemeinde. Die Kirche bedeutete Minnie sehr viel, und Eva hatte sie auch sehr viel bedeutet. Minnie besuchte die Kirche schon, seit sie ihren Mann verloren hatte, irgendwann kurz nach Kriegsbeginn. Ihr Mann war mit siebenunddreißig zur Armee gegangen und auf einem Schiff im Pazifik gestorben, bei der Schlacht von Midway. Minnie habe seinen Tod nie verwunden, sagte Stephen. Sie habe oft mit Eva über ihn gesprochen.

»Das hat sie bei uns daheim nie«, sagte Alice.

Eine kleine, verlegene Pause entstand.

»Sie wollte nie über ihn reden. Sie hat uns verboten, ihn zu erwähnen.«

»Tja«, sagte Stephen behutsam. »So ist Minnie eben.«

Sie warteten immer noch. Endlich kam ein Arzt. Die Patientin würde jetzt ausruhen, sagte er zu Alice; sie seien etwas beunruhigt gewesen wegen ihres Herzens, aber da scheine alles in Ordnung. Sie würden sie zur Beobachtung über Nacht dabehalten, aber so wie es aussehe, sei der Zusammenbruch einfach eine Folge von Erschöpfung gewesen.

Sie sei eingeschlafen, und am besten ließe man sie bis zum Morgen durchschlafen.

Alice dankte ihm, und sie gingen alle hinaus in die Dunkelheit. Stephen und Albert wollten den Bus in die Stadt nehmen.

Alice hatte angeboten, sie heimzubringen, aber das hatten sie abgelehnt; sie könnten genausogut mit dem Bus fahren, meinten sie. Albert und Alice umarmten sich zum Abschied, und dann umarmte Alice Stephen ebenfalls. Stephen stützte Albert auf dem Weg zur Bushaltestelle. Sie gaben ein seltsames Paar ab, Albert soviel größer als der andere, der sich in ihn hineinzulehnen schien, ein Puffer gegen die Schwerkraft.

Damit waren Marshall und Alice allein. Sie stiegen ins Auto, und Alice drehte den Zündschlüssel, leise weinend.

»Es wird alles gut«, sagte er.

»Ich weiß. Ich kann nur – diese Leute – daß sie vor ihren Kindern so schreckliche Sachen sagen.« Sie schniefte. »Stell sie dir daheim vor – diese ganzen Leute, die geschrien und gebrüllt und Steine geworfen haben. Die lieben doch bestimmt alle ihre Familien. Sie arbeiten hart und sind anständig und tüchtig, und fromm wahrscheinlich auch noch. Sie erziehen ihre Kinder zu guten, rücksichtsvollen, anständigen, höflichen Menschen, und gleichzeitig impfen sie ihnen dieses – dieses Gift ein. Ich versteh's nicht. Ich versteh's einfach nicht.«

»Ich auch nicht«, sagte er. Aber es war reiner Reflex, und er schämte sich deswegen.

Die Fahrt zu Marshalls Haus dauerte nur fünf Minuten. Alice brachte den Wagen zum Stehen, beugte sich zu ihm und umarmte ihn. »Tja«, sagte sie. »Tolles Rendezvous, was?«

»Geht's dir besser?« fragte er.

»Ja.« Sie klang so, als würde sie gleich wieder zu weinen anfangen. »Ich liebe dich.«

Er wiederholte den Satz. Fast begann er selber daran zu glauben. Sie hatte ihm heute einiges an Bewunderung abgenötigt. »Möchtest du noch ein bißchen mit raufkommen?« fragte er.

»Ich glaube, ich sitz auch so schon ziemlich in der Tinte.«

»Dein Vater wird aber doch nicht wütend auf Minnie sein, oder?«

»Er ist wütend auf mich. Er denkt wahrscheinlich, ich hätte sie in die Sache reingezogen, dabei war es ja eher andersrum.«

»Gott sei Dank fehlt ihr nichts Ernstes«, sagte Marshall.

»Ich hatte ja eigentlich gedacht, ich könnte morgen mit dir in die Kirche gehen, aber ich sollte wohl lieber daheim bleiben und mich um Minnie kümmern.« Sie küßte ihn noch einmal. »Tschüs, mein Schatz.«

Er blieb auf dem Gehsteig stehen und sah dem Auto nach, bis es um die Ecke verschwunden war. Oben in der Wohnung stand seine Mutter am erleuchteten Fenster. Er ging ins Haus, stieg die Treppe hinauf, und sie wartete schon auf dem Treppenabsatz auf ihn.

»Ich hab mir solche Sorgen gemacht.«

»Ist Mr. Atwater da?« fragte er.

»Ja, natürlich. Wo warst du?«

»In Maryland. Krabbenessen.«

Er trat an ihr vorbei in die Wohnung. Atwater saß mit einer Schüssel Eiskrem vor dem Fernseher. »Wo zum Teufel warst du, Junge? Deine Mutter ist fast durchgedreht wegen dir.«

# 12

Am Sonntag nach der Messe rief Alice ihn aus dem Krankenhaus an. Minnie ging es nicht besser, aber ihr Zustand war stabil. Alice war den Vormittag über bei ihr gewesen, und sie hatte auch ein paar andere Besucher gehabt, hauptsächlich Mitglieder von Minnies Kirchengemeinde. Familie in dem Sinn hatte sie nicht. »Ich bin ihre Familie«, sagte Alice und brach in Tränen aus.

»Soll ich kommen?« fragte er.

»Ich weiß nicht, wie lange ich noch da bin«, sagte sie. »Ruf mich später daheim an, ja?«

Er nahm den Lark und fuhr nach Washington, zur Schule – unter anderem deswegen, weil er wissen wollte, wie es Mr. D'Allessandro ging, dessen Gesicht, so gehetzt und entsetzt, ihn in der Nacht verfolgt hatte, vermengt mit Bildern von überfüllten Räumen und Männern, die auf ihren Händen dahinwanderten, von wütenden Volksmassen und Polizisten. Er fühlte sich rastlos und elend: Der wilde Haß der Menge – das seltsam Mechanische daran, als wäre die Wut eine ihrem ursprünglichen Sinn und Zweck entfremdete gesellschaftliche Konvention, die Zelebrierung eines inhaltsleeren Glaubens, dessen Anhänger alles Fragen, alles Zweifeln, überhaupt jegliches Denken längst aufgegeben hatten –, all das nagte an ihm und zersetzte das Hochgefühl, das diese Erfahrung der Verbundenheit in ihm geweckt hatte.

Loretta würde sich den Nachmittag über mit Clark Atwater ein Footballspiel ansehen.

Also fuhr er allein in die Stadt.

Mr. D'Allessandro erledigte am Sonntag normalerweise Papierkram im Büro – Marshall war schon mchrmals sonntags ins Studio gekommen, um Werbung für den spanischen Sender aufzunehmen –, aber heute war die Radioschule geschlossen. Die Bibliothek des Abendkollegs war offen, und Marshall wartete eine Zeitlang, ob Mr. D'Allessandro nicht doch noch auftauchen würde. Den Gedanken an Natalie versuchte er tunlichst zu unterdrücken. Schließlich fuhr er die gute Meile auf der New Hampshire Avenue nach Osten zu der alten viktorianischen Villa, in der Albert Waple seine kleine Wohnung hatte. Loretta, zu deren größten Ängsten es gehörte, jemandem zur Last zu fallen, hatte ihrem Sohn eingebleut, daß man nie unangemeldet zu Besuch kommen dürfe, deshalb hielt er bei der Telephonzelle an der Ecke und rief erst einmal an.

Albert schien erleichtert, seine Stimme zu hören. »Ja, natürlich. Gerne. Ich hab vorhin schon mit Alice geredet.«

Es war ein frischer, sonniger Nachmittag; scharfgemeißelte, schneeweiße Wolkenberge türmten sich an einem Himmel von tiefdunklem Blau. Ein schöner Tag, und doch wirkten die Straßen wie ausgestorben. Die Bäume in Alberts Straße warfen ihre Schatten auf den Asphalt, auf die unkrautüberwucherten Risse im Gehsteig, aufs Gras. Einzelne Blätter wurden schon gelb, und an manchen Stellen kündigten sich die Bronzetöne des Herbstes an. Aber die Häuser waren fleckig von Ruß und Kohlenstaub, und in diesem Licht bekam ihre Schmutzigkeit etwas Übertriebenes, fast Aufdringliches. Es wehte kein Wind. Die Luft roch nach Kohlen und Autoabgasen. Alberts Wohnung war eine von dreien im selben Haus, jede mit einem eigenen Eingang von der Veranda aus; Albert wohnte hinter der rechten Tür. Marshall klingelte, und gleich darauf sah er seinen Freund durch das Fenster spähen. Sein hageres Gesicht war auf der einen Seite ganz verquollen und verfärbt. Er öffnete die Tür und trat mit einem Lächeln zurück. »Wie nett. Das find ich schön, daß du an uns gedacht hast.«

Emma saß auf dem kleinen Sofa, eine dampfende Tasse Tee in der Hand. Im Hintergrund lief eine Andy-Williams-Platte. »Hallo«, sagte Emma zu den Klängen von »The Days of Wine and Roses«.

Albert sagte: »Emma ist allein mit dem Bus hergekommen. Sie wird langsam eine richtige Weltreisende.«

Sie lächelte. »Alice ist nicht dabei?«

»Nein.«

»Das war ein so wunderbares Fest.«

Albert zeigte auf sein Gesicht und schüttelte warnend den Kopf. »Und?« fragte er. »Was bringt dich in die Stadt?«

Marshall erklärte, daß er in der Schule vorbeigeschaut hatte.

»Albert scheint nie in die Schule zu gehen, wenn er nicht muß«, bemerkte Emma.

»Ich geh schon manchmal«, sagte Albert ruhig. Er sah wirklich übel aus. Die Haut um sein geschwollenes, lila-gelb angelaufenes Auge schillerte krank und fahl. Er tippte zaghaft gegen die wunde Stelle und bot Marshall eine Tasse Tee an. Ein Weilchen saßen sie stumm da. Marshall sah zu den Bildern an den Wänden empor – Alberts Eltern, seine Nichten und Neffen, die Veranda seines Elternhauses in Montgomery County in Maryland. Albert hatte ihm von den Gewittern erzählt, die er von dieser Veranda aus beobachtet hatte, davon, wie er 1958 nach dem großen Schneesturm von der Veranda aus direkt in den angewehten Schnee hatte steigen können. Die Wohnung war spärlich möbliert, und alles stand voller Bücher: Bücher auf der Treppe, die an einer Wand endete (früher einmal hatte sie offenbar zu den Schlafräumen hinaufgeführt), Bücher auf den Tischchen zu beiden Seiten des Sofas, auf dem Schreibtisch an der linken Wand, ganze Türme von Büchern neben dem Bett im Schlafzimmer, das durch den ebenfalls mit Büchern vollgestellten Gang zu sehen war. Sogar in der Küche stapelten sie sich, auf dem Tisch, auf der Anrichte, in den Hängeschränken, die eigentlich für das Geschirr gedacht waren. Marshall auf seinem Eßzimmerstuhl gegenüber von Alberts und Emmas Couch ließ seine Blicke wandern, und dann fing Emma an, über Mr. D'Allessandros Pläne zur Rettung der Schule zu sprechen. Die Platte lief: der angenehme, leichte Bariton, die Geigen, ein Chor von Frauenstimmen. Albert wirkte traurig und ein bißchen gereizt und goß ihnen allen Tee ein.

»Wir machen uns einen richtig englischen Nachmittag, nicht?« sagte Emma. »Jetzt fehlen nur noch die Gurkensandwiches. Das höre ich so gern, dieses kleine Klimpern, wenn die Tasse auf der Untertasse abgesetzt wird. Es hat irgendwie so etwas Zivilisiertes. In meiner Familie trinken wir jeden Nachmittag Tee.«

»Meine Mutter trinkt auch gern Tee«, sagte Marshall. »Sie schüttet sich Likör rein.«

»Ich habe noch nie Tee mit Likör getrunken. Schmeckt das gut?«

»Ich hab's nur einmal probiert. Ging so.«

»Aber deine Mutter findet es gut.«

»Ja.«

»Und sie trinkt viel Tee.«

»Die Schlußfolgerung liegt gewissermaßen nahe«, sagte Albert mit einem winzigen Anflug von Sarkasmus. Dann tätschelte er Emmas Schulter.

»Albert kommt mir seit ein paar Tagen irgendwie deprimiert vor«, sagte sie. »Ich glaube, er macht sich Sorgen wegen der Schule. Er sieht in letzter Zeit alles so negativ.«

»Ich wüßte nicht, warum ich mir wegen der Schule Sorgen machen sollte«, sagte Albert zu Marshall. »Dich interessiert der Rundfunk nicht mehr, und mir wird immer klarer, daß ich dort nichts verloren habe. Und das, was ein paar von den anderen – hast du das von Ricky Dalmas neulich gehört, über die falschen Weihnachtsgeschenke?«

»Immer ist er so negativ«, sagte Emma.

»Ich mache mir nur nichts vor.«

Emma wandte sich an Marshall. »Ich finde Alberts Stimme sehr wohltuend, und ich finde, daß er beim Radio genau richtig ist. Und du, Walter?«

»Mir hat mal jemand gesagt, ich hätte eine Radiostimme«, sagte Marshall. Er dachte an Clark Atwater. »Aber ich weiß nicht so recht.«

»Ich meine, wie du Alberts Stimme findest.«

»Oh. Ich – sie würde schon gehen.« Alberts kurzsichtiger, grämlicher Blick machte es Marshall unmöglich, mehr Begeisterung zu zeigen.

»Sie würde nicht nur ›gehen‹.« Emma stellte die Tasse auf die Untertasse in ihrer Hand. Die Bewegung war so zielsicher, daß es schwerfiel zu glauben, daß Emma blind war. Die Tasse kam mit einem hörbaren Klimpern auf, und befriedigt lehnte Emma sich zurück.

»Vielleicht wird mir einfach klar, daß ich es nicht mehr will«, sagte Albert.

»Aber du warst so erfüllt davon, als wir uns kennengelernt haben«, widersprach Emma. »Du hast über nichts anderes geredet. Und wenn du wirklich die Lust verloren hättest, dann wärst du jetzt nicht so unglücklich darüber.«

Albert schüttelte den Kopf, aber er sagte nichts.

Sie schwiegen wieder; der Plattenspieler lief.

Nach einer Weile war die Platte zu Ende, und mit einem kleinen Klicken hob sich der Tonarm und glitt in seine Halterung zurück. Das Schweigen schien sich auszudehnen, eine langgezogene, verlegene Pause. »Magst du Andy Williams?« fragte Emma.

»Schon«, sagte Marshall.

Albert stand auf und drehte die Platte um.

»Ich mag ›I Can't Get Used to Losing You‹ so gern. Ihr auch?« sagte Emma.

Albert hatte die Platte in Gang gesetzt. Langsam kehrte er zu seinem Platz neben Emma zurück. Er hielt den Blick gesenkt und befühlte mit einer Hand vorsichtig die Schwellung in seinem Gesicht.

»Alice mag Folkmusik«, sagte Marshall.

»Sie ist kein Beatles-Fan?« fragte Albert.

»Ich verstehe nicht, was an denen so toll sein soll«, erklärte Emma. »Sie sehen nicht mal nett aus.« Und wie um sich zu rechtfertigen, schob sie nach: »Meine Tante Patty hat sie mir beschrieben.«

»Sie werden sich nicht halten«, sagte Albert zu ihr. »Denk an Fabian.«

»Oh, aber Fabian find ich gut.«

»Schon, äh – nur hört man jetzt überhaupt nichts mehr von ihm.«

»Fabian mag ich sehr gern. Du nicht, Albert?«

»Ich wollte nur sagen, daß er auch ein großes Teenager-Idol war. Wie Tommy Sands. Ricky Nelson und Frankie Avalon. Diese ganze Truppe. Von denen hört man jetzt kaum mehr was. So wird's den Beatles auch gehen.«

»Ich finde nicht, daß die Beatles mit ihnen mithalten können«, entschied Emma.

»Nein«, bestätigte Albert rasch. »Natürlich nicht. Das finde ich auch.« Wieder eine unbehagliche Pause, dann sagte er: »Und Elvis?«

»Wißt ihr noch, wie sich alle über seine Koteletten aufgeregt haben?« Emma beugte sich vor; sie stellte die Frage feierlich in den Raum. »Jetzt wären sie wahrscheinlich heilfroh um Koteletten.«

Erneutes Schweigen.

»Möchtest du noch Tee, Emma?«

»Ja, danke. Die Tasse fühlt sich leicht an.«

Albert schenkte die Tasse voll.

»Besuch haben ist doch was Schönes«, sagte Emma. »Findest du nicht, Albert?«

»Doch, sicher«, sagte Albert.

Marshall fragte sich, worüber sie sich vor seiner Ankunft unterhalten haben mochten. Er spürte den Zwang, etwas zu sagen, und das machte ihn stumm; sein Inneres war leer, eine aufgewühlte Leere, in der er nach Worten tastete, nach irgendeiner Bemerkung. »Tja«, sagte er zu ihnen beiden, »dummerweise muß ich gleich wieder los.«

»Ein vielbeschäftigter Mann«, sagte Emma.

»Fährst du nach Virginia zurück?«

»Ja.«

»Vielleicht könntest du Emma ja mitnehmen.«

»Wieso, willst du, daß ich jetzt schon gehe?« sagte Emma. »Es ist doch alles längst organisiert. Ich hab mit Tante Patty ausgemacht, daß ich sie heute abend anrufe.«

»Ich dachte nur, es wäre einfacher für dich«, sagte Albert.

Die Rücksichtnahme schien sie zu ärgern. »Sei nicht lächerlich, Albert. Ich bin sehr gut imstande, nach Hause zu gelangen.«

»Ich sag ja gar nicht, daß du nicht dazu imstande bist. Ich wollte nur Tante Patty die Mühe ersparen.«

»Gut, aber du bringst Walter in eine unangenehme Situation. Walter, es ist völlig in Ordnung. Tante Patty macht es überhaupt nichts aus. Und ich würde doch nie und nimmer meinen Märchenprinzen so früh am Nachmittag verlassen.«

»Ich bring dich zum Auto raus«, sagte Albert.

»Hab ich was Falsches gesagt?« wollte Emma wissen.

»Red keinen Unsinn, Liebes«, antwortete Albert. »Ich bin gleich wieder da.«

Draußen auf der Veranda sagte er: »Nicht zu fassen, die Sache gestern. Ausgerechnet in Maryland.«

»Wie hast du es denn vor ihr verheimlicht?« fragte Marshall.

»Sie weiß Bescheid. Wir reden nur nicht darüber. Sie tut so, als wäre es nicht passiert. Deshalb trinken wir Tee. Ich habe Befehl, mich auf nichts derartiges mehr einzulassen, und sie ist böse auf Alice. Nicht, daß Alice das je zu spüren bekommen wird. So wird nämlich in Emmas kleiner Südstaatenfamilie aus Tanten und Kusinen mit solchen Dingen umgegangen. Wenn es Ärger gibt oder irgendwas Unangenehmes – tja, da sprechen wir einfach nicht drüber. Und wir erlauben auch niemand anderem, darüber zu sprechen.«

Sie gingen zum Auto. Die Sonne war gerade hinter einer schweren grauen Wolke verschwunden. Die Straße lag verlassen, aber die Luft trug Verkehrslärm zu ihnen herüber.

»Wie's wohl Minnie geht?«

»Alice hat gesagt, ihr Zustand ist stabil ...«, sagte Marshall.

»Ja, ja, ich weiß.«

»Ich hab sie gefragt, ob ich kommen soll.«

»Minnie will im Moment nur Alice und ihre eigenen Leute um sich haben – du weißt schon, von der Kirche.«

»Hat dir Alice das gesagt?«

Albert nickte. »Ich hab auch angeboten, daß ich vorbeischaue.«

Die Sonne kam wieder hervor; nun stapften auch ein paar Fußgänger vorbei, fest eingepackt gegen die Kälte, und Schattenknäuel zitterten im leichten Wind. Albert hatte die langen Arme um sich geschlungen und starrte auf die Straße hinaus. »Das war unglaublich. In Maryland. Ich versteh nicht, wieso es nicht in den Nachrichten war oder in der Zeitung. Ich hab die Zeitung heute früh von der ersten bis zur letzten Seite gelesen. Nichts.«

»Vielleicht bringen sie's ja heute abend.«

»Man denkt doch eigentlich, das Leben müßte einen Sinn ergeben ...« Albert schüttelte den Kopf. »Man – man redet sich ein, daß Fortschritte erzielt werden. Ein Gesetz wird erlassen, und man denkt, damit ist die Sache ausgestanden, erledigt.«

»Ich hab die ganze Nacht davon geträumt«, gestand Marshall. »Ich hab mich furchtbar gefühlt heute morgen. Eine Zeitlang, als wir in dem Streifenwagen saßen – wir haben gesungen, und ich habe gedacht – es hat mir das Gefühl gegeben, daß sich vielleicht etwas – daß wir –«

Albert blickte ihn aus seinen traurigen, tiefliegenden Augen an.

»Ich weiß nicht«, sagte Marshall. »Daß wir alles ändern könnten. Wir können Amerika zu einem besseren Land machen, glaubst du nicht? Ich meine, unsere Kinder werden nicht – wir erziehen unsere Kinder doch in einem anderen Geist, oder?«

»Ich habe einmal ein Photo gesehen, in einem Geschichtsbuch – einem von diesen historischen Bildbänden im Stil von *Life*. Es stellt einen Lynchmord dar, im Süden. Auf diesem Bild, Walter, da siehst du einen Haufen Leute, die alle um den Leichnam von einem erhängten Farbigen herumstehen, irgend so ein armer junger Mann, vielleicht zwanzig Jahre alt. Er hängt da. Tot. Keinen halben Meter überm Boden. Gerade so hoch überm Boden, daß es zum Hängen reicht. Der Strick sieht aus, als müßte er ihm den Kopf abschneiden, so eng ist er zusammengeschnürt. Und – und diese Leute stehen alle um ihn herum, es ist ein Fest – ein Freudenfest. Man sieht es an ihren Augen, sie haben alle so glänzende Augen. Manche *lachen* richtig, und – und dann ist da dieses kleine blonde Mädchen mit auf dem Bild, mitten unter diesen ganzen Leuten – es steht bei einer Frau, seiner Mutter wahrscheinlich. Es hält sich am Rock von dieser Frau fest, und es lächelt auch, so ein engelhaftes, strahlendes Kleinmädchenlächeln. Dieses unschuldige kleine Mädchen – es feiert verdammt noch mal mit, Walter. Ein Sonntagspicknick, und alle sind glücklich und zufrieden mit diesem toten Mann vor Augen, diesem erhängten Mann. Aber du siehst dieses kleine Mädchen, und dann siehst du, daß auch noch andere Kinder dabei sind, eine große, glückliche Familie – nicht so blond oder so niedlich wie dieses eine kleine Mädchen und auch nicht in Weiß – aber Kinder – *Kinder*. Und dir wird klar, daß sie nicht älter als acht oder neun sein können – acht oder neun, Walter.«

Einen Moment lang sprach keiner von ihnen. Ein kleiner Junge mit einem großen Schäferhund kam an ihnen vorbei. Er mußte sich mit aller Macht in die Leine lehnen, weil der Hund so zerrte; sie sahen zu, wie er bis zur Ecke geschleift wurde und weiter über die Straße.

»Was sagt Emma dazu?«

Albert machte eine abwehrende Handbewegung. »Was Emma zu sagen hat, möchte ich lieber nicht wiederholen.« Er seufzte. »Mir tut der Kopf weh.« Schlotternd stand er in der Kälte.

»Du solltest lieber reingehen«, sagte Marshall.

Albert setzte sich in Bewegung, blieb dann stehen und drehte sich noch einmal um. »Ich fand Alice gestern fabelhaft.«

»Ja«, sagte Marshall. »War sie auch. Aber du genauso.«

Das schien Albert nicht gehört zu haben. »Du mußt echt stolz sein«, sagte er.

»Ja.«

»Ich weiß nicht, was ich tun soll«, sagte Albert, die Hand zu seinem zerschundenen Gesicht erhoben. »Alles ist anders als vorher.«

Als er auf dem Weg stadtauswärts an der Schule vorbeifuhr, sah Marshall Mr. D'Allessandros Wagen vor dem Gebäude stehen, also parkte er dahinter. Im Obergeschoß, wo das Studio lag, brannte Licht. Zwei junge Frauen saßen an dem großen Tisch in der kleinen Bibliothek. Sie lachten und fielen sich gegenseitig ins Wort, aber als sie ihn an der Tür vorbeigehen sahen, verstummten sie. Dann rief die eine ihm zu: »Sag Mr. D'Allessandro, wir wollen ihn sprechen.« Ihre Stimme hatte etwas herausfordernd Kindliches. Er nickte, wandte sich ab und stieg die Stufen zu Mr. D'Allessandros Büro hinauf. Die Tür stand offen, aber niemand war da. Er ging in die Abhörkabine und fand Mr. D'Allessandro am Regietisch sitzen, auf seinem Schoß Mrs. Gordon. Ihre Arme lagen locker um seinen Hals.

»... aber Speck mag ich nicht«, sagte Mrs. Gordon mit dieser liebkosenden Stimme. Als ihr Blick auf den jungen Mann fiel, sprang sie hastig auf und strich sich den Rock glatt, mit Bewegungen, als würde sie Ungeziefer aus ihren Kleidern klopfen. Dann ging sie an ihm vorbei auf den Gang hinaus, die Lider gesenkt, ohne ein Wort. Mr. D'Allessandro hatte sich dem Pult zugedreht und bewegte den Kopf zu der Musik, die aus den Lautsprechern kam.

»Denken Sie sich nichts«, sagte er, ohne Marshall anzuschauen.

Der junge Mann trat auf den Treppenabsatz, gerade noch rechtzeitig, um Mrs. Gordon das Haus verlassen zu sehen. Als er sich wieder umwandte, begegnete er Mr. D'Allessandros starrem Blick. »Denken Sie sich nichts – ich – ich habe Mrs. Gordon nur eine Geschichte erzählt. Eine Anekdote« – er schnaufte, grimassierte – »aus meinen Radiotagen während des Kriegs.«

Marshall schwieg.

»Wie – was machen Sie hier überhaupt? Sollten Sie nicht eigentlich Werbung für Ihr spanisches Magazin lesen?«

»Es braucht mich diese Woche nicht«, sagte Marshall.

»Also gut, was gibt's, junger Freund?«

»Die – beiden da unten. Frauen. Sie haben gesagt, sie wollen Sie sprechen.«

»Was?« Er stand auf, zupfte an sich herum, rückte seine Hose zurecht und ging an Marshall vorbei die Treppe hinunter. Der junge Mann blieb, wo er war, sah aus seiner Höhe in die leere Halle hinab. Nach einer Weile, fünf Minuten etwa, kam Mr. D'Allessandro wieder in Sicht, stieg die Stufen hinauf und kehrte in den Regieraum zurück. Er legte neue Musik auf und lauschte angestrengt, als suchte er nach irgendeinem zwischen den Takten verborgenen Code. Ab und zu nickte er, als hätte er etwas Bestimmtes gehört und verstanden. Minuten vergingen. Marshall überlegte schon, ob er ihn nicht einfach sich selbst überlassen sollte, aber da murmelte der Ältere etwas, das wie »Strudel« klang.

»Wie bitte?« sagte Marshall.

Mr. D'Allessandro wiederholte es. »Strudel.« Er nickte, mehr oder weniger im Takt der Musik. Er redete mit sich selbst. »Nicht zu fassen. Spaziert hier rein mit der Bagage.«

Als Marshall sich in sein Blickfeld schob, fuhr er auf – der Stuhl ächzte – und stieß einen hohen, entsetzten Laut aus, fast ein Wimmern.

»Ich wollte Ihnen nicht auf die Nerven fallen, Sir.«

»Auf die *Nerven* fallen! Sie haben mich zu Tode erschreckt. Ich dachte, Sie wären längst weg – was zum Teufel wollen Sie denn noch?«

»Entschuldigung.«

D'Allessandro sah ihn an. »Was machen Sie hier überhaupt?«

Marshall wußte nichts zu antworten.

»Hat Marcus – weiß er, daß Sie hier sind?«

»Nein, Sir. Ist *er* denn hier?«

»Er ist von weiß Gott wo aufgetaucht, mit zwei Mädchen. Strudel – Sie wissen schon. Keine Mädchen von hier. Kommt in mein Haus und läßt sie einfach da, ohne auch nur ein Wort ...« D'Allessandro beugte sich plötzlich vor und packte den jungen Mann bei den Handgelenken. »Er hat doch – hören Sie, wie Sie hereingekommen sind – was Sie da gesehen haben, war nicht das, was Sie wahrscheinlich denken. Haben Sie – haben Sie ihn gesehen – als – war er hier, als Sie hereinkamen?«

»Nein, nur die – die Mädchen«, sagte Marshall. »Unten.«

D'Allessandros Gesicht verzog sich zu der typischen drastischen Grimasse. Er lächelte kurz, lehnte sich wieder zurück und bot Marshall einen Stuhl an. »Nehmen Sie Platz, mein junger Freund.«

Marshall gehorchte.

Der ältere Mann starrte ihn an. »Sie glauben mir doch, oder?«

»Ja, Sir«, sagte Marshall.

D'Allessandro stellte die Musik leiser, und Marshall sah, wie seine Hände dabei zitterten.

»Tja, die Sache nimmt langsam Gestalt an, junger Freund. Ich habe mit dem Pfarrer von Saint Matt's gesprochen – einem Pater Malloy, ein sehr netter alter Pastor, und es sieht so aus, als würden wir die Kellerräume für unseren Abend bekommen.«

»Es heißt nicht Pastor bei uns«, sagte Marshall.

»Priester dann eben. Von mir aus. Ich hätte gedacht, das sind mehr oder weniger Synonyme.«

»Ich kenne einen von den Priestern in Saint Matthew's – Pater Soberg«, sagte Marshall. »Er ist ein Freund der Familie.«

»Diese Information hätten Sie mir auch früher zukommen lassen dürfen«, sagte Mr. D'Allessandro. »Dann hätten Sie das übernehmen können. Mein Blutdruck schießt immer in schwindelnde Höhen, wenn ich in der unglücklichen Lage bin, um etwas betteln zu müssen.«

An der Tür bewegte sich etwas, und als sie sich umdrehten, stand Marcus da und fuhrwerkte mit einem Zahnstocher in seinem kleinen Mund. Er blinzelte dem jungen Mann zu und gab Mr. D'Allessandro ein Zeichen, weiterzureden. Mr. D'Allessandro beugte sich zu Marshall vor und sagte: »Wenn für Sie die Zeit zum Heiraten kommt, junger Freund – falls und wenn diese Zeit für Sie kommt –, versäumen Sie es auf gar keinen Fall, auch die *Familie* des Mädchens einer eingehenden und kritischen Prüfung zu unterziehen.«

»Weiter so«, sagte Marcus. »Mr. Brace hört Ihre Kommentare gern. Sie liefern ihm Munition.«

Mr. D'Allessandro ignorierte den Einwurf. »Bei Ihnen heißt das natürlich Eulen nach Athen tragen«, meinte er augenzwinkernd. Aber es war nicht zu übersehen, daß er Angst hatte; er war um den Mund herum ganz weiß geworden. In einem Ton, als würde er eine Ansage machen, fuhr er fort: »Ich habe Pater Malloy erklärt, daß wir mit dem vorherigen Pastor eine ganz ähnliche Vereinbarung getroffen haben, als wir vor ein paar Jahren direkt vor der Zeugnisverleihung den Wasserrohrbruch hatten, und er war sehr entgegenkommend. Das Ganze soll eine Podiumsdiskussion über Nachrichtenwesen und Politik werden, mit besonderer Bezugnahme auf die Kennedy-Jahre. Natürlich zu Ehren unseres verstorbenen Präsidenten.«

»Zu Ehren Ihrer Brieftasche, meinen Sie wohl«, schob Marcus ein. »Was anderes hat Ihnen doch nie am Herzen gelegen. Obwohl, das stimmt nur teilweise.« Der kleine Mann machte eine Kunstpause. »Oder wie sehen Sie das?«

»Was wollen Sie damit sagen?«

Marcus schwieg und stocherte in seinem Mund herum.

»Kümmern Sie sich nicht um den Gnom an der Tür.«

Marcus löste sich gemächlich vom Türrahmen und stellte sich an Mr. D'Allessandros Schulter auf.

»Kennen Sie die Musik von Gustav Mahler?« fragte Mr. D'Allessandro Marshall.

Marshall schüttelte den Kopf.

»Das hier ist seine sechste Symphonie. ›Die Tragische‹, so heißt sie. Wir hören gerade das Adagio.«

Marcus hatte eine Nagelfeile herausgezogen; er stand da und säuberte mit großer Sorgfalt die Nägel seiner linken Hand.

Mr. D'Allessandros Gesicht wurde wieder von seiner Lächelgrimasse verzerrt, aber er redete weiter. »Es heißt ja, Schönheit und Häßlichkeit sagen nichts über den Charakter aus, junger Freund, aber wissen Sie, wenn jemand häßlich ist, dann ist das nicht zu übersehen. Es ist eklatant, vom Scheitel bis zur Sohle, und glauben Sie mir, die beiden liegen manchmal sehr nahe beisammen. Nicht Scheitel und Sohle. Ich habe nicht gemeint, daß

Scheitel und Sohle nah beisammen liegen, obwohl das natürlich auch manchmal vorkommt, nicht wahr?« Er warf einen Blick auf Marcus, dann fixierte er wieder Marshall. »Ich meine natürlich Häßlichkeit und Schönheit. Gewinnen und Verlieren.«

»Die Loyalität seiner Frau bewahren und sie verlieren«, sagte Marcus.

Mr. D'Allessandro zog an seinem Kragen. »Wird langsam ein bißchen stickig hier drin, nicht wahr?« Er sprach immer noch mit dem jungen Mann.

»Leben und Sterben«, sagte Marcus.

»Sehr gut.« Mr. D'Allessandro klang wie ein Lehrer, der einen begriffsstutzigen Schüler lobt. »Menschen und Mißgeburten.«

Marcus steckte die Feile weg und schien sich ein wenig zu ducken. »An dieser Sache werd ich sicher noch 'nen Heidenspaß haben. Wenn alles danebengeht und Brace mir freie Hand gibt.«

Mr. D'Allessandro legte den Kopf ein wenig schräg; er lauschte der Musik. »Das hier ist eine meiner Lieblingsstellen. Dieser leidenschaftliche Aufruf, einander zu lieben und zu verstehen und jede Monstrosität der Natur zu tolerieren.« Seine Worte richteten sich nach wie vor an Marshall. »Ein braver Junge sind Sie. Danke für den Besuch.«

Marcus hatte sich zur Tür zurückgezogen. »Ich komme morgen wieder«, sagte er.

»Mit oder ohne Strudel?«

Der kleine Mann antwortete nicht. Er ging hinaus und die Treppe hinunter, pfeifend.

»Das ist mein Name für die Schnallen«, erklärte Mr. D'Allessandro.

»Schnallen?«

»Nutten.«

»Das waren …« Marshall schrak auf.

»Ganz recht. Denken Sie dran, immer soviel wie möglich über die *Familie* des Mädchens in Erfahrung bringen.« Unvermittelt stand Mr. D'Allessandro von seinem Stuhl auf und verschwand in dem kleinen Bad, das von seinem Büro abging. Marshall hörte, wie er sich übergab, würgend und hustend und spuckend. Es dauerte eine ganze Weile, und dann lief Wasser, und der ältere Mann putzte sich die Zähne. Schließlich kam er in den Regieraum zurück, setzte sich wieder an die Konsole und schlug sich auf die Knie. »So«, sagte er mit seinem gepreßten Lächeln. »Was kann ich für Sie tun?«

»Für mich?«

Mr. D'Allessandro wirkte leicht ungeduldig. »Warum wollten Sie mich sprechen?«

»Oh – ich – eigentlich nur so. Ich habe Sie bei Alices Fest gesehen. Sie haben so unglücklich gewirkt ...«

»Und da wollten Sie nach mir schauen?«

Sie schwiegen einen Moment, während in der Halle unten die Mädchen lachten.

»Nicht zu fassen«, sagte Mr. D'Allessandro. Einen Augenblick sah er so aus, als würde er sich wieder übergeben müssen.

»Ich war sowieso in der Gegend«, sagte Marshall. »Ich habe Albert besucht. Und Ihr Auto stand unten.«

»Das ist ganz reizend von Ihnen, junger Freund. Nur bin ich – bin ich gerade ziemlich beschäftigt.«

»Ja, Sir.«

Unten war jetzt keine Spur mehr von den Mädchen. Die Bibliothek lag verlassen, ein sonniger Raum voll tanzender Staubkörner und Schatten.

Er fuhr die Straße weiter bis zu Natalies großem, dunklem Backsteinhaus, blieb mit laufendem Motor stehen und beobachtete die Eingangstür. Es wurde langsam spät. Die Nachmittagssonne war schon hinter dem Haus verschwunden. Er lehnte sich über den Beifahrersitz und spähte zu den Fenstern hinauf, die er als die ihren in Erinnerung hatte. Die Vorhänge waren zugezogen, und dahinter brannte kein Licht. Andere Fenster der Fassade waren inzwischen erleuchtet, und zweimal sah er junge Männer ins Haus gehen. Er stellte sich vor, daß sie zu ihr wollten. Aber sie kamen beide in anderer Begleitung wieder heraus – der erste mit einem weiteren jungen Mann, der zweite mit einer älteren Frau. Schließlich stellte er den Motor ab, stieg aus und eilte über die Straße; es war noch kälter geworden, und das Blut dröhnte ihm in den Adern von Hals und Gesicht. In dem dämmrigen, hallenden Hausgang suchte er in dem Meer von Briefkastenschildchen nach ihrem Namen. Und da stand er: NATALIE BOWMAN. Ein Teil von ihm sah fast unbeteiligt zu, wie seine Hand sich nach dem kleinen Klingelknopf ausstreckte und daraufdrückte. Nichts. Kein Laut. Er lauschte. Alice wartete jetzt wahrscheinlich schon auf seinen Anruf. Das Versprechen lastete ihm auf der Brust wie ein Gewicht. Es wurde immer später. Der Wind winselte in dem hohen Türbogen, das ganze Gebäude schien zu ächzen. Er drückte noch einmal auf den Knopf und wartete, leicht zitternd jetzt.

Als sich mit einem Luftschwall die Eingangstür öffnete, hätte er fast einen Schreckensruf ausgestoßen. Ein älteres Paar kam herein. »Dürften wir mal…«, sagte die Frau. »Zu wem wollen Sie denn?«

»Natalie Bowman.«

»Dritter Stock. Sie ist wahrscheinlich nicht da.«

»Danke«, sagte Marshall und schob sich an ihnen vorbei ins Freie.

Und da war sie, an der Ecke vorn. Sie hatte gerade die Kreuzung überquert. Sie trug einen weißen Schal und einen dunklen Trenchcoat und wanderte langsam die Straße entlang, die Handtasche über der Schulter, zwei Finger unter den Riemen gehakt. Als sie den jungen Mann erreichte, blieb sie stehen und lächelte. »Du wolltest mich besuchen, Walter?«

»Ich dachte, ich schau mal vorbei«, sagte Marshall.

»Wie lieb. Fast hätte ich dich verpaßt. Ich habe spaziert.«

Du bist so wunderschön, hätte er am liebsten gesagt. Ein sanfter rosiger Schimmer lag auf ihren Wangen; ihr Haar glänzte tiefschwarz vor dem Weiß des Schals.

»Mußt du gleich weg?« fragte sie.

»Nein.«

»Sollen wir ausgehen, vielleicht?« Sie lächelte.

Er hatte entschieden den Eindruck, daß sie ihn auf den Arm nahm. »Ich wollte nur kurz hallo sagen.«

»Nicht niedergedrückt sein«, sagte sie. Sie strich ihm über die Wange. »Gehen wir ins Café Lounge. Du kommst, ja? Es ist gleich da drüben.« Sie zeigte auf eine freie Asphaltfläche hinter dem Parkplatz der Schule, an deren Rückseite sich Gebäude aneinanderreihten – Hintereingänge und eine schmale Passage.

»Sollen wir?« sagte sie.

Er nickte. Beim Gehen nahm sie seine Hand, und er spürte die Muskeln entlang seiner Wirbelsäule zerfließen. Sie überquerten die freie Fläche und gingen durch die Passage, die auf die Connecticut Avenue hinausführte. Das Café Lounge lag gleich rechts von ihnen. Es hatte zu.

»Ich weiß nie, welcher Tag es ist«, sagte Natalie. »Heute ist nicht Samstag, sondern Sonntag. Und morgen ist nicht Sonntag, sondern Montag.«

Der Drugstore ein Stück weiter hatte geöffnet, also gingen sie dorthin. Die Neonschrift über dem Eingang leuchtete grell vor dem blassen Himmel. Das Innere war leer bis auf ein paar Frauen in Schwesterntracht an der Theke. Natalie führte ihn zu einem Tisch, der an der linken Wand stand, hinterm Tresen. Sie zog Schal und Mantel aus und setzte sich, und er nahm den Platz ihr gegenüber; er wußte kaum, wie ihm geschah, und dennoch, so sehr er sich auch gegen das Gefühl zu wehren versuchte, kam es ihm gleichzeitig so vor, als würde alles haargenau so laufen, wie er es gehofft hatte.

»So«, sagte sie, indem sie die Hände vor sich auf dem Tisch faltete. »Was nimmst du?«

»Cola«, sagte er.

»Nichts Warmes?«

Der Kellner kam, ein junger Mann mit etwas schütterem rotem Haar, langen dünnen Armen und spinnenartigen sommersprossigen Fingern. »Was zum Trinken?« sagte er. »Der Grill ist schon aus, wir haben nur noch kalte Sandwiches da.«

»Für mich ein Ginger-ale«, sagte Natalie.

»Klingt gut«, sagte Marshall.

»Zwei also«, sagte der Kellner, schon im Gehen.

Natalie lächelte ihn an. »Wie lieb, daß du mich besuchen kommst.«

»Ich war gerade in der Gegend.«

»Solch Glück für mich.«

»Beinahe hätten wir uns verpaßt«, sagte er.

»Und wo sind deine anderen Freunde?«

»Ich hab sie nicht gesehen.«

»Trinkst du manchmal Whiskey?«

»Ich hab schon mal welchen getrunken, ja.«

»Ich tu ganz gern ein bißchen in mein Ginger-ale. Das wärmt schön von innen.«

Er sagte nichts.

»Wir könnten vielleicht zu mir gehen und welchen trinken, ja?«

»Ich glaube nicht, daß man am Sonntag irgendwo Whiskey kriegt.«

Sie lehnte sich über den Tisch und murmelte: »Ich weiß. Ich habe ihn daheim, weißt du. In meinem Schrank.« Sie stand auf und ging zur Theke vor, um dem Kellner Bescheid zu sagen, daß sie das Ginger-ale mitnehmen wollten.

Marshall sah ihr entgegen, sah, wie anmutig sie sich bewegte, sah die Kurven ihres Körpers, und die Nerven in seinem Magen zogen sich zusammen. All dies passierte wirklich.

»Ich würde dich nie auf sechsundzwanzig schätzen«, brachte er hervor, als sie wieder saß. »Viel eher auf mein Alter.« Beim letzten Wort kippte seine Stimme. Er atmete durch, schluckte unwillkürlich.

»Findest du, eine Frau kann mit einem jüngeren Mann ausgehen?« fragte sie.

»Warum nicht?« Das kam mit einem Geräusch heraus, das halb Lachen und halb Husten zu sein schien.

»Du bist so nervös. Das gefällt mir, daß du nervös bist. Manche Männer sind immer so selbstherrlich. Wie Gockel.«

Er sah sich im Raum um. An den Wänden hingen große, glasgerahmte Photos, Stadtansichten – das Lincoln Memorial mit dem spiegelnden Teich im Abendrot, das Tidebecken im Morgengrauen, das scheinwerferbestrahlte Kapitol vor dunklem Nachthimmel. Einen Moment lang kam es ihm vor, als sähe er alles zum erstenmal. Am Nebentisch saß eine uralte Frau, die allein Kaffee trank, eine aufgeschlagene Zeitung vor sich. Marshall hatte sie gar nicht hereinkommen sehen.

Der Kellner rief Natalie an die Theke. Sie zog ihren Mantel an und ging hin, um zu zahlen. Sie bestand darauf, für sie beidc zu bezahlen, trotz Marshalls Protesten. Die Getränke steckten in einer weißen Papiertüte, die sie ihm zu halten gab. Dann wanderten sie im verwaschenen Licht der tiefstehenden Sonne zur 18th Street zurück und weiter zu ihrem Haus. Die Luft war jetzt sehr kalt, und Natalie zog den Mantelkragen eng um ihren Hals. Als sie im Lift waren, sagte sie: »Wenn wir miteinander gehen, ist es nicht so unpassend, wie du denken magst.«

»Wie bitte?« sagte er.

»Ich war mit jemand zusammen – jemand viel mehr Unpassendes als du.«

»Das versteh ich nicht.«

»Du bist so jung. Deshalb paßt du nicht für mich.«

Darauf fiel ihm nichts ein.

»Aber du paßt schon.« Sie lächelte kryptisch, schüttelte dann den Kopf und machte eine kleine Schnute. »Schwamm darüber.«

Sein Magen war einem Krampf nahe. Er klammerte sich an die Tüte mit den Getränken und folgte ihr den trüben Korridor entlang zu einer schwarzen Tür mit einer bronzenen Vier darauf. Es roch nach Holz und Staub und Kochdünsten aller Art. Natalie hantierte ungeschickt mit den Schlüsseln, redete davon, wie müde sie war. Marshall holte flach und kieksend Atem und wechselte die Tüte von der Rechten in die Linke. Endlich sprang die Tür auf, und mit einer Bewegung ihrer schönen Hand forderte sie ihn auf, gleich in die Küche durchzugehen. Er gehorchte, und sie knipste das Licht hinter ihm an. In der Spüle und die

Wände entlang brachten sich eilig ein paar Küchenschaben in Sicherheit. Es war ein winziger Raum, in dessen Mitte eine einzelne Glühbirne an einem Draht baumelte. Durch ein schmales, schmutziges Fenster sah man einen Durchgang, eine Ziegelmauer. Er ging bis zu diesem Fenster, aber als er sich umdrehte, merkte er, daß Natalie nicht hinter ihm war, also folgte er ihr in das kleine Wohnzimmer. An den Wänden hingen Pferdebilder und ein großes Photo von ihr mit einem muskelbepackten, tiefgebräunten dunkelhaarigen jungen Mann mit Bürstenschnitt. Natalie ging um Marshall herum in die Küche, und er tappte hinterher. Am Kühlschrank klebten noch mehr Photos, wieder von ihr und diesem Mann.

»Ist das dein – Freund?« fragte er.

Sie stieß ein kleines Kichern aus. »Das ist mein großer Bruder. Max.«

Und indem sie den Mantel auszog: »Er ist jetzt Polizist. In Düsseldorf. Nein, der – der Mann, von dem ich geredet habe – das ist jemand anderes. Ein großes Geheimnis.« Sie sah ihn an, als erwartete sie, daß er weiterfragte. Aber dann veränderte sich ihr Ausdruck, wechselte erst zu Schmerz und dann zu Entschlossenheit. All das konnte er sehen – in ihrem so verblüffend schönen Gesicht. »Nein, das würdest du nicht gern hören. Es ist ja auch vorbei. Lang vorbei.«

»Wie lang?«

Sie überlegte ein wenig. »Zwei Jahre.« Dann seufzte sie. »Fast.«

»Ich komm nicht mit«, sagte er.

»Es spielt keine Rolle, wie lang …«

Er hatte die Tüte auf dem wackeligen Klapptisch abgestellt. Sie öffnete sie und zog die Becher heraus. »Nimm schon Platz, Walter. Ich mache die Erfrischungen.«

Er setzte sich auf das Wohnzimmersofa. Das Fenster hinter ihm ging auf die 18th Street hinaus. Er konnte die Connecticut Avenue sehen, die Rückansicht von Gebäuden hinter Laubwerk. Sonne und Schatten schienen von hier aus fast geometrisch über die Stadt verteilt.

»Die Aussicht hapert«, sagte Natalie, als sie mit den Gläsern auf einem Tablett hereinkam.

Sie setzte sich neben ihn und hob ihr Glas an die Lippen, den Blick auf ihn gerichtet. Er nahm sein eigenes Glas und nippte daran.

»Gut?« fragte sie.

»Sehr.« Er nippte noch einmal. Es schmeckte, auch wenn er nichts von der inneren Wärme merkte, die sie ihm angekündigt hatte.

»Du bist ein sehr anziehender junger Mann, Walter. Und ich habe – ich wünsche mir manchmal, daß du älter wärst.«

»War-warum ist denn mein Alter so wichtig?« fragte er.

Sie betrachtete ihn prüfend. »Du bist immer so nervös.«

Er erstickte fast an seinem Drink. »Weiß nicht.«

»Weißt du, daß du anziehend bist?«

»Nein.«

»Leute, die wissen, sie sehen gut aus – ich finde, sie sind manchmal nicht so nett. Auch wenn sie es eigentlich sein sollten.« Sie trank. Dann beugte sie sich vor. »Ein Toast. Auf uns.«

»Auf uns«, sagte er, und sie stießen an.

Sie schluckte. »Weil ich es auch so finde. Ich finde mich nicht anziehend.«

»Ach«, protestierte er. »Aber du bist es.« Er trank.

»Nein«, sagte sie. »Ich schaue in den Spiegel, und was sehe ich? Eine große Nase, viel zu groß für das Gesicht. Und ein langes Kinn. Ich mag mein Kinn nicht.«

»Du bist schön«, sagte er. Der Alkohol prickelte in seinen Nerven. Er nahm noch einen Schluck.

Sie sah ihn nachdenklich an. »Du willst meine Illusionen nicht rauben, glaube ich.«

»Nein«, sagte er.

»Auf die Schönheit«, sagte sie und hob ihr Glas. »Und auf alle die schönen Menschen.«

»Also auf uns.« Er trank. Langsam ließ seine Nervosität etwas nach. Er ließ den Blick durchs Zimmer wandern, über den hohen Bücherschrank und den Fernseher, die Pferdephotos mit ihren Wiesen und sonnigen Himmeln im Hintergrund. »Du magst Pferde«, sagte er.

»Seit ich ein kleines Mädchen in Berlin war. Ich habe dir erzählt. Wir waren auf der katholischen Schule, und die Schwestern haben mit uns Wanderungen auf dem Land gemacht.«

»Bist du auch mal geritten?«

»Lange her. In Deutschland. Ich war noch ganz klein, vor den Bomben.«

Sie schwiegen eine Weile.

»Mein Vater arbeitet bei der Botschaft«, sagte sie. »Er ist kein mächtiger Mann, aber ein guter Mann. Er macht die Buchhaltung – für alle Dienstleistungen, verstehst du? Die Butler und die Zimmermädchen und die Chauffeure. Alles das.«

»Ja.«

»Ein guter Mann. Er hat mich hierhergeholt. Er will, daß ich die Staatsbürgerschaft bekomme. Immer versuche ich, ihn nicht zu enttäuschen.«

»Ich würde ihn gern kennenlernen.«

Wieder eine Pause, dann sagte sie: »Jetzt reite ich nicht mehr. Ich habe nur Bilder. Aber du reitest?«

»Ich bin mal geritten, als ich zehn war. Ein Tennessee Walking Horse. Ist dir das ein Begriff?«

»Ich glaube schon.«

»Einen ganz seltsamen Gang haben die. Ich bin ohne Sattel geritten.«

»Ohne Sattel. Wie schön.«

Das Eis klimperte in den Gläsern. Sie trank ihres leer und stand auf, um sich Whiskey nachzuschenken. »Pur schmeckt es auch gut, weißt du.«

»Ich habe noch Ginger-ale übrig«, sagte er.

Sie kam zurück und setzte sich. »Ich finde es schön, im Dunkeln sitzen.« Sie schlug die Beine übereinander. Marshall merkte, daß fast alles Licht aus dem Zimmer geschwunden war. »Ich mag es gern«, fuhr sie fort. »Da fühle ich mich so verborgen.«

»Hast du gar keine Angst vor der Dunkelheit?«

»Nur manchmal.«

Einen Augenblick später sagte sie: »Ich frage mich, hat jemand wohl dein Herz gebrochen.«

»Nein«, sagte er.

»Du hast bestimmt hundert Freundinnen.«

»Na klar. Ich hab sämtliche Kandidatinnen für die Miss America-Wahlen vernascht. Seit – 1960.« Er schüttelte den Kopf und grinste. »Sie rennen mir die Türen ein. Ich kann mich kaum retten.«

»Ich bin ernst.«

»Ich habe nicht hundert Freundinnen«, sagte er.

»Kein Mädchen für Walter den Witzbold?«

Er trank einen großen Schluck. Der Whiskey schien hinter seinen Augen zusammenzulaufen; ein schwacher Druck machte sich dort bemerkbar. Aber er fühlte sich gut dabei, und er war nicht mehr so nervös.

»Entschuldige – es ist peinlich für dich.«

»Ich finde dich wunderschön«, sagte er.

Sie stellte ihr Glas hin und beugte sich vor. »In Deutschland sagt ein Mann einer Frau solche Dinge nur, wenn er Absichten hat.«

»Ja«, sagte er und traute seinen eigenen Ohren kaum. »Ich habe Ab-Absichten. Ich habe Absichten.«

»Du würdest nicht weglaufen, wenn ich sage, du sollst bleiben?«

»Ja«, sagte er. Dann: »Nein.«

»Manche Männer denken, die Frau ist da zu ihrem Vergnügen.«

»Ich nicht«, versicherte er ihr. Ihm schwamm der Kopf.

Sie nahm sein Gesicht in beide Hände und starrte ihn an. Es war fast dunkel. »Wenn ich dich küsse, glaubst du dann nicht, du verdienst es?«

»Nein.« Er schrie es fast.

»Du wärst so sanft und lieb zu mir.«

»Ja.«

Sie lehnte sich zurück und faltete die Hände unterm Kinn, halb liegend, nur ein Schatten im trüben Licht. »Du wärst selbstlos.«

»Wie bitte?«

Sie machte eine wegwerfende Handbewegung. »Trink.«

Er schluckte seinen letzten Rest Whiskey mit Ginger-ale und stellte das Glas auf den Tisch, neben ihres. Sie saß stumm da, völlig reglos, und er konnte nicht erkennen, ob sie ihn ansah.

»Natalie?« sagte er.

»Nein.« Sie bewegte sich, zog die Beine unter sich. »Es hat keinen Zweck.«

»Was hat keinen Zweck?«

»Ich bin dumm«, sagte sie.

»Ich auch«, versicherte er.

»Betrunken«, murmelte sie.

»Was soll ich tun?« fragte er. Er wäre bereit gewesen, sich in ein Meer von Flammen zu stürzen, wenn sie es von ihm verlangt hätte.

»Was meinst du?«

»Sag mir, was du willst, und ich tu's.«

»Du bist so ein junger, netter Mensch. Werde kein böser Mann. Werde kein Politiker.«

Er wartete.

»Du würdest mich heiraten und alles gutmachen. Du würdest nicht fragen, was vorher war. Was vorher passiert ist …« Sie stockte.

»Ja«, hörte er sich sagen.

Sie rückte näher an ihn heran und legte den Kopf an seine Schulter. Er atmete den Duft ihres Haares ein, drehte sein Gesicht in diesen Duft und küßte sie.

»Du süßer Junge«, sagte sie.

Seine eigene Stimme schien ihm von weit her zu kommen. »Willst du mich heiraten?«

Sie bog den Kopf ein Stückchen zurück, um Marshall anzusehen, dann ließ sie ihn wieder an seine Schulter sinken.

Er hielt still.

»Du kennst mich nur von der Schule«, sagte sie.

»Ich weiß, daß ich dich heiraten will«, erwiderte er.

Das begriff sie offenbar als Herausforderung. Sie setzte sich auf und legte die Hände in den Schoß. »Also gut. Wenn du mich willst, heirate ich dich. Andere Leute heiraten schließlich auch.«

»Du – du willst mich heiraten?« stammelte er.

»Warum nicht.« Sie sah ihn an. »Glaubst du mir nicht?«

»Nein – ich meine – ja – du hast – das soll kein Witz sein?«

»Über solch ein Ding mache ich keinen Witz.«

Er hustete, blickte durch die schmutzige Fensterscheibe in die Dämmerung über der Stadt, auf die vereinzelt aufblinkenden Lichter im Abendschein.

»Halt mich jetzt einfach«, murmelte sie und kuschelte sich enger an ihn.

Nach einer Ewigkeit sagte er ihren Namen. Nichts. Sie war eingeschlafen. Der Whiskey kreiselte in seinem Kopf, und er sorgte sich wegen seiner Mutter, wegen der Zeit, wegen Alice, der hereinbrechenden Dunkelheit draußen, aber er blieb ganz still sitzen und hielt sie, über eine Stunde lang, während sie zuckte und seufzte. Dann endlich wurde sie mit einem Ruck wach und setzte sich auf, fuhr sich mit der Hand durch das schimmernde Haar.

»Es tut mir so leid. Kannst du jetzt bitte gehen, Liebling? Ich glaube, mir wird übel.«

»Ich geh schon«, sagte er. Sie stand auf, unsicher, und legte die Arme um ihn. Und nun küßte sie ihn, langsam und sanft, fast spielerisch.

»Du süßer Junge«, sagte sie. Sie gingen zur Tür, und Natalie öffnete sie und küßte ihn noch einmal. »Wiedersehen.«

»Bis dann«, sagte er mit einer aufgesetzt lässigen Verbeugung, die er auf der Stelle bereute.

Ihr Lächeln, so schien ihm, hatte etwas Nachsichtiges. Wieder küßte sie ihn, diesmal aufs Kinn, und trat dann zurück, die Hand an der Klinke. »Mein sehr lieber junger Liebster.«

»Gute Nacht«, sagte er.

Sie drückte den Finger an die Lippen und schloß die Tür.

## 13

Er mußte es Alice sagen. Er mußte es ihr so schonend wie möglich beibringen, mußte irgendwie die rechten Worte finden, und diese Worte gab es natürlich nicht. Als sie am Sonntag abend anrief und ihm mitteilte, daß Minnie noch ein paar Tage im Krankenhaus bleiben mußte, zermarterte er sich das Hirn, wie er es ihr sagen sollte: daß er ihr nie hatte weh tun wollen, daß er einfach seine eigenen Gefühle falsch verstanden hatte, daß er sie mochte und achtete und das mit Liebe verwechselt hatte. Nein, das stimmte auch nicht ganz.

Alles kam ihm unwahr vor.

»Was ist los?« fragte sie – ihre kleine Stimme im leichten Knistern der Leitung.

»Nichts«, sagte er. Es konnte nicht richtig sein, am Telephon darüber zu reden. »Ich finde das alles nur so furchtbar. Ich habe noch nie so etwas erlebt.« Das zumindest war die Wahrheit.

»Minnie hat das ihr ganzes Leben mitmachen müssen«, sagte Alice schnüffelnd. »Entschuldige. Irgendwie muß ich dauernd weinen.«

»Nein«, sagte er. »Mir geht es genauso.«

Er würde warten, bis er es ihr von Angesicht zu Angesicht erklären konnte. Er würde alles erklären.

Aber als er sie am Montag morgen sah, brachte er die Worte nicht über die Lippen, brachte es nicht über sich, den Anfang zu machen. Doch auch so wirkte sie seltsam abwesend und gedrückt; er bekam Angst, sie hätte ihm alles bereits am Gesicht abgelesen. Sie aßen zusammen zu Mittag. Sie schien so traurig und verletzlich. Er konnte sie jetzt einfach nicht damit überfallen. Sie würde viel Zeit bei Minnie im Krankenhaus verbringen. Die nächsten Tage würden auch so schwer genug werden. Ihr Vater war gestern abend mit bei Minnie gewesen, erzählte sie.

Und während des Besuchs waren sie aneinandergeraten. Ihr Vater wollte nicht, daß sie bei den Protesten mitmachte; er verbot es ihr. Er sprach vom Tod der drei jungen Bürgerrechtler – das und andere Vorfälle, andere Greuel, machten ihm angst, das hatte er ganz offen zugegeben. Er habe nur eine Tochter, sagte er, und er denke nicht daran, sie für anderer Leute Vorstellung von sozialer Gerechtigkeit oder für irgendeinen fehlgeleiteten Idealismus ihrerseits zu opfern. Das alles hatte er vor Minnie gesagt, die dalag und ihn ansah.

»Fehlgeleitet?« sagte Minnie. »Fehlgeleitet?«

»Du weißt genau, was ich meine«, sagte er zu ihr, »und du weißt auch, wie ich es meine. Ich meine es nicht generell.«

»Sie sin der, wo fehlgeleitet is«, sagte Minnie. »Daß Sie sich nich schämen.«

Sie konnte nicht aus eigener Kraft aufstehen, und es waren weitere Untersuchungen durchgeführt worden. Am Ende des Abends hatte sie sich geweigert, mit Alices Vater zu sprechen, und deshalb war Alices Vater jetzt wütend auf Alice.

»Ich hab ihm gesagt, daß ich volljährig bin«, sagte Alice. »Er kann mir nicht vorschreiben, was ich zu tun und zu lassen habe, und er kann mich nicht daran hindern, hinzugehen, wo ich will.«

»Das tut mir leid, daß du es so schwer hast«, sagte Marshall.

»Du kannst ja nichts dafür. Obwohl er da anderer Ansicht ist.«

»Was?« sagte Marshall. »Er gibt die Schuld mir?«

Sie wischte sich die Tränen aus den Augenwinkeln. »Aber sicher. Er traut mir nämlich nicht zu, daß die Sache auf meinem Mist gewachsen sein könnte.«

»Albert fand, daß du am Samstag ganz wunderbar warst.«

Das schien sie zu treffen wie ein Hieb; ihr Gesicht fiel regelrecht in sich zusammen, und die Tränen begannen von neuem zu fließen. »Und du nicht?«

»Nein, nein – beide fanden wir das. Wir haben darüber geredet. Wir fanden dich fabelhaft. Ehrlich.«

Sie sagte: »Manchmal überlege ich, ob ich nicht einfach – ob ich das alles nur tue, um Anerkennung zu erringen – von irgendwoher. Aber dann schaue ich Minnie an. Ich liebe sie. Sie ist meine Mutter, Herrgott noch mal – mehr als irgend jemand sonst. Ich hab meine richtige Mutter ja nicht mal gekannt. Und was ich immer wieder so bewundere an ihr – an Minnie – sie ist so gefestigt. Sie ist – sie selbst. Sie ruht in sich, verstehst du? Sie hat eine ganz klare Vorstellung davon, wo sie aufhört und der Rest der Welt anfängt. Ich wünschte, ich wäre so stark wie sie.«

»Wird sie –« Er wußte nicht recht, wie er die Frage formulieren sollte. Er fragte sich, ob Minnie, nachdem sie Alices Vater offen die Stirn geboten hatte, nicht vielleicht entlassen würde.

»Sie wissen es nicht«, sagte Alice. »Sie kommen nicht dahinter. Minnie ist - sie sagt, ihre Zeit ist eben abgelaufen, und ihr Körper leistet offenbar keinen Widerstand. Und ich habe sie da hingebracht. Ich hab sie alldem ausgesetzt.«

»Nein«, sagte er. »Alice - jetzt hör doch mal.«

Aber sie ließ sich nicht trösten. Er ging mit ihr zur Arbeit zurück, und sie küßte ihn auf die Wange. Er hatte sie noch nie so still erlebt. Es war, als merkte sie plötzlich, wie unwohl ihm bei der ganzen Geschichte war. Es lag so etwas Gütiges in ihrem Blick. »Ich fahre nach der Arbeit ins Krankenhaus. Willst du mitkommen?«

»Ich hab heut wieder Kurs«, sagte er.

»Oh.« Sie zögerte. »Mein Vater – ich glaube, er – er will diese Brightman-Sache abblasen.«

»Er will was?«

»Wie gesagt, er gibt dir die Schuld, Walter. Und ich hab trotzig reagiert. Ich hab ihm gesagt, es ist mir egal, was er denkt, und ich tue, was ich für richtig halte. So gesehen, hab ich auch gar nicht widersprochen, als er das Ganze für deine Idee gehalten hat. Wir – wir haben uns angebrüllt, und er – er hat mehr oder weniger gesagt, daß wir das mit Mitchell Brightman vergessen können.«

»Können – wir können doch nicht – wir müssen mit ihm reden. Du mußt mit ihm reden.«

Sie schüttelte den Kopf. »Ich rede nicht mehr mit ihm. Ich ziehe aus. Ich suche mir eine eigene Wohnung, Walter.«

»Ich dachte, du wolltest, daß er – ich dachte, er und meine Mutter ...« Er hörte sich die Worte sagen, spürte die Verlogenheit darin.

»Mein Gott, er war doch so was von ungnädig«, sagte Alice. »Deine Mutter hat es garantiert auch gemerkt.«

»Aber das Fest – die ganzen Geschenke.«

»Das war nicht meinetwegen«, sagte sie. »Nicht richtig. Es war alles nur für ihn, damit er allen zeigen kann, was für ein guter Vater er ist. Du verstehst das nicht, Walter, und ich muß jetzt los. Ich komm zu spät.« Sie ließ ihn stehen, wischte sich im Gehen mit beiden Händen die Augen. Die anderen Frauen in ihrem Büro sahen sie besorgt an, und im nächsten Moment standen sie alle um sie herum. Eine von ihnen warf ihm einen Blick zu, wie um die Verantwortung auch ja da abzuladen, wo sie hingehörte.

»Nicht, was *ihr* denkt«, wehrte Alice ab. »Bitte.« Sie drehte sich zu ihm um und sagte: »Ich bin dann nachher daheim, Walter. Ich ruf dich an, ja? Ruf du lieber nicht an, falls *er* drangeht. Nicht, daß er die Gelegenheit beim Schopf packt.«

# 14

*In Demut und Reue bekenne ich meine Sünden. Meine letzte Beichte war vor zwei Wochen. Ich habe mich fünfmal zum Hochmut hinreißen lassen. Ich war oft eitel. Und ich habe mich einmal der Trunkenheit ergeben. Ich hatte zwanzigmal unkeusche Gedanken. Oh, und – ich war in einer anderen Kirche.*
*Hast du dort deine Andacht verrichtet?*
*Es war eine Beerdigung. Die Leute, mit denen ich unterwegs war, sind hingegangen, und ich konnte nicht nein sagen.*
*Wenn du es nur getan hast, um jemandem die letzte Ehre zu erweisen, dann macht das bestimmt nichts, mein Sohn.*
*Ich habe die Frau nicht einmal gekannt, Pater.*
*Trotzdem, es macht bestimmt nichts. Solange du deine Andacht nicht dort verrichtet hast.*
*Nein, Pater.*
*Also weiter.*
*Pater, ich bin – ich bin verlobt, und ich habe mich mit einer anderen Frau getroffen. Und jetzt glaube ich, ich bin mit ihr auch verlobt.*
*Wie bitte?*
*Ich bin zu einer anderen Frau gegangen, Pater. Nicht meiner Verlobten.*
*Hattest du Verkehr mit dieser anderen Frau?*
*Verkehr, Pater?*
*Sexuellen Verkehr.*
*Gott, NEIN, Pater. Aber ich war betrunken.*
*Du warst betrunken, als du zu ihr gegangen bist?*
*Nein, erst als ich von ihr weggegangen bin.*
*Bist du in der Absicht zu ihr gegangen, Verkehr mit ihr zu haben?*
*Ich glaube nicht.*
*Du glaubst nicht. Was jetzt, mein Sohn – ja oder nein?*

*Ich glaube, ich wollte einfach nur mit ihr reden, Pater. Sie – sie sehen.*
*Hattest du das Gefühl, daß du etwas Verbotenes tust?*
*Ich glaube schon, Pater.*
*Ja oder nein?*
*Eher ja, glaube ich.*
*Empfindest du etwas für diese Frau?*
*JA – äh, nein – ich weiß nicht.*
*Vielleicht solltest du mit ihr über deine Gefühle sprechen.*
*Mit meiner Verlobten, meinen Sie? Der ersten?*
*Der ersten – wieso – der – ich verstehe nicht ganz.*
*Ich habe sie gebeten, mich zu heiraten, Pater.*
*Wen?*
*Diese Frau.*
*Deine Verlobte?*
*Na ja, nicht meine – nicht die richtige – die erste Verlobte – nein.*
*Ich fürchte, du mußt dich ein wenig näher erklären, mein Sohn.*
*Ich habe eine Frau, die nicht meine Verlobte ist, gebeten, mich zu heiraten. Und sie hat ja gesagt.*
*Soll das heißen, daß du jetzt zwei Verlobte hast?*
*Ja, Pater.*
*Sind diese Frauen katholisch?*
*Eine schon.*
*Welche?*
*Die zweite. Aber die erste will konvertieren.*
*Wissen sie voneinander?*
*Oh, NEIN, Pater.*
*Wie alt bist du, mein Sohn?*
*Neunzehn, Pater.*
*Aha. Entschuldige – ich habe – mich – einen Husten. Warte … Entschuldigung. Sprich weiter.*
*Ich will niemandem weh tun, Pater.*
*Liebst du deine – äh – Verlobte?*
*Welche jetzt?*
*Tja, welche? Egal. Welche auch immer. Em. Fangen wir bei der ersten an.*

*Es tut mir leid, Pater.*
*Also?*
*Ich weiß es nicht, Pater. Ich mag sie sehr gern.*
*Und die zweite?*
*Ich glaube schon.*
*Du glaubst was? Daß du sie magst?*
*Nein, liebe. Ich glaube, ich liebe sie.*
*Was soll denn das heißen, mein Sohn?*
*Ich weiß es nicht, Pater.*
*Du liebst sie. Die zweite, meine ich.*
*Ich glaub's jedenfalls. Ich weiß nicht, Pater. Es ist alles so ein Wirrwarr.*
*Was genau versuchst du denn eigentlich zu beichten? Verwirrung ist keine Sünde. Soweit ich das noch beurteilen kann.*
*Ich glaube, ich habe die erste vielleicht angelogen, Pater. Nicht absichtlich. Ich habe sie geküßt, und es hat ihr mehr bedeutet als mir. Ich meine, ich könnte mir denken, daß es ihr mehr bedeutet hat. Nein, ganz bestimmt hat es das.*
*Du weißt aber doch, welche Voraussetzungen erfüllt werden müssen, damit etwas als Sünde zählt, oder?*
*Ja, Pater.*
*Und? Was war deine Absicht bei alledem?*
*Ich wollte niemandem weh tun, Pater.*
*Ah … Entschuldige. Interessanter Ansatz.*
*Pater?*
*Hör zu, mein Sohn, versuche einfach, aufrichtig zu sein und alle mit soviel Nächstenliebe wie möglich zu behandeln. Und denk dran, das einzige, was wirklich nicht geht, ist, daß du diese jungen Frauen beide heiratest … Du richtest einen viel größeren Schaden an, wenn du irgendein Mädchen heiratest, ohne es zu lieben. Du sagst, du liebst diese Frau …*
*Welche, Pater?*
*Ich habe ehrlich gesagt nicht mehr die leiseste Ahnung, welche. Liebst du eine von ihnen?*
*Ich WEISS es nicht.*

*Ist das so deine Art – herumzugehen und Mädchen Heiratsanträge zu machen?*
*Nein, Pater.*
*Aber dir ist klar, daß man normalerweise nur Leuten einen Antrag macht, in die man verliebt ist – äh, heutzutage jedenfalls.*
*Ja, Pater.*
*Und? Warst du in deine Verlobte verliebt, als du ihr den Antrag gemacht hast? In die erste.*
*Ich weiß es nicht. Ich mag sie. Ich wollte ihre Gefühle nicht verletzen.*
*Wer – wo hast du denn das gelernt – daß man jemands Gefühle schont, indem man ihm einen Heiratsantrag macht? Mein lieber Sohn, so geht es bei uns im Abendland nicht zu.*
*Ja, Pater.*
*Also noch einmal Schritt für Schritt – du hast das eine Mädchen gebeten, dich zu heiraten, um ihre Gefühle zu schonen, und jetzt merkst du, daß du dich für eine andere interessierst. Könnte man das in etwa so zusammenfassen?*
*Na ja, ich kenne sie eigentlich gar nicht so gut, Pater. Aber ich glaube schon, doch.*
*Interessiert sich diese andere Person auch für dich?*
*Sie hat gesagt, sie will mich heiraten.*
*Ach ja, richtig. Wie konnte mir das entfallen.*
*Ich habe mich mit dieser anderen Person getroffen, Pater, und ich denke sehr viel an sie. Und ich weiß, daß das meine – die erste – kränken würde.*
*Deine ursprüngliche – deine Verlobte.*
*Ja, Pater.*
*Ja. Verständlich.*
*Es tut mir leid, Pater. Ich wollte es ihr sagen, aber ich konnte nicht. Ich konnte es einfach nicht.*
*Du wolltest niemandem weh tun.*
*Sie baut fest darauf, Pater. Sie hat keine Ahnung.*
*Und du meinst, es wäre ein zu harter Schlag für sie, auf dich verzichten zu müssen?*

*Nein, Pater – das ist es nicht. Aber so wie sie redet – ihr Gesicht – ich mag sie wirklich sehr.*
*Hör zu, hast du überhaupt genug Zeit, um dir über deine Gefühle klar zu werden? Wann sollst du denn heiraten? Du hast doch wohl noch keinen Termin festgesetzt für diese Hochzeiten?*
*Der Termin – der Termin steht noch nicht ganz fest.*
*Für keine von beiden?*
*Nein.*
*Weiß irgend jemand sonst von diesen Verlobungen?*
*Meine Mutter weiß von der ersten. Und ihr Vater auch.*
*Der Vater der ersten.*
*Ja, Pater. Er hat mir gedroht.*
*Er hat was?*
*Mir gedroht. Wegen seiner Tochter. Aber davon habe ich mich nicht in meiner Entscheidung beeinflussen lassen.*
*Du hast dich nicht … Äh – bitte nochmals um Verzeihung.*
*Das gehört eigentlich gar nicht hierher, Pater. Entschuldigung. Ich wollte Ihnen nur ein möglichst vollständiges Bild vermitteln.*
*Mein Sohn …*
*Pater?*
*Nein, nichts. Einen Moment. Ich hab diesen Husten … Nur einen Moment … Hör zu. Em – versuche einfach, dich im Umgang mit deinen Mitmenschen von Aufrichtigkeit und Nächstenliebe leiten zu lassen, gerade, wenn du sie, wie du sagst – liebst. Solche Probleme lösen sich oft über Nacht von allein. So, hast du sonst noch etwas zu beichten?*
*Ich mag den Verlobten meiner Mutter nicht. Ich hege unchristliche Gefühle gegen ihn.*
*Deine Mutter hat auch einen Verlobten?*
*Ja, Pater. Und ich hege böse Gefühle gegen ihn.*
*Handelst du diesen Gefühlen entsprechend?*
*Ich war kühl zu ihm, ja.*
*Sonst noch etwas?*
*Nein, Pater.*
*Versuche, dich von der Nächstenliebe leiten zu lassen.*

*Ja, Pater.*
*Als Buße …*
*Soll ich meiner Mutter immer Bescheid sagen, wenn ich solche Gefühle habe, Pater?*
*Möglichst nicht. Ich wüßte nicht, wem damit gedient wäre.*
*Aber wenn sie mich fragt. Soll ich sie dann anlügen? Wäre das nicht eine Sünde?*
*Sag nichts ohne Not.*
*Aber wenn sie fragt?*
*Sprich aufrichtig, aber mit Nächstenliebe. Und vielleicht überdenkst du deine Einstellung diesem Mann gegenüber noch einmal.*
*Ich kann ihn nicht ausstehen, Pater.*
*Dann solltest du dir vielleicht mehr Mühe geben, deiner Mutter zuliebe.*
*Ja. Soll ich meiner Mutter sagen, daß ich mir Mühe geben will?*
*Nicht, wenn sie nicht fragt. So, als Buße betest du einen Rosenkranz und bittest die Heilige Jungfrau um Beistand. Und in Zukunft paß ein bißchen besser auf, was du zu wem sagst.*

Alice ließ am Montag abend nichts von sich hören, und Dienstag und Mittwoch kam sie nicht zur Arbeit. Er verbrachte die Mittagspause am Mittwoch damit, sich abwechselnd zum Anrufen durchzuringen und es sich dann doch wieder anders zu überlegen; er wollte es nicht riskieren, ihren Vater an den Apparat zu bekommen. Also wartete er, und als sie anrief, am späten Nachmittag, klang sie wütend.

»Dir ist alles völlig egal, oder wie?« sagte sie.

»Alice, du hast doch gesagt, ich soll nicht anrufen.«

»Montag abend solltest du nicht anrufen.«

Jetzt wurde er ärgerlich. »Woher soll ich das denn wissen?« Sie schwieg, gerade lang genug, daß er ein schlechtes Gewissen bekam. »Alice«, sagte er, »schau …«

»Irgendwas ist los mit dir, stimmt's?«

»Nein«, sagte er rasch, mit einem Gefühl der Kapitulation und Feigheit.

»Ich habe mir frei genommen, um bei Minnie zu bleiben.«

»Wie geht's ihr?«

»Ach«, sagte Alice. »Immer gleich.« Sie fing zu weinen an.

»Ich werde für sie beten«, sagte er.

»Walter?«

»Ja?«

»Es kommt mir vor, als würde um mich herum alles zusammenstürzen.«

»Es wird schon wieder«, sagte er.

Mr. Wolfschmidt ließ ihn nicht früher gehen, so daß es schon dämmerte, als er aus der Arbeit kam und sich auf den Weg zur Schule machte. Ihm blieb keine Zeit, etwas zu essen oder in Saint Matthew's vorbeizuschauen. Im Sturmschritt eilte er an den Läden mit den Photos des arbeitsamen Kennedy vorbei, und der Wind fauchte ihn an. Sogar die Luft schien ihm feindlich gesinnt, sie verurteilte ihn. Blätter wirbelten unter den Laternen herum und hüpften über die Straße wie lebendige Wesen. Er atmete Dieselabgase ein, den Staub und Dreck der Stadt, und mußte an die Schwefeldämpfe der Hölle denken. An einer Ecke der 18th Street saß ein Schwarzer mit einem Becher in einer Hand und einem Bündel Kleider in der anderen. Er rasselte Marshall mit dem Becher an und sagte: »Milde Gabe, Sir.«

Marshall hatte einen Zehn- und einen Zwanzig-Dollar-Schein in der Tasche. Er gab dem Mann den Zwanziger.

»Danke, Sir.«

Er ging ein paar Meter weiter, dann kam ihm, daß das Geld eine Art Loskaufen war, daß er sich nur davor hatte drücken wollen, sich mit dem Mann auf andere Weise zu befassen, nach Art eines wahren Christen. Er kehrte um, und der Mann blickte ihm unbeteiligt entgegen. Walter ging neben ihm in die Hocke und sah auf die Straße hinaus, auf die vorbeieilenden Passanten.

»Kalt heute abend«, sagte er.

»Willst du's zurück, oder was?« fragte der Mann.

»Wie bitte?«

»Dein Scheißgeld. Willst du's zurückhaben?«

»Oh. Nein, Sir.«

»Brauchst dir nicht einbilden, daß du mir deshalb auf'n Geist gehn kannst.«

»Nein, Sir«, sagte Marshall. »Ich will Ihnen auf keinen Fall auf den Geist gehen.«

»Und was willste dann?« fragte der Mann.

»Nichts«, sagte Marshall. »Gar nichts. Nur – ein bißchen schwatzen.«

»Dann schwatz gefälligst woanders«, sagte der Mann. »Ich bin nich zum Reden aufgelegt. Du hast 'ne gute Tat getan, also laß es dabei. Willste dein Geld zurück?«

»Nein, Sir.«

»Okay, danke. Und jetzt schwirr ab.«

Marshall zögerte einen Augenblick.

»Verpiß dich.«

»Ja, Sir.« Entmutigt stapfte Marshall durch den schneidenden Wind davon. Es konnten doch nicht alle Hoffnungen und guten Absichten vergebens sein! Er war verstimmt und verwirrt.

Als er die Schule erreichte, saß dort, als strahlende Verkörperung seines eigennützigsten Wunsches, Natalie Bowman im Fenster, im Schoß ihr dickes Buch – Shakespeare. Sie sah ihn, winkte, sagte etwas für ihn Unhörbares durch das Glas und kam ihm am Eingang der kleinen Bibliothek entgegen.

»Dein Gesicht ist lila«, sagte sie.

»Heute ist es auch zum erstenmal richtig kalt.«

»Du bist spät dran.« Ohne seine Antwort abzuwarten, küßte sie ihn auf den Mund, ihre Unterarme lagen locker auf seinen Schultern. Er legte die Arme um sie und mußte an sich halten, um nicht auf die Knie zu sinken.

»Nur ein Mann ohne Herz ist niemals nervös«, murmelte sie.

»Natalie –« begann er schwer atmend.

»Ich weiß«, sagte sie. »Ich kann nach dem Kurs nicht mit dir trinken gehen, denn ich muß studieren.« Sie trat einen Schritt zurück, verschränkte die Arme unter der Brust und musterte ihn. »Ein Drink vielleicht.«

»In Ordnung«, sagte er.

Sie stieß ein gurrendes kleines Lachen aus. »Vielleicht erzähle ich dir meine Lebensgeschichte.«

»Das könnten wir machen.«

»Hast du schon jemand von uns erzählt?«

»Noch nicht ...«

»Ich habe Mrs. D'Allessandro gesagt, daß wir miteinander gehen.«

»Ah ja«, sagte er.

»Sie hat nicht sehr glücklich geschaut.«

Er wußte nicht, was er sagen sollte.

»Ich warte hier.« Sie lächelte, und dann gab sie seiner Nasenspitze einen Stups. »Ich hoffe, daß du bis dahin eine andere Farbe in dein Gesicht bekommst. Du siehst verlegen aus.«

»Das ist die Kälte«, beteuerte er.

»Ich weiß.« Sie drehte sich um und ging ins Zimmer zurück; das dunkle Haar wallte über ihren Rücken.

Ein seltsames, atemloses Gefühl der Unwirklichkeit überkam ihn; er war nahe daran, sich zu kneifen. Oben in der Radioschule fand er Mr. D'Allessandros Bürotür offen, sein Mantel hing über dem Schreibtischsessel. Die anderen hatten schon angefangen. Albert las eine Werbung für ein Restaurant. Mrs. Gordon saß mit Kopfhörern auf einem Hocker und machte sich für die Nachrichten bereit. Sie warf Marshall einen strafenden Blick zu, dann vertiefte sie sich wieder in ihren Text. Auf einem hochlehnigen Stuhl hinter ihr an der Wand wartete Ricky Dalmas. Joe Baker saß in der Abhörkabine am Regietisch. Der neue Student, Wilbur Soames, stand mit Martin Alvarez hinter Baker und unterhielt sich leise mit ihm. Als Marshall in die Kabine trat, sagte Baker: »D'Allessandro dachte schon, du machst heute blau.«

»Wo ist er denn?«

Baker zuckte die Achseln.

Aus den Lautsprechern ertönte Alberts Stimme: »Das sprech ich jetzt wahrscheinlich falsch aus, aber nachher, nach den Nachrichten, hören wir Musik von Pro-ko-fief.«

Baker drehte den Ton ein bißchen leiser und setzte sich Kopfhörer auf. »Ich habe gehört, wir kriegen die Kirche. Das scheint ja eine große Sache zu werden.«

»Gutte Arrbeit, Junge«, sagte Martin Alvarez.

»Ach«, wehrte Marshall ab.

»Mr. D'Allessandro ist völlig aus dem Häuschen«, sagte Baker. »Man könnte meinen, er hätte Edward R. Murrow persönlich an Land gezogen.«

»D'Allessandro steigt ins Showgeschäft ein«, konstatierte Wilbur Soames. Er lehnte an der Wand, die Hände in den Taschen. Er trug einen grauen Anzug ohne Krawatte. An seinem weißen Hemd stand der Kragen offen; ein paar dunkle Haarkräusel ringelten sich auf dunkler Haut. Das Weiß des Hemds ließ ihn noch schwärzer wirken, als er war. Mit einem Nicken zu Marshall hin sagte er: »Ihr hattet Ärger, höre ich?«

»Hat Albert es dir erzählt?«

Er nickte. Dann: »Es kam in den Sechs-Uhr-Nachrichten, Mann.«

»Echt? Wir waren im Fernsehen?«

Soames schien belustigt. »Dich hab ich nicht gesehen, tut mir leid.«

»Sie hätten uns fast umgebracht. Albert – hast du Alberts Gesicht gesehen?«

Soames nahm die Hände aus den Taschen und kreuzte die Arme, dann lehnte er sich wieder gegen die Wand. »Tja, hat ganz den Anschein, als hätten sich die Bürgerrechte in manchen Gegenden noch nicht so recht durchgesetzt.«

»Du hättest dabeisein sollen«, sagte Marshall zu ihm.

»Nein danke. Wie gesagt, mein Bedarf ist gedeckt.«

»Wie kannst du so etwas sagen!«

Soames beugte sich zu ihm vor; es hatte fast etwas Aggressives. »*Sachte.*«

Alvarez schnalzte mit der Zunge und schüttelte den Kopf. »Und das hirr in Washington. Junge, Junge.«

Dalmas auf der anderen Seite der Glasscheibe war aufgestanden und hielt ein Blatt Papier hoch zum Zeichen, daß er zum Lesen bereit war.

»Oh, prima«, sagte Baker. »Wilbur, jetzt wird's lustig.« Er schaltete nach draußen, damit Ricky ihn hören konnte. »Okay, Ricky, los geht's.«

Ricky begann: »Fragt nicht, was euer Land für euch tun kann – fragt, was ihr für euer Land tun könnt. Zu den Waffen, Brüder. Kämpft den Kampf der Gerechten.«

»Was ist denn jetzt los?« fragte Baker.

»Zum Auspegeln.«

»Alles goldrichtig«, sagte Baker. »Himmel noch mal.«

Sie warteten. Baker drückte auf den Knopf, so daß Dalmas ihn nicht hörte. »Das darfst du dir nicht entgehen lassen, Wilbur«, sagte er, ohne sich nach Soames umzudrehen.

»Ich bin ganz Ohr«, sagte Soames.

»Soll ich anfangen?« fragte Dalmas.

»Jawoll. Und zwar jetzt.« Baker gab ihm das Zeichen.

»Sehr verehrte Damen und Herren, gegen eine Glatze ist keiner von uns gefeit, und niemand hat das Recht, Kahlkopfwitze zu erzählen und sich lustig zu machen, so wie dieser Buddy über den armen Mel Cooley in der Dick-Van-Dike-Show, oder ihnen Eierkopf oder Speckschwarte oder Billardkugel hinterherzurufen. Aber für diejenigen unter uns, die dieses Glück nicht haben, gibt es jetzt eine gute Nachricht. Rufen Sie Dons Haarstudio an, seit vielen Jahren ein beliebtes Ziel für Glatzköpfe ...«

Soames lachte. Baker ließ den Kopf auf die Arme sinken.

»Ihr solltet ihn nicht auslachen«, sagte Marshall.

»Du kommst dir so tugendhaft vor«, murmelte Soames. »Das kann einem ganz schön zu Kopf steigen, denk ich mir. Aber wenn man die Dinge zu ernst nimmt, ist das auch ungesund, meinst du nicht?«

»Aber es ist doch ernst«, sagte Marshall.

»Unser Walter ist religiös«, sagte Baker. »Er wollte sogar eine Zeitlang Priester werden.«

»Priester, was? Stimmt, das klingt ziemlich religiös.« Soames klopfte dem jungen Mann auf den Rücken. »Wir verarschen dich nur ein bißchen, Walterherz.«

Marshall sah ihn an.

»Denk dir nichts, Mann. Ich versteh dich, echt.«

»Aber *ich* versteh *dich* nicht«, sagte Marshall.

Soames lachte. »So kompliziert bin ich auch wieder nicht.«

Baker hatte Musik aufgelegt.

»Was für ein Zirrrkus«, sagte Alvarez und ging hinaus.

Soames stieß Marshall an. »Du findest, ich sollte bei den Protesten mitmachen, weil ich farbig bin, stimmt's?«

»Nein«, sagte Marshall.

»Ach komm, tu doch nicht so. Ist ja auch dein gutes Recht, Mann. Aber aus *dem* Grund mach *ich* gar nichts mehr. Bloß weil meine Mutter ein bißchen zuviel Sonne abgekriegt hat, heißt das noch lang nicht, daß ich da draußen mitmarschieren und mir von den Bullen alle Knochen brechen lassen muß. Ich bin in allererster Linie Wilbur Soames. Ich selbst. Verstehst du? Kennst du zufällig ein Buch, das *Unsichtbar* heißt?«

»Natürlich«, sagte Marshall, der in der Schule *Der Unsichtbare* gelesen hatte.

»Nicht H.G. Wells«, sagte Soames.

Marshall schwieg.

»Das Buch von Ralph Ellison meine ich«, fuhr Soames fort. »Tja, ich habe nämlich beschlossen, daß meine eigene Identität ein Luxus ist, auf dem ich bestehe. Ich habe keine Lust, mich mit allen anderen in einen Topf werfen zu lassen, deren Mütter zufällig auch ein bißchen zuviel Sonne abgekriegt haben. Und ich hab auch keine Lust, nach den Vorstellungen zu leben, die sich andere Leute von mir und meinen Bedürfnissen und Interessen machen. Verstehst du? Ich halte es für äußerst ungesund, sein Leben lang irgendwelchen fremden Vorstellungen gerecht werden zu wollen. Kapiert?«

»Ich hab kein Wort gesagt«, verteidigte sich Marshall.

»Aber ich seh's dir an,« sagte der andere.

In diesem Moment kam schlüsselrasselnd Mr. D'Allessandro

herein. »Was machen Sie da, Wilbur? Versuchen Sie unseren jungen Freund zu indoktrinieren?« Er warf Marshall einen Blick zu, den er schnell mit seinem klaffenden Lächeln kaschierte.

Soames lächelte. »Sozusagen. Ich fürchte, ich bin ihm nicht Nigger genug.«

»Das stimmt doch gar nicht«, protestierte Marshall, der sich so hilflos fühlte wie nie zuvor. Das Blut schoß ihm ins Gesicht. »Wie kannst du so etwas sagen?«

Soames klopfte ihm auf die Schulter. »Ich will dich nur ärgern, Junge. Du hast das Herz auf dem rechten Fleck, und das kann man nicht von jedem behaupten. Das kann man weiß Gott nicht von jedem behaupten.«

»Wilbur nimmt die Leute gern auseinander«, sagte Mr. D'Allessandro. »Im übertragenen Sinne natürlich. Das ist seine Taktik.«

»Aber er ist kein Freiheitskämpfer«, sagte Baker.

»Da muß ich Sie zu meinem Leidwesen eines Besseren belehren«, erwiderte Mr. D'Allessandro. »Er war dabei. Und er hat reichlich Narben, die es beweisen.«

Soames lehnte sich mit verschränkten Armen an die Wand zurück und sah Joe Baker an, der die Achseln zuckte und sagte: »Die Welt ist klein.«

»Du warst auch dort, ich weiß«, sagte Soames. »Hast du ja erzählt. Böse Zeiten waren das – ich weiß noch genau, wie heilfroh ich über die Garde war. Mann, hab ich die Garde geliebt in dieser Nacht.«

Marshall platzte dazwischen. »Aber dann hast du es ja selber erlebt – dann ...« Er hatte sagen wollen, daß der andere dann ja begreifen mußte, worum es ging, aber so ganz klar war es ihm plötzlich selbst nicht mehr.

»Gott, ja«, sagte Soames. »Ist schon ziemlich lang her.«

»Versucht unser junger Freund, Sie für die gute Sache zu rekrutieren?« fragte D'Allessandro.

»Ja, Massa.«

Sie lachten alle, und der junge Mann hatte das Gefühl, sie

spielten auf etwas an, das er nicht wissen durfte. Dann schien Mr. D'Allessandro sich zu besinnen und setzte sich in Bewegung. Er ging in sein Büro hinüber, gefolgt von Mrs. Gordon. Die Tür fiel zu, um sich fast augenblicklich wieder zu öffnen. Mrs. Gordon wirkte angespannt und verstört, als sie heraustrat; sie wischte sich mit einer Papierserviette über die Stirn, die Handtasche baumelte ihr von der Armbeuge. Sie kehrte ins Studio zurück und holte ihren Mantel, und dann begleitete Mr. D'Allessandro sie hinunter in die Eingangshalle und hinaus. Ein paar Minuten lang war nichts zu hören außer der Musik, die Baker aufgelegt hatte. Marshall sah von einem zum anderen und fragte sich, was sie wohl dachten.

»Wir werden noch alle berühmt«, sagte Wilbur Soames lachend. Joe Baker hatte ihm etwas zugeflüstert. Kurz darauf kam Mr. D'Allessandro wieder hereinmarschiert, mit der sinnlosen Forschheit eines Menschen, der gerade etwas Unangenehmes hinter sich gebracht hat.

»Mrs. Gordon – fühlt sich nicht so gut«, sagte er und übersah Marshall dabei geflissentlich. »Sie ist – für heute heimgegangen. So.« Er klatschte in die Hände. »Wir werden ohne sie auskommen müssen. Also dann, an die Arbeit. Das hier soll ein Radiosender sein.«

Die anderen nahmen ihre Plätze wieder ein, unter Aufsicht von Mr. D'Allessandro, der geschäftig zwischen Sprecherraum und Abhörkabine hin und her eilte. Als alle saßen – Soames jetzt am Regietisch und Baker und Dalmas an den Mikrophonen im Studio –, verschwand er in seinem Büro. Marshall folgte ihm. Im Aschenbecher hatte jemand eine Zigarre ausgedrückt.

»Ganz richtig«, sagte Mr. D'Allessandro, als er den Gesichtsausdruck des Jüngeren bemerkte. »Marcus war vorhin da. Er ist jetzt weg …«

Marshall blickte sich unwillkürlich im Zimmer um.

»Was haben Sie auf dem Herzen, junger Freund? Ich habe einen Berg von Schreibkram hier.«

»Es – ich glaube – es könnte ein Problem geben«, sagte er.

»Ich …« Es kam ihm vor, als wäre Marcus noch im Raum, als könnte er jeden Moment zwischen den Gardinen hervortreten oder hinter dem Schreibtisch auftauchen.

»Sie sind aber doch – ich habe Ihnen doch gesagt, was – das am Sonntag war ein Mißverständnis. Es ist nicht das geringste vorgefallen.«

»Das meine ich nicht«, sagte der junge Mann.

»Ja – was denn dann?« fragte Mr. D'Allessandro. Er stand hinter seinem Schreibtisch.

Marshall begann über die Ereignisse am Samstag in Maryland zu berichten, die Alices Vater erzürnt hatten. Aber der Ausdruck der Verzweiflung im Gesicht des älteren Mannes ließ ihn stokken. Mr. D'Allessandro setzte sich langsam hin. »Ist jemand verletzt worden?«

»Na ja, die Haushälterin und Köchin von Alices Familie liegt im Krankenhaus, mit einer Art Kollaps. Sie haben ihr Herz untersucht.«

»Und was hat das mit der Schule zu tun?«

»Oh«, sagte Marshall. Wieder hatte er alles mißverstanden. »Nichts.«

»Der Termin steht. 20. Dezember. In Mitchell Brightmans Büro hieß es, daß der 20. Dezember in Ordnung geht. Ich habe eine Nachricht bei seiner Sekretärin hinterlassen. Eigentlich wollte ich es mit ihm persönlich bereden, aber er war nicht zu sprechen.« D'Allessandro sah ihn durchdringend an. »Was ist, Junge? Stimmt irgendwas nicht? Es kommt doch nichts dazwischen?«

»Nein, Sir. Wirklich.«

»Meine Frau macht sich Sorgen. Ich kriege nichts aus ihr heraus. Es besteht doch kein Anlaß zur Sorge, oder?«

»Nein«, sagte Marshall. »Das wollte ich nur noch mal bestätigen.«

»Sie sind ein braver Junge.« D'Allessandro wischte sich mit einem Taschentuch die Stirn. »Ein prächtiger junger Herr. Wir – wir wollen Alice bei Laune halten. Einverstanden? Nur bis zum

20. Dezember. Was auch immer Sie im Schilde führen mögen, mein Freund – Sie wissen schon. Nach dem 20. Dezember können Sie von mir aus zum Mond fliegen. Das ist Ihre Sache. Aber ich flehe Sie an – ruinieren Sie mich um Himmels willen nicht mit *Weibergeschichten*. Sie wissen doch, wovon ich spreche. Wir beide sind Männer von Welt, wie?«

»Ich werde mein Bestes tun, Sir.«

»Sagen Sie nicht so was. Kommen Sie mir nicht mit so was, wenn das Datum schon feststeht. Der Raum steht fest. Alles steht fest.«

»Ja, Sir.«

»Ich bin in Ihrer Hand. Das Schicksal der ganzen Schule liegt in Ihrer Hand.«

»Ich weiß, Sir.«

»Und sagen Sie nicht immer ›Sir‹ zu mir. Das sagt man zu Leuten, die man enttäuschen kann. Sie werden mich doch nicht enttäuschen, oder?«

»Nein, S-«

»So ist's brav«, sagte D'Allessandro händeringend, indem er aufstand und sich sofort wieder setzte. »So ist's brav.«

Marshall verzog sich, fest entschlossen, Brightman nötigenfalls im Alleingang herbeizuschaffen.

In der Abhörkabine saß Wilbur Soames am Regietisch, und Joe Baker stand hinter ihm, die Arme auf die Rückenlehne seines Stuhls gestützt. Alvarez war zurückgekommen, zusammen mit Albert. Sie waren beide im Sprecherraum, wo Ricky Dalmas die College-Football-Ergebnisse ablas. »Colgate sechzehn, Bucknell sieben; Miami vierunddreißig, Tennessee State einunddreißig.«

Noch ein paar Minuten, dann sollte Marshall die Konsole übernehmen. Er stellte sich schräg hinter Wilbur Soames, der die Kopfhörer über einem Ohr zur Seite geschoben hatte, um sich besser mit Joe Baker unterhalten zu können. Sie erzählten sich Witze.

»Kennst du den?« fragte Soames. »Kommt ein Typ in Las

Vegas zu einem Revue-Girl und sagt: ›Soll ich dir den Arsch mit ’ner Feder kitzeln?‹ Und sie dreht sich um und sagt: ›Was war das, du Drecksack?‹ Sagt er: ›Madam, ich hab nur gesagt, bei so ’nem Wetter kommt ja jeder ins Schwitzen.‹«

Baker hustete prustend los.

Der junge Mann, der merkte, daß Soames ihn beobachtete, schob sich in Richtung Tür.

»Warte«, sagte Soames. »Ich bin noch nicht fertig.«

»Ich mag diese Art von Geschichten nicht besonders.«

»Was soll das heißen, diese Art? Das ist ein Witz, Mann. Man wird doch wohl noch einen Witz erzählen dürfen. Hör zu. Also, ein Besoffener hat alles gesehen, okay, und er geht zu dem Typ hin und sagt: ›Kannst du mir vielleicht erklären, was du da verdammt noch mal machst?‹ Sagt der Typ: ›Klar, so angle ich mir ’ne Puppe für die Nacht. Ich gehe zu jeder Frau hin, die ich sehe, und sage: ›Soll ich dir den Arsch mit ’ner Feder kitzeln?‹ Und wenn sie schockiert ist, sage ich: ›Bei dem Wetter kommt ja jeder ins Schwitzen.‹ Und dann krieg ich keine gescheuert. Und wenn sie nicht schockiert ist, tja, dann hab ich ’ne Puppe für die Nacht.‹ Na ja, der Besoffene denkt, das ist das Beste, was er je gehört hat, und er torkelt zu der ersten Frau hin, die er sieht, und sagt: ›He! Soll ich dir ’ne Feder den Arsch hochschieben?‹ Sagt sie: ›*Wie bitte?*‹ Und er: ›Eine Affenhitze heute!‹«

Baker krümmte sich, die Arme gegen den Unterleib gepreßt, hustend und prustend, während Soames lächelnd zusah.

»Oje«, ächzte Baker. »Oje, oje, oje.«

»Nicht schlecht, oder?« sagte Soames. »Kennst du schon den, wo Johnson mit dem Hubschrauber über Mississippi fliegt, und er sieht diese beiden weißen Jungs, die im Boot sitzen und einen farbigen Jungen auf Wasserskiern hinter sich herziehen? Kennst du den?«

»Nein«, sagte Baker lachend. »Ich mach mir ja jetzt schon in die Hosen.«

»Der Präsident läßt also den Hubschrauber landen, und er sagt diesen beiden Burschen, wunderbar, das ist der Geist, den

Amerika braucht. Und er klopft ihnen auf die Schulter und winkt dem farbigen Jungen im Wasser zu, und dann fliegt er weiter. Und der erste weiße Junge schaut den anderen an und sagt: ›Was ist denn in den gefahren? Hat der noch nie zwei Leute mit 'nem Alligatorköder gesehen?‹«

Das gab Baker den Rest. Er rutschte an der Wand hinab, bis er auf dem Boden saß, die Beine von sich gestreckt, keuchend und kichernd. »Gott-o-Gott-o-Gott«, japste er schließlich.

*Erbarme dich unser.*

Soames sah Marshall an. »Was hast du gesagt?«

»Nichts«, sagte Marshall.

»Du stehst da und murmelst. Geht's dir nicht gut, Junge?«

Baker lachte immer noch, aber er war wieder auf den Beinen. »Alligatorköder«, sagte er. »Das ist echt der Hammer. Alligatorköder.« Er ging auf den Gang hinaus und die Treppe hinunter.

Marshall drehte sich zu Soames um. »Ich kann jetzt nicht an die Konsole. Ich wär eigentlich dran, aber ich – mach du's für mich, ja? Mr. D'Allessandro wird schon nichts dagegen haben.«

»Wenn du's ihm sagst, Kleiner.«

»Ich bin gleich wieder da.«

»Ja, Massa.«

Marshall ging die Treppe hinunter, vorbei an der Bibliothek, wo ein paar Studenten still über ihren Büchern saßen. Natalie war nicht da, und im Aufenthaltsraum im Keller war sie auch nicht. Jemand hatte dort unten die Außentür offengelassen, und der Raum war um etliche Grad kälter als das restliche Gebäude. Joe Baker hatte Geld in den Getränkeautomaten geworfen, der aber nicht reagierte. Er haute dagegen und schüttelte, bis die Flasche schließlich doch in den Ausgabeschacht polterte. Orangenlimonade. Er machte sie auf und trank fast den ganzen Inhalt in einem Zug hinunter. Dann sah er Marshall an. »Hier zieht's.« Er entdeckte die offene Tür, ging hin und schloß sie. »Da kann ja jeder rein.«

Marcus, dachte Marshall absurderweise und blickte sich um.

»Dieser Soames – der ist echt zum Brüllen.«

»Alices Vater hat gesagt, daß er die Sache mit Mitchell Brightman abblasen will.«

Baker schien nur mäßig interessiert. »Sag bloß. Tja, dann können wir uns die Sache wohl abschminken. Um ehrlich zu sein, Walter, das ist im Moment meine geringste Sorge.«

Schritte erklangen auf den Stufen, kamen zögernd näher. Es war Albert. »Hallo«, sagte er.

Baker trank seine Flasche leer, stellte sie in den Kasten neben dem Automaten und warf die nächste Münze ein. Diesmal klappte alles reibungslos. Die Flasche rumpelte in den Schacht. »Albert«, sagte er. »Du siehst ganz schön fertig aus.«

Albert sagte: »Ich hab ziemliches Kopfweh.«

»An deiner Stelle würd ich heimgehen und mich ein bißchen ausruhen, Kumpel.« Baker nahm seine zweite Flasche und begann die Treppe hinaufzusteigen. »Dieser Wilbur«, sagte er. »Meine Herren. Ein Herzinfarkt auf Rädern.« Er verschwand.

»Hab ich was verpaßt?« fragte Albert. Er war so furchtbar groß, wie er da mitten im Raum stand, die Hand im Gesicht.

»Ach«, sagte Marshall. »Ein paar unanständige Witze von Wilbur Soames.«

»Mir geht's echt mies«, sagte Albert.

Er und Emma hatten noch weiter über das Sit-in und über Alberts Rolle dabei gestritten und schließlich auch darüber, wie unterschiedlich sie das Problem grundsätzlich sahen; noch andere Dinge waren ans Licht gekommen. Anscheinend beschränkte sich Emmas Engstirnigkeit nicht auf Neger: Sie mochte auch keine Juden, keine Katholiken – Papisten nannte sie sie – und keine Moslems. Es sei ihr egal, hatte sie gesagt – in der Hitze des Gefechts allerdings, wie Albert betonte –, was der Rest der Welt mit diesen Gruppen anstellte, solange sie selbst nichts mit ihnen zu tun haben mußte; sie als Einzelperson könne ohnehin nichts ausrichten, und wenn die Leute unter sich blieben und sie in Ruhe ließen, dann habe sie nichts gegen sie. Jeder da, wo er hingehöre, sagte sie; so gehe es nun einmal zu in der Welt. Sie lehnte jegliche Vermischung strikt ab, und nichts, was Albert sagte, konnte sie zur Einsicht bringen. Er hatte geschrien und getobt; er hatte sie daran erinnert, welchen Kampf ihr Land noch vor kurzem unter so großen Opfern geführt hatte – schließlich lag das Dritte Reich gar nicht so lange zurück, noch keine zwanzig Jahre. Ihr eigener Vater war bei Anzio gefallen. Ihr mußte doch klar sein, daß genau das Hitler zur Macht verholfen hatte. Dieses verquere Denken. Das und nur das, sagte er. Nur darum ging es doch: daß man mit dem eigenen Mißtrauen und Argwohn gegen alles Andersartige umzugehen lernen mußte, daß man sich dazu erziehen mußte, jeden Menschen für sich zu sehen, als Individuum und nicht als Verkörperung dieses Mißtrauens, dieses Argwohns.

Aber sie hatte keinen Fingerbreit nachgegeben, hatte nur dagesessen in seinem Wohnzimmer, die Hände im Schoß zu Fäusten geballt, die Unterlippe vorgeschoben, ein trotziges kleines Mädchen, das seinen Willen bisher noch immer hatte durchsetzen können.

Und als wäre das noch nicht schlimm genug, hatte sie diese Woche beschlossen, daß sie das Haus ihrer Tante endgültig verlassen würde. Sie wollte mit Albert zusammenziehen. Sie konnte sich in der kleinen Wohnung mittlerweile frei bewegen, und sie war es leid, in allem und jedem auf ihre Tante angewiesen zu sein. Sie wollte den Bus nach Maryland nehmen und sich von einem Friedensrichter trauen lassen, damit das ewige Hin und Her ein Ende hatte. Sie hatte Albert sogar ein Ultimatum gestellt, und er nahm an, daß das eine Reaktion auf sein wachsendes Unbehagen war. Emma war nicht so geartet, daß sie den Rückzug antrat, wenn sie Schwierigkeiten witterte; sie packte den Stier lieber bei den Hörnern, als daß sie sich mit bangen Vorahnungen quälte.

Es gab so vieles, das er an ihr bewunderte, sagte Albert. Sie war stark. Sie war tapfer. Sie besaß einen hartnäckigen Willen, für sich selbst einzustehen, ihr Leben selbst in die Hand zu nehmen. Sie konnte unbeschreiblich lieb und zärtlich sein in ihren Momenten der Zweisamkeit. Sie würde ihm eine gute Frau sein, und er liebte sie.

»Ich liebe sie wirklich«, sagte Albert, und seine Stimme schwankte. Dann lachte er fast. »Was für ein Chaos.«

Sie saßen sich an einem der beiden Tische unter dem Kellerfenster gegenüber. Irgendwo – vermutlich an der Rückseite von einem der Getränkeautomaten – begann ein Ventilator zu surren. Im Abendkolleg und in der Radioschule war jetzt anscheinend Pause, denn ein paar Leute kamen hereingetröpfelt. Mrs. D'Allessandro erschien, mit zwei ihrer Studentinnen, und hinter ihnen tauchte Ricky Dalmas auf, die Papiertüte mit seinem Abendbrot in der Hand. Er nickte Marshall zu und setzte sich neben Albert.

»Ganz schön übles Veilchen hast du da. Du tust aber schon Eis drauf?«

»Ja«, sagte Albert. »Ich tue Eis drauf.«

»Du siehst furchtbar aus.« Dalmas öffnete die Tüte und förderte ein dickes Brot mit Schinken und Käse zutage. »Mich haben sie auch mal verdroschen«, erzählte er vergnügt. »Wie ich an der High School war. Und daheim hab ich natürlich sowieso jeden Tag Prügel bezogen.« Er biß in sein Brot. Ein Geruch nach Knoblauch und italienischen Gewürzen stieg auf. »Im Gesicht brauchen die blauen Flecken immer ewig, bis sie abheilen.«

»Entschuldige«, sagte Albert. »Ich muß langsam wieder rauf.«

»Ich auch«, sagte Marshall.

»Ich bin's gewöhnt, allein zu essen«, sagte Dalmas. »Geht nur.«

Mrs. D'Allessandro legte Marshall die Hand auf den Ellbogen. »Wie geht es Ihnen heute abend?«

»Gut«, sagte er und machte einen Schritt zur Seite, um Albert vorbeizulassen.

Sie starrte entsetzt auf Alberts Gesicht, aber das sah Albert nicht. Er schüttelte ihr die Hand, als Marshall ihn vorstellte, und sagte: »Guten Abend.« Dann trat er in den Gang hinaus, um dort zu warten.

»Was ist denn mit Ihrem Freund passiert?«

»Ein Unfall«, sagte Marshall.

Sie war schon beim nächsten Thema. »Und die Vorbereitungen laufen alle?«

»Ja, Ma'am.«

»Ich bin ja der Meinung, daß wir mehr Zeit brauchen, um unseren kleinen Gala-Abend publik zu machen – aber mein Mann wollte davon nichts hören. Das heißt, wir haben keine Zeit zu verlieren.«

Er nickte, wie immer bemüht, es allen recht zu machen.

»Wie ich höre, sind Sie jetzt mit Natalie liiert. Hätten Sie vielleicht die Güte, mir zu erklären, wie Sie das mit Ihrer kleinen Freundin Alice zu vereinbaren gedenken? Sind Sie und Alice nicht verlobt oder so etwas?«

»Alice –« setzte er an. »Sie –«

»Und weiß Natalie von ihr?«

»Ich habe keine Ahnung, wer was weiß«, sagte er, indem er ihren Blick erwiderte.

»Geben Sie gut acht, junger Mann – wir wollen schließlich nicht, daß Ihre Alice böse auf Sie ist, oder?« Sie lächelte – ein sprödes, nicht ganz angenehmes Lächeln, mehr ein Zähneblecken.

Albert war bis zum ersten Treppenabsatz hinaufgestiegen und saß wartend auf der obersten Stufe, den Kopf in den Händen.

»Bist du krank?« fragte Marshall.

»Kopfweh.« Er stand auf. »Ich glaube, ich geh lieber heim. Mir ist elend, Walter.«

»Ich begleite dich«, sagte Marshall.

Mrs. D'Allessandro stand mit Natalie auf den Eingangsstufen, als die beiden jungen Männer vor die Tür traten. Sie faßte Natalie beim Arm und stellte ihr Albert vor.

»Ja«, sagte Natalie. »Ich habe ihn schon kennengelernt.«

»Ich bringe Albert heim«, sagte Marshall. »Er fühlt sich nicht gut.«

»Natalie und ich könnten ihn in meinem Auto mitnehmen«, bot Mrs. D'Allessandro an.

»Danke«, sagte Marshall. »Das geht schon. Es ist gleich um die Ecke.«

»Die Luft wird mir gut tun«, murmelte Albert in sich hinein.

»Ich komm dann wieder her«, sagte Marshall.

»Natalie, hattest du nicht etwas zu erledigen?« fragte Mrs. D'Allessandro.

Natalie wirkte erst unschlüssig, dann ärgerlich. »Ich kann nicht hier warten«, sagte sie zu Marshall. Sie schaute zu Mrs. D'Allessandro, dann wieder zu ihm. »Ich – ich sehe dich beim nächstenmal, vielleicht.«

»Natalie?« sagte er.

»Ist jetzt gut«, sagte sie. »Bitte?«

»Ihr könnt euch später unterhalten«, sagte Mrs. D'Allessandro. »Sie gehen jetzt besser. Ihr Freund sieht ein bißchen angeschlagen aus.«

Albert stand da und blickte kurzsichtig von einem zum anderen, eine knochige Hand an der knochigen Schläfe. Marshall nahm ihn beim Ellbogen und führte ihn die Eingangstreppe hinunter. Einmal drehte er sich um, aber die beiden Frauen waren im Haus verschwunden.

»Was war jetzt das?« fragte Albert.

»Nichts.«

Eine Zeitlang gingen sie schweigend nebeneinander her, und dann sagte Albert: »Du kannst es mir ruhig erzählen.«

Marshall blieb stehen und sah ihn an.

»Mrs. D'Allessandro hat so eine Bemerkung zu mir gemacht, Walter. Ich – na ja, sie dachte wohl, ich weiß Bescheid.«

»Ich weiß nicht, was ich tun soll«, sagte Marshall. »Ich habe immer solche Angst, irgend jemandem weh zu tun …«

Sie gingen weiter.

»Ich mag Alice«, sagte Albert.

»Ich auch«, sagte Marshall.

»Du hast ihr nichts gesagt.«

»Noch nicht.«

»Und ich dachte, *ich* säße in der Patsche.«

In Alberts Straße blieben sie wieder stehen. Der Abend war kalt und windstill. Der Mond schien hell, umlagert von einer mächtigen dunklen Wolkenbank, um deren fedrige Ränder es silbern schimmerte.

»Manche würden dich für einen Glückspilz halten«, sagte Albert. »So, von hier schaff ich's auch allein. Du kannst ruhig gehen, wenn du willst. Es sei denn, du möchtest noch kurz mit reinkommen.«

»Ich dachte, du hast Kopfschmerzen«, sagte Marshall.

Alberts Lächeln war kryptisch. »Hab ich auch.«

»Grüß Emma«, trug Marshall ihm auf.

Er nahm den Bus nach Hause. Um ihn herum saßen noch ein paar andere Passagiere, jeder allein. Ein Mann las eine Zeitung, ein anderer nickte über einem Buch ein. Eine schwarze Frau strickte und zählte murmelnd die Maschen. Die Lichter der Stadt glitten vorbei, und in der Ferne heulten Polizeisirenen. Der Bus ratterte und ächzte und wackelte, während er die unebene Straße entlangholperte, und Marshall mußte an die Fahrt in dem geschlossenen Wagen denken, daran, wie er mit den anderen gesungen hatte – an dieses Gefühl, unverhofft teilhaben zu dürfen an etwas Wunderbarem, an der Geburt eines neuen Landes aus dem alten. Es war ihm so wahr erschienen, und doch war auch dies hier wahr – dieses Dahinrattern durch schmutzige Straßen, vorbei an Läden mit herabgelassenen Eisengittern und den Bildern eines ermordeten Präsidenten im Fenster.

Er stieg in Arlington aus und sah, daß Mr. Atwaters Auto vor ihrem Haus stand. Am liebsten wäre er einfach vorbeigegangen, bis zu der Bäckerei einen Block weiter, aber dann entschied er sich doch dagegen; wenn er zu spät heimkam, würde Loretta sich wieder Sorgen machen. Mr. Atwater saß ihr gegenüber an dem kleinen Küchentisch und rauchte eine Zigarre. Der Geruch durchzog die ganze Wohnung.

»Ah, wie schön«, sagte Loretta. »Da bist du ja.« Sie stand auf und umarmte ihn. Ihr Atem roch stark nach Kaffee. Ihr Haar war zurückgekämmt, und sie hatte Make-up aufgelegt, aber sie trug ihren dunkelblauen Bademantel.

»Wir haben Neuigkeiten für dich«, sagte Mr. Atwater.

»Laß mich das machen«, sagte Loretta. »Bitte, Clark.«

Atwater zog herzhaft an seiner Zigarre und paffte den Rauch zur Decke. »Dann mal los«, sagte er.

# 15

Seiner Mutter zuliebe heuchelte Marshall Überraschung und Freude über die keineswegs überraschende und wenig erfreuliche Nachricht, daß Mr. Atwater um ihre Hand angehalten hatte. Und irgendwie verbarg er auch sein beträchtliches Mißfallen über die Mitteilung, daß der Antrag angenommen worden war. »Ist das nicht wunderbar?« fragte sie. Ihre Augen schimmerten in einem unnatürlichen Glanz. »Wir haben es gerade eben beschlossen.«

»Ganz wunderbar«, sagte Marshall. »Wann?«

»Am 17. Dezember. Nächstes Jahr. Am 17. Dezember 1965. Vielleicht.«

»Das ist mein Geburtstag«, ergänzte Mr. Atwater.

»Das paßt doch sehr gut, findest du nicht?« sagte Loretta.

Marshall nickte und fühlte sich etwas töricht dabei. Aber ihm fiel nichts ein, was er hätte sagen können. Mr. Atwater bot ihm eine schwarze kubanische Zigarre an, die er ablehnte, und Loretta schenkte ihnen allen Sekt ein. »Worauf trinken wir?« fragte sie.

Atwater stand auf, die Zigarre in der kleinen, weißen Hand. Er wedelte leicht damit herum, so daß sich um ihn der Rauch kringelte, und sagte: »Auf unseren Herzensbund.«

»Auf den Herzensbund«, sagte Loretta.

Sie tranken. Marshall beobachtete seine Mutter und versuchte, durch die hektische Heiterkeit hindurchzusehen, mit der sie sich bewegte und sprach. Es kam ihm vor, als hätte er eine ganz andere Frau vor sich – eine Fremde, die sich als Loretta Marshall ausgab.

»Jetzt ändern sich die Zeiten«, sagte Clark Atwater. »Du wirst schon sehen.«

»Auf die Veränderung.« Loretta trank.

Atwater ließ den Blick durchs Zimmer wandern. »Ein paar von diesen Sachen müssen natürlich raus.«

»Ach …« Loretta schielte zu ihrem Sohn hinüber. »Besprechen wir das lieber ein andermal. Heute wollten wir doch feiern.«

»Recht hast du«, sagte Mr. Atwater. »Weiß gar nicht, was über mich gekommen ist.«

Sie hatten auf den jungen Mann gewartet, damit sie ihm die Neuigkeit erzählen und mit ihm darauf anstoßen konnten. Sie tranken mehrere Gläser, und Atwater sprach über die Pläne für das kommende Jahr, klang dabei jedoch seltsam unverbindlich, obwohl er sich ausführlich über die Änderungen im einzelnen ausließ. Es hörte sich alles ein bißchen nach Gedankenspielerei an. Loretta holte ihn immer wieder in die Gegenwart zurück und beteuerte, wie schön sie doch alle hier beisammensaßen. Schließlich fand sogar Mr. Atwater, daß es langsam spät wurde. Er war müde. Er sagte dem Jungen gute Nacht und nahm Loretta beim Arm. »Bring mich raus, Süße.«

»Ich bin gleich wieder da, Walter.«

»Oder auch nicht so gleich«, sagte Atwater.

»Clark – laß das.«

Atwater beugte sich vor und küßte sie auf die Wange, dann vergrub er das Gesicht in ihrem Hals. Seine Brille verrutschte, und einen Moment sah es aus, als würde er das Gleichgewicht verlieren. Aber er fing sich wieder und schaute sie an, blinzelnd. »Mein Täubchen«, sagte er. »Mein Engel der Nacht.«

»Bitte, Clark.«

»Ich geh ins Bett«, sagte Marshall zu ihnen. »Gute Nacht.«

»In einer Minute bin ich wieder da«, sagte seine Mutter.

Atwater zog sie in Richtung Tür. »Wenn sie Glück hat«, sagte er. Dann trat er einen Schritt zurück und zog genüßlich an seiner Zigarre. »Loretta«, sagte er, und der Rauch strömte aus ihm hervor, »du siehst aus wie eine Frau, die heute einen Heiratsantrag bekommen hat.«

»Gut erkannt«, sagte sie. »So, komm jetzt.« Sie ging voran.

An der Tür drehte sich Mr. Atwater um und hob die Hand mit der Zigarre. »Gute Nacht, mein holder Prinz«, sagte er.

»Clark, bitte.«

Er lachte – ein hoher kehliger Laut, wie eine Art Räuspern – und stolperte unsicheren Schrittes zur Tür hinaus, so daß Loretta, die seinen Arm hielt, selbst gehörig ins Schlingern kam.

»Clark, vielleicht sollte ich dich lieber fahren.«

»Red keinen Unsinn. Mir geht's bestens …«

Marshall ging in sein Zimmer und setzte sich aufs Bett. Durchs Fenster drangen die gedämpften Geräusche der nächtlichen Stadt und noch ein anderes, leiseres Geräusch. Vielleicht hatte er es sich nur eingebildet – dieses Lachen, die kleine, schwach protestierende Stimme. Er sah nicht hinaus.

Etwa eine Viertelstunde später hörte er die Wohnungstür gehen; als er ins Wohnzimmer kam, ließ sie sich gerade mit einem erschöpften Seufzer aufs Sofa sinken. Sie schloß die Augen und saß einen Moment lang ganz still. Die dünnen Beine hatte sie ausgestreckt, die Hände lagen schlaff neben ihr.

»Ich weiß, daß du da bist, Walter.«

Er trat ganz ins Zimmer und setzte sich ihr gegenüber.

»Dann sind wir jetzt also beide verlobt«, sagte sie, ohne die Augen zu öffnen.

»Er drückt sich ein bißchen vage darüber aus.«

»Tja.«

»Übermäßig glücklich wirkst du ja nicht«, bemerkte er.

»Ich bin müde.«

Eine Zeitlang schwiegen sie. Er kaute an seinen Nägeln, ließ den Blick im Zimmer umherwandern, über die Möbel, die Bilder an den Wänden, die Nippessachen, und fragte sich, welche dieser vertrauten Gegenstände Mr. Clark Atwater wohl genehm sein würden und welche nicht. Doch, die Zeiten würden sich wirklich ändern; beide befanden sie sich mitten im Umbruch, in einem Umbruch, der ihn von ihr wegkatapultieren würde, hinaus in die Welt.

»Laß das«, sagte sie. »Du bist so ein Zappelphilipp.«

Er legte die Hände in den Schoß.

Sie beugte sich vor und sah ihn an. »Du siehst so ausgepumpt aus, Junge. Was ist eigentlich los mit dir? Ständig brütest du in letzter Zeit.«

»Dieses Mädchen in meiner Schule …«, setzte er an.

»Alice?«

»Nein. Das ist ja das Problem, verst-«

»Oh«, fiel ihm seine Mutter ins Wort. »Doch, doch, ich glaube, ich verstehe.«

Wieder schwiegen sie.

»Ich hatte schon so ein Gefühl. Du schienst einfach nicht besonders glücklich oder entspannt mit Alice.«

»Genauso geht es mir jetzt mit dir«, erwiderte er zu schnell und zu heftig. »Du scheinst auch nicht besonders glücklich mit Atwater.«

Sie legte den Kopf zurück. »Bin ich wohl auch nicht. Ich bin einfach zu alt, um noch Teenagergefühle zu haben.«

»Aber wenn du nicht glücklich darüber bist, warum machst du es dann?«

»Geh ins Bett, Kind.«

»Du willst mit mir nicht einmal darüber sprechen?«

Sie hatte die Augen wieder geschlossen.

»Es ist, weil er dein Chef ist, stimmt's?«

»Walter, bitte. Ich bin todmüde.«

»Aber das ist es doch, oder?«

Sie sah ihn an. »Nicht ausschließlich. Verstanden? Ich bin fast fünfundvierzig, und – und es ist das Sinnvollste. Er sagt, er will mich heiraten, und es ist am sinnvollsten so.«

»Es ist überhaupt nicht sinnvoll, wenn es nicht das ist, was du willst. Bist du – es ist – es gibt Wichtigeres, als Mr. Atwater bei Laune zu halten. Du kannst doch auch anderswo arbeiten …«

Eine Pause, dann sagte sie: »Na ja, es ist ja auch noch lange hin. Es ist gut möglich, daß er es sich bis dahin anders überlegt.«

»Und dich dann rausschmeißt?«

»Bitte, geh ins Bett, Walter. Ich bin wirklich todmüde, und ich möchte nicht darüber reden. Ich mag ihn, ja? Er kann manchmal ein bißchen anstrengend sein, aber ich mag ihn, und er sagt – er will, daß ich seine Frau werde. So wie die Dinge liegen, war er um einiges netter zu mir, als er es nötig gehabt hätte.«

»Schon, aber du empfindest nicht wirklich etwas für ihn. Du darfst dir das nicht antun …«

Sie stand auf und ging zur Küchentür hinüber. »Das reicht«, sagte sie noch im Gehen. »Halt dich da bitte raus. Tu mir den Gefallen und versprich mir, daß du dich nicht querstellst.« Sie drehte sich im Türrahmen um und sah ihn an. »Bitte versprich es.«

Er antwortete nicht. Er wich ihrem Blick aus.

»Walter.«

»Ja«, sagte er. »Ich hab's gehört.«

»Und?«

»Ich versprech's.«

»Gut«, sagte sie. »So, möchtest du einen Tee?«

»Nein danke.«

Nach kurzem Schweigen sagte sie: »Geh jetzt ins Bett, Kind. Morgen sieht alles schon ganz anders aus.«

Er erwiderte nichts, saß einfach nur da.

»Du wirst nicht ewig bei mir bleiben«, sagte sie. »Und ich will nicht allein leben.«

»Ja, Ma'am.«

»Und du? Was ist mit dir, Walter?«

Er hob den Kopf.

»Wie soll's bei dir jetzt weitergehen, mit Alice?«

»Ich weiß nicht«, sagte er. »Ich werde es ihr sagen müssen, nehme ich an.«

»Nimmst du an.«

Er sah sie an.

»Du erwartest doch hoffentlich nicht, daß *ich* es ihr sage.«

»Nein, Ma'am.«

»Wie heißt denn das andere Mädchen?«

Er sagte es ihr.

»Ist sie hübsch?«

»Sie – sie ist wunderschön.«

»Ach, das war dein Entscheidungskriterium?«

»Nein.«

»Erwidert sie deine Gefühle?«

»Ich glaube schon, doch.«

»Da hast du dich ja in ein hübsches kleines Schlamassel reinmanövriert.«

»Ich weiß.«

»Gut – Alice ist älter als du. Sie wird darüber hinwegkommen. Wir passen auch nicht richtig zu diesen Leuten. Herrgott noch mal, da spaziert ein Mann bei einem Fest auf den Händen herum, und niemand dreht sich auch nur nach ihm um. Alice ist eine erwachsene Frau, sie weiß, wie der Hase läuft.«

»Das andere Mädchen – Natalie – ist noch älter als Alice.«

Seine Mutter nahm diese Mitteilung sehr ruhig auf. Sie zögerte nur einen Augenblick. »Ich wüßte zu gern, was in diese Frauen gefahren ist.«

»Ich habe keine Ahnung«, sagte er. »Aber ich habe ihnen beiden versprochen, sie zu heiraten, und jetzt kann ich machen, was ich will, irgend jemand leidet auf jeden Fall.«

»Mit anderen Worten, du genießt das Leben in vollen Zügen.«

»Ich finde es abscheulich«, erklärte er. »Und mich selber verabscheue ich auch.«

»Nein, du verabscheust dich nicht. Du bildest es dir nur ein.«

Er zuckte die Achseln. »Irgendwie kann ich – ich schaffe es nicht, mich so zu geben, wie ich bin.«

»Was soll das jetzt heißen?«

»Ich verhalte mich immer so, wie ich denke, daß die anderen es von mir erwarten. Ich versuche ständig, es allen recht zu machen. Ich komme mir vor, als ob mein Inneres nur aus Luft bestehen würde. Als ob ich keinerlei Meinungen oder Grundsätze hätte, wenn ich mit jemandem rede. Ich hätte mich nie an der

Radioschule eingeschrieben, wenn Mr. Atwater mir nicht dazu geraten hätte, als ich ihn damals in Geschichte hatte.«

»Und jetzt hast du dich mit zwei Frauen verlobt – die auch noch älter sind als du.«

»Ich glaube, ich bin in Natalie verliebt.«

»Sehr schön.«

»Und Alice mag ich sehr gern.«

»Auch sehr schön.«

»Es ist mir ernst«, sagte er.

Seine Mutter schwieg einen Moment. »Ich kann mir ehrlich gesagt nicht so recht vorstellen, daß es *ihnen* ernst ist.«

»Wieso?«

»Du bist noch so – so ein Kind, Walter.«

»Es ist ihnen bitterernst.«

»Na gut.« Sie lächelte ihn an. »Du bist natürlich ein sehr netter Junge.«

Er schüttelte den Kopf. »Nein.«

»Tu nicht so bescheiden. Das hat so was – ich weiß nicht. So was Versnobtes.«

»Entschuldige.«

»Schau, Walter – wir sind hier nicht im Mittelalter, und in Ost-Tennessee auch nicht. Wir befinden uns im Jahr 1964, und du brauchst überhaupt niemanden zu heiraten, wenn du nicht willst. Warum redest du nicht mal mit Pater Soberg?«

»Das wäre mir zu peinlich. Ich fand es schon schwer genug, es zu beichten.«

»Du hast es *gebeichtet*?«

»Na ja«, sagte er. »Doch.«

Sie schien sich das Lachen zu verbeißen. »Du bist – du – was für eine Sünde willst du denn begangen haben?«

»Ich habe Alice angelogen. Ich habe sie die ganze Zeit über belogen.«

»Weil du ihre Gefühle nicht verletzen wolltest.«

»Ich – ja. Ich weiß nicht. Ich habe sie dazu gebracht, sich in mich zu verlieben.«

Seine Mutter hielt sich die Hand vor den Mund und sprach durch die Finger: »Kind – machst du dir irgendeine Vorstellung davon, wie lächerlich das klingt?«

Jetzt war er eingeschnappt. »Nein.«

»Es ist keine Sünde, wenn man merkt, daß man jemanden nicht heiraten will.«

»Ich komme mir trotzdem schlecht vor«, sagte er. »Du kennst Alice nicht. Sie ist – ihr Vater – es würde ihr ganz einfach weh tun. Und ich bring's nicht übers Herz.«

»Was willst du also machen?«

»Ich weiß nicht. Die D'Allessandros wollen, daß ich nichts unternehme, bis die Sache mit Mitchell Brightman über die Bühne gegangen ist.«

»Und was ist mit dieser Natalie? Deiner Zweit-Verlobten? Was soll sie denken, wenn sie erfährt, daß du schon verlobt bist?« Seine Mutter kämpfte gegen das Lachen an. Dann konnte sie sich nicht mehr beherrschen. »Entschuldige. Du … sei mir nicht böse. Ich dachte nur gerade, daß ich wahrscheinlich überhaupt keine Frau mehr in deine Nähe lassen darf – wenigstens so lange, bis die ersten beiden abgefertigt sind. Entschuldige.«

»Freut mich, daß du es so komisch findest.« Er gab sich alle Mühe, beleidigt zu klingen. Aber dabei fühlte er sich wider Willen geschmeichelt.

»Schau, daß du ins Bett kommst«, sagte seine Mutter. »Nach deinem Schönheitsschlaf fühlst du dich bestimmt viel besser.«

Er ging zu ihr hinüber und küßte sie auf die Wange. »Gute Nacht.«

»Komm her.« Sie schlang die Arme um ihn und schmiegte die Wange an seine Brust. »So ein lieber, süßer junger Mann bist du«, murmelte sie. »Du mußt aufhören, alles immer so furchtbar ernst zu nehmen.«

Am nächsten Morgen fand er sie in ihrem Sessel, den Kopf nach hinten gekippt, mit offenem Mund, schlafend. Der Küchenboden war frisch gebohnert, und staubgesaugt hatte sie auch. Er hatte nichts davon mitbekommen. Behutsam weckte er sie.

»Ach Gott«, sagte sie. »Ich hab von deinem Vater geträumt.«

»Erzähl«, sagte er.

»Da gibt's nichts zu erzählen. Er stand in einem Zimmer. Wir waren in einem Zimmer voller Leute, und es war Zeit zu gehen.«

»Habt ihr beide euch geliebt, als ihr geheiratet habt?«

»Natürlich. Was stellst du denn für Fragen?«

Er antwortete nicht.

»Es ist nicht dasselbe, Walter.«

»Nein?«

»Schau – zwischen deinem Vater und mir gab es – das hier ist etwas völlig anderes. Und das mußt du mir einfach glauben, ja?«

»Als er hier war, als er uns noch mal besucht hat – da hatte ich das Gefühl, er wollte mir etwas sagen, aber dann konnte er es nicht.«

Sie wartete. »Ja?«

»Ich dachte, vielleicht weißt du ja, was es war.«

»Es würde jetzt beim besten Willen keinen Unterschied für dich machen, Walter. Ganz egal, was es war.«

»Aber du weißt, was es war?«

Sie überlegte ein wenig. »Nein, ich glaube nicht. Dein Vater – dein Vater war furchtbar desillusioniert. Er wollte um jeden Preis verhindern, daß es dir einmal genauso geht.«

»Inwiefern desillusioniert?«

»Mußt du nicht zur Arbeit?«

»Sag's mir«, drängte Marshall. »Du kannst es mir ruhig sagen.«

Sie seufzte, und dann schien sie vor etwas zu kapitulieren. Sie lehnte sich im Sessel zurück, die Hände auf den Armlehnen. »Er hatte eine bestimmte Vorstellung von der Welt, und dann hat sich gezeigt, daß diese Vorstellung verkehrt war.«

Damals, als sein Vater ihn besucht hatte und sie zusammen am Finanzministerium gestanden hatten, vor sich die Pennsylvania Avenue, hatte er Marshall gesagt, wie stolz und hoffnungsvoll ihn der Anblick der Fahnen auf den Dächern immer stimmte. Er war ein alter, farbloser Mann, der sorgsam am Stock ging, und es wollte Marshall einfach nicht in den Kopf, daß dies sein Vater sein sollte, der Held seiner einzigen klaren Erinnerung an einen Vater – der Schneemannbauer in der grünen Drillichjacke. Dieser Mann hier war grauhaarig, und unter dem Fleisch von Gesicht und Hals stachen die Knochen hervor. Er hatte sich in Arizona ein neues Leben aufgebaut, war dreizehn Jahre lang an einer Privatschule Geschichtslehrer gewesen. Sein Herzfehler hatte ihn vorzeitig altern lassen.

Sie standen am Fuß des Alexander-Hamilton-Denkmals und schauten über die Stadt; es war ein feuchter, träger Juliabend, die Luft kühlte langsam ab nach der Hitze des Tages. Hinter der reichverzierten Fassade des Willard-Hotels zur Linken und dem hohen quadratischen Turm des Postamts zur Rechten ragte das Kapitol mit seinen vielen Säulen auf, cremefarben und massiv, wie frisch gewaschen im letzten Licht; hinter den Bäumen wuchs es aus dem dunklen Asphalt empor wie eine gemalte Kulisse – all dieses Marmorleuchten, diese Majestät am Ende des langen grauen Aufmarsches von Regierungsgebäuden und Museen.

»Wenn du an all die Leute denkst, die schon diese Straße entlanggegangen sind … Hier haben sie Lincoln hinuntergetragen bei seiner Beerdigung, die gesamte Länge der Pennsylvania Avenue bis zum Kapitol. Da wird einem ganz anders zumute, bei dem Gedanken.«

Der junge Mann dachte, sein Vater würde noch weitersprechen, und als er es nicht tat, war er unsicher, was nun von ihm erwartet wurde – wie man sich in einer solchen Situation zu verhalten hatte.

»Entschuldige, Walter. Der Geschichtslehrer geht wieder mit mir durch.«

»Nein«, sagte der Junge. »Ehrlich. Geschichte ist mein Lieblingsfach.« Geschichte war natürlich keineswegs sein Lieblingsfach. Er hatte seinen Vater nur nicht verletzen wollen.

Der alte Mann sah ihn an. »Wir sollten wahrscheinlich lieber darüber sprechen, wo ich die letzten dreizehn Jahre gewesen bin.«

»Von mir aus nicht.«

»Hmm.«

Sie blickten die lange breite Straße hinab, auf das Kapitol, das aus der Dunkelheit emporstrahlte wie in einem Traum. Alle seine leuchtenden Linien verschwammen; die Mauern schienen in die feuchte Luft zu schmelzen.

»Das war alles verdunkelt«, sagte der alte Mann. »Dieses ganze Licht. Schau's dir an. Alles dunkel. Wir dachten, die Bomber würden bis zu uns herüberkommen. Die Leute hatten Angst. Pearl Harbor war ein furchtbarer Schock. Die Menschen – die Menschen sind zu vielem fähig, wenn sie Angst haben. Wir hatten Gewehre auf diesen Dächern, und die waren nicht zum Üben. Wir wußten nicht genug, wir waren so verunsichert. Und dann haben wir Maßnahmen ergriffen. So kommt manchmal eins zum anderen.«

»Ja, Sir.«

»Es war nicht so wie heute, Walter, wo du Jack und Jackie ständig im Fernsehen siehst. Wir haben Roosevelt kaum zu Gesicht bekommen, außer auf Photos, und da auch nur von den Schultern aufwärts. Wir haben ihn im Radio gehört. Im ganzen Land gab es niemanden, der diese Stimme nicht kannte ... aber wenn man nicht in die Wochenschau ging ... das Radio war damals alles. Wir haben uns Abend für Abend darum versammelt, die ganze Familie, so wie die Leute früher ums Feuer saßen. Wenn du darüber nachdenkst – alles hat sich so schnell verändert und entwickelt ... dieses Gefühl, miteinander verbunden zu sein durch die gemeinsame Nähe zu einer Stimme, als würden wir alle in einem einzigen riesigen Wohnzimmer sitzen – das waren ein paar Jahre, mehr nicht. Dann kam das Fernsehen, und das war's. Im Krieg waren wir aufs Radio angewiesen, Tag für Tag. Ich war schon älter, deshalb bin ich nicht gleich genommen worden – ich war Ende Dreißig, und ich hatte Probleme mit den Augen. Aber ich hab es geschafft. Und ich habe noch mitgekämpft. Ich habe meinen Beitrag geleistet. Ganz egal, was andere über mich erzählen, mein Sohn, du sollst wissen, daß ich mein Land geliebt habe.«

»Ja, Sir.«

»Deine Mutter sagt, du wolltest eine Zeitlang Priester werden.«

»Ich war auf dem Seminar – aber ich bin nicht reingekommen. Meine Noten …«

»Zu viele Faxen im Unterricht.«

»Ja, Sir.«

Den ganzen Weg hierher hatten sie über quälend unverfängliche Dinge gesprochen, wie Fremde, zwei Männer, die sich miteinander unwohl fühlen – über die Washington Redskins und die Senators, die ewigen Verlierer, über die Schweinebucht und die Kuba-Krise.

Jetzt schwiegen sie. Unter ihnen kam quietschend einer der neueren Stadtbusse zum Stehen, und zwei junge Frauen stiegen aus. Sie gingen über die Straße zum Hotel. Der Bus fuhr wieder an und bog in die Pennsylvania Avenue ein. In der Ferne spielte Musik, vermutlich aus einem Autoradio. Der alte Mann räusperte sich. »Sie sieht gut aus. Deine Mutter, meine ich. Sehr gut sieht sie aus.«

Der Junge äußerte sich nicht dazu.

Sein Vater seufzte. »Ich möchte dir etwas erklären, aber ich weiß nicht, wie ich anfangen soll.«

»Ja, Sir?«

»Die Menschen – die Menschen sind zu vielem fähig, wenn sie Angst haben. Sie überreagieren … und wenn ein ganzes Land Angst hat, geschehen … geschehen Dinge …« Er brach ab. »Die Atombombe hat uns angst gemacht, Walter. Wir hatten sie abgeworfen. Wir wußten Bescheid. Wir hatten die Schrecken gesehen, die sie anrichten kann. Und es ist uns allen unter die Haut gegangen. Dem ganzen Land.« Wieder brach er ab. »Ja. Deine Mutter denkt, ich wäre zurückgekommen, um irgendwelche letzten Dinge zu regeln. Da irrt sie sich. Aber ich möchte, daß du mich verstehst.«

Die strahlenden, ebenmäßigen Umrisse des Kapitols waren in dem sinkenden Sommerdunst zur Körperlosigkeit verblaßt. Über allem stand ein knochenweißer Halbmond zwischen leuchtenden Wolkenstreifen, und Sterne schimmerten, ein intensives milchiges Glimmen, das in das matte Funkeln der Häusersilhouette überging. Autos fuhren vorüber, und von irgendwoher ertönte das unwirkliche Heulen eines Martinshorns. Es verhallte, und jetzt klang der Verkehrslärm gedämpfter, immer noch mit der fernen Musik im Hintergrund. Ein Paar kam unten auf dem Gehsteig vorbei, Arm in Arm, leise redend. Farbige. An einer Unebenheit im Pflaster gerieten sie kurz ins Straucheln, dann lachten sie, und als sie an den Bordstein traten, legte der Mann der Frau die Hand aufs Kreuz. Sie trug ein enges, tief ausgeschnittenes Oberteil. Er ließ stolz und selbstbewußt die Arme schwingen, als sie zum Willard hinübergingen. Ihre Stimmen verklangen, und dann waren der Junge und sein Vater wieder allein.

»Ich habe sehr gern hier gewohnt. Ich kam mir vor, als hätte ich das große Los gezogen. Seltsam, es jetzt wiederzusehen, nach all den Jahren.«

Der Junge wartete.

»Als ich 1943 schließlich doch nach Übersee aufgebrochen bin, hat dein Großvater etwas zu mir gesagt. Ich stand auf der Straße vor dem Haus, ich war grade dabei, diesen alten 37er Ford zu bepacken – ein Freund von mir hat mich nach Baltimore gefahren. Da mußte ich nämlich den Dienst antreten, in Fort Holabird, das weiß ich noch. Ich stand also auf der Straße und winkte, und da kam mein Vater von der Veranda herunter. Er stellte sich vor mir auf und tippte mir mit dem Finger auf die Brust und sagte: ›Tu deine Pflicht.‹ Und dann sagte er: ›Und schreib deiner Mutter.‹ Sonst nichts. Genau diese Worte. Damit hat er sich umgedreht und ist ins Haus zurückgegangen, und erst viel später habe ich begriffen, was ihn das gekostet haben muß und daß er eigentlich wollte, daß ich ihm auch schreibe.«

»Schade, daß ich ihn nicht mehr gekannt habe«, sagte der Junge.

Aber die Gedanken des alten Mannes gingen andere Wege; er sprach bereits weiter. »Ich hatte nur einen einzigen Wunsch in dem ganzen Wirrwarr dieses Krieges: daß ich heimkommen und eine Familie gründen darf. Darum habe ich gebetet.« Er schüttelte resigniert den Kopf. »Ich hab ein paar Sachen gemacht als junger Mann. Damals in den dreißiger Jahren. Jemand, der so jung und idealistisch ist wie ich damals … fast noch ein Kind … Nun ja.« Er tupfte sich mit einem Taschentuch über den Mund, den Blick gesenkt. Es war, als hätte er schon zuviel gesagt. »Das ist Schnee von gestern. Es ist zu viel passiert. Wir können die Zeit nun mal nicht zurückdrehen.«

Darauf fiel Marshall keine Erwiderung ein.

»Deine Mutter und ich – damals schien es das beste, daß sie hier bleibt, bei dir. Eine ganze Weile hätte ich es mir eh nicht leisten können, sie nachkommen zu lassen. Und dann – dann war es einfach zu spät. Und ich hab ja auch nie wieder geheiratet. Ich hab mich nie wieder jemandem nah genug gefühlt.«

»Mama auch nicht«, sagte der Junge.

»Ich wünschte, ich hätte für dich dasein können, mein Junge. Ich bin stolz auf dich.«

»Danke, Sir.«

»Hat deine Mutter – sie hat wohl nicht über mich gesprochen?«

»Nicht viel. Nur daß du – daß du nicht mehr zu uns zurückkommst. Ich war so klein. Je älter ich wurde, desto selbstverständlicher kam es mir vor.«

»Ja, das ist begreiflich.«

Die Wahrheit war, daß sie sich weigerte, von ihm zu sprechen, und es auch sonst niemandem erlaubte. Es durfte nicht einmal jemand Mitgefühl äußern, daß sie nun allein dasaß, mit einem kleinen Kind, ohne Geld, ohne Arbeit oder wenigstens die Aussicht auf Arbeit. Im Lauf der Jahre hatten schon einige Leute ihren Zorn auf sich gezogen, weil sie daran rührten, weil sie aussprechen wollten, was ihr angetan worden war. Es wirkte fast so, meinte sie zu ihrem Sohn, als forderten die anderen es von ihr, diese Art von Gerede – dabei ging es letzten Endes niemanden etwas an außer ihr.

»Weißt du«, fuhr sein Vater fort, »wir waren alle durcheinander und aufgeputscht und verängstigt in diesen ersten Kriegswochen. Das ganze Land. Wir waren in den Krieg eingetreten, aber wir waren noch nicht bereit für den Krieg. Die ersten beiden Monate meiner Ausbildung hatten wir statt Gewehren Stöcke. Wir hatten Angst, und wir waren schlecht ausgerüstet, und wir sahen überall Feinde. Das darf man nicht vergessen. Und als der Krieg aus war, sahen wir überall noch mehr Feinde – weil wir etwas so Grauenvolles getan hatten, um ihn zu gewinnen, und weil wir sehen konnten, wie grauenvoll es war und was es anrichten konnte, wenn es in die falschen Hände gelangte – es ist das Unheimlichste, was wir auf der Welt haben, und wenn ich mir jetzt die Gesichter der Leute ansehe, dann scheinen sie mir immer noch gezeichnet davon.« Er hielt inne und nickte, wie um einer Stimme in seinem Inneren rechtzugeben. Dann nahm er den Stock und machte ein paar Schritte von der Statue weg. Der Junge folgte ihm, wollte nach seinem Arm greifen, besann sich dann aber eines Besseren. Sie traten an den Rand der flachen Stufen, die zu Gehsteig und Straße hinunterführten. »Es ist völlig verständlich – dieser Verfolgungswahn. Vergiß das nicht. Wir alle hatten ihn. Ein schlimmer Fehler – aber ein verständlicher. Niemand hatte sich je vorher mit etwas derart Gigantischem auseinandersetzen müssen. Es war das erstemal in der Geschichte der Menschheit – dieses beängstigende und grauenerregende Ding – eine Waffe, die uns alle auslöschen konnte. Die der Geschichte ein Ende bereiten und jede Hoffnung auf eine Zukunft zunichte machen konnte. Das darf man nicht unterschätzen.«

»Ja, Sir.«

»Was auch immer geschieht – was immer die Menschen tun oder sagen, Walter, denk daran, wie du und ich hier gestanden und auf diese Stadt herabgeschaut haben und ich dir davon erzählt habe, wie es damals war.«

»Ich verstehe«, sagte Walter Marshall, der kein Wort verstand. »Hier.« Er streckte ihm den Arm hin.

»Geht schon. Ich schaff's allein.«

»Ja, Sir.«

Der alte Mann blieb stehen und sah ihn scharf an. »Und glaub nicht alles, was du zu hören bekommst, mein Junge. Dieses Land ist eine wunderbare Idee, eine grandiose Idee – aber die Menschen bleiben ständig hinter ihren Ideen zurück, und du darfst nicht alles glauben, was du zu hören bekommst.«

»Ja, Sir.«

»Jetzt hilf mir zum Auto rüber. Ich werde müde.«

Sie gingen langsam zur Straße hinunter, stiegen ins Auto, und der Junge chauffierte seinen Vater zurück zu dem Motel am anderen Flußufer, wo sie ein Bier miteinander tranken, obwohl Marshall erst siebzehn war. Sein Vater sprach während seines Besuchs nicht mehr von der Vergangenheit. Und dann war er fort. Und der junge Mann wußte, daß er ihn nie wiedersehen würde.

Er fuhr mit dem Bus zur Arbeit. Wieder war Alice nicht da. Sie rief ihn mittags an und fragte, ob er am Nachmittag ins Krankenhaus kommen wolle, um Minnie zu besuchen. Stephen und ein paar von den anderen würden auch vorbeischauen. Sie sei dabei, gut Wetter bei ihrem Vater zu machen, der angesichts von Minnies bedenklichem Zustand allmählich weich werde. Er habe Minnie gestern abend wieder besucht; das allein sei schon eine Art Zugeständnis.

»Und Minnie hat auch ganz sicher nichts dagegen, wenn ich komme?«

»Natürlich nicht, Walter. Sonst würde ich doch nicht fragen.«

Als Mr. Wolfschmidt ihn gehen ließ, war es fünf vorbei. Der Bus nach Arlington war überfüllt, und er mußte stehen, schwankte hin und her mit dem Schlingern des Fahrzeugs, inmitten einer dichten Traube älterer Männer, alle in langen Mänteln und mit Hüten auf dem Kopf. Der Tag war mild, Regen lag in der Luft – ein grauer, kompakter Himmel, der schnell in eine sternenlose Nacht hinüberdämmerte. Als er in dem Krankenhauszimmer ankam, standen Stephen und Diane schon am Bett. Minnie lag mit friedlich geschlossenen Augen da, die Hände über dem gewaltigen Busen gefaltet. Alice küßte ihn auf den Mund, und zu seinem Erstaunen trat Stephen zu ihm und umarmte ihn. Die Geste gab ihm das Gefühl, von einer langen Reise heimgekehrt zu sein.

»Wie geht es Minnie?« fragte Marshall, indem er den Mantel auszog.

»Sie braucht viel Ruhe«, sagte Alice.

Diane reichte ihm übers Bett hinweg die Hand. »Wir sind auch eben erst gekommen«, sagte sie. Zwei vollendete Bogen spannten sich über den natürlichen Bogen ihrer Brauen, und ihre runden Wangen waren zu dick mit Rouge bemalt. Ihre Hand fühlte sich kühl und klein und trocken an, und als Marshall sie losließ, lächelte sie und zupfte sich am Ohrläppchen.

Das Zimmer war sehr klein und karg, die Wände hatten ein stumpfes Weiß, und unter einem schmalen, schmutzigen Fenster stand ein Heizkörper mit Metallhaube. Der Heizkörper knackte, und in irgendwelchen Rohren in der Wand gluckerte Wasser. Gegenüber dem Fenster hing ein Bild, eine Reihe von überzarten, blassen Mädchen, die Ballett übten. Auf dem Nachttisch lagen neben zwei Gläsern und einem Krug Wasser eine Bibel, eine Nickelbrille und eine Packung Kleenex.

Alice beugte sich vor und ergriff Minnies glatte braune Hand.

Eine lange Zeit sagte niemand etwas, und das einzige Geräusch war Minnies langsames, weiches Atmen.

»So hat sie immer meine Hand gehalten, als ich klein war«, sagte Alice leise. »Wenn ich schlecht geträumt hatte. Ich hatte eine Zeitlang ständig Alpträume, und da saß sie immer an meinem Bett. Stundenlang. Ich war neun. Sie blieb die ganze Nacht bei mir und hat auf mich aufgepaßt, bis die Sonne aufging und es hell war und ich schlafen konnte. Wir haben immer meinen Vater über den Gang schnarchen hören. Manchmal bin ich eingeschlafen, und wenn ich aufwachte, war sie immer noch da und hielt meine Hand.«

»Ich habe sie erst durch Miss Eva kennengelernt«, sagte Stephen. Er wandte sich an Marshall. »Ich habe Miss Eva für unsere Schülerzeitung interviewt, und Minnie war dabei und hat auf sie aufgepaßt.«

»Sie hat auf alle aufgepaßt«, sagte Alice. Beim letzten Wort schwankte ihre Stimme. Stephen schwieg und fuhr sich mit der Hand über den Mund. Sie schluckte, schien kurz mit sich zu kämpfen, dann sagte sie: »Sie war doch großartig am Samstag, fandet ihr nicht?«

»Ich war so stolz auf uns alle.« Diane sah sie der Reihe nach an und lächelte.

»Ich war – froh irgendwie«, sagte Marshall. »Die Freude war bei mir stärker als die Angst – zeitweise jedenfalls.«

»Ja«, sagte Stephen verständnisvoll. »Das ist immer so. Eins geht nicht ohne das andere.«

Und Minnie schlug die Augen auf. »Stephen.« Ihre Stimme war ein Flüstern.

»Hier bin ich, Miss Minnie.«

»Du hast doch so viel zum Arbeiten.«

»Ja, Ma'am.«

»Warum machst du dann nix?«

»Die Arbeit läuft mir nicht weg, Minnie. Die wartet eisern, bis ich sie wieder aufnehme.«

»Dein Kreuz, das mußt du auf dich nehm«, sagte Minnie mit einem kleinen Lächeln. Ihre Zähne waren auffallend gerade und weiß.

»Ja«, sagte Stephen. »Amen.«

»Ich hab jetzt meins auf mich genomm«, sagte Minnie. »Wo ich mich so viele Jahre wegstibitzt und versteckt hab.«

»Die Ratschlüsse des Herrn sind unergründlich.«

»Amen. Ich verlaß mich auf dich.«

»Gelobt sei Jesus Christus«, sagte Stephen.

Sie sah Alice an. »Mädel.«

»Ja, Minnie.«

»Was is mit meim Kuß?«

Alice beugte sich hinab und drückte ihre Lippen auf die breite Backe. Minnie schloß die Augen, seufzte, dann öffnete sie sie wieder.

»Und Mister Patrick, was is mit dem?«

»Er kommt auch bald«, sagte Alice. »Minnie, wann gehst du wieder mit uns nach Hause?«

Minnie lächelte, und als sie sprach, klang es fast, als würde sie singen. »Nach Hau-se«, wiederholte sie und zerdehnte das Wort. »Mmm-mmh.«

»Die Ärzte sagen, dir fehlt überhaupt nichts. Es liegt ganz allein bei dir. Alles, was du tun mußt, ist aufstehen und zu dieser Tür rausgehen.«

»Kindchen«, sagte Minnie und tätschelte Alices Handgelenk.

»Das ist die Wahrheit«, erklärte Alice. »Stephen, sag ihr, daß es die Wahrheit ist.«

»Doch, das sagen die Ärzte«, bestätigte Stephen.

Minnies Blick fiel auf Marshall, und einen kleinen Moment lang spiegelte sich etwas wie Zorn in ihrem Gesicht. Er brauchte ein bißchen, bis er begriff, daß es nur das Bemühen war, ihn einzuordnen. Fast wäre er zurückgewichen. »Ach, der nette junge Herr is das«, sagte sie schließlich.

»Er ist gekommen, um dich zu besuchen«, sagte Alice. »Wir wollen heiraten.«

»Ja«, sagte Minnie. »Jetzt weiß ich's wieder.«

»Minnie, du willst doch nicht unsere Hochzeit verpassen, oder?«

»Ah, was ham wir da drüber geredet.«

»Weißt du noch?« fragte Alice.

Die alten Augen schlossen sich. Minnie schien eingeschlafen zu sein. Sie warteten eine Weile, lauschten wieder dem ruhigen Geräusch ihres Atems. »Ich wart auf den großen Auferstehungsmorgen«, murmelte sie schläfrig. »Ehre seim Namen.«

Wieder wurde es still. Die Minuten verstrichen. Niemand

sprach. Alice schniefte einmal, und Stephen legte ihr behutsam die Hand auf die Schulter und zog sie dann wieder zurück. Als ein Arzt kam, um Minnie zu untersuchen, gingen sie alle zusammen zum Schwesternzimmer.

»Es ist immer das gleiche«, sagte Alice. »Seit sechs Tagen schon.«

»Sie wacht auf«, sagte Stephen, »und wirkt völlig normal. Aber dann dämmert sie wieder weg, und sie können nicht feststellen, was ihr fehlt.«

»Vielleicht suchen sie nicht gründlich genug«, sagte Diane.

»Sie waren sehr freundlich«, widersprach Stephen.

»Dafür sorgt mein Vater schon«, sagte Alice.

Eine kurze Pause, dann sagte Diane: »Stephen geht in den Süden runter. Er will sich Doktor Kings Leuten anschließen.«

»Ich will fragen, ob sie mich irgendwie brauchen können«, sagte Stephen.

»Das mußt du Minnie erzählen«, sagte Alice. »Gott, würde ich da gern mitkommen.«

Beschämt merkte Marshall, daß er die Bemerkung als willkommenen Einstieg sah; fast hätte er Alice gedrängt, sich ihren Wunsch zu erfüllen. Er sah Stephen an, Stephen mit seinen großen feuchten Augen und den narbigen Wangen, und kam sich irgendwie falsch vor, so als hätte er diese Freunde bereits hintergangen. Und sie *waren* Freunde. Er dachte daran, wie seine Mutter ihn wegen seiner Beichte gescholten hatte, und es war ihm erneut peinlich: Ihm fehlten die Worte, um die Sünden zu bekennen, deren er sich allein in der letzten Stunde schuldig gemacht hatte – die Halbwahrheiten, die Ausflüchte.

Er ging mit Alice zur Tür. Minnie schlief wie zuvor, vollkommen friedlich, so reglos wie eine Skulptur. Der Arzt, ein sehr kurzgeratener untersetzter Mann, der unter seinem Kittel einen teuren Anzug trug, stand am Fuß des Bettes und kritzelte etwas auf einen Block. Seine rotbraunen Schuhe waren frisch gewichst und glänzten im Licht. Er hatte dicke Wurstfinger, und sein Atem ging seltsam hüpfend, als würde er jeden Moment husten oder sich räuspern. Eine Wolke von Tabakgeruch umgab ihn.

»Und?« fragte Alice ihn.

»Nichts Neues, leider. Keine Veränderung. Am besten, wir versuchen es einfach als Genesungsschlaf zu betrachten. Nachdem es sich ja allem Anschein nach um eine Form der Erschöpfung handelt. Wenn sie soweit ist, wird sie von selbst ...« Er ließ den Satz unvollendet.

»Ist ihr Puls –«

»Alles wirkt soweit normal. Schauen Sie, ich weiß, daß ich das schon gesagt habe, aber es – bei älteren Leuten läßt es sich manchmal einfach sehr schwer sagen. Man muß mit allem rechnen.«

Als der Arzt weg war, legte sie den Kopf an Marshalls Schulter. »Ich mach mir solche Sorgen um sie.«

»Ich weiß.«

Sie küßte ihn auf die Wange. »Danke, daß du gekommen bist.«

»Ich wünschte, ich könnte irgend etwas tun«, sagte er.

Dann waren Stephen und Diane wieder da und gaben ihm die Hand. Eine Umarmung schien diesmal übertrieben, obwohl er ganz froh darüber gewesen wäre. Er entschuldigte sich, daß er schon gehen mußte – er redete sich darauf hinaus, daß seine Mutter allein war –, und stiefelte durch den leeren Korridor davon. Alice rief ihm nach; sie rannte hinter ihm her. »Ich bring dich noch raus.«

»Das ist doch nicht nötig.«

Sie wirkte verwirrt. »Natürlich ist es nötig.«

In dem kleinen Busunterstand vor dem Krankenhauseingang schlang sie die Arme um ihn und küßte ihn auf den Mund. Es war ein langer, quälender Kuß. »Gott, wie sollen wir nur warten«, sagte sie, als sie endlich von ihm abließ. An ihrem Hals zuckte eine Ader. Er spürte die Hitze in ihrem Körper, während er sie an sich drückte und dabei über ihre Schulter hinweg zu dem hohen, dunklen Bau mit den warm erleuchteten Fenstern hinübersah.

»Alice«, sagte er. »Es tut mir so leid.«

»Nicht«, sagte sie. »Es ist ganz allein meine Schuld.« Sie trat einen Schritt zurück und verschränkte die Arme, wie um sich gegen die Kälte zu schützen. »Rufst du mich an?«

»Ja«, sagte er.

»Ich liebe dich«, sagte sie.

Und er wiederholte den Satz.

Erneut drängte sie sich gegen ihn, preßte ihren Körper an seinen, aber aus dem Kuß wurde nicht mehr als ein rasches Lippenstreifen. »Tschüs.«

»Tschüs.«

Und sie rannte zurück zum Krankenhaus. »Ruf mich an«, rief sie über die Schulter.

Der Bus kam. Von der breiten Eingangstür aus winkte sie ihm noch einmal zu, und er, schon am Einsteigen, drehte sich um und winkte auch.

# 16

Den Rest dieser Woche und den Anfang der nächsten verbrachte Minnie unverändert zwischen Schlafen und Wachen, und Alice war die meiste Zeit über bei ihr. Sie ließ sich von der Arbeit beurlauben, und am Sonntag übernachtete sie gegen den Willen ihres Vaters bei Minnie im Krankenhaus. Doch auch Alices Vater verbrachte immer mehr Zeit dort, denn allmählich begriffen alle, selbst die Ärzte, daß Minnie im Sterben lag. Physisch schien ihr nach wie vor nichts zu fehlen; alle Lebensfunktionen, sämtliche Untersuchungen deuteten darauf hin, daß ihre Verfassung normal war, sogar recht robust für eine Mittsiebzigerin von Minnies Körperumfang. Aber sie blieb in dem Krankenhausbett, aus dem sie sich allem Anschein nach nicht wegzubewegen vermochte und in dem sie bleiben durfte, solange dieser Zustand anhielt, ganz gleich, sagte Patrick Kane, was die Untersuchungen ergaben, und ganz gleich, was es kostete. Sie lag da, flach atmend, die Augen geschlossen, bald schlafend, bald wachend, und alle warteten nur noch auf das Ende.

Marshall erzählte es Albert im Kurs, und Albert weinte. »Ich bin zur Zeit nicht sehr hart im Nehmen«, sagte er. Emma war bei ihm eingezogen, und die Probleme waren noch größer, als er erwartet hatte. Ihre Tante Patty hatte sie zornentbrannt enterbt, weil sie die strikten religiösen Grundsätze der Familie mit Füßen trat: Emma lebte jetzt in Sünde. »Dabei läßt sie mich nicht mal in ihre Nähe. Nicht, bis wir tatsächlich verheiratet sind. Also habe ich den ganzen Ärger und die Schande einer wilden Ehe am Hals, aber nicht das Vergnügen. Ich weiß, so kennst du mich sonst gar nicht. Ich habe es einfach satt, die ganze Zeit so verdammt lieb und nett zu allen zu sein.«

»Das brauchst du auch mal«, sagte Marshall. »Laß die Wut raus.« Aber es war etwas Mechanisches an der Antwort, und er wußte es. Fast wollte er sich entschuldigen, als er seinen Freund davongehen sah, so linkisch und groß.

Mr. D'Allessandro war nicht da, aber er hatte Anweisungen für Wilbur Soames hinterlassen, der die Leitung übernahm, zügig und nicht ohne leise Belustigung; er und Baker erzählten sich neue Witze, und sie amüsierten sich über Ricky Dalmas' Werbetext für das Bestattungsinstitut Gausson.

*Tja, der Tod erwischt einen ja irgendwie immer auf dem falschen Fuß …*

»Ein Meisterwerk«, sagte Soames lachend.

Baker saß am Regietisch, den Blick auf Ricky gerichtet, der konzentriert über seinem Text saß und ihn auf seine seltsam unmusikalische Art vortrug. Marshall ging vorzeitig; er schützte Kopfschmerzen vor und pilgerte die Straße hinauf zu Natalies Haus. Die Stadt verschwand im Nebel – schwere, schleppende Schwaden, die sich aus einem stumpfen Himmel herabsenkten. Ihr Fenster war dunkel. Er wartete ein paar Minuten, fast unsichtbar in der wattigen Luft, während rings um ihn der Verkehrslärm brandete, Lichter schemenhaft durch das Gewaber glitten, als wären sie selber Nebelgestalten, ein dahintreibendes Glühen, ein fransiger Schal aus Licht. Sie war nirgends zu sehen, und diesmal kam sie auch nicht die Straße entlanggeschlendert. Er gab noch ein paar Minuten zu, und dann noch ein paar, immer in der Hoffnung, sie könnte doch noch aus der verhangenen Ferne treten. Schließlich gab er es auf und ging zur K Street, zu seinem Bus.

Alice hatte angerufen; er sollte sie zu Hause zurückrufen, wenn er vom Kurs heimkam. Sie hatte mit seiner Mutter über Minnie gesprochen, und in ihrem Kummer hatte sie von dem Sit-in erzählt, der Eskalation, den Vorwürfen, die sie sich wegen Minnies Zustand machte. Es war ihr offenbar gar nicht klar gewesen, was sie da preisgegeben hatte. Loretta war verletzt, daß sie die Geschichte durch Alice erfahren mußte, daß er ihr die

Wahrheit verschwiegen hatte. »Ich dachte, wir hätten eine besondere Beziehung«, sagte sie. »Ich dachte, wir könnten über alles reden.« Sie saß an dem kleinen Tisch in der Küche und rauchte; sie sah ungepflegt und vergrämt und übernächtigt aus. »Ich dachte, ich könnte dir vertrauen.«

»Natürlich kannst du mir vertrauen«, sagte er. »Ich wollte nur nicht, daß du dir Sorgen machst, das ist alles.«

»Du mußt mir versprechen …«, sagte sie unvermittelt. Aber dann stockte sie, hustete und wandte den Blick ab.

Er setzte sich ihr gegenüber. »Mama«, sagte er. »Es ist in Ordnung. Ich habe nicht – ich – es war eine unglaubliche Erfahrung. Ich hab mich so verbunden mit allen gefühlt, und …«

»Dein Vater …« Erneut brach sie ab. »Du darfst nie wieder so etwas machen, Walter. Du darfst dich nicht mit der Regierung oder der Polizei anlegen.«

»Das haben wir doch gar nicht«, protestierte er. »Wir sind die ganze Zeit über im Rahmen des Gesetzes geblieben.«

»Dein Vater doch auch!« schrie sie.

Ihre Heftigkeit erschreckte ihn; er saß ganz still und starrte auf seine Hände auf der glatten Tischplatte hinunter.

»Du mußt mir zuhören, Walter. Dein Vater hat genau dasselbe gemacht. Haargenau dasselbe. Er hat sich mit der Regierung angelegt, Walter. Begreifst du das? Er war sehr idealistisch, wie du, und er hat sich mit der Regierung angelegt, und sie haben ihn dafür bestraft. Sie sind in das kleine Haus gekommen, in dem wir gewohnt haben, und haben ihn mitgenommen. Sie haben ihn mitgenommen, Walter. Du mußt mir ganz genau zuhören. Sie haben seine sämtlichen Bücher und Briefe durchgewühlt, sie haben das ganze Haus auf den Kopf gestellt, und sie haben ihn fast eine Woche dabehalten, und das alles wegen etwas, das er getan hatte, als er zweiundzwanzig war. Verstehst du jetzt?« Sie stand auf, ging zur Spüle, ließ ein Glas Wasser einlaufen und setzte sich wieder hin. »Er gehörte so einer Gruppe an, sie trafen sich am Wochenende und manchmal auch abends unter der Woche, und es ging ihnen immer nur um Gerechtigkeit und

Freiheit. Es waren so furchtbare Zeiten. Niemand hatte Arbeit, und er trat bei, weil da über genau diese Dinge geredet wurde – Essen für die Hungrigen und Arbeit für die Leute, die arbeiten wollten. Lauter gute, idealistische Vorstellungen. Er ging zu ein paar von den Versammlungen, und dann merkte er, daß sie nicht über dieselbe Art von Gerechtigkeit sprachen, wie er sie im Sinn hatte, und er ging nicht mehr hin. Ich hab ihn damals noch nicht mal gekannt, Walter. Es war, bevor wir uns kennengelernt haben. 1934, Himmel noch mal. Und als du noch ganz klein warst, haben die – die von der Regierung – sie sind gekommen und haben ihn mitgenommen und ihn diese ganze Zeit dabehalten, tagelang, und haben ihn verhört, ihn in die Mangel genommen wegen dieser kleinen Gruppe, dieser – diesen paar Treffen, die überhaupt nichts zu bedeuten hatten und an die er sich schon gar nicht mehr erinnerte. Sie wollten die Namen von ihm wissen. Namen von Leuten, die er seit zwanzig Jahren nicht mehr gesehen hatte. Und natürlich hat er ihnen keine genannt. Er hätte es nicht mal gekonnt, hat er mir gesagt, selbst wenn er gewollt hätte. Es war nur wegen diesen – wegen diesen Versammlungen, zu denen er gegangen war. Versammlungen, Walter, mehr nicht.« Sie fing zu weinen an. Sie stand auf und zog ein Kleenex aus der Schachtel auf der Anrichte, schneuzte sich und setzte sich dann mit der Schachtel wieder hin. »'tschuldige«, sagte sie. »So was Verrücktes. Nach all diesen Jahren.«

Sie schwiegen beide. Eine Minute verging, vielleicht sogar mehrere, bis sie sich mühsam wieder in den Griff bekam.

»Er hat versucht, es mir zu erzählen«, sagte Marshall schließlich. »An dem Tag, als wir zusammen in der Stadt waren.«

Sie tupfte sich mit dem Taschentuch die Augen. »Ich erinnere mich.«

Er dachte an seinen Vater, stellte ihn sich jung vor, sah wieder den Mann im Schnee vor sich, den Mann mit der dunkelgrünen Drillichjacke.

»Als er heimkam – nach dem Verhör –, da war er völlig verängstigt. Er konnte nicht schlafen, er konnte sich überhaupt nicht mehr entspannen. Er hatte Angst vor dem Telephon, den Fenstern der Häuser gegenüber. Er konnte nicht hierbleiben. Die Leute lieferten sich gegenseitig ans Messer, denunzierten einander bei der Polizei, und er hatte sich schuldig gemacht. Er hatte etwas getan, das ihn in den Augen von McCarthy und all den anderen zum Verbrecher abstempelte. Verstehst du?«

Marshall sagte: »Er …«, aber mehr kam nicht heraus.

»Er ist nach Arizona gegangen, um von vorn zu beginnen. Er wollte uns nachkommen lassen, aber dann konnte er es nicht, Walter. Er – er konnte es einfach nicht. Er war nicht mehr in der Lage dazu. Er hatte nicht mehr die Kraft dazu. Die Angst saß ihm zu tief in den Knochen. Und wir hatten Probleme – andere Probleme. Diese Sache hat das alles noch viel schlimmer gemacht. Manchmal schweißt Unglück die Leute zusammen. Uns hat es auseinandergebracht. Es war einfach so. Außerdem hätte ich auch nicht von hier weggewollt. Ich wollte nicht alle Zelte abbrechen und in Arizona von vorn anfangen, so weit weg von hier. Egal, in was für glühenden Farben er es mir beschrieb. Wir – es wurde uns beiden klar, ohne daß wir groß darüber hätten diskutieren müssen. Ohne Groll oder Bitterkeit. Wir wußten es einfach. Und – und das Leben ging weiter.« Sie faltete das Kleenex auseinander und wieder zusammen, betupfte sich damit die Augenwinkel, schniefte.

Nach einer Pause sagte Marshall: »Gut, aber das – diese Sache in Maryland – das war ja ganz was anderes.«

»Ich weiß schon, was du jetzt sagen willst, Kind. Genau das versuche ich dir ja klarzumachen. Bei deinem Vater war es doch genausowenig illegal … was er getan hat … das war damals auch nicht illegal in dem Sinn. Die Schwierigkeiten kamen erst viele Jahre später. So ist das nun mal in diesem Land. Jede Zeit sieht die Dinge auf ihre Weise. Was 1934 nachvollziehbar und sogar lobenswert war, bringt dich 1951 plötzlich um deine Stelle, um jede Möglichkeit, deinen Lebensunterhalt zu verdienen. Woher willst du wissen, in welche Richtung sich die politischen Verhältnisse entwickeln? Woher willst du wissen, daß du in zehn, fünfzehn Jahren nicht aus heiterem Himmel aus deinem Haus gezerrt wirst und dich verantworten mußt für dieses – dieses Sit-in oder was das sein sollte? Du kannst nicht sicher sein, welchen Lauf die Dinge nehmen.«

»Vielleicht können wir sie ja lenken«, sagte Marshall.

»Meinst du, dein Vater hat das nicht auch gedacht?«

»Das hier ist anders.«

Sie stand auf. »Herrgott noch mal, hast du mir denn gar nicht zugehört?«

»Doch«, sagte er. »Aber es ist trotzdem anders. Es geht um das Recht auf den vollen Bürgerstatus. Das ist jetzt Gesetz, und manche Leute versuchen es zu unterminieren oder sich darüber hinwegzusetzen. Wir dringen lediglich darauf, daß sich alle an das Gesetz halten.«

»Und wenn das Gesetz geändert wird?« fragte sie. »Was dann?«

»Das Gesetz wird nicht geändert.«

Sie zupfte ein neues Taschentuch aus der Schachtel und trat ans Spülbecken. Schniefend stand sie da, den Rücken zu ihm. »Du mußt mir versprechen ...«, begann sie.

»Das kann ich nicht.«

Sie drehte sich um, und jetzt war sie wütend. »Ich bin noch nicht fertig.«

Er wartete.

»Versprich mir, daß du nichts – nichts Gefährliches oder Dummes tust.«

»Ich versprech's«, sagte er.

»Dahinter steckt doch sicher Alice, oder? Alice und ihr liberaler Vater.«

»Alices Vater hat sich auch aufgeregt.«

Sie schniefte wieder und goß sich neues Wasser ein. »Ich geh ins Bett. Schlafen werde ich nicht, aber ich geh ins Bett.«

»Du brauchst wirklich keine Angst zu haben«, sagte er.

Sie küßte ihn auf die Wange, und er stand auf und legte die Arme um sie. Lorettas Arme schlangen sich um seine Mitte.

Eine Weile blieben sie so stehen. »Das heißt nicht, daß ich nicht stolz auf dich bin«, sagte sie.

»Ich weiß.«

»Bleib nicht zu lange auf«, sagte sie. »Schau, daß du ein bißchen Schlaf kriegst.«

Sie gingen beide in ihre Zimmer, und er lag wach und dachte daran, daß sie bald nicht mehr hier sein würden. Fremde würden hier wohnen, in dieser kleinen Wohnung, in der er den größten Teil seiner Jugend verbracht hatte – in Armut, wie es Außenstehenden wohl vorgekommen wäre, auch wenn er es nie so empfunden hatte. Seine Mutter hatte kein Auto besessen, bis er dreizehn war; sie hatte oft knausern und sparen und sich Sorgen über Dinge machen müssen, die, wie er später feststellte, in anderen Haushalten selbstverständlich waren. Es hatte Winterabende gegeben, an denen sie immer nur eine einzige Lampe brennen lassen konnten; Abende, an denen ihre Mahlzeit nur aus Pfannkuchen bestand oder aus Cornflakes oder Butterbroten. Abende, an denen sie bis spät in die Nacht am Küchentisch saß und hin und her rechnete, wie das Geld wohl am längsten reichen würde. Abende, an denen er wachlag und sie in der Wohnung auf- und abgehen hörte. Irgendwann in dieser Zeit hatte sie sich dann angewöhnt, die schlaflosen Stunden zum Putzen zu verwenden. Es war eine Eigenschaft, die er inzwischen bewundernswert fand – in diesem Abscheu vor jeder Untätigkeit sah er die Reaktion auf all die Entbehrungen in den Jahren, nachdem sein Vater sie verlassen hatte. Und es schien ihm, daß sie nun ein wenig Glück verdient hatte, als Entschädigung für die vielen Sorgen, die Plackerei. Was er nicht alles für sie tun würde – in der Welt …

Natalie sah er erst am Mittwoch wieder. Alice verbrachte die ganze Woche in Arlington, bei Minnie. Er telephonierte mit ihr, und einmal fuhr er hin. Alice wachte meistens allein bei Minnie, saß an ihrem Bett und hielt ihre Hand. Bei Marshalls Besuch war Mr. Kane da. Alices Vater begegnete ihm barsch, fast unhöflich, und sobald sich eine Gelegenheit zur Flucht bot, ergriff Alice sie beim Schopf und ließ ihren Vater und Minnie mit Diane und zwei Mitgliedern von Minnies Gemeinde allein. Sie ging mit Marshall auf einen Kaffee in die Krankenhaus-Cafeteria. »Das ist einfach seine Art«, tröstete sie ihn. »Du darfst es nicht persönlich nehmen.«

»Das sagst du so leicht.«

»Es ist alles so traurig«, sagte sie.

Er nahm ihre Hand. Er wünschte sich sehnlichst, irgendeine Macht möge ihn packen und wegfegen, weit fort von dem, was er zu tun hatte. »Alice«, sagte er.

Sie hatte sich umgedreht und sah zu der Uhr über der Tür hin. »Sie fangen langsam an, Schwierigkeiten zu machen«, sagte sie. »Die Leute vom Krankenhaus. Sie wollen das Bett freibekommen. Ich meine, sie finden nichts bei ihr, und helfen können sie ihr auch nicht. Sie nimmt nur anderen das Bett weg, weißt du? Mein Vater hat deswegen gerade mit ihnen gestritten, als du kamst.«

»Hat sie ...«, setzte er an.

»Sie sagt inzwischen überhaupt nichts mehr. Sie schlägt die Augen auf und schaut mich an, und dann macht sie sie wieder zu. Ich kriege sie nicht dazu, etwas zu sagen.«

Er schwieg.

»Sie wollen sie vom Tropf nehmen.«

»Was passiert dann?«

»Dann verhungert sie. Das ist ihre einzige Form der Nahrungsaufnahme.«

Sie tranken ihren Kaffee aus und kehrten ins Zimmer zurück. Patrick Kane unterhielt sich mit Diane über die Vorfälle in Maryland. Es war ein ruhiges, bedrücktes Gespräch; beide waren sich einig, daß solche Szenen sich 1964 eigentlich nicht mehr abspielen durften, schon gar nicht so nahe am Sitz der Demokratie. Als Mr. Kane merkte, daß seine Tochter wieder im Raum war, änderte sich sein Verhalten schlagartig; er stand auf, räusperte sich und murmelte etwas über einen Berg von Arbeit, der im

Büro auf ihn wartete. Er nickte Marshall im Gehen kurz zu, und als er weg war, sagte Diane zu Alice: »Er ist stolz auf dich. Ganz egal, wie er redet.«

»Davon kann ich mir nichts kaufen«, gab Alice mit traurigem Kopfschütteln zurück.

Unvermittelt erfaßte Marshall wieder Bewunderung für sie. Er sah zu, wie sie ihren Platz neben Minnie einnahm, wie sie mit glänzenden Augen zuhörte, als Diane von Stephen erzählte, von seinem Aufbruch in die Südstaaten, wo er sich Doktor Kings Christlichen Führern des Südens anschließen wollte. Stephen hatte versprochen, ihnen zu schreiben, und Alice hoffte, ein Brief von ihm, möglicherweise mit einem kleinen Gruß von Doktor King persönlich, wäre vielleicht die Arznei, die Minnie brauchte. An diesem Punkt brach Marshall auf, verabschiedete sich von Diane, küßte Minnie auf die Wange und kam sich die ganze Zeit wie ein Heuchler vor, als er mit Alice am Arm durch die hell erleuchteten Korridore ging, ihren zuversichtlichen Kuß entgegennahm, sie an sich drückte, während sie über Minnie jammerte und über alles andere, was sie quälte – ihr schwieriger Vater, die verlorenen Arbeitsstunden, ihre Verlobungszeit, die ganz anders verlief, als sie sich das erträumt hatte. »Wir müßten jetzt doch ausgehen und alles«, sagte sie mit zittriger Stimme.

»Ich weiß«, antwortete er. »Es ist schon in Ordnung. Mach dir keine Sorgen deswegen, wirklich.«

Als er am Mittwoch in der Schule Natalie traf, war sie reserviert, fast abweisend. Er hatte in den Geschäften vor der 18th Street herumgetrödelt, in den Taschenbüchern auf den Ständern dort geblättert, und er hatte einen Abstecher zu Saint Matthew's gemacht, um für Minnie und für Alice zu beten und Gott um jene spezielle Art von Mut anzuflehen, die ihm so offensichtlich fehlte. Der Sonnenuntergang war kalt und klar gewesen, und am Himmelsrand funkelten schon die ersten Sterne. Er fand Natalie in der Bibliothek, wo sie über ihren Büchern saß, und als er ihren Namen sagte, fuhr sie erschreckt auf.

»Ich wußte nicht, daß es so spät ist«, sagte sie.

»Ich muß dir etwas sagen«, begann er.

»Ich weiß. Du bist schon verlobt.«

»Ich bin –« Er brach ab.

»Mrs. D'Allessandro hat es mir gesagt.«

»Ich löse die Verlobung«, beteuerte er und hatte dabei seltsamerweise das Gefühl, zu lügen. Um sein Herz zuckte es ganz merkwürdig, und ihm war flau im Magen.

»Ist egal«, sagte sie. »Vielleicht später können wir uns miteinander treffen und reden. Nicht jetzt. Wenn Mrs. D'Allessandro sieht, daß ich mit dir spreche ...« Sie hatte den Mantel angezogen und suchte ihre Bücher zusammen. »Jetzt kann ich nicht mit dir reden.«

»Warte«, sagte er. »Was hat denn Mrs. D'Allessandro damit zu tun?« Er faßte sie beim Arm, um sie zurückzuhalten. »Natalie ...«

»Walter, bitte. Das ist nicht gut.«

Er ließ sie los. »Dann – du bist nicht – wir sind nicht ...«

Sie klang ein bißchen wie eine Lehrerin, die einen verliebten Schüler abwimmelt. »Es muß alles warten bis zu einer späteren Zeit, Walter. Wir werden uns vielleicht später sehen, ja?«

»Später? Was heißt später?«

»Später. Nicht heute und morgen auch nicht. Nach –« Sie stockte, stieß einen erbitterten kleinen Seufzer aus und schien dann einen Entschluß zu fassen. »Nach der großen Radio-Sache mit Brightman, ja? Danach treffen wir uns miteinander und sprechen über alles. Jetzt muß ich gehen. Bitte.«

Er schaute ihr nach, wie sie die Treppe hinabging, auf die dämmrige Straße hinaus und weiter, nicht nach Hause, sondern in die andere Richtung. Sie war natürlich auf dem Weg zur Arbeit, doch ihm kam es vor, als würde sie für immer aus seinem Leben verschwinden. Er stürzte zum Eingang und rief ihr nach.

»Was?« Sie war schon fast an der Ecke, nur noch ein schmaler Schatten in der Abenddämmerung. Die Straßenlaterne sandte einen scharf umrissenen Lichtkegel herab, an dessen Rand sie stand.

»Du kommst aber doch zurück?« fragte er.

»Rede nicht albern, Walter.«

»Das werte ich als definitives Ja.«

Sie winkte ab, überquerte dann die Straße, im Laufschritt jetzt, und verschwand in die Dunkelheit.

»Natalie«, rief er.

Nichts.

Oben in der D'Allessandro-Rundfunkschule hatte der Unterricht bereits angefangen, aber Mr. D'Allessandro war nicht in seinem Büro. Marshall stieg die Treppe wieder hinunter, zum Abendkolleg, wo er den Korridor mit den Seminarräumen entlangging und nach Mrs. D'Allessandro suchte. Sie stand an einer Tafel und hielt einer Gruppe schläfrig wirkender Männer und Frauen einen Vortrag über *Beowulf*. Als sie ihn sah, entschuldigte sie sich und kam auf den Gang heraus; die Tür zog sie hinter sich zu.

»Wehe, das ist jetzt nichts Wichtiges, junger Mann.«

»Sie haben Natalie von Alice Kane erzählt«, sagte er.

Sie nickte. »Wobei das ja im Grunde Ihre Aufgabe gewesen wäre.«

»Ich verstehe nicht ...«

»Wir wollten Alice Kane doch bei Laune halten, schon vergessen?«

»Das hat überhaupt nichts damit zu tun.«

»O doch, das hat es. Jetzt ab mit Ihnen. Ich bin mitten im Unterricht.«

»Alices Vater will die Sache abblasen«, sagte Marshall. »Und das hat nichts mit Natalie und mir zu tun. Und ich hoffe, er macht Ernst damit.«

Ihr Körper wurde starr, jegliche Farbe wich aus ihrem Gesicht. »Was sagst du da?« Sie packte ihn bei den Oberarmen und sah den Korridor auf und ab. »Mit so was macht man keine Witze. Er kann nicht absagen. Wir können nicht mehr zurück.«

»Lassen Sie mich«, sagte er. »Ich muß gehen.«

»Hast du das meinem Mann gesagt?«

Er dachte daran, ihr zu erzählen, wobei er ihren Mann und Mrs. Gordon ertappt hatte; es war ein so gehässiger Gedanke, daß ihm ganz schwindlig wurde. »Es ist noch nicht endgültig«, sagte er. »Ich wollte eigentlich selber mit Mr. Brightman sprechen und versuchen, es wieder hinzubiegen.«

»Du *wirst* mit Mr. Brightman sprechen.«

»Ich wollte es wieder hinbiegen«, wiederholte er. »Ich verstehe nur nicht, warum Sie zwischen mir und Natalie alles kaputtmachen mußten.«

Sie blickte den Gang entlang, ohne seine Arme loszulassen. Dann sah sie ihm ins Gesicht. »Gar nichts ist kaputt. Das mußt du mir glauben. Natalie ist nur – mit Natalie gibt es ein kleines Problem.« Jetzt trat sie einen Schritt zurück, ließ die Hände sinken. »Natalie hat dir auch ein paar Geständnisse zu machen. Kann das denn nicht warten? Mehr verlange ich ja nicht. Nur, daß du wartest, bis Alice Kanes Vater uns Mitchell Brightman liefert. Da darf nichts dazwischenkommen. Hast du verstanden? Andernfalls ist alles aus.«

»Ja, ich hab verstanden«, sagte Marshall.

Auf der Treppe erklangen Schritte, stetig, aber langsam, und Albert durchquerte den Gang auf dem Weg in den Keller. Er sah zu ihnen hin, schien zu blinzeln, schirmte die Augen mit der Hand ab, als würde er in die Sonne spähen, aber dann gab er auf und ging weiter. Sie hörten ihn die Stufen hinuntertapsen.

»Und warum stellt Kane sich plötzlich quer?« fragte Mrs. D'Allessandro.

»Das ist eine lange Geschichte. Aber es hat nichts mit Natalie zu tun.«

»Das Datum steht fest. Wir haben eine Anzeige in die Zeitung gesetzt. Die ersten Karten sind schon bestellt. Er kann doch jetzt keinen Rückzieher machen.«

»Es hängt doch eigentlich gar nicht mehr von ihm ab, oder?«

»Aber wenn er doch sagt, daß er es abblasen will – was soll das denn sonst heißen, verflixt noch mal?«

»Ich weiß auch nicht.«

»Wir sind auf dich angewiesen«, sagte sie.

»Ja, Ma'am.«

Sie schüttelte den Kopf, als traute sie ihren eigenen Worten nicht. Dann seufzte sie. »Wie ich dieses Land hasse.«

Als sie ihn laufenließ, ging er in den Keller hinunter, um Albert zu suchen. Drei Studenten vom Abendkolleg standen am Getränkeautomaten, und einer saß am Tisch und rauchte. Sie schrieben offenbar gerade eine Klausur, denn sie redeten über Fragen, die alle mit den alten Griechen zu tun hatten. Die Hintertür stand offen. Draußen, in dem kleinen kalten Asphaltviereck, das von einem hohen schmiedeeisernen Zaun und einer Betonmauer eingefaßt wurde, inmitten von Papierschnipseln und durchweichten Pappfetzen und Müllgestank, stand Albert, die Hände tief in die Taschen gestoßen, den Kopf in den Nacken gelegt, und blickte in den Himmel hinauf, in das sternfunkelnde Dunkel über den steil aufragenden Häusersilhouetten. Er blies Atem aus wie Rauch und sah seinen Freund an. »Hallo.«

»Hallo«, sagte Marshall.

»Warst du das im Gang oben?«

»Ja.«

»Das hab ich mir gedacht. Ich kenn doch deine Stimme. Mit Mrs. D'Allessandro, oder?«

»Ja.«

»Sie schien ja ziemlich außer sich. Ihre Stimme.«

»Tja«, sagte Marshall. »Ihr Problem.«

Albert lächelte, machte einen Schritt in Richtung Mauer, reckte die Arme in die Luft und stieß einen tiefen Seufzer aus, einen sehr zufrieden klingenden Seufzer. Dann steckte er die Hände in die Taschen zurück und drehte sich wieder zu seinem Freund.

»Was tust du eigentlich hier draußen, Albert?«

»Minnie ist heimgegangen.«

Marshall trat dicht an ihn heran. »Sie – ist tot?«

»Nein«, sagte Albert. »Nach Hause gegangen. Heute. Diesen

Nachmittag. Vor knapp drei Stunden. Sie ist aufgestanden, hat sich angezogen und ist heimgegangen. Alice konnte dich nicht erreichen, deshalb hat sie mich angerufen.«

Marshall starrte ihn ungläubig an.

Wieder seufzte Albert, langsam, tief, voller Genugtuung. »Ich hab einfach hier gestanden und mir gedacht, wie schön es ist, am Leben zu sein, Walter.«

# 17

Alices Vater wollte Minnies Heimkehr feiern. In dem neuen Dankbarkeitsüberschwang, der laut Alice von ihm Besitz ergriffen hatte, war er darauf verfallen, Minnie zu Ehren ein Essen zu geben, bei dem Minnie selbstredend keinen Finger krümmen und keinerlei Anweisungen erteilen mußte und zu dem sie einladen durfte, wen immer sie wollte. Minnie wünschte sich Alice, alle Mitglieder ihrer Kirchengemeinde, die es einrichten konnten, Diane, Stephen und den jungen Walter Marshall. Diane und Stephen waren mit einigen Teilnehmern der Konferenz Christlicher Führer des Südens in Alabama unterwegs. Als Minnie das hörte, überließ sie alles weitere Alice. Sie spielte ohnehin nur mit, sagte sie, um Mr. Kane eine Freude zu machen. »Mit anderen Worten«, meinte Alice am Telephon zu Marshall, »sie geht auf das Friedensangebot meines Vaters ein.«

»Es ist ein Wunder«, sagte Marshall.

»Ich habe Mitch Brightman eingeladen«, sagte sie. »Er kennt Minnie schon seit einer Ewigkeit. Und dann will ich natürlich dich und deine Mutter dabeihaben, und ihren Freund auch, wenn er darauf besteht.«

»Sie wollen heiraten«, sagte Marshall. »Ich glaube, es führt kein Weg daran vorbei.«

»An der Hochzeit oder daran, daß er mit zum Essen kommt?«

»Beides.«

»Dann ist es ihnen also ernst mit dem Heiraten?«

»Ja, leider.«

»Mein armes Häschen.«

Er sagte nichts.

»Albert und Emma will ich auch einladen.«

»Glaubst du, das ist eine so gute Idee? Ich meine, wo Emma doch –«

»Albert sagt, sie kommt wahrscheinlich eh nicht mit.«

»Und wenn sie doch kommt?«

»Sie ist eine wohlerzogene Südstaatlerin.«

Alice war allein im Zimmer gewesen, als Minnie zu sich gekommen war. So drückte sie es aus, als sie ihm davon erzählte: Minnie kam zu sich. Öffnete die Augen und sah Alice an, die am Bettrand saß und ihre Hand hielt. Hinter den Fenstern wurde es schon dunkel, die Nachmittagsbesuchszeit war abgelaufen. Draußen vor der Tür gingen Leute vorbei. Beim Klang der Schritte spähte Minnie über Alices Schulter, und Alice merkte, daß das neu war, dieses Interesse an Vorgängen außerhalb des Zimmers. »Kindchen«, sagte Minnie zu ihr.

»Ja, Minnie.«

»Was hockst du da und heulst?«

Sie drückte Minnies Hand, aber sie konnte nicht sprechen.

»Wie spät ham wir's?«

»Fast fünf«, antwortete Alice.

»So, so«, sagte Minnie. »Dann mach mal Schluß mit dem Heulen.« Und sie rappelte sich hoch und riß das Pflaster ab, mit dem der Infusionsschlauch an ihrem Handrücken befestigt war. Alice, die Angst bekam, sie könnte sich verletzen, sprang auf die Füße und begann nach einer Schwester oder einem Arzt zu rufen. Inzwischen setzte Minnie sich vollends auf, schwang ihre verblüffend glatten, muskulösen, wohlgerundeten Beine über die Kante und stieg aus dem Bett, den Schlauch am Arm hinter sich herziehend, so daß der Tropf leicht ins Schwanken geriet. »Hol wen her«, befahl Minnie. »Hopp, Mädchen, lauf. Zeit zum Heimgehen.«

Woraufhin Alice den Krankenhausgang entlanggerannt war, so aufgeregt und glücklich, daß sie kaum mehr wußte, wo sie war. »Ich muß einen ziemlich absurden Anblick abgegeben haben, wie ich laut rufend durch diesen Gang gefegt bin, völlig außer mir vor Freude und Angst. Ich meine, ein Teil von mir dachte, daß sie vielleicht – was weiß ich – deliriert oder so. Die letzte Euphorie vor dem Sterben, irgend so was. Ich dachte, vielleicht stirbt sie.

Das heißt, ein Teil von mir hat das gedacht. Weil ich mich nämlich eigentlich gar nichts zu denken traute. Aber genau so war's, sie steht einfach auf, so groß und dick wie eh und je, und zerrt an ihrem Tropf und verlangt, daß ich jemanden hole, weil sie jetzt heimwill. Doch, ja, ich glaube auch, daß es ein Wunder ist. Ich glaube, ab jetzt muß ich wirklich mit dir in die Kirche gehen.«

»Alice«, sagte er.

»Was ist?«

»Nichts.«

»Ich liebe dich.«

»Hör mal«, setzte er an.

»Walter?«

»Nichts. Ich – ich liebe dich auch.«

Am Dienstag traf er sich in der Arbeit mit ihr, und sie aßen zusammen zu Mittag. Sie strahlte wie der kalte, klare Herbsttag draußen, und sie war voller Pläne. Stephen würde Mitte der Woche von Alabama nach Chicago aufbrechen, mit Reg, Ollie und Diane, und dort zu Doktor King stoßen. Es war alles furchtbar aufregend. Sie hatten angeboten, über Arlington zu fahren, um zu Minnies Fest zu kommen, aber Minnie wollte nichts davon hören, daß jemand eine solche Ehre vertagte, nur zur Feier der Tatsache, daß sie sich in der Zeit geirrt hatte. So drückte sie es nämlich aus, erzählte Alice, während sie am Fenster der Imbißstube saß, ein riesiges Doppeldecker-Sandwich vertilgte und die Leute beobachtete, die auf dem sonnenbeschienenen Gehsteig vorbeieilten.

»Ach, Walter, und das allerbeste«, fuhr sie fort: »Mein Vater bläst den Mitch-Brightman-Auftritt für deine Schule jetzt doch nicht ab. Es kann alles stattfinden wie geplant.«

Er konnte nicht anders als seiner Erleichterung darüber Luft machen, aber trotzdem hatte er das Gefühl, sie zu belügen, sie auszunutzen. »Alice«, sagte er.

Sie unterbrach ihn. »Mitchell hat Minnie nämlich im Krankenhaus besucht, wußtest du das?«

Nein, das hatte er nicht gewußt.

»Hast du keinen Hunger?« fragte sie.

Er biß in sein Sandwich. Draußen ging ein Paar vorbei, Arm in Arm. Sie wirkten völlig zufrieden und entspannt miteinander. »Alice«, sagte er.

»Ja?«

Der Blick ihrer klaren Augen, ihrer glücklichen klaren Augen, ließ ihn an eine ferne Zukunft denken. Er biß erneut von seinem Sandwich ab. Irgendwo in unvorstellbarer Ferne stapften Männer seines Alters durch den Dschungel, mit jedem Tag wurden es mehr.

»Was ist?« fragte sie lächelnd. »Ich hab Krümel am Mund kleben, stimmt's?« Sie wischte sich mit der Serviette über die Lippen.

»Nein«, sagte er.

»Was dann?«

Er zögerte. Die Worte waren da. Er könnte es sachte angehen, allmählich:

*Alice, vielleicht sollten wir uns ab und zu auch mal mit anderen Leuten treffen. Einfach, um uns ganz sicher zu sein.*

Nein.

*Alice, ich bin in Natalie Bowman verliebt. Glaube ich.*

»Walter?«

»Nichts«, sagte er. »Ich bin ziemlich durcheinander. Meine Mutter heiratet.«

Sie umfaßte sein Handgelenk. »Das hast du erzählt, ja.«

»Ich finde es furchtbar«, sagte er. »So deprimierend.«

»Dieses gräßliche kleine Männchen.«

Er nickte.

»Was machen wir also?«

»Wir können gar nichts machen.«

Sie überlegte einen Moment. »Lieben tut sie ihn ganz bestimmt nicht. Dafür habe ich ein Gefühl. Einen richtigen sechsten Sinn, so gesehen. Das ist mein Ernst. Ich spüre so was. Ich merke es immer gleich, wenn die Leute, mit denen ich zusammenkomme – ob sie sich lieben. Ehepaare, Leute, die miteinander gehen. Mein Vater lädt sie ein, und sie sind keine fünf Minuten im Zimmer, da weiß ich schon Bescheid. Sicher, es gibt Anzeichen. Aber bei mir ist es, glaub ich, mehr ein sechster Sinn. Ich weiß genau, daß sie ihn nicht liebt.«

Er vermied es, sie anzusehen.

»Oder was meinst du?« fragte sie.

»Ich weiß nicht. Nein, eher nicht.«

»Aber warum tut sie es dann?«

Er zuckte die Achseln. »Frag mich was Leichteres.«

Wieder sann sie nach, das Sandwich vor dem Mund, den Blick auf die Straße gerichtet. »Ach Gott«, sagte sie schließlich.

Sie gingen in die Arbeit zurück, und Alice hielt Händchen mit ihm, küßte ihn vor dem Lift und im Lift noch einmal. Jeder Beobachter hätte sie für das gehalten, was sie nach außen hin zu sein schienen – ein glückliches, bis über beide Ohren verliebtes junges Pärchen. Er bekundete seine Zuneigung in allen in der Öffentlichkeit zulässigen Formen, und als sie ihrer Wege gezogen war, ging er voller Ekel vor sich selbst den langen Korridor zur Poststelle entlang. Nichts war geklärt, alles wie gehabt.

In einem Zustand der Benommenheit arbeitete er sich durch den Nachmittag, erledigte mechanisch eine Aufgabe nach der anderen und sprach nur, wenn er angesprochen wurde. Und nach Feierabend holte sie ihn ab. Sie gingen zusammen hinaus, Arm in Arm. Verliebte.

»Ich glaube, deine Mutter will einfach nicht allein sein«, sagte sie. »Du gehst fort von ihr, und sie fürchtet sich vor dem Alleinsein. Eigentlich ganz verständlich.«

Die Straßen leuchteten in den glühendsten Herbstfarben. Sie fuhren mit dem Bus über den Fluß nach Arlington, und als sie sich ihrer Haltestelle näherten, fragte sie ihn, ob er noch auf einen Sprung mit zu ihr kommen wolle.

»Ich muß noch so viel für meinen Kurs vorbereiten«, sagte er.

»Gut«, sagte sie einfach. Sie küßte ihn, hangelte sich zur Tür. Der Bus bremste, und sie kletterte die Stufen hinunter, stieg aus, der Bus fuhr an und hüllte den Bordstein in eine Wolke von Staub und Schmutz. Aus der Ferne sah sie klein aus, wie sie so auf ihre Straße zuging – eine junge Frau, die durch die sinkende Sonne eines Herbsttages schlenderte, durch sein Gitterwerk aus treibenden Blättern und tiefen Schatten.

*In Demut und Reue bekenne ich meine Sünden. Meine letzte Beichte ist zwei Wochen her. Ich habe nicht das getan, was Sie mir bei meiner letzten Beichte auferlegt haben, Pater. Ich bin der mit den zwei Verlobten …*

*Ah ja. Wie könnte ich das vergessen.*

*Ich habe der ersten immer noch nichts gesagt, Pater. Sie denkt nach wie vor, daß ich in sie verliebt bin.*

*Kein Wunder.*

*Ich weiß nicht, wie ich es anstellen soll, Pater.*

*Du sagst: Wir heiraten nicht. Diesen einen Satz, mein Sohn. Höflich, behutsam, ruhig, aufrichtig. Wir heiraten nicht. Ganz einfach.*

*Ich – ich versuch's.*

*Versuchen reicht nicht, mein Sohn. Laß uns Taten sehen.*

*Ja, Pater. Ich bin nur so durcheinander – ich mag sie so gern, und ich will ihr nicht weh tun.*

*Was hast du der – der zweiten gesagt?*

*Sie weiß es.*

*Sie weiß von der ersten?*

*Ja, Pater. Aber ich habe es ihr nicht gesagt. Ich wollte, aber sie wußte es schon.*

*Wie mysteriös.*

*Wie bitte?*

*Nein – nichts. Kümmer dich gar nicht um mich, mein Sohn. Einen Moment … Äh. Ich nehme an, die zweite ist nicht gerade beglückt.*

*Ja, Pater.*
*Hör zu. Ich – em. Du mußt diese Angelegenheit selber bereinigen. Wir sprechen im Prinzip von einer Frage der guten Manieren. Und – und der Ehre wohl auch. Sündig ist daran gar nichts. Jedenfalls noch nicht. Du – wenn du keinen Verkehr hattest, heißt das. Du hattest doch keinen Verkehr, oder?*
*Nein, Pater.*
*Jetzt muß ich doch mal nach den Familien dieser beiden jungen Frauen fragen.*
*Ich kenne bis jetzt nur den Vater der ersten.*
*Aha.*
*Sie sind beide älter als ich, Pater.*
*Wer? Die Eltern? Ich will doch hoffen –*
*Nein, Pater. Meine – meine Verlobten.*
*Die – jungen Damen.*
*Ja, Pater.*
*Und wieviel älter genau?*
*Die erste ist über vier Jahre älter als ich und die zweite sieben.*
*Die, die du heiraten möchtest, ist die mit den sieben Jahren.*
*Ja, Pater.*
*Sie war noch nicht verheiratet?*
*Nein, Pater.*
*Immerhin etwas. So – em. Möchtest du jetzt irgendwelche Sünden beichten?*
*Ich habe die ganze Woche gelogen, Pater.*
*Ah ja.*
*Ich hatte unkeusche Gedanken. Mehrmals.*
*Hast du ihnen nachgegeben?*
*Ich habe dagegen angekämpft.*
*Sonst noch etwas?*
*Ich habe meine erste – die erste Verlobte – ich habe mich von ihr küssen lassen, bis ich etwas gespürt habe.*
*Hast du vor, das in Zukunft nicht mehr zuzulassen?*
*Ja, Pater.*
*Mir ist nicht ganz klar, warum du damit hierher kommst, wenn*

*du einfach so weitermachst wie bisher. Wenn dieses Mädchen – diese Frau nicht diejenige ist, die du zu heiraten gedenkst, mußt du solche Versuchungen meiden.*

*Ja, Pater.*

*Sonst noch etwas?*

*Nein, Pater.*

*Dem Himmel sei Dank.*

Abends in der Wohnung döste Clark Atwater vor dem Fernseher, während Loretta mit ihrem Tablett, auf dem noch ein Toast lag, am äußersten Sofarand saß und Tee trank. Marshall blieb die meiste Zeit in seinem Zimmer und kam nur heraus, um seinen leergegessenen Teller in die Küche zurückzutragen. Loretta lächelte ihm zu, als er vorbeiging. Clark Atwater schnarchte und gab kleine seufzende Laute von sich, und der Fernseher brabbelte vor sich hin – ein Film über einen Mann und eine Frau, die durch den Krieg getrennt werden, alles mögliche erleben und sich hinterher als zwei völlig neue Menschen wiederfinden. Marshall hatte ihn schon gesehen: Beide Partner gehen davon aus, daß der andere dasselbe stille, zurückhaltende, verhuschte Geschöpf ist wie vor der Trennung; das Ergebnis war ziemlich lustig. Er zog sich in sein Zimmer zurück und versuchte zu beten, und danach lag er im Dunkeln und hörte seine Mutter und Atwater im Wohnzimmer herumgehen. Er dämmerte weg, wußte eine Zeitlang nichts mehr, und dann war er plötzlich wach, aufrecht saß er im Bett und spähte mit aufgerissenen Augen benommen in die Dunkelheit. Aus dem Nebenzimmer war ein Geräusch wie von einem Handgemenge zu hören gewesen. Oder hatte er es sich nur eingebildet? Er lauschte. Schweigen.

Aber als er sich gerade wieder hinlegen wollte, hörte er es erneut – ein Klappern und Krachen, etwas polterte zu Boden. Er stand auf, zog die Decke um sich und öffnete seine Tür. »Mama?« rief er.

Nichts.

»Hallo?«

Ein schwaches Zischeln, wie von Atem – jemand flüsterte. Er trat von der Tür zurück, ließ die Decke fallen und angelte nach seiner Hose. Jetzt war er sich ganz sicher, daß er es hörte, ein hektisches Wispern, ein Zischen. Er machte die Hose zu und lief in den Gang hinaus.

»Walter.« Die Stimme seiner Mutter, nervös, wie von Tränen erstickt. »Geh wieder ins Bett.«

»Mama?« Er tappte in Richtung Wohnzimmer.

»Nein«, sagte sie. »Bitte. Geh wieder ins Bett.«

Er blieb stehen.

»Hörst du nicht, Kind? Geh wieder ins Bett.«

»Ist alles in Ordnung?« fragte er. »Wer ist denn da?«

Atwaters Stimme ertönte. »Wer soll schon da sein?«

»Was macht ihr?«

»Nichts«, sagte seine Mutter. »Bitte, Walter. Ich sage Clark gerade gute Nacht, und wir haben ein bißchen herumgealbert.«

Aber er hörte ganz deutlich, daß sie geweint hatte.

»Mama«, sagte er. »Ist alles in Ordnung?«

»Natürlich. Bitte geh ins Bett.«

Er ging den Gang entlang und schaute ins Zimmer, aber es war zu dunkel, um viel zu erkennen. Ihr Gesicht sah in einem schiefen Winkel von der Couch zu ihm herauf, und sie sagte: »Bitte, Walter. Laß mich.«

»Ja, Ma'am.«

Atwater hatte er nicht ausmachen können. Er ging langsam zu seinem Zimmer zurück, blieb in der Tür stehen und sah den Gang entlang. »Ich schlafe nicht«, sagte er.

»Dann aber ein bißchen dalli«, kam Atwaters Stimme.

»Nein, Sir«, sagte Marshall. »Nicht, solange Sie noch hier sind.«

Wieder Geflüster. Dann die Stimme seiner Mutter: »Gute Nacht, Kind.«

Er konnte nicht schlafen. Er lag da und horchte, bis das Schweigen vor lauter verborgenen Geräuschen vibrierte; vielleicht bildete er sich das Wispern nur ein. Als er noch klein war, hatte er in dem Brausen und Rauschen der Nacht vor seinem Fenster manchmal Musik zu hören geglaubt, und später war ihm klargeworden, daß das gar keine wirkliche Musik war, sondern nur ein Schwingen der Nerven im Innenohr.

Tageslicht weckte ihn, zum Fenster strömte der Morgen herein. Seine Mutter war unter der Dusche. Er kochte Kaffee für sie, räumte das Geschirr weg, das auf dem Abtropfbrett neben der Spüle stand. Sie kam im Bademantel in die Küche, nach ihren üblichen Düften riechend, das Haar noch naß. »Ich bin spät dran«, sagte sie.

Er küßte sie auf die Wange und schob sich an ihr vorbei, um ins Bad zu gehen. Als sie sich von ihm wegdrehte, bemerkte er eine dunkle Stelle über ihrer linken Augenbraue. »Was hast du da?« fragte er.

»Was – das? Ach, nichts.«

»Nein, warte«, sagte er und faßte sie bei den Schultern.

»Es ist nichts, wirklich. Clark und ich haben bloß ein bißchen herumgealbert.«

»Es ist ein blauer Fleck.«

»Es ist gar nichts. Los, unter die Dusche mit dir.«

»Er hat dich geschlagen.«

»Sei nicht albern. Wir haben herumgebalgt. Es war ein Versehen.« Sie ging zum Kühlschrank und öffnete ihn. »Willst du Eier zum Frühstück?«

»Nein«, sagte er. »Danke.«

»Du mußt dich beeilen. Nicht, daß du zu spät zur Arbeit kommst.«

Er blieb noch einen Augenblick stehen. »Ja, Ma'am.«

»Du hast heute abend deinen Kurs, oder?« Sie holte eine Pampelmuse aus dem Kühlschrank. »Clark möchte in *Goldfinger* gehen.«

»Ja, ich hab Kurs«, sagte er.

Sie ging zum Tisch, legte die Pampelmuse hin und sah ihn an. »Herzchen, bitte nicht.«

»Du kannst doch auch woanders arbeiten …«, begann er.

Sie wedelte wegwerfend mit der Hand. »Red keinen Unsinn. Ich weiß gar nicht, was du willst. Ich bin sehr zufrieden mit meiner Arbeit. Bitte.«

Er stand da wie angewurzelt.

»Walter, du kommst zu spät. Und ich komm auch gleich zu spät. Bitte, Kind.«

Er arbeitete den ganzen Vormittag an der Sortiermaschine, während Mr. Wolfschmidt mit einer Reihe von Zeichnungen beschäftigt war, wunderschönen, zarten bräunlichen Bildern von Kathedralentürmen und Strebepfeilern und Skulpturen, die sein kleiner grauer Architektenvater mitgebracht hatte. Die Zeichnungen waren auf schwerem Papier angefertigt, jede so groß wie ein Plakat. Der alte Herr stand stolz daneben und sah zu, wie Mr. Wolfschmidt einen unhandlichen Bogen nach dem anderen hochhob und ihn behutsam wendete, so daß darunter das nächste Blatt zum Vorschein kam, die nächste Zeichnung. Es hätten verblichene Photographien sein können, mit solch peinlicher Genauigkeit war selbst die Oberfläche des behauenen Steins wiedergegeben. Der alte Herr wollte sie verschicken, und dazu benötigte er offenbar die Sachkenntnis seines Sohnes. Mr. Wolfschmidt machte die Bilder postfertig zur Versendung nach Übersee; er nahm das Verpackungsmaterial aus den Regalen dazu her, und gelegentlich schickte er jemanden ins Lager, um Nachschub zu holen. Das Projekt erwies sich als tagesfüllend, denn der alte Herr wollte die Zeichnungen flach verschicken und nicht zusammengerollt, wie er das anscheinend bisher immer getan hatte. Bis zum Feierabend gab es niemanden mehr im Postzimmer, der nicht das Seine zu dem Unterfangen beigetragen hatte – gute Ratschläge erteilt, Paketband und Pappdeckel zum Verstärken geholt oder die Umschläge festgehalten, während Mr. Wolfschmidt sie zuklebte.

Alice war wieder nicht zur Arbeit erschienen, und niemand meldete sich, als Marshall sie kurz nach Mittag anzurufen versuchte. Er ging früher – Mr. Wolfschmidt und der alte Herr hatten die sperrigen Pakete zur Post getragen, und es gab im Grunde nichts mehr zu tun. Gemächlich spazierte er in Richtung Pennsylvania Avenue, verweilte vor den Schaufenstern der Reisebüros – an der 15th Street lagen innerhalb von nur zwei Häuserblocks gleich vier Stück – und besah sich ihre lebensgroßen, bunten Bilder von fernen Ländern, von exotischen Zielen, deren größter gemeinsamer Nenner neben der übermäßigen Leuchtkraft ihrer Farben die Schönheit und Jugend der Reisenden war. Der verlockende Anblick dieser geschmeidigen, braunen Frauenkörper im Badeanzug untergrub all seine guten Vorsätze und brachte ihn jedesmal wieder in Bedrängnis. Dennoch konnte er nicht anders, er mußte stehenbleiben und diese üppigen, extravaganten Abbildungen von *Ferne* anstarren …

Langsam fragte er sich, ob es nicht vielleicht eine Lösung sein könnte, wenn er eine Zeitlang verschwand.

Er überquerte den Lafayette Square, der in der späten Sonne wie mit Farbtupfern übersät schien – trudelnde gelbe und brandrote Blätter, schlendernde Paare und einsame, sorgenvoll dahineilende Gestalten. Er dachte an den Abend, als er mit Alice hier entlanggegangen war, den Abend, an dem ihm dieser arme Teufel Walter Winchell sein Geld gestohlen und an dem er ihr den Heiratsantrag gemacht hatte. Es schien ihm eine Ewigkeit her zu sein, dabei waren es keine drei Wochen. Am Rand des Parks drehte er sich noch einmal um und sah hinüber zum Weißen Haus mit seinem Gürtel aus sattem Grün, und einen beklemmenden Augenblick lang überkam ihn eine Ahnung davon, wie abwegig seine Pläne waren – die Vorstellung, daß er jemals dort leben sollte, daß es für ihn dort irgend etwas zu tun geben könnte.

Die ganze Stadt hallte wider von Sirenen. Glocken. Hupen. Er ging die 16th Street entlang, vorbei am AFL-CIO-Gewerkschaftsgebäude und am Lafayette-Hotel, und als er an die K Street kam, sah er vier große Feuerwehrautos nach Westen brausen, wo sich die Sonne in den Fenstern fing. Er wanderte die K Street hinauf bis zur 18th und wandte sich nach Norden, in

Richtung Wheaton's. Er hatte Hunger. In einem Photoladen an der Ecke hing ein neues Bild von Kennedy, ein richtiges Porträtphoto, schwarz gerahmt, und darunter standen die Worte seiner Amtsantrittsrede.

*Freunden und Feinden sei jetzt und von dieser Stelle aus gesagt, daß nun die Fackel an eine neue Generation von Amerikanern weitergereicht worden ist …*

Er hätte die Rede gern noch einmal ganz gelesen, von Anfang bis Ende, und sich dazu im Kopf die Stimme vorgespielt, aber der Lärm auf der Straße hinter ihm brachte ihn zur Besinnung. Ein Löschzug bog mit heulenden Sirenen in die 18th Street ein und donnerte an ihm vorbei nach Norden. Er war nur ein paar Schritte weitergegangen, als er über den Bäumen, die die Straße vor ihm säumten, eine dicke schwarze Rauchwolke aufsteigen sah. Sie verschluckte den ganzen Himmel; ihre schwarzen Ränder quollen hoch und immer höher, breiteten sich aus, drängten weiter, ein dunkles Tuch, das sich in rasendem Tempo auseinanderfaltete. Leute rannten den Bürgersteig entlang, und er rannte mit ihnen, und als er die Ecke erreichte, wo zu seiner Rechten der düsterrote massige Bau von Saint Matthew's aufragte, erkannte er, daß es die D'Allessandro-Schule war, von der der Alarm und der Rauch ausgingen. Er war gerannt, aber nun wurde er langsamer, schob sich durch die Menge der Zuschauer auf die andere Straßenseite und sah von da hinüber zu dem Gebäude mit seinem Bibliotheksfenster und seiner breiten Treppe, seiner grauen Strenge. Aus dem Dach und den oberen Fenstern wälzte sich der Rauch hervor. Zwei Rettungswagen hatten ihren breiten, harten Wasserstrahl schon in das ärgste Wüten der Flammen gerichtet, direkt über dem Haupteingang. Die Polizei rückte an und noch mehr Feuerwehr.

Der junge Mann schlängelte sich durch die Menschentraube und suchte nach einem bekannten Gesicht. In der Nähe der Bushaltestelle an der Ecke fand er Ricky Dalmas, Joe Baker und

Wilbur Soames. Gleich hinter ihnen stand Albert Waple und starrte das Gebäude an, blinzelnd, eine Hand als Schild über den Augen. Als Marshall sich neben ihn stellte, drehte er sich zu ihm um und zuckte mit den Schultern.

»Bist du schon länger da?« fragte Marshall ihn.

»Eine Weile.«

Sie traten ein Stück zurück, und Albert lehnte sich gegen den schmiedeeisernen Zaun, der den Gehsteig begrenzte.

»War irgend jemand im Haus drin?« fragte Marshall.

»Nein, niemand.«

Joe Baker sah sie und drängelte sich zu ihnen durch. »Tja, das war's dann wohl.«

»Weiß irgendwer, wie es passiert ist?« erkundigte sich Albert.

»D'Allessandro hat es gelegt, da geh ich jede Wette ein.«

Wilbur Soames und Ricky Dalmas hatten ihn gehört und kamen näher. »Meinst du das im Ernst?« fragte Soames.

»Könnte ich mir jedenfalls gut vorstellen. Der Kasten ist doch bestimmt mit einer Unsumme versichert.«

Sie beobachteten den gebogenen Wasserstrahl, der ohne Wirkung zwischen feuerspuckenden Rauchfalten zu verschwinden schien. Einen Moment später fuhr das zerbeulte kleine Auto der D'Allessandros vor. Mr. D'Allessandro stieg an der Beifahrerseite aus und rannte mitten zwischen die Löschzüge und Feuerwehrmänner, fuchtelte mit den Armen und schrie irgend etwas. Mrs. D'Allessandro blieb neben dem Wagen stehen und schaute einfach nur zu.

»Sieht nicht unbedingt so aus, als ob er es gewußt hätte«, bemerkte Wilbur Soames.

»Was seht ihr denn da?« fragte Albert.

Jetzt hatte Mrs. D'Allessandro sie entdeckt und kam zu ihnen herüber, ohne den Blick von dem brennenden Gebäude zu wenden. Sie wirkte blaß und erschüttert. Ihre Augen waren weit aufgerissen.

»Haben Sie –« begann sie zu Marshall gewandt.

»Ich bin gerade erst gekommen«, sagte er.

Gemeinsam beobachteten sie eine Zeitlang die Flammen. Niemand sprach. Die Feuerwehrleute schrien etwas, und im Hausinneren brach mit einem gewaltigen, hohlen Ächzen etwas Großes in sich zusammen. Feuerzungen leckten aus den Fenstern der unteren Stockwerke. Mr. D'Allessandro humpelte aus dem Kreis der Löschzüge zurück zum Auto. Als er seine Frau auf der anderen Straßenseite erblickte, steuerte er auf sie zu, sein Gesicht zu einer Grimasse erstarrt, die kein Lächeln war. Er stellte sich neben sie, und sie legte einen Arm um seine Mitte. »Ich versteh's nicht«, sagte er. Er mußte schreien, um sich über das Jaulen des nächsten Martinshorns hinweg verständlich zu machen, und so hörte Marshall es auch. »Ich hatte doch alles unter Dach und Fach. Das hat er doch gewußt.«

Sie antwortete etwas, das in dem Lärm unterging, und er warf über ihre Schulter einen Blick auf Marshall und die anderen. Dann winkte er Marshall zu sich heran.

»Ja, Sir?«

»Keine Umdispositionen nötig.«

»Wie bitte?«

»Wir haben die Kirche. Wir brauchen nichts abzusagen. Mitchell kann sein Programm auch so durchziehen.«

»Ja, Sir.«

»Das hier ändert gar nichts.«

Seine Frau drehte sich ganz zu ihm um und brachte ihren Kopf dicht an seinen. »Lawrence, es ist aus. Sie haben es trotzdem getan, begreifst du das nicht?«

»Gar nichts ist aus«, widersprach er zornig.

Sie sah kurz zu Marshall hinüber, dann wandte sie sich wieder ab.

»Denken Sie dran.«

»Was wird mit uns, Sir?« fragte Ricky Dalmas.

Mr. D'Allessandro schaute ihn an. Es wurde jetzt langsam dämmrig, auch wenn das Feuer alles in einen fahlen, schwelenden Schein tauchte. »Wir bringen den Kurs im Keller der Kathedrale zu Ende, wenn's sein muß.«

»Und wo nehmen wir die Ausstattung her?« wollte seine Frau wissen.

»Uns wird schon was einfallen«, sagte Mr. D'Allessandro.

»Das sagst du immer«, warf sie ihm hin. Dann plötzlich trat sie auf die Straße und spähte die Mauer von Menschen entlang; sie hatte jemanden gesehen. Sie machte ein paar Schritte in die Richtung, kam zurück und stellte sich vor ihrem Mann auf. »Ich brauch gar nicht erst zu fragen, oder? Wann hast du es gemacht?«

»Esther, bitte.«

»Ich hab ihn gesehen, Lawrence. Ich hab Marcus gesehen, gerade eben.«

»Das reicht«, sagte Mr. D'Allessandro.

Aber sie schüttelte ihn. »Du hast sie ihm gegeben, hab ich recht? Terrence – du hast sie ihm überschrieben. Was hatten sie gegen dich in der Hand, daß du sie ihm überschrieben hast?«

Er nahm sie am Ellbogen und führte sie auf die gegenüberliegende Straßenseite. Das Licht dort war gespenstisch, eine Mischung aus Feuerflackern und letzter Sonne. Sie stritten, oder vielmehr tobte sie, und er versuchte sie zu beschwichtigen.

Albert legte Marshall die Hand auf die Schulter. »Weißt du, worum es geht?« fragte er.

»Ich glaube, Mr. D'Allessandro hat ein paar Sonderabmachungen getroffen«, sagte Marshall.

Die anderen – Baker, Soames und Dalmas – standen wenige Meter entfernt und redeten mit Martin Alvarez, der eben erst angekommen war. »Tja« – Joe Baker sah von einem zum anderen –, »jetzt haben wir wohl endgültig hitzefrei.«

Marshall spielte mit dem Gedanken, bei Natalie vorbeizuschauen, und er suchte nach ihr unter den vielen Gesichtern im unwirklichen Schein der Flammen, aber zuletzt ging er mit Albert zu dessen Wohnung und nahm sich vor, mit dem nächstmöglichen Bus heimzufahren. Das Feuer, sein grimmiges, vernichtendes Knistern und Knattern, hatte ihn aufgewühlt; mit seltsamer Schärfe war er sich plötzlich des fortschreitenden Verfalls in den Eingeweiden der Stadt bewußt. Er wollte nach Hause, und Albert wollte unbedingt, daß er noch auf ein Glas mit zu ihm kam.

»Wie steht's mit dir und Emma?« fragte ihn Marshall.

»Könnte nicht besser sein.«

Marshall hakte lieber nicht nach. Sie kamen zu Alberts Haus und blickten noch einmal zurück auf den schrecklichen Lichtschein hinter den Bäumen.

»Ich hätte eh nicht fürs Radio getaugt«, sagte Albert.

»Was willst du jetzt machen?«

»Weiß nicht.« Albert seufzte. »Blind werden.« Er sagte es resignierend.

»Ich meine, als Beruf.«

»Ich hab ja eine Stelle. Die behalte ich jetzt eben. Bis ich nichts mehr sehe.«

»Es tut mir leid«, sagte Marshall.

»Komm jetzt«, sagte Albert.

Sie stiegen die Stufen zu der kleinen Veranda hinauf. Emma saß mit dem Rücken zu ihnen im erleuchteten Fenster. Als Albert hereinkam, schreckte sie hoch. Sie sprang auf. »Was ist?«

Albert erzählte ihr, was passiert war, und sie brach in Tränen aus. Sie legte die Arme um ihn, schluchzend.

»Ich hab die Sirenen gehört, und den Rauch hab ich auch gerochen. Es tut mir so leid, Albert.«

Er sagte: »Ich habe Walter mitgebracht.«

»Es ist aber doch niemand verletzt worden?«

»Nein.«

»Ich hab die Sirenen gehört. Es tut mir so leid, Albert. Ich weiß ja, wieviel es dir bedeutet hat.«

Er warf Marshall einen Blick zu, als wolle er ihn um Nachsicht bitten.

»Ich meine, ich weiß, daß du ein bißchen den Mut verloren hattest ...« Sie stockte. Es schien nichts weiter zu sagen zu geben.

»Ich geh jetzt besser«, sagte Marshall behutsam.

Aber davon wollten sie nichts wissen. Sie wollten reden, über die Schule, das Feuer, über die Äußerungen von Mrs. D'Allessandro, die Albert aufgeschnappt hatte. Marshall beschloß, für sich zu behalten, was er vermutete: daß nämlich Marcus die delikate Situation mit Mrs. Gordon als Druckmittel benutzt hatte, um D'Allessandro dazu zu bringen, die Schule an Mr. Brace abzutreten – oder Terrence oder wie immer er hieß. Das laut zu sagen, wäre Klatsch gewesen, aber es schien eine ziemlich zwingende Schlußfolgerung.

Albert machte Tee, und sie hörten aus seinem kleinen Transistorradio Nachrichten, den heiseren Singsang eines Diskjockeys, der meldete, daß sich das Feuer trotz zweistündiger Bemühungen immer noch nicht eindämmen ließ und daß das Gebäude verloren war. Niemand habe sich im Haus befunden, und es gebe keine ernsten Verletzungen. Zwei Feuerwehrmänner hätten eine Rauchvergiftung erlitten, ein dritter sei von herabfallenden Trümmern gestreift worden. Albert schaltete das Radio aus, und nach einem kurzen Schweigen sagte Emma: »So gut klingst du schon lang, Albert.«

Albert schlürfte seinen Tee und schien vor sich hinzubrüten.

»Mindestens«, murmelte Emma.

Es war eine seltsame Stunde. Und als Marshall sich schließlich loseisen konnte, bestand Emma darauf, ihn mit nach draußen zu begleiten. »Ich rieche den Rauch«, sagte sie. In dem trüben Licht sahen ihre blassen Augen wie zwei klare Wassertropfen aus, und es war etwas beinahe Kindliches an der Art, wie sie das Gesicht in Richtung der tuckernden Löschzüge drehte, vier Häuserblocks entfernt. Marshall zog sich das Herz zusammen, soviel Angst und Unsicherheit las er in ihren Zügen.

»Es wird schon alles gut«, sagte er. »Ich weiß es genau.«

Albert legte den Arm um sie und drückte sie sacht, zog sie an sich. »Dann sehen wir zwei dich wohl morgen«, sagte er. »Bei Alice.«

»Bis dann«, sagte Marshall.

An der Ecke sah er zurück; sie hatten sich umgedreht und gingen auf die offene Haustür zu. Sie hielten sich untergehakt und schienen sich trostsuchend aneinanderzulehnen.

# 18

Keiner sollte jemals unterschätzen«, sagte Mitchell Brightman, an seinem Ende des Tisches stehend, »wie kooperativ der Mensch sein kann.«

»Setz dich hin, Mitch«, sagte Alices Vater. »Du hast zu viel getrunken.«

»Warte«, sagte Mitchell Brightman, »es ist mir ganz ernst. Wälder entlauben. Straßen bauen. Krankheiten heilen. Einen Präsidenten wählen. Einen gottverdammten Krieg führen. Ein ganzes Land von einem Tag auf den anderen umkrempeln ... da steckt überall dasselbe dahinter. Kooperation. Irgendeine x-beliebige Negerin beschließt, daß sie es satt hat, im Bus immer hinten zu sitzen, und schon geht's los. Innerhalb von sechs Wochen kommt es zum Boykott sämtlicher öffentlicher Verkehrsmittel der Stadt, und ein ganzes System sieht sich bis auf die Grundfesten erschüttert. Und wodurch wird das möglich? Durch Kooperation. Das ist unser Triumph und unser Untergang.«

»Mitch, verdammt noch mal.«

»Laß mich ausreden, Patrick. Ich will auf etwas ganz Bestimmtes hinaus ...«

»Genau das befürchte ich ja.«

»Nein, jetzt im Ernst. Führen Sie sich das vor Augen. Ich bitte Sie alle untertänigst, führen Sie sich das Potential dieser einen sonnenklaren Tatsache vor Augen, im guten wie im bösen. Meinen Sie, Hitler hätte es nach oben geschafft ohne die Kooperation einer breiten Masse von braven Bürgern, guten alten stinknormalen fleißigen deutschen Papis, die sich selber und ihre Lieben nicht in Schwierigkeiten bringen wollten und sich auf das Ziel konzentrierten, ohne sich zu fragen, worin dieses Ziel eigentlich bestand? Meinen Sie, der Sezessionskrieg hätte stattgefunden? Meinen Sie, Lincoln hätte die Sklaven befreien können? Nein, das fußt alles auf dem menschlichen Hang zur und dem Bedürfnis nach Kooperation. Meinen Sie, ohne Kooperation könnten wir demnächst Hanoi bombardieren? Und denken Sie an diese russischen Techniker in Kuba, die wie die Blöden zusammengearbeitet haben für ihr Leben und ihre Familien, um diese Raketen zu bauen, und an all die Kooperation, die nötig war, um sie dort ausfindig zu machen und sie anschließend da herauszuholen – Kooperation auf allen Ebenen. Stellen Sie sich vor, jemand baut eine Bombe, die die ganze verdammte Welt in die Luft jagen könnte. Das haben wir getan. Menschliche Wesen haben das getan. Aber wir haben auch ein Mittel gegen Kinderlähmung gefunden, gegen Pocken und Diphterie. Wir haben diese Stadt erbaut. Und die Straßen und den Hoover-Damm, und wir haben einen Mann in den Weltraum geschickt.«

»Wunderbar, Mitch. Danke. Das reicht jetzt.«

»Bin gleich wieder da«, sagte Mr. Brightman und eilte aus dem Zimmer.

»Wenn ich Sie alle um Nachsicht bitten dürfte«, sagte Alices Vater mit einem Blick über die Tafel. »Mein – äh – Kollege ist nicht ganz auf dem Posten.« Niemand antwortete ihm. Die Situation war schon eine gute Weile ziemlich unbehaglich, seit klar war, daß das Essen noch nicht serviert werden konnte: irgendein Problem in der Küche, und Minnie hatte hinausgehen wollen, um zu sehen, ob sie helfen konnte. Mr. Kane hatte es ihr verboten und noch Wein kommen lassen. Ein Fehler. Sie hatten alle zugeschaut, wie Mitchell Brightman sein Glas leerte und nachfüllte und wieder leerte. Kaum jemand sprach, und dann war Alices Vater aufgestanden, um zu sagen, wie sehr es ihn freue, daß seine liebe Freundin und Angestellte Minnie Jackson wieder gesund sei (Marshall merkte befremdet, daß er eben zum erstenmal Minnies Nachnamen gehört hatte). Minnie saß am anderen Tischende, gegenüber von Mr. Kane. Sie trug eine weiße Rüschenbluse und ein sehr hübsches Ansteckstäußchen, das Alice ihr gekauft hatte. Sie war im Kosmetiksalon gewesen und hatte sich eine Dauerwelle machen lassen und sah, wie Alice sagte, viel, viel jünger aus. Sie wirkte sogar fast mädchenhaft. Und bis die Schwierigkeiten in der Küche auftraten, ließ sie sich von Patrick Kanes anderen Angestellten bedienen, als sei das das Natürlichste von der Welt. Alice, die Angst gehabt hatte, die ungewohnte Situation könnte Minnie verunsichern oder in Verlegenheit bringen, war hochzufrieden.

Sie saß rechts von ihrem Vater, gleich am Kopfende des Tisches, ihr gegenüber Mitchell Brightman. Als nächstes saßen sich Marshall und Clark Atwater gegenüber, dann Albert und Marshalls Mutter und dann Emma und ein Mitglied von Minnies Kirche – Mrs. Westerbrook, die einundachtzig Jahre alt war, klein und so dunkel wie das Fenster, mit großen, wäßrig-schwarzen Augen und einem weichen, nervösen Lachen, mit dem sie so gut wie alles quittierte. Nach Mr. Kanes Rede war die Erleichterung im Raum fast mit Händen zu greifen. Alle begannen gleichzeitig zu reden. Mrs. Westerbrook und Albert unterhielten sich friedlich über ihre nachlassende Sehkraft. Emma plauderte eifrig mit, erzählte, wie die Blindenschrift ihr Leben erst lebenswert gemacht hatte. Mr. Kane und seine Tochter sprachen über Woody Guthrie, während Mitchell Brightman, in träumerisches Sinnen versunken, noch mehr Wein trank. Aus der Küche duftete es zu ihnen herein. Brot wurde aufgetragen, Obstschalen, eine Platte mit Käse und Kräckern. Brightman schenkte sich unablässig ein und bestellte Nachschub, und dann fingen er und Alices Vater eine hitzige Diskussion über Johnsons Strategien im Wahlkampf gegen Goldwater an, über einen Werbespot, in dem ein kleines Mädchen leise vor sich hinsummend Blumen pflückte, bis plötzlich eine Atombombe explodierte. »Es ist genial«, erklärte Mr. Kane. »Kein einziges Wort, und trotzdem ist alles gesagt.«

»Es ist mies«, sagte Brightman und trank sein Glas leer. »Und das weißt du.«

Alice stimmte ihm bei. Ihr Vater warf ihr einen Blick zu.

»Also gut, ja«, sagte er. »Jedenfalls wird es Johnson zum Sieg verhelfen.«

»Die Angst wird ihm zum Sieg verhelfen. Das meinst du doch«, sagte Brightman.

»Und vor Goldwater hast du keine Angst?«

»Er ist anständig«, sagte Brightman. »Und die Gefahr, daß wir alle in die Luft fliegen, ist bei ihm auch nicht größer als bei Johnson.«

»Ich finde, Präsidentschaftswahlen dürfen nicht in der Madison Avenue entschieden werden«, sagte Alice. »So oder so. Wir kaufen hier schließlich keinen Staubsauger, wir versuchen einen Präsidenten zu wählen. Wartet's nur ab – wenn das so weitergeht, zieht eines Tages noch ein Schauspieler oder so jemand ins Weiße Haus ein.«

Flüchtig ahnte Marshall, um wieviel besser Alice in der Welt Bescheid wußte als er; er beobachtete sie, wie ihre Blicke zwischen ihrem Vater und Brightman hin und her wanderten. Das Dunkel ihrer Augen schien noch bodenloser als sonst.

Mrs. Westerbrook lachte über etwas, das Emma von Alberts ersten Braille-Stunden erzählte.

Da der junge Mann in der Mitte der Tafel saß, bekam er die Gespräche an beiden Enden mit, und bald schwebte er irgendwo dazwischen, nahm selbst nicht teil. Loretta und Mr. Atwater ihm gegenüber saßen voneinander abgewandt, nach verschiedenen Seiten lauschend; Loretta hörte Mrs. Westerbrook zu, während Atwater sich zu Mitchell Brightman hinüberlehnte, der Alice von einem Vorfall an Bord der *Air Force One* zu erzählen begann, damals in den ersten Monaten der »Tausend Tage« – Camelot, wie *Life* sie nannte. Ein Mißverständnis, das in einer Standpauke des Präsidenten resultierte – Kennedy im Unterhemd an der Tür des präsidentschaftlichen Schlafgemachs, wo er einen Mitarbeiter des Weißen Hauses zusammenstauchte. Marshall lauschte der Geschichte natürlich mit der größten Faszination – soweit er sie hören konnte; die Details gingen in dem allgemeinen Stimmengewirr unter, im Lachen von Minnie und

Mrs. Westerbrook, denen Albert gerade schilderte, wie er über die eigenen Füße gestolpert war bei dem Versuch, Emmas Tante Patty um Emmas Hand zu bitten.

Und dann hatte Mitchell sein siebtes oder achtes Glas Wein hinuntergestürzt und war aufgestanden, um endlich seine Rede zu halten.

Jetzt schienen alle auf seine Rückkehr zu warten, selbst die Servierer, zwei junge Farbige, die mit auf dem Rücken gefalteten Händen zu beiden Seiten der geschlossenen Tür zur Küche postiert waren wie Palastwachen, wenn die Ankunft einer königlichen Hoheit bevorsteht. Bei dem größeren der beiden schimmerte das linke Auge glasig, leicht nach unten gebogen durch eine schwache, bis zum Mundwinkel hinunterreichende Narbe. Die Narbe glänzte bläulich, eine Nuance dunkler als der Rest des Gesichts, dessen Haut von einem makellosen Dunkelbraun war, so blank wie poliertes Mahagoni.

Das war der Mann, auf den Mitchell Brightman sich stützte, als er durch den Gang wieder ins Zimmer trat. »Clarence«, sagte er.

»Ja, Sir, Mr. Mitchell, Sir.«

Brightman brachte ein Taschentuch zum Vorschein und putzte sich die Nase, immer noch gestützt von dem Servierer mit der Narbe im Gesicht. Er seufzte, schwankte ein wenig, faltete das Taschentuch säuberlich zusammen und steckte es in die Tasche seines Jacketts. »So«, sagte er, vielleicht zu sich selbst. Er sah von einem zum anderen. »Leute, das hier ist Clarence. Kennt jemand Clarence noch nicht? Clarence, sag guten Abend.«

»Guten Abend«, sagte Clarence.

Brightman vollführte eine leichte Drehung und hielt eine Hand hoch, als wolle er nach dem Jüngeren greifen, aber dann schien er ihn völlig zu vergessen und schwankte davon, ging mit unsicheren Schritten zum Tisch, wo er sich auf seinen Stuhl fallen ließ und auf den Teller stierte. »Stoßen wir an«, sagte er. Er lächelte, lehnte sich zurück. Niemand sprach. »War vielleicht etwas viel Wein.«

»Ich nehm noch ein bißchen«, sagte Emma und hielt ihr Glas hoch.

Der Servierer mit Namen Clarence schenkte ihr eilfertig nach.

»Ich auch«, sagte Brightman. »Clarence?«

Der andere Bedienstete, der dünn und schmalgesichtig war und zu jung aussah, um Wein auszuschenken, näherte sich ihm mit seiner Karaffe.

»Nicht du«, sagte Brightman. »Mein Kumpel Clarence, der soll mir einschenken.«

Alices Vater sagte: »Mitch, Herrgott noch mal.«

Auch Alice, Loretta, Clark Atwater, Albert und Alices Vater ließen sich Wein nachgießen. Mrs. Westerbrook und Minnie lehnten ab, ebenso Walter.

Clark Atwater begann über China und Indien zu reden, die er wegen ihres ungezügelten Bevölkerungswachstums als die zukünftigen Weltmächte sah, über die Kriege, die daraus entstehen würden. Er sprach laut und gehetzt, als hätte er Angst, jemand könne sich einschalten und ihm die Aufmerksamkeit der Gruppe abspenstig machen. Ob jemand am Tisch Toynbee gelesen habe? Nicht, daß sich diese Thesen im einzelnen bei Toynbee fänden, aber die Lektüre von Toynbees großartigem zwölfbändigem Werk *Der Gang der Weltgeschichte* habe ihn, Mr. Atwater, in die Lage versetzt, nun seine eigenen Prognosen für die Zukunft abzugeben. Die abendländische Kultur sei im Niedergang begriffen, soviel sei klar. Indien und China mit ihren Überresten vergangener Kulturen und ihrer unaufhaltsam wachsenden Bevölkerung würden alles umwälzen. All dies würde im Lauf der achtziger Jahre passieren, wenn nicht schon vorher. Und die letzte der Weltkulturen stehe auf dem Spiel.

Mitchell Brightman sah schräg über den Tisch zu Marshall. »Erzähl uns über das Feuer in deiner Schule«, sagte er.

Marshall warf einen Blick zu Mr. Atwater hinüber, der offenkundig noch einiges zu sagen hatte und ganz und gar nicht erbaut war über die Unterbrechung.

»Komm«, sagte Brightman. »Erzähl schon.«

Marshall beschrieb die Szene, in die er am Vorabend hineingeraten war – die Feuerwehrautos, die Polizei, das Durcheinander. Alices Vater flocht ein, daß er ein Kamerateam zum Schauplatz des Geschehens geschickt hatte, und wußte zu berichten, daß der Polizei die Brandursache zweifelhaft vorkam.

»Irgendwer hat den Kasten abgefackelt«, sagte Brightman. »Stimmt's?«

»Schon möglich.«

»Ich war noch nicht fertig«, sagte Atwater.

»Clark«, sagte Marshalls Mutter. »Niemand hat Lust, über Weltgeschichte zu diskutieren.«

»Hier sitzen lauter Nachrichtenleute, und du willst mir erzählen, die interessieren sich nicht für Weltgeschichte?« Er zeigte mit dem Finger auf Brightman. »Was war das mit der Kooperation vorhin? War das etwa keine Weltgeschichte?«

»Ich hab einen Anruf gekriegt«, sagte Brightman zu Marshall. »Von diesem Mr. D'Allessandro. Mein Vortrag soll scheint's trotz allem steigen?«

»Ja, Sir«, sagte Marshall.

»Vielleicht spreche ich über Kooperation.«

»Siehst du?« sagte Mr. Atwater. »Meine Rede. Ganz meine Rede.« Er beugte sich zu Brightman vor. »Haben Sie Arnold J. Toynbee gelesen?«

Brightman trank einen großen Schluck Wein. »Zweimal im Jahr.«

»Sie haben ihn also gelesen.«

»Sag ich doch. Zweimal im Jahr.«

»Alle zwölf Bände?« Atwater wirkte beeindruckt.

Brightman nickte. »Ich lese sie immer erst in Normaldruck und dann noch mal in Blindenschrift.«

»Ich lese auch in Blindenschrift«, sagte Albert von seinem Tischende. Er zeigte auf Emma. »Und das ist meine Lehrerin.«

»Ach«, sagte Brightman sichtlich verlegen. »Ja, ich erinnere mich.«

Atwater fixierte ihn. »Sie haben Toynbee ja gar nicht gelesen.«

»Clark, hör auf«, sagte Loretta.

Er drehte sich zu ihr um. »Und du hör auf, mich rumzukommandieren.«

»Ich bin sicher, Mister Toynbee hat uns eine Menge zu sagen«, erklärte Mitchell Brightman. »Genug für mindestens zwölf Bände. Trinken wir auf den guten alten Toynbee.«

»So ganz ohne weiteres lasse ich mich nicht für dumm verkaufen«, sagte Atwater.

»Niemand verkauft hier irgendwen für dumm«, sagte Alice knapp. Sie stand auf und schenkte Atwater Wein nach. »Wie wär's mit noch etwas Wein?«

Atwater starrte sie einen Augenblick lang an, dann hob er sein Glas und trank.

»Oder zum Beispiel ein Feuer in einem Gebäude in Washington, D. C.«, sagte Mitchell Brightman. »Vier Notrufe. Vier verschiedene Löschzüge rücken an, um den Brand zu bekämpfen. Kooperation. Und jemand hat das Feuer gelegt. Das ging höchstwahrscheinlich auch nicht ohne Kooperation ab. Stimmt's, Patrick?«

»Hör auf, Mitchell.«

»Es ist nun mal wahr, Patrick. Ich interessiere mich eben für die Wahrheit. Denken wir an Kooperation, wir alle, ich bitte darum. Ich würde gern auf die Kooperation anstoßen. Oder hab ich das schon?«

»Ich glaube, einmal reicht«, sagte Mr. Kane.

»Ich schlage vor, wir trinken auf Mr. Brightman«, sagte Clark Atwater. Er streckte Brightman sein Glas hin. »Auf Sie, Sir. Auf Ihre Nachrichtenkarriere und das Geschick, mit dem Sie so tun, als wüßten Sie, wovon Sie –«

»Ich möchte einen Toast ausbringen.« Brightman übertönte den anderen unbeirrt.

»... sprechen.«

»Einen Toast«, sagte Brightman und erhob sich von neuem. Er lallte jetzt nicht mehr, er stand kerzengerade, allem Anschein nach vollkommen kontrolliert; seine Stimme war fest und seine

Aussprache klar. Mit einem Lächeln sah er über den Tisch zu Minnie hin, dann lockerte er seine Krawatte. »Wenn Sie erlauben, Minnie …«

»Miss Jackson für Sie«, sagte Minnie.

Er grinste, lachte dann leise in sich hinein. »Sie kennen dieses Lied von Billie Holiday, *Miss Brown to You*? Min – ich meine, Miss Jackson?«

Minnie nickte lächelnd.

»Ich wette, das könnten Sie uns aus dem Stand vorsingen.«

»Da täten Sie Ihr ganzes Geld verliern«, sagte Minnie.

»Wie dem auch sei«, sagte Brightman, »trinken wir alle auf die ebenso wunderbare wie tragische menschliche Fähigkeit zur Kooperation. Die Quelle all unsrer Freuden und all unsres Leids.«

»Ich würde lieber noch mal auf Miss Jackson anstoßen«, sagte Emma und hielt auch schon ihr Glas hoch, zuversichtlich, daß jemand ihrem Beispiel folgen würde. Alice stand eilig auf und streckte ihr Glas an Marshall vorbei.

»Sehr gut, Emma«, sagte sie. »Auf Miss Jackson.«

»Amen«, bekräftigte Albert. »So ist's recht, Emma.«

»Antrag angenommen«, sagte Patrick Kane.

Und sie stießen alle an. Brightman trank sein Glas leer und goß sich nach. »Gut, auf Miss Jackson haben wir angestoßen, jetzt müssen wir aber endlich auch auf –« Er stockte, blickte auf den Tisch hinab und dann wieder hoch zu Alices Vater. »Jetzt weiß ich nicht mehr, worauf ich anstoßen wollte.«

»Sie haben über Kooperation geredet«, sekundierte Loretta.

»Über Kooperation?«

»Ja, du wolltest auf die Kooperation trinken«, sagte Alice. »Wobei ich glaube, daß wir sie inzwischen auch so schon hinreichend zu würdigen wissen.«

»Kooperation.«

»Das war Ihr Thema«, sagte Albert.

»Kooperation«, wiederholte Brightman. »Was für eine komische Idee für einen Trinkspruch. Was für ein Teufel hat mich denn da geritten?« Er setzte sich hin.

Mr. Atwater griff nach dem Brot und stieß dabei sein Weinglas um. Es war nichts drin, aber es klirrte so laut, daß alle einen Moment lang schwiegen.

Dann stand Brightman wieder auf. »Ah, richtig. Die Kooperation.«

Aber nun stand auch Alices Vater auf und faßte ihn am Arm. »Mitch, wir sollten uns mal unterhalten.«

»Ich muß hier was klären, Patrick.«

»Können wir – kommst du eine Sekunde mit raus?«

Brightman sah die anderen an. »Er braucht wen, der ihn aufs Töpfchen setzt.« Und indem er sich an Mr. Atwater wandte, fragte er fast aggressiv: »Sie wollten noch was sagen?«

»Ich wollte auf Sie trinken, Sir.«

»Woher kenne ich Sie überhaupt?«

Atwater griff nach seinem umgeworfenen Weinglas. »Einen Toast«, sagte er. »Auf die Nachrichtenmoderatoren.«

»Ich hab keinen Wein mehr«, sagte Brightman. »Und Sie auch nicht.« Er drehte sich zu Alices Vater um. »Dieser Bursche hier braucht mehr Wein.«

»Gleich, Mitch.«

Alices Vater führte ihn zur Tür hinaus, und ein paar Sekunden lang hörte man sie flüsternd im Gang streiten. Das Flüstern verstummte, und es folgte Schweigen.

Alice legte den Kopf an Marshalls Schulter, mehr eine Geste der Erschöpfung als sonst etwas. Sie setzte sich wieder auf und nippte an ihrem Wein. Mr. Atwater starrte sie an. »Sie kommen gleich zurück«, sagte sie zu ihm.

»Was schert mich das?« knurrte er.

Loretta klapste ihn auf den fleischigen Teil des Oberarms. »Clark!«

»Mach das ja nicht noch mal!« fuhr er sie an.

»Dann hör jetzt auf«, sagte sie.

»Diesen Ton kannst du dir gleich wieder abgewöhnen.«

»Ich finde, *Sie* sollten sich diesen Ton abgewöhnen«, sagte Marshall.

»Du sollst Vater und Mutter ehren«, bemerkte Mrs. Westerbrook.

Dem folgte endlos scheinendes Schweigen. Alice zog Marshalls Hand auf ihren Schoß. Er spürte den Blick seiner Mutter, und nach einigen Sekunden nahm er die Hand sachte zurück, unter dem Vorwand, sich Wasser nachzuschenken.

Mitchell Brightman kam ins Zimmer zurück, gefolgt von Alices Vater, der Alice einen Blick zuwarf, wie um zu sagen, daß er sein Bestes versucht habe und daß sein Bestes nicht gut genug gewesen sei. Brightman setzte sich hin und förderte aus der Tasche seines Jacketts eine Halbliterflasche Whiskey zutage. Er öffnete sie und kippte einen Schluck in das leere Weinglas an seinem Ellbogen. »Sonst noch wer?« fragte er.

»Niemand«, sagte Alices Vater.

»Medizinische Zwecke«, sagte Brightman. »Redet ihr ruhig weiter.«

Ein Weilchen schien niemand gewillt, irgend etwas zu sagen. Aber dann begann man sich murmelnd wieder zu unterhalten – über das Feuer in der Schule, die späte Stunde. Minnie und Mrs. Westerbrook sprachen über die Probleme, die Mrs. Westerbrooks Sohn als Chauffeur eines der Vorstandsmitglieder des AFL-CIO-Gewerkschaftsbunds hatte. Der Herr, ein enger Mitarbeiter von George Meany persönlich, steckte gerade in einer Ehekrise, und er ließ alles an Mrs. Westerbrooks Sohn aus.

»Da arbeite ich auch«, sagte Albert. »Ist Ihr Sohn Jerry Westerbrook?«

»Ja, Sir.«

»Dann kenn ich ihn. Ich habe ein paarmal mit ihm zu Mittag gegessen.«

»Ja, so«, sagte Minnie. »Is die Welt klein.«

»Jerry ist ein lieber alter Bursche«, sagte Albert. Aber im nächsten Moment spiegelte sich auf seinem Gesicht Unbehagen. Er sah zu Marshall hinüber und senkte dann den Blick.

»Ich bin auch mächtig stolz auf ihn«, sagte Mrs. Westerbrook. »Er wird sechzig diese Woche.«

»Sechzig«, sagte Albert. »Das – das sieht man ihm gar nicht an.«

»Sie ham ihn wohl noch nich ohne die Uniform gesehn.«

»Nein, Ma'am.«

»Sechzig Jahre alt und arbeitet als Chauffeur«, sagte Brightman.

Emma sagte: »Die Welt ist manchmal wirklich furchtbar klein.«

»Allerdings«, sagte Mr. Atwater. »Zu dem Thema kann ich auch ein paar Geschichten beisteuern. Was würden Sie zum Beispiel sagen, wenn ich Ihnen erzähle, daß dieser Junge hier mein Schüler war?« Er deutete auf Marshall. »Das mit der Radioschule, da hab ich ihn drauf gebracht. Er würde keinen Menschen hier kennen – außer seiner Mutter –, wenn ich ihm nicht gesagt hätte, er soll auf die Radioschule gehen und die Sprecherausbildung machen. Überlegen Sie sich das mal!«

Eine Zeitlang sagte niemand etwas.

Schließlich murmelte Loretta: »Clark, du hast uns alle von deiner Wichtigkeit überzeugt.«

Er funkelte sie an. »Ich habe lediglich auf eine Tatsache hingewiesen.«

»Wie gesagt, Kooperation«, setzte Mitchell Brightman erneut an, indem er mühsam wieder auf die Füße kam. »Denkt an den Präsidenten der Vereinigten Staaten.«

»Mitch, jetzt reicht's.«

»Der Präsident der Vereinigten Staaten ist ein Mann, der sich in allem, was mit seiner persönlichen Lebensführung zu tun hat, der Kooperation der amerikanischen Presse sicher sein kann. Würdest du mir zustimmen, daß das eine akkurate Darstellung der Sachlage ist, Patrick?«

Nach einer Pause sagte Mr. Kane: »Ja.«

»Führen wir uns den Fall unseres heldenhaften toten Präsidenten vor Augen.« Brightman sah Marshall direkt an. »Schließlich haben wir hier einen jungen Mann, der nach der Präsidentschaft trachtet.«

Alice sagte: »Bitte, Onkel Mitch. Laß das.«

Brightman schwankte ein wenig, dann setzte er sich wieder hin. »Wo war ich?«

»Du warst fertig«, sagte Mr. Kane und ließ endlich den Hauptgang auftragen. Die beiden Servierer eilten zwischen Zimmer und Küche hin und her und brachten das Essen: eine Platte, auf der aufgeschnittener Rinderbraten und Schinken dampften, einen gebratenen Truthahn, grüne Bohnen, Salat und Maiskuchen, neue Weingläser und Eistee.

»Sagen Sie, Mr. Brightman, inwieweit würden Sie die Toynbeesche Theorie vom Verfall der Kulturen auf unsere eigene Kultur anwenden?« fragte Atwater.

»Vergeben Sie mir«, sagte Brightman. »Aber ich –« er stieß einen leisen, unterdrückten Rülpser aus – »habe nicht die –« er rülpste wieder, »leiseste – Ahnung, mit wem zum – Teufel ich spreche.«

Atwater stand auf. »Ihr feinen Pinkel –«, begann er.

Loretta hielt ihn am Handgelenk fest. »Clark – bitte.«

»Ihr bildet euch ein, ihr wärt allwissend – ihr bildet euch ein, euer Leben wäre wichtiger als das anderer Leute!«

»Pardon?« sagte Brightman.

Der andere machte eine ausladende Handbewegung in Richtung von Minnie und Mrs. Westerbrook, ohne dabei den Blick von Brightman zu wenden. »Dieses Essen findet doch angeblich der Haushälterin Ihres Gastgebers zu Ehren statt. Und Sie sitzen hier und schwadronieren. Leute wie Sie sind die wahre Ursache dafür, daß die Neger nicht hochkommen. Sie denken doch an nichts anderes als Ihren eigenen Status.«

Minnie sagte: »Ich brauch nich Sie, daß Sie mich verteidigen, Mister.«

»Ich glaube, wir sollten gehen«, sagte Loretta und stand auf.

»Ich bin noch nicht fertig«, erwiderte Mr. Atwater. »Du hältst dich da raus.«

»Clarence«, sagte Alices Vater. »Wenn du und John diesem Herrn bitte den Ausgang zeigen würdet?«

»Warte«, sagte Brightman. »Laß den Mann ausreden.«

Aber Mr. Atwater war offenbar die Luft ausgegangen. Er setzte sich wieder hin, die Hände im Schoß.

Ein langes Schweigen trat ein. Niemand rührte sich.

Dann hickste Brightman laut und bot Mr. Atwater einen Whiskey an.

»Nein danke«, sagte Atwater.

»Irgendwo hab ich Sie schon mal gesehen«, sagte Brightman. »Zum Verrücktwerden ist das. Ich komm einfach nicht drauf. Sie sind nicht zufällig bei der Heilsarmee?«

»Ich unterrichte an der Schule.«

»Großartiger Beruf«, sagte Brightman. »Die Zukunft unserer Nation. Da trink ich doch glatt drauf. Braucht viel Kooperation, so eine Schule zu leiten.«

»Ich leite die Schule auch«, sagte Atwater.

»Das denk ich mir. Lesen alle Toynbee, oder?«

»Nein.«

»Es ist verboten?«

»Nein, es ist nicht verboten …«

»Ich versteh nicht, wie Sie hierherkommen. Gehören Sie zu irgendwem dazu?«

»Ich gehe«, verkündete Atwater. Und er drehte sich zu Marshalls Mutter. »Loretta?«

Sie hatte eine nervöse Unterhaltung mit Minnie über Maiskuchenrezepte begonnen. Sie versuchte das Ganze zu überspielen, und es gab ihrem Sohn einen Stich, als er das sah. Er blickte über den Tisch zu Clark Atwater hin und sagte: »Warum essen Sie nicht erst ein bißchen was?«

Atwater beachtete ihn nicht. »Loretta.«

Sie hielt inne. »Einen Moment, Clark.«

»Ich gehe jetzt. Entweder du kommst mit, oder du bleibst hier.«

Sie hob den Blick. »Also gut.«

»Wir bringen dich schon heim«, sagte Alice.

Ihr Vater legte ihr die Hand auf die Schulter, und sie rutschte zur Seite, ein Stück näher an Marshall heran.

Mr. Atwater sah von einem zum anderen, sein Gesicht weiß vor Wut. »Wird's bald«, sagte er zu Loretta.

»Wo liegt das Problem, Schwager?« fragte Brightman. »Warum setzt du dich nicht hin und sagst zur Abwechslung mal gar nichts?«

Minnie erhob sich an ihrem Tischende. »Jetzt reicht's mir aber mit dem Gezanke. Ich bin schließlich der Ehrengast hier. Jetzt setzen sich alle schön friedlich hin, und dann wird gegessen.« Sie raffte ihren Rock um sich und nahm wieder Platz, ihre Haltung endgültig, als könne es nun, da sie ihr Machtwort gesprochen hatte, keinerlei Diskussionen oder Reibereien mehr geben.

»Dann wird gegessen«, wiederholte Mrs. Westerbrook. »Amen.«

»Ich möchte lieber Toynbee lesen«, sagte Brightman.

»Er macht sich über mich lustig«, sagte Atwater zu Loretta. »Ihr macht euch alle über mich lustig.«

»Eins sag ich Ihnen«, erklärte Brightman. »Ich hab keinen blassen Schimmer, wer Sie sind. Das steht schon mal fest. Wenn ich's wüßte, dann würd ich mich auch über Sie lustig machen.«

»Mr. Atwater«, schob Alices Vater hastig ein. »Sie sehen doch selber, daß Mitch nicht ganz auf dem Posten ist. Ich habe Sie vorhin schon um Nachsicht gebeten, Sir.«

Atwater setzte sich wieder hin, langsam, grummelnd. »Das ist das Problem mit solchen Leuten. Leute wie wir sehen ihnen ihr Benehmen auch noch nach.«

»Ach«, sagte Alice, »so schlecht war sein Benehmen gar nicht.«

»Könnten wir erst beten?« fragte Mrs. Westerbrook.

Der Rest der Mahlzeit ging vergleichsweise harmonisch über die Bühne, auch wenn Mr. Atwaters gesträubtes Gefieder sich nicht so rasch wieder glättete. Und Brightman streute eifrig Salz in die Wunden, fragte ihn immer wieder, wer er denn sei, und bemerkte, sein Gesicht komme ihm irgendwie bekannt vor.

»Wir haben uns bei Alices Geburtstag unterhalten«, sagte Atwater.

Brightman machte eine verdutzte Miene. »Bei Alices Geburtstag war ich nicht.«

»Natürlich waren Sie da.«

»Nee. Da war ich seit mindestens zehn Jahren nicht mehr.«

»Sie waren sehr wohl da.« Atwater wandte sich an Alices Vater. »Er war da. Sagen Sie's ihm.«

»Wenn ich's mir überlege«, kam Brightman allen anderen zuvor, »ich war doch da. Ich kann mich bloß nicht erinnern, daß *Sie* da waren.«

»Und ob ich bei diesem Geburtstag war. Sag du's ihm, Loretta.«

»Clark, merkst du nicht, daß er dich nur auf den Arm nimmt?«

»Verdammt noch mal, ich *war* da.«

Es war ein sehr sonderbarer, regelrecht zu Fallstudien einladender Abend: An einem Tischende die beiden schwarzen Frauen, am anderen Alices Vater und Mitchell Brightman, und die Unterhaltung, so empfand es Marshall, hatte keinerlei Bezug zu dem Anlaß, der sie alle zusammengebracht hatte. Er schlug einen Toast auf Stephen und Diane und ihre Mitstreiter vor. Minnie stimmte zu, und dann wurde es wieder still um den Tisch.

»Ach, noch was wollte ich sagen«, bemerkte Mitchell Brightman. »Ich plane einen Beitrag über das doppelzüngige Pressecorps. Ihr könnt alle dabeisein.« Er zeigte auf Clark Atwater. »Nur der da nicht.«

Atwater redete gerade mit Loretta und hatte ihn nicht gehört. Er straffte die Schultern, kauend. »Was?«

»Er ist taub«, sagte Brightman. »Und ich weiß nicht, wer er ist.«

Alices Vater sagte: »Er ist mit dem Verlobten von Alice hier, Mitch.«

Brightman grinste. »So eine Freude.« Er beugte sich in Atwaters Richtung. »Und Sie heißen Toynbee?«

Einen Moment lang herrschte bedrohliches Schweigen, dann nickte Atwater nur. »Ganz recht, Sir. Toynbee.«

»Na also. Wer sagt's denn.«

Nach dem Essen führte Alices Vater die Gäste auf die kleine Seitenveranda, wo die seltsame rothaarige Dame Marshall aus der Hand gelesen hatte. An der linken Wand und der Rückwand standen Sofas, und sie setzten sich alle hin. Die schwarzen Fenster warfen ihre Spiegelbilder zurück, so daß es aussah wie zwei Räume nebeneinander. Mitchell Brightman wollte über das Pressecorps und über Kooperation reden. Minnie und Mrs. Westerbrook blieben nur eine Höflichkeitsminute lang und baten dann, sich auf den Heimweg machen zu dürfen. Alices Vater fuhr sie und überließ Brightman der Aufsicht von Alice. Marshall sah seiner Mutter an, daß sie eigentlich auch gehen wollte, aber jetzt hatte Atwater Feuer gefangen und versuchte Brightman über Kennedy auszuhorchen. Brightman nannte ihn beharrlich Toynbee, und es schien ihn nicht zu stören.

Albert und Emma saßen zusammen auf der anderen Seite der Veranda neben einem kleinen Aquarium. Albert sprach flüsternd mit ihr, beschrieb ihr die Farben und Formen, die er in dem erleuchteten Wasser erkannte.

»Ich muß heim«, sagte Loretta schließlich. »Noch eine Sekunde, und ich fall um vor Müdigkeit.«

»Ich fahre dich«, bot Marshall an.

»He«, rief Atwater. »Das ist mein Mädel! Ich fahr sie heim.« Er stand auf, schwankte, stützte sich an der Wand ab.

»Immer sachte, Mr. Toynbee«, sagte Brightman. »Nicht zu spaßen mit dem Zeug.«

»Atwater heißt das«, korrigierte der andere, etwas zu beschwipst, um empört zu sein.

»Nein, Whiskey.«

»Wie Sie meinen, Mitch«, sagte Atwater. »Sie sind der *Experte.*« Sein Ton war verächtlich.

»Seien Sie gegrüßt und leben Sie wohl«, sagte Brightman.

Alice küßte Loretta auf die Wange und begleitete die beiden zur Tür. Albert und Emma standen auf und entschuldigten sich, daß sie auch so früh aufbrachen. Sie gingen alle ins Wohnzimmer und fingen an, sich zu verabschieden. Von der offenen Haustür zog es kalt und feucht herein. Marshall umarmte seine Mutter und versprach, nicht zu spät heimzukommen, dann gab er Albert die Hand, als der gerade hinausgehen wollte. Es war ein großes Durcheinander – Clark Atwater, der Loretta anschnauzte, weil es so kalt war und weil er ans Steuer wollte; die Stimmen von Emma und Alice, die im Türrahmen standen und redeten. Der junge Mann wanderte durchs Haus zurück auf die Veranda, wo Mitchell Brightman auf der Couch unter den schwarzen Fenstern saß und ins Leere starrte. Marshall blieb stehen und wollte sich verziehen.

»Setz dich her«, sagte Brightman.

»Sir?«

»Setz dich her, Junge.«

Marshall gehorchte. Sie saßen im rechten Winkel zueinander, jeder am äußersten Ende seiner Couch.

»Hast du Angst vor mir?«

»Nein, Sir.«

»Du willst Präsident werden.«

Marshall antwortete nichts.

»Alice hat mir alles über dich erzählt.«

»Sir, das mit der Präsidentschaft weiß ich noch –«

Der Ältere begann zu lachen. Es fing unterdrückt an, fast unhörbar, aber dann lehnte er sich zurück und lachte schallend, und es dauerte eine ganze Weile, bis er sich beruhigt hatte. Er beugte sich wieder vor. »Tut mir leid.«

»Es braucht Ihnen nicht leid zu tun«, sagte Marshall. Dann: »Sir.« Er hatte den unbehaglichen Verdacht, daß der andere ihn mit Clark Atwater in einen Topf warf.

»Klar braucht's das«, sagte Brightman. »Irgendwas tut einem immer leid. Merk dir das, Junge.«

Wenig später räusperte er sich. Er schien zu überlegen, sich etwas durch den Kopf gehen zu lassen. »Ich will dir mal was verraten.«

»Ja, Sir?«

»Du bist ein netter Junge. Du hast ein Gespür für – äh – Mist. Vergiß es. Ich verrate dir jetzt was, Junge. Kennedy ist dein großer Held, sagt Alice – na ja, sieht man ja auch an deiner Frisur.«

Marshall fuhr sich mit beiden Händen durchs Haar.

Brightman sah ihn an. »Hör zu, Junge. Es ist alles nur Show. Du lagst schon richtig mit der Radioschule. Damals im Krieg – sterbende Soldaten, so weit das Auge reicht. Tausende von Leben gehen drauf, das Land blutet aus Tausenden von Wunden, aber eine Show war's trotzdem. Der alte Walter Winchell, weißt du, was ich meine? H. V. Kaltenborn. Die ganze alte Garde. Schauspieler, alle miteinander. Schauspieler, die ganz Amerika an der großen Show teilhaben lassen wollen. Winchell ... wie der sich immer übers Mikrophon gebeugt hat, wie er bloß darauf gewartet hat, daß die Show beginnt und er loslegen kann mit dieser düsteren, bedeutungsvollen Stimme: ›Guten Abend, meine Damen und Herren und all die Schiffe draußen auf See‹ ... Großes Drama. Aber dabei Showbusiness. Verstehst du? Es steckt in allem drin. Kennedy – dieses ganze New-Frontier – Gewäsch. Eine Show. Verdammt, die Flagge auf Iwo haben sie sechs- oder siebenmal neu gehißt, damit der Photograph sie richtig ins Bild kriegen konnte. Für die Lieben daheim. Showbusiness, von vorne bis hinten.«

Marshall starrte ihn nur an.

»In zwanzig Jahren wird es gar nichts anderes mehr geben. Du machst dir falsche Vorstellungen, Junge. Völlig falsche Vorstellungen. Kennedy hatte für nichts Interesse als für Politik und Weiber. Weißt du, wie viele Frauen er gevögelt hat? Die gingen bei ihm zu jeder Tages- und Nachtzeit aus und ein. Und wir wußten es alle, jeder einzelne von uns. Wir wußten es, und wir haben so getan, als würden wir es nicht sehen. Weil es nicht mit zur Show gehörte.«

»Kennedy ...« Der Junge brachte den Satz nicht zu Ende.

»Du sagst es. Ein geiler Bock. Eine nach der anderen hat er durchgeorgelt. Manchmal zwei auf einmal. Mädchen. Filmsternchen aus Hollywood, Statistinnen. Ein Schürzenjäger von der ersten bis zur letzten Sekunde, genau wie sein alter Herr. Zwei hat er sich im Weißen Haus gehalten – verdammt, wir haben ihnen nicht mal Namen gegeben. Wir nannten sie Dings und Bums. Der Kerl hat alles gevögelt, was ihm über den Weg lief. Er hat immer gesagt, wenn er nicht jeden Tag fickt, kriegt er Migräne. Und er hat jeden Tag gefickt. Manchmal öfter als jeden Tag, und manchmal mehr als eine Frau.«

Marshall sagte: »Das – das ist nicht wahr.« Ihm war speiübel. Fast wollte er den Mann schlagen, der da am anderen Sofaende saß. »Das ist einfach nicht – nicht wahr.«

»Aber sicher ist das wahr. Warum sollte ich mir Märchen ausdenken? Ich war dabei, Junge. Ich kannte den Knaben. Er war ein Fotzenjäger, wie er im Buche steht. Er war gescheit, und er redete gut, und er hatte ein einziges Thema. Politik. Punkt. Er war nicht dieser – Halbgott, als den ihn alle hinstellen. Er hatte Seiten, da konnte man nur die Augen zumachen. Einige. Vor allem wenn man es, wie zum Beispiel ich, nicht ideal findet, wenn der Präsident im Weißen Haus reihenweise Nutten flachlegt.«

In diesem Moment kam Alice zurück, Brightmans Mantel über dem Arm. »Zeit zum Heimgehen, Mitch«, sagte sie.

»Schon?«

Sie stellte sich vor ihm auf und hielt ihm den Mantel hin.

Brightman sah den jungen Mann an. »Marilyn Monroe, Junge. Erinnerst du dich, wie sie in Madison Square Garden für ihn gesungen hat? Weißt du, wie der Abend weitergegangen ist?«

»Mitch«, sagte Alice. »Los jetzt.«

»Bin nicht fahrtauglich«, sagte er. »Ich geb diesem Jungen hier grade ein paar Tips, die er bitter nötig hat, wenn er sich der Kunst der Politik verschreiben will.«

»Du suhlst dich im Dreck, sonst gar nichts, und das hat mein Vater dir auch gesagt.«

Brightman kam auf die Füße und ließ sich von ihr den Mantel anziehen, ein bißchen zur Seite gedreht, um die Arme in die Ärmel zu bekommen. Sie klopfte ihm auf den Rücken und lotste ihn nach draußen, und ein paar Minuten lang saß Marshall allein in dem stillen Raum, gespiegelt im Fenster und in dem erleuchteten, grünlich schimmernden Glas des Aquariums, durch das in peristaltischer Langsamkeit die tropischen Fische schwebten.

Alice kam wieder herein und ließ sich neben ihn fallen, außer Atem, den Geruch kalter Luft in den Haaren. »Er schafft es nie und nimmer bis nach Hause«, sagte sie. »Ich habe ein schlechtes Gewissen. Ich mußte ihn regelrecht ins Auto stopfen.«

»Ich habe noch nie jemanden so betrunken erlebt.«

»Ach, es war schon viel schlimmer. Das heute abend war die harmlose Variante.«

»Das – was er da gesagt hat ...«

»Hör mal«, sagte sie. »Kümmer dich gar nicht um ihn. Das ist so eine Marotte von ihm, wenn er zuviel getrunken hat. Er hat seine Frau betrogen, und sie ist gestorben, und das hängt ihm bis heute noch nach. Du darfst dich nicht um ihn kümmern, wirklich nicht.«

»Aber wozu sollte er sich etwas so – etwas so Böses – wozu sollte er sich das ausdenken?«

»Es ist nur der Alkohol, Walter. Vergiß es einfach.«

»Aber es ist eine Lüge.«

Sie antwortete mit einer Art Seufzer. »Was für einen Unterschied würde das denn machen? Natürlich ist es eine Lüge.« Sie legte die Arme um ihn. »Das hier ist die Wahrheit, Walter.« Sie küßte ihn auf die Wange. »Wir sind allein.«

»Was ist mit Clarence und dem anderen?«

»Die sind in der Küche.«

»Die Küche ist gleich hier drüben.«

»Und wenn schon«, sagte sie. »Schau, ich weiß, daß es gegen deinen Glauben verstößt und all das, aber ganz ohne kann es nicht mal in deiner Kirche abgehen, sonst gäbe es nicht so viele kinderreiche katholische Familien. Küß mich.«

»Alice«, sagte er. »Es tut mir so leid. Ich hab dich sehr, sehr gern ...«

»*Gern.*«

»Bitte«, sagte er. »Laß mich ausreden.«

Sie setzte sich auf und blickte ihn an, die Arme unter der Brust gekreuzt. »Schieß los.«

Der Anblick seines geschrumpften Spiegelbilds im Glas des Aquariums schräg gegenüber steigerte seine Übelkeit noch. »Ich – ich glaube, wir sollten das alles ein bißchen langsamer angehen.«

»Langsamer?« wiederholte sie. »Du lieber Himmel. Da war ja die Eiszeit schneller!«

»Ich finde einfach, daß wir nichts überstürzen sollten.«

»Gut.« Sie stand auf. »Ich bin jetzt sehr müde, Walter. Ich glaub, ich geh rauf und leg mich ins Bett.«

»Alice«, sagte er.

»Nein, wirklich. Du brauchst gar nichts mehr zu sagen. Im Gegenteil, ich wäre dir dankbar, wenn du schlicht und ergreifend den Mund halten würdest.«

In dem Moment hörten sie beide Geräusche aus dem Nebenraum. Ihr Vater war zurück – war es offenbar schon seit einer Weile. Er sprach mit jemandem, vermutlich Clarence. Teller klapperten, Wasser lief. Mr. Kane erschien in der Tür und fragte: »Hast du Mitch ins Auto gesetzt?«

»Ja«, sagte Alice.

»Was hast du dir denn dabei gedacht?«

»Ich wollte, daß er geht.«

»Er ist geradewegs bei Granthams in den Vorgarten gefahren. Es war reiner Zufall, daß ich ihn gesehen habe. Er ist ausgestiegen und hat sich ins Gras gelegt. Er hätte erfrieren können.«

Sie sagte nichts.

»Ich habe ihn wieder in den Wagen gesetzt, und Clarence bringt ihn heim.«

»Gute Nacht«, sagte sie und ging schnell hinaus.

Marshall stand auf. Ein paar angespannte Augenblicke lang sah der Ältere ihn nur an.

»Was ist mit ihr?« fragte Mr. Kane.

»Sie – sie sagt, sie ist – müde, Sir.«

»Deine Mutter – sie arbeitet für diesen Kerl?«
Marshall war einen Moment völlig baff. »Wie bitte?«
»Arbeitet deine Mutter für diesen Atwater?«
»Ja, Sir. Er ist der Direktor der High School.«
»Sie wollen heiraten?«
»Ich glaube schon, Sir.«
»Und deine Mutter ist glücklich darüber?«
Marshall schüttelte den Kopf. »Ich weiß nicht, Sir.«
Mr. Kane nickte. »Ein richtiges Arschloch, wie?«
Marshall schwieg.
»Ich habe mit Alice darüber gesprochen. Es ist doch kein Geheimnis, oder?«
»Nein, Sir.«
»Deine Mutter macht Schreibarbeiten für ihn – Sekretärinnensachen?«
»Ja, Sir.«
»Sag ihr, ich habe eine Stelle für sie, wenn sie sie will. Und zahlen würde ich ihr auch mehr als der Staat Virginia. Sag ihr das. Oder willst du, daß ich es ihr sage?«
»Ich kann's schon machen.«
»Was dir lieber ist.«
»Ja, Sir.«
Mr. Kane kratzte sich am Ohr und sah zu Boden. »Ich hab ein bißchen mitgekriegt, was – worüber du und Alice geredet habt.«
Marshall wartete.
»Ich finde das eine sehr reife Einstellung. Die Dinge langsam angehen. Ich bin beeindruckt von deiner Reife. Und ich stimme dir vollkommen zu.«
»Ja, Sir.« Marshall verschluckte das letzte Wort und wiederholte es, die Stimme an der Grenze zum Falsett kippelnd. »S-Sir.«
»Du bist motorisiert?«
»Ja. Das Auto von meiner Mutter.«
»Gute Nacht, mein Sohn.« Der ältere Mann drehte sich um und war verschwunden.

Marshall hörte ihn die Treppe hinaufsteigen, hörte die Geräusche aus der Küche. Er machte, daß er zur Haustür kam, und lauschte dabei, ob er unter den anderen Lauten im Haus Alices Stimme heraushörte. Ihr Vater redete. Es klang, als würde er jemanden maßregeln; der junge Mann hatte das Gefühl, daß Mr. Kane diesen Ton sehr oft anschlug, wenn er mit seiner Tochter sprach. Er schlüpfte hinaus, huschte durch die kalten Schatten der mondbeschienenen Bäume im Vorgarten, hartnäckig verfolgt von seinem eigenen Schatten – wie ein Verbrecher, der sich vom Tatort schleicht.

# 19

Tagelang lief er herum mit dieser eitrigen Wunde unterm Herzen: dem Wissen – nein, dem Verdacht –, daß alles, was Mitchell Brightman ihm gesagt hatte, der Wahrheit entsprach. Manchmal stellte er sich vor, es könnte sogar noch schlimmer sein; möglicherweise hatte Brightman ihm nur die Spitze des Eisbergs gezeigt. In Saint Matthew's kniete er nieder, um zu beten, und mußte dabei daran denken, wie ein Kirchenfürst die Worte der heiligen Messe für diesen Mann gesprochen hatte, der dahingerafft worden war, als er es am wenigsten erwartet hatte, im Sonnenschein, ohne daß er Zeit gehabt hätte, seine Sünden zu bekennen oder um Vergebung zu bitten – solch ein plötzlicher Schlag verhieß gemäß den Glaubenssätzen seiner Kirche, Kennedys eigener Kirche, noch Schrecklicheres für den Zustand seiner Seele, wenn all das, was Brightman gesagt hatte, die Wahrheit war. Marshall sah wieder den Kardinal mit der hohen Mitra vor sich, wie er die Totenmesse sprach, hörte ihn sagen:

*Wir bitten um deinen Segen für den wunderbaren Mann, den wir heute zu Grabe tragen.*

Wußte der Kardinal Bescheid? Wußten sie alle Bescheid?

Er konnte nicht beten. Die Worte rauschten durch sein Hirn, ohne eine Spur zu hinterlassen, und er wiederholte sie vergeblich.

Es gab praktische Belange, die seine Aufmerksamkeit erforderten. Mr. D'Allessandro hatte ihm die Nachricht zukommen lassen, daß bei ihm zu Hause eine Besprechung über den weiteren Verlauf des angebrochenen Studienjahres stattfinden würde. Und dann mußte er seine Mutter versöhnen, die wütend auf ihn war, weil er sich in ihre Beziehung mit Clark Atwater eingemischt hatte.

»Vielleicht *will* ich ihn ganz einfach heiraten, Walter. Selbst wenn ich diese – bessere Stelle in Mr. Kanes Büro annehme. Damit mußt du dich abfinden.«

»Aber jetzt brauchst du ihn doch nicht mehr zu heiraten.«

»Von brauchen war nie die Rede. Das geht dich nichts an. Clark hat seine Macken, aber wir kommen miteinander aus. Hast du mich verstanden? Wir kommen miteinander aus. Er ist nicht wie – er ist nicht der Mann, den du auf dem Fest erlebt hast. Er spürt von allen Seiten Ablehnung, und das verunsichert ihn.«

»Er zwingt jeden dazu, ihn abzulehnen.«

»Walter, das ist meine Sache. Außerdem ist es ja sowieso erst in einem Jahr soweit. Ich kann in Ruhe drüber nachdenken. Ich habe Spaß mit ihm, ob du es glaubst oder nicht.«

»Aber er hat dich geschlagen.«

»Nein, das hat er *nicht*. Es ist genauso gewesen, wie ich gesagt habe, und du mußt endlich lernen, das, was andere Leute dir sagen, als die Wahrheit zu akzeptieren und es damit gut sein zu lassen.«

Er schlief schlecht, schleppte sich durch diese Woche und auch noch durch die nächste, gequält von einem zunehmenden Gefühl des Versagens, verfolgt von Ängsten, es könnte wirklich wahr sein – alles, die schlimmsten Vorstellungen. Sie grenzten an unkeusche Gedanken. Kennedy im Bett mit zwei Frauen – Frauen wie die beiden, die er in der wohnzimmerähnlichen kleinen Bibliothek der einstigen D'Allessandro-Schule gesehen hatte. Er träumte davon und lag nachts wach, den Kopf voller Wendungen aus den Reden.

*Mit einem guten Gewissen als dem einzigen sicheren Lohn für unsere Mühe, im Bewußtsein, daß über unsere Taten zuletzt die Geschichte richten wird, laßt uns nun darangehen, das Land zu führen, das wir lieben – Gottes Segen und Beistand erbittend, aber wohl wissend, daß hier auf Erden die Arbeit, die er getan sehen will, treu von uns selbst verrichtet werden muß.*

Die Arbeit, die Gott getan sehen wollte. War das eine Lüge gewesen? Wenn Brightman die Wahrheit gesagt hatte, mußte es dann nicht eine Lüge sein? Machte diese Tatsache nicht alles zur Lüge?

Wut regte sich in ihm.

An einem der Abende, an denen Schule gewesen wäre, wenn es noch eine Schule gegeben hätte, ging er in ein Friseurgeschäft und wies den Friseur an, ihm die Haare abzuschneiden.

»Wie hätten Sie's gern, Junge? Bürstenschnitt?« Der Friseur kam aus New York, ein nicht mehr ganz junger Mann mit dichten schwarzen Augenbrauen und dichtem Haar, südländisch dunkler Haut. Was glaubte er?

»Wie standen Sie zu Kennedy?« fragte Marshall ihn.

»Was ist denn das für 'ne Frage, Junge? Konversation mit dem Friseur?«

»Nein – ich möchte es wissen.«

»Tja, ehrlich gesagt hab ich nie groß über ihn nachgedacht. Bis er dann erschossen wurde. Dann – weiß nicht. War schon in Ordnung, denk ich. So, was wird jetzt geschnitten?«

»Alles«, sagte Marshall. »Richtig kurz.«

»Koteletten vielleicht, so wie Elvis?«

»Nein.«

Zu Hause starrte seine Mutter ihn ungläubig an. »Was um Himmels willen …?«

»Es war mir einfach lästig«, sagte er.

»Geht's dir nicht gut, Kind?«

»Wie kommst du darauf?«

»In Ordnung«, sagte sie. »Vergiß es.«

An jenem ersten Montag nach dem Feuer war er zu Natalies Haus gegangen, nur um festzustellen, daß sie weggezogen war. Niemand schien zu wissen, wohin. Als er bei Mrs. D'Allessandro anrief, gab sie ihm zu verstehen, daß Natalie bald genug wieder in Reichweite sein würde – das war der Ausdruck, den sie gebrauchte. Er wollte sie sehen. Genau das sagte er Mrs. D'Alessandro und bat sie, es bitte auch auszurichten. »Brightman kommt«, sagte er zu ihr. »Sie können mich Natalie also unbesorgt sehen lassen.« Es verblüffte ihn selbst, in welch schroffem Ton er mit ihr sprach.

»Sie will im Moment überhaupt niemanden sehen, tut mir leid.«

Er ging jeden Tag zur Arbeit, verrichtete seine Aufgaben mehr oder weniger mechanisch, sah sich die Leute genau an und fragte sich, was sie tatsächlich wußten oder glaubten. Er blieb die meiste Zeit für sich; Alice schien ihn ohnehin zu meiden. Zumindest die ersten Tage. Zu seiner Überraschung wirkte nichts sehr viel anders als vorher. Er ging durch die Straßen der Stadt, und alles sah aus wie immer, die Leute behandelten ihn wie sonst auch – bis auf den unvermeidlichen Kommentar über seine neue Frisur. Aber das Leben ging weiter wie zuvor, und er selbst ertappte sich bei den alten Tagträumereien über die Präsidentschaft, über Kennedy, über die verschwommene Zukunft. Er steckte die Bemerkungen ein, die die Kollegen im Postzimmer über seinen Haarschnitt machten, ertrug die Sticheleien seines Chefs. Mr. Wolfschmidt fand, daß er wie ein frisch befreiter KZ-Häftling aussah.

Als Alice schließlich doch mit ihm sprach, fragte sie, ob sein neues Aussehen einer religiösen Anwandlung entsprungen sei, irgendeinem selbstzerfleischenden Verlangen nach Buße für seine Sünden, worin immer diese bestehen mochten. Sie stellte einige Vermutungen darüber an, nur halb im Scherz, und er schnitt ihr das Wort ab.

»Ich hab mir die Haare schneiden lassen«, sagte er. »Ich habe keine Lust, darüber zu diskutieren.«

»Gut«, sagte sie und wandte sich zum Gehen.

»Warte«, sagte er.

Sie standen im Eingang der Poststelle. Alice war gekommen,

um etwas für eine Sendung an die Außenvertreter des Statistikamts abzugeben.

»Alice«, sagte er, »kann es zwischen uns nicht einfach wieder so sein wie früher?«

»Und wie wäre das?«

»Ich weiß nicht – so wie es immer war ...«

Ihre Augen glänzten feucht. »Du siehst irgendwie komisch aus so.«

Er blieb stumm.

»Eigentlich hat es ja fast etwas von Selbstverstümmelung, so gesehen. Wo liegt bei dir das Problem, Walter?«

»Gar nirgends.«

»Ich habe einen Entschluß gefaßt, Walter. Ich höre hier auf. Ich weiß noch nicht, was ich machen will, aber hier bleibe ich nicht. Vielleicht gehe ich mit den anderen mit – Stephen und Diane. Irgendwas finde ich schon. Ich will was Sinnvolles mit meinem Leben anfangen. Egal, was du oder mein Vater oder sonstwer sagt.«

»Alice«, sagte er.

»Ich muß wieder zurück.« Sie ließ ihn stehen.

Er folgte ihr den Korridor entlang bis zu den Liften. Sie hatte den Knopf für ihre Etage gedrückt und wartete, die Arme verschränkt, mit dem linken Fuß auf den Boden klopfend.

»Alice«, sagte er, »ich will dich nicht verlieren. Du bist doch meine –« Er stockte. »Beste Freundin« hatte er fortfahren wollen, bevor die schlagartige Erkenntnis, daß das das Kränkendste war, was er überhaupt sagen konnte, ihn zum Schweigen gebracht hatte.

Sie drehte sich um und legte ihm sanft die Hand auf die Schulter. »Mir geht's genauso, mein Liebling. Trotz der Frisur – eigentlich sieht es richtig goldig aus.«

»Nein«, sagte er. »Nicht das. Ich – so habe ich das nicht gemeint.«

»Ach? Wie denn dann?« Sie trat einen Schritt zurück. »Himmelarsch!«

»Ich glaube einfach, es ist für mich noch zu früh zum Heiraten.«

Ihre Arme sanken herunter.

»Alice, schau …«

Die Lifttür öffnete sich mit dem üblichen stumpfen metallischen Klingeln. Sie drehte sich um und stieg ein. »Ich hab zu tun«, sagte sie. »Wirklich.«

Die Türen glitten zu.

Später, auf dem Weg durch die winterlichen Straßen der Stadt, ging er in ein Rekrutierungsbüro, ein kleines Kabuff zwischen mehreren Reisebüros und Sparkassen, alle in einer Reihe, als würden sie auf irgendeine Weise zusammengehören. Das Rekrutierungsbüro war klein und stickig, zu stark beheizt. An der linken Wand hingen Bilder von Männern in Uniform – Marine, Luftwaffe, Infanterie. Die Photos zur Rechten zeigten Schiffe draußen auf dem Ozean, das unermeßliche Glitzern von Wasser im Sonnenschein. Der diensthabende Feldwebel saß an einem Metalltischchen mit tragbarem Ventilator, dessen Blätter sich ruckend und eiernd drehten und Luft aufrührten, ohne eine wirkliche Brise zustande zu bringen. Die Tür zum Nebenraum, in dem Pulte aufgestellt waren wie in einem kleinen Klassenzimmer, wurde von einem dicken Buch offengehalten. Der Feldwebel deutete darauf, als Marshall sich setzte.

»Erkennen Sie's?«

»Nein, Sir.«

»Das ist das *Oxford English Dictionary*.«

»Ach, wirklich.« Der junge Mann sah hin. »Wie interessant.«

»Ich mache Kreuzworträtsel. Machen Sie auch Kreuzworträtsel?«

»Nein, Sir.«

»Und Bücher les ich auch. Fünfzig Stück pro Jahr. Da führ ich Buch drüber. Schreib sie alle auf. Titel und Autor. Die Leute denken immer, wir beim Militär hätten nichts im Hirn. Ganz falsch. Ich kenn Berufssoldaten, die haben Shakespeare gelesen. Es gibt Stützpunkte, da wird sogar Shakespeare *gespielt*. Grade neulich erst hab ich eine ausgezeichnete Aufführung in Fort Myer gesehen. Von Shakespeare haben Sie gehört, oder? Sie sehen mir wie ein intelligenter junger Mann aus.«

»Ich hab an der High School *Macbeth* gelesen.«

»Gutes Stück, was?«

»Ja, Sir.«

»Kenn ich nämlich. Und die anderen Sachen auch. Na ja, ein paar jedenfalls.« Der Feldwebel war mager, mit Haaren, die schon schütter wurden, grünen Augen und rötlicher Haut. An einem Ende seines Schreibtisches stapelten sich Magazine und Zeitungen, und hinter ihm stand ein Regal mit Büchern, flankiert von den Photographien John Kennedys und Lyndon Johnsons. Das Photo von Kennedy trug Trauerflor. »So«, sagte der Feldwebel. »Wie können wir Ihnen helfen?«

Marshall hatte eigentlich gar nicht vorgehabt, hier hereinzukommen. »Was muß man tun, wenn man in die Armee eintreten will?« fragte er.

»Das ist kinderleicht. Sind Sie schon mal wegen einem Kapitalverbrechen verurteilt worden?«

»Nein, Sir.«

Der Feldwebel grinste. »Sehen sie.« Er lachte auf. »Menschenskind, Sie brauchen sich nicht mal mehr den Kopf scheren lassen. Der Rest ist ein Klacks.«

»Danke«, sagte Marshall und stand auf.

»He, wo wollen Sie hin?«

»Ich bin noch nicht sicher.«

»Soll ich Ihnen was zum Lesen mitgeben?«

Marshall zögerte einen Moment. »Jetzt nicht«, sagte er. »Vielleicht später.«

Der Nachmittag war trocken, windstill und kalt. Er wanderte weiter zu Saint Matthew's, trat ein und kniete vorn an der Kommunionbank nieder. Die Votivkerzen dufteten zu ihm herüber aus ihren blauen Glasschalen, in denen jeder Lufthauch einen

Veitstanz entfachte. Er blickte zum Kruzifix hinauf und bemühte sich zu beten, aber die Wörter wollten partout keine Bedeutung annehmen. Schließlich ging er ins Pfarrhaus hinüber, um Pater Soberg zu suchen, aber Pater Soberg war nicht mehr da, er war diese Woche nach Südostasien abgereist. Das sagte ihm ein junger Hilfspfarrer; ob Marshall sich den Namen der Stadt aufschreiben wolle, in der Pater Soberg tätig sein würde? Marshall sagte, er würde es sich merken. »Wie Sie meinen«, erwiderte der Hilfspfarrer, anscheinend verärgert, daß der andere den Namen nicht notieren wollte. »Die Stadt, in die er geschickt worden ist, heißt Saigon. In Französisch-Indochina, wobei ich glaube, es heißt jetzt anders.«

»Vietnam«, sagte Marshall.

»Ich versuche die Nachrichten nach Möglichkeit zu meiden. Das ist alles eine so fremde Welt für mich.«

»Danke«, sagte Marshall.

Ende der Woche fuhr er zu der Besprechung bei den D'Allessandros. Fast erwartete er, Natalie dort zu sehen. Er holte Albert vorher ab und ließ dessen Verblüffung über sich ergehen. »Hat das – mit deinem Glauben zu tun oder irgend so was?«

»Nein, Albert, es hat nichts mit meinem Glauben zu tun.«

»Entschuldige.«

»Was ist los?« fragte Emma.

»Du solltest Walters Haare sehen.«

Mit der Selbstverständlichkeit einer Sehenden ging sie quer durchs Zimmer zu Marshall herüber, und ebenso selbstverständlich hob sie die Arme und legte ihm die Hände auf den Kopf. »Ooh!«

»Wahnsinn, oder?« sagte Albert.

»Oje, oje.« Sie nahm die Hände herunter, blieb aber, wo sie war. »Was ist denn mit dir passiert?«

»Nichts«, sagte Marshall. »Ich hab mir die Haare schneiden lassen.«

»Aber gründlich!«

»Hör mal, ich würde lieber nicht drüber reden, wenn's dir nichts ausmacht.«

»Ist gut.« Sie kehrte auf ihren Platz zurück und streckte die Hand nach ihrer Teetasse aus.

»Ich weiß nicht, wie lange es dauert«, sagte Albert zu ihr.

»Ist gut.«

Sie gingen hinaus in den windigen Abend. Der Himmel im Westen war rot, von flammenden Wolkenzacken durchsetzt, und im Norden stand schon der Mond über den Bäumen, weiß und flach wie ein Knopf. Fast alle Blätter waren jetzt abgefallen, und der Wind wirbelte sie vom Gehsteig und von der Straße auf.

»Emma wirkt – glücklich«, bemerkte Marshall.

»Wir sind auch relativ glücklich.«

Sie stiegen in den Lark. Albert mußte die Knie gegen das Armaturenbrett stemmen. »So ist es nun mal«, sagte er, »das Leben geht weiter.«

Marshall ließ den Motor an und fuhr in Richtung Connecticut Avenue.

»Wir sind nach Maryland gefahren und haben geheiratet. Am Dienstag.«

»Im Ernst?«

Albert starrte aus dem Fenster. »Unterm Strich macht es wahrscheinlich gar nicht so furchtbar viel aus, was sie denkt. Schließlich hat sie ja keinen politischen Einfluß. Sie ist ein lieber Mensch. Sie wird's schon lernen. Sie hat viel guten Willen. Ich fand, sie hat sich sehr wacker geschlagen bei dem Essen für Minnie. Vielleicht sollten wir alle versuchen, ein bißchen nachsichtiger miteinander zu sein.«

»Dieser Mitchell Brightman – er ist – böse«, sagte Marshall. »Böse.«

»Na ja. Ich hätte gedacht, er säuft nur ein bißchen viel. Dem armen Atwater hat er ja ganz schön die Hölle heiß gemacht. Ich meine natürlich Toynbee.«

Sie lachten beide; es überraschte Marshall, daß er sich diesen

Luxus gönnte. »Bei mir geht in letzter Zeit alles drunter und drüber«, sagte er.

»Kann ich mir vorstellen.«

»Ich meine nicht wegen Alice und Natalie.«

Albert sah ihn an. »Gibt es noch was anderes?«

»Ist ja egal«, sagte Marshall.

»Nein, erzähl's mir.«

»Er – er hat ein paar Sachen über Kennedy gesagt.«

»Ich dachte, sie waren befreundet.«

»Ich mag nicht drüber reden, Albert.«

Das Haus der D'Allessandros lag in der Porter Street, eingebettet in hohe Hecken und Sträucher, beschattet von alten Eichen und knorrigen Weiden. Es war ein imposanter, düsterer viktorianischer Bau mit breiter Veranda und markisenüberdachten Fenstern. Ricky Dalmas und Joe Baker stiegen schon die Stufen hinauf; Wilbur Soames wartete oben auf sie und sagte mit einem Lächeln etwas, worüber Joe Baker lachte. Marshall parkte das Auto, und dann ging er mit Albert durch den Vorgarten zum Haus, langsam, weil Albert den Boden nicht so recht sehen konnte. Marshall spähte zu den Fenstern hinauf und suchte nach Natalie. Der Gedanke an sie schien seltsam losgelöst von ihm, wie eine Erinnerung, die schon in die Ferne rückte.

»Alice kündigt«, erzählte er Albert. »Sie geht weg.«

»Dann wird also nichts aus der Hochzeit?«

»Nein, aus der wird nichts.«

»Und was ist mit der anderen – Natalie?«

»Ich glaube, da wird auch nichts draus.«

»Das heißt, du bist wieder ein freier Mann.«

Sie waren fast an der Verandatreppe angelangt, und Wilbur Soames hatte die letzte Bemerkung gehört. »Mann«, sagte er mit breitem Grinsen. »Was ist das für ein Gefühl, wieder ein freier Mann zu sein?«

Marshall gab keine Antwort. Im Eingang stand Natalie, in Jeans und Sweatshirt. Ihr Haar war zu einem raffinierten Zopf geflochten, ihre Haut noch dunkler als sonst. Keine Frau – nicht in Zeitschriften, nicht in Kino oder Fernsehen, nicht auf irgendeiner der Straßen, die er in seinem Leben entlanggegangen war – war ihm jemals auch nur annähernd so schön erschienen. Sie streckte ihm die Hand hin, mit der Innenfläche nach unten, wie zum Kuß. Er nahm sie und ging ins Haus, in die braune Vorhalle der D'Allessandros.

»Ich hatte einen Urlaub«, sagte sie zu ihm, und obwohl sie nicht flüsterte, hatten die Worte etwas Vertrauliches; sie waren nur für ihn bestimmt. »Key West.«

Er war sprachlos. Er stellte sie sich am Strand vor, im Sonnenlicht, am Meer.

»Und du«, sagte sie und trat einen Schritt zurück, um ihn zu begutachten. »Du hattest einen wildgewordenen Friseur, ja?«

»Wohnst du jetzt hier?« fragte er.

»Was ist mit deinen Haaren passiert?«

»Ich mag nicht drüber reden.«

Die anderen versammelten sich bereits im Wohnzimmer, das rechts von der Diele abging – ein kleiner Raum voll mit prallen Polstersesseln, Topfpflanzen und Tischen, auf denen sich die Bücher stapelten. Bücherregale zogen sich die Wände entlang und rahmten den offenen Kamin ein, in dem ein Feuerzünglein auf einem einzelnen Holzscheit tanzte. Die D'Allessandros waren da, Albert, Ricky Dalmas, Wilbur Soames, Joe Baker, Martin Alvarez und Mrs. Gordon, die sich in die dämmrigste Ecke des Zimmers drückte und Marshall scharf beobachtete.

»Wir wollen schauen, ob wir den Kurs nicht irgendwie fortsetzen können«, sagte Mr. D'Allessandro. »Einen Versuch ist es in jedem Fall wert.« Er sah Marshall an, einmal, noch einmal. Marshall schob es auf die kurzen Haare, aber dann hörte er Bewegung hinter sich, und als er sich umdrehte, betrat gerade Marcus die Vorhalle, im weißen Trenchcoat und mit einem weißen Hut auf dem Kopf. Hinter ihm kam ein bulliger Mann mit groben Gesichtszügen – mächtigem, hängendem Kinn, wulstigen Augenbrauen, einer knolligen roten Nase und dicken, aufgeworfenen Lippen. Er schob Marcus zur Seite und drängte sich ins Wohnzimmer, wo er alle Versammelten der Reihe nach musterte. Sein Ausdruck war irgendwie verkniffen, als hätte er etwas Saures auf der Zunge.

»Das«, sagte Mrs. D'Allessandro, »ist Terrence.«

»Für Sie Mr. Brace«, sagte Marcus.

Ohne sich zu ihm umzuwenden, sagte der Bullige: »Halt die Schnauze, Marcus.«

»Jawohl, Sir.«

»Schnauze, sag ich.« Der Bullige stellte sich an den Kaminsims, wo er ein Zigarettenetui aus der Jackentasche zog, es öffnete, eine Zigarette herausholte und es wieder zuschnappen ließ. Es glänzte im Lichtschein, golden; ganz offensichtlich war es ein Gegenstand, den er gern vorführte. Ohne Hast steckte er es weg, förderte dann ein nicht minder goldenes Feuerzeug zutage und zündete die Zigarette an. Mr. D'Allessandro schaute ihm dabei zu, das Gesicht zu seiner Lächelgrimasse verzerrt.

»Was macht der hier?« Der Bullige zeigte auf Wilbur. Sein Akzent war eine winzige Nuance weniger ausgeprägt als der von Mrs. D'Allessandro.

»Das ist ein Kursteilnehmer«, sagte sie. »Genau wie alle anderen.«

Er stieß Rauch aus, drehte sich zu ihr um. »Schau einer an.«

»Ja, schau einer an.«

Er zog an seiner Zigarette. »Ganz fortschrittlich sind wir hier, was?«

Niemand sagte etwas.

Natalie rückte ein bißchen dichter an Marshall heran, fast als wollte sie sich klein machen. Marshall ergriff ihre Hand, aber sie entzog sie ihm sanft.

»Wir wollten besprechen, wie wir den Kurs weiterführen können«, sagte Mr. D'Allessandro.

»Halt den Mund, Lawrence. Du bist kein Geschäftspartner, du bist ein Schwager.«

»Wird langsam Zeit für ein bißchen Gerechtigkeit«, schob Marcus nach.

Der Bullige streckte den Finger nach ihm aus. »*Du* hältst die Klappe, Marcus.«

»Jawohl, Sir.«

»Mußt du jedesmal das letzte Wort haben? Halt die *Klappe*, sag ich.« Er zog an seiner Zigarette und ließ den Blick von einem zum anderen wandern. »Es hat Gerede über das Feuer gegeben. Ich möchte ein für allemal klarstellen, daß das Feuer ein Unfall war.«

»Das ist offiziell«, sekundierte Marcus. »Von der Polizei.«

Der Bullige machte einen Schritt in Marcus' Richtung. »Geh raus und warte auf der Veranda.«

»Da ist es kalt, Mr. Brace.«

»Sie, mit den Stoppelhaaren.« Terrence deutete auf Marshall. »Wenn er noch ein Wort sagt, haben Sie meine persönliche Erlaubnis, ihm eins über den Schädel zu geben.«

»Herrgott, Terrence«, sagte Mrs. D'Allessandro. »Könntest du jetzt vielleicht weitermachen?«

Er zog noch einmal lang an seiner Zigarette, stieß den Rauch aus, dann stellte er sich wieder an den Kamin. »Wir haben beschlossen, daß die Schule fortgeführt werden soll – jedenfalls die Radioschule –, und da die Versicherungssumme die bestehenden Schulden mehr als abdeckt, werden wir in neue Ausstattung und neue Räume investieren. Mr. D'Allessandro wird für die Kurse zuständig sein. Sonst nichts.« Er verbeugte sich in die Richtung von Mr. D'Allessandro. »Und wir kümmern uns um – die Finanzen. Studiengebühren werden nicht zurückerstattet, weil der Unterricht in den nächsten ein, zwei Wochen wiederaufgenommen wird. Die Veranstaltung mit Mr. Brightman wird stattfinden wie geplant. Das Semester wird im Januar eine Woche früher beginnen, und Kursende ist im Juli, nicht im Juni. Noch irgendwelche Fragen?«

»Ich höre auf«, sagte Albert freundlich.

»Ihr Geld kriegen Sie nicht zurück«, sagte Terrence.

»Ich weiß.«

Zu seiner eigenen Überraschung sprach Marshall ebenfalls. »Ich höre auch auf.«

»Was reden Sie da?« fragte Mr. D'Allessandro. »Wo Sie sich dermaßen ins Zeug gelegt haben, um uns zu helfen.« Er wandte sich an seine Frau. »Der Junge hat sich dermaßen ins Zeug gelegt, um uns …«

Terrence sagte: »Schnauze, Lawrence.« Er starrte von Albert zu Marshall.

»Wenn sie aussteigen wollen«, sagte Mrs. Gordon leise, »ist das doch ihre Entscheidung.«

Terrence drehte sich um, den Finger ausgestreckt. »Sie halten den Mund.«

Sie schmolz in die Wand zurück.

Einen Moment lang starrte Terrence D'Allessandro an und saugte dabei grüblerisch an seiner Zigarette. Dann richtete er den Blick wieder auf Walter Marshall und Albert Waple. »Wo liegt das Problem bei euch zwei?« Er schaute die anderen an. »Gehören die zusammen?«

»Es tut mir leid«, sagte Albert zu Mr. D'Allessandro. »Ich danke Ihnen für Ihre Hilfe.«

»Ich springe nicht ab. Ich mach den Kurs fertig«, sagte Ricky Dalmas.

»Ich auch«, sagte Mrs. Gordon.

Terrence wandte sich erneut ihr zu. »Wie war das? Ich hab Sie nicht verstanden.«

»Ich …« Sie schielte zu D'Allessandro hinüber, der starr geradeaus sah. »Ich – ich habe gesagt, daß ich auch aufhöre.«

»Was interessiert denn dich das?« fragte Mrs. D'Allessandro Terrence. »Das verstehe ich nicht.«

»Ich hab nur nicht gehört, was sie gesagt hat, Esther.«

Joe Baker und Wilbur Soames traten nach vorne. »Wir machen weiter.«

»Ich mache auch weiterrr«, erklärte Martin Alvarez.

Erleichterung breitete sich aus; Mrs. D'Allessandro schlug vor, eine Flasche Wein zu öffnen. Aber keiner rührte sich. Terrence drückte seine Zigarette aus und holte Papiere hervor, die jeder unterzeichnen sollte. Mrs. Gordon unterschrieb, dann verließ sie den Raum, den Mantel eng um sich gewickelt. Sie redete mit niemandem.

Marshall ging in die Diele hinaus, und Natalie folgte ihm.

»Sollen wir spazieren?« fragte sie.

»Ich hab Albert dabei.«

»Ich warte hier auf dich«, sagte Albert von der Wohnzimmertür her.

»Ich hole nur meinen Mantel«, sagte Natalie.

Sie wanderten bis zur nächsten Kreuzung. Im Schein der Laterne blieben sie stehen. Der Himmel war fast völlig dunkel. In den Häusern die Straße entlang gingen schon überall die Lichter an.

»Ich bin nicht aufrichtig zu dir gewesen«, sagte sie. »Walter.«

»Ich will dich heiraten«, sagte er.

»Nein. Es wäre falsch.«

»Warum?«

Sie sah ihn ungläubig an. »Wo ist das Problem bei dir, daß du nicht merkst, wie falsch es wäre? Ich bin älter. Ich habe nicht deine Unschuld, verstehst du das?«

»Unschuld«, sagte er. »Ich bin überhaupt nicht unschuldig. Weißt du, was ich vor kurzem erfahren habe? Ich habe erfahren, daß Kennedy nicht so war, wie alle immer –«

»Wer hat dir das gesagt?«

»Ist doch egal«, sagte er. »Es hat nichts mit uns zu tun. Außerdem glaube ich es nicht. Es war nur im Suff dahergeredet.«

»Nein, Walter«, sagte sie. »Ich war das. Verstehst du nicht?«

Er wartete.

»Ich war es«, fuhr sie fort. »Ich war eine von diesen – von den – ich war mit ihm zusammen, Walter. Auf diese Weise. Ich war eins von den Mädchen, die er gehabt hat, und jetzt siehst du es, ja? Jetzt siehst du, wie ich wirklich bin?« Sie machte ein paar Schritte weg von ihm, aus dem Lichtkreis der Laterne.

Hier, im Dunkeln, waren hoch am Nachthimmel Wolken zu erkennen, zornige Wolkenfetzen, die vor einem hauchdünnen Fädchen Helle vorbeisegelten, einem körperlosen Schimmern.

Er versuchte ihr ins Gesicht zu schauen. »Natalie?«

Erneut wandte sie sich ab. Dann seufzte sie. »Ein Mann von der Botschaft ist zu mir gekommen und hat gefragt, ob ich den Präsidenten persönlich kennenlernen will.«

»Du –« Er brach ab. Sie war schon wieder ein Stück von ihm weggegangen.

»Du bist so ein lieber Junge. Und da stehst du und blickst mich an mit deinem verflucht – unschuldigen – Gesicht. Aber du weißt nichts. Nichts.«

Er blieb einfach, wo er war.

»War er der Präsident von Amerika, und vielleicht habe ich gedacht, liebe ich ihn. Ich bin nur dreiundzwanzig gewesen.«

»Gott«, hörte Marshall sich sagen. »Mein – Gott.«

Ein Windstoß erfaßte eine Strähne ihres Haars, das leuchtete wie von Feuer umsäumt. Ihre dunklen Augen glänzten jetzt zu hell. Wieder drehte sie sich von ihm weg, und er stellte sich vor ihr auf, hielt sie bei den Armen fest. »Überhaupt«, sagte sie, »ich will heim. Ich gehe nach Deutschland zurück.«

»Natalie«, sagte er. »Ich habe nicht …«

Sie küßte ihn auf die Stirn. »Du bist so nett.«

»Nein«, sagte er.

Sie machte sich los und wandte sich zum Gehen, zum Haus der D'Allessandros zurück. Er folgte ihr, holte sie ein.

»Natalie?« sagte er.

Und sie blieb noch einmal stehen. »Ach, verstehst du es nicht! Ich bin nicht deine Freundin, Walter. Es war ein schlimmes Spiel, das ich mit mir selber gespielt habe. Du mußt mir bitte verzeihen. Es war selbstsüchtig und dumm, und es tut mir leid.«

»Wir können doch trotzdem Freunde bleiben«, sagte er. Es kam ihm selber absurd vor.

Sie seufzte, streckte die Hand aus und berührte sein Gesicht. »Du lieber, treuherziger junger Mann. Werde nicht Politiker, Walter.« Damit legte sie die Arme um ihn und küßte ihn auf den Mund – ein langer, sanfter Kuß, der seinen Herzschlag beschleunigte. »Da«, sagte sie lächelnd. »Leb wohl, Walter.«

Er sah ihr nach, wie sie den Weg zum Haus entlangging, die Stufen hinauf zu der erleuchteten Haustür, wo Albert stand. Albert ließ sie vorbei, murmelte einen Abschiedsgruß, dann stieg er vorsichtig die Treppe hinunter.

»Kein Glück?« sagte er zu Marshall.

»Nein.«

Sie setzten sich ins Auto, und Marshall fuhr langsam an.

»Was machst du jetzt?«

»Ich weiß nicht«, sagte Marshall. Aber in Wirklichkeit glaubte er es zu wissen. »Und du?« fragte er.

»Wie gesagt – ich verdiene gar nicht schlecht, da, wo ich jetzt bin. Ich kann bleiben, solange meine Augen mitmachen. Und Emma kann Blindenschrift unterrichten. Wir finden schon was.«

Sie schwiegen eine Zeitlang, während sie durch die kalten Straßen glitten, dem grauen Fächer der Scheinwerfer hinterher.

»Ich hoffe, wir verlieren uns nicht aus den Augen«, sagte Albert.

»Bestimmt nicht«, sagte Marshall und kam sich dabei so vor, als würde er lügen. Mit einem Gefühl des Aufbegehrens wiederholte er es. »Bestimmt nicht.«

Er brachte Albert heim und kam noch mit herein, um Emma auf Wiedersehen zu sagen; sie und Albert standen unter der Tür, als er wegfuhr, und winkten ihm nach.

Morgen früh würde er zum Rekrutierungsbüro gehen. Seine Mutter würde wahrscheinlich heiraten, Albert und Emma hatten bereits geheiratet; Natalie kehrte in ihre Heimat zurück, in das Land, in dem sie geboren war; Minnie war wieder zu Hause; Alice wollte ihren Kameraden folgen, hinaus in die Wirren der Welt. Nun, das konnte er auch. Es mußte doch noch Orte geben, wo es darauf ankam, das Richtige zu tun, und wo die Menschen das waren, was sie schienen. Morgen würde er sich zum Militärdienst melden, er würde den Eid ablegen, sein Wort geben – das, so hoffte er, trotz der vielen Fehlschläge der letzten Zeit noch Gewicht hatte – und weit weg reisen von diesen zahllosen Verwicklungen, dahin, wo wirklich etwas geschah, in die Schlacht, deren Ausgang mehr zählte als alles andere. Er würde sich in dieses Saigon abkommandieren lassen, wo für die Freiheit gekämpft wurde und die Fronten klar definiert waren, wo der Feind feststand. Ja, dort wollte er hin; dort wollte er die Wahrheit suchen.

*Broad Run, Virginia*
*1993–1996*

*Danksagung*

Ich danke Alan Cheuse, der mich auf der Fahrt durch Washington, D. C., während der Amtseinführungsfestivitäten im Januar 1993 auf die Idee zu diesem Buch gebracht hat und auf den Titel gleich dazu.

Und Robert Jones danke ich für seinen Kampfgeist.

# Dale Peck
# Das Gesetz der Nähe

Roman, 432 Seiten, gebunden,
aus dem Amerikanischen von Hans J. Becker

Beatrice und Henry – das vollkommene Liebespaar; Bea und Hank – das gleiche Paar nach 40 Jahren Ehe: Mit ausgeklügelten Gemeinheiten machen sich die beiden das Leben schwer, obwohl das tiefe Gefühl, zusammenzugehören, nicht verschwunden ist. Dale Peck schuf ein virtuos erzähltes, abgrundtief ehrliches Buch über den Versuch der Nähe zwischen zwei Menschen, über die Einsamkeit, die Verzweiflung und die Abgründe einer Ehe – und dennoch ein Buch, das das Hohelied der Ehe singt.

»… ein artistisch durchkomponierter Roman, der an die bedeutendsten Exempel des erzählerischen Gelingens anschließt«
Frankfurter Allgemeine Zeitung

»Das Miteinander von Jung und Alt, von Liebe und Hass erzeugt in den detailgetreuen Schilderungen eine geradezu hypnotische Wirkung … ein Werk von hohem literarischem Wert.«
Berner Zeitung

»400 aufwühlende, virtuos erzählte Seiten Prosa, die ihren finster-faszinierenden Reiz aus der Direktheit beziehen, mit der sie uns das gesamte Leidensausmaß ihrer Anti-Helden vor Augen führen.« NDR